이보게, 왓슨.
용의자를 지목한 다음 증명하는 일은
무척 쉽다네.

셜록 홈즈 대표 단편선 23

아서 코난 도일 지음 Arthur Conan Doyle (1859~1930)

1859년, 영국 스코틀랜드의 에든버러에서 태어났다. 그는 에든버러 의과대학을 졸업하고 병원을 개업했으나 환자가 적어 남는 시간에 '셜록 홈즈'라는 탐정이 등장하는 소설을 쓰기 시작했다. 1887년에 첫 홈즈 시리즈인 《진홍색 연구》를 발표하였고 2년 뒤에는 두 번째 이야기인 《네 개의 서명》을 출간하였다. 한편 다른 장르를 쓰는 데 도전하고 싶었던 코난 도일은 1893년에 발표한 〈마지막 사건〉을 끝으로 홈즈 시리즈를 마무리 지으려 했지만 독자들의 끈질긴 요청을 이기지 못하고 1903년에 홈즈를 부활시켰다. 이후 1927년까지 꾸준히 연재된 홈즈 시리즈는 장편 4편, 단편 56편의 대작이 되었다.

그밖에도 저자는 공상과학소설인 《잃어버린 세계》(1912), 역사소설 《마이카 클라크》(1889) 등 여러 작품을 집필하였고 애국적인 작품 《대 보어 전쟁》(1900)으로 공로를 인정받아 1902년에 기사 작위를 받았다. 마지막 홈즈 시리즈 단편집인 《셜록 홈즈의 사건 수첩》이 출간되고 3년 뒤, 위대한 추리소설 작가는 71세를 일기로 숨을 거두었다.

박상은 옮김

박상은은 프랑스 세인트 위르술레 고등학교를 졸업하고 연세대학교에서 불어불문학과 교육학을 전공했다. 소르본 대학에서 DEA 박사 학위를 받았고, 지금은 영어 전문 번역 작가로 활약하고 있다. 옮긴 책으로 《노인과 바다》, 《나일 강의 딸》, 《명작 수첩》, 《호모 이코노미쿠스》, 《불평등한 어린 시절》, 《그리스인 조르바》 등이 있다.

셜록 홈즈 대표 단편선 23

초판	1쇄 발행 2017년 7월 31일
지은이	아서 코난 도일
옮긴이	박상은
펴낸이	한승수
펴낸곳	문예춘추사
편 집	정내현
디자인	김연수
마케팅	안치환
등록번호	제300-1994-16
등록일자	1994년 1월 24일
주소	서울시 마포구 동교로27길 53 지남빌딩 309호
전화	02-338-0084
팩스	02-338-0087
블로그	moonchusa.blog.me
E-mail	moonchusa@naver.com
ISBN	978-89-7604-343-6 (03840)

SHERLOCK HOLMES

셜록 홈즈
대표 단편선
23

아서 코난 도일 지음
박상은 옮김

문예춘추사

A Conan Doyle

차례

일러두기

1. 외래어 표기법에 따르면 홈즈Holmes는 '홈스'로 써야 하나 이 책에서는 독자들에게 익숙한 '홈즈'로 표기하였습니다.

2. 원서에 쓰인 인치, 마일, 야드, 피트, 파운드 같은 단위는 우리에게 익숙한 센티미터, 미터, 킬로미터, 킬로그램, 그램 등으로 환산하여 표기하였습니다.

3. 최대한 원문에 가깝게 번역했으나 우리 정서에 맞지 않는 부분은 문장을 다듬었습니다. 또한 낯선 단어나 해석이 필요한 구절에 역주를 달아 독자들의 이해를 도왔습니다.

4. 다양한 작가의 그림을 실어 보는 재미를 살렸습니다.

01

보헤미아의스캔들

01

보헤미아의 스캔들

1.

셜록 홈즈는 그녀를 언제나 '그 여성'이라고 불렀다. 내가 기억하기로 홈즈가 그녀를 다른 호칭으로 부른 적은 한 번도 없었다. 홈즈가 보기에 그녀 앞에서 다른 모든 여자들은 빛을 잃어버렸다. 그렇다고 해서 홈즈가 아이린 애들러에게 연정 비슷한 감정을 품었던 것은 아니다. 인간의 모든 감정, 특히 연애 감정은 홈즈에게 방해가 될 뿐이었다. 냉정하고 완벽하게 균형 잡힌 그의 마음은 그런 감정을 받아들일 수 없었다. 내가 보기에 홈즈는 전례를 찾아볼 수 없을 정도로 완벽한 추리와 관찰 능력을 가진 기계였지만 연애에 관해서는 완전히 문외한이었다. 그런 다정하고 달콤한 기분에 대해서 진지하게 이야기한 적이 한 번도 없었으며 반드시 비아냥거림과 비웃음을 섞어서 이야기하곤 했다. 그런 냉소적인 시선은 관찰자에게는 참으로 바람직한 것이었다. 인간의 동기와 행동을 가리고 있던 베일을 끌어 내리는 데 아주 탁월한 능력을 발휘하니 말이다. 하지만 그것도 훈련된 추리가에게는 방해물에 지나지 않았다. 복잡하고 섬세하게 움직이는 마음에 그런 감정이 스며들면 혼란이 일어나 정확하게 행동할 수 없게 되기 때문이다. 홈즈 같은 사람에게 감정의 변화가 생기는 것은 정밀한 기계에 모래 알갱이가 들어갔다거나 성능 좋은 돋보기에 금이 간 것보다 훨씬 더 커다란 문제를 일으킬 것이 뻔하다. 그런 홈즈에게도 특별한 여성이 있었다. 세상 사람들에게는 정체불명의 수상한 여인으로 알려져 있는, 그런데 이제는 고인이 된 아이린 애들러가 바로 그 주인공이다. 이제부터 홈즈와 아이린 애들러의 만남을 이야기하려 한다.

그 무렵 나는 홈즈를 만날 기회가 그리 많지 않았다. 내가 결혼하면서 우리 둘 사이가 멀어졌기 때문이다. 나는 결혼이 가져다주는 행복감과 처음으로 한 가정의 주인이 된 내 주변에 일어나는 여러 가지 소소한 일들에 마음을 빼앗겼다. 하지만 홈즈는 자유분방한 성격으로 세상과 귀찮은 관계를 맺기 싫어했으므로 변함없이 베이커 가의 집에서 낡은 책더미 속에 파묻힌 채, 사건이 없을 때면 집 안에 들어앉아 무료함을 달래기 위해서 코카인을 주사하고 몽롱한 상태에 빠져 있었다. 그러다가 사건이 일어나면 무서운 기세로 조사에 착수하는 그런 날들이 되풀이되었다. 그는 여전히 범죄 연구에 몰두했는데 뛰어난 추리력과 놀라운 관찰력으로 단서를 쫓았으며, 경찰이 포기하고 있던 사건의 단서를 추적하여 끝내 수수께끼를 풀어냈다. 나도 때때로 홈즈가 활약했다는 소식을 들을 수 있었다. 트레포프 살인 사건 때문에 러시아의 오데사라는 곳으로 초대받아 갔고, 실론 섬의 트링코말리에서 앳킨슨 형제가 일으킨 무시무시하고 기괴한 사건을 해결하기도 했으며, 네덜란드 왕실에서 부탁한 일을 멋지게 해치웠다는 이야기도 들은 적이 있었다.

하지만 홈즈의 대활약 정도는 신문을 읽은 사람이라면 누구나 아는 소식이었고, 나는 오랫동안 그를 만나지 못했으므로 그 이상은 알 수 없었다.

그러다가 1888년 3월 20일, 나는 다시 그를 만날 수 있었다. 군의관을 제대하고 다시 개인 병원을 운영하기 시작한 나는 왕진을 나갔다가 집으로 돌아가는 길에 우연히 베이커 가를 지나게 되었다. 그리운 하숙집의 문을 보자, 그 무시무시했던 〈진홍색 연구〉 사건과 아내에게 청혼했던 일들이 떠올라 더 이상 치밀어 오르는 감정을 억누를 수 없었다. 홈즈가 요즘에는 그 천재적인 재능을 어떻게 사용하고 있는지도 몹시 궁금했다. 2층을 올려다보니 램프가 환하게 밝혀져 있었다. 커다란 홈즈의 그림자가 창가에 두 번 비쳤는데 고개를 숙이고 손을 뒤로 돌려 잡은 채 방 안을 돌아다니는 모습이었다. 홈즈의 기분이나 버릇을 모조리 꿰고 있는 나에게 그 모습은 그가 지금 어떤 상태인지 말해 주었다. 그는 또 사건을 맡은 것이 분명했다. 아마도 코카인이 가져다주는 황홀경에서 깨어나 새로운 일에 열중하고 있는 모양이었다. 나는 초인종을 누르고 예전에 홈즈와 둘이 살던 방 안으로 들어갔다.

홈즈의 태도는 쌀쌀맞았으며 변변한 인사 하나 건네지 않았다. 하지만 그것은 평소와 다를 바 없는 태도로, 그는

좀처럼 기분을 드러내 보이지 않았다. 그래도 내가 찾아왔다는 사실을 마음속으로 기뻐하는 눈치였다. 홈즈는 부드러운 눈빛으로 나를 바라보며 팔걸이가 달린 의자에 앉으라고 손짓했다. 그리고 담뱃갑을 던져주더니 술병과 소다수 제조기가 있는 곳을 손가락으로 가리켰다. 그런 다음, 난롯불 앞에 서서 생각에 잠긴 듯한 특유의 표정으로 나를 뚫어지게 쳐다보았다. 홈즈가 입을 열었다.

"자네, 결혼 생활이 만족스러운 모양이군. 예전에 우리가 만났을 때보다 3.5킬로그램 정도 몸무게가 늘었지?"

"3킬로그램이야!"

내가 대꾸했다.

"그런가? 조금 더 생각한 뒤에 이야기할걸 그랬어. 아주 조금 더 말일세. 그런데 다시 병원을 시작했나 보군. 그런 계획은 들은 적이 없는 것 같은데."

"그럼 어떻게 알았지?"

"눈으로 보고 머리로 추리해 낸 거지. 그뿐만 아니라 자네가 얼마 전에 내린 비에 흠뻑 젖었었다는 사실, 자네 집에 아주 조심성 없고 야무지지 못한 가정부가 있다는 사실도 알고 있다네. 어떤가?"

"홈즈, 자네한테는 정말 당할 수가 없군. 만약 자네가 수백 년 전에 태어났다면 틀림없이 마법사로 몰려서 화형당했을 거야. 그래, 정말로 지난 목요일에 시골길을 걷다가 비에 흠뻑 젖어서 집으로 돌아왔네. 하지만 옷을 갈아입었는데 어떻게 그걸 추리할 수 있었는지 도저히 알 수가 없군. 가정부 메리 제인에게는 두 손 다 들었어. 아주 구제불능이거든. 아내도 견디지 못하고 결국에는 내보내야겠다고 말했다네. 그런데 그 사실은 또 어떻게 알았는지 정말 신기할 따름일세."

홈즈는 혼자 껄껄 웃더니 두 손을 비벼 댔다. 길고 가느다란 손가락이 매우 섬세해 보였다.

"아주 간단한 일이지. 우선 자네 왼쪽 구두의 안쪽을 보게나. 난롯불이 비치는 부분 말이야. 그곳 가죽에 긴 홈집 여섯 개가 나란히 나 있는 게 보이지? 그건 구두 바닥 옆에 묻은 진흙을 털어 내다가 어떤 조심성 없는 사람이 만들어 낸 홈집일세. 금방 알아볼 수 있지. 거기에서 두 가지 사실을 추리할 수 있네. 하나는, 아주 궂은 날씨에 자네가 밖에 있었다는 사실이고, 또 다른 하나는 구두에 홈집을 낼 정도로 조심성 없는 런던 가정부의 표본 같은 사람이 자네 집에 있다는 사실이지. 그리고 자네가 다시 병원을 개업했다는 것도 바보가 아닌 이상 아주 간단히 알 수 있어. 요오드포름 냄새를 풍기고, 오른쪽 검지에는 초산 때문에 검은 얼룩이 생기지 않았나. 게다가 여기 청진기가 있다고 말이라도 해 주는 듯이 실크해트[1] 한쪽 끝부분이 불룩하게 부풀어 올랐고. 그런 신사가 방 안으로 들어왔는데 개인 병원을 차린 의사라는 것을 꿰뚫어 보지 못한다면 내가 얼마나 머리가 나쁜 사람이란 말인가?"

홈즈의 추리가 너무 간단한 나머지 나는 웃음을 터뜨리며 이렇게 말했다.

"자네의 설명을 듣고 있으면 언제나 너무 간단해서 그 정도는 나도 식은 죽 먹기로 해낼 수 있겠다는 생각이 들어. 그런데 막상 혼자 해 보면 전혀 감도 못 잡겠어. 자네에게 추리 과정에 대한 설명을 하나하나 듣지 않으면 도통 영문을 모르겠다니까. 시력이라면 나도 자네에게 지지 않을 만큼 좋은데 말이야."

---

1) silk hat. 남자가 쓰는 정장용 서양 모자.

"당연하지."

이렇게 대답한 홈즈는 담배에 불을 붙인 뒤, 팔걸이가 달린 의자에 털썩 주저앉으며 말을 이었다.

"자네는 사물을 보기만 하고 관찰하지는 않아. 사물을 보는 것과 관찰하는 것은 전혀 다른 일이지. 예를 들어 보세. 자네는 현관에서 이 방으로 오르는 계단을 수도 없이 봤겠지?"

"물론 그렇지."

"몇 번 정도?"

"글쎄, 수백 번 정도 되지 않을까?"

"그럼 그 계단이 몇 개인지 알고 있나?"

"몇 개냐고? 모르겠는데."

"그렇겠지. 자네는 보기는 해도 관찰하지 않았기 때문일세. 내가 하고 싶은 말도 바로 그거야. 난 계단이 총 17개라는 사실을 정확히 알고 있네. 나는 눈으로 보면서 관찰도 하고 있으니까. 그건 그렇고, 자네는 내가 맡은 사건에 흥미가 있고 그중 몇몇 사건은 기록으로 남겼을 정도이니 이번 사건에도 틀림없이 흥미를 느낄 걸세."

홈즈는 책상 위에 펼쳐 두었던, 분홍빛이 도는 두꺼운 종이로 만들어진 편지지 한 장을 내게 던져주었다.

"조금 전에 막 배달된 편지일세. 소리 내서 읽어 주겠나?"

그 편지에는 날짜는 물론이고 보내는 사람의 주소와 이름도 적혀 있지 않았다. 내용은 다음과 같았다.

오늘 밤 7시 45분에 매우 중요한 문제로 상의할 것이 있어 어떤 신사가 선생님을 찾아뵐 것입니다. 얼마 전 선생님이 유럽의 한 왕가를 위해서 하신 일을 보면, 이번 사건처럼 중대한 일도 안심하고 맡길 수 있는 분이라고 확신합니다. 선생님에 대해서는 여러 분야의 사람들에게 말을 들었습니다. 제발 앞서 말한 시간에 댁에 계시기를, 그리고 찾아뵙는 사람이 복면을 하고 있어도 이해해 주시기를 바랍니다.

"정말 이상한 편지로군. 홈즈, 대체 무엇 때문에 이러는 것 같은가?"

"나에게는 아직 어떤 자료도 없네. 자료도 없이 이론을 세우는 것은 치명적인 실수를 불러오는 법이지. 그렇게 하면, 사실에 맞는 설명을 찾아내는 대신에 미리 만들어 둔 설명에 맞도록 사실을 왜곡하게 된다네. 지금은 우선 이 편지에 대해서만 생각하기로 하세. 이 편지를 통해서 어떤 추측을 할 수 있겠나?"

나는 편지의 필적과 종이 질을 유심히 관찰했다.

"이 편지를 쓴 사람은 상당한 부자일 걸세. 왜냐하면 이렇게 질 좋은 종이라면 한 다발에 반 크라운 이하로는 살 수 없을 테니까. 뻣뻣하고 딱딱한 게 조금은 특이한 종이로군."

나는 홈즈가 쓰는 방법을 따라해 보았다.

"특이하다는 말은 정확해. 영국에서 만든 종이가 아니야. 불에 한번 비춰 보게나."

홈즈의 말대로 해 보니 종이 속에 새겨진 알파벳이 보였다. 대문자 'E'와 소문자 'g'가 한 묶음으로 적혀 있었으며, 그 다음에 대문자 'P', 그리고 대문자 'G'와 소문자 't'가 한 묶음으로 적혀 있었다.

"무슨 뜻일까?"

홈즈가 내게 물었다.

"종이를 제작하는 사람의 이름일 걸세. 그게 아니라면 머리글자를 합쳐 놓은 상호겠지."

"아닐세. 'Gt'는 독일어 '게 젤샤프트Gesellschaft'의 약자로 회사를 뜻하는 말일세. 영어에서 '회사Company'를 'Co'로 줄여 쓰는 것과 마찬가지야. 그리고 'P'는 독일어의 '종이Papier'를 나타내고. 남

은 건 'Eg'인데 이건 지명일 거야. 대륙 지명 사전을 한번 찾아보세."

홈즈가 책장에서 갈색 표지로 된 두꺼운 책을 꺼내 왔다.

"'이글로Eglow', '이글로니츠Eglonitz'……. 아, 이거야. '이그리아Egria'의 약자였네. 보헤미아 지역으로 독일어가 사용되고 있는 지방 도시로군. 칼스바트와 가까운 곳이지. 사전에는 이렇게 적혀 있네. '보헤미아 출신의 오스트리아 장군 발렌슈타인이 살해된 곳으로 유명하다. 또한 유리 공장과 종이 공장이 많다.' 하하! 어떤가? 이를 통해서 무엇을 알 수 있겠나?"

홈즈가 승리감에 눈을 반짝이며 뿌연 담배 연기를 뿜어 올렸다.

"이건 보헤미아에서 만든 종이로군."

내가 말했다.

"그렇다네. 그리고 이 편지를 쓴 사람은 독일인이야. 문장에 어색한 곳이 있지 않았나? 영어라면 동사가 먼저 와야 하는데 깜빡하고 문장의 가장 끝에 가져다 놓았네. 프랑스 사람이나 러시아 사람도 이렇게는 쓰지 않아. 그러니까 이제 문제는 보헤미아에서 만들어진 편지지를 사용하고, 얼굴을 가리려고 복면을 하고 올 독일인이 바라는 것이 대체 무엇일까 하는 걸세. 이런, 우리가 이야기를 나누는 사이에 벌써 주인 공이 나타난 모양이군. 이제 우리의 의문도 시원하게 풀릴 것 같네."

그 순간, 날카롭게 울리는 말발굽 소리와 보도 가장자리에 마차 바퀴가 닿아 긁히는 소리가 밖에서 들려왔다. 뒤이어 초인종을 거칠게 누르는 소리가 들렸다. 홈즈는 휘파람을 불었다.

"소리로 봐서 쌍두마차로군."

그러고는 창밖을 내다보며 말을 이었다.

"아, 역시. 아담하고 멋진 사륜마차에 말들도 훌륭해. 한 마리에 150기니는 하겠는걸. 이번 사건의 내용은 어떨지 몰라도 액수는 꽤 클 것 같네, 왓슨."

"홈즈, 나는 그만 가 보는 게 좋겠지?"

"아니, 그럴 리가 있겠나? 거기 있어 주게. 내 옆에 보스웰[2]이 없으면 도무지 힘이 나지 않으니까. 그리고 이번 사건은 틀림없이 재미있을 거야. 놓치면 후회할 걸세."

"하지만 자네 의뢰인이……."

"걱정할 것 없네. 나는 자네의 도움이 필요하고, 그건 곧 의뢰인에게도 자네가 필요하다는 소리니까. 자, 왔네. 저 의자에 앉아서 주의 깊게 살펴보게나."

손님은 무겁고 느린 발걸음으로 계단을 올라 복도를 걸어왔다. 그는 문 앞에서 잠깐 멈춰서더니 쿵쿵 하고 아주 커다란 소리로 문을 두드렸다.

"들어오십시오!"

홈즈가 말하자, 키가 2미터는 되고도 남을 거구의 사내가 방 안으로

들어섰다. 영웅 헤라클레스처럼 다부
지고 늠름해 보이는 몸이었다. 사치스
럽고 화려한 옷을 입고 있었는데, 영
국에서라면 악취미라는 말을 들을 만
한 과한 차림이었다. 우선 소매단과 목
깃에 폭 넓은 아스트라한[3] 가죽을 댄
더블 코트를 입었고, 안쪽에는 불타
는 듯 새빨간 비단을 댄 짙푸른 망토
를 둘렀다. 목 앞에는 번쩍번쩍 빛나는
녹주석 브로치를 달았고, 장딴지 중간
부분까지 오는 구두 너머로는 푹신푹
신한 모피가 보였는데 그것으로 머리부

터 발끝까지 요란스러운 사치를 마무리 지었
다. 손에는 챙 넓은 모자를 들고 있었으며, 얼굴 윗부분이 가려지는 검
은 복면을 두르고 있었다. 복면은 이마와 눈을 덮고 광대뼈까지 가릴
만큼 큰 것이었는데 방에 들어서는 순간, 그의 손은 얼굴 부분에 있었
다. 아마도 방에 들어오는 순간 그것을 착용했고 복면을 잘 둘렀는지
확인한 듯했다. 얼굴 밑부분을 보니 두꺼운 입술은 처져 있었고 턱은
곧고 길었다. 고집스러울 정도로 의지가 강한 사람처럼 보였다.

"편지는 받아 보셨겠죠? 이곳을 찾아뵙겠다고 적혀 있었을 겁니다."

남자가 굵고 갈라지는 목소리로 물었다. 그의 영어에는 독일어 억양
이 매우 강하게 묻어 있었다. 의뢰인은 우리 두 사람을 번갈아가며 바

2) James Boswell(1740~1795). 영국의 전기傳記작가. 영국의 문학자인 사무엘 존슨 박사의 전기를 썼다.
3) astrakhan. 카라쿨 양의 모피로, 러시아의 아스트라한 지방에서 많이 산출되어 이러한 명칭을 붙였다.

라보았다. 누구에게 이야기해야 좋을지 몰라 당황스러운 모양이었다.

"앉으십시오."

홈즈가 입을 열었다.

"이쪽은 제 친구인 왓슨 박사입니다. 가끔 시간을 내서 사건 해결을 도와주기도 하죠. 실례지만, 성함을 여쭤 봐도 되겠습니까?"

"폰 크람 백작이라 불러주시오. 보헤미아의 귀족입니다. 선생의 친구 분은 더할 나위 없이 중요한 문제를 밝혀도 괜찮을 만큼 분별력 있는 훌륭한 신사겠지요? 그렇지 않다면 선생하고만 이야기하고 싶습니다."

나는 자리에서 일어나 밖으로 나가려 했다. 그런데 홈즈가 내 손목을 잡고 의자 쪽으로 당기면서 이렇게 말했다.

"저희 둘이 들을 수 없다면 아예 듣지 않겠습니다. 제게 이야기하실 내용을 이 친구에게 숨기실 필요는 없습니다."

백작이 넓은 어깨를 들썩였다.

"할 수 없지. 그렇다면 앞으로 2년 동안은 이 일을 절대 다른 사람에게 말하지 않겠다고 두 분 모두 약속해 주십시오. 맹세를 받아야겠소. 2년이 지난 다음에는 이 일이 알려져도 문제될 것이 없습니다. 하지만 지금으로서는 유럽 전체가 발칵 뒤집힌다고 해도 과장이 아닐 만큼 큰 문제입니다."

"약속하지요."

"저도 약속하겠습니다."

홈즈가 말했고 이어 나도 약속했다.

"그리고 이처럼 복면을 쓴 것도 이해해 주십시오. 제게 이 일을 맡긴 어떤 지위 높은 분이 얼굴을 감추라고 하셔서 복면을 했습니다. 방금 전에 말씀드린 이름도 사실은 본명이 아닙니다."

그 이상한 손님이 말했다.

"그건 이미 저도 알고 있습니다."

홈즈가 무뚝뚝하게 말했다.

"매우 복잡하고 미묘한 사정이 있어서 그러는 겁니다. 이 사건이 세상에 알려지면 한 유럽 왕실의 명예가 실추될 것입니다. 할 수 있는 한 모든 예방책을 동원해서 그런 일이 일어나지 않도록 막고 싶습니다. 정확하게 말씀드리자면 보헤미아 왕국의 유서 깊은 왕실, 오름슈타인 가에 얽힌 문제입니다."

"그것도 알고 있습니다."

홈즈는 이렇게 중얼거리며 팔걸이가 달린 의자에 몸을 깊숙이 묻고 눈을 감았다. 유럽에서 가장 날카로운 추리력을 소유했으며 열정에 넘치는 사립 탐정이라는 소개를 받고 왔는데 이처럼 축 늘어지고 단정치 못한 홈즈를 보자 손님은 어이가 없는 모양이었다. 천천히 눈을 뜬 홈즈는 거구의 손님을 답답하다는 듯이 바라보며 말했다.

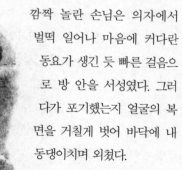

"폐하께서 자기 사건임을 인정하시고 저에게 친히 말씀해 주신다면 더 큰 힘이 되어 드릴 수 있습니다."

깜짝 놀란 손님은 의자에서 벌떡 일어나 마음에 커다란 동요가 생긴 듯 빠른 걸음으로 방 안을 서성였다. 그러다가 포기했는지 얼굴의 복면을 거칠게 벗어 바닥에 내동댕이치며 외쳤다.

"그렇다! 바로 내가 보헤미

아의 왕이다. 대체 왜 그 사실을 숨기려 했겠는가?"

"글쎄, 왜 그러셨을까요? 저는 폐하가 방으로 들어와 말씀하시기 전부터 카셀-펠슈타인 대공이자 보헤미아의 국왕이신 빌헬름 고츠라이히 지기스문트 폰 오름슈타인이시라는 사실을 알고 있었습니다."

홈즈가 조용히 말했다. 이상한 손님은 그제야 의자로 돌아가 앉더니 하얗게 튀어나온 이마로 손을 가져갔다.

"하지만 이해해 주기를 바란다. 나는 스스로 이런 일을 처리하는 데 익숙하지 않다. 하지만 사안이 사안인 만큼 다른 사람에게 모든 것을 털어놓고 문제를 해결해 달라고 하면, 약점을 잡혀 나중에 문제가 될지도 모른다. 이건 그만큼 중대한 문제니까. 그래서 그대와 직접 상의하려고 프라하에서 여기까지 몰래 찾아왔다."

"이제 그 이야기를 들려주시죠."

이렇게 말한 홈즈는 다시 눈을 감았다.

"간단히 말하자면 이렇다. 지금부터 5년 전, 나는 한동안 바르샤바에 머문 적이 있는데 그때 아이린 애들러라는 강렬한 여인을 알게 되었지. 유명한 여자이니 그대도 이름을 들은 적이 있을 것이다."

"왓슨, 미안하지만 내 색인에서 찾아봐 주지 않겠나?"

홈즈가 눈을 감은 채 중얼거리듯 말했다. 색인은 홈즈가 여러 인물이나 사건에 대한 요점을 적어 정리해 둔 메모를 가리켰다. 그가 오랜 세월에 걸쳐 만들어 온 것으로, 이것만 찾으면 어떤 인물이나 사건을 바로 조사할 수 있었다. 그때도 유대 랍비에 관한 항목과 심해어에 대한 논문을 쓴 해군 중령에 관한 항목 사이에서 아이린 애들러의 경력을 금방 찾아낼 수 있었다.

"잠깐 보여 주게나."

홈즈는 이렇게 말하고 색인을 읽기 시작했다.

"흠, 1858년 미국 뉴저지 출생. 테너와 소프라노의 중간인 콘트랄토 가수, 흠! 스칼라 극장 출연……. 음! 바르샤바 왕실 오페라의 프리마 돈나……. 굉장하군! 지금은 오페라 무대를 떠나 런던에서 살고 있음. 그랬군. 폐하께서 이 젊은 여성과 알게 되어 복잡한 관계를 맺고 나중에 문제가 될 만한 편지를 보내셨군요. 그래서 그걸 되찾고 싶으신 것이지요?"

"정확히 맞았다. 그걸 어떻게……."

"그 여자와 비밀리에 결혼이라도 하셨나요?"

"아니다."

"법률적으로 문제가 될 만한 서류를 건넨 적이 있었나요?"

"없었다."

"그렇다면 폐하께서 왜 걱정하시는지 모르겠군요. 이 여자가 협박할 목적으로 폐하의 편지를 사용하더라도 그것이 정말 폐하가 보낸 편지라는 증거는 전혀 없지 않습니까?"

"필체가 증거가 될 것이다."

"흉내 낼 수 있습니다."

"내 왕실 전용 편지지를 사용했지."

"훔쳤겠지요."

"내 봉인이 찍혔는데?"

"위조할 수 있습니다."

"내 사진도 가지고 있다."

"돈을 주고 사면 됩니다."

"우리 둘이 같이 찍은 사진이다."

"이런, 그건 문제가 됩니다. 폐하, 왜 그런 경솔한 행동을 하셨습니까?"

"내가 제정신이 아니었다."

"정말 큰 실수를 하셨군요."

"그때 나는 아직 왕세자였다. 한창 젊을 때였지. 이제야 겨우 서른이됐으니."

"그건 무슨 일이 있어도 찾아야 합니다."

"나도 시도해 봤지만 전부 실패하고 말았다."

"돈을 주는 겁니다. 사들이세요."

"그 여자가 팔지를 않아."

"그럼 훔치는 건 어떻습니까?"

"벌써 다섯 번이나 시도했다. 두 번은 도둑을 고용해서 애들러의 집을 샅샅이 뒤지게 했고, 여행 중에 짐을 빼앗아 털어보기까지 했다. 길목을 지키고 있다가 그녀를 덮친 적도 두 번이나 있었지. 하지만 모두 실패했고 사진은 아직도 찾지 못했다."

"흔적도 없었다는 말입니까?"

"어디에서도 찾을 수 없었다."

"살짝 재미있는 문제로군요."

홈즈가 웃으며 말했다.

"하지만 내게는 웃을 일이 아니다."

"정말 그렇겠지요. 그 여자는 사진으로 무슨 짓을 할 생각일까요?"

"나를 파멸시킬 거라는군."

"어떻게요?"

"나는 곧 혼사를 앞두고 있다."

"그 이야기는 저도 들었습니다."

"상대는 스칸디나비아 국왕의 둘째 딸인 클로틸드 로스만 폰 작센-마이닝겐 공주다. 그쪽 왕실의 가풍이 엄격하다는 건 그대도 들어서 알고 있으리라 믿는다. 그 공주도 성격이 매우 예민하여 내 행적에 조금이라도 이상한 점이 있으면 이 혼담은 바로 깨지고 말 것이다."

"애들러는 뭐라고 했습니까?"

"그 사진을 저쪽 왕가에 보내겠다더군. 그 여자라면 정말로 보내고도 남지. 아무렴. 선생은 모르겠지만 아이린은 내면이 강철 같이 강한 여자다. 매우 아름다운 여성의 얼굴을 가지고 있지만 마음은 어떤 남자에게도 지지 않을 만큼 결단력이 강하지. 내가 다른 여자와 약혼하고 결혼하는 꼴을 보느니 무슨 짓을 해서라도 깨뜨리려 할 것이다."

"공주에게 아직 사진을 보내지 않은 게 확실합니까?"

"확실하다."

"어떻게 아십니까?"

"약혼을 발표하는 날 저쪽으로 보내겠다고 했으니까. 발표 예정일은 다음 주 월요일이고."

홈즈가 하품 섞인 목소리로 말했다.

"아, 그럼 아직 사흘의 여유가 있군요. 안 그래도 바로 조사하고 싶은 중요한 일이 한두 가지 있었는데 아주 잘 됐습니다. 폐하께서는 당분간 런던에 계시겠지요?"

"당연히 그래야지. 폰 크람 백작이라는 이름으로 랭엄 호텔에 묵고 있다."

"그럼 조사 상황에 대해서 전보를 드리겠습니다."

"그렇게 좀 해 주게. 걱정이 돼서 견딜 수가 없으니."

"사진을 찾는 데 드는 비용은 어떻게 하실 겁니까?"

"전부 그대에게 맡기겠다."

"모든 것을?"

"그 사진을 찾을 수만 있다면 내 왕국의 한 지방을 떼어 주어도 좋다고 생각하고 있을 정도라네."

"당장 일에 착수하는 데 드는 비용은요?"

왕은 망토 밑에서 새미가죽으로 만든 묵직한 주머니를 꺼내더니 탁자 위에 올려놓았다.

"금화 300파운드와 지폐 700파운드가 들어 있다."

홈즈는 수첩을 한 장 찢어 영수증을 써서 왕에게 건네주었다.

"그 여자의 주소는 뭡니까?"

홈즈가 물었다.

"세인트 존스 우드의 서펜타인 대로에 있는 브라이어니 저택."

홈즈가 주소를 받아 적었다.

"한 가지만 더 여쭙겠습니다. 사진은 캐비닛판[4]입니까?"

"그렇다."

"그럼 폐하, 이만 돌아가셔서 편안히 주무십시오. 곧 좋은 소식을 드릴 겁니다. 그리고 왓슨, 자네도 잘 가게나."

왕의 사륜마차가 거리를 달리기 시작했다. 그 소리를 들으며 홈즈가 말했다.

"왓슨, 내일 오후 3시에 여기로 와 주게. 이 작은 문제에 대해서 자네와 이야기를 나누고 싶거든."

---

4) cabinet. 약 11×17센티미터 크기의 사진.

2.

다음 날, 나는 오후 3시에 딱 맞춰 베이커 가의 집을 방문했다. 하지만 홈즈는 외출했고 아직 돌아오지 않은 상태였다. 하숙집 여주인의 말에 따르면 홈즈는 아침 8시가 조금 지나서 집을 나섰다고 했다. 나는 난로 옆에 앉았다. 홈즈가 몇 시에 돌아오든 기다릴 생각이었다. 나는 이미 홈즈가 조사하는 이 사건에 깊은 흥미를 느끼고 있었다. 예전에 기록했던 두 가지 범죄 사건에 비하면 이번 사건에는 그 사건들에 서려 있던 섬뜩하고 기묘한 부분은 없었지만, 사건 자체가 재미있을 뿐만 아니라 의뢰인의 신분이 아주 높다는 점에서 흔히 볼 수 있는 사건이 아니었다. 그리고 내가 관심을 갖게 된 이유는 단순히 사건이 재미있어 보여서만은 아니었다. 홈즈가 사건의 정황을 완벽하게 파악하고 정확하게 추리해 나가는 모습 자체가 멋진 구경거리였다. 그가 일하는 방식을 연구하고, 어려운 문제를 신속하고 명쾌하게 풀어 나가는 방법을 지켜보는 것은 큰 즐거움이었다. 나는 언제나 홈즈가 어떤 사건이든 척척 해결하는 모습만을 보아 왔다. 그래서 그가 실패할 수도 있다는 사실은 꿈에도 생각지 않았다.

4시 가까이 되자 문이 열리더니 술 취한 마부가 방 안으로 들어왔다. 머리카락은 엉망으로 헝클어져 있었으며, 수염이 덥수룩한 얼굴은 새빨갛고, 옷은 너덜거려서 초라하기 짝이 없었다. 나는 이미 홈즈의 뛰어난 변장 실력에 익숙해졌다고 생각했지만 이 꾀죄죄한 마부를 세 번이나 거듭 들여다보고 나서야 그가 내 친구임을 알아챌 수 있었다. 홈즈는 내게 고개만 까딱해 보이고는 침실로 들어갔다가 5분쯤 뒤에 나왔다. 평소와 다름없이 트위드로 만든 신사복을 입은 말쑥한 차림이었다. 그리고 두 손을 주머니에 넣은 채 난로 앞으로 두 다리를 길게 뻗더니

우스워서 견딜 수 없다는 듯 웃음을 터뜨렸다.

"아, 정말!"

이렇게 외친 홈즈는 다시 웃음을 터뜨리더니 결국에는 의자 위에서 몸을 축 늘어뜨리고 말았다.

"왜 그러나?"

"일이 정말 재미있게 돌아가고 있어. 내가 오전에 무슨 일을 했는지 자네는 모르겠지? 특히 오후에 마지막으로 무슨 짓을 했을 것 같나?"

"그야 나는 모르지. 하지만 아이린 애들러의 평소 습관을 알아보거나 살고 있는 집을 살피고 왔을 거라고 생각은 하네만?"

"정확히 맞혔네. 그런데 정말 재미있는 건 그 다음이었지. 들어 보게나. 아침 8시 조금 넘어서 일자리를 잃은 마부처럼 변장하고 집을 나섰다네. 말을 다루는 사람들은 상대방을 생각하는 마음이나 동료 의식이 놀랄 만큼 강해. 자기들끼리는 감추는 게 없어. 그러니까 그 사람들 사이에 들어가면 알고 싶은 건 무엇이든 알 수가 있다는 소리지. 나는 바로 브라이어니 저택을 찾아갔어. 한적하고 세련된 건물이었네. 뒤쪽에 정원이 있고, 정면은 바로 도로와 닿아 있어. 2층 건물이고. 안으로 들어서는 문에는 자동 잠금 장치가 달린 특허 자물쇠가 달려 있더군. 현관 오른쪽은 멋진 장식으로 꾸민 커다란 거실일세. 바닥까지 닿을 듯한 큰 창이 달려 있지. 그 창에는 어린애라도 열 수 있을 아주 간단한 영국식 자물쇠가 달려 있었고. 건물 뒤쪽에는 마차를 넣어두는 창고 지붕에서 바로 손이 닿을 만한 곳에 복도의 창이 있다는 점 말고는 특별할 것이 없었네. 나는 집 주위를 돌며 다양한 각도에서 자세히 조사했지만 특별히 눈에 띄는 점은 없었다네.

그런 다음 길을 따라 슬슬 돌아다녀 보니 생각했던 대로 뒤뜰 담을 따라서 난 좁다란 길에 마구간이 있었다네. 마부가 말을 돌보고 있기에 그를 잠깐 도와줬지. 그에 대한 보답으로 2펜스와 혼합 맥주 한 잔, 그리고 파이프에 독한 살담배를 두 번 넣어주더군. 거기다 덤으로 내가 알고 싶어 하던 아이린 애들러의 정보를 전부 얻었다네. 그 정보를 얻기 위해서 아무 흥미도 없는 동네 사람들 대여섯 명의 이야기도 들어야 했지만."

"그래, 아이린 애들러에 대해서는 뭐라고들 하던가?"

"그게 말이지, 그 동네 남자들은 전부 애들러 때문에 제정신이 아닌 것 같아. 서펜타인 대로의 마부들은 입을 모아 그녀가 이 세상에서 가장 아름다운 여자라고 칭송하더군. 애들러는 가끔 콘서트에서 노래를 부르는 것을 빼면 조용히 살고 있다고 하네. 그리고 매일 5시에 마차를 타고 외출을 했다가 정각 7시면 저녁을 먹으러 돌아온다는 거야. 무대에 출연할 때를 제외하면 다른 시간에는 거의 나가지 않고. 그녀를 찾아오는 남자는 딱 한 명밖에 없는데, 뻔질나게 드나드는 모양이야. 얼굴은 잘생겼고 피부는 거무스름한 건장한 남자라더군. 하루에 한 번은 꼭 찾아오고 때로는 두 번 찾아오는 경우도 있다고 하네. 이름은 갓프리 노턴이고 법무 협회에 소속된 변호사라네. 마부를 친구로 두면 얼마나 도움이 되는지 이제 알았겠지? 그들은 서펜타인 대로에서 노턴을 자주 태웠기 때문에 모르는 것이 없었지. 마부들의 이야기를 전부 듣고 나서 나는 다시 한 번 브라이어니 저택 쪽으로 돌아가 부근을 서성이며 앞으로 어떻게 할 것인지 작전을 짰네.

갓프리 노턴이라는 사람은 이번 사건에서 상당히 중요한 변수가 될 것 같아. 변호사라는 점에 무슨 의미가 있을 듯해. 애들러와 이 남자는 어떤 관계일까? 그렇게 자주 애들러를 찾아가는 이유는 뭘까? 애들러가 변호를 부탁한 것일까? 아니면 단순한 친구? 그것도 아니면 애인? 만약 노턴이 애들러의 변호사라면 사진은 그에게 맡겼을 거야. 친구나 애인이라면 그렇게 하지 않았겠지만. 이 문제의 답에 따라서 내 수사방침이 달라질 걸세. 이대로 브라이어니 저택에서 조사를 계속해야 할지, 법무 협회에 있는 노턴의 사무실에 주의를 기울여야 할지 말야. 이건 참으로 미묘한 문제야. 덕분에 내 수사 범위도 넓어져 버렸네. 너무 자질구레한 것까지 설명해서 자네가 조금 따분했을지는 모르지만 사건의 정황을 알려면 자네도 조금 어려운 문제를 알아둘 필요가 있네."

"모든 신경을 집중해서 자네 이야기를 듣고 있네."

내가 대답했다.

"어쨌든 내가 그 문제로 고민하고 있을 때였네. 이륜마차 한 대가 브라이어니 저택 앞에 멈추더니 그 안에서 신사 한 명이 뛰어내렸네. 아주 잘생겼는데 피부는 거뭇했고 구레나룻을 기르고 있었지. 매부리코가 유난히 눈에 띄었는데 조금 전에 이름을 들은 노턴이 분명했네. 매우 다급한 일이 있는 모양이더군. 마부에게 기다리라고 소리치더니 문을 열어 준 가정부를 떠밀 듯 집 안으로 뛰어들었다네. 집 안의 구조를 잘 알고 있는 사람처럼 보였어.

그는 30분 정도 집 안에 있었네. 방 안을 서성이며 흥분한 듯 이야기하고 손을 내젓는 모습이 거실 창문을 통해서 가끔 보였네. 여자의 모습은 전혀 보이지 않았어. 그러다가 남자는 왔을 때보다 더 다급한 모습으로 밖으로 나왔네. 마차에 오르더니 주머니에서 금시계를 꺼내 들여다보더군. 그자가 외쳤다네.

'악마만큼이나 빨리, 전속력으로 달리게! 우선 리젠트 가의 그로스 앤 핸키 상점에 갔다가 엣지웨어 대로의 세인트 모니카 교회로! 20분 안에 가면 반 기니를 주겠네!'

노턴 씨가 탄 마차는 떠나 버렸다네. 내가 뒤를 쫓아야 할지 말아야 할지 망설이고 있을 때 골목에서 작고 멋진 사륜마차가 나타났다네. 얼마나 서둘렀는지 마부는 코트의 단추를 반밖에 채우지 않았고 넥타이도 옆쪽으로 비뚤어져 있더군. 마구도 무엇 하나 제대로 걸려 있는 것이 없었다네. 이 마차가 현관 앞에 도착하자마자 여자가 밖으로 나와 마차에 뛰어오르더군. 바로 그때 잠깐 여자의 얼굴을 볼 수 있었는데 과연 남자들이 목숨을 걸 만한 미인이라며 너스레를 떨 정도였어. 여자가 외쳤네.

'존, 세인트 모니카 교회로 가요! 20분 안에 도착하면 반 파운드를 줄게요.'

이런 좋은 기회는 다시 찾아오지 않을 걸세, 왓슨. 마차를 따라 뛰어가야 할지, 아니면 여자가 탄 마차 뒤에 매달려야 할지 고민하고 있는데 마침 다른 마차가 한 대 오더군. 내 꼬락서니가 말이 아니었기에 마부는 망설이듯 나를 훑어봤다네. 하지만 나는 그가 퇴짜 놓기 전에 마차로 뛰어올랐지. 그리고 나도 똑같이 외쳤네.

'세인트 모니카 교회까지. 20분 안에 도착하면 반 파운드를 주겠소.'

그때가 11시 35분이었다네. 거기서 무슨 일이 있을 것이라는 사실은 확실했지.

마부는 바람처럼 마차를 몰았네. 내 평생 그렇게 빠른 말을 타 본

건 처음이었어. 그래도 앞서 출발한 마차 두 대를 따라잡을 수는 없었지. 내가 도착했을 때 이륜마차와 사륜마차는 모두 교회의 문 앞에 서 있었고 지친 말들이 온몸으로 열기를 뿜어내고 있었네. 나는 마부에게 서둘러 삯을 지불하고 교회 안으로 들어갔지. 안에는 내가 뒤쫓던 두 사람과 하얀 가운을 걸친 사제 한 사람이 있었어. 사제가 두 사람에게 무슨 말을 건네고 있는 듯했네. 세 사람은 제단 앞에 모여 서 있었고. 나는 우연히 교회에 들어온 한가로운 사람처럼 옆의 통로로 어슬렁어슬렁 걸어갔네. 그러자 세 사람이 일제히 나를 바라보더군. 깜짝 놀랐지. 그때 갓프리 노턴이 서둘러 내게 달려왔네.

'오, 주여! 감사합니다. 마침 잘 오셨습니다! 정말 고맙습니다. 자, 이리 오세요!'

'왜 이러십니까?'

내가 물었네.

'이리 오세요, 어서, 어서요. 3분이면 됩니다. 그렇지 않으면 법적으로 무효가 되어 버린다고요.'

나는 제단까지 질질 끌려가다시피 했네. 문득 정신을 차리고 보니, 귀에 대고 속삭이는 말을 그대로 따라 하고, 전혀 알지도 못하는 일을 맹세하고 있더군. 그러니까 나도 모르는 사이에 미혼 여성 아이린 애들러와 독신 남성 갓프리 노턴의 비밀 결혼식에서 증인 노릇을 하고 있던 걸세. 식은 눈 깜짝할 사이에 끝났고 신랑과 신부가 양쪽에서 내게 인사를 했어. 사제는 정면에서 나를 바라보며 빙그레 웃고 있었지. 정말 이렇게 어처구니없는 경우는 태어나서 처음 당했네. 조금 전에 그렇게 웃어댄 것도 그 일이 생각나서였지. 아무래도 결혼식이 약식으로 치러지는 까닭인지 누군가가 증인으로 서지 않으면 식을 거행할 수 없다고 사제

가 거절한 모양이야. 그런데 운 좋게도 마침 내가 나타난 덕분에 노턴은 입회인을 찾으러 거리로 뛰어나가지 않아도 됐지. 신부가 감사의 뜻으로 1파운드짜리 금화를 주더군. 기념으로 시곗줄에 달아 놓아야겠어."

"정말 뜻밖의 일이 벌어졌군. 그 다음은 어떻게 됐나?"

내가 물었다.

"그 순간 내 계획이 엉망이 될 위험에 놓여 있다는 사실을 깨달았지. 두 사람이 바로 신혼여행을 떠날지도 모르니까. 그래서 나도 빨리 손을 써야겠다고 생각했어. 그런데 두 사람은 교회 문 앞에서 헤어져서 남자는 법무 협회로, 여자는 자신의 집으로 돌아가더군. 헤어질 때 여자가 이렇게 말했네.

'평소와 다름없이 오늘도 마차를 타고 5시에 공원으로 나갈게요.'

내가 들은 건 그게 전부였네. 두 사람은 서로 다른 방향으로 마차를 달려 그곳을 떠났고 나도 준비를 하러 집으로 돌아온 거지."

"준비라니?"

"차가운 고기와 맥주 한 잔."

홈즈는 이렇게 말하더니 벨을 울렸다.

"너무 바빠서 아무것도 먹지 못했다네. 하지만 오늘 밤에는 더욱 바쁠 거야. 왓슨, 자네가 조금 도와줬으면 하는데."

"기꺼이 도와주지."

"법을 어기는 일이라도?"

"상관없네."

"잡혀갈지도 모르는데?"

"명분만 확실하다면 상관없네."

"아, 물론 명분이야 두말할 것도 없지."

"그럼 자네 말대로 하겠네."

"자네가 꼭 도와줄 거라고 생각했네."

"그런데 대체 무슨 일을 하려는 건가?"

"터너 부인이 음식을 가져오면 자세한 이야기를 들려주겠네."

홈즈는 부인이 가져온 간단한 요리를 허겁지겁 먹어치우며 말을 이었다.

"자, 별로 시간이 없으니 먹으면서 이야기하겠네. 이제 곧 5시야. 지금부터 2시간 안으로 현장에 가 있어야만 하네. 아이린 양, 아니 노턴 부인은 7시에 집으로 돌아오니까. 우리는 그 시간에 맞춰서 브라이어니 저택에 가 있어야 하는 거지."

"그래서 어떻게 할 생각이지?"

"그건 내게 맡겨 두게나. 이미 모든 준비는 끝났어. 단, 한 가지 일러 둘 말이 있네. 무슨 일이 있어도 자네는 절대로 끼어들어서는 안 돼. 알겠나?"

"중립을 지키라는 말이지?"

"아무것도 하면 안 돼. 조금 불쾌한 일이 일어나겠지만 그래도 상관해 서는 안 되네. 그 일이 일어나면 나는 집 안으로 실려 들어갈 거야. 그리고 4, 5분 뒤에 거실의 창문이 열릴 테고. 자네는 그 창문 바로 옆에 서 기다려 주면 되네."

"알겠네."

"밖에서 내 모습이 보일 테니 주의해서 봐 주기 바라네."

"그렇게 하지."

"그리고 내가 이런 식으로 손을 들면, 자네는 나한테 받은 물건을 방 안으로 던지고 '불이야!' 하고 소리치게. 알겠나?"

"잘 알겠네."

"그리 위험한 물건은 아니야."

홈즈가 주머니에서 시가처럼 생긴 긴 두루마리를 꺼냈다.

"배관공들이 흔히 쓰는 발연통인데 저절로 불이 붙도록 양 끝에 뇌 관을 심어 두었네. 자네는 이걸 던지기만 하면 돼. 그리고 불이 났다고 외치면 구경꾼들이 몰려들어 부산을 떨 거야. 그러면 자네는 길 끝까지 빠져나와서 나를 기다리고 있게나. 나도 10분쯤 뒤에 그곳으로 갈 테 니. 무슨 말인지 알겠지?"

"처음에는 그냥 지켜보고 있다가 창문 옆으로 다가간다. 자네를 보고 있다가 신호를 받으면 이걸 던지고 불이 났다고 외친다. 그리고 길 끝까 지 빠져나와서 자네를 기다리면 되는 건가?"

"그래."

"알았네. 맡겨 두게나."

"고맙네. 이제 시간이 된 것 같군. 지금부터 연기할 새로운 역할을 준비해야겠네."

홈즈는 침실로 들어가더니 얼마 지나지 않아 다시 모습을 드러냈다. 챙 넓은 검은 모자에 헐렁한 바지를 입고 하얀 넥타이를 맨, 다정하고 정직해 보이는 비국교도파[5] 사제의 모습이었다. 그는 친절한 미소를 띠고 다정하고 인정 많은 눈빛으로 나를 바라보았다. 영국의 명배우인 존 헤어가 아니고서는 연출할 수 없는 분위기였다. 홈즈는 그저 옷만 갈아입는 것이 아니라 새로운 역할에 따라 표정, 태도, 마음까지도 자유자재로 바꾸었다. 홈즈가 범죄 전문가가 되는 바람에 연극계는 뛰어난 배우를, 그리고 과학계는 날카로운 이론가를 잃은 셈이다.

우리는 오후 6시 15분을 조금 넘은 시각에 베이커 가의 집에서 나왔는데 예정보다 10분 일찍 서펜타인 가에 도착했다. 주위에는 이미 땅거미가 내려앉고 있었다. 여주인이 돌아오기를 기다리면서 브라이어니 저택 앞을 어슬렁거리고 있자니 마침 가로등에 불이 들어오기 시작했다. 브라이어니 저택은 홈즈의 짧은 설명을 듣고 내가 상상하던 모습 그대로였다. 하지만 주변은 내 생각만큼 그렇게 조용하지는 않았다. 오히려 조용한 지역의 좁은 통로치고는 놀라울 정도로 활기가 넘쳤다. 길모퉁

5) Nonconformist. 영국에 살면서 영국 국교회의 관행을 따르지 않는 각종 신교도를 가리킨다.

이에는 초라한 차림의 남자 몇몇이 서로 낄낄대며 담배를 피우고 있었다. 가위 가는 사람은 숫돌을 돌리고 있었으며, 두 근위병은 젊은 하녀에게 수작을 걸고 있었다. 그리고 옷을 잘 차려입고 담배를 입에 문 채 거리를 서성이는 청년들도 있었다. 함께 집 주위를 서성이다가 홈즈가 입을 열었다.

"이보게, 왓슨. 둘이 결혼한 덕분에 사건은 오히려 간단해졌다네. 그 사진은 두 사람 모두에게 영향력을 발휘할 수 있어. 우리 의뢰인이 공주에게 그 사진을 보이고 싶지 않은 것처럼 그 여자도 갓프리 노턴에게 그것을 보이고 싶지 않을 거야. 그런데 문제는 그 사진을 어디에 숨겼느냐 하는 거지."

"허, 정말이지 어디에 숨긴 걸까?"

"설마 가지고 다니지는 않겠지. 캐비닛판이라면 너무 커서 여자들 옷 속에는 숨길 수 없어. 게다가 왕이 언제 사람들을 시켜서 몸을 뒤질지 모른다는 것도 잘 알 테고. 이미 두 번이나 그런 일을 당했으니까. 그러니 애들러가 그것을 가지고 다닐 리는 없네."

"그럼 어디일까?"

"그녀의 은행 금고나 변호사, 두 군데를 생각해 볼 수 있겠지. 하지만 나는 둘 다 아니라고 보네. 여자들은 천성적으로 비밀을 좋아해서 혼자서만 감추려 드는 법이니 다른 사람에게 넘기지는 않았을 거야. 자신이 가지고 있다면 마음이 놓이겠지만, 실업가 같은 남자들에게 넘겨주면 뒤에서 손을 쓰거나 정치적인 압력을 가할지도 모르니까. 그리고 애들러는 2, 3일 안으로 그 사진을 사용하려고 생각했던 여자라는 사실도 기억하게. 그러니 손 닿는 곳 어딘가에 사진을 두었을 거야. 그렇다면 역시 그녀의 집 안이라는 이야기가 되네."

"하지만 도둑들이 두 번이나 집 안을 뒤지지 않았나?"

"흥! 녀석들이 제대로 뒤지기나 했겠어?"

"그럼, 자네는 어떻게 찾아낼 생각인가?"

"찾아낼 생각은 없네."

"그럼 어떻게 하겠다는 거지?"

"상대방이 사진을 숨긴 위치를 말하게 하는 거지."

"그걸 말해 주겠나?"

"말하지 않고는 못 배기게 만들어야지. 가만, 마차가 오는 소리가 들리는군. 애들러의 마차야. 그럼, 내가 말한 대로 확실하게 해 주게나."

그 순간, 거리 모퉁이를 돌아 들어오는 마차의 불빛이 보였다. 조그맣고 세련된 사륜마차가 브라이어니 저택 입구에 멈춰 섰다. 그때 모퉁이에 있던 부랑자 중에 하나가 마차 문을 열어 주고 동전을 얻으려고 마차 쪽으로 달려들었다. 하지만 그는 같은 목적으로 달려오던 다른 부랑자에게 밀려 넘어지고 말았다. 곧 격렬한 싸움이 벌어졌다. 그런데 두 근위병이 한쪽 부랑자 편을 들자 가위 가는 사람이 화를 내며 또 다른 부랑자의 편을 들기 시작했고 그 바람에 소란은 더욱 커졌다. 하필이면 그때 마차에서 내린 숙녀는 순식간에 주먹과 지팡이가 오가는 난투극에 말려들어 버렸다. 홈즈는 여자를 지키기 위해 치열한 몸싸움 속으로 뛰어들었다. 홈즈가 간신히 그녀 옆까지 갔나 싶었는데 비명과 함께 얼굴에서 피를 뚝뚝 흘리며 쓰러져 버렸다. 그 모습을 보고 두 근위병은 서둘러 도망쳤으며, 부랑자들도 반대 방향으로 도망갔다. 그러자 이번에는 난투극에 끼어들지 않고 지켜보고 있던 멋진 청년들이 모여들어서 여자를 도우려다 부상을 당한 홈즈를 살펴보기 시작했다.

아이린 애들러는 급히 현관의 계단을 올랐다. 하지만 계단 꼭대기에 오르자 그 자리에 멈춰 서서 그 아름다운 모습을 현관 불빛에 드러내며 거리 쪽으로 몸을 돌렸다.

"그분이 많이 다치셨나요?"

"죽었습니다."

몇몇 사람이 대답했다.

"아니, 아직 죽지는 않았어."

다른 사람이 외쳤다.

"하지만 병원으로 옮길 때까지는 못 버틸 것 같은데."

"용감한 사람이었어요. 이 사람이 없었으면 숙녀분은 지갑과 시계를 전부 털렸을 거예요. 그 사람들은 무자비한 강도들이라고요. 아, 아직 숨을 쉬어요."

어떤 여자의 목소리도 들려왔다.

"길바닥에 눕혀 둘 수는 없지. 아가씨, 이 사람을 댁으로 데려가도 괜찮겠습니까?"

"거실로 모시고 오세요. 편안한 소파가 있으니까요. 이리 오세요."

홈즈는 천천히 그리고 엄숙하게 브라이어니 저택 안으로 옮겨져 길거리 쪽으로 난 방에 눕혀졌다. 나는 홈즈가 말한 대로 창문 옆으로 가서 그의 모습을 지켜보았다. 방 안에는 램프가 밝혀져 있었으며, 커튼도 열려 있었기 때문에 소파에 누워 있는 홈즈의 모습이 훤히 들여다보였다. 그때 홈즈가 자신의 연기에 죄책감을 느끼고 있었는지 나로서는 알 길이 없었다. 하지만 나는 부상자를 성심껏 간호하는 이 아름다운 여인을 두고 음모를 꾸미고 있다는 사실에 대해 지금까지 한 번도 느끼지 못한 강렬한 부끄러움을 느꼈다. 그렇다고 해서 홈즈와 약속한 역할을 포기한다면 나는 용서받지 못할 배신자가 되는 셈이었다. 나는 마음을 독하게 먹고 외투 속에서 발연통을 꺼냈다. 그리고 우리가 그녀에게 상처를 주려는 것이 아니라, 그녀가 다른 사람에게 상처를 주려는 것을 막는 것이라고 생각하기로 했다.

홈즈가 소파에서 일어나 숨이 막혀 맑은 공기를 쐬고 싶어 한다는 듯한 몸짓을 했다. 곧장 가정부가 달려와서 창문을 활짝 열어젖혔다. 그와 동시에 홈즈가 손을 올리는 것이 보였다. 신호였다. 나는 즉시 발연통을 방 안으로 던졌고 큰 소리로 외쳤다.

"불이야!"

내가 그렇게 외치자마자 주변 사람들 모두 소리 높여 '불이야!'를 외쳤다. 신사, 하인, 가정부 가릴 것 없이, 옷차림과 상관없이 모든 사람들이 '불이야!'를 외쳤다. 방 안에서 자욱한 연기가 뭉게뭉게 피어오르더니 창밖으로 흘러나왔다. 사람들이 이리저리 뛰어다니는 모습이 얼핏 보이더니 불이 난 게 아니라며 사람들을 진정시키는 홈즈의 목소리가 들렸다. 나는 소리 지르는 사람들 속을 헤치고 나와 거리 모퉁이까지 도망쳤다. 그리고 10분 뒤에 홈즈가 나타나 우리는 서로의 팔을 잡고 소동이 벌어진 현장에서 빠져나왔다. 그제야 안심이 되었다. 얼마간 홈즈는 아무 말도 없이 서둘러 발걸음을 옮겼고, 엣지웨어 대로로 나가는 조용한 골목으로 접어들자 드디어 입을 열었다.

"아주 잘했네, 왓슨. 대단한 활약이었어. 모든 일이 잘 풀려 가고 있네."

"사진을 찾았나?"

"숨겨 둔 곳을 알아냈지."

"어떻게 찾아낸 건가?"

"내가 말한 대로 그 여자가 알려 줬다네."

"대체 어떻게 된 건지 도대체 알 수가 없군."

홈즈가 웃으며 말했다.

"자네에게 숨길 생각은 조금도 없네. 아주 간단한 일이었지. 그 거리에 있던 사람들이 전부 내가 동원한 사람들이었다는 건 자네도 이미 눈치 챘겠지? 하룻밤만 고용하기로 계약했어."

"그건 나도 짐작하고 있었네."

"나는 붉은 물감을 녹여 손바닥 안쪽에 숨기고 있었지. 그리고 싸움이 시작되자마자 뛰어들어서 쓰러졌네. 그때 손을 얼굴로 가져가서 가엾은 구경거리가 됐지. 낡은 수법이야."

"그것도 대충은 눈치채고 있었네."

"그리고 나는 집 안으로 실려 갔어. 그 여자도 거절할 수는 없었을 거야. 달리 방법이 없었을 테니까. 게다가 내가 제일 미심쩍게 생각했던 거실로 나를 데리고 갔네. 사진은 틀림없이 거실이나 침실 중 한 곳에 숨겨 두었을 거라고 생각했고 거기를 확인해 보기로 마음먹고 있었네. 나를 소파에 눕히기에 숨이 막히는 척하며 창문을 열게 해서 자네에게 기회를 준 걸세."

"그게 어떤 도움이 됐단 말이지?"

"아주 큰 도움이 됐네. 여자들은 자기 집에 불이 나면 본능적으로 가장 중요하고 소중한 물건이 있는 곳으로 뛰어간다네. 그건 도저히 억누를 수 없는 충동이야. 나는 지금까지 여자들의 그런 본능을 몇 번이고 이용한 적이 있지. 가짜 달링튼 스캔들 사건 때도 그랬고, 앤즈워스 성 사건 때도 큰 도움이 됐지. 결혼한 여자는 아기가 있는 곳으로, 미혼 여성은 보석 상자가 있는 곳으로 달려가지. 그런데 오늘 만난 그 여자에게 가장 중요한 것은 우리가 찾는 사진일 거야. 그래서 난 그녀가 가장 먼저 그 사진을 숨겨 둔 곳으로 달려갈 것이라고 생각했네. '불이야!'라고 외치는 자네의 외침은 정말 그럴 듯했어. 그 연기를 마시고 사람들의 외침을 들으면 아무리 무쇠같고 침착한 여자라도 당황할 수밖에 없겠지. 애들러도 내가 예상했던 반응을 보여 줬다네. 오른쪽 벨과 연결되어 있는 끈 바로 위에 판자가 연결된 부분이 있는데 그 뒤쪽에 사진을 숨겨 두고 있었어. 그 여자가 바로 그쪽으로 달려가서 사진을 절반 정도 꺼내는 모습을 내 눈으로 확인하고 왔네. 내가 불이 아니라고 외치자 그녀는 사진을 제자리에 돌려놓고는 발연통을 힐끗 쳐다보더니 방 밖으로 뛰어나가서 아직 돌아오지 않았네. 나는 자리에서 일어나 대충 핑계를 대고 그 방을 빠져나왔어. 당장 사진을 가져갈까 생각했지만 마부가 방으로 들어와 나를 빤히 쳐다보기에 나중에 찾으러 오는 게 안전하겠다고 판단했지. 조급하게 서두르다가 괜히 일을 망칠 수도 있으니까."

"그래, 앞으로 어떻게 할 건가?"

내가 물었다.

"조사는 이제 끝났네. 내일 보헤미아 왕과 함께 애들러를 찾아갈 생각이야. 괜찮다면 자네도 같이 가 주지 않겠나? 우리는 거실로 안내를 받아 거기서 애들러가 나올 때까지 기다릴 걸세. 하지만 그녀가 나왔을 때 우리는 사진과 함께 사라지고 없을 거야. 자신의 손으로 직접 그것을 찾는다면 폐하도 무척 기뻐할 걸세."

"그럼 언제 찾아갈 생각인가?"

"아침 8시에. 그녀는 그때까지도 자고 있을 테니 방해받지 않고 처리할 수 있을 거야. 그리고 서둘러야 하는 이유가 한 가지 더 있네. 결혼했으니 그녀의 생활과 습관이 완전히 바뀌어 버릴지도 모르거든. 한시바

삐 폐하에게 전보를 쳐야겠어."

베이커 가에 도착한 우리는 하숙
집 문 앞에서 멈춰 섰다. 홈즈가 주
머니에서 열쇠를 꺼내려는 순간, 지
나가던 사람이 말을 걸어왔다.

"셜록 홈즈 선생님, 안녕하세요?"

사람들 몇 명이 거리를 지나고 있
었는데, 말을 걸어온 것은 빠른 걸
음으로 우리 앞을 지나쳐 간 긴 외
투를 입은 가냘픈 청년인 듯했다.

"언제 들어 본 목소리인데."

이렇게 말한 홈즈는 가로등이 희미하게 비추고 있는 거리를 뚫어져
라 바라보았다.

"그게 누구였더라."

3.

그날 밤, 나는 베이커 가에서 묵었다. 그리고 다음 날 아침, 둘이서 아
침으로 커피와 토스트를 먹고 있는데 보헤미아 왕이 방 안으로 뛰어들
었다.

"벌써 손에 넣었는가?"

왕은 홈즈의 어깨를 붙들고 뜨거운 눈빛으로 그의 얼굴을 들여다보
았다.

"아직 아닙니다."

"가능성은 있는 건가?"

"충분히 있습니다."

"그럼 어서 나가자. 도저히 가만히 있을 수가 없구나."

"마차를 불러야 합니다."

"아니, 내 사륜마차가 우리를 기다리고 있다."

"그거 잘됐군요."

우리는 밑으로 내려가 다시 한 번 브라이어니 저택을 향해 출발했다.

"아이린 애들러가 결혼했습니다."

마차 안에서 홈즈가 말했다.

"뭐, 결혼을 했다고? 언제?"

"어제 했습니다."

"그럼, 상대는?"

"노턴이라는 영국인 변호사입니다."

"아이린이 그런 사람을 사랑할 리가 없는데."

"저는 그녀가 노턴을 사랑하기를 바랍니다."

"어째서?"

"그러면 앞으로 폐하께서 골머리를 앓을 염려가 없어지기 때문입니다. 그녀가 남편을 사랑하고 있다면 폐하에게는 더 이상 애정이 없을 겁니다. 폐하를 사랑하지 않으니 폐하의 결혼식을 방해하려 들지도 않겠지요."

"그건 그렇군. 아! 하지만……, 그녀가 나와 같은 신분이었다면 가장 멋진 왕비가 될 수 있었을 텐데!"

왕은 다시 기운 없는 모습으로 돌아가 서펜타인 대로에 도착할 때까지 아무 말도 하지 않았다. 브라이어니 저택의 문은 열려 있었고 돌계단 위에 중년을 넘긴 여자가 서 있었다. 그녀는 비웃는 표정으로 우리가 마차에서 내리는 모습을 지켜보더니 이렇게 물었다.

"셜록 홈즈 씨가 맞으십니까?"

"내가 홈즈입니다."

홈즈는 깜짝 놀라서 의심스러운 눈초리로 그녀를 바라보았다.

"역시 그랬군요! 당신이 여기에 오실 거라고 부인께서 말씀하셨습니다. 부인은 주인님과 함께 아침 5시 15분 기차로 채링 크로스 역을 출발하여 유럽 대륙으로 떠나셨습니다."

"뭐라고?"

놀라움과 분함으로 얼굴이 하얗게 질린 홈즈가 휘청거렸다.

"부인이 영국을 떠났다고요?"

"두 번 다시 돌아오지 않을 겁니다."

"혹시 편지 같은 걸 남기지 않았나? 아, 모든 게 끝장이군."

왕이 갈라지는 목소리로 말했다.

"한번 봅시다."

홈즈가 그 가정부를 밀쳐 내다시피 하며 거실로 뛰어들었다. 왕과 나도 그의 뒤를 따라 들어갔다. 가구가 여기저기 흩어져 있었으며, 선반도 전부 떼어 놓은 상태였고, 서랍은 전부 열려 있었다. 그 숙녀는 떠나기 전에 황급히 짐을 꾸린 듯했다. 벨 끈이 있는 곳으로 달려간 홈즈는 조그만 문을 열어 손을 안으로 집어 넣었다. 그 안에서 사진 한 장과 편지가 나왔다. 이브닝드레스를 입은 아이린 애들러의 모습이 찍힌 사진이었다. 편지의 겉에는 '셜록 홈즈 선생님께. 오시면 읽어 보시기 바랍니다.'라고 적혀 있었다. 홈즈는 서둘러 봉투를 뜯었고, 우리 셋은 그것을 읽기 시작했다. 지난밤 12시에 쓴 것으로 내용은 다음과 같았다.

셜록 홈즈 선생님

정말 훌륭한 솜씨였습니다. 저를 완벽하게 속이셨습니다. '불이야!' 라는 외침을 들었을 때만 해도 조금도 의심하지 않았습니다. 하지만 그 직후, 스스로 비밀을 폭로해 버렸다는 사실을 깨닫고 곰곰이 생각하기 시작했습니다.

저는 이미 몇 달 전에 선생님을 조심하라는 주의를 들었습니다. 만약 국왕께서 누군가에게 부탁한다면 틀림없이 선생님에게 의뢰가 들어갈 것이라고 했지요. 그리고 선생님의 주소까지 알려 주었습니다. 그럼에도 불구하고 저는 선생님께서 알고 싶어 하시던 것을 스스로 알려 드린 꼴이 되어 버렸습니다. 수상하다는 생각이 들고 나서도 그렇게 친절하고 다정한 사제님이 나쁜 사람 같지는 않았습니다.

하지만 선생님도 아시다시피 저는 배우로 활동했습니다. 남자로 변장하는 것은 식은 죽 먹기입니다. 덕분에 지금까지도 남자 옷을 입고 거리로 나가 자유롭게 행동할 수 있었습니다. 저는 마부인 존에게 선생님을 감시하라고 일러두고 2층으로 뛰어 올라갔습니다. 주로 산책할 때 입는 남자 옷으로 갈아입고 밑으로 내려가니 마침 선생님이 돌아가고 계시더군요. 그래서 선생님의 뒤를 밟았습니다.

그리고 댁 앞까지 가서 그 유명한 셜록 홈즈 선생님이 사건에 관여했다는 사실을 확인했습니다. 실례인 줄은 알았지만 선생님께 인사를 건네고 남편을 만나러 법무 협회로 갔습니다. 우리는 선생님처럼 무서운 분이 노리고 있으니 도망치는 게 상책이라고 생각했습니다. 그러니 내일 저를 찾아오셔도 선생님을 기다리는 것은 빈집 뿐일 것입니다.

선생님의 의뢰인에게 사진은 걱정하지 말라고 전해 주시기 바랍니다. 지금은 훨씬 더 좋은 분과 서로 사랑하고 있으니까요. 폐하께서도 하고 싶은 일을 하셔도 될 거예요. 지난날 불장난했던 여자가 뭘 방해할 일은 없을 테니까요. 그 사진은 제 몸을 지키는 무기로 삼아 가지고 가겠습니다. 앞으로 폐하께서 무슨 일을 하시든 이것만 있으면 저는 안심할 수 있으니까요. 그 대신 다른 사진을 하나 놓고 갑니다. 폐하께서 원하신다면 기꺼이 드리겠습니다. 그럼 안녕히 계십시오, 셜록 홈즈 선생님.

아이린 노턴
(옛 이름 아이린 애들러)

"정말 대단한 여자야. 아, 정말 대단해!"

세 사람이 편지를 전부 읽고 나자 보헤미아 왕이 탄식하듯 외쳤다.

"내가 말한 대로 현명하고 야무진 여자가 아닌가? 틀림없이 훌륭한 왕비가 될 수 있었을 텐데. 아, 나와 신분이 다르다는 사실이 참으로 안타깝기 그지없구나."

"제가 보기에도 이 숙녀는 폐하와 너무나도 다른 부류의 사람인 것 같습니다."

홈즈가 비아냥거리듯 말했다.

"의뢰하신 일을 만족스럽게 해결하지 못해서 죄송합니다."

"그게 무슨 말인가? 나는 아주 만족스럽네. 그녀가 약속을 지키리라는 건 누구보다도 내가 잘 알고 있다. 그러니 그 사진은 이미 태워 버린 것이나 마찬가지지."

"그렇게 말씀해 주시니 저도 마음이 놓입니다."

"그대에게는 말로 표현할 수 없을 정도로 큰 신세를 졌다. 원하는 게 있으면 말해 보라. 이 반지는……."

왕은 손가락에 끼고 있던 뱀처럼 생긴 에메랄드 반지를 빼더니 손바닥에 올려놓고 앞으로 내밀었다.

"폐하께서는 제게 이 반지보다 더 소중한 것을 가지고 계십니다."

홈즈가 말했다.

"무엇이든 말해 보라. 그게 무엇인가?"

"이 사진입니다."

왕이 깜짝 놀라며 홈즈를 바라보았다.

"아이린의 사진 말인가? 그대가 원한다면 그대에게 주도록 하지."

"감사합니다, 폐하. 이제 모든 일이 끝났군요. 황공하오나 폐하께서도 즐거운 아침 맞이하시기를 바랍니다."

이렇게 말한 홈즈는 가만히 고개를 숙였다. 그리고 보헤미아 왕이 내민 손은 쳐다보지도 않고 나와 함께 집으로 돌아왔다.

이것은 보헤미아 왕국을 위협한 스캔들이자 셜록 홈즈의 교묘한 계획이 한 여인에게 무참히 깨져 버린 이야기이다. 홈즈는 여자들이 현명하지 못하다며 곧잘 비웃고는 했지만, 이 사건이 벌어진 다음부터는 그런 이야기를 하는 것을 들어보지 못했다. 그리고 아이린 애들러나 그 사진에 대해서 이야기할 때면 홈즈는 언제나 '그 여성'이라는 영예로운 호칭으로 불렀다.

02

빨강머리연맹

02
빨강 머리 연맹

작년 가을 어느 날, 나는 친구 셜록 홈즈의 하숙집을 찾아갔다. 그는 나이 지긋한 신사와 열심히 이야기를 나누고 있었다. 뚱뚱하게 살이 찐 그 신사의 얼굴은 붉었고 머리카락은 불타는 듯 빨갰다.

"손님이 계셨군. 미안하네."

대화를 방해한 것 같아서 사과를 하고 다시 밖으로 나가려 하는데 홈즈가 자리에서 벌떡 일어나 나를 방 안으로 잡아끌더니 문을 쿵 하고 닫아 버렸다.

"마침 잘 왔네, 왓슨."

홈즈가 기쁘다는 듯이 말했다.

"손님과 이야기하고 있지 않나?"

"그렇다네. 그것도 아주 중요한 이야기를 하고 있지."

"그럼 나는 옆방에서 기다리겠네."

"그럴 필요 없어."

이렇게 말한 홈즈는 빨간 머리카락의 신사에게 나를 소개했다.

"윌슨 씨, 이 친구는 내 동료입니다. 지금까지 해결한 대부분의 사건에서 내게 도움을 주었죠. 당신의 의뢰한 사건을 해결하는 것도 도와줄 겁니다."

윌슨이라 불린 뚱뚱한 신사가 의자에서 엉거주춤 일어나 가볍게 머리를 숙였다. 통통하게 살이 오른 눈꺼풀 속에 있는 자그마한 눈이 나에게 무엇인가를 묻는 듯했다.

"그 소파에 앉게나."

홈즈는 이렇게 말하고 자신도 팔걸이가 달린 의자로 돌아가 앉았다. 그리고 양손을 세우고 손가락 끝을 맞대 산처럼 만들었다. 그가 생각에 잠길 때면 늘 취하는 동작이었다.

"이보게, 왓슨. 자네도 나처럼 뻔하고 지루한 일상과 관습을 벗어난 특이한 일들을 좋아하지? 자네가 그동안 내 수사 기록을 열심히 작성해서 펴내 준 사실을 통해서도 알 수 있네. 이렇게 말해도 될지 모르겠지만, 내 모험담에 갖가지 장식까지 붙여 주고 말일세."

"나는 자네가 해결한 사건이 너무 재미있어서 그랬을 뿐이네."

"언젠가 내가 이런 말을 한 적이 있지? 메리 서덜랜드 양이 의뢰한 간단한 사건을 조사하기 전이었을 거야. 신기한 일이나 깜짝 놀랄 만한 사건을 찾고 싶다면 실제 우리 생활 속에서 찾아야 한다고 말일세. 왜냐하면 현실은 그 어떤 공상보다도 훨씬 더 기묘하고 예측할 수 없는 것을 보여 주니까."

"그랬지. 미안하지만, 그때 나는 그 의견에 동의할 수 없다고 말했네."

"그래, 왓슨. 그때는 그렇게 말했지만 결국에는 내 의견에 따르게 될 걸세. 그렇지 않다면 신물이 날 정도로 실제 사례를 자네에게 보여 주지. 그러면 자네의 논리도 내 생각에 동의하지 않고는 배기지 못할 거야. 어쨌든, 오늘 아침에 여기 계신 제이베스 윌슨 씨가 오셔서 어떤 이야기를 들려주셨는데, 근래 보기 드문 신비로운 사건이 될 것 같아. 내가 늘 말했던 것처럼 가장 기괴하고 보기 드문 사건은 큰 범죄보다는 오히려 작은 사건 안에 숨어 있는 경우가 많지. 범죄가 일어났는지도 모를 일 속에 숨어 있는 경우도 있고. 윌슨 씨가 의뢰한 사건도 지금 들은 이야기만으로는 범죄가 있는지 잘 모르겠지만, 사건의 추이를 보면 내가 지금까지 들어 온 사건들 중에서도 매우 특이한 사건이라고 할 수 있을 것 같네.

윌슨 씨, 죄송하지만 다시 한 번 처음부터 이야기를 들려주시겠습니까? 이 친구가 첫 부분을 듣지 못했고, 이야기가 실로 묘해서 나도 세세한 부분을 다시 한 번 들어 보고 싶습니다. 평소에는 사건의 경위를 듣고 작은 힌트를 얻기만 하면, 내 머릿속에 저장된 과거에 발생한 여러 사건들 중에서 비슷한 사례를 찾아내 그것을 참고해서 해결 방안을 세우곤 합니다. 그렇지만 이번 사건은 유례를 찾을 수 없을 정도로 특이해서 어떻게 해야 할지 감도 잡히지 않는군요."

뚱뚱하게 살이 찐 빨강 머리의 의뢰인은 조금 자랑스럽다는 듯 가슴을 펴더니 두꺼운 외투의 안쪽 주머니에서 지저분하고 꼬깃꼬깃한 신문을 꺼내들었다. 그리고 머리를 앞으로 내밀어 무릎 위에서 신문의 주름을 펴면서 광고란 쪽으로 시선을 떨어뜨렸고, 나는 그동안 그 남자를 유심히 살펴봤다. 홈즈에게 배운 대로 신사가 입고 있는 옷과 태도를 통해서 무엇인가를 알아내려 했던 것이다.

하지만 아무리 쳐다봐도 머릿속에 떠오르는 것은 거의 없었다. 눈앞에 있는 사람은 뚱뚱하고 거드름을 피우며 굼떠 보이는, 어디에서나 흔

히 볼 수 있는 평범한 영국 상인이었다. 조금 헐렁한 회색 줄무늬 바지에 그다지 깨끗하다고는 말할 수 없는 검은 프록코트를 입고 있었는데 코트 단추는 아랫단추만 빼고 전부 풀어져 있었다. 빛바랜 갈색 조끼 위에는 놋쇠로 만든 앨버트형 굵은 시곗줄이 늘어져 있었는데 그 끝에 네모난 구멍이 뚫린 조그만 금속이 장식으로 달려 있었다. 그의 옆에 있는 의자 위에는 닳아빠진 중산모와, 주름진 벨벳 목깃이 달린 낡은 갈색 외투가 걸려 있었다. 아무리 관찰을 해 봐도 머리카락이 불타는 듯 빨갛다는 것과 억울함에 찬 불만스러운 표정을 짓고 있다는 것 말고는 특별히 알아낸 것이 없었다.

셜록 홈즈는 그 날카로운 눈으로 내 의도를 단번에 알아차렸다. 그리고 내가 좀 알려 달라는 눈길로 그를 바라보자 살며시 웃으며 고개를 설레설레 저었다.

"이분은 예전에 손을 사용하는 육체노동에 종사했고, 코담배를 좋아하며, 프리메이슨[6] 회원이야. 그리고 중국에 다녀온 적이 있으며, 최근에는 글씨를 상당히 많이 쓴 듯하네. 내가 확실하게 말할 수 있는 것은 이 정도일세. 나머지는 잘 모르겠어."

이 말을 듣고 윌슨은 깜짝 놀라 의자에서 벌떡 일어나 검지로 신문을 누른 채 홈즈를 바라보았다.

"홈즈 선생님! 그걸 어떻게 아셨습니까? 제가 손을 사용하는 노동을 했다는 건 어떻게 알았지요? 사실 제가 돈을 벌기 시작할 나이에 처음한 일은 배 만드는 목수 짓이었습니다."

"손을 보고 알았습니다. 오른손이 왼손보다 훨씬 더 크지 않습니까? 오른손을 많이 사용하는 일을 했기 때문에 왼손보다 오른손 근육이 더 발달한 거죠."

"그렇군요. 그럼 코담배는? 그리고 제가 프리메이슨 회원인 건 또 어떻게 아셨습니까?"

"그것을 일일이 설명하면 현명한 손님에게 실례가 될 테니 생략하지요. 게다가 당신은 프리메이슨의 엄격한 규칙에도 불구하고 삼각자와 컴퍼스로 만든 장식 핀을 가슴에 달고 있으니까요."

"이런, 깜빡했습니다. 그렇다면 글씨를 많이 썼다는 사실은?"

"오른쪽 소매 깃부터 위쪽으로 약 12센티미터 정도 되는 부분까지 번들번들 빛나고 있군요. 그리고 책상에 닿는 부분인 왼쪽 팔꿈치에 만질만질한 헝겊을 댔으니 달리 생각할 길이 없습니다."

"그건 그렇군요. 그럼 중국에 다녀온 것은?"

"오른쪽 손목 바로 위에 물고기 문신이 보입니다. 그건 중국에서만 새길 수 있는 것이지요. 문신에 대해서도 조금 연구한 적이 있고, 관련 잡지에 글을 발표한 적도 있었습니다. 게다가 물고기 비늘을 그렇게 아름다운 분홍빛으로 물들일 수 있는 독특한 기술은 중국에만 있고요. 게다가 시곗줄에 중국 동전을 끼워 놓았으니 금방 알 수 있죠."

월슨이 실망스러운 미소를 지었다.

"아하, 난 또 뭐라고! 처음에는 아주 어려운 방법을 사용해서 알아낸 줄 알았는데 이야기를 듣고 보니 뭐 별거 아니었군요."

"이보게, 왓슨. 내가 쓸데없이 구구절절 설명한 것 같군. '미지의 것은 모두 위대해 보인다.'라는 말도 있는데 이렇게 일일이 설명하다가는 미미한 나의 명성도 곧 사그라지겠어. 그건 그렇고, 월슨 씨, 아직 광고를 못 찾았습니까?"

홈즈가 말했다.

"아니, 찾았습니다."

월슨은 굵고 붉은빛이 도는 손가락으로 광고란의 중앙 부분을 가리켰다.

"바로 이겁니다. 여기서 모든 일이 시작됐습니다. 직접 읽어 보세요."

나는 신문을 받아 들었다. 거기에는 다음과 같은 글이 실려 있었다.

빨강 머리 연맹

미국 펜실베이니아 주 레바논의 고 이제키아 홉킨스 씨의 유언에 따라 결성된 이 연맹에 새로운 빈자리가 하나 생겼습니다. 회원은 극히 형식적인 일만 하면 되며, 그 보수로 주 4파운드의 급여를 받습니다. 심신이 건강한 21세 이상의 붉은 머리를 가진 남성이라면 누구나 응모할 수 있습니다. 월요일 11시에 플리트 가의 포프스 코트 7번지에 있는 연맹 사무실로 와서 던컨 로스에게 신청하세요.

"이게 대체 무슨 말인가?"

나는 이 광고를 두 번 거듭 읽은 뒤에 큰 소리로 물었다. 홈즈는 기분이 좋을 때면 언제나 그렇듯이, 의자에 앉은 채로 몸을 흔들며 껄껄 웃었다.

"정말 특이하지 않나? 윌슨 씨, 처음부터 다시 이야기해 주세요. 당신과 집안 사정, 그리고 이 광고 때문에 당한 일까지 모두. 왓슨, 자네는 우선 그 신문의 이름과 날짜를 메모해 주게."

"1890년 4월 27일자 〈모닝 크로니클〉. 약 두 달 전 신문일세."

"고맙네. 이제 말씀해 주시죠, 윌슨 씨."

윌슨이 이마의 땀을 닦으며 말을 시작했다.

"아, 홈즈 선생님. 조금 전에 말씀드린 대로 저는 런던의 중심지 가까이에 있는 코버그 광장에서 작은 전당포를 하고 있습니다. 뭐, 별로 크지도 않고 그나마 요즘에는 입에 풀칠이나 할 수 있는 정도입니다. 예전에는 점원을 두 명이나 두고 있었지만 지금은 한 명밖에 없지요. 그 점원에게도 월급을 주기가 힘들어졌습니다.

그런데 다행스럽게도 이 점원은 일만 배우면 된다며 다른 사람의 절반 정도밖에 안 되는 월급을 받으며 일해 주고 있습니다. 그렇지 않았다면 점원에게 월급을 주기 위해 제가 부업이라도 해야 할 판이었죠."

"그 기특한 청년의 이름이 뭡니까?"

홈즈가 물었다.

"빈센트 스폴딩이라는 사람인데 정확한 나이는 몰라도 청년이라고 부를 만큼 젊지는 않습니다. 그처럼 열심히 일하는 점원도 없을 겁니다. 똑똑하기도 해서 마음만 먹는다면 좀 더 좋은 곳에서 지금의 두 배 정도 되는 월급을 받으며 일할 수 있을 겁니다. 하지만 본인이 만족하고 있는 것 같아 특별히 다른 말은 하지 않고 있습니다."

"그렇겠지요. 그렇게 적은 급료도 괜찮다고 하는 점원을 두셨다니 당신은 정말 운이 좋습니다. 요즘 세상에 그런 사람을 고용하기란 쉬운 일이 아니까요. 그 점원도 이 광고만큼 특이한 사람이군요."

"사실, 그 사람에게도 단점은 있습니다. 스폴딩처럼 사진에 미친 사람도 없을 겁니다. 조금 진지하게 일을 배워야 할 때도 사진기를 들고 나와서 셔터를 눌러 댑니다. 그러고는 마치 토끼가 굴속으로 들어가는 것처럼 지하실로 들어가 현상을 하죠. 그것이 가장 큰 결점이지만 전체적으로는 아주 일을 잘합니다. 나쁜 사람은 아닙니다."

"지금도 당신의 가게에서 일하고 있습니까?"

"그렇습니다. 스폴딩 말고는 간단한 요리와 청소를 해 주는 열네 살짜리 여자아이가 한 명 더 있습니다. 집에 있는 사람은 그게 전부입니다. 제 아내는 죽었고 다른 가족은 없으니까요. 이렇게 셋이서 조용히 살고 있었습니다. 비바람을 피하고 꾼 돈을 갚을 정도는 됐으니까요. 그런데 이 신문 광고가 그런 생활을 깨 버리고 말았습니다. 정확히 8주 전

의 일이었습니다. 스폴딩이 이 신문을 가게로 가지고 와서 이렇게 말했습니다.

'아, 사장님. 왜 제 머리카락은 빨갛지 않을까요?'

'왜 그러나?'

제가 물었습니다.

'빨강 머리 연맹에 결원이 생겼어요. 여기 회원이 된다는 건 큰 행운이나 마찬가지죠. 회원이라면 누구나 조금은 돈을 모을 수 있거든요. 회원이 부족해서 연맹에서는 돈이 남아돌아 골머리를 썩일 지경이랍니다. 제 머리카락이 빨간색으로 변해 버리면 좋으련만. 그러면 당장 달려가서 한밑천 잡을 수 있을 텐데.'

'그게 무슨 소리지?'

제가 다시 물었습니다. 홈즈 선생님, 저는 늘 집에만 있기 때문에 세상 물정에 어두워서 누가 작은 소식이라도 가져오면 바로 관심을 보이곤 합니다. 제가 손님을 찾아가는 게 아니라 손님이 저를 찾아오는 일을 하고 있으니까요. 몇 주일 동안 집에 틀어박혀서 밖으로 한 발짝도 나가지 않는 경우가 허다합니다.

'사장님, 빨강 머리 연맹에 대해서 아직 못 들어 보셨습니까?'

스폴딩이 눈을 동그랗게 뜨고 물어봤습니다.

'금시초문일세.'

'어떻게 그럴 수가 있죠? 사장님은 거기에 신청할 자격을 갖추고 계신데 말이에요.'

'그래, 거기에 들면 무슨 좋은 일이라도 생기나?'

'뭐, 1년에 겨우 200파운드 정도는 생기는 것 같아요. 게다가 일이 아주 쉬워서 사장님처럼 장사하는 분들이 하기에 적합하죠.'

홈즈 선생님, 그 말을 듣고 제가 얼마나 혹했을지 짐작하고도 남겠죠? 지난 몇 년간 전당포 운영도 시원찮았는데 다른 일을 해서 1년에 200파운드를 받을 수 있다니 그 얼마나 고마운 소리입니까? 스폴딩에게 말했습니다.

'자세한 이야기를 들려주게.'

스폴딩이 광고를 보여 주면서 말했습니다.

'직접 읽으면 아시겠지만 연맹에 공석이 생겼대요. 여기에 자세한 문의처가 적혀 있습니다. 제가 들은 바에 따르면 이 빨강 머리 연맹은 이제키아 홉킨스라고 하는 미국의 백만장자가 만들었답니다. 원래 성격이 좀 특이한 사람이었는데, 자신이 빨강 머리라 빨강 머리를 가진 사람들을 동정했고 결국 이런 이상한 유언을 남겼다고 해요. 관리 위원회에 막대한 재산을 맡기면서 거기서 나오는 이자를 빨강 머리를 가진 사람들에게 간단한 일을 시키고 나눠 주라고 했다지 뭡니까. 들리는 소문으로는 아주 간단한 일만 하면 굉장한 급료를 받을 수 있대요.'

'하지만 빨강 머리 사내가 어디 한둘이겠는가?'

'생각처럼 그렇게 많지는 않은가 봅니다. 자격 요건을 보세요. 런던에 사는 성인 남성이 아니면 안 되잖아요. 그 백만장자가 젊었을 때 런던에서 사업을 시작해서 성공을 거두었기 때문에 이 도시에 보답하려는 거래요. 그리고 빨강 머리라 해도 색이 옅거나 검은빛이 돌아서는 안 되고, 불타오르듯이 새빨간 색이 아니면 소용 없다고 하더군요. 사장님, 생각이 있으시면 한번 찾아가 보세요. 하긴, 고작해야 수백 파운드 때문에 사장님이 일부러 찾아갈 필요는 없을지도 모르지만요.'

선생님, 보시다시피 제 머리는 숱도 많고 아주 새빨간 색입니다. 세상에 머리가 저보다 더 빨간 사람은 없을 겁니다. 해볼 만하다는 생각이 들었지요. 스폴딩이 이 연맹을 아주 자세하게 알고 있는 것 같았기에 함께 가면 도움이 될 거라고 생각했습니다. 그래서 그날은 가게 문을 일찍 닫고 그를 데리고 밖으로 나갔습니다. 녀석도 그 하루는 일을 하지 않아도 되니 매우 기뻐하는 눈치였습니다. 우리 두 사람은 광고에 실린 번지를 찾아갔습니다.

그런데 세상에! 그런 광경은 두 번 다시 보고 싶지 않습니다. 동서남북, 사방팔방에서 머리에 조금이라도 붉은빛이 도는 남자들이라면 전부 몰려와 일제히 그곳을 향해서 걸어가고 있는 것 같았어요. 광고 한 번으로 전국에서 그렇게 많은 사람들이 몰려들 줄은 꿈에도 생각지 못했습니다. 플리트 가는 머리가 빨간 사람들의 물결로 숨 막힐 지경이었습니다. 그중에서도 포프스 코트는 오렌지 장수의 짐수레처럼 빨강 머리들이 빽빽하게 들어차 있었습니다. 레몬 같은 색, 지푸라기 같은 색,

오렌지색, 벽돌색, 사냥개 아이리시세터처럼 빨간색, 간처럼 빨간색, 흙 빛이 도는 빨간색 등등 그야말로 별별 빨강 머리들이 다 모여 있었습니다. 하지만 스폴딩이 말한 것처럼 불타오르듯이 빨간 머리를 가진 사람은 거의 찾아볼 수가 없었습니다.

그래도 너무 많은 사람들이 순서를 기다리고 있어서 저는 거의 포기하려 했습니다. 그런데 스폴딩이 저를 말리더군요. 그러더니 어떻게 했는지는 몰라도 사람들을 밀치고, 젖히고, 헤집고 가서는 사무실로 오르는 계단까지 저를 데리고 갔습니다. 거기에는 기대에 부풀어서 올라가는 사람과 실망한 표정으로 내려오는 사람들이 두 줄로 길게 늘어서 있었지요. 저와 스폴딩은 간신히 사람들 틈을 비집고 드디어 사무실로 들어갔습니다."

여기서 잠시 말을 멈춘 윌슨은 코담배를 한껏 들이켜며 정신을 가다듬었다.

"정말 재미있는 경험을 하셨군요. 그래서 어떻게 됐습니까?"

홈즈가 말했다.

"사무실 안에는 나무 의자 두 개, 소나무 판자로 만든 소박한 탁자 하나가 놓여 있을 뿐이었습니다. 탁자 건너편에 저보다도 더 빨간 머리를 가진 작은 사내가 앉아 있었어요. 신청자가 들어올 때마다 두어 가지 질문을 해서 부족한 점을 찾아내 탈락시키곤 했습니다. 빨강 머리 연맹의 회원이 되기가 그리 쉬운 일은 아닌 듯했습니다. 그런데 내 차례가 되자 그 사내의 표정이 확 변하면서 다른 사람을 상대할 때와는 달리 아주 친절한 태도를 보였습니다. 그러고는 우리가 방에 들어가자마자 무슨 비밀스러운 이야기를 하려는 사람처럼 문을 꼭 닫아 버렸습니다.

'이분은 제이베스 윌슨이라는 분입니다. 연맹의 빈자리를 채우고 싶어 하지요.'

스폴딩이 옆에서 말했습니다.

'이야, 이런 적임자가 있었다니. 모든 면에서 우리가 원하는 조건에 딱 들어맞는 분입니다. 이렇게 멋진 빨강 머리는 지금까지 한 번도 본 적이 없어요. 완벽합니다.'

사내는 그렇게 대답하고 뒤로 한 걸음 물러서서 고개를 갸우뚱거리며 제 머리카락을 유심히 살펴보았습니다. 너무 뚫어져라 쳐다보기에 얼굴이 벌게질 정도였습니다. 그러다가 갑자기 제 앞으로 성큼 다가와서는 제 손을 움켜쥐었습니다.

'합격을 축하드립니다. 어디 한 군데 흠잡을 데가 없습니다. 그래도 혹시 모르니 잠시 실례하겠습니다.'

그는 그렇게 말하면서 두 손으로 제 머리카락을 쥐더니 힘껏 잡아당겼습니다. 너무 아팠기 때문에 저도 모르게 비명을 질렀습니다.

'이런, 눈물까지 글썽이시는군요. 큰 실례를 범했지만, 지금까지 가발에 두 번, 염색에 한 번 속아서요. 구둣방에서 쓰는 왁스로 속이려든 사람도 있었습니다. 인간의 간교함에는 정말 넌덜머리가 날 지경입니다.'

그 사람은 창가로 가서 거리를 가득 메운 사람들을 향해서 소리쳤습니다.

'합격자가 정해졌습니다!'

아래에서 실망스러운 웅성거림이 들려왔지만 사람들은 이내 뿔뿔이 흩어져 떠났고 이제 빨강 머리는 그 작은 사내와 저만 남게 되었습니다.

'저는 던컨 로스라고 합니다.'

작은 사내가 예를 갖춰 이름을 밝힌 뒤 계속 말을 이었습니다.

'저도 그 위대한 분이 베푼 재산에서 연금을 받고 있는 사람 중 한 명입니다. 그런데 윌슨 씨, 결혼은 하셨습니까? 가족은요?'

저는 가족이 없다고 답했습니다.

'이를 어쩌나? 이건 매우 중요한 문제입니다. 우리 연맹은 빨강 머리를 가진 사람을 보호하는 것뿐만 아니라 그 사람의 자손을 번창시키려는 목적도 갖고 있습니다. 가족 없이 혼자 사신다니 정말 안타까운 일입니다.'

이 말을 듣고 저는 가슴이 철렁했습니다. '아, 결국은 나도 불합격이구나.'라고 생각했죠. 그런데 잠시 생각에 잠겨 있던 사내가 이렇게 말했습니다.

'아무렴 어떻겠습니까. 다른 사람이라면 치명적인 결격 사유가 되겠

지만 당신처럼 멋진 머리카락을 가진 분은 예외입니다. 그럼, 언제부터 일해 주실 수 있겠습니까?'

'글쎄, 그게 조금 난처한 점이긴 한데, 사실 지금 하고 있는 일이 있어서요.'

'사장님, 그거라면 하나도 걱정하실 필요가 없어요. 제가 대신 가게를 볼 테니까요.'

스폴딩이 말했습니다.

'이곳 일은 몇 시부터 몇 시까지입니까?'

제가 로스에게 물었습니다.

'아침 10시부터 오후 2시까지입니다.'

선생님, 전당포는 대체로 저녁 시간에 바쁩니다. 특히 급여가 나가는 토요일 직전인 목요일과 금요일 밤이 제일 바쁘지요. 그러니 아침 한나절에 잠깐 돈벌이를 하러 나가기에는 아주 좋은 장사입니다. 거기다 스폴딩은 사람이 좋아서 무슨 일이든 마음 놓고 맡길 수 있었습니다. 그래서 저는 이렇게 대답했습니다.

'그거 아주 잘됐군요. 급료는 얼마나 됩니까?'

'일주일에 4파운드입니다.'

'일은요?'

'일이라고 해도 형식적인 것입니다.'

'어떤 일인지 좀 더 구체적으로 말씀해 주세요.'

'근무시간에는 죽 사무실 안에 있어야 합니다. 적어도 이 건물 안에는 있어야 해요. 만약 여기서 한 발짝이라도 벗어나면 영원히 이 자리를 잃게 됩니다. 이건 유언장에 명확하게 기재되어 있는 사항입니다.'

'하루에 겨우 4시간만 일하면 되니 밖으로 나갈 일은 없을 겁니다.'

'어떤 이유에서든 변명은 통하지 않습니다. 몸이 아플 때나, 장사 때문에 나가야 할 때라도 말이죠.'

'그런데 일은 어떤 겁니까?'

'브리태니커 백과사전을 필사하는 일입니다. 저쪽 책장에 한 권이 있습니다. 잉크와 펜, 압지는 직접 준비해 주십시오. 이 탁자와 의자를 쓰시고요. 내일부터 와 주실 수 있습니까?'

'올 수 있고말고요.'

'그럼, 제이베스 윌슨 씨, 오늘은 이만 돌아가셔도 좋습니다. 우리 연맹에 들어오신 것을 다시 한 번 진심으로 축하드립니다.'

로스는 인사를 하고 우리를 배웅해 주었습니다. 스폴딩과 함께 집으로 돌아온 저는 너무 기뻐서 어쩔 줄을 몰랐습니다. 그날 저는 하루 종일 들뜬 마음으로 그 일만 생각했는데 저녁이 되자 기분이 가라앉기 시작했습니다. 아무리 생각해 봐도 이 일이 장난 같았습니다. 안 그렇겠습니까? 무슨 목적으로 이런 일을 하는지는 몰라도 그런 이상한 유언을 남겼다는 것도 그렇고, 겨우 백과사전을 필사하는 데 일주일에 4파운드라는 거금을 준다는 소리를 믿을 사람이 세상에 어디 있겠습니까? 스폴딩은 거짓일 리가 없다고 말했지만, 저는 잠자리에 들 무렵에는 그냥 없던 일로 하자고 생각했습니다. 그렇지만 이튿날 아침이 되자 그래도 일단 가 보기나 해야겠다는 마음이 들었습니다. 그래서 저는 잉크 한 병과 거위 깃털로 만든 펜, 그리고 풀스캡[7] 종이 일곱 장을 사서 포프스 코트로 향했습니다.

그런데 저는 깜짝 놀라고 말았습니다. 모든 것이 약속한 그대로였습

---

7) foolscap. 33×40센티미터 크기의 대형 인쇄용지.

니다. 놀라움과 기쁨이 교차하는 것을 느꼈습니다. 탁자가 깨끗하게 준비되어 있었고 제가 규칙대로 일을 시작하는지 지켜보기 위해서 던컨 로스 씨가 와 있었습니다. 제가 A항목부터 쓰기 시작하자 던컨 씨는 밖으로 나갔습니다. 그러고는 때때로 들어와서 제가 제대로 일하고 있는지를 확인하고는 했습니다. 오후 2시가 되자 그는 이제 돌아가도 좋다고 말했습니다. 그리고 제가 쓴 몇 장의 종이를 보고 칭찬하고 저를 배웅한 다음, 사무실의 문을 잠그더군요.

이런 식으로 하루하루가 지났고 그 주 토요일이 되자 로스 씨가 일주일분의 급여라며 1파운드짜리 금화 4개를 주었습니다. 다음 주도, 그리고 그 다음 주도 계속해서 같은 일을 반복했습니다. 매일 아침 10시에 나가서 오후 2시까지 일을 했습니다. 시간이 흐르자 로스 씨는 오전에만 한 번 나오더니 나중에는 아예 모습을 드러내지 않았습니다. 그래도 저는 방 밖으로 나가지 않았습니다. 언제 로스 씨가 나타날지 몰랐고, 쓸데없는 짓을 해서 그렇게 좋은 일자리를 잃고 싶지도 않았으니까요.

그렇게 8주가 지났습니다. 저는 '수도원장Abbots, 궁술Archery, 갑옷 Armour, 건축Architecture, 아티카Attica[8]' 등 A항목을 써 나가면서 이대로라면 곧 B항목에 들어갈 수 있겠다고 생각했습니다. 종이 값만 해도 벌써 만만치 않게 지출했고 제가 쓴 종이로 선반 하나를 충분히 메울 수 있을 정도가 되었습니다. 그런데 이 모든 것이 한순간에 끝나 버리고 말았습니다."

"끝났다고요?"

---

8) 고대 그리스의 남동부에 있는 지방으로 아테네, 마라톤 등의 땅들을 포함한다.

"그렇습니다. 바로 오늘 아침에 말입니다. 평소와 다름없이 10시에 사무실로 나갔더니 문은 잠겨 있었고 문 한가운데에는 압정으로 박아 놓은 사각형의 작은 종이가 붙어 있었습니다. 이게 그겁니다. 한번 보십시오."

월슨은 이렇게 말하며 편지지만 한 하얀 종이를 내밀었다. 거기에는 이렇게 적혀 있었다.

빨강 머리 연맹을 해산함.
1890년 10월 9일

셜록 홈즈와 나는 터져 나오는 웃음을 참을 수가 없었다. 냉정하기 짝이 없는 글귀와 그 너머로 보이는 월슨의 슬픔에 잠긴 얼굴을 보는 순간, 다른 생각은 모조리 사라졌고 그저 우스워서 견딜 수가 없었다.

"뭐가 그렇게 우습단 말입니까?"

빨강 머리카락이 자라기 시작한 부분까지 얼굴이 벌겋게 물든 월슨이 소리 질렀다.

"그렇게 사람을 비웃을 거라면 저는 다른 곳으로 가 보겠습니다."

"아니, 아니. 그런 게 아닙니다."

이렇게 말한 홈즈가 막 자리에서 일어서려던 월슨을 다시 의자에 앉혔다.

"무슨 일이 있어도 이번 사건을 놓칠 수는 없습니다. 이렇게 놀랍고 신기한 사건도 없을 테니까요. 하지만 솔직히 말해서 조금 우습기는 하군요. 그런데 윌슨 씨, 사무실 앞에서 이 종이를 보고 나서 당신은 어떻게 했습니까?"

"충격적이었소. 대체 어떻게 해야 좋을지 알 수가 없었습니다. 그 건물 안에 있는 다른 사무실들을 찾아가 보았지만 무엇 하나 아는 사람이 없었습니다. 하는 수 없이 그 건물 주인을 찾아갔습니다. 1층에 살고 있는 회계사더군요. 그런데 빨강 머리 연맹이라는 건 들어 본 적도 없다는 겁니다. 던컨 로스라는 이름도 처음 들었다고 했습니다.

'그 4호실 신사 말입니다.'

제가 이렇게 말하자 주인이 대답했습니다.

'아, 그 빨강 머리 말이오?'

'맞습니다.'

'그 사람의 이름은 윌리엄 모리스요. 변호사인데 새로운 사무실이 준비될 때까지 잠시 우리 사무실을 쓰고 있었소. 어제 새 사무실로 이사 갔소.'

'어디로 가면 만날 수 있을까요?'

'새로운 사무실로 가면 되겠지. 주소를 알고 있소. 그러니까……, 세인트 폴 성당 근처에 있는 킹 에드워드 17번지요.'

저는 그곳으로 달려갔습니다. 그런데 거기에는 의족을 만드는 공장만 있었고 그곳에 있는 사람들은 죄다 윌리엄 모리스와 던컨 로스라는 사람을 모른다고 했습니다."

"흠, 그래서 어떻게 하셨나요?"

"집으로 돌아와서 스폴딩에게 사정을 설명했습니다. 하지만 녀석도 뾰족한 수가 없는 듯했습니다. 기껏 한다는 말이 조금 기다리고 있으면 편지가 올지도 모른다는 거였는데 그 말은 조금도 위로가 되지 않았습니다. 가만히 앉아서 그렇게 좋은 일자리를 잃다니. 예전에 선생님이 곤란한 일을 겪은 사람들에게 지혜를 빌려 주신다는 이야기를 기억해 내고 이렇게 찾아온 것입니다."

"아주 잘 오셨습니다. 기꺼이 이 사건을 맡도록 하죠. 이야기를 들어 보니 아주 진귀한 사건이고 처음에 생각했던 것보다 훨씬 더 중요한 문제일 것 같습니다."

"정말 중요한 문제가 맞습니다! 일주일에 4파운드나 받을 수 있는 일자리를 잃었으니까요. 이번 주 급료도 아직 못 받았고요."

"당신이 기상천외한 그 연맹에 불만을 품을 이유는 없어 보입니다. 백과사전의 A항목에 실린 지식을 얻었고, 거기다 지금까지 30파운드 넘게 돈을 벌었으니까요."

"그건 그렇습니다. 하지만 저는 그 녀석의 정체를 알고 싶습니다. 그리고 이게 장난이었다면 왜 그랬는지 들어 보고 싶고요. 장난이라고 하기에 32파운드는 너무 큰돈이니까요."

"그런 점은 내가 조사해서 속 시원히 알려 드리죠. 먼저 두어 가지 묻고 싶은 게 있습니다. 윌슨 씨, 처음 당신에게 광고를 보여 준 그 점원은 언제부터 가게에서 일했습니까?"

"그 신문광고가 나기 한 달 전부터였습니다."

"어떻게 가게에서 일하게 됐죠?"

"구인 광고를 냈었지요."

"광고를 보고 찾아온 사람은 그 사람뿐이었나요?"

"아니요. 열두어 명은 왔습니다."

"그런데 왜 그 사람을 고용했습니까?"

"사람이 좋아 보였고, 보수도 많이 필요하지 않다고 했으니까요."

"보수가 다른 사람의 반 정도라고 하셨죠?"

"맞습니다."

"그 스폴딩이라는 사람은 어떤 사람입니까?"

"체격은 작고 뚱뚱한 편인데 몸이 아주 민첩합니다. 서른은 넘은 듯하고 얼굴에 수염은 없습니다. 그리고 이마에 산酸 때문에 화상을 입은 듯한 하얀 반점이 있습니다."

이 말은 들은 홈즈는 조금 흥분했는지 자세를 바꿔 앉으며 말했다.

"내 그럴 줄 알았지. 양쪽 귀에 귀걸이를 끼우는 구멍이 있지 않나요?"

"있습니다. 어렸을 때 집시들이 뚫어 놓았다고 했습니다."

"흠."

홈즈는 의자에 등을 기대고 가만히 생각에 잠겼다.

"그 사람은 아직 가게에 있습니까?"

"네. 조금 전에도 만나고 왔습니다."

"윌슨 씨가 없어도 가게가 안전할까요?"

"크게 신경 쓸 것 없습니다. 아침에는 별로 할 일이 없으니까요."

"잘 알겠습니다, 윌슨 씨. 하루나 이틀쯤 지나면 이 사건에 대한 내 의견을 알려 드리도록 하겠습니다. 오늘이 토요일이니까 다음주 월요일까지는 해결할 수 있을 겁니다."

의뢰인이 돌아가자 홈즈가 내게 물었다.

"왓슨, 자네는 이 이야기를 어떻게 생각하나?"

"나는 전혀 모르겠네. 정말 이상한 사건이군."

나는 느낀 그대로 솔직하게 대답했다.

"사건이 기묘하게 보일수록 속사정은 간단한 경우가 많지. 평범한 얼굴일수록 더 기억하기 어렵듯이, 평범하고 특징 없는 사건일수록 해결하기는 더 어려운 법이야. 어쨌든 이번 사건은 서둘러 해결해야 하네."

"지금부터 어떻게 할 생각인가?"

내가 말했다.

"담배를 피워야겠네. 이번 사건은 파이프로 담배를 세 번만 피우면 해결될 문제야. 미안하지만 지금부터 50분 정도는 나에게 아무 말도 말아 주게나."

이렇게 말한 홈즈는 의자에 앉은 채, 여윈 무릎을 매부리처럼 뾰족한 코끝에 닿을 정도로 추켜올려 몸을 둥글게 말았다. 그리고 점토를 구워 만든 검은 파이프를 괴이한 모습의 새 부리처럼 입에 물고 가만히 눈을 감은 채 생각에 빠져들었다. 그대로 움직이지 않고 한동안 앉아 있기에 나는 홈즈가 잠든 줄 알고 꾸벅꾸벅 졸기 시작했다. 그런데 홈즈가 갑자기 단호한 표정으로 의자에서 벌떡 일어나 파이프를 난로 위에 올려놓더니 이런 말을 했다.

"오후에 세인트 제임스 홀에서 사라사테[9]의 연주회가 열린다네. 왓슨, 내가 환자들에게서 자네를

9) Pablo de Sarasate(1844~1908). 에스파냐 태생의 프랑스 작곡가 겸 바이올린 연주자. 아름다운 음색과 기교적 연주로 유명했다.

두어 시간 정도 빌리고 싶은데 괜찮을지 모르겠군. 어떻게 생각하나?"

"오늘은 한가하네. 내 일은 원래 그리 시간이 걸리지도 않고."

"그럼 모자를 쓰고 따라오게. 우선 시가지를 지나가다가 도중에 점심 식사를 하세. 그런 다음 연주회에 가는 거야. 프로그램을 보면 독일 곡이 많은데 나는 이탈리아나 프랑스 곡보다 독일 곡을 더 좋아하네. 게다가 나는 지금 생각에 잠겨야 하니 독일 음악은 나한테 꼭 알맞아."

우리는 지하철을 타고 알더스게이트까지 갔다. 거기에서 조금 떨어진 곳에 삭스 코버그 광장이 있었다. 오늘 아침에 들은 이상한 이야기의 주인공인 윌슨이 살고 있는 곳이었다. 한가운데 철책을 두른 조그만 공터가 있었다. 모든 것이 낡아빠진, 초라하고 작은 거리였다. 그을린 벽돌로 지은 이층 건물이 둘러싼 곳에 작은 공터가 있었고 그 철책 안쪽에는 잡초처럼 자란 잔디와 빛바랜 월계수가 오염된 공기와 싸우며 자라고 있었다.

모퉁이에 있는 집 앞에 전당포임을 알리는 금빛 구슬이 세 개 달린 표지판이 걸려 있었다. 갈색 바탕에 하얀 글씨로 '제이베스 윌슨'이라 써 놓은 간판도 걸려 있었다. 그 빨강 머리 의뢰인의 영업 장소였다. 그 가게 앞에 멈춰 선 홈즈는 고개를 갸우뚱했고 가늘게 뜬 눈을 반짝이며 주위를 유심히 살펴보았다. 그러고는 거리를 오가며 집의 모습을 세심하게 관찰하면서 길을 천천히 오르내렸다. 다시 전당포 앞으로 돌아온 홈즈는 들고 있던 지팡이로 보도를 있는 힘껏 두어 번 두드린 다음, 가게 문을 두드렸다.

그러자 문이 바로 열리더니 수염을 깨끗하게 깎고 영리해 보이는 젊은 남자가 얼굴을 내밀었다.

"어서 오십시오."

"고마워요. 그런데 잠깐 길 좀 물어보고 싶은데. 스트랜드 가는 어떻게 가면 됩니까?"

"세 번째 골목에서 오른쪽으로 꺾고, 다시 네 번째 골목에서 왼쪽으로 꺾어져서 가면 됩니다."

점원은 또박또박 말하고 문을 닫았다.

"머리가 좋은 친구야."

발걸음을 떼면서 홈즈가 말했다.

"저 녀석은 런던에서 네 번째로 영악한 놈일세. 대담함으로 따지면 세 손가락 안에 들지. 저 녀석이라면 나도 예전부터 조금 아는 게 있었네."

"윌슨 씨 전당포 점원이 틀림없이 빨강 머리 연맹과 깊은 관계가 있는 거지? 자네는 저 사람 얼굴을 보기 위해 길을 물어본 거고."

"아니, 저 사람을 보고 싶었던 게 아닐세."

"그럼?"

"녀석이 입고 있는 바지의 무릎을 보고 싶었네."

"그래, 어땠나? 뭔가 알아낸 게 있나?"

"생각한 대로였어."

"조금 전에 보도는 왜 두드린 거지?"

"왓슨, 미안하지만 지금은 이야기할 때가 아니라 관찰할 때일세. 우리는 적지에 뛰어든 간첩이나 다름없어. 자, 삭스 코버그 광장은 대충 조사를 끝냈으니 이제 반대편으로 가서 그곳을 살펴보도록 하세."

후미진 삭스 코버그 광장에서 모퉁이 하나를 돌아 큰 거리로 나서자 그곳은 별천지 같이 번화한 곳이었다. 마치 그림의 앞뒷면을 보고 있는 것 같은 느낌이 들 정도였다. 이곳은 시가지의 북쪽과 서쪽을 연결하는 큰길 중 하나로, 대도시 런던의 대동맥이라고 할 수 있는 곳이었다. 도로는 두 줄로 길게 늘어서 오가는 마차들로 북적거리고 있었으며 보도는 넘쳐 나는 사람들로 새카맣게 보였다. 그리고 깨끗한 가게들과 튼튼해 보이는 사무실용 건물이 나란히 늘어서 있었는데 이렇게 화려한 곳이 그처럼 초라한 광장과 등을 마주 대고 있다는 사실을 도저히 믿을 수가 없었다. 길모퉁이에 선 홈즈는 거리를 둘러보고 있었다.

　"어디 보자. 이곳에 늘어서 있는 건물들을 순서대로 외워 보도록 할까. 정확한 런던 지식을 쌓는 게 내 취미거든. 제일 앞에 모티머 상점이 있고, 그 다음이 담배 가게로군. 그리고 신문 판매점, 시티 앤 서버밴 은행 코버그 지점, 채식 음식점, 그리고 맥파렌 마차 제조 회사의 창고가 있군. 그 너머는 다른 구역일세. 왓슨, 이걸로 일은 끝일세. 앞으로가 기대되는걸. 샌드위치에 커피라도 먹고 나서 바이올린의 나라로 떠나 보세. 빨강 머리 의뢰인들이 기상천외한 수수께끼를 들고 와서 우리를 고민에 빠지게 하는 일이 없는 음악의 세계로 말이야."

　홈즈는 열렬한 음악 애호가였다. 자신의 연주 실력도 훌륭했고 작곡가로서도 손색이 없을 만큼 뛰어난 재능을 가지고 있기도 했다. 그날 오후, 홈즈는 이보다 더한 행복은 없다는 표정으로 홀의 가장 앞좌석에 앉아 음악에 맞춰 길고 가느다란 손가락을 움직였다. 얼굴에는 부드러운 미소가 떠올랐고, 눈빛은 꿈을 꾸는 듯했다. 평소 경찰견 같던 모습이나 엄격하고 냉정하며 날랜 탐정으로서의 모습과는 전혀 딴판이었다. 홈즈의 성격에는 두 가지 면이 있는데 언제나 그것이 번갈아가며 나

타났다. 지금처럼 깊은 명상에 잠겨 있을 때의 모
습과, 그에 대한 반동으로 생겨나는 듯한
기민하고 엄격한 모습이 그것이었다. 그
의 성격은 극도의 이완 상태에서 극도
의 긴장 상태로, 그리고 다시 극도
의 이완 상태로 움직였다. 그러
니 악당들에게 가장 위험한 시기
는 홈즈가 며칠이고 팔걸이의자
에 몸을 파묻고 앉아서 즉흥곡
을 만들거나 옛날 책을 읽고 있
을 때다. 갑자기 홈즈의 몸에서 범
죄 수사에 대한 열정이 넘쳐 나며
그 뛰어난 추리력이 최고조에 달해

직관의 수준까지 상승하여 곧 범인을 잡아들이기 때문이다. 홈즈가 어
떤 방법으로 수사하는지 모르는 사람들은 그가 인간 이상의 힘을 지
닌 존재라고 생각하기도 했다. 이날 세인트 제임스 홀에서 음악에 사로
잡힌 홈즈를 바라보며, 나는 그가 쫓고 있는 녀석들이 지금 심각한 위
기에 맞닥뜨렸다는 느낌이 들었다.

"왓슨, 자네는 바로 집으로 돌아가야겠지?"

홀에서 나오자 홈즈가 내게 물었다.

"응, 그러는 게 좋을 것 같아."

"나는 할 일이 있네. 시간이 좀 걸리는 일이야. 삭스 코버그 광장 사건
은 보통 일이 아니라네."

"뭐가 그렇게 중요한가?"

"엄청난 범죄를 꾸미고 있는 녀석이 있어. 하지만 아직은 그 범죄를 막을 충분한 시간이 있네. 오늘이 토요일이라는 사실이 문제를 조금 번거롭게 했지만. 어쨌든 오늘 밤, 자네의 도움이 필요할지도 모르겠네."

"몇 시에?"

"10시쯤이면 충분할 거야."

"그럼 10시까지 베이커 가로 가겠네."

"고맙네. 그런데 친구, 위험한 일이 벌어질지도 모르니까 주머니에 군용 권총을 숨겨 가지고 오게나."

이렇게 말하며 홈즈는 손을 흔들고는 몸을 돌려 서둘러 군중 속으로 사라졌다.

나는 내가 다른 사람들에 비해 머리가 나쁘다고 생각하지는 않지만 홈즈와 함께 있으면 나도 모르게 어리석은 사람이라는 기분이 들어 움츠러들기 일쑤였다. 이번 사건에서도 그랬다. 나는 홈즈와 같은 말을 듣고 같은 것을 보았는데도, 무슨 일이 일어나고 있는지 도무지 알 수가 없어 혼란스러웠다. 그런데 홈즈의 말을 들어 보니 그는 지금까지 발생한 일의 진상은 물론이고 앞으로 일어날 일까지 전부 알고 있는 듯했다.

켄싱턴에 있는 집으로 돌아가는 마차 속에서 이번 사건을 처음부터 다시 생각해 보았다. 브리태니커 백과사전을 필사했다는 그 빨강 머리 손님의 기묘한 이야기부터 오후에 본 삭스 코버그 광장에 있던 가게, 홈즈가 헤어질 때 건넨 의미 있는 말들까지 말이다. 하지만 어떻게 된 것인지 도저히 알 수가 없었다. 오늘 밤에 도대체 무슨 일이 일어난다는 것일까? 왜 권총까지 가지고 가야 할까? 어디서 무엇을 할 생각일까? 홈즈가 내게 준 힌트를 떠올리면 그 전당포 점원은 못된 녀석으로,

어떤 커다란 음모를 꾸미고 있는 것이 틀림없었다. 하지만 나는 이 수수께끼를 풀려다 결국 포기하고 말았다. 밤이 되면 전모를 알 수 있을 테니 그때까지 기다릴 수밖에 없을 것이다.

그날 밤, 나는 9시 15분에 집에서 나왔다. 하이드 파크를 가로질러서 옥스퍼드 가를 지나 베이커 가로 들어섰다. 홈즈의 하숙집 앞에는 이륜마차 두 대가 서 있었다. 입구로 들어서니 2층에서 이야기 소리가 들려왔다. 방으로 들어가 보니 홈즈가 두 남자와 열렬히 대화를 나누고 있었다. 한 명은 나도 예전부터 알고 지내던 경찰국의 피터 존스였다. 다른 한 명은 마르고 키가 컸으며 어딘지 모르게 얼굴에서 슬픔이 느껴졌다. 그는 번쩍번쩍 빛나는 값비싼 실크해트를 손에 들고 있었으며, 지나치다 싶을 정도로 고급스러운 프록코트를 입고 있었다.

"드디어 전부 모였군."

이렇게 말한 홈즈는 어부들이 입는 재킷의 단추를 채우며 사냥에 쓰는 묵직한 채찍을 선반 위에서 꺼냈다.

"왓슨, 런던경찰국에 있는 존스 씨는 알고 있지? 그리고 메리웨더 씨를 소개하겠네. 오늘 밤 함께 모험을 즐기실 분이라네."

"이번에도 함께 사냥하게 되었군요, 왓슨 박사. 홈즈 선생님은 사냥감을 모는 데 참으로 능숙한 사냥꾼이니까요. 하지만 숨통을 끊어 놓으려면 나처럼 숙련된 개가 한 마리 필요합니다."

존스가 건방진 태도로 말했다.

"설마하니 기러기 한 마리를 잡으려고 이렇게 소란을 피우는 건 아니겠지요?"

메리웨더 씨가 무뚝뚝하게 말했다.

"아, 그 점이라면 홈즈 선생님을 믿어도 좋습니다. 선생님에게는 나름대로의 독특한 수사법이 있거든요. 이렇게 말하면 실례일지도 모르겠지만, 선생님이 조금 이론과 공상에 치우쳐 있기는 해도 탐정으로서의 자질은 충분하다고 생각합니다. 숄토 살인 사건이나 아그라 보물 사건에서는 경찰들보다 훨씬 더 정확하게 진상을 파악하고 있었으니까요."

존스가 말했다.

"그랬군요. 존스 씨, 당신이 그렇게 말씀하시니 틀림없겠지요. 하지만 토요일 밤에 카드놀이를 못하게 된 것은 27년 만에 처음 있는 일입니다. 정말 안타깝습니다."

"너무 아쉬워하지 마세요. 당신은 오늘 밤 그동안 경험했던 그 어떤 도박보다 흥미진진하고 커다란 승부를 하게 될 테니까요. 카드놀이보다 훨씬 더 가슴 설레는 승부가 될 겁니다. 메리웨더 씨, 당신이 이번 게임에 건 돈은 3만 파운드에 달합니다. 그리고 존스, 당신은 전부터 그렇게 잡고 싶어 하던 범인을 걸고 게임을 하는 겁니다."

홈즈가 말했다.

"맞습니다. 그 존 클레이라는 녀석은 살인, 절도, 위조화폐 제조 등 범죄라는 범죄는 전부 저지른 놈입니다. 아직 젊지만 그쪽에서는 꽤 명성을 날리고 있습니다, 메리웨더 씨. 나는 런던의 어떤 범죄자보다도 이 녀석의 손목에 수갑을 채우고 싶습니다. 게다가 클레이의 할아버지는 왕가의 피가 흐르는 공작이었고, 녀석도 이튼 학교와 옥스퍼드 대학교를 졸업한 엘리트입니다. 머리가 좋고 손재주가 뛰어나서 사건이 일어날 때마다 녀석의 짓이라는 흔적은 남아 있지만 본인이 어디에 있는지는 알 수가 없었죠. 이번 주에 스코틀랜드에서 도둑질을 했구나 싶으면, 그 다음 주에는 콘월에서 고아원 건설을 한다며 사람들을 속여서 자금을 끌어 모으는 식입니다. 도무지 갈피를 잡을 수가 없어요. 벌써 몇 넌째 녀석의 뒤를 쫓고 있는데 아직 녀석의 얼굴도 보지 못했습니다."

"오늘 밤에는 녀석을 존스 씨에게 소개할 수 있을 것 같습니다. 나도 존 클레이의 사건에 한두 번 관여한 적이 있는데 녀석은 틀림없이 그쪽의 일인자입니다. 이런, 벌써 10시가 넘었군. 이제 슬슬 출발합시다. 둘이 함께 앞에 있는 마차를 타고 가세요. 왓슨과 나는 그 뒤에 있는 마차로 따라가겠습니다."

오랜 시간 마차를 타고 갔지만, 홈즈는 좌석에 몸을 깊숙이 묻고 앉아 연주회에서 들은 곡을 흥얼거릴 뿐 별다른 말을 하지 않았다. 마차는 가스등 불빛이 비추는 복잡한 길을 덜컹거리며 달리다가 이윽고 파링턴 가로 접어들었다. 홈즈가 드디어 입을 열었다.

"거의 다 왔군. 저 메리웨더라는 사람은 은행의 중역으로 이번 사건과 직접적인 관계가 있어. 그리고 존스도 있는 편이 좋겠다 싶어서 데려왔지. 존스는 나쁜 사람은 아니지만 수사할 때는 완전히 바보라니까. 유일한 장점은 불도그처럼 용감하고, 일단 한 번 범인을 잡으면 가재처럼 절대 놓지 않는다는 점이지. 아, 다 왔네. 두 사람이 기다리고 있군."

그곳은 오늘 아침에 우리 둘이 왔던 그 큰길이었다. 마차를 돌려보내고 메리웨더 씨가 안내하는 대로 따라갔다. 좁은 길을 걸어가다 옆으로 난 골목으로 들어가 그가 열어 준 뒷문을 통해서 안으로 들어갔다. 안쪽은 좁은 복도와 연결되어 있었고 그 끝에 튼튼해 보이는 철문이 있었다. 메리웨더 씨가 열어준 문을 지나 나선형 돌계단을 따라 내려가니 다시 튼튼해 보이는 철문 하나가 또 나타났다. 그곳에 멈춰선 메리웨더 씨가 랜턴에 불을 붙였다. 그런 다음, 다시 우리들을 데리고 흙냄새가 나는 어두운 통로로 내려갔다. 거기에는 세 번째 철문이 있었다. 그렇게 간신히 도착한 곳은 커다란 지하실인지 창고인지 모를 동굴 같

은 방이었는데 주위의 벽에는 짐을 옮길 때 쓰는 큰 나무상자가 여기
저기 쌓여 있었다.

"위에서 들어올 염려는 없겠군요."

홈즈가 랜턴을 높이 치켜들어 주위를 둘러보며 말했다.

"밑으로 들어올 염려도 없습니다."

메리웨더 씨는 이렇게 말하며 손에 든 지팡이로 바닥 돌을 두드렸다.
그러고는 깜짝 놀라 소리 질렀다.

"소리가 이상한데? 텅텅 빈 소리가 납니다!"

"조용히 해 주십시오. 그렇지 않으면 일이 엉망이 됩니다! 모처럼 기
회를 잡았는데 당신 때문에 망칠 수는 없어요. 우리 일을 방해하지 말
고 제발 저 상자에 앉아서 우리가 하는 일을 지켜보기나 하십시오."

홈즈가 엄격한 어조로 말했다. 메리웨더 씨는 화난 표정으로 나무 상

자에 걸터앉았다.

홈즈는 랜턴과 돋보기를 든 채 바닥에 무릎을 꿇고 앉아 돌과 돌 사이의 균열을 조사하기 시작했다. 그러고는 단 2, 3초 만에 만족스러운 결과를 얻었는지 자리에서 벌떡 일어나 돋보기를 주머니에 넣고 이렇게 말했다.

"아직 적어도 한 시간 정도는 여유가 있습니다. 그 사람 좋은 전당포 주인이 잠들기 전에는 녀석들도 움직일 수 없겠죠. 하지만 그가 잠들면 바로 일을 시작할 겁니다. 조금이라도 빨리 일을 마치면 그만큼 도망칠 시간을 버는 셈이니까요. 왓슨, 자네도 이미 짐작했겠지만 우리는 지금 런던에서도 손꼽히는 대형 은행의 구시가 지점 지하실에 와 있네. 메리웨더 씨는 이곳의 지점장이야. 런던의 내로라하는 악당들이 왜 이 지하실을 노리고 있는지 그 이유를 설명해 주실 걸세."

"우리 은행이 보관하고 있는 프랑스의 금괴 때문입니다. 범죄자들의 표적이 될지도 모르니 주의하라는 말은 몇 번이고 들었습니다."

메리웨더 씨가 속삭이며 말했다.

"프랑스의 금괴라고요?"

"네. 몇 달 전에 우리 은행은 지불 능력을 강화하기 위해서 프랑스 은행에서 나폴레옹 금화[10] 3만 개를 빌렸지요. 금화는 개봉하지 않은 채 이 지하실에 쌓아 두었는데 벌써 소문이 나돈 모양입니다. 내가 지금 앉아 있는 이 상자에도 얇은 납판에 싸인 나폴레옹 금화가 상자 하나에 2,000개씩 담겨 있습니다. 이렇게 많은 금화를 하나의 지점에 보관하는 것은 처음 있는 일이라 은행의 중역들도 모두 좌불안석이지요."

10) napoleon. 옛 프랑스의 20프랑짜리 금화.

"그럴 만도 하죠. 그럼 우리도 미리 계획을 세워 두도록 합시다. 사건은 앞으로 한 시간 안에 결판이 날 겁니다. 메리웨더 씨, 그때까지 그 랜턴에도 덮개를 씌워 두세요."

"어둠 속에서 앉아 있어야 합니까?"

"어쩔 수 없습니다. 혹시 몰라서 카드를 한 벌 주머니에 넣어오기는 했습니다. 딱 네 명이니까 두 사람이 한 편이 되면 당신이 좋아하는 카드놀이를 즐길 수 있으리라 생각했거든요. 그런데 막상 와 보니 적이 만반의 준비를 해 둔 것 같아 불을 켜면 안 되겠습니다. 우선 각자의 위치를 정합시다. 우리가 적의 의표를 찌르기는 하겠지만 매우 대담한 녀석들이라 아주 조심하며 행동하지 않으면 우리가 당할 수도 있어요. 나는 이 나무상자 뒤에 서 있을 테니 여러분은 저쪽에 있는 상자 뒤에 숨어 있는 걸로 하지요. 내가 녀석들에게 불을 비추면 일제히 뛰어드는 겁니다. 왓슨, 녀석들이 총을 쏘면 자네도 주저하지 말고 쏘게나."

나는 권총을 장전하여 내가 숨어 있을 나무상자 위에 올려놓았다. 홈즈가 랜턴 앞에 덮개를 씌우자 주위는 칠흑 같은 어둠 속으로 빠져들었다. 지금까지 이런 어둠은 본 적이 없었다. 금속이 타는 냄새가 났기 때문에 만약의 경우에는 언제라도 불을 켤 수 있도록 준비해 두었다는 사실만 어렴풋이 알 수 있었다. 초조한 긴장 때문에 마음이 답답해졌고, 차갑고 끈적끈적한 지하실 공기는 내 가슴을 무겁게 짓누르는 느낌이었다.

"퇴로는 하나밖에 없어. 전당포를 지나서 삭스 코버그 광장으로 돌아가는 길이지. 부탁한 대로 조치를 취했겠지요, 존스?"

홈즈가 속삭이듯 말했다.

"경관 세 명을 전당포 문 앞에 배치해 두었습니다."

"완전히 독 안에 든 쥐로군. 이제 조용히 기다리기만 하면 돼."

기다리는 시간이 왜 그렇게도 길게 느껴졌는지! 나중에 홈즈와 이야기를 나누다가 알게 되었는데, 우리가 실제로 기다린 시간은 75분 정도에 불과했다고 한다. 하지만 나는 이미 아침 해가 떠올라 날이 밝은 것이 아닐까 하는 생각이 들 만큼 길게 느껴졌다. 꼼짝도 하지 않고 가만히 있었기 때문에 손발이 막대기처럼 딱딱하게 굳고 찌릿찌릿 저렸다. 신경은 날카로워질 대로 날카로워져서, 다른 사람들의 숨소리를 듣고 덩치가 큰 존스의 깊은 숨소리와 메리웨더 씨의 가늘고 한숨 같은 숨소리를 구분할 수 있을 정도였다. 나는 상자 너머로 바닥을 바라보고 있었다. 거기서 갑자기 반짝 하고 한 줄기 불빛이 흘러나왔다.

처음에는 바닥에 깔아 놓은 돌 위로 점처럼 푸르스름한 빛이 희미하게 보일 뿐이었다. 그런데 그것이 점점 커지면서 노란 선이 되더니 돌 사이에 갈라진 틈이 보였다. 그리고 여자 손처럼 하얀 손 하나가 쑥 나타났다. 1분, 혹은 그보다 조금 더 오랫동안 손가락을 꼼지락거리며 주위를 더듬거리던 그 손이 갑자기 사라졌다. 다시 어둠이 내려앉았고 갈라진 틈으로 새어 나오는 푸르스름한 불빛만 남아 있었다. 그것은 포석 사이에 균열이 생겼다는 소리였다.

하지만 그리 오래 지나지 않아서 덜컥덜컥하는 소리가 들리더니 커다랗고 하얀 돌이 위로 솟아오르기 시작했다. 휑하니 뚫린 사각형 구멍에서 랜턴 불빛이 흘러나왔고 그 속에서 이목구비가 뚜렷한 소년 같은 얼굴이 머리를 내밀었다. 그 얼굴은 잽싸게 주위를 둘러보더니 구멍의 한쪽 끝에 손을 대고 몸을 위로 빼 올렸다. 그러고 나서 뒤따르던 동료를 끌어 올렸다. 뒤따라 온 사람도 몸집이 작았으며 얼굴은 창백했고 머리카락은 빨간색이었다.

앞서 들어온 남자가 속삭이듯 말했다.

"좋았어. 끝하고 자루는 가지고 왔겠지? 앗, 뭐야? 뛰어내려, 아치! 교수대에 가게 생겼어!"

갑자기 홈즈가 달려들어서 먼저 올라온 남자의 목덜미를 움켜쥐었다. 아치라는 녀석은 구멍 안으로 뛰어들었지만 존스가 상의 깃을 잡는 바람에 옷이 찢어지는 소리가 들렸다. 불빛에 총신이 번쩍이는 것이 보이자 홈즈가 재빨리 채찍으로 남자의 손목을 후려쳤다. 철컥하는 소리를 내며 권총은 바닥에 힘없이 떨어졌다.

"허튼짓은 그만두시지, 존 클레이. 이제 도망칠 구멍은 없다."

"그런 것 같군. 하지만 내 친구는 무사히 탈출할 거야. 옷깃이 찢어지기는 했지만."

홈즈가 조용한 목소리로 말했고, 상대방도 매우 침착한 목소리로 대꾸했다. 그러자 홈즈는 말을 이었다.

"밖에서 세 사람이 기다리고 있다."

"그래? 철저하게 대비했군. 대단해."

"너야말로 대단하더군. 특히 빨강 머리 연맹이라는 아이디어는 기발하고 아주 교묘했어."

홈즈의 말이 끝나자 이번에는 존스가 말했다.

"곧 친구를 만나게 해 주지. 그 녀석이 구멍으로 뛰어내리는 기술은 나보다 뛰어나던데. 자, 손을 내밀어. 수갑을 채워 주겠다."

"내게 그 더러운 손을 대지 말도록. 자네는 모르겠지만 내 몸에는 왕실의 피가 흐르고 있어. 그러니 내게 말할 때는 예의를 갖춰서 경어를 사용하기 바라네."

수갑을 차며 존 클레이가 말했다.

존스는 어이없다는 듯 눈을 둥그렇게 뜨고 있다가 곧 킬킬거리며 이렇게 말했다.

"알겠습니다. 그럼, 황공하오나 계단을 올라가 주시겠습니까? 전하를 경찰서까지 모시고 갈 마차를 준비해 두었습니다."

"훨씬 낫군."

존 클레이는 귀족처럼 침착한 태도로 이렇게 말했다. 그러더니 우리 셋에게 가볍게 인사하고 존스와 함께 밖으로 나갔다. 그 뒤를 따라서 우리도 지하실에서 나와 계단을 올라갔다. 그때 메리웨더 씨가 말했다.

"홈즈 선생님, 정말 큰 신세를 졌습니다. 어떻게 해야 우리 은행이 선생님의 은혜에 보답할 수 있겠습니까? 기상천외한 방법으로 어마어마한 은행 강도를 찾아내 멋지게 체포하셨으니 말입니다."

"나도 저 클레이라는 사람한테 한두 번 당한 적이 있어서 이번에 그 빚을 갚았을 뿐입니다. 어쨌든 이번 사건 때문에 비용을 조금 지불했는 데 그건 은행에서 지불해 주시리라 믿습니다. 이번에는 여러 가지로 아주 재미있는 경험을 했고 빨강 머리 연맹이라는 무척 기발한 이야기도 들었으니 사례는 그것으로 충분합니다."

새벽녘, 베이커 가의 방으로 돌아와 위스키를 마시며 홈즈가 사건을 설명해 주었다.

"왓슨, 그러니까 말일세, 이상한 빨강 머리 연맹 광고나 백과사전을 필사하게 한 것은 별로 똑똑하지 않은 전당포 주인을 매일 몇 시간씩 가게 밖으로 끌어내려고 꾸민 짓이었다네. 나는 처음부터 눈치채고 있 었어. 조금 특이하기는 해도 실로 교묘한 방법이었네. 물론 그 머리 좋 은 클레이가 동료의 머리카락이 빨간 것을 보고 생각해 낸 일이겠지. 수천 파운드나 되는 돈이 걸려 있으니 전당포 주인을 끌어내려고 일주 일에 4파운드 정도 쓰는 것은 아무렇지도 않았을 거야. 우선 신문광고 를 낸 뒤, 한 명은 임시 사무실을 빌리고 다른 한 명은 전당포 주인을 부추겨서 회원 가입을 신청하게 한 거지. 그렇게 둘이서 전당포 주인이 매일 가게를 비우도록 만든 거야. 난 그 점원이 다른 사람의 절반 정도 되는 급여를 받으면서 일한다는 말을 들은 순간부터 그자에게 다른 목 적이 있다는 사실을 알았다네."

"그런데 그 목적을 어떻게 알아낸 건가?"

"전당포에 여자가 있었다면 단순한 불륜이라고 생각했겠지만 이번 경 우는 조금 달랐네. 그리고 전당포 주인은 그다지 부자가 아니니 그렇게 까지 해서 훔쳐 낼 물건이 집 안에 있을 리도 없었고. 그렇다면 집 밖에 있는 다른 것을 노리고 있다는 이야기일세. 그게 무엇일까? 문득 점원이 사진을 좋아해서 지하실을 뻔질나게 드나든다는 말이 떠오르더군. 지하실! 바로 그 지하실에 단서가 있다는 사실을 깨달았지! 그래서 이 것저것 물어보았더니 그 점원은 런던에서도 가장 대담한 짓을 저지르 기로 유명한 악당 존 클레이였네. 매일 몇 시간씩, 몇 달에 걸쳐서 지하 실에서 무엇인가를 하고 있다니, 그게 뭘까? 나는 다시 생각했고 다른 건물을 향해서 땅굴을 파는 게 분명하다는 결론을 내렸네.

자네와 둘이서 전당포를 보러 갔을 때 이미 거기까지 생각하고 있었 다네. 내가 지팡이로 보도를 두드리는 모습을 보고 자네는 놀란 듯했지 만, 그건 지하실이 어느 쪽으로 나 있는지 알아보기 위해서 그랬던 거 야. 지하실은 집 뒤쪽으로 나 있더군. 그리고 벨을 누르니 예상대로 점 원이 나와서 문을 열어 주었고. 나와 녀석은 그때까지 서로의 얼굴을 본 적이 없었지. 그때도 나는 얼굴은 거의 보지 않았네. 예전에 말한 대 로 녀석의 무릎을 봤지. 바지가 꼬깃꼬깃하게 주름이 잡히고 더러우며 닳아빠졌더군. 쉴 새 없이 터널을 파서 그랬던 거야. 이제 남은 문제는 어디를 향해서 굴을 파고 있는 걸까 하는 것이었네. 그것을 알아보기 위해서 모퉁이를 돌아가 보니 전당포 바로 뒤에 시티 앤 서버밴 은행이 있더군. 그것으로 의문은 완전히 풀렸다네. 연주회가 끝나고 자네와 헤 어진 나는 런던경찰국에 갔다가 은행 지점장을 만나러 갔지. 결과는 자 네가 눈으로 직접 본 대로일세."

"그렇다면 녀석들이 오늘 밤에 지하실로 침입한다는 사실은 어떻게 알아냈나?"

"아, 빨강 머리 연맹을 해산했다는 말은 이제 윌슨이 집에 있어도 된 다는 이야기가 아니겠나? 밖에 내보낼 필요가 없다는 소리는 터널을 다 팠다는 뜻이지. 그런데 터널이 언제 발견될지도 모르고, 또 금화를 다른 곳으로 옮길지도 모르니 하루라도 빨리 일을 해치울 필요가 있었던 거야. 그리고 토요일에 일을 저지르면 은행에서도 월요일이 되어서야 도둑맞았다는 사실을 알 테니 도망치는 데 이틀이라는 시간을 벌 수 있지. 그래서 나는 녀석들이 오늘 밤에 침입할 것이라고 확신했다네."

"정말 명확한 추리로군. 처음부터 끝까지 추리의 끈이 멋지게 연결되어 있어."

나는 감탄하지 않을 수 없었다.

"덕분에 즐거운 시간을 보낼 수 있었네."

홈즈가 하품을 하며 말했다.

"아, 이제 다시 권태가 내게 몰려들고 있어. 내 삶은 지루한 나날에서 벗어나려는 긴긴 몸부림일세. 종종 이런 사건이 일어나서 그나마 다행이지만."

"자네는 전 인류의 은인일세."

내가 이렇게 말하자 홈즈가 어깨를 들썩이며 말했다.

"그러니까 아주 조금은 어딘가에 도움이 된다는 말이겠지? 프랑스의 유명한 소설가인 귀스타브 플로베르[11]가 조르주 상드[12]에게 보낸 편지 중에 이런 말이 있네. '인간은 보잘것없으며 그가 빚은 작품이 모든 것을 말해 준다.'라고."

---

11) Gustave Flaubert(1821~1880). 프랑스의 소설가. 개인의 감정이나 주관을 뛰어넘은 객관적 창작 태도를 강조하여 자연주의 문학의 기반을 마련하였다. 대표작으로 《보바리 부인》 등이 있다.
12) George Sand(1804~1876). 프랑스의 소설가. 낭만파의 대표적 작가로, 연애 소설에서 출발하여 인도주의적 사회 소설과 소박한 농민의 생활을 그린 전원 소설을 다수 남겼다.

03

다섯 개의 오렌지 씨앗

03
다섯 개의 오렌지 씨앗

1882년부터 1890년까지 셜록 홈즈가 관여한 사건을 적어 둔 내 메모와 기록을 살펴보면, 기괴하고 흥미로운 사건들이 너무 많아서 어느 것을 취하고 어느 것을 버려야 할지 결정하기가 쉽지 않다. 몇몇 사건은 신문을 통해서 세상에 널리 알려졌으나, 어떤 사건은 내 친구가 뛰어나고 특수한 재능을 발휘했음에도 불구하고 공개되지 못했다. 또 홈즈의 뛰어난 분석력에도 불구하고, 시작은 있지만 결말이 없는 채 끝나 버린 사건도 있다. 그런가 하면, 부분적으로만 해결되고 그 설명도 이런저런 추측만 가능한, 그래서 홈즈의 특기인 완벽한 논리적 증거가 확실하지 않은 사건도 있었다. 특히 마지막 경우에 해당되는 것 중에서 그 내용이 아주 기이하고 뜻밖의 결말에 이른 사건이 하나 있어서 세상에 알리고 싶다. 하지만 이 사건은 아직 완전하게 해결되지 않았으며 몇 가지 이유로 미루어 영원히 풀리지 않을 것 같다는 점을 미리 알아 두길 바란다.

1887년에는 다양한 사건들이 일어났다. 그중에는 흥미로운 것도 있었고 그렇지 않은 것도 있었다. 나는 이 사건들을 기록해 두었는데 한 해 동안 일어난 사건 항목들 중에는 파라돌 방의 괴사건, 가구 창고 지하실에서 호화로운 사교 단체를 운영했던 아마추어 구걸인 협회 사건, 영국 범선 소피 앤더슨 호 행방불명 사건, 우파 섬에 사는 그라이스 패터슨 일가의 기묘한 사건, 캠버웰 독살 사건 등이 눈에 띈다. 아직도 기억하는 사람이 있을지 몰라도, 캠버웰 독살 사건에서 셜록 홈즈는 죽은 자의 시계태엽을 감아 보고 그것이 두 시간 전에 감겼었다는 사실을 알아내 피해자가 침대에 든 지 두 시간이 채 되지 않았다는 것을 증명했다. 그것이 이 사건을 해결하는 데 가장 결정적인 역할을 한 추리였다. 언젠가는 이들 사건에 대해서도 이야기할 기회가 오겠지만 지금 내가 다루려는 사건만큼 기묘하거나 독특한 것은 없었다.

9월 하순의 일이었다. 추분이면 불어오는 강풍이 그 어느 해보다도 강하게 몰아쳤다. 바람은 온종일 날카로운 울음소리를 냈고, 비는 창을 때렸다. 거대한 인공도시인 런던의 중심부에 살면서도 우리는 한동안 일상에서 벗어나 우리에 갇힌 야수처럼 문명의 창살 사이로 인간을 향해 부르짖는 대자연의 힘을 다시 한 번 맛보았다. 저녁이 되자 폭풍우는 더욱 거칠어졌다. 바람이 굴뚝 안에서 어린아이처럼 울부짖기도 하고 흐느껴 울기도 했다. 셜록 홈즈는 난로 옆에 무표정하게 앉아서 자신이 참여한 범죄 기록에 색인을 달고 있었고 나는 그 맞은편에 앉아서 클락 러셀이 쓴 재미있는 해양 소설에 푹 빠져 있었다. 집 밖에서 날뛰는 폭풍은 소설 내용과 하나가 되었고 비가 쏟아지는 소리는 점점 커져서 파도가 밀려오는 소리로 들렸다. 아내는 친정에 가 있었으므로 나는 2, 3일 전부터 베이커 가의 옛집에서 생활하고 있었다.

나는 고개를 들어 홈즈를 보면서 말했다.

"아니? 벨 소리가 들리는군. 이런 날에 누가 찾아온 거지? 홈즈, 자네 친구가 찾아온 것 같은데."

"왓슨, 내게 친구라고는 자네뿐일세. 누가 놀러 오는 것을 반가워하지도 않고."

"그럼 의뢰인인가?"

"만약 그렇다면 아주 중대한 사건이겠지. 그렇지 않으면 이런 날, 이런 시간에 찾아올 리가 없으니. 혹시 주인 아주머니의 친구가 아닐까?"

하지만 홈즈의 추측은 빗나갔다. 복도를 걸어 오는 발소리가 점점 가까워지더니 문을 두드리는 소리가 들렸다. 홈즈가 긴 팔을 뻗어 자신을 향해 있던 램프를 손님이 앉을 의자 쪽으로 돌려놓고 말했다.

"들어오세요."

이제 겨우 스물둘이 될까 말까 한 젊은 남자가 들어왔다. 깔끔하게 가꾼 외모에 옷차림은 단정했고 행동에서도 품위가 느껴졌다. 손에 들고 있는 우산에서 빗물이 뚝뚝 떨어졌고, 긴 우비도 비에 젖어 반짝였다. 악천후를 뚫고 온 것이 분명했다. 남자는 램프의 불빛 속에서 불안한 눈빛으로 주위를 둘러보았다. 그의 얼굴은 창백하게 질려 있었고 눈은 몽롱한 것이, 심란한 걱정거리 때문에 완전히 기력을 잃은 사람처럼 보였다.

"실례합니다. 두 분께 방해가 되지는 않겠지요? 이런 깨끗하고 아늑한 방에 폭풍우의 흔적을 남기게 됐습니다."

남자가 금테 안경을 쓰며 말했다.

"외투와 우산을 걸어 두세요. 이 고리에 걸면 금방 마를 겁니다. 남서부에서 오셨군요."

홈즈의 말을 들은 사내가 고개를 끄덕였다.

"네, 서식스의 호샴에서 왔습니다."

"구두 끝에 점토와 하얀 석회질 암석이 섞인 흙이 묻어 있군요. 그 지역의 특징이죠."

"사실 전 조언을 얻고 싶어서 찾아왔습니다."

"쉬운 일입니다."

"그리고 도움도요."

"그건 경우에 따라서 쉽지 않을 수도 있습니다."

"홈즈 선생님의 명성은 익히 들어서 알고 있습니다. 프렌더개스트 소령에게 전부 들었습니다. 탱커빌 클럽 스캔들 사건에서 선생님이 어떻게 소령을 도와주셨는지를요."

"아, 그 사건 말입니까? 소령이 카드 게임에서 속임수를 쓴다는 누명을 썼지요."

"소령님 말씀으로는 선생님이라면 무슨 사건이든 해결할 수 있다고 하던데요."

"그분이 나를 과대평가했군요."

"선생님은 실패를 모르는 분이라고도……."

"아니, 지금까지 네 번 실패했습니다. 남자를 상대로 세 번, 여자를 상대로 한 번."

"하지만 성공한 횟수에 비하면 아무것도 아니지 않습니까?"

"대부분 성공한 것은 사실이죠."

"그렇다면 제 문제에서도 성공을 거두실 겁니다."

"의자를 난롯불 쪽으로 더 가까이 가져가시고 무슨 문제인지 자세히 말해 주세요."

"평범한 사건은 아닙니다."

"내가 의뢰받는 사건 중에서 평범한 것은 하나도 없습니다. 여기는 최종 재판소 같은 곳이니까."

"그래도 우리 가문에 벌어진 사건만큼 이상하고 묘한 이야기는 아직 못 들어 보셨을 겁니다."

"재미있을 것 같군요. 자, 처음부터 순서에 따라서 요점을 말해 주세요. 매우 중요하다고 생각하는 내용에 대해서는 나중에 자세히 물어보겠습니다."

홈즈가 그를 재촉했다. 청년은 의자를 난로 쪽으로 당겨 젖은 다리를 난롯불 쪽으로 뻗었다.

"저는 존 오픈쇼라고 합니다. 그렇지만 이 무시무시한 사건에서 제 자신은 아무 의미가 없습니다. 대대로 내려온 문제이기 때문에 사건을 확실하게 이해하려면 그 발단이 된 때로 거슬러 올라가야 합니다.

우선 제 할아버지에게는 아들이 둘 있었다는 점을 말씀드리고 싶군요. 형은 제 큰아버지인 일라이어스이고 동생은 제 아버지인 조셉입니다. 아버지는 코벤트리에서 작은 공장을 운영하고 있었는데 자전거가 발명되면서 사업은 점점 커졌습니다. 터지지 않는 오픈쇼 타이어의 특허를 가지고 있었고 그 덕분에 사업에서 대성공을 거두었으며 나중에 그 사업권을 팔아 막대한 재산을 얻어 은퇴했습니다.

큰아버지인 일라이어스는 젊었을 때 미국으로 건너가 플로리다에서 농장을 경영했는데 이곳도 잘됐다고 합니다. 1861년부터 4년 동안 벌어진 남북전쟁 때는 남군이었던 잭슨 장군의 부대에 입대해서 싸웠고 나중에 후드 장군의 부하가 되어 대령까지 승진했습니다. 하지만 남군의 총사령관이었던 리 장군이 항복하자 다시 농장으로 돌아와 3, 4년 정도 그곳에 머물렀다고 합니다. 큰아버지는 1869년인가 1870년에 유럽으로 건너와 서식스 주 호샴 가까운 곳에 땅을 조금 샀다고 들었습니다. 큰아버지가 미국에서 막대한 재산을 모았으면서도 그곳을 떠난 이유는, 그분이 흑인을 싫어하는 데다 흑인에게 참정권을 준 공화당 정책이 마음에 들지 않아서였다고 합니다. 워낙 특이한 분이었습니다. 성격의 기복이 심하고, 성급하며, 화가 나면 차마 입에 담을 수 없는 독설을 퍼부었고, 평소에는 사람들을 잘 만나지 않았습니다. 호샴에서 몇 년을 살았는데 사람들 말로는 한 번도 시내로 나가 본 적이 없을 거라 하더군요. 큰아버지 댁 주위에는 정원이 있고 또 목초지도 두어 개 있어서 거기서 자주 운동을 하셨지만, 때로는 몇 주일이고 자기 방에서 한 발짝도 나오지 않았다고 합니다. 브랜디를 물처럼 들이켜고 줄담배를 피워 댔지만, 사람 만나기를 싫어했고 친구도 사귀지 않았으며 심지어 자기 형제조차 만나려 하지 않았습니다.

그렇지만 저만은 싫어하지 않았을 뿐더러 오히려 좋아해 주셨습니다. 제가 열두 살이었을 때 처음 뵈었는데, 그때가 1878년이었으니까 큰아버지가 영국으로 돌아오신 지 7, 8년 뒤의 일이로군요. 큰아버지는 아버지에게 부탁해서 저를 양자로 받아들이고 함께 살았습니다. 큰아버지는 그분 나름대로 저를 예뻐해 주셨습니다. 술을 마시지 않을 때면 저와 함께 주사위 놀이나 체스를 즐겼고, 하인이나 드나드는 상인 앞에 저를 대리인으로 세웠습니다. 그래서 저는 열여섯 살 때부터 집안일을 처리할 수 있었습니다. 집안의 모든 열쇠를 물려받았고, 방 안에 틀어박혀 있는 큰아버지를 방해하지만 않으면 어디든 마음대로 들어갈 수 있었으며, 하고 싶은 일도 마음대로 할 수 있었습니다. 하지만 딱한 가지, 기묘한 금기 사항이 있었습니다. 큰아버지는 다락방 중 한 곳에 늘 자물쇠를 채워 두었습니다. 저뿐만 아니라 그 누구도 절대 안으로 들어가서는 안 되는 곳이었습니다. 어린 마음에 호기심을 참지 못하고 열쇠 구멍으로 안을 들여다보기도 했지만 거기에는 낡은 가방이나 꾸러미처럼 여느 다락방에나 있을 법한 물건들이 여기저기 나뒹굴고 있었습니다.

1883년 3월 어느 날 아침이었어요. 외국 우표가 붙어 있는 편지 한 통이 식탁 위 '대령님'의 접시에 얹혀 있었습니다. 큰아버지에게 오는 편지는 거의 없었습니다. 그분은 늘 현금으로만 물건을 샀고, 친구라 할 만한 사람도 없었기 때문이었습니다.

'인도에서 왔어! 폰디체리 소인이 찍혀 있는데. 대체 누가 보낸 거지?'

큰아버지가 편지를 집어 들며 말했습니다. 서둘러 열어 보니 작고 바싹 마른 오렌지 씨앗이 봉투에서 쏟아져 큰아버지의 접시 위로 흩어져 떨어졌습니다. 그것을 보고 저는 웃음을 터뜨렸는데 큰아버지의 얼굴을 보자 웃음이 싹 달아나고 말았습니다. 큰아버지의 입은 쩍 벌어져 있었으며, 눈은 튀어나올 것 같았고, 얼굴이 흙빛으로 변해 손을 부들부들 떨었습니다. 그분은 봉투를 뚫어져라 쳐다보다가 비명을 지르듯 이렇게 외쳤습니다.

'K.K.K다! 아, 나도 드디어 죗값을 치를 때가 왔구나!'

'큰아버지, 왜 그러세요? 죗값이라뇨?'

'죽음이다.'

큰아버지는 이렇게 말하고 자기 방으로 들어가셨습니다. 혼자 남은

나는 가슴이 터질 것 같이 두근거렸습니다. 그 봉투를 살펴보니 안쪽 풀칠을 하는 곳 바로 위에 빨간 잉크로 'K'라는 알파벳 세 개가 나란히 적혀 있었습니다. 봉투 안에는 마른 씨앗 다섯 개 말고는 아무것도 들어 있지 않았고요. 큰아버지는 무엇을 그렇게 두려워했던 걸까요? 저는 식탁에서 일어나 계단을 오르다가 마침 밑으로 내려오는 큰아버지와 마주쳤습니다. 그분은 다락방에 채워 둔 자물쇠의 짝이 분명한 낡고 녹슨 열쇠를 손에 들고 있었고, 다른 한 손에는 돈궤처럼 생긴 작은 놋쇠 상자를 들고 있었습니다. 큰아버지가 욕을 퍼부으며 말했습니다.

'어디 해 볼 테면 해 보라고. 내가 혼쭐을 내줄 테니까. 메리에게 오늘 내 방에 불을 켜 놓으라고 일러 다오. 그리고 호샴으로 사람을 보내 포드햄 변호사를 불러오너라.'

저는 큰아버지의 말에 따랐습니다. 변호사가 오자 저도 2층에 있는 큰아버지 방으로 들어오라는 전갈을 받았습니다. 난로에는 불이 활활 타올랐고, 재를 받아 내는 철망에는 종이를 태운 듯한 검은 재가 한 무더기 쌓여 있었습니다. 그 옆에 텅 빈 작은 놋쇠 상자가 열려 있었습니다. 저는 언뜻 그것을 보고 깜짝 놀랐습니다. 상자 뚜껑에도 봉투에서 본 것과 같은 'K' 세 글자가 나란히 적혀 있었기 때문입니다. 큰아버지가 제게 말했습니다.

'네게 부탁이 있다, 존. 내 유언장의 증인이 되어 다오. 내 소유지와 집을 모두 동생, 그러니까 네 아버지에게 넘겨주려고 한다. 물론 그건 나중에 네가 물려받을 게다. 네가 이 유산을 무사히 물려받기만 한다면 더할 나위 없이 기쁘겠지만……. 잘 듣거라. 만약 그렇게 할 수 없다면, 그 무시무시한 적들에게 깨끗하게 넘기거라. 네게 이렇게 불확실한 재산을 물려줘서 미안하지만 일이 어떻게 될지는 나도 알 수 없구나. 부디 포드햄 씨의 말대로 이 서류에 서명해 다오.'

큰아버지가 가리킨 곳에 제가 서명을 하자 변호사가 그것을 가지고 돌아갔습니다. 제가 이런 일들을 얼마나 기묘하게 느꼈는지 잘 아시겠지요? 이 일을 두고 이런저런 생각을 해 보았지만 도무지 영문을 알 수가 없었습니다. 희미한 공포가 마음 한 구석에 남았지만, 그 일이 벌어지고 몇 주가 지나자 불안감도 옅어졌고, 일상생활을 방해하는 일은 아무것도 없었습니다. 그렇지만 큰아버지가 변했다는 사실만은 우리도 알 수 있었습니다. 예전보다 더 술을 가까이했고, 아무도 만나려 들지 않았습니다. 큰아버지는 대개 방문을 안쪽에서 잠그고 그 안에만 계셨는데 때때로 술에 취해서 미치광이 같은 모습으로 권총을 들고 밖으로 뛰어나가 정원을 돌아다니며 '나는 아무도 두렵지 않아. 인간이든 악마든 나를 양처럼 우리 속에 가둘 수는 없을 거다!'라고 외치곤 했습니다.

하지만 발작이 끝나면 큰아버지는 서둘러 방으로 돌아가 문에 빗장을 채우고 자물쇠를 잠갔는데, 마음 깊은 곳에 있는 공포를 더 이상 모르는 척할 수 없는 사람의 모습이었습니다. 그럴 때면 아무리 추운 날이라도 큰아버지의 얼굴은 막 세수를 마친 사람처럼 땀으로 뒤범벅이 되어 번쩍번쩍 빛나고 있었습니다.

선생님, 이제 곧 끝나니 조금만 더 참아 주십시오. 어느 날 밤의 일이었습니다. 그날도 큰아버지는 술에 취해서 미치광이 같은 모습으로 집 밖으로 뛰어나갔고 영영 돌아오지 않았습니다. 저는 큰아버지를 찾아 나섰는데 그분은 정원 구석에 있는, 해캄이 떠 있는 작은 연못에 얼굴을 처박고 있었습니다. 폭행을 당한 흔적은 없었고 물의 깊이도 60센티미터에 불과했습니다. 이에 대해서 배심원들은 큰아버지의 평소 괴팍한 행동을 근거로 삼아 자살이라고 판결했습니다. 하지만 저는 큰아버

지가 얼마나 죽음을 두려워했고 또 무서워했는지 잘 알고 있기 때문에 도저히 자살이라고 믿을 수가 없습니다. 하지만 사건은 그것으로 끝났고, 아버지가 큰아버지의 땅과 집, 은행에 예금해 둔 1만 4,000파운드를 상속했습니다."

드디어 홈즈가 입을 열었다.

"잠깐. 이 이야기는 내가 지금까지 들어본 것 중에서 가장 기이합니다. 큰아버지에게 편지가 온 날과, 큰아버지가 자살로 추정되는 모습으로 돌아가신 날이 정확히 언제입니까?"

"편지가 온 것은 1883년 3월 10일이었고, 돌아가신 날은 7주 뒤인 5월 2일 밤이었습니다."

"고맙습니다. 이야기를 계속하세요."

"아버지가 호샴의 재산을 상속한 뒤, 저는 아버지에게 부탁해서 언제나 자물쇠를 채워 두었던 그 다락방을 샅샅이 뒤졌습니다. 거기에 그 놋쇠 상자가 있었는데 내용물은 전부 불에 태워졌고 안은 텅 비어 있었습니다. 뚜껑 안쪽에는 글씨가 적힌 종이가 붙어 있었습니다. 종이 윗부분에는 'K.K.K.'라는 글자가 있었고 아랫부분에는 '편지, 일기, 영수증, 장부'라고 적혀 있었습니다. 그것을 보고 큰아버지가 태운 서류가 무엇인지 짐작할 수 있었습니다. 그 외에 중요해 보이는 것은 없었습니다. 큰아버지의 미국 생활과 관련 있는 여러 가지 서류와 노트가 흩어져 있었을 뿐입니다. 거기에는 남북전쟁 때의 물건들도 있었는데, 큰아버지가 임무에 충실하고 용감한 군인이었다는 사실을 증명하고 있었습니다. 그리고 전쟁이 끝난 뒤, 남부의 각 주를 재건하던 시대의 물건도 있었습니다. 대부분 정치에 관한 것들이었습니다. 큰아버지는 북부에서 파견된 철새 같은 뜨내기 정치가들을 아주 싫어하셨습니다.

저희 아버지는 1884년 초부터 호샴에서 살기 시작했는데 1885년 1월까지는 평온한 생활이 이어졌습니다. 1월 4일, 우리는 아침 식사를 하려고 식탁에 앉았는데 아버지가 무엇에 놀란 듯이 날카로운 비명을 질렀습니다. 아버지는 자리에 앉은 채 한 손에는 이제 막 뜯은 봉투를, 다른 한 손에는 마른 오렌지 씨앗 다섯 개를 들고 있었습니다. 제가 대령님, 그러니까 큰아버지 이야기를 할 때마다 아버지는 근거 없는 소리라며 언제나 무시하고 말았습니다. 그렇지만 자신이 직접 같은 일을 당하자 겁에 질려 어떻게 해야 좋을지 모르는 듯 했습니다.

'존, 이게 대체 어떻게 된 일이냐?'

아버지가 중얼거리는 듯한 목소리로 물었습니다. 저는 가슴이 무거워지는 것을 느끼면서 대답했습니다.

'K.K.K. 입니다.'

봉투 안을 들여다본 아버지가 소리 질렀습니다.

'정말 그렇구나! 여기에 그렇게 적혀 있어. 그런데 그 위에 있는 건 대체 뭐냐?'

제가 아버지의 어깨 너머로 그 문장을 보고 읽었습니다.

'서류를 해시계 위에 올려놓아라.'

'서류? 무슨 서류를 말하는 거냐? 해시계는 또 뭐지?'

'정원에 있는 해시계를 말하는 거예요. 그리고 서류는 큰아버지가 태워 버린 것이겠지요.'

'제기랄! 나는 문명국에서 살고 있다. 이건 말도 안 되는 소리야. 그 편지는 대체 어디서 온 거냐?'

아버지는 억지로 태연한 척했습니다. 저는 소인을 보고 대답했습니다.

'스코틀랜드 동쪽에 있는 던디에서 왔네요.'

'이건 돼먹지 못한 장난질이야. 해시계나 서류가 나랑 무슨 상관이란 말이냐? 이런 쓸데없는 장난에 놀아날 시간 없어.'

'경찰에 신고해야 해요.'

'사람들의 웃음거리가 될 뿐이다. 그럴 필요 없어.'

'그럼 모든 일을 제게 맡겨 주세요.'

'아니, 이런 말도 안 되는 일로 소란 떨 필요 없다.'

아버지는 매우 완고한 사람이었기 때문에 더 이상 이 문제를 의논하려 하지 않았습니다. 하지만 저는 불길한 예감에 휩싸였습니다. 편지가 온 지 사흘째 되던 날, 아버지는 오랜 친구인 프리바디 소령을 방문하기 위해 집을 나섰습니다. 소령은 포츠다운 힐 요새의 사령관이었습니다. 저는 집에서 벗어나면 그만큼 위험에서 벗어난다고 생각해서 아버지의 외출을 기뻐했습니다. 하지만 그것은 어처구니없는 착각이었습니다. 아버지가 출발하신 지 이틀째 되던 날, 소령에게 전보를 받았습니다. 즉시 그곳으로 와 달라는 내용이었습니다. 아버지는 그 부근에 수없이 깔려 있는, 석회질 암석을 캐는 깊은 갱도에 떨어져 두개골이 깨지고 의식을 잃은 채 쓰러져 있었습니다. 저는 서둘러 달려갔지만 아버지는 끝내 의식을 회복하지 못하고 그대로 숨을 거두고 말았습니다. 아버지는 땅거미가 질 무렵에 잉글랜드 남쪽에 있는 페어럼에서 돌아오는 길이었습니다. 그곳 지리에 어둡고 갱도 주변에 울타리가 없었기 때문에 발을 헛디뎌 갱도로 떨어진 듯이 보였습니다. 배심원들은 '과실사'라고 판결했습니다. 저도 아버지의 죽음에 관련된 사실들을 하나하나 주의 깊게 살펴보았지만 타살이라고 여겨질 만한 점은 하나도 없었습니다. 폭행을 당한 흔적도 없었고, 수상한 발자국도 없는 데다, 도둑맞은 물건도 없었고, 의심스러운 자를 목격한 사람도 없었습니다. 그래도 제 마음은 안정을 찾지 못했고 오히려 어떤 음모가 아버지를 노리고 있었다고 확신하게 되었습니다.

이런 불길한 상황에서 저는 유산을 물려받았습니다. 여러분은 어째서 그것을 처분하지 않았느냐고 물으실지도 모르겠습니다. 우리를 둘러싼 재난은 큰아버지가 미국에서 겪었던 어떤 일과 관계된 것 같다고 생각했습니다. 그러니 가령 집을 옮긴다 해도 위험은 늘 저를 따라다닐 것이라 판단한 것이지요.

아버지는 1885년 1월에 돌아가셨고 그로부터 2년 8개월이라는 시간이 흘렀습니다. 그동안 저는 호샴에서 행복하게 생활했고, 그 무시무시한 저주가 아버지 대에서 끝나 우리 가족에게서 멀어졌다는 희망적인 생각이 들었습니다. 그런데 안심하기에는 너무 일렀던 것입니다. 어제 아침, 아버지를 덮쳤던 그 저주가 제게도 똑같이 다가오고 말았습니다."

청년은 조끼에서 구겨진 봉투를 꺼내 탁자 쪽으로 돌아앉아 그 위에 조그맣고 마른 오렌지 씨앗 다섯 개를 쏟아 냈다.

"이게 그 봉투입니다."

청년이 말을 이었다.

"런던 동부에서 왔습니다. 내용은 아버지가 받았던 마지막 편지와 똑같습니다. 'K.K.K.' 그리고 '서류를 해시계 위에 올려놓아라.'라는 글입니다."

"그래서 당신은 어떻게 했습니까?"

홈즈가 물었다.

"아무것도 하지 않았습니다."

"아무것도 하지 않았다고요?"

"솔직히 말해서, 달리 방법이 있을 것 같지 않습니다. 뱀 앞에 앉아 있는 가엾은 토끼가 된 기분입니다. 도망칠 수 없고 저항할 수도 없는 잔혹한 악마의 손아귀에 걸려든 이상, 아무리 발버둥 치고 조심해도 벗어날 수 없을 것만 같습니다."

청년은 희고 가느다란 손으로 얼굴을 가렸다.

"안 돼요, 안 돼! 먼저 손을 쓰지 않으면 당하고 말아요. 마음을 굳게 먹어야 빠져나올 수 있어요. 절망에 빠져 있을 때가 아닙니다."

셜록 홈즈가 외쳤다.

"경찰서에도 가 보았습니다."

"흠!"

"하지만 경찰은 제 말을 듣고 웃기만 하더군요. 경찰은 편지는 단순한 장난이고 큰아버지와 아버지의 죽음도 그저 과실일 뿐, 배심원의 말대로 경고를 보낸 편지와 관계없다고 생각하는 것이 분명했습니다."

그 말을 들은 홈즈는 불끈 쥔 주먹을 흔들며 말했다.

"어리석기 짝이 없는 녀석들이군!"

"그래도 경찰을 한 명 붙여 주었습니다. 저와 함께 집에 있을 겁니다."

"오늘 밤에도 같이 왔습니까?"

"아니요. 그 경찰의 임무는 저와 함께 집에 있는 거니까요."

홈즈가 다시 주먹을 흔들어 대며 외쳤다.

"당신은 나한테 올 게 아니었어요. 아니 그것보다도, 왜 곧바로 여기로 오지 않았습니까?"

"몰랐습니다. 사실은 오늘 프렌더개스트 소령에게 하소연했다가 여기로 가 보라는 조언을 듣고 선생님을 찾아온 것입니다."

"편지를 받은 지 벌써 이틀이 지났어요. 우리는 진작 행동했어야 합니다. 지금 말한 것 말고 도움이 될 만한 다른 자료는 없습니까? 아주 사소한 것이라도 좋아요."

"하나 있습니다."

존 오픈쇼가 말했다. 그리고 상의 주머니를 뒤적이더니 빛바랜 푸른 종이 한 장을 꺼내 탁자 위에 올려놓았다.

"큰아버지가 서류를 태우던 날, 재에서 타다 남은 작은 조각을 보았는데, 제 기억이 틀림없다면…… 그 색깔이 이것과 같았습니다. 이 종이는 큰아버지의 방바닥에 떨어져 있었는데, 아마 서류를 태울 때 떨어뜨린 것 같습니다. 오렌지 씨앗에 관한 내용이 적혀 있다는 것을 빼면 별 도움이 될지 모르겠습니다. 이건 큰아버지가 쓴 일기의 한 페이지인 듯합니다. 틀림없이 큰아버지의 필체입니다."

홈즈가 램프를 움직였고 나도 함께 머리를 맞대고 그 종이를 살펴보았다. 한쪽 끝이 울퉁불퉁한 것으로 봐서 수첩에서 찢어 낸 것이었다. 가장 윗부분에 '1869년 3월'이라는 날짜가 적혀 있었고 그 밑으로 다음과 같은 알 수 없는 문장이 쓰여 있었다.

4일 - 허드슨 옴. 똑같은 낡은 주장.

7일 - 세인트오거스틴[13]의 매컬리, 파라모어, 존 스웨인에게 오렌지
씨앗을 보냄.

9일 - 매컬리 떠남.

10일 - 존 스웨인 떠남.

12일 - 파라모어를 찾아감. 모든 일이 순조로움.

홈즈는 종이를 접어 손님에게 건네주며 말했다.

"고맙습니다. 더 이상 한시도 헛되이 보낼 수 없어요. 지금은 당신이
들려준 이야기를 논의할 시간도 없습니다. 당신은 지금 당장 집으로 돌
아가서 행동을 시작해야 합니다."

"어떻게 하면 되겠습니까?"

"할 수 있는 일은 딱 한 가지밖에 없습니다. 곧바로 행동으로 옮겨야
합니다. 우선 그 종이쪽지를 놋쇠 상자 안에 넣으세요. 그리고 다른 서
류는 전부 큰아버지가 태워 버렸고 이 한 장만 남았다는 내용을 적어
서 같이 넣어 두십시오. 상대가 그 사실을 믿을 수 있도록 잘 써야 합
니다. 그렇게 준비가 끝나면 바로 그 상자를 놈들이 제시한 장소인 해
시계 위에 올려놓으세요. 알겠습니까?"

"잘 알았습니다."

"지금은 복수 따위는 생각하지 마시오. 그건 법이 할 일입니다. 단, 우

---

13) Saint Augustine. 미국 플로리다 주 대서양 해안에 있는 휴양 도시. 1565년에 에스파냐 사람들이 세운
도시로, 미국에서 가장 오래된 백인 정주지定住地다.

리도 그물을 쳐야 합니다. 상대방이 이미 그물을 다 쳐 두었으니까요. 가장 먼저, 당신을 둘러싸고 있는 위험을 없애야 합니다. 수수께끼를 풀고 악당들을 벌하는 것은 그 다음의 일입니다."

"감사합니다. 덕분에 새로운 희망이 생겼습니다. 죽다 살아난 느낌입니다. 말씀하신 대로 하겠습니다."

자리에서 일어난 청년이 외투를 입었다.

"이러고 있을 시간이 없어요. 주위를 잘 살피세요. 위험이 코앞에 닥쳤다는 사실은 분명하니까요. 어떻게 돌아갈 생각입니까?"

"워털루 역에서 기차로 갈 겁니다."

"아직 밤 9시가 안 됐군. 거리에 오가는 사람들이 꽤 많을 테니 별 탈 없이 갈 수 있을 겁니다. 그래도 조심해야 합니다."

"무기를 가지고 있습니다."

"좋습니다. 내일부터 나도 이 사건에 뛰어들도록 하죠."

"그럼, 호샴에서 뵐 수 있습니까?"

"아니, 이 사건의 열쇠는 런던에 있습니다. 내가 여기서 그것을 찾아내지요."

"그럼, 내일이나 모레 다시 찾아뵙고 상자와 서류에 관해서 말씀드리겠습니다. 모든 일을 선생님의 지시대로 하겠습니다."

청년은 우리와 악수를 나눈 뒤 방에서 나갔다. 밖에서는 여전히 바람이 울고 있었으며, 빗줄기가 창문을 두드렸고, 빗방울이 튀어 올랐다. 이 기이하고 기발한 이야기는 돌풍에 떠밀려 온 해초처럼 미친 듯이 날뛰는 폭풍 속에서 우리 곁으로 다가왔다가 다시 폭풍 속으로 빨려 들어간 느낌을 주었다.

셜록 홈즈는 한동안 말없이 머리를 앞으로 숙인 채 벌겋게 타오르는

불을 바라보며 앉아 있었다. 그러다 파이프에 불을 붙여 의자에 등을 기대고 둥그렇게 피어오르는 푸른 연기가 천장으로 올라가는 모습을 지켜보기 시작했다.

"왓슨, 내가 보기에는 말일세, 지금까지 다룬 사건 중에 이보다 더 기괴한 것은 없겠어."

"음, 〈네 개의 서명〉을 제외하면 그럴 수도 있겠군."

"그래, 맞아. 그건 예외로 해야겠군. 그때 숄토 가 형제들은 아버지가 죄수들의 보물을 가로채는 바람에 사건에 휘말렸지. 하지만 존 오픈쇼라는 청년은 그들보다 훨씬 더 커다란 위험 속을 걷고 있는 것 같네."

"홈즈, 그럼 그 위험이 무엇인지 확실하게 알아냈단 말인가?"

"그 성질에는 의심의 여지가 없네."

"그 위험이라는 게 대체 어떤 것인가? 그리고 이 'K.K.K.'는 또 뭐지? 이 녀석은 왜 그 불행한 일가의 목숨을 노리는 걸까?"

눈을 감은 셜록 홈즈는 양쪽 팔꿈치를 의자의 팔걸이에 대고 손가락 끝을 마주 댔다.

"이상적인 논리적 능력을 갖추고 있는 사람이라면, 오직 단 한 번, 하나의 사실을 여러 각도에서 보기만 해도 그곳에 이르기까지 일어난 모든 일은 물론이고 거기에서 일어나게 될 미래의 모든 결론까지도 추리할 수 있을 걸세. 비교해부학의 권위자인 퀴비에[14]가 단 하나의 뼈를 살펴보고 그 동물의 전체 모습을 정확하게 그려 냈듯이, 쭉 일어난 사건들 중에서 하나의 고리를 완전히 이해한 관찰자라면 그 앞뒤로 이어져 있는 고리에 대해서도 정확하게 이야기할 수 있을 걸세. 하지만 우리는 아직 순수한 논리만으로는 결론을 알 수 없네. 그건 이성만이 밝혀낼 수 있는 문제야. 연구를 통해서 다양한 문제를 해결할 수 있어. 모두가 오감에 의존해서 해결하려 해도 풀리지 않는 문제를 서재에 틀어박힌 채 풀 수도 있다는 소리야. 하지만 그런 논리적 능력을 최고로 발휘하기 위해서, 추리자에게는 자신이 알고 있는 모든 사실을 남김없이 이용할 수 있는 힘이 있어야 하네. 자네도 알다시피 그것은 한 개인이 모든 지식을 알고 있어야 한다는 말이지. 자유교육이 발달하고 백과사전이 모든 분야를 다루고 있는 오늘날에도 만물박사가 된다는 것은 쉽지 않네. 그렇지만 자기 일에 도움이 될 만한 범위라면, 그에 속하는 모든 지식을 갖추기가 꼭 불가능하지만도 않아. 나는 그렇게 하려고 노력해 왔

14) Georges Cuvier(1769~1832). 프랑스의 동물학자. 동물계의 분류표를 만들었으며, 고생물학을 창시하였다.

네. 내 기억이 정확하다면 우리가 서로 알고 얼마 지나지 않아서 자네가 내 지식의 한계에 대해서 정확하게 언급한 적이 있었지?"

내가 웃으며 대답했다.

"그래, 맞아. 그건 정말 재미있는 기록이었어. 철학, 문학, 정치에 관한 자네 지식은 전혀 없었고, 식물학 지식은 분야가 무엇이냐에 따라 정도가 달랐네. 지질학이라면 런던에서 80킬로미터 이내의 지역에 있는 흙을 보고 어느 지역의 것인지 알아낼 만큼 정통했지. 화학 지식도 매우 기이하고, 해부학은 체계적이지 않았네. 인기 문학이나 범죄에 대해서는 방대한 지식을 자랑했고, 바이올린 연주에 능하며, 권투, 검술, 법률 분야에 상당한 실력을 갖추었지. 한편으로는 코카인과 니코틴 중독자이기도 했어. 자네에 대한 내 분석은 대략 이런 내용이었을 거야."

홈즈가 코카인과 담배에 관한 항목을 듣고 빙그레 웃었다.

"맞아. 그때도 말했듯이 인간은 두뇌라는 좁은 다락방에 자기가 쓸 도구만 넣어 두면 돼. 다른 것들은 모두 잡동사니를 쌓아 두는 방에 던져두었다가 필요할 때마다 꺼내 쓰면 되는 걸세. 그런데 오늘 우리 앞에 던져진 문제, 이런 사건을 대할 때는 우리의 모든 지식을 총동원해야 하네. 미안하지만 자네 옆에 있는 책꽂이에서 'K' 항목이 실려 있는 미국 백과사전을 뽑아 주지 않겠나? 고맙네. 우선 상황을 정확히 파악하고 나서 어떤 추론을 이끌어 낼 수 있을지 한번 따져 보세.

우선 청년의 큰아버지인 오픈쇼 대령은 어떤 중대한 이유 때문에 미국을 떠났을 거야. 아주 유력한 추정이지. 그것을 바탕으로 해서 시작해 보세. 그 정도 나이가 들면 대부분의 남자들은 웬만하면 자기 생활을 바꾸려 들지 않을 테고, 쾌적한 기후의 플로리다 생활과 외로운 영국 시골 생활을 맞바꿀 리도 없네. 그러니 대령이 영국에서의 고독한 삶을 고집했던 것은 누군가를, 혹은 무엇인가를 매우 두려워했기 때문일 걸세. 그 공포의 정체가 과연 무엇이었을까? 그것은 대령과 그 상속인들이 받은 무시무시한 편지로 추리할 수밖에 없네. 자네, 그 편지의 소인을 유심히 살펴보았나?"

"첫 번째 편지는 인도의 폰디체리, 두 번째 편지는 스코틀랜드의 던디, 세 번째 편지는 런던이었네."

"런던의 동부였지. 이 사실을 놓고 자네는 어떤 추론을 내리겠나?"

"모두 항구가 있는 곳일세. 편지를 보낸 녀석은 배에 타고 있었어."

"훌륭한 분석이야! 이렇게 해서 단서 하나를 잡은 셈이지. 배에 타고 있는 사람이 이 편지를 쓴 거야. 분명해. 그리고 한 가지 사실을 더 생각해 볼 수 있네. 폰디체리에서 협박장을 보냈을 때는 범행에 옮길 때까지 7주가 걸렸네. 던디에서 보냈을 때는 3, 4일밖에 걸리지 않았고. 뭔가 떠오르는 게 없나?"

"호샴으로 가는 데 시간이 걸린 거겠지."

"편지도 멀리서 오지 않나."

"그렇군. 난 더 이상 모르겠네."

"적어도 협박한 녀석이나 그 동료가 탄 배가 바람으로 움직이는 범선이라는 추리는 가능할 걸세. 녀석들은 언제나 사명감에 불타 출발하기 직전에 이 기묘한 경고나 신호를 보냈을 거야. 던디에서 편지를 보냈을 때는 곧바로 범행을 저질렀네. 만약 녀석들이 증기기관을 이용하는 기선을 타고 폰디체리에서 왔다면 그 편지와 거의 동시에 도착했을 거야. 하지만 실제로는 편지보다 7주나 늦었네. 이 7주라는 시간은 편지를 운반한 우편선과 편지를 보낸 사람들이 탄 범선의 속도 차이를 말해 준다고 생각하네."

"그럴 수도 있겠군."

"그럴 수도 있는 게 아니라 틀림없어. 자, 이제 자네도 내가 새로운 사건이 바로 코앞에 닥쳤다고 생각한 이유, 그리고 오픈쇼 청년에게 자꾸만 주의를 거듭하라고 당부했던 이유를 알 수 있겠지? 그 무시무시한 범죄는 언제나 편지를 보낸 사람이 배를 타고 이동하는 데 필요한 시간이 흐른 다음에 일어났네. 그런데 이번 편지는 런던에서 보냈어. 시간적 여유가 없다는 말이지."

"정말 큰일 났군! 그런데 왜 이렇게 끔찍한 짓을 저지르는 걸까?"

"오픈쇼 대령이 가지고 있던 서류는 범선에 타고 있는 녀석들의 목숨을 좌지우지할 만큼 중요했을 거야. 범인은 한 명이 아닐 걸세. 혼자서 배심원들의 눈을 완벽하게 속여 가며 둘이나 죽이는 것은 쉬운 일이 아니니까. 책략에 뛰어나고 결단력이 있는 민첩한 녀석들이 범행을 도왔을 거야. 놈들은 서류를 누가 가지고 있든 그것을 손에 넣을 생각일 걸세. 그러니까 'K.K.K'라는 글자는 한 사람의 이름이 아니라 어떤 결사대를 뜻하는 부호라고 생각하는 게 옳아."

"결사대라니?"

"이보게 왓슨. 자네 혹시 '쿠 클럭스 클랜Ku Klux Klan'이라는 이름을 들어 본 적 없나?"

셜록 홈즈가 내 앞으로 바짝 다가와 목소리를 낮추고 말했다.

"아니, 전혀."

내 대답을 듣고 홈즈는 무릎 위에 올려놓았던 백과사전을 넘기기 시작했다.

"여기 있군."

이렇게 말한 홈즈는 다음과 같은 내용을 읽기 시작했다.

쿠 클럭스 클랜. 소총의 공이치기를 잡아당길 때 나는 소리와 비슷하여 붙여진 이름이다. 이 무시무시한 비밀결사대는 남북전쟁이 끝난 뒤, 남부 각 주에 있던 남군 소속 군인들 몇 명이 모여 결성했으며 곧 전국으로 세력을 확장했다. 특히 테네시, 루이지애나, 남북 캐롤라이나, 조지아, 플로리다에는 주마다 지부를 두었다. 이 결사는 흑인 유권자를 협박하고, 자신들의 견해에 반대하는 자를 살해하거나 외국으로 내쫓는 등 주로 정치적 목적을 이루기 위해 힘쓰고 있다. 이 결사대는 폭행을 가하기 전에 기묘하지만 일반인들에게 잘 알려진 방법을 사용해서 상대에게 미리 경고한다. 어떤 지역에서는 떡갈나무 가지를, 어떤 지역에서는 멜론 씨앗이나 오렌지 씨앗을 보내는 것이다. 이 경고를 받은 사람은 자신의 주장을 버리겠다고 대중 앞에서 선언하거나 국내에서 도망쳐야 한다. 만약 경고를 받고도 뜻을 굽히지 않고 자신의 주장을 펼치면 결국에는 생각지도 못했던 이상한 재난에 휩싸여 죽게 된다. 이 조직에는 빈틈이 없고 그 방법이 매우 체계적이어서 경고를 무시하고 살아남은 자는 단 한 명도 없다. 게다가 살인이 일어나더라도 범인이 잡혔다는 기록은 한 줄도 남아 있지 않다. 미국 정부와 남부 상류계급의 노력에도 불구하고 이 결사대는 수년 동안이나 맹위를 떨쳤다. 1869년에 이르러 이 조직은 갑자기 무너졌지만 그 뒤에도 이러한 사건이 산발적으로 발생하고 있다.

홈즈가 책을 아래로 내려놓으며 말했다.

"자네도 눈치챘겠지만 이 비밀결사가 무너진 시기에 오픈쇼 대령은 서류를 들고 미국을 떠났네. 이 두 가지는 원인과 결과라고 생각해도 좋을 거야. 그렇다면 오픈쇼 대령과 그 가족이 끈질기게 'K.K.K.'의 표적이 되고 있다고 해도 이상하지 않네. 그 장부와 일기가 남부의 유력자들과 관계있으며, 그것이 발견될 때까지는 두 다리 쭉 뻗고 잘 수 없는 사람들이 여럿 있다는 사실을 알 수 있겠지?"

"그렇다면 조금 전에 우리들이 봤던 그 종이쪽지는……."

"우리가 생각한 대로겠지. 내 기억이 정확하다면 거기에 적혀 있던 내용은 'A, B, C에게 씨앗을 보냈다.', 즉 세 사람에게 결사대의 경고를 보냈다는 것이었어. 뒤이어 A와 B가 떠났네. 외국으로 떠났다는 소리겠지. 그리고 C를 방문했네. 아마 C는 처참한 최후를 맞이했을 거야. 왓슨 박사, 우리가 이 어둠 속에 빛을 비출 수 있을 것 같네. 오픈쇼 청년이 살아남을 길은 내가 시키는 대로 하는 것뿐이네. 오늘 밤에는 더 이상 할 말도, 할 일도 없으니 내 바이올린을 집어 주지 않겠나? 30분 정도는 이 궂은 날씨와 우리 인간 동포들의 참상을 잊고 싶네."

이튿날 아침에는 날이 활짝 개었다. 대도시 런던을 덮은 희미한 안개 사이로 태양이 부드럽게 빛을 발했다. 내가 아래로 내려가자 홈즈는 이미 식탁에 자리를 잡고 앉아 있었다.

"미안하지만 먼저 먹고 있었네. 오픈쇼 청년의 사건을 조사하려면 오늘은 아주 바쁠 것 같아서."

"수사를 어떻게 진행할 생각인가?"

"그건 처음 수사 결과에 따라서 달라지겠지만 결국에는 호샴까지 가야 할 것 같네."

"처음부터 그쪽으로 가는 게 아니었나?"

"응, 런던 시내에서부터 시작할 생각이네. 벨을 좀 눌러 주겠나? 가정부가 자네 커피를 들고 올 걸세."

기다리는 동안 나는 아직 아무도 읽지 않은 신문을 식탁에서 집어

들고 훑어 나갔다. 그런데 어떤 기사를 보는 순간, 심장이 멈춰 버리는 듯했다. 내가 외쳤다.

"홈즈! 이미 늦었네."

홈즈가 커피 잔을 내려놓았다.

"뭐라고? 걱정하던 일이 벌어졌단 말인가? 그래, 어떻게 당했나?"

"오픈쇼라는 이름과 〈워털루 다리 부근의 참사〉라는 글이 눈에 띄었네. 기사를 읽어 보겠네."

어젯밤 9시에서 10시 사이에 H서의 쿡 순경이 워털루 다리 부근을 순회하던 중, 살려 달라는 비명과 함께 무엇인가가 물에 빠지는 소리를 들었다. 몇몇 행인들이 협력했지만 칠흑 같이 어두운 밤인 데다 쏟아지는 폭풍우 탓에 그를 구할 수는 없었다. 곧바로 수상 경찰서에 연락하여 그들의 도움으로 간신히 시체를 찾아낼 수 있었다. 주머니 속에서 발견된 봉투에 적힌 이름을 통해 숨진 사람은 호샴 부근에 살고 있는 존 오픈쇼라는 청년임이 밝혀졌다. 워털루 역에서 막차를 탈 생각으로 서두르다가 어둠 속에서 길을 잘못 들었고, 기선이 정박하는 작은 선창에서 발을 헛디더 사고를 당한 것으로 추정된다. 시체에 폭행당한 흔적이 없는 점으로 미루어 보아 불행하게도 사고로 목숨을 잃은 것이 분명하다. 이 사건을 계기로 당국은 선창의 안전 문제에 대해서 더욱 주의를 기울여야 할 것이다.

우리는 한동안 말없이 앉아 있었다. 그렇게 풀 죽은 홈즈의 모습을 본 적이 없었다.

"내 자존심에 커다란 상처를 입었네, 왓슨. 물론 하찮은 개인적 감정이지만 내 자존심은 완전히 짓뭉개졌네. 이 사건은 이제 내 문제가 되었네. 내가 살아 있는 한 결코 포기하지 않고 그 폭력배들을 뒤쫓을 걸세. 나를 찾아와 도움을 요청한 사람을 사지로 내몰다니……."

홈즈는 자리에서 벌떡 일어나 흥분을 가라앉히지 못하고 방 안을 서성이면서 길고 가느다라며 섬세한 손가락을 쥐었다 폈다 했다. 창백한 얼굴은 붉게 물들인 채 이렇게 외쳤다.

"교활하기 짝이 없는 악당 녀석들! 대체 어떻게 그 청년을 그곳으로 불러 들였을까? 템스 강변은 여기에서 역으로 직접 가는 길이 아니란 말이지. 아무리 날씨가 거친 밤이었다고 해도 다리 위에는 지나다니는 사람이 많아서 행동하기에 적합하지 않아. 그러니 그를 강변으로 유인한 거겠지. 좋았어, 왓슨. 마지막에 누가 이기는지 끝까지 지켜보게나. 나갔다 오겠네!"

"경찰서에 가나?"

"아니, 이제 내가 곧 경찰일세. 내가 그물을 쳐 주면 경찰도 파리 정도는 잡을 수 있겠지만, 그전까지는 아무것도 잡지 못할 걸세!"

그날 나는 내 본업인 의사의 직무를 충실히 마치고 저녁 늦게 베이커가로 돌아왔다. 셜록 홈즈는 아직 돌아오지 않았다. 그는 밤 10시 가까이가 돼서야 창백하고 수척한 얼굴로 모습을 드러내고는 찬장 쪽으로 걸어가더니 빵을 찢어 꾸역꾸역 입으로 밀어 넣고 물과 함께 단숨에 삼켜 버렸다. 내가 홈즈에게 물었다.

"배가 고팠나?"

"배고파 죽을 것 같았네. 끼니를 때우는 걸 잊었거든. 아침만 먹고 나서 아무것도 안 먹었네."

"아무것도?"

"한 입도. 그런 것을 생각할 시간이 없었네."

"그래, 일은 잘됐는가?"

"응."

"단서를 잡았나?"

"녀석들은 이제 내 손아귀에 있는 것이나 마찬가지라네. 머지않아 오픈쇼 청년의 원수를 갚을 수 있을 것 같아. 왓슨, 이번에는 우리가 녀석들에게 그 악마의 표시를 붙여 주는 걸세. 어떤가? 좋은 생각이지?"

"어떻게 할 생각인데?"

홈즈는 선반 위에 있던 오렌지를 하나 집어 들더니 그것을 몇 개로 갈라 그 안에 있는 씨앗을 빼내 탁자 위에 올려놓았다. 그중에서 다섯 개를 집어 봉투에 넣고는 안쪽 풀칠하는 곳에 'J. O.를 위하여, S. H.가'라고 적었다. 그리고 봉투를 봉한 뒤 겉에 '미국 조지아 주 서배너[15] 항

다섯 개의 오렌지 씨앗

범선 론스타 호 선장 제임스 캘하운 귀하'라고 받는 사람의 이름을 썼다. 그러고는 껄껄 웃었다.

"이 편지가 먼저 도착해서 선장이 항구에 들어오기를 기다리고 있을 걸세. 그러면 선장은 밤에 잠도 자지 못할 거야. 오픈쇼 대령처럼 녀석도 이 편지가 끔찍한 운명을 예고한다고 생각하겠지."

"그 캘하운 선장은 어떤 자인가?"

"폭력배들의 우두머리지. 다른 녀석들도 잡아들일 생각이지만 우선은 두목 먼저 잡아들일 거야."

"어떻게 찾아낸 건가?"

홈즈는 주머니에서 커다란 종이를 한 장 꺼냈다. 거기에는 날짜와 배의 이름이 가득 적혀 있었다.

"하루 종일 로이드 해상 보험 협회의 선박 연감과 지난 신문철을 뒤적여 1883년 1월부터 2월까지 폰디체리 항에 기항한 배들의 다음 항해지를 조사해 봤다네. 그 두 달 동안 폰디체리 항에 기항한 배들 중, 톤수가 큰 것은 총 36척이었네. 그중에서 '론스타 호'라는 이름이 내 시선을 끌었네. 그 배는 런던에서 출항한 것으로 적혀 있었지만 그 이름은 미국 어떤 주의 별명이기도 했으니까."

"텍사스 주의 별명[16]일 걸세."

"어느 주인지는 확실히 모르겠어. 하지만 이 배가 틀림없이 미국 국적의 배라는 사실을 알 수 있었네."

"그리고?"

"던디 항의 기록도 살펴보았지. 거기서 범선 론스타 호가 1885년 1월

---

15) Savannah. 미국 조지아 주에 있는 항만 도시.
16) 당시 텍사스 주를 상징하는 깃발에 별이 하나였던 데에서 '론 스타Lone star'라는 별명을 얻었다.

에 기항했다는 사실과 내 추리가 정확했다는 사실을 알았네. 그 다음에는 지금 런던 항에 정박하고 있는 배를 조사했어."

"결과는 어땠나?"

"지난주에 그 론스타 호가 입항했더군. 나는 앨버트 독으로 가 보았네. 거기서 이 배가 오늘 아침에 썰물을 타고 템스 강을 따라 내려가 서배너로 출항했다는 사실을 알아냈네. 바로 잉글랜드 동남부 항구 도시인 그레이브센드로 전보를 쳤는데, 조금 전에 론스타 호가 그곳을 통과했다는 답장이 왔네. 동풍이 불고 있으니 지금쯤은 동남 해안의 먼 바다인 굿윈을 지나 와이트 섬 근처에 있을 거야."

"이제 어쩔 생각인가?"

"이미 녀석들을 잡은 것이나 다름없네. 내가 알아본 바에 따르면 선장과 두 항해사만 미국인이고 나머지 승무원은 전부 핀란드와 독일 사람들이야. 그리고 이건 항구 인부들에게 들었는데, 어제 상륙한 사람은 선장과 두 항해사뿐이라더군. 그 범선이 서배너에 도착하면 이 편지가 우편선을 타고 먼저 가서 녀석들을 기다리고 있을 걸세. 그리고 해저전신으로 서배너의 경찰들에게 보낸 전신이 이미 도착해 있을 거야. 그 세 녀석을 살인 사건의 용의자로 영국에 넘겨주기 바란다는 내용이었지."

하지만 인간이 최선을 다해 계획을 세운다 하더라도 어딘가에는 반드시 빈틈이 있기 마련이다. 존 오픈쇼 살해범들은 영원히 오렌지 씨앗을 받지 못했다. 만약 그것을 받았다면 범인들은 자신들에게 결코 뒤지지 않는, 책략이 뛰어나고 결단력이 강한 사람이 뒤를 쫓고 있다는 사실을 알았을 것이다. 그해 추분에 불어닥친 폭풍은 매우 길고 거칠었다. 우리는 서배너에서 론스타 호의 소식이 들려오기를 애타게 기다렸지만 오랫동안 아무 소식도 없었다. 그러다가 드디어 저 멀리 대서양 한 가운데서 부서진 범선의 돛대가 둥둥 떠다니는 것이 목격되었다는 정보를 얻었다. 그 잔해에는 론스타의 머리글자인 'L. S.'가 새겨져 있었다고 한다. 이제 더 이상, 우리는 그 배의 운명에 대한 정보를 얻지 못할 것이다. 영원히 말이다.

04

푸른 카번클

04
푸른 카번클

크리스마스가 이틀이 지난 뒤의 일이었다. 그날 아침, 나는 인사도 할 겸 친구인 셜록 홈즈를 찾아갔다. 홈즈는 보라색 실내복을 입고 소파 위에 편안히 앉아 있었다. 손을 뻗으면 닿을 만한 곳에 파이프걸이가 놓여 있었고, 그 주변에는 다 읽은 듯한 구겨진 신문더미가 쌓여 있었다. 소파 옆에 나무 의자가 하나 있었는데 그 의자 등받이의 한쪽 모서리에 펠트로 된 낡고 추레한 모자가 걸려 있었다. 꽤나 오래 사용해서 여기저기에 금이 가 있는, 참으로 볼품없는 모자였다. 의자 위에 돋보기와 핀셋이 놓여 있는 것을 보니 그 모자를 의자 등받이에 걸어 두고 자세히 살펴본 모양이었다. 내가 홈즈에게 말했다.

"일하던 중이었나? 아무래도 방해를 했나 보군."

"아닐세. 이제 막 조사를 마친 참이야. 이야기 상대가 생겨서 마침 잘 됐군. 아주 시시한 조사지만."

홈즈가 엄지손가락으로 낡은 모자를 가리키며 말을 이었다.

"저것은 퍽 흥미로울 뿐더러 배울 점도 있다고 말할 수 있지."

나는 홈즈의 팔걸이의자에 앉아 활활 타오르는 난롯불에 손을 녹였다. 벌써 날씨가 추워져서 창에는 작은 얼음이 몇 겹으로 들러붙어 있었다. 나는 생각한 그대로 말했다.

"볼품없는 모자 같은데. 어떤 끔찍한 이야기가 저 모자와 관련이 있단 말인가? 저 모자가 단서가 되어 자네가 수수께끼로 가득한 사건을 해결하고 범인을 응징한다는 이야기가 아닌가?"

그러자 홈즈는 웃으며 말했다.

"아니, 아닐세. 런던처럼 몇 제곱킬로미터 안에 400만 명의 인간들이 우왕좌왕하며 사는 곳에서 흔히 일어날 법한, 약간 기묘하고 작은 사건 중 하나일세. 그렇게 많은 사람들이 복작대며 살아가다 보면 서로 부딪치는 경우도 생기지. 그러면 여러 가지 일들이 일어나고, 또 그 하나하나가 여러 가지로 얽히게 된다네. 그것도 다양한 조합으로 말이야.

그러면 각종 자잘한 문제들이 일어나고, 범죄까지는 아니어도 깜짝 놀랄 만한 기묘한 사건이 될 수도 있다네. 우리는 그동안 이런 사건에 부딪친 적이 종종 있지 않았나."

"그건 그렇지. 나는 최근에 있었던 사건 중 여섯 건을 사건 수첩에 기록했지만 그중 세 건은 법률상 죄가 성립되지 않는 것들이었네."

"맞는 말이야, 왓슨. 자네가 말한 세 가지 사건을 다시 떠올려 볼까? 우선 보헤미아 왕국이 아이린 애들러에게 사진을 되찾아 달라고 부탁한 〈보헤미아의 스캔들〉 사건이 있었지. 그리고 메리 서덜랜드 양이 의뢰한 기묘한 〈신랑의 정체〉 사건도 그렇고, 아편굴에서 사라진 〈입술 비뚤어진 남자〉 사건도 마찬가지였네. 하찮은 이번 사건도 틀림없이 그 세 가지 사건처럼 남들에게 해를 끼치지는 않을 거야. 제복을 입고 다니면서 나를 도와주는 퇴역 군인 조합원 피터슨은 자네도 알고 있지?"

"응."

"이 전리품은 그의 것일세."

"피터슨의 모자라고?"

"그건 아니야, 왓슨. 피터슨이 발견한 거지. 아직 모자의 주인이 누군지는 모른다네. 오랫동안 써서 닳을 대로 닳아 버린 중산모라고만 생각하지 말고 두뇌 운동을 시킬 만한 문제로서 생각해 주기 바라네. 우선 어떻게 해서 이 모자가 내 손에 들어왔는지 알려 주겠네. 이 모자는 크리스마스 아침에 통통하게 살이 찐 거위와 함께 날아들었다네. 아마도 그 거위는 지금쯤 피터슨 집의 난롯불에서 노릇노릇 구워지고 있을 거야. 자초지종은 이렇다네. 자네도 알고 있는 것처럼 피터슨은 매우 정직한 사람 아닌가. 그 피터슨이 크리스마스 때 살짝 축제 분위기에 젖어 있다가 새벽 4시쯤에 집으로 돌아갔다네. 도중에 토테남 코트 거리를 지나갔는데 앞에 걸어가는 남자가 보였다네. 가스등 불빛 아래서 보니 하얀 거위 한 마리를 어깨에 짊어진 키 큰 남자였지. 술에 취한 듯 발걸음이 약간은 비틀거렸다네. 그런데 굿지 거리의 모퉁이에 다다랐을 때, 그 남자와 불한당 네댓 명 사이에 싸움이 벌어졌다네. 그들 중 한 명이 남자의 모자를 쳐서 떨어뜨렸고 남자는 몸을 지키기 위해 지팡이를 머리 위로 휘둘렀다네. 그러다가 그만 지팡이로 뒤에 있던 가게의 유리창을 깨고 말았지. 피터슨은 곧장 달려가 행패를 부리는 무리에게서 그 남자를 지켜 주려 했는데 남자는 거위를 떨어뜨린 채 정신없이 달아나고 말았네. 그 남자는 그렇지 않아도 유리창을 깨서 당황해하던 차에 경찰처럼 제복을 입은 사람이 똑바로 달려오는 것을 보자 미로처럼 복잡하게 얽혀 있는 토테남 코트 거리의 뒷골목으로 모습을 감춰 버린 걸세. 행패를 부리던 무리들도 피터슨을 보자마자 달아나기 시작했다네.

그래서 피터슨만 싸움 현장에 덩그러니 남게 됐지. 하지만 거기에는 전리품도 있었다네. 그것이 바로 낡은 모자 하나와 더할 나위 없이 훌륭한 크리스마스용 거위였다네."

"거위는 물론 주인에게 돌려주었겠지?"

"맞아, 바로 그게 문제야, 왓슨. 새의 왼쪽 다리에는 틀림없이 '헨리 베이커 부인에게'라고 적힌 조그만 카드가 묶여 있었다네. 게다가 모자의 안쪽에도 'H. B.'라는 머리글자가 적혀 있어. 그런데 런던에는 베이커라는 성을 가진 사람이 헤아릴 수도 없이 많고, 헨리 베이커라는 이름을 쓰는 사람도 무척 많아. 그러니 어떻게 수많은 사람들 중에서 딱 한 명을 찾아 모자와 새를 건네줄 수 있다는 말인가?"

"피터슨은 어떻게 했나?"

"피터슨은 크리스마스 아침에 모자와 거위를 내게 가져왔다네. 왜냐하면 내가 아주 사소한 문제에도 흥미를 갖는다는 사실을 잘 알고 있으니까. 거위도 그대로 놓고 갔지만, 아무리 추위가 심하다고는 해도 얼른 먹어 치우는 편이 좋을 것 같았지. 그래서 주운 사람인 피터슨이 그것을 가져가 거위에게 어울리는 최후를 맞도록 해 주었다네. 어디에 있는지는 모르겠지만 크리스마스 성찬을 들지 못한 신사의 모자는 아직 내 손에 남아 있고 말일세."

"그 사람이 분실물 광고를 내지는 않았는가?"

"그런 광고는 없었네."

"그럼 홈즈, 이 모자의 주인을 어떻게 찾아낼 생각인가?"

"할 수 있는 데까지 추리할 수밖에 없지."

"모자만으로?"

"물론이지, 왓슨."

"농담이겠지? 이 낡은 펠트 모자에서 무엇을 알아낼 수 있단 말인가?"

"여기에 돋보기가 있네. 내가 어떤 방법을 쓰는지는 알고 있겠지? 자네가 추리하기에 이 모자의 주인은 어떤 인물일 것 같은가?"

그 낡은 모자를 손에 들고 나는 약간 암담한 심정으로 뒤집어 보았다. 아주 평범하고 흔해 빠진 둥그스름한 검은색 모자였다. 딱딱한 펠트 제품으로 매우 낡았으며 제조사 이름은 붙어 있지 않았다. 하지만 홈즈가 말한 대로 안감 한쪽에 'H. B.'라는 머리글자가 구불구불한 글씨로 적혀 있었다. 모자가 날아가지 않도록 챙에 구멍을 뚫어 끈으로 묶을 수 있게 해 두었지만 고무줄은 끊어지고 없었다. 어디는 금이 가 있었고 매우 더러웠으며 네댓 군데에는 얼룩이 묻어 있었다. 색이 바랜 부분에는 잉크를 발라 그것을 감추려 한 흔적이 남아 있었다.

"이렇게 봐서는 모르겠는데."

내가 홈즈에게 모자를 돌려주었다.

"아니, 왓슨, 그렇지 않아. 자네는 모든 것을 다 봤어. 보기는 했지만 자네는 자신이 본 것에서 추리하는 힘이 부족해. 대담하게 추리하려 들지 않기 때문일세."

"그럼, 자네는 이 모자를 보고 무엇을 추리했는가?"

홈즈는 모자를 집어 들고 깊은 생각에 잠긴 채 가만히 바라보았다. 그에게만 가능한 일이었다.

"지금으로서는 그리 대단한 것을 알아낼 수는 없겠어."

홈즈가 말을 시작했다.

"하지만 지금이라도 아주 분명하게 추리해 낼 수 있는 사실이 몇 가지 있고, 그 밖에도 그럴 것이라 추측되는 점들이 몇 가지 있네. 한눈에 봐도 이 모자의 주인은 지적 능력이 뛰어난 사람일세. 적어도 지난 3년 동안은 쏨쏨이가 퍽 좋았지만 요즘에는 형편이 어려워져서 그다지 풍족한 생활을 누리지 못하고 있네. 그것도 모자를 보면 한눈에 알 수 있지. 이 남자는 신중한 성격이야. 하지만 점점 신중함을 잃어서 지금은 경솔하다고 말할 수도 있겠어. 즉, 형편이 나빠지면서부터 뭔가 좋지 않은 일이라도 배우기 시작한 듯해. 아마도 술을 마시게 되었겠지. 그리고 또 하나 분명한 사실은, 남편에 대한 부인의 사랑이 식었다는 점일세."

"아니, 그것을 어떻게 안단 말인가?"

"하지만 이 사내에게 아직 어느 정도의 자존심은 남아 있네."

홈즈는 내 항의를 못 들은 척하고 이야기를 계속했다.

"요즘에는 조용히 의자에 앉아 있는 시간이 길고 밖에 나가는 경우가 거의 없어서 몸이 완전히 둔해졌어. 중년이고, 머리카락은 희끗희끗하네. 또 지난 2, 3일 사이에 머리를 깎았고 머리에는 라임 크림을 바르고 있어. 이 모자를 보고 유추해 낸 확실한 사실은 이 정도라네. 말이 나온 김에 덧붙이자면, 이 남자의 집에는 가스가 들어오지 않을 거야."

"농담이겠지, 홈즈."

"그럴 리가 있나. 자네, 설마 내가 추리로 알아낸 사실을 여기까지 알려 주었는데도 이해하지 못하는 것은 아니겠지?"

"내 머리가 나쁜 건지 뭔지 솔직히 말해서 자네의 추리는 따라갈 수가 없어. 예를 들어서 이 모자의 주인이 지적 능력이 뛰어나다고 했는데 그것을 어떻게 아는가?"

대답을 하는 대신에 홈즈는 그 모자를 자신의 머리 위에 올려놓았다. 모자는 이마까지 완전히 덮어 버렸고 미간 부근까지 내려왔다.

"용적의 문제지. 이렇게 머리가 큰 남자라면 틀림없이 그 내용물도 상당할 거야."

"지금은 형편이 어렵다는 건?"

"이 모자는 3년 전의 것이야. 챙은 평평하고 그 끝이 둥글게 말린 모양이 유행하던 때지. 보게, 리본은 물결 모양의 비단이고 안감도 고급스러워. 3년 전에는 이런 비싼 모자를 살 수 있었는데 그 뒤에는 다시 모자를 장만하지 못했으니 틀림없이 이 남자의 형편이 어려워진 거야."

"흠, 그건 그렇겠군. 하지만 신중한 성격이 경솔해졌다는 것은?"

셜록 홈즈가 웃으며 모자를 고정하는 끈을 꿰는 작은 고리와 둥근 구멍에 손가락을 얹었다.

"여기에 신중한 성격이 나타나 있다네. 원래 모자에는 이런 구멍이 없지 않은가? 이 모자를 고정하기 위한 도구도 살 때부터 붙어 있는 것이 아니야. 만약 이 남자가 고정 도구를 따로 주문했다면, 바람에 모자가 날아가지 않도록 미리 대비했다는 말이니 성격이 상당히 신중하다는 거지. 하지만 고무끈이 끊어져 버렸는데도 이 남자는 귀찮아서 갈아 끼우지 않았네. 다시 말해서 그 신중함이 많이 약해졌다는 뜻이야. 이것이야말로 그가 무기력해졌다는 확실한 증거라네. 한편으로는 펠트에 얼룩이 묻으면 잉크를 칠해서라도 어떻게든 감추려 하고 있어. 그러니 자존심을 완전히 잃지는 않았네."

"홈즈, 자네가 추리한 것은 정말 그럴 듯하게 들리는구먼."

"다른 점들도 설명해 보겠네. 이 남자가 중년에 머리가 희끗희끗하고, 라임 크림을 발랐으며, 머리를 깎은 지 얼마 안 됐다는 사실은 전부 안감 아래쪽을 잘 살펴보고 알게 된 것이라네. 돋보기로 살펴보면 짧은 머리카락이 잔뜩 붙어 있어. 그 머리카락은 이발소 가위로 깨끗하게 잘려 있지. 짧은 머리카락은 전부 끈적끈적한데 냄새를 맡아 보면 라임 크림이 분명해. 그리고 이 먼지를 잘 보게. 도로에서 뒤집어쓰는 흙먼지는 회색이지만 이건 그렇지 않아. 집 안에서 볼 수 있는 먼지로 갈색이고 부드러워. 그러니까 이 모자는 거의 집 안에만 걸려 있었다는 사실을 말해 주지. 모자 안쪽에 젖었던 흔적이 얼룩으로 남아 있는 것은 땀자국일세. 모자 주인은 땀을 아주 많이 흘리는 사람이고 당연히 몸 상태도 썩 좋지는 않겠지."

"하지만 홈즈, 그렇다면 남편에 대한 부인의 애정이 식었다는 건 어떻게 알았나?"

"이 모자는 몇 주일 동안이나 솔질을 하지 않았어. 왓슨, 자네를 만났는데 모자에 일주일 치 먼지가 쌓여 있다면 어떻겠나? 자네가 그런 모자를 쓰고 외출해도 부인이 신경 쓰지 않는다면, 나는 가엾게도 자네가 부인의 애정을 잃었다고 여길 걸세."

"하지만 이 사람은 독신일지도 모르지 않나?"

"그렇지는 않을 거야. 거위를 선물로 가져가서 부인을 기쁘게 할 생각이었으니까. 거위 다리에 카드가 묶여 있었다는 사실을 생각해 보게."

"자네가 손을 대면 어떤 문제든 답이 나오는군. 하지만 홈즈, 그 사람 집에 가스가 들어오지 않는다는 사실은 대체 어떻게 추리한 건가?"

"모자에 동물 기름의 얼룩이 묻어 있었으니까. 한두 군데만 그랬다면 우연히 묻었다고 생각했겠지만 적어도 다섯 군데에는 묻어 있었다네. 그렇다면 이 남자는 분명히 타오르는 기름에 가까이 다가갈 기회가 많았다는 거야. 그건 거의 의심할 필요가 없는 사실일세. 아마도 이 남자는 밤마다 2층으로 올라갔을 거야. 한 손에는 모자를 들고, 다른 한 손에는 불꽃이 활활 타오르는 동물 기름이 포함된 초를 들고 말이야. 아무튼, 가스 불을 쓰는 사람이라면 모자에 동물 기름 얼룩이 묻을 이유가 없어. 이제 알겠는가?"

나는 웃으며 말했다.

"정말 놀랍군. 하지만 방금, 범죄가 일어나지는 않았다고 했지? 피해라고 해 봤자 거위 한 마리가 고작이라면 이번 사건은 조사해도 쓸데없는 일이 아닌가?"

셜록 홈즈가 입을 열어 답하려던 그 순간이었다. 갑자기 문이 열리더니 도우미 피터슨이 새빨갛게 달아오른 얼굴로 방 안에 뛰어들었다. 그의 얼굴은 놀라움으로 가득했다.

"거위가, 홈즈 선생님! 그 거위가!"

숨을 헐떡이며 피터슨이 말했다.

"아니, 거위가 어쨌단 말인가? 살아나서 부엌 창문 바깥으로 푸드덕 날아가기라도 했단 말인가?"

홈즈는 소파에 앉은 채 몸을 반쯤 비틀어 피터슨의 흥분한 얼굴을 똑바로 쳐다보며 말했다.

"선생님, 이것 좀 보세요! 아내가 거위 모이주머니 속에서 이런 걸 찾았습니다!"

피터슨이 손을 내밀었다. 손바닥의 한가운데에는 콩알보다 약간 작은 푸른 보석이 반짝반짝 빛나고 있었다. 불순물이 섞이지 않은 순수한 보석이 전등불처럼 눈부시게 빛났다. 홈즈가 휙 하고 휘파람을 불더니 자리에서 일어났다.

"세상에, 피터슨. 정말 대단한 걸 발견했군! 손바닥 위에 있는 것이 무엇인지 알고 있겠지?"

"다이아몬드 아닙니까? 정말 귀한 보석이지요! 유리를 아주 간단하게 자를 수 있다던데요?"

"이건 평범한 보석이 아닐세. 특별한 보석이야."

홈즈의 말을 듣고 나는 퍼뜩 떠오르는 것이 있어서 큰 소리를 질렀다.

"모르카 백작 부인의 푸른 카번클[17]이 아닌가?"

"바로 그렇다네. 요즘 〈타임스〉에 매일 광고가 실리고 있으니 나도 자연스럽게 그 다이아몬드의 크기와 모양을 알게 됐지. 이 세상에 하나밖에 없는 진귀한 보석이야. 그 가치는 추측할 수밖에 없지만 상금 1,000파운드는 시가의 20분의 1에도 미치지 못할 거야."

"1,000파운드라고요? 오, 주여!"

피터슨은 의자에 털썩 주저앉아서는 둥그렇게 뜬 눈으로 나와 홈즈를 번갈아 바라보았다.

---

17) carbuncle. 홍옥紅玉 또는 루비라고도 한다. 산화알루미늄으로 이루어져 있으며, 다이아몬드 다음으로 단단한 광물이다.

"상금이 1,000파운드일세. 이 보석에는 잊을 수 없는 여러 가지 추억들이 담겨 있는 모양이야. 그러니 백작 부인이 이 보석을 찾을 수만 있다면 재산의 절반을 내놓을 만도 하지."

이때 내가 입을 열었다.

"내 기억이 정확하다면 이 보석은 코스모폴리탄 호텔에서 사라졌다고 하던데?"

"맞아, 왓슨. 12월 22일, 정확히 닷새 전일세. 배관공인 존 호너가 백작 부인의 보석 상자에서 그 보석을 훔친 죄로 기소되었어. 호너에게 매우 불리한 증거가 나와서 배심원이 평결하는 순회 재판에 넘겨졌다네. 사건에 대한 신문 기사가 여기 있었을 텐데."

홈즈가 신문을 뒤적이며 날짜를 확인했다. 그리고 드디어 한 장을 뽑아내어 그것을 펼치더니 읽기 시작했다.

코스모폴리탄 호텔 보석 도난사건

존 호너(26세, 배관공)가 이번 달 22일, 모르카 백작 부인의 보석 상자에서 '푸른 카번클'로 알려진 고가의 보석을 훔친 혐의로 걸거되었다. 이 호텔의 사무장인 제임스 라이더 씨의 증언에 따르면 사건 경위는 다음과 같다. 사건 당일 사무장 제임스 라이더는 호너를 모르카 백작 부인의 드레싱 룸으로 안내했다고 한다. 드레싱 룸의 난로 안에 연료를 받치는 쇠창살의 두 번째 봉이 느슨해져서 호너가 납땜질로 수리하기 위해서였다. 사무장은 한동안 호너 옆에 있었으나 다른 일이 생겨 방에서 나갔다. 사무장이 드레싱 룸으로 돌아왔을 때 이미 호너는 모습을 감춘 뒤였으며 큰 책상의 서랍을 억지로 연 흔적이 있었다. 또

한 모로코 산 가죽으로 만든 작은 상자가 텅 빈 채 화장대 위에 놓여 있었다. 나중에 밝혀진 바에 따르면 백작 부인은 늘 그 상자에 보석을 넣어 두었다고 한다. 사무장은 곧바로 도난 사실을 알렸고, 호너는 그날 저녁에 체포되었다. 그러나 호너는 보석을 몸에 지니고 있지 않았으며 용의자의 방을 수색했음에도 불구하고 보석은 발견되지 않았다. 백작 부인의 하녀인 캐서린 쿠삭은 도난 사실을 안 사무장이 당황해서 외치는 소리를 듣고 드레싱 룸으로 달려갔으며 그녀의 증언은 사무장의 증언과 같다.

B지구를 담당하는 브래드스트리트 경위는 호너가 체포될 당시에 필사적으로 저항했으며 자신은 누명을 썼다고 주장했다고 말했다. 용의자는 절도 전과가 있다는 사실이 밝혀졌다. 그러한 이유로, 주로 경범죄를 재판하는 치안 판사는 그 자리에서 판결을 내리지 않고 다음 순회 재판에 회부하기로 했다. 호너는 심리 중에 매우 흥분했으며, 결국 실신하여 법정 밖으로 실려 나갔다.

"흠! 즉결 심판소가 하는 일이 늘 그렇지 뭐."

홈즈는 중얼거리는 듯 말하고 신문을 옆으로 툭 던지더니 이렇게 이야기했다.

"우리가 지금 해결해야 할 문제는 이 두 가지가 어떻게 연관되어 있는지 밝히는 거야. 다시 말해서, 모로코 산 가죽 상자에 있던 보석이 사라진 사건과 토테넘 코트 거리에서 주운 거위의 모이주머니 사이의 연관성을 밝혀내는 걸세. 이보게, 왓슨. 우리 둘이 이리저리 추리한 것이 쓸데없기는커녕 갑자기 범죄와 깊은 관계를 맺기 시작했네. 여기에 보석이 있어. 이건 거위의 모이주머니 속에서 나왔지. 사건을 거슬러 올라가 보면, 우선 거위는 헨리 베이커 씨가 들고 있었네. 베이커 씨는 이 허름한 모자를 쓰고 있던 신사고, 그의 다른 특징은 자네에게 방금 이야기한 대로일세. 그러니 이 신사를 찾아내 이번 작은 사건에서 그가 어떤 역할을 맡았는지 급히 알아낼 필요가 있다네. 그러기 위해서 우선 가장 간단한 방법부터 시도해 보자고. 모든 석간에 광고를 실으면 분명히 연락이 올 걸세. 만일 그래도 안 된다면 다른 방법을 써 보고."

"뭐라고 광고를 낼 건가?"

"연필과 종이 좀 주게. 어디 보자, '굿지 거리에서 거위 한 마리와 검은색 중산모를 습득. 이것들을 헨리 베이커 씨에게 돌려드리고 싶으니 오늘 밤 6시 30분까지 베이커 가 221B로 오시기 바람.'이라고 하면 어떻겠는가? 명료하고 알아보기 쉽지 않나?"

"그렇군. 하지만 홈즈, 베이커 씨가 이 광고를 볼까?"

"볼 거야. 아마 그날부터 신문에서 눈을 떼지 못하고 있을 테니까. 소박하게 생활하는 베이커 씨의 입장에서 보면 그건 커다란 손해였을 거야. 그날 베이커 씨는 재수 없게도 유리창을 깬 데다가 피터슨이 달려오는 것을 보고 겁을 먹었어. 그래서 머릿속에는 도망칠 생각밖에 없었지. 하지만 도망치기에 바빠서 거위를 떨어뜨리고 만 것에 대해서는 아마 땅을 치며 후회하고 있을 거야. 그러니 신문에 자기 이름이 실리면 자연히 눈이 가겠지. 베이커 씨를 아는 사람이라면 누구나 그에게 한마디씩 할 테고. 자, 피터슨. 이것을 광고 대행사에 가지고 가서 오늘 석간에 실어 달라고 하게."

"어느 신문에 낼까요?"

피터슨이 물었다.

"음.〈글로브〉,〈스타〉,〈펠멜〉,〈세인트 제임스〉,〈이브닝 뉴스〉,〈스탠다드〉, 〈에코〉. 이것 말고도 더 생각나는 게 있으면 어디든지 내 주게."

"알겠습니다. 그럼 이 보석은 어떻게 할까요?"

"아아, 그렇군. 내가 잠시 맡고 있겠네. 수고했어. 그리고 피터슨, 돌아오는 길에 거위 한 마리만 사다 주게나. 자네 집에서 먹고 있는 거위 대신에 베이커 씨에게 돌려줄 거위 한 마리가 필요하니까."

피터슨이 밖으로 나가자 홈즈는 보석을 들어 빛에 비추어 보았다.

"정말 훌륭한 물건이군. 이 찬란하게 빛나는 모습을 좀 보게. 하지만 이 보석은 수많은 범죄의 커다란 표적이 됐지. 이름난 보석이라면 다 마찬가지긴 하지만. 이건 악마의 좋은 먹잇감이 된다네. 눈에 띄게 커다랗고 유서 깊은 보석은 그 작은 단면마다 피비린내 나는 사건을 상징하고 있어. 이 돌은 발견된 지 아직 20년도 지나지 않았네. 중국 남부의 아모이 강가에서 발견되었어. 이것이 값진 이유는 카번클의 좋은 점을 죄다 갖추고 있기 때문일세. 단, 색이 루비처럼 붉지 않고 푸른색이라는 점이 일반적인 카번클과 다르지. 발견된 지 아직 오랜 시간이 지나지도 않았지만 이 돌의 역사에는 벌써 끔찍한 이야기가 새겨져 있다네. 살인이 두 건, 복수한다면서 황산을 뿌린 것이 한 건, 자살이 한 건, 그리고 도난 사건이 네댓 건. 40그레인[18]짜리 돌 하나 때문에 이 많은 사건이 벌어진 걸세. 이처럼 아름다운 장식품이 인간을 교수대나 교도소로 보낼 줄 누가 상상이나 했겠나? 일단 내 금고에 넣어 두고 백작 부인에게는 보석이 여기에 있다는 사실을 알리기로 하세."

"그 호너라는 사람에게는 죄가 없다고 생각하나?"

"그건 알 수 없지."

---

18) grain. 무게의 단위로, 1그레인은 0.0648그램과 같다.

"그럼 홈즈, 자네 생각에 헨리 베이커 씨는 이번 사건과 관계가 있을 것 같나?"

"그는 결백하다는 것이 내 생각이야. 베이커 씨는 자기가 산 거위가 순금으로 만든 거위보다도 더 비싸다는 사실을 몰랐으니까. 어쨌든 그 점에 대해서는 그가 광고를 보고 왔을 때 아주 간단하게 시험해 보면 될 일이네."

"그가 오기 전에는 홈즈도 어쩔 수 없단 말인가?"

"그렇다네."

"그럼 나는 다시 왕진을 돌고 오겠네. 하지만 자네가 베이커 씨에게 오라고 한 저녁 6시 30분까지는 이곳에 다시 오겠네. 이처럼 복잡한 사건을 자네가 해결하는 모습을 지켜보고 싶으니까."

"환영하네. 저녁 시간은 7시야. 음식은 아마 도요새 요리일 거야. 방금 전에 일어난 사건도 있으니, 허드슨 부인에게 도요새 모이주머니를 잘 살펴보라고 일러야겠어."

환자 중 한 명을 치료하는 데 약간 시간이 걸리는 바람에 나는 6시 30분이 조금 넘었을 때 베이커 가로 돌아왔다. 홈즈의 하숙집 근처로 다가가자 키 큰 남자가 보였다. 그 남자는 챙이 없는 스코틀랜드 모자를 쓰고 있었으며 턱 부근까지 코트 단추를 채운 상태였다. 문 위쪽에 램프와 창문이 달려 있어서, 그곳에서 새어 나온 빛이 창 모양대로 반원을 그리고 있었다. 남자는 그 불빛 밑에서 기다리고 있었다. 내가 현관에 도착함과 동시에 문이 열렸고, 나와 남자는 함께 홈즈의 방으로 올라갔다.

"헨리 베이커 씨입니까?"

팔걸이가 달린 의자에서 일어난 홈즈가 상냥하고 서글서글하게 손님을 맞아들였다. 참으로 천연덕스러운 태도였다.

"난로 옆의 의자에 앉으세요, 베이커 씨. 오늘 밤은 꽤 춥군요. 게다가 당신 같은 몸이라면 여름보다 겨울이 더 견디기 힘들 테니까요. 아, 왓슨, 마침 적당한 때에 와 주었네. 베이커 씨, 저 모자는 당신 것입니까?"

"네, 분명히 제 모자입니다."

베이커 씨는 둥그스름한 어깨에 체구가 큰 남자였는데 머리가 크고 얼굴은 넓적한 편이었다. 얼굴은 박식해 보였고, 끝이 뾰족하고 드문드문 희끗한 갈색 수염을 기르고 있었다. 약간 불그스름한 코와 뺨, 그리고 앞으로 내민 손이 가늘게 떨리는 것을 보고 베이커 씨가 술을 많이 마시리라 추측했던 홈즈의 말을 떠올렸다. 베이커 씨의 옷차림을 더 자세히 보니, 낡고 검은 프록코트 앞단추를 단단히 채웠고 목깃은 세우고 있었다. 코트 안에는 장식용 커프스도 달지 않았으며 셔츠도 입지 않는지 가느다란 손목이 소매 끝으로 드러나 있었다. 그는 단어를 신중하게 선택하며 낮은 목소리로 더듬더듬 이야기했다. 대체적인 인상에 의하면 이 베이커 씨는 학식이 있는 남자지만 운을 타고나지는 못한 듯했다. 홈즈가 설명했다.

"주운 물건을 며칠 동안 보관하고 있었습니다. 왜냐하면 당신이 광고를 내면 주소를 알 수 있을 것이라 생각했으니까요. 하지만 아직까지 광고를 내지 않은 이유를 몰라서 당황하고 있었습니다."

손님이 부끄럽다는 듯 웃었다.

"단돈 몇 실링이라 해도 저는 예전처럼 돈을 함부로 쓸 수 없으니까요. 제게 시비를 건 그 불한당들이 모자와 거위를 가져갔을 거라고 생각했습니다. 되찾으려 해도 소용없으니 헛된 일에 돈을 쓸 마음이 들지 않았습니다."

"그러셨군요. 그건 그렇고 베이커 씨, 그 거위 말인데요. 어쩔 수 없이 먹어 버렸습니다."

"먹었다고요?"

손님은 완전히 흥분해서 엉거주춤 엉덩이를 들썩이며 일어났다.

"네, 먹었습니다. 먹지 않았다면 상해서 그냥 버렸을 테니까요. 하지만 찬장에 있는 저 거위를 보세요. 저 정도면 충분하겠지요? 당신의 거위와 크기도 비슷하고 아주 신선하니까요."

"네. 그렇고말고요, 그렇고말고요."

베이커 씨는 안심한 듯 한숨을 내쉬었다. 그러자 홈즈가 이렇게 덧붙였다.

"물론 당신 거위의 깃털과 다리, 모이주머니는 따로 남겨 두었습니다. 만약 필요하시다면⋯⋯."

순간, 베이커 씨가 웃음을 터뜨렸다.

"제가 잠깐 가지고 있었다고는 하지만 잔해만 남아 있으면 무슨 소용이 있겠습니까? 저의 무용담에 대한 기념물밖에는 안 되겠지요. 그것보다, 괜찮으시다면 찬장 위에 있는 훌륭한 거위만 받고 싶습니다."

셜록 홈즈는 내게 슬쩍 날카로운 시선을 던지고는 어깨를 들썩였다.

"그럼 그 모자와 저 거위를 가지고 가십시오. 그런데 묻고 싶은 것이 있습니다. 저번 그 거위는 어디서 구했습니까? 제 입맛이 매우 까다로운 편이라서요. 그처럼 통통한 거위는 좀처럼 볼 수 없을 겁니다."

"그건 그렇죠."

베이커 씨는 벌써 자리에서 일어나 홈즈의 물음에 답했다. 그리고 지금 막 손에 넣은 거위를 옆구리에 낀 채 말을 이었다.

"제 친구 중에 몇 명은 박물관 근처에 있는 알파 술집에 자주 드나듭니다. 저와 친구들은 낮에 박물관에서 근무하니까요. 알파 술집의 주인은 마음씨 좋은 사람으로, 이름은 윈디게이트라고 합니다. 그 주인이 올해 거위 클럽을 만들었지요. 저희는 매주 몇 펜스씩 모아서 크리스마스에 한 사람당 한 마리씩 거위를 받기로 했었습니다. 저도 꼬박꼬박 회비를 냈고 제 몫을 받았습니다. 그 뒤의 일은 당신

이 아는 대로입니다. 덕분에 살았습니다. 제 나이를 생각하면 스코틀랜드 모자는 어울리지도 않고 너무 장난스러워 보이니까요."

베이커 씨는 우스울 정도로 점잖은 체하며 나와 홈즈에게 엄숙히 인사한 뒤 성큼성큼 방 밖으로 나갔다. 손님이 문을 닫자 홈즈가 내게 말했다.

"헨리 베이커 씨는 이제 됐어. 그는 사건에 대해서는 아무것도 몰라. 배고픈가, 왓슨?"

"아니, 별로."

"그럼 저녁은 나중에 먹기로 하고 정보가 들어온 김에 사건의 단서를 쫓는 것이 좋을 듯하네."

"그거 좋지."

얼어붙을 것처럼 추운 밤이었기에 우리는 긴 외투를 입고 목에 머플러를 둘렀다. 밖으로 나가 보니 구름 한 점 없는 하늘에 별이 차갑게 반짝이고 있었다. 지나는 사람이 내뱉은 숨이 하얗게 보여 권총의 총

구 같았다. 나와 홈즈는 경쾌한 발소리를 크게 울리며 힘차게 병원 거리를 지났고 윔폴 가, 할레 가, 위그모어 가를 지나서 옥스퍼드 가로 나갔다. 15분 만에 우리는 알파 술집이 있는 블룸스베리 구에 도착했다. 그 가게는 여관을 겸한 조그만 술집이었다. 블룸스베리 구에서 홀번 구 쪽으로 몇 갈래의 길이 나 있었는데 알파 술집은 그중 한 갈래의 모퉁이에 서 있었다. 홈즈는 술집의 문을 밀어 가게 안으로 들어갔다. 그리고 하얀 앞치마를 두른 붉은 얼굴의 주인에게 맥주 두 잔을 주문했다.

"이 집 맥주라면 틀림없이 맛있겠죠? 거위도 맛있으니까."

홈즈가 주인에게 말을 걸었다.

"우리 집의 거위라고요?"

가게의 주인은 놀란 듯했다.

"30분 전에 헨리 베이커 씨랑 그 이야기를 했소. 그 사람이 이 가게의 거위 클럽 회원이라던데."

"아아! 그야 그렇죠. 하지만 선생님, 우리 가게의 거위가 아닙니다."

"정말이오? 그럼 어디서 온 거위입니까?"

"그러니까 코벤트 가든 시장에 있는 어느 가게에서 스물네 마리를 사들였지요."

"그곳 상인이라면 나도 몇 명을 알고 있는데, 누구지?"

"브레킨리지입니다."

"그렇군! 그 사람은 잘 모르겠는데. 어쨌든 주인 양반, 당신의 건강과 가게의 번성을 위해서 건배하겠소. 그럼 안녕히."

홈즈는 뒤이어 이렇게 말했다.

"그럼 브레킨리지에게 가 보세."

우리는 코트의 단추를 채우며 밖으로 나왔다. 살을 에는 듯한 추위가 기승을 부렸다.

"이번 사건은 두 가지 일이 연결되어 있어. 한쪽에는 하찮은 거위 이야기가 있지만, 다른 한쪽에는 한 사내가 있다네. 왓슨, 만약 우리가 무죄를 증명하지 못하면 그 사내는 7년 형을 선고받게 될 거야. 잊어서는 안 돼. 어쩌면 우리의 조사 결과, 그 사내가 유죄라는 사실이 확실해질 수도 있고. 어쨌든 우리는 경찰이 놓친 수사의 실마리를 쥐고 있다네. 그러니 이 실마리야말로 우리에게 유일한 기회를 주고 있는 거라고. 이것을 끝까지 따라가 보세나. 서둘러 가자고, 남쪽으로!"

우리는 홀번 구를 가로질렀고 엔델 가를 지나 구불구불한 빈민굴을 빠져나가서 마침내 코벤트 가든 시장에 이르렀다. 커다란 가게에 브레킨리지라는 간판이 붙어 있었다. 가게의 주인은 말을 닮은 얼굴을 하고 있었다. 날카로운 얼굴에 구레나룻을 길렀고 수염은 깨끗하게 손질이 되어 있었으며 어린 점원과 함께 가게 문을 닫는 중이었다.

"안녕하세요. 날이 무척 춥군요."

홈즈가 말을 걸었더니 주인은 고개를 끄덕인 뒤 이상하다는 듯 내 친구를 가만히 바라보았다.

"거위는 다 팔렸나 보죠?"

홈즈는 대리석을 늘어놓은 진열대를 가리키며 말을 이었다. 그 위에는 아무것도 없었다. 주인이 입을 열었다.

"내일 아침이 되면 500마리라도 팔 수 있도록 가져다 놓겠습니다."

"그건 좀 곤란한데."

"선생님, 아직 가스등이 켜진 가게로 가 보세요. 거기라면 물건이 남아 있을 겁니다."

"하지만 나는 당신 가게 물건이 좋다는 말을 듣고 온 거라오."

"누구한테요?"

"알파 술집의 주인장한테."

"아, 그렇습니까? 거기에는 스물네 마리를 배달한 적이 있습죠."

"그때 거위도 정말 훌륭했소. 그런데 이 가게의 거위는 어디서 들여오는 거요?"

홈즈가 이렇게 물은 순간, 놀랍게도 주인은 갑자기 화를 내기 시작했다.

"이보슈, 선생."

가게의 주인은 얼굴을 휙 쳐들더니 두 손을 허리에 대고 팔꿈치를 양옆으로 벌린 채 홈즈에게 말했다.

"대체 뭘 알고 싶으신 거요? 똑똑히 말해 보쇼."

"나는 이미 똑똑히 말했소. 당신이 알파 술집으로 배달한 거위를 어디서 샀는지 알고 싶은 거요."

"흥, 그건 가르쳐 줄 수 없소. 자, 이젠 됐지요?"

"가르쳐 줄 수 없다면 나도 어쩔 수 없지. 이렇게 별것도 아닌 일로 당신이 왜 그렇게 화를 내는지 모르겠군."

"화를 낸다고! 선생이라도 나처럼 시달림을 당한다면 화를 낼 거요. 물건을 받고 그 값을 치르면 거래는 끝나는 거 아뇨? 그런데 '그 거위는 어디에 있냐?'는 둥 '그 거위는 어디서 샀냐?'는 둥, 이래저래 귀찮게 하는 건 무슨 짓거리인지! 그 거위 때문에 이렇게 소동을 벌이니 남이 들으면 이 세상에 거위는 그거 한 마리뿐인 줄 알겠소."

"난 그렇게 물어 보고 다니는 무리들과는 전혀 관계가 없소."

홈즈가 전혀 모르는 일이라는 듯이 말을 계속했다.

"가르쳐 주지 않겠다면 내기고 뭐고 다 끝이오. 어쩔 수 없지. 사실 나는 거위 이야기만 나오면 바로 내기를 걸지. 자신 있거든. 내가 저번에 먹은 거위는 시골에서 기른 거위라는 쪽에 5파운드를 걸어 두었소."

"아아, 그래요? 그럼 선생은 5파운드를 잃은 셈이구먼. 그 새는 도시에서 기른 거니까."

가게의 주인은 이렇게 단언했다.

"그럴 리 없소."

"내가 그렇다고 하는데?"

"믿을 수 없소."

"선생, 새에 대해서 나보다 더 잘 알고 있단 말이오? 나는 어렸을 때부터 이 바닥에서 산전수전 다 겪은 사람이오. 다시 한 번 말하지만 그알파 술집에 가져다 준 거위는 전부 도시에서 키운 거요."

"당신이 아무리 그렇게 이야기해도 난 믿을 수 없소."

"그럼 선생, 내기하시겠소?"

"돈을 버리는 것과 다를 바 없는 일일 텐데. 누가 뭐래도 내가 옳으니까. 그렇다면 1파운드 걸겠소. 똥고집만 부리는 당신을 좀 혼내 준다는 의미에서."

가게 주인이 킬킬거리며 소년에게 명령했다.

"빌, 장부를 가져오너라."

소년이 얇고 작은 장부 한 권과 표지가 기름범벅이 된 커다란 장부한 권을 가지고 와서 매달려 있는 램프 밑에 늘어놓았다. 그러자 가게의 주인이 홈즈에게 말했다.

"여길 보시오, 잘나신 선생. 가게의 거위를 몽땅 판 줄 알았더니 아직한 마리가 더 남아 있었군그래. 지금부터 장부를 살펴보면 무슨 말인지알게 될 거요. 이 조그만 장부가 뭔지 아시겠소?"

"내가 어떻게 알겠소?"

"이건 내가 물건을 들여오는 거래처로, 양계업자들의 명단이오. 한번 보시오. 여기. 이 페이지에 시골 업자들의 이름이 적혀 있고 그 뒤에 숫자가 적혀 있소. 그 숫자가 가리키는 페이지를 커다란 장부에서 찾아보면 그 업자와의 거래 내역을 알 수 있지. 여기 있군! 이 페이지에 빨간 잉크로 적혀 있는 것이 보이시오? 이게 도시 양계업자들이오. 자, 선생, 빨간 잉크로 적은 페이지의 세 번째를 보고 그 이름을 소리 내서 읽어 보시오."

"옥숏 부인, 브릭스턴 거리 117번지, 249."

"그렇소. 이번에는 커다란 장부에서 그 페이지를 보시오."

홈즈가 장부의 249페이지를 펼쳤다.

"아아, 여기 있군. 옥숏 부인 브릭스턴 거리 117번지, 달걀 및 가금류."

"그리고 마지막에 뭐라고 쓰여 있소?"

"12월 22일. 거위 스물네 마리, 7실링 6펜스."

"맞소. 거보시오. 그 밑에는?"

"알파 술집의 윈디게이트에게 12실링에 판매."

"이래도 더 할 말 있소?"

셜록 홈즈는 분해 죽겠다는 표정을 지었다. 그리고 주머니에서 1파운드짜리 금화를 꺼내더니 대리석을 늘어놓은 판매대에 확 집어던졌다. 그러더니 약이 바짝 올라서 말도 못하겠다는 듯이 휙 등을 돌려 가게에서 나왔다. 몇 미터를 걸어가던 홈즈는 가로등 밑에서 발을 멈추고 웃음을 터뜨렸다. 아주 우스워 죽겠다는, 소리 없는 그만의 웃음이었다.

"저렇게 수염을 기르고 주머니에 〈핑컨〉[19]을 꽂고 있는 남자에게는 이런 방법이 최고야. 눈앞에 수백 파운드를 쌓아 놓아도 저렇게 자세히는 가르쳐 주지 않을 걸세. 그래서 내기를 하게 만든 거지. 왓슨, 우리 조사도 이제 거의 막바지에 다다른 듯해. 단 한 가지 망설여지는 부분이 있어. 조금 전에 알아낸 옥숏 부인을 오늘 밤 찾아갈까, 내일 찾아갈까 하는 문제야. 저 통명스러운 주인이 하는 말을 봐서는 우리만 이번 사건을 파헤치고 다니는 게 아니야. 그러니까……."

그때 갑자기 홈즈의 말이 끊겼다. 우리가 방금 나온 가게에서 큰 소동이 벌어졌기 때문이다. 돌아보니 쥐새끼처럼 생긴 한 작은 남자가 램프의 노란 불빛 바로 아래에 서 있는 게 보였다. 가게 주인인 브레킨리지가 가게 문을 가로막고 서서 무시무시한 기세로 주먹을 휘두르고 있었고 램프가 흔들렸다. 그러자 체구가 작은 사내는 몸을 웅크렸다.

"네놈도, 네놈의 거위도 이젠 질색이야!"

---

19) pink'un. 스포츠, 특히 축구를 주로 다룬 신문.

가게 주인이 외쳤다.

"빌어먹을! 또 그 따위 말을 지껄이면서 나를 괴롭히면 개를 풀어 놓겠어! 옥슷 부인을 데려온다면 그 사람하고는 이야기할 수 있지만 왜 상관도 없는 네놈이 끼어드는 거냐? 내가 네놈한테 거위를 산 것도 아닌데 대체 웬 참견이냐고!"

"그건 아니지만, 그 거위 중 한 마리는 제 것과 다를 바가 없습니다."

조그만 남자가 가엾은 목소리로 말했다.

"그럼 옥슷 부인에게 물으면 될 거 아냐?"

"부인이 당신에게 물어보라고 해서요."

"그럼 프러시아 왕에게 가서 물어봐! 난 모르니까. 이젠 신물이 나. 그만 가라니까!"

가게의 주인이 맹렬한 기세로 조그만 남자를 향해 다가가자 그 남자는 펄쩍 뛰듯 어둠 속으로 달아났다. 홈즈가 내게 속삭였다.

"브릭스턴 거리까지 가지 않아도 될 것 같군. 자, 가 보세. 저 사람의 정체를 알 수 있을 거야."

사람들은 가스등이 켜져 있는 가게 주위를 어정거렸고, 시장 곳곳에도 사람들이 모여 있었다. 홈즈는 그 사이를 뚫고 성큼성큼 걸어가서 재빨리 조그만 남자를 따라잡아 그의 어깨에 손을 얹었다. 남자는 깜짝 놀라며 홈즈 쪽을 돌아보았다. 가스등 빛에 비춰 보니 남자의 얼굴은 핏기가 하나도 없었다. 떨리는 목소리로 남자가 물었다.

"대체 누구십니까? 무슨 일이시죠?"

"이거 죄송합니다."

홈즈가 조용한 목소리로 말했다.

"조금 전에 저 가게에서 하던 말을 우연히 들었거든요. 내가 당신을

도울 수 있을 것 같은데."

"당신이? 당신은 누구십니까? 제 이야기를 당신이 알 수 있을 리가 없습니다."

"나는 셜록 홈즈요. 다른 사람이 알지 못하는 사실을 알아내는 것이 내 직업입니다."

"하지만 제가 알고자 하는 일에 대해서는 전혀 모르실 겁니다."

"미안하지만 나는 모든 사실을 다 알고 있습니다. 당신은 그 거위의 행방을 찾고 있죠. 브릭스턴의 옥숫 부인이 브레킨리지라는 가게에 판 그 거위 말입니다. 하지만 그 거위는 이미 알파 술집의 윈디게이트에게, 그리고 다시 거위 클럽에게 넘어갔습니다. 결국 그 거위는 클럽 회원인 헨리 베이커 씨의 손에 넘어갔죠."

"아아, 홈즈 선생님, 제가 지금까지 찾고 있던 사람을 바로 여기서 만나는군요."

남자는 두 팔을 벌리고 외쳤다. 그 손가락이 부들부들 떨렸다.

"그 거위의 행방이 제게는 얼마나 중요한지, 말로 표현할 수 없을 정도입니다."

셜록 홈즈가 지나가던 사륜마차를 커다란 소리로 불러 세우더니 남자에게 말했다.

"그렇다면 바람이 거칠게 불어 대는 시장보다 편안한 방에서 이야기하는 편이 나을 겁니다. 그런데 내가 돕게 된 분의 성함부터 좀 듣고 싶군요."

"존 로빈슨입니다."

남자는 순간 망설이다가 이렇게 말하고는 홈즈를 힐끗 쳐다보았다. 그러자 홈즈가 부드럽게 말했다.

"아니, 본명 말입니다. 가명을 쓰면 일이 복잡해집니다."

그러자 창백하던 그 낯선 사내의 얼굴이 붉어지며 대답했다.

"어쩔 수 없군요. 제임스 라이더입니다."

"역시. 코스모폴리탄 호텔의 사무장이군요. 자, 마차에 오르세요. 당신이 알고 싶어 하는 내용은 나중에 빠짐없이 말해 드리죠."

조그만 남자는 나와 홈즈를 번갈아 바라보며 꼿꼿이 서 있었다. 그 눈동자에는 두려움과 희망이 반씩 섞여 있었다. 뜻밖의 행운이 찾아온 것인지, 파멸로 내몰린 것인지 알 수 없어 하는 듯했다. 그래도 남자는 결국 마차에 올랐고 30분 뒤에 우리는 베이커 가에 있는 홈즈의 거실로 돌아왔다. 마차를 타고 오는 동안 우리는 한 마디도 하지 않았다. 그러나 이제 막 알게 된 남자는 부산스럽고 괴로운 듯이 숨을 내쉬며 손을 접었다 폈다 했다. 아마도 내심 긴장하고 초조했던 것이리라. 우리는 차례차례 방으로 들어갔다.

"드디어 도착했군!"

홈즈가 커다란 목소리로 말했다.

"이렇게 추운 날에는 난롯불이 제격이지요. 라이더 씨, 추워 보이는군요. 등나무 의자에 앉으세요. 나는 잠깐 슬리퍼로 갈아 신고 그 다음에 당신의 문제를 해결하겠습니다. 자! 라이더 씨, 당신은 그 거위들이 어디로 갔는지 알고 싶은 거지요?"

"네."

"좀 더 정확히 말하자면 거위들이 아니라 그 거위의 행방이겠지요.

당신이 관심을 갖고 있는 것은 그중의 한 마리뿐이니까. 꼬리에 검은 줄무늬가 있는 그 거위 말입니다."

라이더는 흥분하여 몸을 떨며 이렇게 외쳤다.

"아아, 그게 어디로 갔는지 알고 계십니까?"

"여기에 왔습니다."

"여기에?"

"맞아요, 라이더 씨. 그리고 훌륭한 거위라는 사실을 알게 되었습니다. 당신이 관심을 갖는 것도 당연합니다. 이미 죽었는데도 그 거위는 알을 낳았으니까요. 조그맣고, 아름답고, 반짝이는 푸른 알이었습니다. 그런 알은 난생처음 봤어요. 내 박물관에 잘 넣어 두었습니다."

남자는 비틀비틀 일어서며 오른손으로 벽난로 선반을 짚었다. 홈즈가 금고를 열어 푸른 카번클을 꺼내자 별처럼 차갑고 눈부신 빛이 사방팔방으로 퍼져 나갔다. 라이더는 굳은 얼굴로 돌을 노려본 채 서 있었다. 자기 것이라고 말해야 할지 말아야 할지 망설이는 듯했다.

"라이더, 전부 끝났소."

홈즈가 조용히 말했다.

"정신 차려, 라이더. 그렇지 않으면 불 속으로 쓰러지고 말 거야. 왓슨, 라이더를 부축해서 의자에 앉혀 주게나. 배짱 좋게 중범죄를 저지를 만큼 뻔뻔한 사람은 아니로군. 브랜디를 한 모금 마시게 해 주게. 그래! 이제야 조금 나아졌어. 정말 잔챙이 같은 애송이로군!"

라이더는 비틀거리며 쓰러질 뻔했지만 브랜디 한 모금 덕분에 그 뺨에 붉은 기운이 감돌기 시작했다. 그는 의자에 앉은 채 자신의 죄가 들통 나는 건가 싶어서 겁먹은 눈길로 홈즈를 바라보았다. 홈즈가 라이더에게 이야기하기 시작했다.

"대부분의 사실은 다 파악했고, 필요한 증거도 전부 가지고 있어. 그러니 네가 이야기해 주어야 할 부분은 얼마 되지 않아. 어쨌든 그런 부분까지 확실히 해서 사건의 전모를 밝히는 것이 좋겠지. 라이더, 너는 이 모르카 백작 부인의 푸른 카번클에 대한 이야기를 알고 있었지?"

"캐서린 쿠삭이 이야기해 주었습니다."

라이더의 목소리는 가라앉아 있었다.

"그렇군, 백작 부인의 하녀 말이로군. 어쨌든 손쉽게 한 재산 모아 보려 했지만 너에게는 가능한 일이 아니었어. 너보다 머리가 훨씬 더 좋은 사람들도 그런 마음을 품고 있었으니까. 그래도 네가 쓴 수법은 너무 더러웠어. 정말 비열하더군. 그 호너라는 배관공에게는 전과가 있었으니 당연히 의심의 눈길이 그쪽으로 쏠리겠지. 자신이 무슨 짓을 한 건지 알고 있나, 라이더? 너희들, 그러니까 너와 공범인 쿠삭은 백작 부인의 방에 사소한 문제를 만들어서 그 배관공을 들어가게 한 거야. 그리고 호너가 나간 뒤, 네가 보석 상자에서 보석을 훔치고 나서 보석이 사라졌다고 소란을 피운 거고. 그래서 불쌍한 호너가 체포되었어. 그리고 너는……."

그때 라이더가 갑자기 홈즈 앞으로 몸을 던지더니 카펫 위에 무릎을 꿇었다.

"제발, 제발 부탁입니다!"

라이더가 새된 소리로 말했다.

"저희 아버지를 생각해 주세요. 어머니도! 이 사실을 알게 되면 두 분 모두 가슴이 찢어질 겁니다. 지금까지 단 한 번도 경찰 신세를 질 만한 짓은 하지 않았습니다. 앞으로도 절대 하지 않겠습니다. 맹세합니다. 성경에 걸고 맹세하겠습니다. 제발 경찰에게는 알리지 말아 주십시오. 부탁입니다!"

"의자에 앉아! 여기서 넙죽 엎드려 굽실거리는 것도 좋은 방법이지. 한데 너는 누명을 쓰고 재판에 회부된 불쌍한 호너는 조금도 생각지 않는 것 같군."

홈즈가 엄한 목소리로 말했다.

"제가 달아나겠습니다. 이 나라를 떠나겠습니다. 그러면 그 사람도 풀려나게 될 겁니다."

"흠! 그 문제는 나중에 생각하기로 하지. 그보다 그 다음의 일을 솔직하게 말해 봐. 어째서 그 보석이 거위 배 속으로 들어가게 된 거지? 그리고 그 거위가 어떻게 시장에 팔리게 된 거고? 솔직하게 말해야 해. 너를 구할 방법은 그것밖에 없으니까."

라이더가 마른 입술을 헛바닥으로 축이며 말하기 시작했다.

"사실 그대로 말씀드리겠습니다. 호너가 체포되었을 때, 저는 보석을 가지고 바로 도망치는 것이 제일이라고 생각했습니다. 왜냐하면 경찰이 갑자기 저나 제 방을 수색할지도 모른다는 불안에 휩싸였기 때문입니다. 호텔 안에 보석을 숨겨 두기는 위험하다는 생각이 들었습니다. 그래서 볼일이 있는 것처럼 호텔에서 나와 누나의 집으로 갔습니다. 누나는 옥숏이라는 남자와 결혼해서 브릭스턴 거리에서 살고 있습니다. 거위를 길러 내다 팔죠. 제 눈에는 거기까지 가는 길에서 마주치는 사람들 모두가 경찰이나 형사로 보였습니다. 그래서 브릭스턴 거리에 도착했을 때는 얼굴이 땀에 흠뻑 젖어 있었죠. 누나가 제 창백한 얼굴을 보고 대체 무슨 일이냐고 물었습니다. 저는 그저 호텔에서 보석 도난 사건이 일어나는 바람에 놀라서 그런 거라고 대답했습니다. 그리고 뒤뜰로 가서 파이프를 피우며 가장 좋은 방법을 생각해 보았습니다.

제 친구 중에 모즐리라는 사람이 있는데, 평소 행실이 좋지 않은 그 친구는 나쁜 짓을 해서 얼마 전까지 펜턴빌 교도소에 있었습니다. 언제였던가 그와 이야기를 나누던 중에 물건을 훔치는 방법과 도난품을 처분하는 방법에 대해 들은 적이 있습니다. 그래서 저도 그 남자가 한 짓을 한두 가지쯤은 알고 있으니 그 사람이라면 저를 절대로 배신하지 않을 것이라고 생각했습니다. 그래서 모즐리가 살고 있는 킬번으로 찾아가 비밀을 털어놓기로 했습니다. 그 친구가 보석을 처분하는 방법을 알려줄 테니까요.

'그 사람에게 보석을 돈으로 바꾸는 방법을 배울 수 있을 거야. 하지만 그곳까지 안전하게 갈 수 있을까? 생각해 보면 호텔에서 여기까지 오는 동안에도 식은땀을 흘렸어. 언제 붙들려서 수색을 당하게 될지 몰라. 그러면 내 조끼 주머니에서 보석이 나올 거야.'

그때 저는 이런 저런 생각을 하면서 벽에 기댄 채 발밑을 뒤뚱뒤뚱 걸어가는 거위를 바라보고 있었습니다. 문득 좋은 생각이 떠올랐습니다. 아무리 뛰어난 형사라도 절대 눈치채지 못할 방법이었습니다.

몇 주일 전에 누나가 크리스마스 선물로 거위를 한 마리 가져가라고 했습니다. 누나는 언제나 약속을 지킵니다. 그래서 지금 이 자리에서 거위를 골라 그 안에 보석을 넣은 뒤 킬번으로 가져가자고 생각했습니다. 저는 꼬리에 줄무늬가 하나 들어간 크고 하얀 거위를 발견해 뒤뜰에 있는 창고 뒤로 몰았습니다. 그리고 그놈을 잡은 뒤 주둥이를 억지로 벌려 보석을 목구멍으로 밀어 넣었습니다. 손가락이 닿는 데까지, 아주 깊숙이요. 그러자 거위가 보석을 꿀꺽 삼켰습니다. 만져 보니 보석은 거위의 식도를 지나 모이주머니 안으로 내려가고 있었습니다. 그런데 거위가 날개를 퍼덕이며 몸부림을 치기 시작했습니다. 그 소리를 듣고 누나가 무슨 일인가 싶어 밖으로 나왔습니다. 제가 누나에게 말을 걸려는 순간 그 거위가 제 손을 뿌리치고 달아났습니다. 그러고는 허둥지둥 다른 거위들 사이로 섞여 들었습니다. 누나가 물었습니다.

'그 거위에게 무슨 짓을 한 거니, 젬?'

'크리스마스에 한 마리 준다고 했잖아. 어느 놈이 제일 통통한지 만져 본 거야.'

'어머, 네 거는 따로 골라 놨어. 젬의 거위라고 이름까지 붙여 두었는 걸. 저쪽에 있는 크고 흰 놈이 네 거야. 전부 스물여섯 마리인데 하나는 네 것, 하나는 우리 것이고 나머지는 다 팔 거야.'

'고마워, 매기 누나. 하지만 누나가 상관없다면 지금 잡았던 녀석이 마음에 드는데.'

그러자 누나는 이렇게 말했습니다.

'젬, 네 것으로 빼놓은 것이 적어도 1킬로그램은 더 무거울 거야. 너 주려고 내가 특별히 살을 찌웠으니까.'

'괜찮아, 나는 저 놈이 마음에 들었어. 지금 가져가도 되지?'

내가 이렇게 말했기에 누나가 약간 짜증을 내며 말했습니다.

'그럼, 네 맘대로 해. 어느 게 좋은데?'

'저기 꼬리에 줄무늬가 있는 하얀 놈. 저기, 한가운데에 있잖아.'

'알았어. 네가 알아서 잡아가렴.'

그렇습니다, 선생님. 저는 누나의 말대로 그 거위를 잡아서 킬번으로 가져갔습니다. 그리고 친구인 모즐리에게 제가 한 일을 이야기했습니다. 이런 일은 스스럼없이 밝힐 수 있는 사람이었으니까요. 모즐리는 숨이 넘어갈 정도로 웃었습니다. 그런 다음 저와 모즐리는 칼을 가져와 거위의 배를 갈랐습니다. 그런데 보석은 없었습니다. 저는 돌이킬 수 없는 실수를 저질렀다는 생각에 깜짝 놀랐습니다. 배를 가른 거위는 그냥 남겨 두고 저는 정신없이 누나의 집으로 달려가 뒤뜰로 뛰어들었습니다. 그런데 정원에는 거위가 한 마리도 없었습니다. 저는 큰 목소리로 누나에게 물었습니다.

'거위는 전부 어디로 갔지? 매기 누나!'

'상인에게 넘겼어, 젬.'

'어디 상인?'

'브레킨리지의 가게. 코벤트 가든에 있어.'

'그런데, 누나. 내가 고른 거위하고 아주 비슷하게 생긴 놈이 한 마리 있었지? 꼬리에 줄무늬가 있는 놈.'

'맞아, 젬. 꼬리에 줄무늬가 있는 놈이 둘이었는데 구분이 되지 않을 정도로 닮았어.'

누나의 대답을 듣고 모든 사실을 알 수 있었습니다. 저는 브레킨리지라는 남자의 가게로 한달음에 달려갔습니다. 하지만 누나의 집에서 들여온 거위는 한꺼번에 전부 팔려 나간 뒤였습니다. 그리고 어디에 팔았는지 절대로 가르쳐 주려 하지 않았습니다. 오늘 밤 브레킨리지가 제게 하는 말을 들으셨죠? 지금까지 계속 그런 식이었습니다. 누나는 제 정신이 이상해진 것이 아닐까 걱정하기 시작했습니다. 그리고 저 스스로도 가끔 그런 생각이 들 때가 있습니다. 이제, 이제 제게는, 도둑의 낙인이 찍혀 버렸습니다. 하지만 지위며 명예도 전부 내팽개치고 어렵게 손에 넣은 보석에는 손도 대지 못했습니다. 어떻게 이럴 수 있습니까! 전 이제 어떻게 하면 좋을까요!"

라이더가 갑자기 두 손으로 얼굴을 가리고 흐느끼기 시작했다. 오랫동안 모두가 입을 다물고 있었다. 괴로워하는 라이더의 숨소리와 셜록 홈즈가 탁자 끝을 손가락으로 두드리는 소리만 들려올 뿐이었다. 홈즈가 갑자기 자리에서 일어서더니 문을 활짝 열고 라이더에게 말했다.

"여기서 나가!"

"네? 아, 아, 정말 고맙습니다!"

"어서 나가! 다른 말은 필요 없겠지?"

홈즈의 말대로 그것이면 충분했다. 라이더가 갑자기 방 밖으로 뛰쳐나갔다. 그 다음에 계단을 달려 내려가는 발소리, 현관문을 쿵 닫는 소리, 그리고 거리를 분주히 달려가는 구두 소리가 들려왔다.

"결국에는 말이지, 왓슨."

이렇게 말하며 홈즈는 도자기 파이프로 손을 뻗었다.

"왓슨, 나는 머리 나쁜 경찰들을 돕기 위해 고용된 게 아닐세. 물론 호너가 피해를 입었다면 이야기는 달라졌을 거야. 하지만 라이더가 모습을 감춘 채 두 번 다시 호너에게 불리한 증언을 하지는 않을 테니 그 소송도 아마 취하될 걸세. 무거운 범죄를 저지른 녀석을 풀어 준 느낌이 들지만 그래도 녀석의 영혼은 구할 수 있겠지. 완전히 겁을 먹었으니 이제 그치는 두 번 다시 나쁜 짓을 하려고 들지는 않을 거야. 지금 저 사람을 교도소로 보내면 평생 전과자의 낙인을 지고 살 것이 아닌가. 게다가 지금은 커다란 은혜를 베풀어야 할 크리스마스니까. 보기 드물고 기묘한 사건에 맞설 기회를 얻었고, 또 그것도 해결했으니 고생한 보람이 있었다고 할 수 있겠지. 왓슨, 미안하지만 벨을 울려 주지 않겠나? 이제 우리는 다음 수사를 시작할 수 있을 것 같군. 오늘 저녁 메뉴도 새고기니 말일세."

05

얼룩끈

05
얼룩 끈

　지난 8년 동안 나는 친구인 셜록 홈즈가 해결한 70여 건의 사건을 연구하고 기록해 왔다. 그 공책을 대충 훑어보면 수많은 비참한 사건과 몇몇 유쾌한 사건, 그리고 기묘하다고 밖에는 달리 표현할 길이 없는 사건 등 여러 가지 사건들이 있었지만 평범하다고 부를 수 있을 만한 것은 하나도 없었다. 특별히 보기 드문 사건도 아니고, 어느 하나 특이한 구석이 없는 사건이라면 홈즈는 아예 손조차 대지 않으려 했기 때문이다. 그는 돈을 위해서 탐정 일을 하는 것이 아니라 사건 해결 자체를 즐겼다. 이렇게 다양한 사건들 중에서도 서리 주 스톡 모런에 살고 있던 유명한 로일럿 가문의 사건이야말로 그 예를 찾아보기 힘들 정도로 보기 드물고 기이했다.

　문제의 사건이 일어난 것은 내가 홈즈와 함께 살기 시작한 지 얼마 지나지 않은 때였다. 당시에는 나도 독신이었기 때문에 베이커 가의 방을 빌려 함께 살았다. 로일럿 가 사건을 공표하지 않은 까닭은 그때 사건을 비밀에 붙이겠다고 약속했기 때문이다. 그런데 우리에게 침묵의 맹세를 약속하게 했던 부인이 바로 지난달에 갑자기 세상을 떠나고 말았다. 그 덕분에 사건을 공표할 수 있게 된 것이다. 거기에 더해서, 나는 로일럿 가 사건의 진상을 확실하게 밝히는 편이 오히려 나을 것이라고 생각한다. 왜냐하면 세상에는 그림스비 로일럿 박사의 죽음을 둘러싼 여러 가지 소문이 떠돌고 있기 때문이다. 나도 그 소문들을 들은 적이 있는데 실제보다 훨씬 더 무시무시한 이야기로 둔갑해 버리고 말았다.

1883년 4월 초의 일이었다. 그날 아침, 내가 눈을 뜨자 셜록 홈즈가 내 침대 곁에 서 있었다. 벌써 옷도 갈아입은 상태였다. 평소 홈즈는 일찍 일어나는 편이 아니었는데 난로 위의 시계를 보니 겨우 7시 15분이었다. 깜짝 놀란 나는 눈을 깜빡이며 홈즈를 올려다보았다. 나는 언제나 일정한 시간에 일어났으므로 조금 화가 나기도 했다. 홈즈가 말했다.

"잠을 깨워서 미안하네, 왓슨. 오늘도 현관을 두드리는 소리에 허드슨 부인이 잠에서 깨어난 모양일세. 부인은 그에 대한 복수로 나를 깨웠고, 이번에는 내가 자네를 깨우러 온 거야."

"왜 그러나? 응? 불이라도 났나?"

"아니, 의뢰인이 왔어. 젊은 여자가 와 있지. 매우 흥분해서는 무슨 일이 있어도 나를 만나야겠다고 고집을 피운 모양이야. 지금 거실에서 기다리고 있네. 틀림없이 급한 일로 찾아왔을 거야. 이렇게 이른 아침에 젊은 여자가 런던 거리를 뚫고 나를 찾아와서는 잠들어 있는 사람을 깨울 정도이니 말일세. 흥미로운 사건이라면 자네도 처음부터 듣고 싶어 할 것 같아서 일단 알려 주려고 왔네."

"그렇다면 나도 놓칠 수 없지."

나에게는 홈즈가 탐정 일을 할 때 옆에서 그 모습을 지켜보는 것만큼 흥미로운 일은 없었다. 홈즈가 신속하게 추리해 나가는 모습을 지켜보면 감탄하지 않을 수가 없었으니까. 직감이 떠오르는 속도보다 빨리 추리하면서도 언제나 확실한 근거가 바탕이 되었다. 그렇기 때문에 이 방법으로 수많은 사건을 해결할 수 있었던 것이다. 나는 서둘러 옷을 갈아입고 2, 3분 만에 준비를 마쳤다. 그리고 홈즈와 함께 거실로 나갔다. 검은 옷을 입고 얼굴을 베일로 가린 여자가 창가에 있는 의자에 앉아 있었다. 우리가 거실로 들어서자 그 여자가 자리에서 일어났다. 홈즈가 빙그레 웃으며 인사했다.

"안녕하세요. 내가 셜록 홈즈입니다. 이 사람은 내 친구로 함께 일하고 있는 왓슨 박사입니다. 이 친구가 있다고 신경 쓸 필요 없어요. 나밖에 없다고 생각하고 말하면 됩니다. 오, 허드슨 부인이 우리를 생각해서 난로에 불을 피워 주었군. 이렇게 고마울 데가. 자, 불 옆으로 와서 앉으세요. 추워서인지 떨고 있군요. 뜨거운 커피를 부탁해야겠습니다."

"추워서 떠는 게 아니에요."

낮은 목소리로 이렇게 말한 여자는 홈즈가 권한 난로 옆 의자로 자리를 옮겼다.

"그럼 어째서입니까?"

"무서워서요. 선생님, 너무 무서워요."

이렇게 대답하며 여자는 베일을 들어올렸다. 가엾어 보일 정도로 큰 충격을 받은 듯했다. 두려움에 완전히 굳은 얼굴은 흙빛을 띠고 있었고 궁지에 몰린 동물처럼 공포에 떠는 눈빛에서는 차분함이 느껴지지 않았다. 얼굴과 몸매는 30대 여자임에 틀림없었지만, 벌써 새치가 보였고 완전히 여윈 모습이었다. 홈즈는 단숨에 그 여자를 아래위로 훑어보았

다. 내 친구는 그것만으로도 많은 것을 알아낼 수 있는 사람이다. 그러더니 몸을 굽혀 여자의 손목 부근을 가볍게 두드리며 위로하는 목소리로 말했다.

"두려워하지 마세요. 제가 곧 문제를 해결해 드리겠습니다. 오늘 아침에 기차를 타고 오셨죠?"

"저에 대해서 이미 알고 계시나요?"

"아닙니다. 하지만 장갑을 끼고 있는 왼손에 기차 왕복표, 정확히는 돌아가는 표가 들려 있군요. 게다가 아침 일찍 집에서 나오셨나 봅니다. 이륜마차로 진흙길을 달리느라 역까지 나오는 데 꽤 시간이 걸렸네요."

깜짝 놀란 여자가 당황한 눈빛으로 홈즈를 바라보았다. 홈즈가 미소를 지으며 말을 이었다.

"조금도 이상할 게 없습니다. 손님의 상의 왼쪽 소매에 일곱 군데 정도 흙탕물이 튀었으니까요. 오래 전에 튄 게 아니라 채 마르지도 않았군요. 그리고 이런 식으로 흙탕물을 튀기는 건 이륜마차밖에 없죠. 마부 왼쪽에 앉았기 때문에 상의 왼쪽에 튀었고요."

"이유야 어쨌든 홈즈 선생님의 말씀은 전부 사실이에요. 아침 6시도 되기 전에 집에서 나왔고 6시 20분쯤에 레더헤드에 도착해서 첫차를 타고 워털루 역까지 왔어요. 이렇게 답답한 마음을 더 이상 견딜 수가 없었어요. 이대로는 정신이 이상해질 것 같아요. 하지만 제게는 문제를 상의할 만한 사람이 없어요. 저를 걱정해 주는 사람이 한 명 있지만 그 사람은 그다지 믿음직스럽지가 못해요. 그런데 패린토시 부인에게서 선생님 이야기를 들었어요. 부인이 커다란 곤경에 처했을 때 도움을 주셨다고 하더군요. 부인이 선생님의 주소를 알려 주었습니다. 저도 꼭 도움을 받고 싶습니다. 저는 지금 칠흑 같은 어둠 속에 빠져 있어요. 하다못해 희미한 빛이라도 비춰 주신다면 저에게 큰 도움이 될 거예요. 지금 당장은 사례할 수가 없지만 두어 달 뒤에 결혼을 하면 자유롭게 쓸 수 있는 돈이 생겨요. 그때가 되면 선생님도 제가 배은망덕한 여자가 아니라는 사실을 아실 겁니다."

책상 쪽으로 돌아앉은 홈즈가 열쇠로 서랍을 열어 조그만 사건 수첩을 꺼냈다.

"패린토시라……, 아, 그래 맞아. 생각났습니다. 오팔 머리 장식과 관련된 사건이었죠. 왓슨, 이때는 아직 자네와 함께 일하기 전이었네. 이것만은 말씀드려야겠군요. 나는 기꺼이 이 사건을 맡을 생각입니다. 손님의 친구인 패린토시 부인의 사건을 맡았을 때와 마찬가지로 성의를 다해서요. 나에게는 일이 곧 사례금입니다. 그래도 마음이 편하지 않다면 나중에 형편이 좋아졌을 때 내가 사용한 비용만 주시면 됩니다. 자, 우리에게 모든 것을 숨김없이 말해 주세요. 참고가 될 만한 것이라면 하나도 빠뜨리지 말고요."

"아, 정말 어떻게 해야 좋을지 모르겠어요. 저는 제 입장을 설명하는 것이 가장 두려워요. 왜냐하면 무엇이 두려운지 확실하게 말씀드릴 수가 없고, 제가 이상하게 여기는 것들도 전부 다른 사람들에게는 하찮아 보이기 때문이에요. 제게는 상의하고 의지해도 좋을 만한 남자가 한 명 있어요. 하지만 제가 무슨 말을 하든 그이마저도 신경이 예민한 여자의 공상에 지나지 않는다고 생각하는 듯해요. 직접 그렇게 말하지는 않았지만 저는 느낄 수 있어요. 그이가 내 시선을 피하고 어린애 달래듯이 위로하는 표정으로 대답하는 것을 보면 알 수가 있어요. 홈즈 선생님은 타인의 마음 깊은 곳까지 꿰뚫어 보고, 어떤 음모라도 전부 밝혀내신다고 들었어요. 저는 위험에 빠졌습니다. 도대체 어떻게 하면 좋을까요? 제발 가르쳐 주세요."

여자의 말에 홈즈가 대답했다.

"우선 어떻게 된 건지 이야기부터 들어 봅시다."

"아, 저는 헬렌 스토너라고 합니다. 의붓아버지와 함께 생활하고 있어요. 의붓아버지는 서리 주 서쪽 끝에 위치한 스톡 모런에서 대대로 살아온 로일럿 가의 후손이에요. 로일럿 가는 영국에서도 얼마 되지 않는 색슨 족[20]의 전통 있는 가문인데 의붓아버지는 그 마지막 혈통이에요."

홈즈가 고개를 끄덕이며 한마디했다.

"그 이름은 나도 잘 알고 있습니다."

"한때는 로일럿 가도 영국의 유복한 집안 중 하나로 손꼽혔죠. 영지가 주 경계를 넘어서 북으로는 버크셔 주, 서로는 햄프셔 주까지 이어져 있었으니까요. 하지만 지난 한 세기 동안 4대에 걸친 가문의 장자들이 한결같이 낭비벽 있는 방탕한 사람들이었어요. 게다가 19세기 초의 섭정 시대[21]에는 도박을 좋아하는 상속자가 있어서 결국 로일럿 가는 완전히 몰락해 버리고 말았어요. 남은 것이라고는 몇 에이커의 땅과 지은 지 200년이나 된 낡은 저택뿐이었는데 그것도 여기저기에 저당 잡혀 있는 형편이었고요. 할아버지는 그 저택에서 간신히 생활했지만, 허울뿐인 귀족으로 비참하기 이를 데가 없었어요. 그의 외아들, 그러니까 제 의붓아버지는 집안을 다시 일으켜야겠다고 생각했지요. 그래서 친척에게서 돈을 빌렸고 그 돈으로 의학박사 학위를 취득했습니다. 의사가 된 의붓아버지는 인도의 캘커타로 옮겨갔고, 거기에서 실력을 발휘하며 열심히 산 덕에 커다란 병원을 개업했습니다. 그런데 집 안에서 자꾸만 무엇인가가 없어졌고 화가 난 의붓아버지는 감정을 다스리지 못하고 그만 인도인 집사를 때려 죽였어요. 간신히 사형은 면했지만 오랫동안 교도소에 갇혀 살았습니다. 그리고 다시 영국에 돌아왔을 때는 실의에 빠져 무뚝뚝하고 기력 없는 사람으로 변해 있었어요.

20) Saxon. 한때 독일 서북부에 살았던 민족. 그중 일부가 5~6세기에 영국에 정착하였다.
21) Regency. 섭정攝政이란 통치할 능력이 없는 국왕을 대신해 그의 친족이나 신하가 나라를 다스리는 것을 말한다. 영국에서는 1811년부터 1820년까지 국왕 조지 3세를 대신해 왕세자 조지 4세가 국정을 돌본 시기를 섭정 시대라 한다.

로일럿 박사는 인도에 있는 동안 스토너 부인과 결혼했습니다. 이 스토너 부인이 제 어머니예요. 어머니는 벵골 포병대의 스토너 소령과 결혼했는데 젊은 나이에 남편을 잃었어요. 언니인 줄리아와 저는 쌍둥이로, 어머니가 재혼하셨을 때는 아직 두 살이었어요. 어머니의 재산은 연 수입 1,000파운드가 넘었는데 돌아가실 때 유언으로 재산을 로일럿 박사에게 넘겨주었어요. 하지만 거기에는 조건이 있었답니다. 바로 저희 자매와 함께 사는 동안에는 1,000파운드 전액을 박사에게 주지만 저희가 결혼을 하면 그중 일부를 저희 둘이 받는다는 내용이었어요. 어머니는 영국에 돌아온 지 얼마 되지 않아서 돌아가셨어요. 8년 전 크류 근처에서 있었던 기차 사고로 돌아가셨죠. 당시 로일럿 박사는 런던에서 병원을 열 생각이었는데 어머니가 돌아가시자 그 계획을 접고, 우리를 데리고 조상 대대로 내려오는 스톡 모런의 저택으로 들어가 버렸어요. 어머니가 남겨주신 유산 덕분에 저희는 별 어려움 없이 생활할 수 있었어요. 그런 행복한 생활이 깨지리라고는 꿈에도 생각지 못했습니다.

그런데 그 무렵부터 의붓아버지가 전혀 다른 사람처럼 변해 버렸습니다. 친구를 사귀려고 하지도 않았고, 마을 사람들과도 교류하지 않았어요. 처음에는 마을 사람들도 로일럿 가의 스톡 모런 저택에 사람이 돌아왔다며 아주 기뻐해 주었는데 말이에요. 의붓아버지는 저택에만 틀어박혀 있다가 가끔 외출할 때면 닥치는 대로 마을 사람들을 붙들고 싸움을 하곤 했습니다. 로일럿 가 남자들은 대대로 광적일 정도의 난폭한 기질을 가지고 있는데 의붓아버지의 경우도 그러했어요. 원래 그런 성격인 데다 열대지방에서 오랫동안 생활한 탓에 성미가 더욱 격렬해진 것 같았죠. 싸움을 연달아 벌여서 두 번이나 즉결 심판소 신세를 지기도 했고요. 요즘에는 마을 사람들도 의붓아버지를 두려워해서 그분

이 가까이 다가가기만 해도 줄행랑을 칠 정도예요. 의붓아버지는 굉장히 힘이 세고 일단 화를 내면 스스로도 자제심을 잃어버리거든요.

지난주에도 스톡 모런의 대장장이를 다리 난간 너머로 던져서 강물에 빠뜨렸어요. 제가 있는 돈 없는 돈 다 긁어모아서 대장장이에게 건네주고 사건을 무마했죠. 그렇게 하는 것 외에는 달리 방법이 없었어요. 의붓아버지에게는 떠돌이 집시들을 빼고는 친구가 전혀 없었는데, 그들에게 로일럿 가의 토지에서 야영해도 좋다고 허락했어요. 몇 에이커나 되는 가시나무 숲을 쓰라고 한 거죠. 그에 대한 보답으로 박사는 집시들의 천막에 초대받기도 하고 때로는 몇 주일씩 집시들과 방랑하기도 해요. 그리고 의붓아버지는 인도의 동물들을 좋아해서 인도에 있는 지인에게 편지해서 인도의 동물을 보내 달라고 부탁하곤 합니다. 지금은 치타와 비비를 정원에 풀어놓고 기르고 있어요. 마을 사람들은 그 주인만큼이나 동물들도 무서워하고 있습니다.

이미 짐작하셨겠지만, 언니인 줄리아와 저는 그다지 즐겁지가 못했어요. 하인들도 집에 들어오려 하지 않아서 이미 오래전부터 언니와 제가 가사를 나눠서 하고 있었죠. 언니는 서른이라는 젊은 나이에 세상을 떠났어요. 그때부터 벌써 머리가 희끗희끗 세기 시작해서 지금의 저와 별반 다를 바가 없었죠."

"그렇다면 언니는 벌써 돌아가셨단 말인가요?"

"맞아요. 정확히 2년 전의 일이에요. 제가 말씀드리고 싶은 것도 언니의 죽음이고요. 언니 줄리아와 저는 조금 전에 이야기한 대로 살고 있었어요. 그래서 나이나 신분이 비슷한 남자를 만날 수 있는 기회가 거의 없었지요. 단, 짧은 기간 동안이라면 가끔 이모를 찾아뵐 수는 있었어요. 이모는 어머니의 동생으로, 이름은 오노리아 웨스트페일인데 아직 독신이에요. 하로 근처에서 살고 있어요. 2년 전 크리스마스에 줄리아 언니는 이모 댁에 갔다가 거기서 휴직 중인 해병대 소령을 만나 약혼을 했습니다. 아버지는 언니가 스톡 모런의 저택에 돌아와서야 두 사람이 약혼했다는 사실을 알게 되었는데 결혼을 반대하시지는 않았어요. 그런데 결혼 2주일 전에 끔찍한 일이 벌어졌고, 그 바람에 저는 세상에서 하나뿐인 혈육을 잃고 말았죠."

의자에 앉아 있던 홈즈는 그때까지 몸을 뒤로 젖혀 몸을 깊숙이 묻고 있었다. 그리고 눈을 감은 채 머리에 쿠션을 베고 있었는데 이야기가 여기까지 진행되자 가느다랗게 눈을 떠 여자 손님을 흘끗 쳐다보았다.

"자, 아무리 사소한 일이라도 빼놓지 말고 정확하게 이야기해 주세요."

"그건 어렵지 않은 일이에요. 그때 벌어진 무시무시한 일을 하나도 빠짐없이 생생하게 기억하고 있으니까요. 아까 말씀드렸듯이 스톡 모런의 저택은 매우 낡아서 우리는 한쪽 건물만 사용하고 있어요. 건물의 1층을 침실로 쓰고 그 옆에 있는 방, 그러니까 건물 한가운데 있는 방을 거실로 쓰고 있어요. 거실에서 가까운 순서대로 로일럿 박사, 언니, 제 침실이 나란히 늘어서 있죠. 세 개의 침실은 하나의 복도로 연결되어 있고 복도를 통하지 않으면 서로 드나들 수가 없어요. 홈즈 선생님, 이해가 되시죠?"

"아주 잘 알겠습니다."

"세 개의 침실은 모두 창문이 잔디가 자라고 있는 정원 쪽으로 나 있어요. 언니가 목숨을 잃은 그날 밤, 로일럿 박사는 평소보다 빨리 침실에 들어갔어요. 하지만 바로 잠들지는 못한 듯했어요. 언제나 피우는 인도의 독한 담배 연기 때문에 언니가 더 이상 견디지 못하고 제 방으로 찾아왔을 정도니까요. 우리 둘은 의자에 앉아서 머지않아 있을 결혼식에 대해서 한동안 이야기를 나누었어요. 언니는 밤 11시쯤 돼서 자기 방으로 돌아가려고 자리에서 일어났어요. 그런데 방을 나서려다 말고 문 앞에 서서 이렇게 말하는 거예요.

'헬렌, 혹시 한밤중에 누군가 휘파람 부는 소리를 듣지 못했니?'

'못 들었는데.'

'설마 네가 자면서 휘파람을 분 건 아니겠지?'

'말도 안 돼. 그런데 왜?'

'지난 며칠 동안, 새벽 3시쯤 되면 언제나 휘파람 소리가 들려오거든. 낮지만 뚜렷한 소리야. 난 잠을 깊이 자지 못하잖아? 그래서 그 휘파람 소리를 들으면 눈이 떠져. 어디서 들리는 건지는 모르겠어. 옆방인 것 같기도 하고 정원인 것 같기도 하거든. 그래서 너도 그 소리를 들었는지 한번 물어본 거야.'

제가 언니에게 말했습니다.

'한 번도 못 들었는데. 숲속에 있는 그 기분 나쁜 집시들일 거야.'

'그럴지도 모르겠다. 하지만 정원에서 들려오는 소리를 네가 못 들었다는 것도 이상하지 않니?'

'어머, 듣고 보니 그렇네. 그래도 난 언니보다 깊이 잠드는 편이잖아.'

'어쨌든 중요한 일은 아니니까. 뭐 어때?'

이렇게 말한 언니는 방긋 웃으며 내 방문을 닫았어요. 곧 언니가 자기 방문을 잠그는 소리가 들려왔지요."

"그래요? 댁에서는 매일 밤 방문을 잠그는 습관이 있나요?"

홈즈가 말했다.

"네, 언제나 문을 잠가요."

"왜죠?"

"말씀드렸다시피 로일럿 박사가 치타와 비비를 기르고 있어서 언니와 저는 문을 잠그지 않으면 걱정이 돼서 잘 수가 없었습니다."

"그렇겠군요. 자, 이야기를 계속해 보세요."

"그날 밤, 저는 좀처럼 잠들 수가 없었어요. 자꾸만 불길한 예감이 들어서요. 언니와 제가 쌍둥이라는 이야기는 조금 전에 했지요? 쌍둥이는 비슷한 점이 아주 많아서 이상할 정도로 마음이 잘 통해요. 궂은 날이었어요. 밖에서는 바람이 소리 내어 울고 있었고 빗방울이 창을 두드리는 소리가 들려왔어요. 요란스러운 바람 소리에 섞여서 갑자기 여자의 외침이 울려 퍼졌어요. 언니의 목소리였죠. 겁에 질려서 미친 듯이 소리 지르고 있었어요. 저는 침대에서 벌떡 일어나서 숄을 걸치고 복도로 뛰어나갔어요. 방문을 여는 순간, 언니 말대로 낮은 휘파람 소리가 들렸고 뒤이어 쨍그랑 하는, 금속 덩어리가 떨어지는 소리가 울렸어요. 언니 방 앞으로 달려갔더니 빗장을 벗기는 소리와 함께 천천히 문이 열리기 시작했어요. 저는 너무 놀랐고, 누가 나올지 몰라 그저 멍하니 문을 지켜보고 있었어요. 잠시 뒤 복도 램프의 불빛을 받으며 빠끔히 열린 문 사이로 언니가 나왔어요. 언니 얼굴은 백짓장처럼 하얗게 질려 있었고, 두 팔을 앞으로 뻗어 도움을 청하고 있었어요. 몸은 술 취

한 사람처럼 비틀거렸고요. 제가 달려가 언니를 안았지만 언니는 그 순간 무너지듯 바닥에 쓰러져 버렸어요. 격렬한 통증을 느꼈는지 몸을 뒤틀며 괴로워했고 사지를 부들부들 떨고 있었어요. 처음에는 제가 온 것조차도 모르는 줄 알았는데, 제가 몸을 숙이자 제 얼굴을 본 언니가 갑자기 외쳤어요.

'아, 세상에! 헬렌, 끈이야! 얼룩 끈band!'

그 목소리를 저는 결코 잊을 수가 없어요. 언니는 계속해서 무엇인가 말하려 하며 박사의 방을 손가락으로 가리켰지만 다시 경련이 일어났기 때문에 말을 하지는 못했죠.

저는 큰 목소리로 의붓아버지를 부르며 그의 방으로 달려갔어요. 바로 그 순간, 실내복을 입은 아버지가 당황한 표정으로 방 안에서 뛰쳐나왔어요. 의붓아버지와 함께 언니가 있는 곳으로 갔을 때, 언니는 이미 의식을 잃은 상태였어요. 의붓아버지는 언니의 입에 브랜디를 흘려 넣었고 마을로 가서 의사에게 치료를 부탁했지만 아무 소용도 없었어요. 언니는 점점 기력을 잃더니 의식도 회복하지 못한 채 그대로 죽음을 맞이했어요. 제 소중한 언니는 그렇게 세상을 떠나고 말았습니다."

"잠깐만요. 휘파람 소리와 금속 덩어리가 떨어지는 소리를 분명히 들었습니까? 확실합니까?"

홈즈가 여자 의뢰인에게 물었다.

"취조할 때 주의 검시관도 같은 질문을 하더군요. 틀림없이 들었다고 생각하지만, 바람이 큰 소리를 내며 불고 있었고 집도 낡아서 바람에 삐걱거리고 있었어요. 그러니 어쩌면 제가 착각한 것일지도 모르죠."

"언니가 어떤 옷을 입고 있었습니까?"

"잠옷을 입고 있었어요. 오른손에는 타다 남은 성냥을, 왼손에는 성냥갑을 들고 있었고요."

"두려운 생각이 들어서 성냥불로 방 안을 살펴보려 했군요. 지나쳐서는 안 될 중요한 사실이에요. 그런데 검시관은 어떤 결론은 내렸죠?"

"박사는 난폭하기로 유명했고 검시관도 예전부터 그 사실을 알고 있었기 때문에 이 사건을 면밀히 조사해 주었어요. 하지만 확실한 사인을 밝혀내지는 못했습니다. 언니 방의 문은 굳게 닫혀 있었고 창문의 덧창도 전부 닫혀 있었어요. 그 두 가지 점에 대해서는 제가 확실하게 증언했어요. 덧창은 구형인데 폭이 넓은 걸쇠가 달려 있어요. 매일 밤 이 걸쇠를 단단히 걸어 두죠. 벽도 꼼꼼히 두드려 가며 조사했지만 이상한 곳은 전혀 없었어요. 바닥도 같은 방법으로 조사했지만 벽과 다를 바 없었고요. 굴뚝의 폭이 넓기는 해도 커다란 U자형 못 네 개를 박아 놓았기 때문에 그곳으로는 들어올 수가 없어요. 그러니 그때 언니는 틀림없이 혼자 방에 있었을 거예요. 이 점은 분명합니다. 그리고 폭행을 당한 흔적도 전혀 없었고요."

"독살의 흔적은 없었나요?"

홈즈가 물었다.

"의사 선생님이 독약 검사도 해 보았지만 독은 검출되지 않았습니다."

"정말 애석한 일이군요. 그럼 사인은 무엇이라고 생각합니까?"

"언니는 커다란 충격을 받아 완전히 겁에 질려 있었어요. 그것이 원인이 되어 죽었다고 생각해요. 선생님, 언니는 대체 무엇 때문에 그렇게 놀랐던 걸까요? 저는 도저히 알 수가 없어요."

"당시 숲속에 집시들이 있었나요?"

"글쎄요. 그 근처 어딘가에는 늘 집시 몇 명이 있었어요."

"참, 그리고 언니가 끈이라고 말했다고요? 그건 무슨 뜻이었을까요? 얼룩 끈이라니?"

"그때 언니는 제정신이 아니었어요. 그냥 되는 대로 이야기했다고 생각했는데, 끈band이라고 하면 밴드, 즉 몇 사람의 모임이라는 뜻도 되잖아요. 그래서 어쩌면 숲속에 모여 있는 집시를 뜻하는 게 아닐까 생각도 했어요. 그렇게 보기에는 얼룩이라는 말이 걸리지만, 집시들이 곧잘 머리에 두르고 다니는 얼룩무늬 수건을 말하는 걸 수도 있겠다는 생각이 들어요."

홈즈는 납득할 수 없는지 머리를 옆으로 흔들었다.

"그렇게 쉬운 문제는 아니군요. 이야기를 계속해 주세요."

"그로부터 2년이 지났어요. 언니가 살아 있을 때보다 더 외로운 나날을 보냈죠. 그런데 어떤 남자가 한 달쯤 전에 청혼해 주었어요. 오래 전부터 친구처럼 알고 지내던 아미티지, 퍼시 아미티지라는 사람이에요.

레딩에서 가까운 크레인 워터에서 사는 아미티지 씨의 차남이죠. 의붓 아버지인 로일럿 박사도 이 결혼을 전혀 반대하지 않았기 때문에 우리는 이번 봄에 결혼할 생각이었어요. 그런데 이틀 전의 일이었어요. 저택 서쪽에서 수리 공사를 시작했는데 실수로 제 침실 벽에 구멍을 뚫어 버렸어요. 그래서 저는 언니 방으로 옮겨 갔고, 언니가 쓰던 그 침대에서 잠을 자게 됐어요. 어젯밤, 침대에 누운 저는 언니의 끔찍한 최후를 떠올리고 있었어요. 그런데 밤이 깊어 주위가 조용해지자 언니가 죽던 날에 들었던 그 낮은 휘파람소리가 들려오는 거예요. 온몸의 털이 곤두서는 듯한 그 공포, 홈즈 선생님도 알고 계시지요? 저는 자리에서 벌떡 일어나 램프에 불을 붙였는데 방 안에는 아무것도 없었어요. 하지만 저는 너무나 무서워서 침대로 돌아갈 수가 없었어요. 그대로 옷을 갈아입고 날이 밝기를 기다렸다가 바로 저택에서 빠져나왔어요. 집 맞은편에 있는 크라운 호텔로 가서 이륜마차를 불러 타고 레더헤드로 달려갔어요. 그리고 선생님과 상의할 생각으로 바로 이곳에 달려왔습니다."

"아주 잘 하셨습니다. 이야기는 이게 전부인가요?"

홈즈가 말했다.

"네, 끝이에요."

"솔직히 말해 주시죠. 스토너 양은 로일럿 박사를 감싸 주고 있어요."

"감싸다니요? 왜 그런 말씀을 하시는 거죠?"

홈즈는 그 물음에 답하지 않았다. 그 대신, 스토너 양의 무릎 위에 올려놓은 손의 소매 끝에 달려 있는 검은 레이스 장식을 들어 올렸다. 하얀 손목에는 엄지와 네 개의 손가락 자국으로 보이는 다섯 개의 검 푸른 멍이 또렷하게 찍혀 있었다.

"험한 일을 당하셨군요."

홈즈가 이렇게 말하자 스토너는 얼굴을 붉히며 멍이 든 손목을 가리고 말했다.

"아버지는 원래 엄격해서 무엇이든 적당히 하는 법이 없어요."

우리는 오랫동안 입을 다물고 있었다. 홈즈는 깍지 낀 양손 위에 턱을 올린 채 소리 내며 타오르고 있는 난롯불을 물끄러미 바라보았다. 드디어 홈즈가 침묵을 깼다.

"아주 까다로운 사건입니다. 앞으로 어떻게 해야 할지를 결정해야 하는데 그 전에 좀 더 자세히 알고 싶은 일들이 많습니다. 게다가 우물쭈물할 시간도 없고요. 오늘 우리가 스톡 모런의 저택에 간다면 로일럿 박사에게 들키지 않고 방들을 조사할 수 있을까요?"

"마침 아버지는 오늘 아주 중요한 일이 있어서 런던에 올 거라고 했어요. 밤이 되기 전에는 돌아오지 않을 테니 방을 조사해도 상관없을 거예요. 나이 든 가정부가 있지만 그다지 머리가 좋지 않아서 제가 잠시 내보낼 수 있어요."

"그거 아주 잘됐군요. 왓슨, 자네 역시 이 여행이 싫지는 않겠지?"

"물론이지."

"그럼 왓슨과 함께 가도록 하죠. 스토너 양은 어떻게 할 생각인가요?"

"두어 가지 런던에서 처리해야 할 일이 있어요. 하지만 늦어도 정오 기차로는 집으로 돌아가겠습니다. 그렇게 하면 두 분이 기다리시는 일은 없겠죠?"

"우리는 점심 때가 조금 지났을 무렵에 그곳에 도착할 겁니다. 나도 처리해야 할 일이 두어 가지 있거든요. 바쁘지 않으시다면 함께 아침 식사를 하는 건 어떻겠습니까?"

"아니에요. 그만 가 봐야 해요. 선생님에게 걱정거리를 전부 털어놓았더니 속이 한결 후련해졌어요. 그럼 오후에 뵙겠습니다."

스토너 양은 두꺼운 천으로 된 검은 베일로 얼굴을 가리고 미끄러지
듯 방에서 나갔다. 의자에 앉은 채 등받이에 등을 기대면서 홈즈가 이
렇게 물었다.

"왓슨, 조금 전에 들은 이야기에 대해서 어떻게 생각하나?"

"아주 불가사의하고 음험한 사건 같아."

"맞아, 말할 수 없을 정도로 불가사의하고 음험한 사건일세."

"하지만 만약 그 여자의 말대로라면 바닥이며 벽에도 아무 이상이
없었는데. 문, 창문 그리고 굴뚝까지 어느 곳을 통해서도 방으로 들어
갈 수는 없고. 그렇다면 그 여자의 언니가 의문의 죽음을 맞이했을 때,
방 안에 혼자 있었다는 이야기가 아닌가?"

"그렇다면 한밤중에 들려왔던 휘파람은 어떻게 설명할 건가? 언니가
죽기 직전에 남긴 기묘한 말은?"

"글쎄, 나는 뭐가 뭔지 모르겠네."

"잘 생각해 보게, 왓슨. 몇 가지 힌트가 있어. 한밤중에 들려오는 휘
파람, 나이 든 의사와 친하게 지내는 집시. 솔직히 말하자면 그 의사에
게는 딸을 시집보내지 않는 편이 훨씬 더 이득이지. 누구라도 그렇게
생각할 거야. 언니가 죽기 직전에 했다는 '끈'이라는 말, 헬렌 스토너 양
이 마지막에 들었다던 금속 덩어리가 떨어지는 듯한 소리. 어쩌면 그건
걸쇠에서 난 소리였을 수도 있어. 모든 덧창을 금속 걸쇠로 튼튼하게 잠
갔다고 하지만 그중 하나가 떨어지면서 소리를 냈을 수도 있다는 말이
지. 왓슨, 이 정도의 힌트만 있으면 충분하네. 이런 정황들을 바탕으로
수수께끼를 풀어 낼 수 있겠어."

"그렇다면 집시들은 어떻게 된 거지?"

"그건 잘 모르겠네."

"홈즈, 자네의 추리에 아직 미흡한 점이 많은 듯하네."

"나도 그렇게 생각해. 그래서 오늘 스톡 모런의 저택으로 가려는 게 아닌가? 내 추리가 완전히 빗나갔는지, 아니면 역시 내가 생각한 대로인지 확인해 보고 싶네. 아니! 이건 무슨 일이야?"

친구가 갑자기 소리를 지른 것은, 방문이 벌컥 열렸고 문 앞에는 거구의 사내가 떡 버티고 서 있었기 때문이다. 그 사람은 농부같기도 하고 신사같기도 한 기묘한 복장을 하고 있었다. 검은 실크해트를 쓰고 있었고, 긴 프록코트를 입고 있었으며, 다리에는 각반을 감고 있었고, 말을 타고 사냥할 때 쓰는 채찍을 흔들면서 서 있었다. 모자 끝이 문틀 위에 닿을 만큼 키가 컸고, 양쪽 문설주에 닿을 만큼 어깨가 넓었다. 주름투성이에 검게 그을린, 한눈에도 성질이 급하다는 것을 알 수 있는 커다란 얼굴이 우리를 번갈아가며 바라보았다. 신경질적인 눈에 높고 커다란 코까지, 사냥감을 노리는 늙은 맹금류가 떠오르는 얼굴이었다.

"누가 홈즈지?"

"내가 홈즈입니다. 하지만 나는 당신이 누군지 모르겠는데요."

갑자기 뛰어든 사내가 따지듯 묻자 홈즈가 조용히 대답했다.

"스톡 모런에 사는 그림스비 로일럿 박사다."

"그렇습니까? 박사님, 들어와서 앉으시죠."

홈즈가 상냥하게 말했다.

"네 의자에 앉을 생각 따위는 없다. 여기에 내 딸이 왔었지? 내가 그 애 뒤를 쫓아왔다고. 딸이 무슨 말을 했나?"

"계절에 어울리지 않게 날이 너무 춥군요."

홈즈가 이렇게 말하자 노인이 화를 내며 벌컥 소리를 질렀다.

"딸애가 무슨 말을 했지?"

"크로커스도 곧 필 것 같다던데요."

내 친구는 계속해서 딴청을 피웠다.

"뭐야! 우물쭈물 넘어갈 생각인가? 응?"

남자가 한 발 앞으로 다가서서 손에 들고 있던 채찍을 흔들며 말했다.

"네 녀석에 대해서는 이미 다 알고 왔다, 이 악당 같은 녀석아! 벌써 옛날부터 이야기를 들었다고. 남의 일에 참견하기 좋아하는 녀석."

홈즈가 빙그레 웃었다.

"홈즈, 이 오지랖 넓은 놈!"

홈즈가 더욱 크게 웃기 시작했다.

"홈즈, 이 런던경찰국의 앞잡이 녀석. 건방 떨지 마!"

홈즈는 더 이상 참지 못하고 킬킬대며 웃기 시작했다.

"말씀을 아주 재미있게 하시는군요."

홈즈는 한마디 더 덧붙였다.

"돌아가실 때는 문을 꼭 닫고 가 주십시오. 틈새로 바람이 술술 들어오네요."

"이야기가 끝나면 가지 말래도 갈 거다. 잘 들어. 쓸데없이 내 일에 참견하지 말라고. 딸애가 여기에 왔었다는 걸 알고 있어. 다 지켜봤다고! 나는 그렇게 만만한 상대가 아니야! 내가 어떤 사람인지 보여 주지."

성큼성큼 우리 쪽으로 걸어온 거구의 사내는 부젓가락을 집어 들더니 검게 그을린 커다란 두 손으로 그것을 휘어 버렸다.

"알겠나? 내 눈에 띄지 않는 게 좋아."

이렇게 외친 거구의 손님은 부젓가락을 난로 안으로 집어 던지고는 다시 성큼성큼 걸어서 방 밖으로 나갔다.

"꽤 귀여운 양반이로군."

홈즈가 웃으며 말을 이었다.

"로일럿 박사만큼 거구는 아니지만 내 완력도 무시할 수는 없지. 조금만 더 시간이 있었다면 내 실력도 보여 줄 수 있었을 텐데."

이렇게 말하며 홈즈는 휘어진 부젓가락을 집어 들고 힘을 주어 원래대로 펴 놓았다.

"로일럿 박사가 나를 제멋대로 경찰의 앞잡이라고 부르다니. 하지만 박사가 와 준 덕분에 수사가 더 재미있어졌어. 우리 친구인 그 젊은 아가씨가 아까 그 난폭한 노인에게 더 이상 미행을 당하지 않았으면 좋겠군. 왓슨, 어쨌든 아침부터 먹자고. 그런 다음 나는 결혼 허가증이며 유언 같은 기록이 쌓여 있는 등기소에 가야겠네. 두어 가지 기록을 살펴봐야 하거든. 이번 사건을 해결하는 데 도움이 될지도 모르겠어."

셜록 홈즈는 오후 1시 가까이가 돼서야 집으로 돌아왔다. 손에는 마구 갈겨쓴 글자며 숫자가 적힌 푸른색 종이를 들고 있었다.

"죽은 로일럿 박사 부인의 유언장을 보고 왔네. 그 유언장에 적힌 유산이 현재 어느 정도의 가치를 지니고 있는지 보고 왔지. 그렇게 하지 않으면 유언의 의미를 정확하게 알 수 없거든. 부인이 세상을 뜰 무렵에는 유산에서 전부 1,100파운드에 달하는 돈이 나왔네. 하지만 지금은 농산물 가격이 내려가서 750파운드 이하로 떨어졌지. 딸들은 결혼을 하면 한 사람이 각각 250파운드씩 받을 권리가 생겨. 따라서 두 딸이 모두 결혼해 버리면 박사가 손에 쥐는 돈은 쥐꼬리만 한 금액으로 줄어들지. 둘 중 한 명만 결혼해도 박사는 상당한 타격을 입게 되네. 오전에 한 일이 헛수고는 아닌 듯싶어. 덕분에 박사에게 딸들의 결혼을 방해할 만한 아주 중요한 동기가 있다는 사실을 알게 되었으니까. 왓슨, 사태가 아주 심각해서 더 이상 이러고 있을 시간이 없네. 특히 우리가 관여하기 시작했다는 사실을 그 노인이 알아차렸으니 더욱 서둘러야 할 거야. 자네가 준비를 마치면 마차를 불러서 워털루로 가세. 권총을 주머니에 넣어 주게. 엘리 2번 권총이 좋을 걸세. 상대는 부젓가락을 휘어 버릴 만큼 힘이 강하니까. 거기에 칫솔 하나만 더 가져가면 충분할 걸세."

운 좋게도 홈즈와 나는 워털루 역에서 레더헤드 행 열차에 바로 오를 수 있었다. 그리고 레더헤드 역 앞에 있는 여관에서 마차를 잡아타고 서리 주의 싱그러운 시골길을 7, 8킬로미터 정도 달렸다. 더할 나위 없이 상쾌한 날씨였다. 태양이 내리쬐고 있었으며 하늘에는 뭉게구름이 곳곳에 떠 있었다. 수목과 길 옆 울타리에 심어 놓은 나무들도 이제 막 파란 이파리를 내밀기 시작했고 부드럽게 젖은 흙냄새가 주위에 가득했다. 봄기운이 느껴져 기분이 좋았다. 하지만 우리를 기다리고 있는 것은 흉악한 사건을 파헤칠 조사였다. 이렇게도 상반되는 일이 한꺼번에 일어나다니 참으로 기묘했다. 바로 그때 모자를 눌러쓴 채 생각에 깊이 잠겨 있던 홈즈가 자리에서 벌떡 일어나더니 내 어깨를 두드렸다. 그러고는 목장 건너편을 손가락으로 가리켰다.

"저기를 보게나."

넓은 지역에 걸쳐서 나무들이 완만한 경사를 이루며 펼쳐져 있었는데 언덕 위로 올라갈수록 빽빽해지다가 정상 부근에서는 작은 숲을 이루고 있었다. 나뭇가지 사이로 낡은 저택의 회색 맞배지붕과 지붕에 걸쳐 놓은 마룻대가 솟아올라 있었다. 홈즈가 마부에게 물었다.

"저게 스톡 모런의 저택인가?"

"네, 그림스비 로일럿 박사의 저택입니다."

"저쪽에 공사하는 곳이 보이지? 그곳으로 가고 싶은데."

"마을은 저쪽입니다."

마부가 이렇게 말하며 왼쪽을 가리켰다. 조금 떨어진 곳에 마을의 집들이 서 있는 것이 보였다. 마부가 계속해서 말했다.

"저 저택에 가실 거라면 저쪽 계단으로 올라가서 좁은 길을 따라 가는 편이 더 빠를 겁니다. 저기 여자가 걸어가는 게 보이시죠? 바로 그 길입니다."

홈즈가 태양빛을 피해서 그쪽을 응시했다.

"아, 저 여자는 스토너 양이 아닌가? 그래, 마부 양반의 말대로 하는 게 좋겠구먼."

우리가 삯을 지불하고 마차에서 내리자 마차는 방향을 돌려서 레더헤드 쪽으로 덜컹거리며 달려갔다. 계단을 오르며 홈즈가 말했다.

"마부는 우리가 건축가나 공사 관계자인 줄 알 거야. 저 공사 때문에 여기에 온 것처럼 보이는 게 좋겠다고 생각했어. 어쨌든 저 마부 때문에 이상한 소문이 날 것 같지는 않군. 스토너 양, 안녕하세요? 약속한 대로 우리가 왔습니다."

그날 아침에 런던으로 찾아왔던 사건 의뢰인이 종종걸음으로 다가와

반가운 표정으로 우리를 맞아 주었다.

"언제 오실지 초조해서 견딜 수가 없었어요."

이렇게 말하며 스토너 양은 우리 손을 꼭 잡고 악수했다.

"모든 일이 생각대로 됐어요. 로일럿 박사는 런던에 가서 저녁까지 돌아오지 않을 거예요."

"영광스럽게도 박사와는 이미 인사를 나누었습니다."

홈즈가 아침에 있었던 일을 간략하게 설명했다. 이야기를 듣는 동안 스토너 양의 얼굴이 창백해지더니 결국에는 입술까지도 하얗게 질려 버리고 말았다.

"어머! 저를 미행했군요."

"그런 것 같습니다."

"아주 빈틈이 없는 사람이라 한시도 마음을 놓을 수가 없어요. 선생님, 의붓아버지가 돌아오면 뭐라고 할까요?"

"틀림없이 박사도 조심할 겁니다. 자신보다 한수 위인 사람이 미행하고 있을지도 모르니까요. 오늘 밤에는 방문을 꼭 잠그고 절대 박사가 안으로 들어오지 못하도록 하세요. 만약 박사가 폭력을 휘두를 것 같다면 하로의 이모님 댁으로 모셔다 드리지요. 그럼, 시간이 얼마 없으니 바로 방을 조사할 수 있도록 해 주세요."

스톡 모런의 저택은 석조 건물로 그 돌은 회색이었으며 여기저기 얼룩져 있었다. 건물은 중앙이 높이 솟아 있었고 그 양쪽으로 곡선을 그리며 두 개의 건물이 게의 집게발처럼 뻗어 있었다. 한쪽 건물은 유리창이 깨져 나무판으로 그곳을 막아 두었고, 지붕에도 일부 주저앉은 곳이 있어 을씨년스럽게 보였다. 중앙에 있는 건물은 어느 정도 손을 보기는 했지만 그래도 을씨년스럽기는 마찬가지였다. 이 두 건물에 비해서 오른쪽에 있는 건물은 그래도 깨끗해 보였다. 창에 덧창이 붙어 있고, 굴뚝에서 푸르스름한 연기가 피어오르는 것으로 봐서 일가는 왼쪽 건물에서 생활하는 듯했다. 오른쪽 끝에 있는 벽에 공사용 골조가 서 있었고 돌 벽에는 구멍이 뚫려 있었다. 하지만 우리가 저택에 도착했을 때, 인부들의 모습은 보이지 않았다. 홈즈는 손질도 하지 않은 정원의 잔디밭을 천천히 오가며 건물 창의 바깥쪽을 꼼꼼히 조사했다.

"이 오른쪽 끝에 있는 방이 당신이 쓰는 침실이고 가운데가 언니의 침실이죠? 그리고 그 다음 거실 바로 옆에 있는 방이 로일럿 박사의 침실이고요."

"맞아요. 하지만 저는 지금 가운데에 있는 방을 쓰고 있어요."

"오른쪽 방을 수리하는 동안만이겠죠. 그런데 오른쪽 끝에 있는 벽을 서둘러 수리하지는 않는 것 같군요."

"네. 수리하는 모습을 본 적이 없어요. 제가 언니 방을 쓰게 하려는 의도인 것 같아요."

"그래요? 거기에는 어떤 이유가 있는 것 같군요. 이 긴 건물 뒤편에 복도가 있고 각 방으로 들어가는 문은 전부 복도 쪽으로 나 있다고 했는데, 물론 복도에도 창은 있겠죠?"

"네, 아주 조그만 창이 있어요. 크기가 워낙 작아서 사람이 드나들 수는 없어요."

"당신과 언니는 밤이면 문을 걸어 잠그니 복도 쪽으로는 아무도 방에 들어갈 수 없겠군요. 잠깐 방으로 들어가서 덧창의 걸쇠를 걸어 주시겠습니까?"

스토너가 홈즈의 말대로 하자 홈즈는 우선 열려 있는 창을 면밀하게 관찰했다. 그런 다음 스토너가 걸쇠를 건 창을 어떻게든 열어 보려고 여러 가지로 시도했지만 전부 허사였다. 덧창에는 칼날 하나 들어갈 만한 틈도 없었기 때문에 이를 잡아 뜯기란 불가능했다. 홈즈는 돋보기를 꺼내 덧창의 경첩에 미심쩍은 부분이 없는지 조사해 보았다. 하지만 경첩은 단단한 철로 만들어졌으며 돌 벽에 튼튼하게 붙어 있었다.

"흠!"

홈즈가 조금 당황한 표정으로 턱을 긁적이며 말했다.

"내 추리도 난관에 부딪힌 것 같군. 걸쇠를 걸어 놓으면 아무도 이 창문을 통해서 안으로 들어갈 수 없어. 수수께끼를 풀 열쇠가 방 안에 있는지 조사해 보도록 하세."

건물 옆으로 난 작은 문을 통해서 뒤쪽에 있는 복도로 들어갔다. 회반죽을 바른 복도의 하얀 벽면에 세 개의 방으로 통하는 문이 나란히 늘어서 있었다. 홈즈가 세 번째 방은 조사하려고도 하지 않았기에 우리는 바로 가운데에 있는 방으로 들어갔다. 가운데 방은 지금 스토너가 침실로 쓰고 있는 방, 즉 언니가 최후를 맞이한 방이었다. 안락해 보이는 조그만 침실이었다. 낮은 천장에 벽난로가 커다란 입을 벌리고 있는, 옛날 시골집 분위기를 살린 방이었다. 한쪽 모퉁이에 갈색 옷장이 있었으며 다른 쪽 모퉁이에는 하얀 시트를 씌운 좁은 침대가 놓여 있었다. 창 왼쪽으로는 화장대가 있었고 그것 말고 이 방에 있는 물건이라고는 조그만 등나무 의자 두 개와 방의 한가운데에 깔린 네모난 갈색 윌턴 카펫[22]뿐이었다. 바닥에 깐 판자와 벽에 댄 판자는 갈색 참나무로 만든 것이었는데 모두 벌레 먹은 흔적이 있었을 정도로 집을 지은 뒤 한 번도 갈지 않은 것 같았다. 홈즈는 의자 하나를 한쪽 구석으로 가져가 거기에 앉아서는 아무 말 없이 사방을 둘러보고 방의 모습을 구석구석 살폈다. 드디어 홈즈가 입을 열었다.

"저 벨은 어디와 연결되어 있습니까?"

홈즈는 이렇게 말하며 침대 옆으로 늘어져 있는 벨의 끈을 가리켰다. 둥그렇게 묶어 둔 끈의 끝이 침대 머리맡까지 내려와 있었다.

"가정부의 방과 연결되어 있어요."

스토너가 대답했다.

"다른 물건들보다 새 것 같은데요."

"네. 한 2년 전에 달았어요."

"언니가 원해서 단 건가요?"

"아니요. 언니가 저걸 썼다는 이야기는 한 번도 들은 적이 없어요. 우린 평소부터 자기 일은 자기가 알아서 했으니까요."

---

22) wilton carpet. 18세기 중엽에 영국 윌턴 시에서 짜기 시작한 카펫. 자카르 직기로 짜는데, 기계로 만든 것 중에서는 최고급품에 속한다.

"애초부터 이런 끈을 달아 둘 필요가 없었다는 이야기로군요. 이곳 바닥을 조사해 볼 테니 잠깐만 기다려 보세요."

이렇게 말한 홈즈는 돋보기를 손에 들고 바닥에 엎드렸다. 그 자세를 유지한 채 날렵하게 앞뒤로 몸을 움직여 바닥의 널빤지 사이사이를 꼼꼼하게 살펴보았다. 같은 방법으로 벽 안쪽에 붙여 둔 판자도 조사하기 시작했다. 조사를 마친 홈즈는 침대 쪽으로 다가가 한동안 그것을 바라보다가 벽 쪽으로 시선을 돌려 천장부터 바닥까지 구석구석 살피기 시작했다. 그리고 마지막으로 벨에 연결된 끈을 힘차게 잡아당겼다.

"뭐야? 장식이었나?"

홈즈가 말했다.

"안 울리나요?"

"네, 벨과 연결되어 있지도 않군요. 이거 아주 재미있는데요. 잘 보세요, 스토너 양. 환기구의 조그만 구멍 바로 위에 갈고리가 있고 끈을 거기에 묶어 놓은 게 보이시죠?"

"왜 이런 짓을 한 거죠? 전 지금까지 전혀 모르고 있었어요."

"이상한데."

끈을 잡아당기며 홈즈가 중얼거렸다.

"이 방에는 한두 군데 아주 이상한 점이 있어. 예를 들자면 환기구의 끝이 옆방과 연결되어 있는 것도 그렇지. 멍청이 중의 멍청이가 만든 것이 분명해! 이왕 뚫을 바에는 바깥쪽으로 뚫으면 그만 아닌가?"

"그 환기구도 최근에 뚫은 것이에요."

"벨의 끈도 그때 매단 건가요?"

"맞아요. 그때 세심하게 손을 본 곳이 네댓 군데쯤 돼요."

"뭔가 말 못할 이유가 있었던 듯하군요. 장식으로 달아 놓은 벨 끈이며 아무 짝에도 쓸모없는 환기구라니. 스토너 양, 괜찮다면 옆방도 좀 살펴보고 싶은데요."

그림스비 로일럿 박사의 방은 딸의 방보다는 조금 더 넓었지만 쓸데 없는 가구가 놓여 있지 않은 점은 다를 바가 없었다. 접었다 폈다 할 수 있는 침대와 나무로 만든 작은 책장이 있었다. 책장에는 책들이 빼곡하게 들어차 있었는데 대부분이 전문 서적이었다. 침대 옆에는 팔걸이 달린 의자가, 벽 쪽으로는 소박한 의자가 하나 놓여 있었다. 그 외에는 원탁과 커다란 철제 금고 정도만 눈에 띄었다. 홈즈는 천천히 방 안을 돌아다니며 가구를 하나하나 꼼꼼히 조사해 나갔다.

"여기엔 뭐가 들어 있죠?"

금고를 두드리며 홈즈가 물었다.

"아버지의 서류가 들어 있어요."

"그럼……. 스토너 양은 이 안을 본 적이 있습니까?"

"몇 년 전에 딱 한 번요. 안은 서류로 가득 차 있었어요."

"이 금고 안에 고양이 같은 걸 기르지는 않겠죠?"

"그럴 리가 있겠어요. 정말 재미있는 생각을 하시네요."

"이걸 한번 보세요."

홈즈가 금고 위에 놓여 있던 우유가 든 접시를 집어 들었다.

"고양이는 키우지 않아요. 치타와 비비를 키우기는 하지만."

"그래, 맞아. 그랬죠. 치타라면 커다란 고양이라고 할 수도 있겠지요. 하지만 우유 한 접시로 배가 찰 것 같지는 않은데. 어쨌든 조금 더 확실히 알고 싶은 일이 한 가지 있습니다."

이렇게 말한 홈즈는 목제 의자 앞에 웅크리고 앉아 의자의 바닥 부분을 유심히 살피기 시작했다.

"이거 실례했습니다. 이제야 대충 알 수 있을 것 같군요."

이렇게 말한 홈즈는 자리에서 일어나 돋보기를 주머니에 넣었다.

"아, 여기에 재미있는 물건이 있네요."

홈즈의 눈에 띈 것은 침대 옆 한편에 걸어 둔, 개를 훈련할 때 사용하는 채찍이었다. 그런데 그 채찍은 뱀이 똬리를 튼 형태로 감긴 채 묶여 있었다.

"왓슨, 저것을 보고 어떻게 생각하나?"

"글쎄, 어디서나 흔히 볼 수 있는 채찍 아닌가? 그런데 왜 둥글게 말아서 걸어 두었을까?"

"어디서나 흔히 볼 수 있는 채찍이라고? 말도 안 돼. 아, 생각하기도 싫군! 영리한 사람이 그 머리를 나쁜 데 쓴다니 정말 끔찍한 일이야. 스토너 양, 방을 더 조사할 필요는 없을 것 같습니다. 괜찮다면 잔디밭 쪽으로 나가 보지요."

조사를 마친 우리는 로일럿 박사의 방에서 나왔다. 나는 이때처럼 쓸쓸하고 어두운 표정을 짓는 홈즈를 본 적이 없었다. 우리 세 사람은 한동안 잔디밭을 걸었는데 스토너와 나는 홈즈가 생각을 정리할 동안 그를 방해하지 않으려 노력했다. 홈즈가 입을 열었다.

"스토너 양, 무슨 일이 있어도 내 말대로 행동해야 합니다."

"반드시 그렇게 하겠습니다."

"생각보다 사태가 심각해서 조금도 망설일 수가 없어요. 내 말대로 하지 않으면 당신은 목숨을 잃을 수도 있습니다."

"무슨 일이 있어도 말씀하신 대로 행동할게요."

"우선, 오늘 밤에는 왓슨과 내가 당신 방에서 묵겠습니다."

스토너 양과 나는 넋을 잃고 홈즈를 바라보았다.

"꼭 그래야만 합니다. 자세히 설명하죠. 저쪽에 보이는 게 마을의 호텔 같은데요."

"네. 크라운 호텔이에요."

"좋아, 저 호텔에서도 스토너 양의 침실 창이 보이겠죠?"

"보일 거예요."

"박사가 돌아오면 당신은 머리가 아픈 시늉을 하고 침실로 들어가세요. 그리고 박사가 침대에 눕는 소리가 들리면 덧창을 열고 걸쇠를 벗긴 뒤 램프를 창틀에 올려놓으세요. 그게 우리들의 신호입니다. 그리고 스토너 양은 필요한 물건들을 정리해서 예전에 쓰던 오른쪽 방으로 옮겨 가세요. 지금 수리 중이기는 하지만 하룻밤 정도는 그곳에서 묵어도 상관없겠죠?"

"네, 걱정하지 마세요."

"나머지는 우리에게 맡겨 두시면 됩니다."

"홈즈 선생님, 어떻게 하실 생각이시죠?"

"스토너 양의 방에서 하룻밤 묵으면서 한밤중에 들려오는 그 소리의 정체를 밝힐 생각입니다."

"선생님, 벌써 결론을 내리신 듯하군요."

스토너가 홈즈의 소매를 잡으며 말했다.

"그런 것 같습니다."

"그럼, 부탁이니 언니가 왜 죽은 건지 그 원인을 알려주세요."

"그것을 말하기에 앞서서 좀 더 확실한 증거를 손에 넣고 싶습니다."

"그렇다면 제 생각이 옳았는지, 그것만이라도 알려 주세요. 언니는 무엇인가에 놀라서 죽은 건가요?"

"아니요. 내 생각은 조금 다릅니다. 더 복잡한 일이 일어났던 것 같아요. 스토너 양, 우리는 이만 가 봐야 합니다. 로일럿 박사가 돌아와서 우리가 여기에 있는 걸 보면 모든 일이 허사가 되고 말 테니까요. 안녕히 계세요. 힘내시고요. 내가 말한 대로 하면 아무 문제도 없을 겁니다. 당신이 느낀 두려움을 우리가 없애 드릴 테니 푹 쉬고 계세요."

셜록 홈즈와 나는 크라운 호텔로 가서 침실과 거실이 딸린 방을 얻었다. 방이 2층에 있었기 때문에 창을 통해서 스톡 모런 저택의 오솔길로 난 문과 가족들이 사용하고 있는 건물이 내려다보였다. 땅거미가 질 무렵 그림비스 로일럿 박사가 마차를 타고 지나가는 모습이 보였다. 마부석에 앉아 있는 조그만 소년 옆에 거구의 박사가 자리 잡고 있었다. 소년이 무거운 철문을 열려 했지만 좀처럼 열지 못하자 박사가 갈라지는 목소리로 주먹을 휘두르며 소년을 야단쳤다. 마차가 저택으로 들어간 지 몇 분이 지난 뒤, 거실의 램프 하나를 밝혔는지 나무 사이로 불빛 하나가 흘러나오기 시작했다. 땅거미가 내리고 있었다. 홈즈와 나는 아무것도 하지 않은 채 멍하니 시간을 보냈다. 홈즈가 말했다.

"이보게 왓슨, 솔직히 말해서 오늘 밤에는 자네를 데려가고 싶지 않아. 위험을 감수해야 하거든."

"내가 있는 편이 낫지 않겠나?"

"자네가 옆에 있어 주면 고맙지."

"홈즈, 그렇다면 당연히 나도 가야지."

"정말 고맙네."

"자네, 금방 위험하다고 했지? 그 두 방에서 내가 보지 못한 것을 본 것 같군."

"아니, 나는 그저 자네보다 조금 더 추리력을 발휘했을 뿐이네. 내가 본 건 자네도 전부 봤을 테니 말이야."

"특별히 눈에 띈 것은 벨에 달아 놓은 끈뿐이었는데. 하지만 솔직히 말하자면 왜 그 끈을 달아 놓았는지 감도 못 잡겠어."

"환기구도 봤겠지?"

"물론 봤지. 작은 구멍이 방 두 개를 연결하고 있다고 해서 특별히 이상할 건 없지 않나. 너무 작아서 쥐새끼 한 마리 드나들 수 있을 것 같지 않던데."

"스톡 모런의 저택에 오기 전부터 나는 환기구가 있을 거라고 짐작하고 있었네."

"뭐라고?"

"잘 생각해 보게. 스토너 씨가 말하기를, 언니가 로일럿 박사의 담배 냄새 때문에 자기 방으로 건너왔다고 하지 않았나? 그것을 듣고 두 방 사이에 조그만 구멍이 뚫려 있다는 사실을 바로 알 수 있었지. 그것도 아주 조그만 구멍일 것 같았어. 그렇지 않다면 검시관이 조사했을 때 그 점을 지적했을 테니까. 나는 환기구일 것이라고 생각했네."

"하지만 환기구가 있어서는 안 된다는 법도 없지 않은가?"

"그렇긴 하지만 묘하게 시간이 일치한단 말이야. 환기구를 뚫고 벨의 끈을 달았는데 그 침대에서 자던 여자가 죽었다. 여기까지 듣고 뭔가 떠오르는 게 없나?"

"글쎄, 나는 그것만 가지고는 잘 모르겠는데."

"그리고 그 방 침대 말인데, 왓슨. 아주 특이한 점이 있다는 사실을 알아차리지 못했나?"

"전혀."

"꺾쇠로 바닥에 고정해 두었다네. 침대를 그런 식으로 고정해 둔 걸 본 적이 있나?"

"없네."

"언니는 침대를 움직일 수가 없었어. 침대, 환기구, 벨 끈은 언제나 일 정한 위치에 놓여 있었다는 이야기지. 그러니까 벨 끈은 그냥 밧줄이라 고 불러도 좋을 거야. 벨을 울리는 데 사용하려고 매단 게 아니니까."

"홈즈, 자네가 하고 싶은 말이 무엇인지 어렴풋하게나마 알 수 있을 것 같네. 교묘하고 무시무시한 범죄를 막기 위해 우리가 가까스로 때를 맞춰 왔다는 이야기군."

"참으로 교묘하고, 무시무시하지. 의사가 나쁜 마음을 먹기 시작하면 최고의 범죄자가 되는 법일세. 의사란 대담하면서도 지식이 풍부하니까. 아내와 형제를 독살한 팔머, 아내와 새어머니를 독살한 프릿차드 같은 녀석들은 의사로서도 최고였어. 로일럿 역시 그 두 사람에게 뒤지지 않을 정도야. 하지만 왓슨, 우리는 그 의사를 이길 걸세. 어쨌든 오늘 밤에는 굉장히 무서운 일을 당하게 될 거야. 조용히 담배를 피운 다음 두어 시간 정도는 좀 더 즐거운 일을 생각하면서 기분 전환을 하세."

밤 9시경, 나무 사이로 보이던 불빛이 꺼지자 저택은 암흑 속으로 사라졌다. 그로부터 두 시간 정도 지루한 시간이 흘렀다. 밤 11시를 알리는 시계의 종소리가 들리기 시작했을 때 갑자기 불빛 하나가 오른쪽에서 빛을 발했다.

"신호다."

홈즈가 자리에서 일어났다.

"저건 가운데 방의 창에 켜 놓은 불이야."

호텔을 나서면서 홈즈는 여주인에게 잠깐 말을 건넸다. 밤늦게 친구를 만나러 가니 오늘 밤에는 거기서 묵게 될 것 같다는 말이었다. 그런 다음 우리는 바로 호텔에서 나왔다. 밤길을 걷다 보니 차가운 바람이 얼굴에 와서 부딪쳤다. 어둠을 뚫고 앞쪽에서 노란 불빛이 반짝이고 있었고 우리는 그것을 보면서 우울한 일을 처리하기 위해 앞으로 나아갔다.

정원을 둘러싸고 있는 울타리는 낡아서 여기저기 틈새가 있었지만, 수리하지 않은 채 그냥 내버려 두었기 때문에 우리는 별 어려움 없이 저택 안으로 들어갈 수 있었다. 수목에 몸을 숨겨 가며 정원의 잔디밭이 있는 곳까지 접근한 우리는 잔디밭을 가로질러 창을 통해서 방 안으로 들어가려 했다. 그때였다. 조그만 월계수 나무가 늘어서 있는 곳에서 갑자기 못생긴 어린아이 같이 끔찍한 무엇인가가 뛰쳐나왔다. 그것은 풀 위에 누워 사지를 건들건들 흔들더니 다시 일어나 재빠르게 잔디밭 건너편의 어둠 속으로 사라져 버렸다. 내가 작은 목소리로 물었다.

"세상에! 자네도 봤겠지?"

그 순간, 홈즈도 나만큼 놀랐는지 내 손목을 있는 힘껏 쥐었다. 하지만 곧 낮은 목소리로 웃으며 내 귀에 대고 이렇게 말했다.

"저것도 이곳의 멋진 가족 중 하나지. 비비라네."

나는 박사가 기묘한 동물을 기르고 있다는 사실을 까맣게 잊고 있었다. 그러고 보니 박사는 치타를 기르고 있다고 했다. 어쩌면 그 치타가 등 뒤에서 우리를 덮칠지도 모를 일이었다. 솔직히 말해서 나는 홈즈를 따라 구두를 벗고 침실 안으로 들어가서야 마음을 놓을 수 있었다. 홈즈는 소리가 나지 않도록 가만히 덧창을 닫았다. 그리고 램프를 탁자 있는 곳으로 가져오더니 방 안을 한 바퀴 둘러보았다. 모든 것이 낮에 본 그대로였다. 발소리를 죽여서 내게 다가온 홈즈가 두 손을 둥글게 말아 내 귀에 대고 가만히 속삭였다. 간신히 알아들을 수 있을 정도로 작은 소리였다.

"조금이라도 소리를 내면 우리 계획은 엉망이 되네."

알았다는 신호로 나는 고개를 끄덕였다.

"우리는 불을 끄고 가만히 기다리고 있어야 하네. 환기구를 통해 스며든 불빛으로 박사가 눈치를 챌지도 모르니까."

나는 다시 고개를 끄덕였다.

"잠들면 안 돼, 왓슨. 목숨이 걸린 일이야. 만약을 위해서 권총을 준비해 두게나. 나는 침대에 앉아 있겠네. 자네는 저쪽에 있는 의자에 앉아 있으면 되겠어."

나는 권총을 꺼내서 탁자 한쪽에 올려놓았다. 홈즈는 얇고 기다란 지팡이를 가지고 있었는데 그것을 침대 위에 올려놓았다. 그리고 그 옆에 성냥갑과 짧은 초를 올려놓은 다음 램프를 껐다. 우리는 칠흑 같은 어둠 속에서 그대로 조용히 앉아 있었다.

이 소름끼치는 불침번을 나는 결코 잊지 못할 것이다! 아무 소리도, 심지어 숨소리조차 들리지 않았다. 하지만 홈즈는 내게서 1미터도 떨어지지 않은 곳에서 눈을 뜬 채로 자리를 지키고 있을 것이다. 그는 긴장해서 신경이 날카로워져 있었으며 나도 마찬가지로 잔뜩 긴장해 있었다. 덧창이 안으로 들어오는 빛을 완전히 차단하고 있었기 때문에 우리는 새까만 어둠 속에서 기다려야만 했다. 밖에서 때때로 밤새의 울음소리가 들려왔고 우리가 있는 방의 창가 부근에서는 고양이 울음소리 같은 소리가 한 번 들렸다. 그 소리를 듣고 박사가 진짜로 치타를 풀어서 기르고 있다는 사실을 알 수 있었다. 저 멀리서 15분마다 때를 알리는 교회의 종소리가 굵고 낮게 울려 퍼졌다. 그 15분이 왜 그렇게도 길었는지! 12시, 1시, 2시, 3시. 그래도 우리는 묵묵히 앉아서 무슨 일이 일어나기만을 기다리고 있었다.

천장의 환기구에서 갑자기 불빛이 번쩍했다. 하지만 그것은 곧 사라져 버렸다. 뒤이어 기름이 타는 냄새와 금속이 뜨거워졌을 때 나는 냄새가 코를 찌르기 시작했다. 옆방에서 누군가가 갓을 씌운 램프에 불을 붙인 것이다. 무엇인가 조용히 움직이는 소리가 들리는가 싶더니 다시 조용해졌다. 그러는 동안에도 냄새는 더욱 강렬해졌다. 30분 동안 나는 가만히 귀를 기울이고 있었다. 갑자기 새로운 소리가 들려오기 시작했다. 아주 희미하고 조심스러운 소리로, 주전자가 쉴 새 없이 수증기를 뿜어 올리는 듯한 소리였다. 그 소리를 듣는 순간 홈즈가 침대에서 벌떡 일어나더니, 성냥불을 켜고 미친 사람처럼 지팡이로 벨 끈을 내리치기 시작했다.

"왓슨, 보이나?"

홈즈가 소리쳤다. 그리고 다시 한 번 외쳤다.

"그것을 보았나?"

하지만 내 눈에는 아무것도 보이지 않았다. 홈즈가 성냥불을 켠 순간 낮고 뚜렷한 휘파람 소리를 들었지만, 어둠에 익숙해져 있던 눈에 불빛이 너무 밝아서 홈즈가 무엇을 그렇게 미친 듯이 때리고 있는지 보이지 않았다. 단, 홈즈의 얼굴은 볼 수 있었다. 그의 얼굴은 죽은 사람처럼 하얗게 질려 있었고 공포와 혐오로 가득했다.

홈즈가 손을 멈추고 환기구를 올려다볼 때였다. 갑자기 온몸의 털이 곤두설 만큼 끔찍한 비명 소리가 밤의 정적을 찢어 놓았다. 평생 그런 비명 소리는 처음이었다. 그 갈라진 신음 소리는 점점 커졌는데, 괴로움과 공포와 분노가 한데 섞여 있는 끔찍한 외침이었다. 나중에 들은 이야기지만 저택에서 내려다보이는 마을과 멀리 떨어져 있는 목사 저택에까지 그 소리가 울려 퍼져 사람들의 잠을 깨웠다고 한다. 그 소리를 들은 우리는 몸이 얼어붙는 것 같았다. 나는 자리에서 일어나 홈즈를 바라보았고 홈즈도 나를 바라보았다. 드디어 외침의 마지막 울림이 밤의 어둠 속으로 빨려 들어갔다.

"어떻게 된 거지?"

내가 간신히 홈즈에게 물었다.

"모든 것이 끝났네. 결국 이것이 제일 잘된 것일지도 모르겠군. 권총을 들고 따라오게. 함께 로일럿 박사의 방으로 가 보세."

홈즈가 긴장한 표정으로 램프에 불을 붙이더니 앞장서서 복도를 지나 옆방으로 갔다. 박사의 침실 문을 두 번 두드렸지만 대답이 없었다. 홈즈는 문의 손잡이를 돌려 안으로 들어섰다. 나도 손에 장전한 권총을 들고 홈즈의 뒤를 따라 들어갔다.

기괴하기 짝이 없는 광경이 우리 눈앞에 펼쳐졌다. 탁자 위에 갓을 씌운 랜턴이 놓여 있었는데, 그 갓이 반쯤 벗겨져 있었다. 거기에서 나온 불빛은 문이 조금 열려 있는 철제 금고를 눈부시게 비추어 주었다. 탁자 옆에 나무 의자가 있었고 그림스비 로일럿 박사는 거기에 앉아 있었다. 그는 긴 회색 실내복을 입고 있었는데 그 끝으로 발목이 드러나 보였다. 맨발에 빨간 터키식 슬리퍼를 신고 있었다. 무릎 위에는 우리가 오늘 낮에 본 그 긴 채찍의 손잡이가 옆으로 놓여 있었고 박사는 턱을

앞으로 내민 채 무시무시한 눈빛으로 천장의 한쪽 모퉁이를 가만히 바라보고 있었다. 눈썹 부근에 갈색 얼룩무늬가 들어간 기묘한 노란색 끈이 단단히 감겨 있었다. 우리가 방으로 들어섰는데도 박사는 손 하나 까딱하지 않았고 아무 소리도 내지 않았다.

"끈! 얼룩 끈이야!"

홈즈가 중얼거렸다. 내가 박사 쪽으로 한 걸음 다가선 순간, 박사의 머리에 감겨 있던 기묘한 끈이 움직이기 시작했다. 그 끈은 박사의 머리카락 속에서 평평한 마름모꼴의 커다란 머리를 들어 올려 부풀어 오른 목을 내밀고 있었다.

"연못 독사다!"

홈즈가 외쳤다.

"인도에서도 가장 위험한 뱀이지. 박사는 저 뱀에 물린 지 10초도 안 돼서 죽었을 거야. 타인에게 해를 가하면 자신에게 그것이 돌아오고, 타인을 함정에 빠뜨리려 하면 그것이 자신의 무덤이 된다는 말도 있지 않은가? 우선 이 녀석을 우리 안에 넣어 두세. 그런 다음에 스토너 양을 다른 안전한 곳으로 데리고 가자고. 이 모든 일이 끝난 다음에 주 경찰에 알려도 늦지는 않을 거야."

이렇게 말하면서 홈즈는 죽은 사람의 무릎 위에 놓여 있던 채찍을 얼른 집어 끝에 매듭을 하나 만들었다. 그리고 그 매듭을 뱀의 머리 쪽으로 던져 시신의 머리 위에 있던 뱀을 바닥으로 끌어 내렸다. 홈즈는 뱀이 가까이 오지 못하도록 하면서 철제 금고까지 끌고 가 금고 안으로 집어던지고는 문을 닫아 버렸다.

이상이 스톡 모런 저택의 그림스비 로일럿 박사의 죽음에 대한 진상이다. 이야기가 너무 길어졌으니 그 이후의 경과에 대해서 길게 늘어놓지 않겠다. 두려움에 떨고 있던 젊은 여자에게 이 슬픈 소식을 전하고 그날 아침 기차로 하로까지 가서 그녀를 다정한 이모님 댁으로 데려다 주었다. 수사에 혼선을 빚던 경찰은 결국 박사가 위험한 애완동물과 놀다가 부주의로 죽음을 맞이하게 된 것이라는 결론을 내렸다. 나는 이 사건에 대해서 몇 가지 이해할 수 없는 점들이 있었는데 이튿날 집으로 돌아오는 기차 안에서 홈즈가 그 궁금증을 풀어 주었다.

"나는 완전히 잘못된 결론을 내리고 있었네, 왓슨. 어떤 경우라도 불충분한 자료를 바탕으로 추리하는 게 얼마나 위험한 일인지 다시 한 번 뼈저리게 느꼈어. 그 가엾은 여자가 '끈'이라고 말했다고 했지? 잔뜩 겁에 질려서 성냥불에 비춰 본 것을 '끈'이라고 표현한 것이네. 거기에 집시들이 있었다는 말도 했지. 이 두 가지만 듣고 나는 잘못된 추리를 했어. 하지만 창이나 문을 통해서는 절대 안으로 들어가 방에 있는 사람을 해칠 수 없다는 사실을 알자마자 바로 내 추리를 수정했다는 점만은 자랑해도 좋을 듯하네. 예전에도 말했듯이, 환기구와 침대 위로 늘어져 있는 벨 끈이 가장 먼저 눈에 띄었네. 살펴보니 끈은 장식에 불과했고 침대는 바닥에 고정되어 있더군. 그 사실을 안 순간, 뭔가 좀 이상한 느낌이 들었어. 끈은 환기구의 구멍에서 침대까지 무엇인가를 내려 보내기 위한 다리가 아닐까 하는 생각이 들더군. 그때 머리에 뱀이 떠올랐지. 거기다 박사가 인도의 동물들을 구해다가 기른다는 말도 들었으니, 드디어 내 추리의 앞뒤가 맞아떨어지기 시작했네. 로일럿 박사는 머리가 좋고, 냉혹하며, 동양에서 의사 생활을 한 사람일세. 화학적인 검사로도 발견되지 않는 독살법이라고 하면 당연히 뱀이 떠오르지 않겠나? 그리고 그런 종류의 독은 효과가 매우 빠르다는 점도 박사에게는 몹시 유리했지. 아주 날카로운 검시관이 아니면 뱀에 물린 검고 조그만 이빨 자국 두 개를 발견해 낼 리도 없고. 그리고 다음에는 휘파람을 떠올렸다네. 박사는 날이 밝기 전에 독사의 희생양이 된 사람의 방에서 뱀을 불러들여야만 했지. 그래서 박사가 불러들이면 되돌아오도록 뱀을 훈련시켰을 거야. 아마 우리가 봤던 그 우유를 이용했을 걸세. 적당한 시간을 노리고 있다가 뱀을 환기구 안으로 들여보내면 뱀은 끈을 타고 내려와 정확히 침대 위에 이르게 되네. 뱀이 여자를 물 수도 있고 물지 않을 수도 있어. 하지만 언젠가는 희생양이 될 수밖에 없지."

홈즈가 계속해서 말했다.

"박사의 방에 들어가기 전까지 이런 결론들을 내리고 있었네. 방 안으로 들어가 의자를 살펴보니 박사가 자주 의자 위에 올라갔다는 사실을 알겠더군. 의자에 올라가지 않으면 환기구에 손이 닿지 않았겠지. 금고, 우유가 담긴 접시, 둥글게 말아 놓은 채찍, 이런 것들을 보니 더 이상 의심의 여지가 없더군. 스토너 양이 들었다던 금속이 떨어지는 듯한 소리는 금고의 문을 닫는 소리였을 걸세. 박사가 금고 속에서 기르고 있던 소름끼치는 짐승을 서둘러 그 안에 가두어 버린 거지. 이런 결론을 내린 뒤에 내가 어떤 방법으로 사건을 해결했는지는 자네도 잘 알고 있겠지? 왓슨, 틀림없이 자네도 들었을 거라 생각하네. 뱀이 쉭쉭하며 움직이던 소리 말이야. 나는 바로 불을 켜고 뱀을 공격했지."

"그렇게 해서 뱀을 환기구 안으로 다시 몰아넣은 건가?"

"맞아. 환기구 너머에 있는 주인에게 되돌아가게 했네. 뱀은 내 지팡이에 수도 없이 얻어맞았어. 그 바람에 자신의 소굴로 가던 중에 본능이 머리를 쳐들었지. 그래서 처음 만난 사람에게 덤벼들었을 거야. 그러니 그림스비 로일럿 박사의 죽음에는 간접적이나마 내 책임도 있다네. 그렇다고는 해도 양심의 가책이 그리 심하지는 않군."

06 너도밤나무집

06
너도밤나무 집

"예술 그 자체를 위해 예술을 사랑하는 자는 아주 시시한 표현을 발견하고도 크게 기뻐하는 법이지."

셜록 홈즈가 〈데일리 텔레그래프〉의 광고 페이지를 옆으로 밀어놓으며 말했다.

"왓슨, 우리가 다룬 조그만 사건들을 기록하는 자네를 보면 그 진리를 잘 알고 있는 듯해서 정말 기쁘다네. 가끔 이야기를 지나치게 재미있고 친절하게 다듬어 기록하는 경향은 있지만, 내가 중요한 역할을 한 유명한 소송 사건이나 세상을 떠들썩하게 한 재판보다는 하찮은 사건처럼 보이는 쪽에 힘을 기울여 실력을 발휘하고 있어. 그런 사소한 사건에서 내가 자랑스럽게 여기는 연역법이나 추리의 종합을 잘 이용해 왔지만 말일세."

"그래도 그간 내 기록이 지나치게 선정적이라는 비난을 받아 왔는데 할 말이 없는 부분도 있는 것이 사실이네."

내가 빙그레 웃었다.

"자네의 실수는 아마……."

홈즈는 새빨간 숯을 부젓가락으로 집어 올려 기다란 벚나무 파이프에 불을 붙였다. 그는 명상보다 논의를 하고 싶을 때면 도자기 파이프 대신에 벚나무 파이프를 애용하는 습관이 있었다.

"자네의 실수는 아마 재미있게 기록하려고 하거나, 활기 넘치게 하려는 태도에 있을 거야. 그렇게 하지 말고 원인에서 결과에 이르는 엄밀한 추론을 충실히 기록하는 편이 더 좋겠어. 그것이야말로 사건을 부각시키고 있는 특징이니 말일세."

"기록에 관한 문제라면 자네가 섭섭하게 생각하지 않을 만큼 정당하게 다루고 있다고 생각하는데."

홈즈의 자기중심적 사고에 일침을 가하기 위해 나는 약간 차가운 어조로 말했다. 물론 그 자기중심적인 부분이 홈즈의 특이한 성격을 돋보이게 하는 요소임은 잘 알고 있었다. 그러나 홈즈는 늘 그렇듯이 내 마음을 꿰뚫어 보고 말했다.

"아니, 이기적인 생각이나 자만심에서 하는 말이 아닐세. 내 예술을 정당하게 다루어 주기를 바라는 것은 그것이 나만의 문제가 아니기 때문이야. 나 한 사람을 초월한 문제일세. 범죄는 어디에나 있지만 제대로 된 추론은 거의 없어. 그러니까 자네는 범죄보다 추론을 강조해야 해. 그런데 자네는 연속 강의가 되어야 할 것을 이야기 시리즈 정도로 만들고 있으니 문제일세."

이른 봄의 쌀쌀한 아침, 식사를 마친 뒤 우리는 베이커 가의 그 방에서 활활 타오르고 있는 난롯불을 사이에 두고 앉아 있었다. 진한 갈색으로 변색된 집들 사이로 짙은 안개가 천천히 흘러가고 있었다. 노란 안개의 소용돌이를 뚫고 맞은편 집의 창문이 거뭇하게 흔들리는 반점이 되어 흐릿하게 떠올랐다. 우리 방에 켜 둔 가스등 불빛을 받아 아직 치우지 않은 식탁의 테이블 크로스가 하얗게 빛났고, 도자기나 금속으로 만든 식기는 반짝거렸다. 셜록 홈즈는 그때까지 말없이 여러 신문의 광고란을 샅샅이 훑어보고 있었는데 결국은 이렇다 할 것을 발견하지 못한 모양이었다. 기분이 언짢아졌는지 이번에는 내 기록을 트집 잡기 시작한 것이다.

"그렇지만 말일세."

한동안 기다란 파이프를 피우며 난롯불을 바라보던 홈즈가 다시 말을 이었다.

"자네가 이야기를 왜곡하는 것은 아니야. 자네가 흥미를 느낀 사건 가운데 법적으로는 절대 범죄라고 할 수 없는 것들이 있으니까. 보헤미아 왕을 도운 그 작은 사건이나 메리 서덜랜드 양의 기묘한 경험, 입술

비뚤어진 남자를 둘러싼 수수께끼, 그리고 독신 귀족 사건도 역시 법의 테두리를 벗어난 것이었어. 단지 내가 걱정하는 것은, 자네가 선정적이라는 비난 때문에 지나치게 대중들의 인기를 피하려 한 나머지 사건 자체를 밋밋하게 만들어 버리는 것이 아닐까 하는 점일세."

"사건 자체는 그럴지도 모르겠지만 내 작법은 신선하고 흥미롭지 않았나?"

"그런가? 대중에게? 아무것도 모르는 우매한 대중이 아닌가? 치아를 보고도 직공織工임을 모르고, 왼손 엄지를 보고도 식자공임을 판단하지 못하는 대중이 분석과 추론의 미묘한 차이를 알 수 있을 리가 없지! 하지만 자네가 사건을 밋밋하게 만들고 있다고 해서 자네를 탓할 수도 없다네. 요즘에는 큰 사건이 전혀 없으니까. 범죄자들은 모험 정신과 독창성을 잃어버렸고, 내 소소한 직업도 이제는 잃어버린 연필을 찾아주거나 기숙학교 출신의 젊은 여성에게 충고하는 상담소 수준으로 떨어져 버린 것 같아. 나도 이제는 갈 데까지 간 것 같군. 이 편지는 오늘 아침에 왔는데 이것으로 우리 직업도 땅바닥으로 떨어졌다는 사실을 알 수 있다네. 한번 읽어 보게!"

홈즈가 꼬깃꼬깃해진 편지 한 통을 던져 주었다. 그것은 어젯밤에 몬태규 플레이스에서 부친 편지로 이런 내용이 적혀 있었다.

> 셜록 홈즈 선생님
> 꼭 상의하고 싶은 일이 있습니다. 가정교사로 오라는 곳이 있는데 가도 좋을지 방설이고 있습니다. 괜찮으시다면 내일 아침 10시 30분에 찾아뵙겠습니다. 이만 줄입니다.
> 바이올렛 헌터

편지를 읽고 나서 내가 물었다.

"이 젊은 여성을 알고 있나?"

"아니, 모르네."

"곧 10시 30분일세."

"응. 벨 소리가 들리는군. 왔어."

"어쩌면 자네 생각보다 재미있는 사건일지도 몰라. 예전 〈푸른 카번클〉 사건도 처음에는 별것 아닌 줄 알았지만 중대한 수사가 되었으니 이번에도 그럴지 누가 알겠나?"

"제발 그랬으면 좋겠군! 곧 알 수 있겠지. 의뢰인이 찾아온 듯하니 들어 보세나."

홈즈가 말한 순간, 문이 열리며 젊은 여성이 들어왔다. 수수한 차림이었으나 단정했다. 물떼새 알 같은 주근깨가 잔뜩 뿌려진 얼굴은 밝고 영리해 보였으며 자신이 선택한 길을 걸어온 여성인 듯 태도도 시원시원했다. 홈즈가 자리에서 일어나 맞아들이자 그녀가 인사했다.

"폐를 끼쳐서 죄송합니다. 제가 좀 이상한 일을 겪게 되었는데 부모님이나 친척이 없어서 상의할 사람이 아무도 없습니다. 선생님이라면 어떻게 해야 좋을지 가르쳐 주시리라 생각해서 찾아왔습니다."

"자, 앉으세요, 헌터 양. 원하신다면 기꺼이 돕겠습니다."

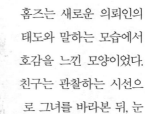

홈즈는 새로운 의뢰인의 태도와 말하는 모습에서 호감을 느낀 모양이었다. 친구는 관찰하는 시선으로 그녀를 바라본 뒤, 눈

을 감고 양손의 손가락 끝을 마주 대며 이야기를 듣겠다는 자세를 취했다.

"저는 지난 5년 동안 스펜스 먼로 대령 댁에서 가정교사로 일했습니다. 그런데 두 달 전에 대령님이 노바스코샤[23]의 핼리팩스로 전근을 가셨고 아이들도 함께 갔기 때문에 저는 졸지에 일자리를 잃고 말았습니다. 광고를 내 보았으나 뜻대로 되지 않았고, 결국에는 얼마 되지 않던 저금도 바닥을 드러내서 앞길이 막막했습니다.

웨스트엔드에는 웨스터웨이라는 유명한 가정교사 소개소가 있습니다. 일주일에 한 번 정도, 제게 맞는 일이 없는지 찾아가 보았습니다. 웨스터웨이는 그 소개소를 설립한 사람의 이름인데 실제로는 스토퍼 양이 운영하고 있습니다. 그녀는 조그만 사무실에 있고, 일자리를 구하는 여자들은 대기실에서 기다리다가 한 사람씩 방으로 불려 들어갑니다. 그러면 스토퍼 양은 장부를 보면서 적당한 자리가 있는지 살펴보지요.

지난주에도 그곳에 들렀어요. 평소대로 사무실로 불려 들어갔습니다. 그런데 스토퍼 양 말고도 다른 사람이 있었습니다. 뚱뚱하고 안경을 낀 남자였는데 턱 살이 몇 겹이나 됐고 목까지 늘어져 있었습니다. 스토퍼 양 곁에 앉아서 히죽히죽 웃으면서 들어오는 여자들을 아주 열심히 보고 있었습니다. 제가 들어가자 그 사람은 의자에서 펄쩍 뛰어오르더니 스토퍼 양의 얼굴을 바라보며 말했습니다.

'이 사람이야, 흠잡을 데 없어요. 이거 참 다행이군, 다행이야!'

그 사람은 아주 기쁘다는 듯이 손을 비볐습니다. 몹시 마음에 드는 모양이었습니다. 서글서글한 느낌이 들어서 보고 있던 저까지 기뻐질

23) Nova Scotia. 캐나다 동부의 반도. 핼리팩스는 그곳의 주도州都이다.

정도였습니다.

'일을 찾고 계시죠?'

'네, 맞아요.'

'가정교사 자리를 찾고 있습니까?'

'네.'

'급료는 얼마나 원하십니까?'

'예전에는 스펜스 먼로 대령 댁에서 일했는데 한 달에 4파운드를 받았습니다.'

'아아, 정말 터무니없는 급료로군. 정말 지독한 대접을 받았어요!'

그 사람은 화가 난다는 듯이 살찐 두 손을 높이 들고 외쳤습니다.

'이렇게 매력적이고 교양이 넘치는 여성에게 그런 쥐꼬리만 한 돈을 주다니!'

'제 교양은 선생님의 생각만큼 풍부하지는 않습니다. 프랑스어와 독일어를 조금, 거기에 음악과 그림을……'

'아니, 아니, 그런 건 문제되지 않습니다. 숙녀로서의 자질을 갖추고 있느냐 하는 점이 중요하죠. 바로 그것이 문제입니다. 만약 그런 자질이 없다면 장래 영국의 역사에 이름을 남길지 모를 아이를 교육할 자격은 없으니까요. 아가씨에게 그런 자질이 있다면 세 자릿수 이하의 금액을 지급하는 것은 모욕이나 마찬가지죠. 저라면 100파운드 드리겠습니다.'

이해할 수 있으시겠죠, 선생님? 저는 돈이 궁하기는 했지만 이상할 만큼 조건이 좋아서 믿어지지가 않았습니다. 그런데 그 신사가 제 마음을 읽었는지 지갑에서 지폐 한 장을 꺼냈습니다.

'이것은 저만의 방법입니다.'

신사는 활짝 웃어 보였습니다. 눈이 실처럼 가늘어져서 하얀 얼굴의 주름에 가려질 정도였습니다.

'젊은 여성에게는 급료의 절반을 미리 지불하고 있습니다. 그렇게 하면 여비나 옷을 장만하는 데 쓸 수 있으니까요.'

그처럼 훌륭하고 배려 깊은 사람을 만나기는 처음이었습니다. 단골로 드나들던 가게에 외상을 한 상태였기에 선불을 받는다면 큰 도움이 될 게 분명했죠. 하지만 이야기를 듣고 있자니 괴이한 느낌이 들었습니다. 그래서 일을 하겠다고 약속하기 전에 몇 가지 확인을 해 두어야겠다고 생각했습니다.

'실례지만, 댁은 어디십니까?'

'햄프셔입니다. 시골이지만 매우 아름다운 곳이죠. 윈체스터에서 8킬로미터 떨어진 곳에 있는 너도밤나무 집에서 살고 있습니다. 아가씨, 거기는 정말 아름다운 시골이에요. 게다가 시간의 때가 묻은 저택이 얼마나 훌륭한지 모른답니다.'

'그렇다면 저는 어떤 아이들을 가르치게 되나요?'

'한 녀석만 가르쳐 주시면 됩니다. 여섯 살짜리 장난꾸러기예요. 아아, 정말이지 그 녀석이 슬리퍼로 바퀴벌레를 죽이는 모습을 보여 드리고 싶네요! 찰싹, 찰싹, 찰싹! 고 녀석은 아주 눈 깜빡할 사이에 세 마리를 잡아 버린다니까요!'

그 신사는 의자에서 몸을 뒤로 젖히고 웃었습니다. 가느다란 눈이 다시 얼굴 속으로 숨어 버렸습니다. 아이가 노는 방법을 듣고 깜짝 놀랐으나 아버지의 과장스러운 웃음을 보고 아마 농담이리라고 생각했습니다. 제가 다시 물었습니다.

'그렇다면 제 일은 그 아이의 공부를 봐 주는 것뿐입니까?'

'아니, 그렇지는 않습니다. 영리한 아가씨이니 벌써 눈치채셨겠지만 아내가 하는 말이라면 무엇이든 따라 주셨으면 합니다. 물론 숙녀분에게 실례되는 명령은 하지 않을 겁니다. 어떻습니까? 이 정도면 번거롭지는 않겠죠?'

'제가 도움을 드릴 수 있다면 기꺼이 가겠습니다.'

'정말 고맙습니다. 예를 들어서 복장 말인데, 우리 취향이 좀 특이해서요. 특이하다고는 해도 친절한 마음에서 그러는 겁니다. 어떻습니까? 우리가 드리는 옷을 입어 주실 수 있겠습니까? 사소한 요청이니 들어주시겠죠?'

'그렇게 하겠습니다.'

저는 내심 깜짝 놀랐지만 그렇게 대답했습니다.

'또…… 숙녀에게 여기 앉아라, 저기 앉아라 부탁해도 마음이 상하지는 않겠지요?'

'네, 물론이죠.'

'그리고 우리 집에 오시기 전에 그 머리를 아주 짧게 잘라 주셨으면 합니다.'

저는 그 말을 듣고 귀를 의심했습니다. 홈즈 선생님, 보시다시피 제머리는 숱이 많아요. 갈색인데 이런 색을 가진 사람은 쉽게 찾아볼 수 없지요. 그림에서나 볼 법한 머리라고 말하는 사람도 있습니다. 자르라고 해도 그렇게 쉽게 자를 마음이 들지는 않았습니다.

'죄송하지만 그건 어렵겠는데요.'

그 신사는 조그만 눈으로 저를 가만히 바라보고 있었는데 제 대답을 듣고 얼굴이 흐려졌습니다.

'그게 가장 중요합니다. 제 아내의 소소한 취향입니다. 하지만 아가씨도 아실 겁니다. 여자의 취향에 맞춰 주지 않을 수도 없거든요. 어떻습

니까, 정말 머리를 자를 생각이 없습니까?'

'네, 절대로 자를 수 없어요.'

저는 분명하게 거절했습니다.

'그렇군요, 잘 알겠습니다. 그럼 이 이야기는 없었던 걸로 하지요. 정말 안타깝습니다. 다른 점에서는 전혀 흠잡을 데 없는 분이라서 더더욱 그렇군요. 그럼 스토퍼 양, 다른 분을 더 만나 보겠습니다.'

스토퍼 양은 그때까지 말없이 서류를 만지작거리고 있었는데 그때 아주 난처한 얼굴로 저를 물끄러미 바라보았습니다. 제가 거절하는 바람에 상당한 수수료를 받지 못하게 되어서가 아닐까 하는 생각이 들더군요. 스토퍼 양이 저에게 물었습니다.

'아직도 이름을 명부에 올려놓고 싶으세요?'

'네, 그렇게 해 주세요, 소장님.'

'하지만 쓸데없는 일 아닐까요? 이렇게 좋은 가정교사 자리를 거절하다니요. 이런 자리는 다시 없을 거예요. 그럼 오늘은 이만하기로 하죠, 헌터 양.'

그녀는 매정하게 말하더니 책상 위의 벨을 울렸습니다. 급사가 들어와서 저를 밖으로 내보냈습니다.

하지만 선생님, 하숙집으로 돌아와서 변변한 식기도 없는 찬장이며 탁자 위에 놓인 청구서 몇 장을 바라보고 있자니 제가 참으로 어리석은 짓을 했다는 생각이 들기 시작했습니다. 조금 특이했고 아주 이상한 일을 강요했지만 대신에 많은 보수를 주려고 했으니까요. 한 해에 100파운드를 받는 여자 가정교사는 영국 전체를 찾아봐도 거의 없을 겁니다. 게다가 이 머리카락이 무슨 도움이 되겠어요? 머리를 짧게 자르고 아름다워진 사람도 아주 많으니 저도 그럴 수 있잖아요? 이튿날, 저는 실수했다는 생각을 하기 시작했고, 그 다음 날에는 잘못했다고 확신했습니다. 부끄러움을 참고 직업소개소에 가서 그 자리가 아직 비어 있는지 물어보려고 길을 나서려던 참에 그 신사에게 편지가 왔습니다. 여기 있으니 읽어 보시기 바랍니다."

윈체스터 교외,
너도밤나무 집에서

헌터 양에게

스토퍼 양에게 주소를 듣고 이 편지를 씁니다. 전날의 이야기를 다시 생각해 보시면 어떻겠습니까? 아내에게 아가씨에 대해서 말했더니 매우 기뻐하며 꼭 와 주셨으면 좋겠다고 합니다. 우리의 자의적인 요청으로 폐를 끼치게 될 것을 사과하는 뜻에서 급료는 분기별로 30파운드, 즉 한 해에 120파운드를 드리겠습니다. 자의적인 요청이 있다고는 하나 그리 어렵지는 않습니다. 아내는 조금 특이한 짙은 청색을 좋아하기에 오전에 집에 있을 때는 그 색의 옷을 입어 주셨으면 좋겠다고 합니다. 하지만 아가씨가 일부러 돈을 들여 그런 옷을 살 필요는 없습니다. 지금은 필라델피아에 있는 딸 앨리스의 옷이 아가씨에게 꼭 맞을 테니까요. 또한 어디에 앉아 달라고 하거나 어떤 놀이를 하자고 할 수도 있지만 결코 실례가 되지는 않을 것입니다. 다만 머리카락 말인데, 저도 전날 한번 본 것만으로도 그 아름다움에 매료되었을 정도이니 정말로 미안하게 생각하고 있습니다. 그렇지만 그것만은 꼭 승낙해 주셨으면 하며, 그에 대한 보상으로 급료를 더 드리기로 한 것입니다. 아이를 봐 주는 일은 아주 간단합니다. 부디 와 주시기를 바랍니다. 기차 시간을 알려 주시면 윈체스터까지 이륜마차로 마중 나가겠습니다.

제프로 루캐슬

"홈즈 선생님, 이것이 얼마 전에 도착한 편지입니다. 저는 이 요구에 따르기로 결심했습니다. 하지만 확실하게 대답하기 전에 모든 사실을 이야기하고 선생님의 의견을 들어야겠다고 생각했습니다."

"알겠습니다, 헌터 양. 하지만 결심을 하셨다면 이제 와서 망설일 필요는 없지요."

홈즈가 생글생글 웃으며 말했다.

"거절하는 편이 좋다고는 생각하지 않으시나요?"

"물론 내 동생이었다면 그런 자리는 별로 권하지는 않았을 겁니다."

"그게 무슨 말씀이신가요?"

"판단할 만한 재료가 없어서 뭐라고 말씀드릴 수는 없습니다. 헌터 양이야말로 뭔가 의견이 있으신 모양인데요."

"제게는 한 가지 생각밖에 없어요. 루캐슬 씨는 아주 친절하고 인품도 좋으신 분이지만, 부인은 정신병을 앓고 있는 거예요. 그런데 병원에 데려가고 싶지 않아서 조용히 집에 두고 싶어 하는 거죠. 그래서 발작이 일어나지 않도록 부인의 요구를 전부 들어주고 있다고 생각할 수는 없을까요?"

"그렇게 생각할 수도 있겠네요. 사실, 이야기만 들어서는 그렇게 생각하는 것이 타당해 보입니다. 그래도 역시 젊은 여성이 일하기에 적당한 가정은 아닙니다."

"하지만 선생님, 돈 문제가 있잖아요!"

"네, 틀림없이 급료는 좋습니다. 좋아도 너무 좋죠. 바로 그래서 더 걱정입니다. 어째서 1년에 120파운드나 지불하는 걸까요? 40파운드만 줘도 얼마든지 사람을 구할 수 있을 텐데. 거기에는 분명히 무슨 이유가 있을 겁니다."

"제 사정을 이야기해 두면 나중에 선생님의 도움을 구할 때 금방 이해하시겠죠? 저는 그렇게 생각했어요. 뒤에 홈즈 선생님이 계신다는 사실만으로도 저는 마음이 아주 든든해요."

"알겠습니다. 그렇게 생각하고 가세요. 아가씨의 이야기는 지난 몇 달 동안 의뢰받은 사건 중에서 가장 흥미로웠습니다. 몇 가지는 아주 신선했어요. 혹시라도 이상하다고 생각되거나 위험하다고 느껴지는 일이 있으면……"

"위험이라고요? 어떤 위험이 있을 거라 생각하세요?"

"알 수 있다면 그건 위험이 아니지요. 어쨌든 언제라도 상관없습니다. 밤이든 낮이든 전보를 보내면 바로 도우러 가겠습니다."

홈즈가 진지한 얼굴로 고개를 저었다. 헌터 양은 불안의 그림자가 깨끗이 사라진 얼굴로 의자에서 경쾌하게 일어났다.

"그거면 충분해요. 이제 안심하고 햄프셔로 갈 수 있겠어요. 지금 바로 루캐슬 씨에게 답장을 쓸 생각입니다. 오늘 밤 긴 머리와도 작별을 고하고 내일 윈체스터로 출발하겠어요."

그녀는 홈즈에게 감사의 말을 하고 인사한 뒤, 서둘러 돌아갔다. 계단에 울리는 야무지고 가벼운 발소리를 들으며 내가 말했다.

"적어도 저 아가씨라면 다른 사람에게 의지하지 않고 자신의 힘으로 끝까지 해내겠군."

"그랬으면 좋겠는데. 며칠 안으로 틀림없이 연락이 올 걸세."

홈즈는 걱정스러운 기색으로 말했고, 머지않아 그 예언은 맞아 떨어졌다. 2주일 뒤의 일이었다. 그동안 나는 때때로 헌터 양의 일을 떠올렸다. 외로운 여성치고는 매우 기묘한 인생의 갈림길에 들어서게 되었구나 싶어서 머리를 갸웃거렸다. 거액의 급료, 기묘한 조건, 간단한 일 등 모든 것이 어딘가 이상하게만 느껴졌다. 단순히 취향이 특이한 것인지 아니면 배후에 무엇인가가 있는지, 신사는 자선가인지 아니면 꿍꿍이가 있는 사내인지, 나로서는 도저히 판단할 길이 없었다. 홈즈는 곧잘 눈썹을 찌푸리고 멍한 표정으로 30분 동안이나 가만히 앉아 있곤 했다. 그럴 때 내가 헌터 양 이야기를 꺼내면 손사래를 치며 말하려 들지 않았다.

"자료, 자료, 자료가 없어! 왓슨, 아무리 나라도 진흙이 없으면 벽돌을 만들 수가 없네."

홈즈는 답답하다는 듯이 말했다. 그러면서 자신의 동생이었다면 그런 일을 하도록 두지는 않았을 것이라고 같은 말을 중얼거렸다.

어느 날, 밤늦게 전보가 왔다. 나는 슬슬 잠자리에 들어야겠다고 생각하던 참이었다. 홈즈는 진득하게 앉아서 화학 실험에 몰두하고 있었다. 그는 한번 빠지면 아예 밤을 새우는 적도 종종 있었으므로, 그럴 때면 나는 증류기나 시험관 위에 웅크리고 있는 친구를 신경 쓰지 않고 먼저 잠자리에 들었다. 그리고 이튿날 아침, 내가 식사를 하러 아래층으로 내려가면 홈즈가 같은 자세로 연구를 하고 있는 광경을 보는 것이다. 그러나 이날은 편지가 왔고, 그는 노란 봉투를 열어 내용을 읽더니 내게 던져 주었다.

"〈철도 여행 안내서〉에서 기차 시간을 좀 봐 주겠나?"

홈즈는 그렇게 말하더니 다시 화학 실험에 몰두했다. 전보는 짧았으나 긴박함이 느껴졌다.

> 내일 정오, 윈체스터 블랙 스완 호텔로 와 주시길 바람. 제발 부탁
> 함. 어찌할 바를 모르겠음.
> ― 헌터

"같이 가 줄 텐가?"

홈즈가 얼굴을 들고 물었다.

"가고 싶군."

"그럼 기차 시간을 봐 주게."

"아침 9시 30분 기차가 있네."

나는 철도 여행 안내서를 훑어보며 대답했다.

"윈체스터에는 11시 30분에 도착하는 기차일세."

"그거 마침 잘 됐군. 그렇다면 아세톤 분석은 나중에 해야겠어. 내일

아침에 몸 상태가 나쁘면 곤란할 테니까."

이튿날 아침 11시 무렵, 우리가 탄 기차는 옛 영국의 수도였던 윈체스터 부근을 달리고 있었다. 홈즈는 조간신문만 내리 읽다가 햄프셔에 접어들자 신문을 내던지고 창밖의 풍경을 바라보기 시작했다. 화창한 봄날이었다. 아득하게 푸른 하늘, 조그맣고 하얀 양떼구름이 몇 개씩 서쪽에서 동쪽으로 흘러가고 있었다. 햇살은 밝게 빛났으나 상쾌하고 차가운 공기가 기력을 돋우었다. 앨더숏 마을의 완만한 언덕 부근까지 붉은빛이나 회색빛의 농장 지붕들이 신선한 초록빛 나뭇잎 사이로 조그맣게 얼굴을 내밀고 있었다. 그야말로 전원 풍경이었다.

"정말 상쾌하고 아름다운 풍경이야."

베이커 가의 안개 속에서 막 빠져나온 내가 넋을 잃고 외쳤다. 그러나 홈즈는 걱정스럽다는 듯 머리를 흔들었다.

"이보게, 왓슨. 불행하게도 나 같은 사람은 무엇을 보든 자기 일과 연관 지어 버린다네. 자네는 여기저기 눈에 띄는 집들을 보고 아름다움에 감동하고 있어. 하지만 나는 같은 풍경을 보고도 집들이 저렇게 떨어져 있으니 완전 범죄도 가능하겠다는 생각밖에 들지 않는다네."

"세상에, 보기만 해도 마음이 편안해지는 저런 건물을 보고 범죄를 떠올릴 줄이야!"

"저런 건물을 보면 언제나 어떤 공포가 느껴지네. 이건 경험에서 얻은 확신인데, 런던의 지저분한 뒷골목보다도 이렇게 한가롭고 아름다운 전원에서 훨씬 더 끔찍한 범죄가 일어나는 법일세."

"자네는 정말 오싹한 소리만 하는군."

"아니, 원인은 분명하다네. 도시에서는 법률의 힘이 미치지 못하는 곳이라 할지라도 여론의 힘이 작용하고 있어. 아무리 지저분한 뒷골목에서라도 어린아이가 괴롭힘을 당해 비명을 지르거나, 술에 취한 사람이 난동을 부리면 근처 사람들이 동정하기도 하고 화를 내기도 하지. 거기에 치안 조직이 잘 짜여 있어서 고소하는 사람이 있으면 바로 조사가 시작되어 범죄자는 곧 쇠고랑을 차는 신세가 돼. 하지만 저 외로운 집을 보게나. 주위는 농지이고 집 안에는 대개 법률이라는 것을 알지도 못하는 무지한 사람들이 있네. 이런 곳에서 매해 잔혹한 범죄가 일어난다 해도 아무도 눈치채지 못할 거야. 우리 도움을 기다리고 있는 그 여성이 윈체스터의 도심에서 살고 있었다면 나도 걱정하지 않았을 걸세. 하지만 윈체스터에서 8킬로미터나 떨어진 시골이기 때문에 위험한 거야. 물론 그녀 자신이 위험에 빠진 건 아닐세. 그것만은 분명해."

"그건 그렇지. 우리를 만나기 위해서 윈체스터의 도심까지 나올 수 있으니까."

"맞아. 그녀는 자유롭게 행동할 수 있어."

"그럼 뭐가 문제란 말인가? 생각해 둔 것이 있나?"

"그에 대한 가능성은 일곱 가지나 생각해 두었어. 그 모든 것은 우리가 알고 있는 사실 범위 내에서는 모순되지 않는다네. 하지만 그중에서 어떤 것이 옳은지는 지금부터 손에 들어올 새로운 정보를 들어 봐야 알 걸세. 아, 대성당 탑이 보이기 시작했군. 곧 헌터 양의 이야기를 들을 수 있을 거야."

블랙 스완은 역 바로 근처에 있고 큰길가에 세워진 평판 좋은 호텔이었다. 헌터 양은 객실을 잡아 두고 식탁에 점심 식사까지 준비한 채 우리를 기다리고 있었다. 그녀가 진지한 얼굴로 말했다.

"정말 잘 와 주셨습니다. 두 분 모두 감사드립니다. 어떻게 해야 좋을지 몰라 망설이고 있었어요. 선생님께서 조언해 주신다면 큰 도움이 될

거예요."

"무슨 일이 있었는지 들어 봅시다."

"말씀드릴게요. 시간이 없어요. 오후 3시까지 돌아가겠다고 루캐슬 씨에게 말하고 나왔거든요. 오늘 아침에 시내에 나가겠다고 하고 허락을 받았지만 무슨 일 때문인지는 말하지 않았어요."

"처음부터 순서대로 말씀해 보세요."

홈즈는 기다란 다리를 난로 옆으로 뻗어 이야기 들을 자세를 취했다.

"미리 말씀드리지만, 루캐슬 부부는 저를 조금도 부당하게 대하지 않았어요. 이 사실을 말해 두지 않으면 그분들에게 불공평할 거예요. 하지만 저는 그분들을 이해할 수가 없고, 게다가 불안을 느끼고 있어요."

"무엇을 이해할 수 없다는 겁니까?"

"그분들의 행동을 이해할 수가 없어요. 어쨌든 있는 그대로 전부 말씀 드릴게요. 제가 여기에 도착하자 루캐슬 씨가 마중을 나왔고, 이륜마차로 너도밤나무 집으로 갔어요. 듣던 대로 아름다운 곳이었지만 건물 자체는 그렇게 아름답지 않았어요. 회반죽을 바른 네모난 모양의 커다란 집인데 비바람에 시달려 완전히 더러워져 있었거든요. 집 주위는 세 방향은 숲이고, 나머지 한쪽은 사우샘프턴 가도를 향해 경사를 이루고 있는 초원이에요. 가도는 현관에서 100미터쯤 떨어진 곳에 있는데 굽이쳐 지나고 있어요. 정면의 토지는 저택의 소유지만 숲은 전부 사우서턴 경의 사냥터예요. 현관 맞은편에 너도밤나무 숲이 있어서 그 저택을 너도밤나무 집이라고 부릅니다.

저는 언제나 상냥한 주인을 따라 집으로 들어가 그날 밤에 부인과 아이를 소개받았어요. 선생님, 베이커 가로 찾아갔을 때 제가 한 추측은 완전히 빗나갔어요. 루캐슬 부인은 정신이 이상한 사람이 아니었어요. 창백한 얼굴에 아주 조용한 사람인데 루캐슬 씨보다 훨씬 젊어서 아직 서른 살도 되지 않았을 거예요. 루캐슬 씨는 아무리 젊게 봐도 마흔다섯 살은 됐을 텐데 말이에요. 두 사람의 대화를 통해서 결혼한 지 7년쯤 되었다는 사실, 루캐슬 씨는 재혼인데 전처가 낳은 딸은 필라델피아에 있다는 사실 등을 알 수 있었어요. 루캐슬 씨가 털어놓기로 그 딸은 이유도 없이 새어머니를 싫어해서 집을 나가 버렸다고 해요. 딸은 스무 살이 넘었을 테니 젊은 어머니가 있으면 아무래도 집에 있기가 거북했겠지요.

루캐슬 부인은 얼굴에도 특징이 없고 성격도 재미없어요. 호감이 가지도 않지만 싫다는 생각도 들지 않아요. 정말 평범한 여성인데 어딘가 좀 비현실적인 사람 같기도 해요. 하지만 남편과 아이를 진심으로 사랑하고 있지요. 언제나 가족들을 잘 지켜보고 있다가 뭔가 해 줘야 할 일은 없는지, 되도록 상대방이 말하기 전에 먼저 해 주려 하고 있어요. 남편도 행동이 거칠기는 해도 부인을 아껴 주고, 대체적으로는 행복한 부부처럼 보였어요. 그래도 부인에게는 뭔가 슬픈 일이 있는 모양이에요. 가끔은 아주 슬픈 표정을 지으며 가만히 생각에 잠기고는 해요. 눈물을 글썽이는 모습을 보고 깜짝 놀란 적도 몇 번 있었고요. 부인의 걱정거리는 아들이 아닐까 생각하기도 했어요. 그 아이처럼 응석받이로 자라서 비뚤어진 아이는 처음이거든요. 나이에 비해서 몸집은 작은데 머리만 커서 균형이 맞지 않아요. 떼를 쓰며 몸부림치거나 기분이 나쁜 듯이 입을 꾹 다물고 있기만 해요. 매일 그것이 일과처럼 되어 있어요. 자기보다 약한 생물을 죽이는 게 재미있는지 생쥐, 새, 곤충을 잡는 재능은 정말 뛰어나답니다. 하지만 아이 이야기는 이 정도로 해 둘게요. 제가 말하려는 일과는 관계가 없으니까요."

그녀의 말에 내 친구가 답했다.

"사소한 것까지 다 들려주세요. 관계없다고 생각하는 것이라도 괜찮습니다."

"중요한 부분은 빠뜨리지 않도록 할게요. 너도밤나무 집으로 간 지 얼마 되지 않았을 때부터 하인들의 풍채나 행동이 불쾌했어요. 하인은 톨러 부부, 두 사람뿐이에요. 남편은 머리카락과 구레나룻이 희끗희끗한 거친 남자인데 언제나 술 냄새를 풍겨요. 제가 같이 산 다음부터 두 번이나 술에 취해서 쓰러졌어요. 그런데도 루캐슬 씨는 전혀 신경 쓰지 않는 듯해요. 아내는 까다로워 보이는 얼굴에 키가 아주 크고 체격이 건장합니다. 그런데 루캐슬 부인만큼이나 말이 없고 붙임성 있게 살짝 웃음기를 보인 적조차 없어요. 부부는 모두 매우 불쾌한 사람들이지만, 다행히도 저는 대부분을 아이 방이나 그 옆에 있는 제 방에 있기 때문에 이야기를 나누는 경우는 거의 없어요. 참, 제 방은 건물의 구석 쪽에 있어요.

너도밤나무 집에 들어간 지 이틀 동안에는 아무 일도 일어나지 않았어요. 그런데 사흘째 되던 날, 아침 식사를 마치자마자 루캐슬 부인이 아래층으로 내려와 남편에게 무엇인가를 속삭였어요.

'그래, 알았소.'

루캐슬 씨는 그렇게 대꾸하더니 제게 이렇게 말했어요.

'우리의 무례한 요구 때문에 머리까지 잘라 주셔서 정말 고맙습니다,

헌터 양. 머리를 잘랐지만 아름다움은 조금도 변하지 않았어요. 그런데 짙은 푸른색 드레스가 어울리는지도 한번 보고 싶습니다. 방의 침대 위에 꺼내 놓았으니 입어 주셨으면 합니다.'

그 말을 듣고 방에 가 보니 특이한 색의 파란 옷이 있었어요. 모직물 같은 고급 천으로 만든 옷이었는데 예전에 누군가가 입어 본 것이 분명했습니다. 제가 옷을 맞춰도 이렇게 잘 맞을 수는 없겠다 싶을 정도로 몸에 꼭 맞았어요. 그런 저를 보고 루캐슬 부부는 매우 기뻐했는데 좀 지나치다 싶을 정도였어요. 두 사람은 응접실에서 저를 기다리고 있었습니다. 응접실은 건물의 정면 전부를 차지할 만큼 아주 넓어요. 거기에는 바닥까지 닿는 기다란 창이 세 개 달려 있고, 가운데 창문 옆에 의자가 창을 등지고 놓여 있었어요. 그분들은 저보고 그 의자에 앉으라고 했어요. 그리고 루캐슬 씨는 응접실 맞은편을 이리저리 걸으면서 처음 듣는 아주 재미있는 이야기들을 하기 시작했어요. 얼마나 재미있는지 모르실 거예요. 너무 웃어서 나중에는 온몸에 힘이 다 빠질 정도였죠. 그런데 루캐슬 부인은 미소 한 번 띠지 않고 무릎에 손을 얹은 채 슬픈 표정을 짓고 있었어요. 유머 감각도 없나 봐요. 한 시간쯤 지나자 갑자기 루캐슬 씨는 아이를 봐 줄 시간이 되었다면서 옷을 갈아입고 아들 에드워드의 방으로 가라고 말했어요.

이틀 뒤에도 완전히 똑같은 일

이, 완전히 똑같은 상황에서 벌어졌습니다. 저는 옷을 갈아입고 다시 창가에 앉아서 정신없이 웃었지요. 루캐슬 씨는 우스운 이야기를 아주 많이 알고 있어요. 게다가 말솜씨도 아주 좋아요. 그런 다음 노란 표지의 통속 소설을 건네주더니 페이지에 그림자가 지지 않도록 의자를 약간 움직여서 그 책을 읽어 달라고 하지 뭐예요. 책의 중간 부분부터 읽기 시작했고, 10분쯤 지나자 한 문장을 다 읽지도 않았는데 갑자기 이제 됐다면서 옷을 갈아입으라고 했어요.

선생님, 아시겠어요? 어째서 이처럼 기묘한 일을 시키는 건지 알고 싶어서 견딜 수가 없어요. 그런데 말이죠, 제가 보기에는 창문 쪽으로 제 얼굴이 보이지 않게 하려고 루캐슬 부부가 늘 신경 쓰는 것 같았어요. 저는 창밖에 무엇이 있는지 무척 궁금해졌죠. 처음에는 도저히 불가능해 보였지만 곧 좋은 생각이 떠올랐어요. 깨진 손거울이 하나 있었는데, 그 거울 조각을 손수건에 숨겨 둔 거죠. 그리고 다음번에 루캐슬 씨가 또 우스운 이야기를 해 줄 때, 배를 움켜쥐고 웃으면서 손수건을 눈앞으로 들어 올린 거예요. 각도를 조금만 바꿔도 뒤쪽을 전부 살펴볼 수 있었어요. 하지만 창밖에 아무것도 없어서 실망했어요. 아, 언뜻 본 순간에는 그렇게 생각했어요. 하지만 다시 한 번 보니 사우샘프턴 가도에 있는 어떤 남자가 보였어요. 회색 옷을 입고 턱수염을 기른 자그마한 남자였는데 우리 쪽을 바라보고 있는 듯했어요. 사우샘프턴 가도는 중요한 도로라서 사람들의 왕래가 끊이지 않아요. 하지만 그 사람은 저택의 땅인 초원의 목책에 기대서 가만히 우리 쪽을 바라보고 있었어요. 저는 손수건을 내리고 루캐슬 부인을 힐끗 쳐다봤어요. 부인은 의심하는 눈초리로 저를 보고 있었어요. 아무 말도 하지는 않았지만 손에 거울을 숨겨 뒤를 본 사실을 눈치챈 듯했습니다. 부인이 자리에서 벌떡 일어났어요.

'제프로, 저 길에 있는 남자가 헌터 양을 힐끔힐끔 보고 있어요.'

'헌터 양, 당신의 친구인가요?'

'아니요, 이 근처에는 친구가 없어요.'

'정말 무례한 남자로군! 뒤돌아서 손을 흔들어 쫓아 버리세요.'

'모르는 척하는 편이 낫지 않을까요?'

'아니요, 저 남자는 언제나 이 부근을 어슬렁대는 사람이에요. 뒤돌아서 손을 흔들어 쫓아 버리세요.'

저는 그 부부가 시키는 대로 손을 흔들었고, 그 순간 루캐슬 부인이 블라인드를 내렸어요. 이건 일주일 전의 일이에요. 그 후에는 한 번도 창가에 앉지 않았고 파란 옷을 입은 적도 없어요. 그리고 가도에 있던 남자도 보지 못했어요."

홈즈가 말했다.

"계속해 보세요. 이야기가 아주 재미있어질 것 같으니."

"종잡을 수 없는 이야기가 될지도 모르겠어요. 게다가 앞으로 이야기할 일은 서로 관계가 없을지도 몰라요. 제가 너도밤나무 집에 도착한 날, 루캐슬 씨가 부엌 근처에 있는 조그만 창고로 저를 데려갔어요. 다가가 보니 쇠사슬을 쩔그렁거리며 커다란 짐승이 움직이는 소리가 들려왔어요.

'한번 들여다보세요. 정말 멋진 놈이죠?'

루캐슬 씨가 벌어진 판자 틈을 가리키며 말했어요. 들여다보니 어둠 속에 커다란 생물이 웅크려 앉아 있었고, 두 눈이 번쩍번쩍 빛났어요. 제가 움찔하는 것을 보고 그가 웃으면서 말했어요.

'무서워하지 않아도 돼요. 내가 기르는 마스티프 종의 개인데 이름은 카를로라고 합니다. 내 개라고 말하기는 했지만 저 놈을 다룰 줄 아는 사람은 사실 하인인 톨러밖에 없어요. 먹이는 하루에 한 번만 주는데 많이는 주지 않아요. 그래서 늘 기분이 나쁘고 예민한 야성 상태를 유지하죠. 매일 밤 톨러가 사슬을 풀어 주는데, 저택에 숨어드는 녀석이 있으면 카를로의 먹이가 되고 말 거요. 그러니 밤에는 정원에 나가지 말아요. 목숨을 잃을지도 모르니.'

그 경고는 사실이었어요. 이틀이 지난날의 밤이었어요. 새벽 2시 무렵, 문득 침실에서 창밖으로 시선을 돌렸어요. 아름다운 달밤으로 집 정면의 잔디가 은빛으로 반짝여서 마치 한낮 같이 밝더군요. 그 평화롭고 아름다운 광경에 잠겨 있는데 너도밤나무 숲 그늘에서 무엇인가가 움직이고 있었어요. 그것이 달빛 아래로 뛰어나왔을 때 정체를 알았죠. 송아지만 한 커다란 개였어요. 턱 살이 늘어져 있고 코끝이 검고 얼마나 말랐는지 황갈색 몸에 커다란 골격이 그대로 드러나 있었어요. 개는 천천히 잔디밭을 가로질러 반대편 그늘로 사라졌어요. 말이 없고 무시무시한 보초병을 보자 온몸에 소름이 돋았어요. 그 어떤 강도를 만나도 그처럼 두렵지는 않을 거예요.

그리고 이런 이상한 일도 있었어요. 아시는 대로 저는 런던에서 머리를 짧게 잘랐고 자른 머리카락을 둥글게 말아서 트렁크 바닥에 넣어두었어요. 어느 날 밤, 아이가 잠든 뒤에 반은 재미삼아 제 방의 가구들을 여기저기 살펴보기도 하고 가져온 물건들을 정리하기도 했어요. 방에는 낡은 서랍장이 있는데 위쪽 두 개는 빈 채로 열려 있었고 아래 서랍은 열쇠로 잠겨 있었어요. 셔츠와 속옷은 열려 있던 서랍에 넣었지만 그래도 정리하지 못한 것들이 아직 많이 남아 있었어요. 세 번째 서랍을 쓸 수가 없었기에 저는 어떻게 해야 좋을지 몰랐어요. 문득, 세 번

째 서랍을 잠가 두고 그 사실을 잊어버렸을지도 모른다는 생각이 들었어요. 그래서 제가 직접 열쇠 꾸러미를 가져다가 열쇠 구멍에 넣어 보았어요. 운 좋게도 첫 번째 열쇠가 맞아서 서랍을 열어 보았죠. 그 안에 들어 있던 것이 무엇인지 두 분은 상상도 못하실 거예요. 세상에, 그건 제 머리카락이었어요!

저는 그것을 꺼내 살펴보았어요. 특이한 색깔이나 양으로 봐서 틀림없이 제 것이었어요. 하지만 곧 그런 일은 있을 수 없다고 생각했어요. 열쇠로 잠가 놓은 서랍에 제 머리카락이 있을 리가 없잖아요? 저는 떨리는 손으로 트렁크를 열고 안을 뒤져 제 머리카락을 꺼냈어요. 두 개의 머리카락 뭉치를 나란히 놓았더니 저도 구별할 수 없었어요. 어떻게 그런 일이 있을 수 있을까요? 아무리 생각해 봐도 도무지 영문을 알 수가 없었어요. 저는 그 이상한 머리카락을 다시 서랍에 넣었지만 그 사실을 루캐슬 부부에게는 말하지 않았어요. 잠가 놓은 서랍을 연 것은 제 잘못이라고 생각했기 때문이에요.

홈즈 선생님은 이미 알고 계실지 모르겠지만 저는 원래부터 세심한 편이에요. 너도밤나무 집에 도착하자마자 건물의 구조를 완전히 파악해 두었어요. 그 저택에는 아무도 살지 않는 별채가 있어요. 그곳의 출입구는 톨러 부부가 사는 곳의 출입구와 마주 보고 있는데 언제나 자물쇠가 걸려 있지요. 그러던 어느 날, 저는 계단을 올라가다가 그 문에서 나오는 루캐슬 씨와 마주쳤어요. 손에 열쇠 꾸러미를 들고 있었는데 그 얼굴은 평소의 명랑한 루캐슬 씨라고는 여겨지지 않을 정도였어요. 얼굴은 시뻘겋고 미간을 찡그리고 있었으며 분통이 터지는 듯한 표정이었죠. 너무 흥분한 나머지 관자놀이에는 힘줄이 돋아 있었어요. 루캐슬 씨는 문을 잠근 뒤, 제게 말을 걸기는커녕 쳐다보지도 않고 빠른 걸음으로 지나쳤어요.

불쑥 호기심이 고개를 쳐들었어요. 그래서 아이를 데리고 정원을 산책할 때 슬쩍 옆으로 빠져서 그곳의 창문이 보이는 곳까지 가 보았지요. 그곳에는 창문이 네 개 있었는데, 세 개는 아주 더러웠지만 네 번째 창문에는 덧문이 내려져 있었어요. 사람이 살고 있는 것 같지는 않았어요. 가끔 그 창문들을 올려다보면서 그 주위를 걷고 있자니 평소의 밝은 얼굴로 돌아온 루캐슬 씨가 다가왔어요.

'아, 친애하는 숙녀 헌터 양. 아까는 인사도 없이 실례했습니다. 마음이 상하지는 않았겠죠? 내가 일 때문에 정신이 없어서요.'

저는 마음 상하지 않았다고 말했어요.

'그런데 여기에는 방이 꽤나 많은 것 같은데 다 쓰지는 않으시나 봐요. 한곳에는 덧문이 내려져 있고요.'

'사진이 취미라서요. 저 방을 암실로 쓰고 있습니다. 관찰력이 정말 뛰어나시네요. 젊은 사람치고는 믿을 수 없을 정도예요. 정말 믿을 수 없을 만큼 관찰력이 뛰어납니다.'

농담을 던지는 어투였으나 저를 바라보는 눈은 결코 장난스럽지 않았고, 의심과 당혹해하는 빛이 역력했어요. 나란히 늘어서 있는 저 방에 남들에게 보이고 싶지 않은 무엇인가가 있다는 사실을 깨달은 순간, 저는 그것을 알아내고 싶은 마음을 억누를 수가 없었어요. 하지만 그것은 단순한 호기심은 아니었어요. 의무감이기도 하고 저 방들을 살펴보면 뭔가 좋은 일이 생길 것 같다는 생각에 사로잡혔어요. 여자의 직감이라는 말이 있잖아요? 그런 기분이 든 것도 여자의 본능 때문인지 모르겠어요. 어쨌든 저는 그런 기분이 들었고, 금지된 방에 들어갈 방법은 없을지 기회를 엿보고 있었습니다.

그런데 바로 어제의 일이었어요. 마침내 그 기회가 찾아왔죠. 루캐슬 씨는 물론이고 톨러 부부까지 그 인기척이 없는 방으로 들어가 무엇인가를 하고 있었어요. 언젠가 톨러가 크고 검은 자루를 들고 문으로 들어가는 모습을 본 적도 있었어요. 요즘 톨러는 술을 더 많이 마시고 어제 저녁에도 심하게 취해 있었어요. 그런데 제가 2층으로 올라갔을 때 그 문에 열쇠가 그대로 꽂혀 있지 뭐예요. 아마도 톨러가 깜빡한 모양이었어요. 루캐슬 부부는 아이와 함께 아래층에 있었으니 다시없을 기회였어요. 저는 가만히 열쇠를 돌려 문을 열고 살금살금 안으로 들어갔어요.

들어가 보니, 좁은 복도가 이어져 있었습니다. 벽은 도배를 하지 않았고 바닥에는 카펫도 깔려 있지 않았어요. 복도 끝은 직각으로 굽어 있었죠. 그곳으로 돌아 들어가자 나란히 문 세 개가 있었어요. 첫 번째와

세 번째 방은 잠겨 있지 않았는데 모두 먼지투성이에 음산한 느낌이 드는 빈방이었어요. 첫 번째 방에는 창문이 두 개, 세 번째 방에는 창문이 한 개 있었어요. 저녁 햇살이 먼지투성이 창문을 통해 희미하게 들어오고 있었죠. 그런데 가운데 방은 닫혀 있었고 문에는 쇠로 된 빗장이 채워져 있었어요. 철제 침대에 쓰이는 폭이 넓은 철판인데 그 한쪽 끝은 벽의 고리에 자물쇠로 고정되어 있고 다른 한쪽은 튼튼한 끈에 묶여 있었어요. 문에도 자물쇠가 채워져 있었는데 열쇠는 보이지 않았어요. 덧문이 내려져 있던 창문이 떠올랐어요. 바로 그 방이 굳게 닫힌 문 너머에 있다는 사실은 분명했습니다. 그런데도 방문 밑으로 불빛이 새어 나오는 것을 보니 방이 완전히 어둡지는 않은 듯했어요. 아마도 천장에 난 창문으로 빛이 들어왔던 거겠죠. 복도에 서서 기분 나쁜 문을 가만히 바라보며 어떤 비밀이 숨어 있을지 생각했어요. 그런데 갑자기 방 안에서 발소리가 들리기 시작한 거예요! 문 아래로 새어 나오는 희미한 빛이 흔들리는 걸 보니 사람이 방 안을 돌아다니는 게 분명했어요. 그것을 본 순간, 머리가 혼란스러워졌고 까닭 모를 공포에 휩싸였어요. 갑자기 팽팽하던 긴장감이 풀어졌고 저는 입구 쪽으로 달리기 시작했어요. 어떤 무시무시한 손길이 제 치마를 잡으려 쫓아오는 듯한 기분이 들어 달리기 시작한 거예요. 복도를 지나서 문 밖으로 달려 나갔는데, 저는 그만 밖에서 기다리고 있던 루캐슬 씨의 팔 안으로 뛰어들고 말았어요.

'역시 아가씨였군. 문이 열려 있기에 헌터 양일 것이라고 짐작하고 있었지만.'

루캐슬 씨가 빙그레 웃으며 말했어요.

'아아, 정말 무서웠어요.'

저는 숨을 헐떡였어요.

'오, 괜찮아요. 이젠 괜찮아요! 그런데 무엇이 그렇게 무서웠을까?'

루캐슬 씨는 생각할 수 없을 정도로 부드럽게 달래 주었지만 그 목소리는 약간 간살스러웠어요. 억지로 내는 느낌이 들었죠. 저는 조심해야겠다고 생각했어요.

'저런 빈방에 가다니 쓸데없는 짓을 했어요. 어둑어둑해서 으스스한 기분이 들고 불안하기도 하고, 무서워서 뛰쳐나오고 말았어요. 무서울 정도로 조용한 곳이에요!'

'그것뿐인가요?'

루캐슬 씨가 날카로운 눈으로 저를 바라봤어요.

'네? 무슨 말씀이시죠?'

제가 되물었어요.

'이 문을 왜 잠가 놓는지 알겠어요?'

'모르겠는데요.'

'쓸데없이 사람을 들이고 싶지 않아서예요. 알겠습니까?'

루캐슬 씨는 여전히 아주 상냥해 보이는 미소를 짓고 있었어요.

'제가 만약 그 사실을 알았다면……'

'이젠 알았겠지요? 만일 또 여기에 들어간다면……'

그때 루캐슬 씨의 얼굴에서 미소가 사라지더니 갑자

기 격렬한 분노의 표정이 그대로 드러났어요. 저를 노려보는 얼굴이 꼭 악마 같았어요.

'당신은 마스티프의 먹이가 될 거요.'

너무 무서워서 다음부터는 제가 어떻게 했는지 기억이 나지 않아요. 아마도 루캐슬 씨의 옆으로 달려 나가서 방으로 달아났겠죠. 정신을 차리고 보니 침대에 누워 부들부들 떨고 있었어요. 저는 그때 선생님을 떠올렸어요. 상의할 사람이 없다면 그 집에는 더 이상 있을 수가 없어요. 그 집도, 주인도, 부인도, 하인들도, 아이까지도 무서워서 견딜 수가 없어요. 하나부터 열까지 무서워서 참을 수가 없다고요. 하지만 선생님이 제 이야기를 들어 주신다면 모든 일이 잘 풀릴 거예요. 물론 그 집에서 도망칠 수도 있었어요. 그렇지만 두려움과 함께 호기심도 있었어요. 곧바로 선생님에게 전보를 치기로 결심했어요. 저는 모자를 쓰고 외투를 걸친 뒤 800미터 떨어져 있는 전보국으로 갔지요. 전보를 치고 집으로 돌아가는 길에는 마음이 아주 편해지기 시작했어요. 그런데 집에 다가갈수록 끔찍한 의문이 들기 시작했어요. 마스티프를 풀어 놓은 것은 아닐까? 하지만 저녁에 톨러가 술에 취해 쓰러졌다는 사실을 떠올렸어요. 그 사람만 무시무시한 개를 다룰 수 있고, 다른 사람은 아무도 사슬을 풀어 줄 만큼 용기가 없어요. 저는 아무에게도 들키지 않고 집으로 들어가 침대에 누웠는데 선생님을 만날 생각을 하니 기뻐서 밤늦게까지 잠을 잘 수가 없었어요. 오늘 아침에 제가 윈체스터에 다녀오는 것에 대해서 그 부부는 아무 말도 하지 않았지만 오후 3시까지는 돌아가야 해요. 루캐슬 부부는 외출했다가 늦게야 돌아올 예정이기 때문에 아이를 돌봐 주어야 하거든요. 홈즈 선생님, 제가 겪은 일은 전부 말씀 드렸어요. 이게 대체 어떻게 된 일일까요? 그보다 저는 어떻게 하면 좋을까요? 부탁이니 가르쳐 주세요."

홈즈와 나는 그 놀라운 이야기에 매료되어 귀를 기울이고 있었다. 친구는 자리에서 일어나 심각한 표정을 지으며 주머니에 손을 넣고 주위를 서성이기 시작했다.

"톨러는 아직 취해 있습니까?"

홈즈가 물었다.

"네, 그 아내가 정말 어쩔 수 없는 사람이라며 루캐슬 부인에게 말씀드리는 것을 들었어요."

"그거 잘됐군. 그럼 헌터 양, 루캐슬 부부는 오늘 밤에 외출할 예정이라고요?"

"네."

"그 집에 튼튼한 자물쇠가 채워진 지하실이 있습니까?"

"네, 포도주 저장고가 있어요."

"헌터 씨, 당신은 이번 사건에서 무척 용감하고 이성적으로 행동했습니다. 다시 한 번 공을 세워 볼 생각은 없습니까? 당신이 뛰어난 여성이기에 부탁하는 겁니다."

"해 볼게요. 어떤 일이죠?"

"나는 밤 7시까지 친구와 함께 너도밤나무 집으로 가겠습니다. 그때쯤이면 루캐슬 부부는 외출했을 테고, 톨러도 아마 술에 취해 쓰러져 있을 거예요. 남은 사람은 톨러의 아내뿐인데 일을 시끄럽게 만들지도 몰라요. 그러니 뭔가 구실을 만들어 지하실로 내보낸 다음 밖에서 문을 잠가 가둬 주세요. 그렇게만 한다면 일이 한결 수월해질 겁니다."

"해 볼게요."

"고마워요! 그럼 사건을 자세히 살펴보기로 하죠. 물론 납득할 수 있을 만한 설명은 하나밖에 없어요. 당신이 그 집으로 들어가게 된 것은 누군가의 대역을 하기 위해서고, 그 사람은 어두운 방에 갇혀 있습니다. 여기까지는 의심의 여지가 없어요. 갇혀 있는 사람은 아마 필라델피아에 있다던 딸 앨리스 루캐슬이겠죠. 당신을 고용한 것은 그녀와 키, 몸매, 머리카락 색이 비슷하기 때문입니다. 앨리스 루캐슬은 어떤 병에 걸렸거나 해서 머리를 짧게 잘랐고, 그렇기 때문에 당신에게도 머리를 자르라고 한 겁니다. 그런데 당신은 우연히도 앨리스의 머리카락 뭉치를 발견했어요. 그리고 길가에 서 있던 남자는 앨리스의 친구, 아마도 약혼자일 겁니다. 그녀와 아주 닮은 당신이 그녀의 옷을 입은 채 언제나 웃고 있었죠. 아마 그 남자는 당신의 행동을 보고 앨리스가 행복하게 살고 있으니 걱정할 필요가 없다고 믿었을 겁니다. 밤이 되면 개를 풀어 둔 이유는 그 남자와 앨리스가 서로 연락하는 것을 막기 위해서겠죠. 여기까지는 확실한 사실입니다. 한데 이번 사건에서 가장 눈여겨봐야 할 점은 아이의 성격입니다."

"아이의 성격이 어째서 사건과 관계가 있다는 건가?"

나는 무심코 큰 소리를 내고 말았다.

"이보게, 왓슨. 자네는 의사이니 부모를 관찰해서 아이의 성격을 파악하지 않는가? 그렇다면 역으로 자식을 보고 부모를 이해할 수 있는 것도 가능하지 않겠나? 나는 지금까지 아이를 관찰해서 숨어 있는 부모의 성격을 꿰뚫어 본 적이 몇 번 있었다네. 루캐슬의 아들은 이상할 정도로 잔혹해. 아니, 잔혹함을 즐기고 있어. 그 성격은 언제나 생글생글 웃고 있는 아버지에게서 물려받은 듯해. 그럴 리는 없겠지만, 설령 어머니에게 물려받은 성격이라 할지라도 그들이 감금하고 있는 가엾은 앨리스에게는 매우 위험한 요소야."

"정말 그래요."

의뢰인이 커다란 목소리로 말했다.

"선생님의 말씀마다 짚이는 부분이 있어요. 자, 어서 가엾은 앨리스 양을 구하러 가요."

"신중하게 처리해야 합니다. 상대는 아주 교활한 사람이에요. 저녁 7시까지는 달리 손을 쓸 방법이 없습니다. 7시까지 당신이 있는 곳으로 가지요. 사건의 수수께끼를 푸는 데 그렇게 많은 시간이 걸리지는 않을 겁니다."

우리는 약속대로 정각 7시에 너도밤나무 집에 도착했다. 이륜마차는 도로변에 있는 술집에 맡겨 두었다. 헌터 양이 현관의 계단에 생글생글 웃으며 서 있었으나 저물어 가는 저녁 햇살을 받아 나뭇잎이 잘 닦인 금속처럼 반짝이는 너도밤나무 숲만 보아도 그곳이 우리가 목표로 삼은 집임을 알 수 있었다.

"일은 생각대로 됐습니까?"

홈즈가 물었다. 쿵, 쿵 하는 커다란 소리가 지하 어딘가에서 들려왔다.

"지하실에 있는 건 톨러의 아내예요. 남편은 부엌 깔개 위에서 코를 골며 자고 있어요. 이게 톨러의 열쇠 꾸러미이고, 루캐슬 씨가 가진 것과 같아요."

그 말을 듣고 홈즈가 기뻐하면서 외쳤다.

"정말 잘 처리했습니다! 그럼, 안내해 주세요. 이 흉악한 계획도 곧 끝장입니다."

우리는 계단을 올라가 그 문의 열쇠를 열고 복도로 들어갔다. 헌터 양이 말한 대로 굳게 닫혀 있는 문 앞에 섰다. 홈즈는 밧줄을 끊어 쇠로 된 빗장을 벗기고 몇 개의 열쇠를 시험해 보았으나 맞는 것이 없었다. 방 안에서는 아무 기척도 느껴지지 않았다. 너무 조용했다. 홈즈의 얼굴이 흐려졌다.

"아직 늦지는 않았어요. 헌터 양, 안에 들어가는 건 우리에게 맡겨 두세요. 자, 왓슨, 어깨로 밀자고. 문이 부서지는지 한번 해 보세."

낡아서 흔들흔들하는 문은 우리 둘이 동시에 밀자 간단히 열리고 말았다. 우리는 일제히 방 안으로 들어갔다. 아무도 없었다. 지푸라기를 깐 조그만 침대, 작은 탁자, 속옷 등이 든 바구니를 빼면 다른 가구도 없었다. 머리 위 천장에 달린 문이 열려 있었고, 포로는 보이지 않았다. 홈즈가 말했다.

"악당이 이미 다녀간 모양이군. 헌터 양의 의도를 눈치 채고 앨리스 양을 빼돌린 거야."

"하지만 어떻게?"

"천장의 창문일세. 어떻게 해서 빼돌렸는지는 지금 보여 주겠네."

홈즈는 펄쩍 뛰어 천장의 창에 매달리더니 지붕 위로 나갔다. 그리고 외쳤다.

"이제 알겠군! 차양에 길고 가벼운 사다리가 걸려 있어. 이걸 사용한 거야."

"하지만 이상한데요. 루캐슬 부부가 외출했을 때 여기에 사다리는 없었어요."

헌터 양이 말하자 홈즈가 대답했다.

"되돌아와서 한 겁니다. 알겠습니까? 그 남자는 교활해요. 아아, 누군가가 계단을 올라오고 있군. 그자일 거야. 왓슨, 권총을 준비해야겠네."

홈즈의 말이 채 끝나기도 전에 한 남자가 문으로 모습을 드러냈다. 아주 뚱뚱했으나 체격이 건장했고 손에는 굵직한 지팡이를 쥐고 있었다. 헌터 양은 그 남자를 보자마자 비명을 지르며 뒷걸음질 치다 벽에 부딪쳤다. 그때 셜록 홈즈가 잽싸게 뛰어들어 그 남자와 마주 섰다.

"이 악당! 딸은 어디에 두었지?"

뚱뚱한 남자가 방을 둘러보더니 열려 있는 천장의 창문을 올려보았다.

"그건 내가 묻고 싶은 말이다."

남자가 대들었다.

"이 도둑놈들! 빈틈을 노리다니! 이제 도망칠 생각 말아라! 따끔한 맛을 보여 줄 테니!"

남자는 뒤로 돌더니 맹렬한 기세로 계단을 내려갔다. 헌터 양이 외쳤다.

"개를 풀어 놓을 생각이에요!"

"우리에게는 권총이 있어요."

내가 말했다.

"그래도 현관을 닫아야겠어!"

홈즈의 외침에 우리는 일제히 계단을 달려 내려갔다. 현관을 막 닫으려는데 개 짖는 소리가 들려오더니 뒤이어 고통스러운 비명이 귀를 찢었다. 개가 입에 문 사냥감을 흔들어 대는 소리는 듣기만 해도 온몸의 털이 곤두설 만큼 끔찍했다. 건물 옆쪽의 문에서 얼굴이 붉은 쉰 살쯤 되어 보이는 사내가 손발을 떨며 비틀비틀 다가왔다.

"큰일이야! 누군가가 개를 풀어 놓았어. 이틀이나 먹이를 주지 않았는데. 얼른, 얼른 말리지 않으면 죽고 말겠어!"

홈즈와 나는 밖으로 달려 나가 건물 모퉁이를 돌았다. 톨러도 뒤따라왔다. 크고 굶주린 짐승이 검은 콧등을 루캐슬의 목에 처박고 있었다.

루캐슬은 비명을 지르면서 땅바닥을 나뒹굴었고, 나는 달려가 개의 머리를 향해 방아쇠를 당겼다. 개는 쓰러졌으나 희고 날카로운 이빨은 루캐슬의 늘어진 목에 그대로 박혀 있었다. 우리는 한참을 고생한 끝에 간신히 루캐슬을 떼어 내서 집 안으로 옮겼다. 숨 넘어 가기 직전의 중상이었으나 아직 살아는 있었다. 그를 응접실 소파에 눕힌 뒤, 술이 깬 톨러를 보내 루캐슬 부인에게 알리도록 했다. 나는 그의 고통을 줄여 주려 여러 가지로 손을 써 보았다. 모두 루캐슬 주위에 모여 있을 때, 문이 열리면서 키 크고 마른 여자가 들어왔다.

"톨러 부인이에요!"

헌터 양이 외쳤다.

"그래요, 아가씨. 주인어른이 돌아와서 나를 먼저 꺼내 주시고 당신들이 있는 곳으로 가셨어요. 아가씨, 무슨 계획인지 왜 제게 미리 이야기해 주지 않았어요? 쓸데없는 일이라고 가르쳐 주었을 텐데."

"오! 톨러 부인은 이번 사건을 가장 잘 알고 있는 것 같군."

홈즈가 톨러의 아내를 날카로운 시선으로 바라보았다.

"맞아요. 알고 있는 사실은 뭐든지 이야기하죠."

"그럼 여기에 앉으세요. 자, 이제 이야기를 들어 볼까요? 솔직히 말해서 아직 풀지 못한 점이 몇 가지 있으니까."

"이야기하면 금방 이해하실 겁니다. 제가 지하실에서 나올 수 있었다면 더 일찍 가르쳐 드렸을 텐데 말이에요. 만약 이번 사건을 경찰에서 수사한다면 저는 당신들 편, 앨리스 아가씨 편이 될 생각이었어요. 앨리스 아가씨는 주인어른이 재혼한 뒤부터 집에 있어도 행복해하지 않았어요. 천덕꾸러기 신세였고 모든 일에서 자기 의견을 말하지 못했죠. 앨리스 아가씨가 친구 집에서 파울러 씨를 만난 다음부터는 더 심해졌어요. 제가 아는 대로라면 아가씨에게는 유산이 있는데, 조용하고 인내심 강한 분이기에 그 일은 단 한 번도 입에 담지 않았다고 해요. 모든 것을 주인어른에게 맡겨 두었죠. 주인어른은 앨리스 아가씨에 대해서는 안심했지만, 아가씨가 결혼하면 그 남편이 법적인 재산을 요구할지도 모른다고 생각했어요. 그래서 그런 일이 벌어지지 않도록 해야겠다고 마음먹었죠. 그래서 아가씨가 결혼한 뒤에도 주인어른이 아가씨의 돈을 마음대로 쓸 수 있게 하는 서류에 서명하게 했어요. 앨리스 아가씨가 거절하자 끈질기게 강요했지요. 결국 아가씨는 고열에 시달리다가 쓰러지고 말았어요. 6주일 동안이나 사경을 헤맸고 언제 죽어도 이상하지 않을 상태가 계속되었죠. 간신히 좋아지기는 했지만 완전히 야위었답니다. 머리도 그때 잘랐고요. 그래도 파울러 씨는 마음이 변하지 않았고, 남자답게 앨리스 아가씨를 사랑하고 있었어요."

"그랬군요. 부인의 이야기를 듣고 사건을 분명히 알게 되었습니다. 그 다음부터는 전부 추리할 수 있어요. 그래서 루캐슬 씨는 앨리스 양을 가두어 두었군요."

"네."

"헌터 씨를 런던에서 데려온 건 끈질기게 주위를 맴도는 파울러 씨를 내쫓기 위해서였고요?"

"그 말씀대로예요."

"그런데 파울러는 훌륭한 뱃사람처럼 인내심이 강했죠. 그는 이 집을 계속 감시했고, 톨러 부인을 만나 이런저런 수단을 써서 부인이 얻는 이익과 자기가 얻는 이익이 같다며 설득했지요."

"파울러 씨는 절대로 거친 말을 하지 않았어요. 게다가 인심도 후한 사람이었습니다."

톨러 부인이 순순히 인정했다.

"파울러 씨는 부인을 설득해서 남편인 톨러를 술에 취해 쓰러지게 하고 루캐슬이 외출하면 바로 사다리를 준비해 달라고 부탁했지요?"

"전부 알고 계셨군요."

"톨러 부인, 고맙습니다. 부인 덕분에 몰랐던 부분까지 뚜렷하게 알게 됐어요. 아무래도 마을 의사와 루캐슬 부인이 온 모양이로군. 왓슨, 우리는 헌터 양을 데리고 윈체스터로 물러나는 게 좋겠어. 우리의 법적 위치가 상당히 애매해졌으니까."

이렇게 해서 정면에 너도밤나무 숲이 있는 음산한 저택의 수수께끼가 풀렸다. 루캐슬 씨는 목숨은 건졌으나 폐인이 되다시피 했으며, 부인의 헌신적인 간호로 간신히 살아가고 있다. 루캐슬 부부는 톨러 부부를 아직 하인으로 부리고 있는데 아마도 루캐슬의 과거를 너무 많이 알고 있기 때문에 해고하지 못하는 것이리라. 파울러 씨와 루캐슬 양은 달아난 이튿날 사우샘프턴에서 특별 허가를 얻어 결혼했다. 지금 파울러 씨는 아프리카 동쪽에 있는 모리셔스 섬의 관리로 근무하고 있다. 참으로 실망스럽게도 내 친구 홈즈는 바이올렛 헌터 양이 사건의 중심에서 멀어지자 그녀에 대한 관심을 완전히 잃고 말았다. 그녀는 지금 잉글랜드 중부 지역인 월솔에서 사립학교 교장으로 있다. 아마도 헌터 양은 훌륭한 교장이 되었을 것이다.

07

노란 얼굴

07
노란 얼굴

    내 친구의 뛰어난 재능 덕분에 나는 많은 사건에 귀를 기울였고, 몇몇 기묘한 연극에서는 배우로 등장하기도 했다. 그러니 내가 그 사건에 바탕을 둔 짧은 이야기를 출간하면서 홈즈가 저지른 실수보다 멋지게 수수께끼를 푼 이야기에 중점을 두는 것은 당연한 일이다. 사실 그의 정력과 풍부한 재능은 어려운 사건일수록 더욱 빛을 발했으므로 나는 굳이 친구의 평판을 생각해서 그렇게 한 것이 아니다. 다만 홈즈가 실패한 사건은 다른 사람이 수사하더라도 실패로 끝나는 경우가 많았으며 해결되지 않은 채 미제로 남는 경우가 많았기 때문에 기록할 수가 없었다. 그가 해결하지는 못했으나 우연히 수수께끼가 풀린 사건도 내가 알기로 대여섯 개 정도 있었다. 그중에서는 〈머스그레이브 가의 의식문〉과 지금부터 이야기할 사건이 가장 흥미롭다.

    셜록 홈즈는 운동 그 자체를 위해 운동하는 일이 거의 없지만 그보다 근력이 센 사람은 많지 않으며, 내가 지금까지 본 바로 홈즈는 그 체급에서 적수가 될 사람이 없을 정도로 뛰어난 권투 선수다. 그런데 홈즈는 아무 목적 없는 운동은 에너지를 함부로 낭비하는 일이라 생각하고 있었다. 하지만 직업, 그러니까 탐정이라는 직업에 도움이 되지 않으면 운동을 하지 않는 그도 사건이 닥치면 기꺼이 움직였고 피곤하다는 말도 하지 않았다. 평소 운동을 하지 않으면서도 좋은 컨디션을 유지하는 것은 놀라웠다. 홈즈는 대체로 간소하게 식사했으며 일상생활도 고행에 가까울 정도로 소박했다. 가끔 코카인을 하는 것을 빼면 나쁜 습관은 없었다. 그것도 사건이 없거나 신문이 재미없어 무료함을 달래기 위한 방편에 지나지 않았다.

어느 이른 봄날, 홈즈는 아주 편안한 마음으로 나와 함께 하이드 파크를 산책하고 있었다. 느릅나무 가지에 새싹이 돋아나기 시작했고 번질번질한 창처럼 생긴 밤나무 새싹이 다섯 장짜리 잎으로 모습을 바꾸려 하고 있었다. 우리는 두 시간 동안 거의 아무 말 없이 함께 걸었는데, 서로를 잘 알고 있는 우리에게는 이런 방식이 어색하지 않았다. 베이커 가에 돌아왔을 때는 오후 5시가 가까워진 시간이었다.

"어서 오세요. 뵙고 싶다며 찾아온 분이 계셨습니다."

문을 열어 준 급사가 말했다. 홈즈가 나를 원망스럽다는 듯이 바라보며 말했다.

"산책을 하는 게 아니었어. 그럼, 그분은 돌아가셨나?"

"네."

"방으로 안내했나?"

"네, 안내를 했는데요……."

"얼마쯤 기다렸지?"

"30분쯤 기다렸습니다. 여기 계시는 동안 안절부절못하면서 계속 방 안을 왔다 갔다 하며 발을 굴렀습니다. 저는 문밖에서 기다렸는데 소리가 다 들렸어요. 그러다 갑자기 복도로 나오시더니 이렇게 말씀하셨습니다. '대체 그 사람이 돌아오기는 하는 거요?' 이건 그분이 말씀하신 그대로입니다. 저는 '조금만 더 기다려 보세요.'라고 대답했습니다. 그랬더니 손님이 '그럼 밖에서 기다리기로 하지. 숨이 막힐 것 같아. 잠시 뒤에 다시 오겠네.'라고 말씀하시고는 서둘러 밖으로 나가셨습니다. 애써 만류했지만 헛수고였습니다."

"알았네. 잘했어."

방으로 들어가며 홈즈가 말했다.

"하지만 안타깝군. 나는 사건에 굶주려 있는 상태였는데 말이야. 그 사람이 안절부절못한 걸 보니 중요한 일이겠지. 아, 이런! 탁자 위에 있는 파이프는 자네 것이 아니군그래. 조금 전에 왔던 사람이 놓고 간 거야. 시간의 때가 묻은 멋진 브라이어 파이프야. 담배 상인들이 호박琥珀이라 부르는 길고 훌륭한 물부리가 달려 있군. 런던에 진품 호박 물부리가 몇 개나 되는지 의심스러울 정도지. 날벌레가 들어간 호박이 진짜라고 말하는 사람도 있지만 가짜 호박에 가짜 날벌레를 넣는 것은 참으로 간단하거든. 그렇게 소중히 다루던 파이프를 놓고 가다니 꽤나 정신이 없는 모양이야."

"소중하게 다루었다는 사실은 어떻게 알았나?"

"이 파이프에 가격을 매기자면 아마 7실링 6펜스 정도는 될 거야. 그런데 여기를 좀 보게, 그걸 두 번이나 고쳤어. 한 번은 나무로 된 담뱃대 부분을, 또 한 번은 호박 물부리를 고쳤네. 두 번 모두 은을 감아서 고쳤군. 두 번 수리할 비용이라면 차라리 새로운 것을 살 수도 있는데 이 사람은 파이프를 소중히 생각하고 있기 때문에 수리한 거야."

"그 외에는?"

내가 물었다. 홈즈는 들고 있던 파이프를 이리저리 돌리면서 늘 그렇듯이 생각에 잠긴 표정으로 바라보았다. 그는 대학 교수가 뼈를 설명하는 듯이 파이프를 높이 들어 올려 길고 가느다란 검지로 톡톡 두드리며 말했다.

"파이프란 때로 아주 재미있지. 회중시계와 구두끈을 빼면 이것만큼 그 사람의 개성을 잘 보여 주는 것도 없어. 이 파이프를 통해서도 주인의 개성을 알 수 있지만 그렇게 특징적인 것도, 또 중요한 것도 아니야. 이 파이프의 주인은 힘이 아주 센 왼손잡이고 치열이 고른 사람이야. 또 조심스러운 성격은 아니지만 상당한 부자일세."

홈즈가 휙 물건이라도 던지듯 아무렇지도 않게 말했다. 그리고 자신의 추리를 이해할 수 있겠냐는 듯 시선을 위로 들어 나를 바라보았다.

"7실링짜리 파이프를 쓴다고 해서 부자라고 생각한 건가?"

내가 묻자 홈즈는 손바닥에 담뱃재를 톡톡 털며 대답했다.

"이건 30그램에 8펜스나 하는 그로브너 혼합 담배야. 그 반만 있어도 품질 좋고 맛있는 담배를 피울 수 있으니 이 사람은 절약 같은 것은 필요가 없는 남자라고 할 수 있지."

"또 무엇이 있나?"

"이 사람은 램프나 가스불로 파이프에 불을 붙이는 습관을 가지고 있어. 한쪽만 심하게 그을려 있지? 물론 성냥을 쓰면 이렇게는 되지 않아. 파이프 옆으로 성냥을 가져가는 사람이 있을 리 없으니까. 하지만 램프를 이용하면 담배통을 그을리지 않고는 불을 붙일 수가 없어. 그런데 파이프의 오른쪽이 그을려 있으니 왼손잡이라고 생각한 걸세. 램프로 불을 붙여 보게나. 자네는 오른손잡이니 당연히 파이프 왼쪽을 불로 가져간다는 사실을 알 수 있을 거야. 때로는 반대로 가져다 대는 경우도 있을 테지만 그런 버릇을 가진 사람은 아마 없을 걸세. 그런데 이 파이프를 보면 언제나 오른쪽을 불에 댄 흔적이 있으니 주인은 왼손잡이일세. 그리고 호박 물부리를 심하게 씹은 흔적이 있어. 이렇게 자국이 남을 정도라면 몸이 튼튼하고 정력적인 남자로 치열도 고른 사람이겠지. 아, 그 사람이 계단을 올라오는 모양이군. 파이프를 살펴보기만 하다가 본인을 만나면 더 재미있는 사실을 알 수 있을 거야."

바로 문이 열리더니 키가 크고 젊은 남자가 방으로 들어왔다. 점잖으면서도 고급스러운 진회색 옷을 입고 손에는 챙이 넓은 갈색 중절모를 들고 있었다. 나는 서른 살쯤이라고 생각했으나 나중에 알고 보니 실제 나이는 더 많았다.

"실례합니다."

남자가 미안하다는 듯이 말했다.

"노크를 해야 하는 줄은 알고 있었지만……, 물론 노크를 했어야죠. 하지만 마음이 너무 급해서 실례했습니다. 용서해 주십시오."

그는 거의 넋을 잃은 사람처럼 이마를 비비더니 의자에 쓰러지듯 앉았다. 홈즈가 특유의 상냥한 어조로 남자에게 말을 건넸다.

"하루 이틀 정도 잠을 못 주무셨군요. 잠을 못 자면 일하거나 놀 때보다 신경이 더 심한 자극을 받습니다. 어쨌든 용건을 들어 볼까요?"

"도움을 주십시오. 어떻게 해야 좋을지 모르겠습니다. 제 생활이 엉망이 되어 버릴 것 같습니다."

"저를 고문탐정으로 고용하고 싶으신 건가요?"

"그것뿐만이 아닙니다. 선생님은 생각이 깊고 세상물정에 밝은 분이시니 의견도 듣고 싶습니다. 제가 지금부터 어떻게 해야 하는지 가르쳐주실 수 있겠지요?"

남자는 날카로운 어투로 감정을 듬뿍 담아 말했다. 말하는 것조차 상당히 괴로운 듯했으나 억지로 참고 있음을 알 수 있었다.

"제가 털어놓으려는 일이 참으로 미묘합니다. 처음 뵙는 분에게 가정의 일을 말하는 것은 썩 기분이 좋지 않습니다. 특히 저를 모르는 두 분에게 제 아내에 대해서 말한다는 것은 참으로 괴로운 일입니다. 두렵습니다. 하지만 이미 한계에 도달했습니다. 조언을 듣고 싶습니다."

"그랜트 먼로 씨."

홈즈가 이렇게 말하자 남자는 의자에서 벌떡 일어났다.

"뭐라고요! 제 이름을 알고 계셨나요?"

홈즈가 미소 지으며 말했다.

"이름을 감추고 싶다면 모자 안감에 이름을 새기지 않는 것이 좋을 겁니다. 아니면 이야기할 때 상대방에게 모자의 앞면만 보이도록 해야지요. 내가 하고 싶은 말은, 나와 내 친구는 이 방에서 그동안 여러 가지 기괴한 비밀을 들었고 다행스럽게도 그 고민들을 해결하여 그들에게 평안을 줄 수 있었다는 점입니다. 우리는 먼로 씨에게도 도움을 줄 수 있을 겁니다. 한시를 다투는 일인 듯하니 더 늦기 전에 고민하고 있는 바를 말씀해 주시죠."

이야기하기가 무척 괴로운지 손님은 다시 이마에 손을 가져갔다. 그 동작이나 표정을 보아하니 이 남자는 내성적이고 말이 없는 사람이었다. 자신의 수치를 드러내기보다는 감추고 싶어 하고 약간 자부심 강한 남자라는 사실도 알 수 있었다. 그는 갑자기 불끈 쥔 주먹을 세차게 휘두르더니 결심했는지 이야기를 시작했다.

"선생님, 제게는 아내가 있습니다. 3년 전에 결혼했지요. 지난 3년 동안 우리는 남들만큼은 서로 사랑했고, 행복한 생활을 누리고 있었습니다. 사고방식, 말, 행동, 무엇을 놓고 봐도 다른 점이 없었습니다. 그런데 지난주 월요일부터 갑자기 둘 사이에 벽이 생겨 버리고 말았습니다. 아내는 이제 길거리에서 스쳐 지나가는 여자와 다를 바 없습니다. 아내의 생활과 생각에 제가 모르는 부분이 있었습니다. 저희 사이에 커다란 간격이 생기고 말았습니다. 저는 그 이유를 알고 싶습니다.

한데, 그 이야기를 하기에 앞서 분명히 해 두고 싶은 것이 한 가지 있습니다. 아내 에피가 저를 사랑한다는 점입니다. 그 점만큼은 오해하지 말아주세요. 그녀는 진심으로 저를 사랑하고 있습니다. 저는 그 사실을 알 수 있으며, 또 느끼고도 있습니다. 그것만은 분명합니다. 여자의 사랑을 받으면 남자는 금방 알 수 있는 법이지 않습니까? 하지만 우리 사이에는 비밀이 생겨 버렸고 그것이 사라지기 전까지는 예전처럼 될 수가 없습니다."

"먼로 씨, 무슨 사정이 있으셨는지 들려주십시오."

홈즈가 약간 조바심을 내며 재촉했다.

"그럼 제가 알고 있는 대로 에피의 과거를 말씀드리겠습니다. 우리가 처음 만났을 때, 그녀는 고작 스물다섯 살 된 젊은 미망인이었습니다. 옛날 성은 헤브론이었습니다. 그녀는 어렸을 때 미국으로 건너가 애틀랜타에서 살았는데 거기서 헤브론이라는 남자와 결혼했습니다. 그 남자는 실력 있는 변호사였다고 합니다. 둘 사이에 아이가 하나 있었는데 애틀랜타에 황열병이 돌아 남편과 아이를 모두 잃고 말았습니다. 저는 제 눈으로 헤브론의 사망 진단서를 보기도 했었습니다. 에피는 이런 일을 겪고 나자 미국이라는 나라가 싫어져서 영국으로 돌아와 미혼인 이모와 함께 미들섹스 주의 피너에서 살았습니다. 죽은 남편이 넉넉하게 살아갈 수 있을 만큼의 재산을 남겨 두어서 재산이 4,500파운드나 있었고 그것을 꽤 괜찮은 곳에 투자했는지 연 7퍼센트 정도의 이자를 받고 있었습니다. 아내가 피너에 살기 시작한 지 6개월쯤 되었을 때 저를 만났습니다. 서로를 사랑하게 된 우리는 몇 주일 뒤에 결혼했습니다.

저는 약재나 맥주의 원료로 쓰이는 홉을 거래하는 상인입니다. 수입을 말씀드리자면 1년에 700에서 800파운드를 법니다. 생활도 여유로웠고 큰 부담이 되지 않을 것 같아서 노베리에 있는 근사한 별장 같은 집을 연 80파운드에 빌렸습니다. 런던 도심에서 가까운 편인데도 꽤 한적한 곳입니다. 우리 집 약간 북쪽에 여관 하나와 민가 두 채가 있고, 집 앞에 있는 밭을 사이에 두고 조그만 별장이 한 채 더 있습니다. 그것 말고는 역으로 가는 길 중간쯤까지 집은 한 채도 없습니다. 계절에 따라서 일 때문에 도심으로 자주 나가는 경우도 있지만 여름에는 한가하기 때문에 시골집에서 아내와 더할 나위 없이 행복한 시간을 보냈습니다. 그리고 혹시나 해서 말씀드리는데, 이 혐오스러운 사건이 일어나기 전까지 우리 사이에 어두운 그림자는 전혀 없었습니다.

이야기를 계속하기에 앞서 한 가지 더 말씀드려야 할 것이 있습니다. 우리가 결혼할 때, 아내는 전 재산을 제게 맡겼습니다. 저는 반대했지요. 제 사업이 제대로 풀리지 않게라도 된다면 문제가 될 것이라고 생각했기 때문입니다. 하지만 아내가 꼭 맡겨야겠다고 우기기에 결국은 받고 말았습니다. 그런데 6주일 전이었습니다. 아내가 제게 와서 다음과 같이 말했습니다.

'잭, 우리가 결혼할 때 내 재산을 당신에게 맡겼죠. 그때 당신은 돈이 필요하면 말하라고 했잖아요?'

'맞소. 그건 전부 당신의 돈이니까.'

'그럼 100파운드만 주세요.'

그 말에는 저도 약간 놀랐습니다. 기껏해야 새 드레스를 사려나 보다 하고 생각하고 있었으니까요.

'대체 어디에 쓰려고?'

그러자 아내가 농담처럼 말했습니다.

'당신은 내 은행 역할을 할 뿐이라면서요. 은행은 질문 같은 건 하지 않는 법이에요.'

'정말 필요하다면 물론 주겠소.'

'정말 필요해요.'

'하지만 어디에 쓸 건지는 말하고 싶지 않단 말이오?'

'언젠가는 말할게요. 하지만 지금은 말할 수 없어요.'

이상하기는 했지만 어쩔 수 없었습니다. 이때 처음으로 우리 사이에 비밀이 생긴 겁니다. 저는 아내를 위해서 수표를 끊어 주었고, 더 이상은 그 일을 생각하지 않기로 했습니다. 물론 이것은 그 이후의 사건과 관계가 없을 수도 있겠지만 혹시나 해서 말씀드린 겁니다.

어쨌든 조금 전, 저희 집 앞에 조그만 별장이 있다고 말하지 않았습니까? 그 집과는 밭을 사이에 두고 있어서 그곳에 가려면 밭을 돌아가야만 합니다. 약간 커다란 길을 따라가다가 거기서 그 집으로 이어진 좁은 길로 들어서야 하죠. 그 집 너머에 넓지는 않지만 멋진 소나무 숲이 있는데 저는 그 부근으로 산책 나가는 것을 좋아했습니다. 숲은 언제나 친근함을 느끼게 해 주는 이웃 같은 존재니까요. 그 별장은 지난 8개월 동안 비어 있었습니다. 안타까운 일이었죠. 고풍스러운 현관 지붕에 인동덩굴이 얽혀 있는 이층집입니다. 저는 몇 번이고 멈춰 서서, 여기라면 아담하고 편안한 집이 될 텐데 하고 생각했습니다.

그런데 지난주 월요일 저녁, 그 길을 산책하다 빈 짐마차가 좁은 길을 따라오는 것을 보았습니다. 그리고 그 집 현관 옆의 잔디 위에 여러 장의 카펫과 물건들이 쌓여 있었습니다. 비어 있던 그 집에도 드디어 사람이 세를 든 것입니다. 저는 할 일 없는 사람처럼 그곳을 지나가다가 멈춰 서서 힐끔 쳐다보았습니다. 저희 집 근처로 이사 온 사람은 대체 누구일까 궁금했거든요. 그렇게 있다가 문득 누군가가 2층 창에서 저를 내려다보고 있다는 사실을 깨달았습니다.

그 사람이 어떻게 생겼는지는 분명
히 말씀드릴 수 없어도 등골이 오
싹해지는 기분이 들었습니다.
약간 거리가 있었기에 얼굴을
제대로 알아보지는 못했지만 어
쩐지 부자연스러워서 사람 같지
가 않았습니다. 제가 받은 인상
은 그랬습니다. 저를 바라보고 있
는 사람을 좀 더 가까이서 봐야
겠다는 생각이 들어 서둘러 다
가갔습니다. 그런데 제가 다가가
자 그 얼굴이 홀연 사라지고 말았

습니다. 방의 어둠 속으로 끌려 들어간 것이 아닐까 싶을 정도로 말입
니다. 그 사실을 생각하며 저는 5분 정도 그 자리에 서 있었습니다. 제
가 받은 인상에 대해서 분석하려 했지요. 그 얼굴이 남자였는지 여자
였는지조차 알 수 없었지만 얼굴색이 가장 인상 깊었습니다. 핏기가 없
는 흙빛으로 어딘가 경직되어 있었고 매우 부자연스럽다고 느꼈습니다.
저는 혼란스러웠습니다. 그래서 그 집에 새로 이사 온 사람을 좀 더 자
세히 봐야겠다고 생각했습니다. 저는 가까이 다가가서 문을 두드렸습
니다. 그러자 키가 크고 마른 몸에 무뚝뚝한 얼굴의 여자가 바로 문을
열었습니다.

'무슨 일이쇼?'

그 여자는 북부 사투리로 말했고 저는 턱으로 집을 가리키며 대답
했습니다.

'저는 옆집에 사는 사람입니다. 새로 이사 오신 듯한데, 뭐 도와드릴 만한 일이 없을까 싶어서……'

'도움이 필요하면 부르겠수.'

그 여자는 이렇게 말하고는 문을 쾅 닫아 버렸습니다. 시골 사람의 무례한 거절에 화가 나기는 했으나 그냥 집으로 돌아왔습니다. 그날 밤, 저는 앞서 있었던 일을 더는 생각하지 않으려 노력했으나 창에서 나타난 그 유령 같은 얼굴과 무례한 여자를 잊을 수가 없었습니다. 아내에게는 아무 말도 하지 않기로 했습니다. 아내는 신경이 예민한 편이어서 아주 쉽게 흥분하거든요. 그래서 제가 받은 불쾌한 인상을 알려 주고 싶지 않았습니다. 하지만 잠을 자기 전에 그 집에 사람이 들어왔다는 사실만은 아내에게 말했습니다. 아내는 아무런 말도 하지 않았지요.

저는 평소에 아주 깊이 잠자는 편입니다. 밤에는 무슨 일이 있어도 절대 깨지 않는다며 집안사람들이 놀리곤 했죠. 그러나 그날 밤은 그 사소한 일 때문에 약간 흥분했는지 평소처럼 깊이 잠들지 못한 모양입니다. 비몽사몽간에 누군가가 방 안을 돌아다니는 것을 희미하게 의식했습니다. 그런데 잠시 뒤, 아내가 외출하려고 망토를 두르고 모자를 썼다는 사실을 깨달았습니다. 그런 늦은 시간에 왜 외출 준비를 하는 것인지 놀라기도 하고 화가 나기도 해서 저는 잠에서 깨어나지 못한 채로 무슨 말을 하려고 했습니다. 한데 그때, 촛불에 비친 아내 얼굴이 갑자기 눈에 들어왔고, 이번에는 깜짝 놀라서 아무 말도 할 수가 없었습니다. 아내는 지금까지 본 적이 없는 표정을 짓고 있었습니다. 아내가 그런 표정을 지을 수 있으리라고는 꿈에도 생각지 못했습니다. 아내는 죽은 사람처럼 창백한 얼굴을 한 채 망토 끈을 묶으며 제가 일어나지나 않을까 침대 쪽을 힐끔힐끔 쳐다봤습니다. 그러다 제가 잠을 자고 있다고 생각했는지 살금살금 방에서 빠져나갔습니다. 바로 뒤에 삐걱거리는 소리가 들려왔습니다. 틀림없이 현관의 경첩이 내는 소리였습니다. 저는 자리에서 일어나 침대에 앉아 이게 꿈이 아닐까 하고 주먹으로 침대의 난간을 두드렸습니다. 그런 다음 베개 밑에서 회중시계를 꺼냈습니다. 오전 3시였습니다. 대관절 그런 시간에 아내는 무엇을 하러 외출한 걸까요?

20분쯤, 아내가 왜 그런 행동을 했는지 생각하며 앉아 있었습니다. 생각하면 생각할수록 이상했고 도저히 영문을 알 수 없었습니다. 마침내 문이 다시 열고 닫히는 소리가 들리더니 아내가 계단을 올라오는 발소리가 들려왔습니다. 그때 저는 아직 이런저런 생각을 하며 괴로워하고 있었습니다.

'에피, 대체 어디에 다녀온 거요?'

아내가 침실로 들어오자 제가 물어보았습니다. 그러자 아내는 기겁을 하며 괴로워하는 듯한 소리를 토해 냈습니다. 그 외침이며 놀라는 모습은 참으로 이해할 수 없는 것이었습니다. 아내의 마음속에 떳떳하지 못한 부분이 있기 때문에 놀라 소리를 질렀다고 생각했습니다. 아내는 언제나 정직하고 숨기는 것이 없는 성격이었습니다. 그런 아내가 자기 방에 몰래 들어와 남편이 말을 걸자 질겁해서 소리를 지르며 당황할 줄이야. 저는 그런 아내의 모습을 보고 등줄기가 오싹해졌습니다.

'잭, 일어났어요?'

신경질적인 웃음소리를 내며 아내가 말했습니다.

'세상이 무너져도 당신은 잠에서 깨지 않을 거라고 생각했는데.'

'어딜 갔던 거요?'

'당연히 놀랄 거예요.'

제가 좀 더 강한 말투로 묻자 아내는 이렇게 대답하며 망토 끈을 풀었는데 손가락이 떨리고 있었습니다.

'지금까지 이런 일은 없었으니까요. 사실은 아까 자다가 숨이 막힐 것 같아서 신선한 공기를 마시고 왔어요. 밖에 나가지 않으면 정신을 잃을 것만 같았거든요. 현관 근처에 2, 3분 정도 서 있었더니 다시 기분이 좋아졌네요.'

이 말을 하면서 아내는 저를 쳐다보지 않았습니다. 목소리도 평소와는 전혀 달랐습니다. 거짓말을 하는 것이 분명했습니다. 저는 아무 말도 하지 않고 벽을 가만히 바라보며 괴로워했습니다. 도저히 좋은 쪽으로는 생각할 수가 없었습니다. 아내는 제게 대체 무엇을 숨기려 했던 걸까요? 그런 시간에 살금살금 나가서 아내는 대체 어디를 갔던 걸까요? 그것을 알기 전까지는 마음이 편하지 않을 것이라 생각했습니다. 하지만 거짓말이라도 대답을 들으니 다시 묻기도 망설여졌습니다. 저는 밤새도록 뒤척이며 온갖 상상을 다 했습니다. 그 생각도 점점 이상한 쪽으로 흘러갈 뿐이었습니다.

저는 그날 런던으로 나올 일이 있었습니다. 그러나 너무나도 혼란스러워서 일 생각을 할 수 있을 것 같지 않았습니다. 아내도 저와 마찬가지로 혼란스러워하는 것 같았습니다. 탐색하는 눈빛으로 저를 힐끔힐끔 쳐다봤기에 자신의 변명을 제가 믿지 않는다는 것을 알고 당황스러워하는 것이 분명했습니다. 아침을 먹는 동안, 서로 말을 하지 않았습니다. 식사를 마치자마자 저는 바로 산책을 나갔습니다. 상쾌한 아침 공기를 마시며 어떻게 된 일인지 생각하고 싶었기 때문입니다.

저는 런던의 수정궁까지 갔다가 잔디밭에서 한 시간쯤 머물렀고 오후 1시에 노베리로 돌아왔습니다. 집 앞의 조그만 별장 곁을 지났을 때,

전날 저를 바라보고 있던 그 기묘한 얼굴을 다시 볼 수 있지 않을까 싶어 멈춰 서서 창을 올려다보았습니다. 그렇게 거기에 서 있다가 저는 화들짝 놀랐습니다. 그 집 문이 갑자기 열리더니 제 아내가 나왔지 뭡니까! 저는 아내를 보고 깜짝 놀라서 아무런 말도 할 수가 없었습니다.

하지만 눈이 마주쳤을 때 아내가 놀라던 표정에 비하면 제 놀라움은 아무것도 아니었습니다. 순간 아내는 그 집 안으로 다시 들어가려고 했지만 곧 숨어도 소용없다고 생각한 듯했습니다. 하얗게 질린 얼굴로 눈동자에 떠오른 놀라운 빛을 감추려 입술에 미소를 띠면서 저에게 다가왔습니다.

'잭, 옆집에 이사 온 사람들에게 도와줄 일은 없는지 물어보고 오는 길이에요. 왜 그런 얼굴로 보는 거죠? 화가 난 건 아니겠죠?'

'어젯밤 당신이 다녀온 곳이 이 집이오?'

저는 이렇게 말했습니다. 그러자 아내가 커다란 목소리로 말했습니다.

'뭐라고요?'

'당신은 여기에 왔던 거야. 틀림없어. 그런 시간에 몰래 만나러 와야 할 사람이란 대체 누구요?'

'여기에 온 건 처음이에요.'

'거짓말인 줄 다 아는데 왜 그런 소리를 하는 거요? 당신의 목소리도 평소와는 다르잖소. 내가 당신한테 무엇인가를 숨긴 적이 있었나? 내가 이 집으로 들어가서 죄다 알아 봐야겠어.'

'안 돼요, 안 돼. 잭, 제발 부탁이에요!'

아내는 감정을 억누르지 못하고 괴로워했습니다. 제가 문으로 다가가자 아내가 소매를 잡더니 있는 힘껏 잡아당겼습니다.

'부탁이에요, 잭. 언젠가는 전부 말할게요. 이 집에 들어가도 그 결과

는 비참할 뿐이에요.'

제가 그녀를 뿌리치고 들어가려 하자 아내는 미친 사람처럼 제게 매달리며 애원했습니다.

'나를 믿어 줘요, 잭! 이번만은 믿어 줘요. 결코 후회하지 않을 거예요. 나를 위해서가 아니에요. 당신을 위해서 숨기는 거예요. 우리의 생활은 여기에 달려 있어요. 나와 함께 이대로 돌아간다면 모든 일이 다 잘 끝날 거예요. 무슨 일이 있어도 이 집을 살펴봐야겠다면 우리는 그것으로 끝장이에요.'

아내의 태도가 너무나 열성적이기도 했고 필사적이기도 했기에 저는 문 앞에 서서 어떻게 해야 좋을지 망설였습니다.

'그럼 믿겠지만 한 가지 조건이 있소. 딱 한 가지 조건이오.'

저는 마침내 이렇게 말했습니다.

'이런 비밀은 이번이 마지막이오. 비밀을 갖는 것은 자유요. 하지만 두 번 다시 밤에 이 집에 오지 않겠다고, 내게 숨기고 무엇인가를 하지 않겠다고 약속해 주시오. 두 번 다시 하지 않겠다고 약속해 준다면 지금까지의 일은 기꺼이 잊도록 하겠소.'

'믿어 줄 거라 생각했어요.'

어깨의 짐을 덜은 것처럼 아내가 말했습니다.

'당신 말대로 하겠어요. 그만 돌아가요. 집으로 돌아가요.'

그러더니 아내는 다시 소매를 잡아당겨 저를 그 별장에서 멀어지게 했습니다. 아내에게 끌려가며 뒤를 돌아보니 그 노란 흙빛 얼굴이 2층 창문에서 바라보고 있었습니다. 그 괴물과 아내는 어떤 관계가 있는 것일까요? 전날 만났던 무례한 여자와 아내는 대체 어떤 관계가 있을까요? 기묘한 수수께끼입니다. 그 수수께끼를 풀 때까지 제 마음에 평화는 찾아오지 않을 겁니다.

그 뒤로 이틀 동안 저는 집에 있었습니다. 아내도 약속을 충실히 지키고 있는 것 같았습니다. 제가 알고 있는 한 아내는 집 밖으로 나가지 않았습니다. 그런데 사흘째 되던 날에 다시 일이 생겼습니다. 마음속으로 그처럼 굳게 맹세했건만 그것도 소용없더군요. 그 비밀은 강력한 힘이 있어서 제 아내를 남편과 아내로서의 의무에서 멀어지게 했습니다. 맹세라는 것이 무력하다는 증거를 신물 날 정도로 맛보았습니다.

그날 저는 런던으로 나갔고, 늘 타던 오후 3시 36분 기차가 아니라 2시 40분 기차를 타고 돌아갔습니다. 집에 들어가니 하녀가 놀라서 현관으로 뛰어나왔습니다.

'마님은 어디 계신가?'

제가 묻자 하녀가 대답했습니다.

'산책 나가셨습니다.'

순간 의심이 마음속에 피어올랐습니다. 저는 아내가 집에 없다는 사실을 확인하기 위해서 2층으로 뛰어 올라갔습니다. 그리고 우연히 2층 창을 통해서 밖을 내다보니 방금 이야기를 나눈 하녀가 밭을 가로질러서 조그만 별장으로 황급히 가고 있었습니다. 하녀가 왜 서두르는지는 물론 알고 있었습니다. 아내는 그 집으로 갔고, 혹시 제가 돌아오면 부르러 오라고 부탁한 겁니다. 분노로 몸을 떨며 저는 아래층으로 내려갔습니다. 그날을 마지막으로 이번 사건을 확실히 매듭지을 생각으로 발걸음을 서둘렀습니다. 아내와 하녀가 좁은 길을 따라 급히 오는 것이 보였습니다. 저는 멈춰 서려고도, 또 말을 걸려고도 하지 않았습니다. 우리 생활에 어두운 그림자를 드리우는 비밀이 그 집에 있습니다. 무슨 일이 있어도 더는 비밀을 참을 수 없다고 생각했습니다. 그 집에 도착하자마자 저는 노크도 하지 않고 문을 열어 복도로 달려 들어갔습니다.

1층은 쥐 죽은 듯 고요했습니다. 부엌에서는 불에 올려놓은 주전자가 소리를 내고 있었습니다. 크고 검은 고양이가 바구니 안에 웅크리고 있었고요. 하지만 전에 보았던 여자는 어디에도 없었습니다. 다른 방에도 들어가 보았으나 거기에도 사람은 없었습니다. 저는 2층으로 뛰어 올라갔지만 그곳의 방 두 개도 모두 텅 비어 있었습니다. 그렇습니다. 집 안은 텅 비어 있었고 아무도 없었습니다! 가구와 그림은 평범한 싸구려였지만 어느 한 방만은 다른 곳과 달리 훌륭하게 꾸며져 있었습니다. 바로 그 기묘한 얼굴이 창문을 통해서 저를 내려다보던 그 방이었죠. 그곳은 안락하고 우아한 방으로 난로 위 선반에는 아내의 전신사진이 놓여 있었습니다. 그것을 보자 의심이 불꽃처럼 격렬하게 피어올랐습니다. 그 사진은 석 달쯤 전에 제가 아내에게 권해서 찍게 한 것이었습니다.

저는 한참을 더 머물며 면밀히 살펴보았고 집이 완전히 비었다는 사실을 확인했습니다. 지금까지 그처럼 어두운 기분이 들었던 적은 없었습니다. 무거운 마음으로 그 집에서 나와서 집으로 돌아가 보니 아내가 현관으로 나와 있었습니다. 그러나 아무 말도 하고 싶지 않았기에 아내를 밀치고 저는 제 서재로 들어갔습니다. 문을 닫기 전에 아내가 제 뒤를 따라서 서재로 들어왔습니다.

'여보, 약속을 어겨서 미안해요. 하지만 사정을 알게 되면 분명히 용

서해 주실 거예요.'

'그럼 모든 사실을 털어놓으시오.'

'안 돼요, 잭. 그럴 수 없어요.'

'누가 저 집에 살고 있소? 사진은 누구에게 준 거요? 당신이 이야기해 줄 때까지 당신을 믿을 수 없소.'

그렇게 말하고 아내가 말리는 것도 뿌리친 채 저는 집에서 나왔습니다. 선생님, 그게 어제의 일이었습니다. 그 이후 아내도 만나지 않았고 그 기괴한 사건이 어떻게 되었는지도 모릅니다. 저희 사이에 그림자가 드리운 것은 이번이 처음으로 마음이 매우 혼란스럽습니다. 어떻게 해야 잘 해결할 수 있을지도 모르겠습니다. 오늘 아침, 제가 어떻게 하면 좋을지 가르쳐 줄 유일한 분은 선생님이라는 생각이 들어서 서둘러 왔습니다. 이것으로 다 이야기한 셈입니다. 분명하지 않은 점이 있으면 질문해 주세요. 그리고 어떻게 하면 좋을지 한시라도 빨리 말씀해 주십시오. 저는 이처럼 비참한 상황을 더는 견딜 수 없습니다."

홈즈와 나는 이 기묘한 이야기를 커다란 흥미를 가지고 들었다. 남자는 매우 흥분한 탓인지 약간 더듬으며 말했다. 홈즈는 한동안 턱을 괸 채 생각에 잠겨 있었다가 입을 열었다.

"창가에 나타난 얼굴이 남자의 것이라고 단언할 수 있습니까?"

"언제나 멀리서만 봤기에 확실히 그렇다고는 말할 수 없습니다."

"하지만 불쾌한 인상을 받았군요."

"낯빛이 이상한 색이었습니다. 그리고 표정이 아주 굳어 있었습니다. 제가 다가가자 갑자기 사라지고는 했습니다."

"부인이 100파운드를 달라고 한 지는 얼마나 지났습니까?"

"거의 두 달 지났습니다."

"전남편의 사진을 본 적이 있었나요?"

"아니요. 아내가 미망인이 된 직후 애틀랜타에 커다란 불이 나서 서류나 사진은 모두 불탔다고 합니다."

"그런데 사망 진단서는 있었단 말이죠? 보셨다고 했으니."

"네, 불이 난 뒤 사본을 손에 넣었다고 합니다."

"미국에서 부인과 알고 지내던 사람을 만난 적이 있었나요?"

"아니요."

"영국에 돌아온 뒤 부인이 다시 애틀랜타에 갔다는 말을 들은 적도 없습니까?"

"없었습니다."

"그렇다면 미국에서 오는 편지는?"

"저는 모릅니다."

"고맙습니다. 조금 더 생각해 봐야겠어요. 그 사람들이 별장을 아예 떠난 것이라면 일이 약간 어려워질 수도 있습니다. 하지만 어제 당신이 온다는 말을 듣고 그 집에 사는 사람들이 달아난 것이라면 지금은 돌아와 있을 가능성이 더 큽니다. 그렇다면 해결은 아주 쉬워지죠. 그러니 노베리로 돌아가서 그 집의 창을 다시 한 번 살펴보세요. 거기에 지금 사람이 살고 있다고 믿을 만한 증거가 발견되면 억지로 들어가려 하지 말고 우리에게 전보를 치세요. 전보를 받으면 한 시간 이내로 우리가 가서 곧 진상을 밝히겠습니다."

"만약 아직 아무도 없다면요?"

"그렇다면 우리가 내일 찾아가서 말씀드리죠. 그럼, 이제 안녕히 가십시오. 어쨌든 아직 확실하지 않은 일로 고민하지는 마시고요."

그랜트 먼로 씨를 배웅한 뒤 홈즈가 말했다.

"정말 까다로운 사건이군, 왓슨. 자네는 어떻게 생각하나?"

"불길한 사건 같아."

나는 이렇게 대답했다.

"맞아. 아무래도 공갈 협박이 있는 것 같네."

"그렇다면 누가 협박을 하는 거지?"

"그 별장 안에 잘 꾸며 놓은 방이 하나 있다고 했지? 그 방에 살고 먼로 부인의 사진을 난로 위에 장식해 놓은 작자야. 왓슨, 창을 통해서 내다본 그 흙빛 얼굴에 무엇인가가 감춰져 있어. 이것만은 확실하네."

"뭔가 가설을 세운 건가?"

"있지. 가설에 지나지 않지만……. 하지만 빗나갈 리가 없어. 먼로 부인의 전남편이 그 집에 있는 걸세."

"왜 그렇게 생각하는가?"

"그렇지 않다면 그녀가 왜 남편을 집에 들이지 않으려고 애를 썼겠나? 내 추리대로라면 진상은 이렇다네. 그 부인은 미국에서 결혼했어. 그런데 남편이 견딜 수 없는 성격을 드러내기 시작했네. 그게 아니라면 어떤 끔찍한 병, 그러니까 나병이나 지적장애가 생긴 것일지도 몰라. 아무튼 결국에는 전남편에게서 도망쳐 영국으로 돌아온 거야. 그리고 이름을 바꾸고 새로운 생활을 시작해야겠다고 결심했고, 3년 전에 재혼에 성공해서 이제 안전하다고 믿은 그녀는 지금의 남편을 안심시키기 위해서 다른 사람의 사망 진단서를 보였네. 그런데 전남편이나 혹은 환자에게 기생하는 분별없는 여자에게 먼로 부인이 사는 곳이 어디인지 알려진 거야. 그자들은 먼로 부인에게 편지를 보내고 또 찾아가기도 해서 비밀을 폭로하겠다고 협박했어. 먼로 부인은 100파운드를 마련해서 그들에게 건네주고 더 이상 나타나지 말라고 애원했어. 그래도 녀석들은 기어코 부인을 찾아왔지. 옆집에 이사 온 사람이 있다고 남편이 이야기한 순간, 부인은 협박자가 왔다고 느꼈어. 그래서 남편이 잠들기를 기다렸다가 그 집에 가서 자신의 평화를 깨지 말라고 부탁했겠지. 그때는 이야기가 원만하게 마무리 지어지지 않아서 이튿날 아침 다시 찾아갔는데 먼로 씨가 말한 대로 그 광경을 남편에게 들키고 만 걸세. 남편에게는 두 번 다시 가지 않겠다고 약속했으나 이틀 후, 어떻게 해서든 그 혐오스러운 이웃에게서 벗어나고 싶었고, 또 상대방이 사진을 요구하는 바람에 다시 찾아갔어. 한데 이야기를 나누는 중에 하녀가 남편이 왔다고 말하러 왔지. 남편이 바로 올 것이라는 사실을 알았기에 그 집 사람들을 뒷문을 통해 근처에 있는 소나무 숲으로 달아나게 했어. 그래서 먼로 씨는 그 집에서 아무도 발견할 수 없었던 거야. 하지만 먼로 씨가 오늘 밤에 살펴보면 틀림없이 돌아와 있을 걸세. 내 해석을 어떻게 생각하나?"

"전부 추측뿐이군."

"하지만 적어도 이것으로 모든 사실을 설명할 수는 있어. 내 가설로
도 설명할 수 없는 새로운 사실이 발견되면 그때는 생각을 고쳐야겠지.
지금은 노베리에서 소식이 올 때까지 아무것도 할 일이 없다네."

그러나 오래 기다리지는 않았다. 오후의 차를 막 마시고 났을 때 전
보가 왔다.

그 집에 아직 사람이 있음. 창문에 얼굴 나타남. 오후 7시 기차로 오
시기 바람. 도착할 때까지 손대지 않겠음.

우리가 열차에서 내리자 먼로 씨가 승강장에서 기다리고 있었다. 역
램프의 불빛으로, 그의 얼굴이 창백하고 흥분해서 몸을 떨고 있다는
사실을 알 수 있었다.

"선생님, 아직 녀석들이 그 집에 있습니다."

먼로 씨가 홈즈의 손을 잡으며 말했다.

"오는 도중에 보니 그 집에 불이 켜져 있었습니다. 깨끗이 해결해 버
립시다."

어두운 가로수 길을 걸으며 홈즈가 말했다.

"그렇다면 먼로 씨의 계획은 어떻습니까?"

"어떻게 해서든 그 집 안으로 들어가서 누가 사는지 제 눈으로 확인
할 생각입니다. 두 분께서도 증인으로 입회해 주시기 바랍니다."

"부인은 수수께끼를 풀지 않는 편이 좋을 거라고 했는데 그래도 실행
하실 생각인가요?"

"네. 결심했습니다."

"그래요, 먼로 씨의 결심이 잘못되지는 않았을 겁니다. 어떤 사실이라 할지라도 불확실한 의혹에 시달리는 것보다는 나을 테니까요. 바로 가 봅시다. 물론 법률로 따지자면 변명할 여지가 없는 불법 행동이기는 하지만, 일단 해 볼 만한 가치는 있을 겁니다."

매우 어두운 밤이었다. 양쪽에 깊은 마차 바퀴 자국이 파인 좁은 길에 들어섰을 때는 보슬비가 내리기 시작했다. 그런데도 그랜트 먼로 씨는 성큼성큼 앞으로 걸어 나갔다. 우리는 발을 헛디디며 뒤를 따라가기에 정신이 없었다.

"우리 집의 불빛입니다."

먼로 씨가 늘어선 나무들 사이로 깜빡이는 불빛을 가리키며 중얼거렸다.

"그리고 여기가 지금부터 들어가야 할 집입니다."

먼로 씨는 모퉁이를 막 돌아 좁은 길로 들어서려던 순간에 이렇게 말했다. 바로 옆에 건물이 있었는데 문이 꼭 닫혀 있지 않아서 한 줄기 노란 불빛이 어두운 지면으로 쏟아지고 있었다. 그리고 2층 창 중 하나가 밝게 빛나고 있었다. 올려다보니 차양에 흐릿하고 검은 그림자가 움직이는 것이 보였다.

"저 괴물입니다!"

그랜트 먼로 씨가 커다란 목소리로 말했다.

"저기에 누군가 있는 것이 보였죠? 자, 따라오세요. 모든 진실을 밝히고 말겠어요."

우리는 문으로 다가갔다. 그러자 갑자기 여자 하나가 어둠 속으로 달려 나왔다. 여자는 문틈으로 새어 나오는 램프 불빛 속에 멈춰 섰다. 어두워서 얼굴은 보이지 않았으나 부인은 애원하듯 팔을 벌리고 있었다.

"부탁이에요, 잭! 이러지 말아요. 오늘 밤에 당신이 올 것 같은 예감이 들었어요. 나를 믿어 줘요. 결코 후회하지 않을 거예요."

"너무 많이 믿었소, 에피."

먼로 씨가 화난 목소리로 말했다.

"막아서지 마시오! 밀치고라도 들어갈 거요. 여기에 있는 내 친구들과 함께 깨끗하게 결론을 내고 말겠소."

먼로 씨는 아내를 옆으로 밀쳤고 우리는 바로 그 뒤를 따라갔다. 그가 문을 활짝 열자 중년 여자가 달려와서 앞을 가로막았다. 우리는 그 여자까지 밀쳐 내고 곧 계단을 올랐다. 그랜트 먼로 씨가 불이 켜진 2층 방으로 뛰어들었고 우리도 그 뒤를 따랐다.

그곳은 안락해 보였으며 좋은 가구들이 놓인 방이었다. 탁자 위와 난로 위 선반에도 촛불이 두 개씩 놓여 빛을 발하고 있었다. 그 한쪽 구석에 있는 책상을 향해 어린 소녀 같은 아이가 앉아 있었다. 우리가 방에 들어갔을 때 그 소녀는 얼굴을 다른 쪽으로 돌리고 있었다. 그 아이는 빨간 옷을 입고 있었으며 희고 긴 장갑을 끼고 있었다. 소녀가 우리 쪽으로 휙 얼굴을 돌린 순간, 나는 너무나도 오싹해서 소리를 지르고 말았다. 우리를 바라본 그 얼굴은 참으로 기괴한 흙빛으로 아무런 표정도 없었다. 하지만 수수께끼는 바로 풀렸다. 홈즈가 웃으며 아이의 귀에 손을 가져가자 이윽고 가면이 벗겨지고 얼굴이 드러났다. 놀란 우리를 향해 흑인 소녀가 하얀 이를 드러내며 웃고 있었다. 그 아이가 웃는 것도 당연하다는 듯 나도 껄껄 웃었다. 그러나 그랜트 먼로 씨는 자신의 목을 손으로 잡은 채 소녀를 가만히 바라보고 있다가 잠시 뒤 이렇게 외쳤다.

"어떻게 된 일이지? 이게 대체 무슨 일이야?"

"설명할게요."

먼로 부인은 안정을 되찾은 위엄 있는 표정으로 방에 들어왔다.

"나는 이야기하지 않으려고 했지만 당신이 그토록 원하니 어쩔 수 없군요. 이렇게 된 이상, 우리는 이 사태를 좋은 쪽으로 풀어 갈 수밖에 없어요. 전남편은 애틀랜타에서 죽었지만 아이는 살아 있었어요."

"당신의 아이란 말이오?"

부인이 가슴에서 은으로 된 커다란 로켓을 꺼냈다.

"당신은 이 안을 보지 못했죠?"

"열리는 줄 몰랐소."

부인이 용수철을 만지자 경첩으로 연결된 뚜껑이 열렸다. 그 안에는 어떤 남자의 초상이 들어 있었다. 매우 지적이고 잘생긴 남자로, 틀림없이 아프리카의 피가 흐르고 있는 얼굴이었다.

"이 사람이 애틀랜타의 존 헤브론이에요. 이 세상에서 가장 고결한 남자였어요. 이 사람과 결혼하려고 나는 백인 세계와 인연을 끊었죠. 하지만 그가 살아 있는 동안 한 번도 후회한 적이 없었어요. 단, 아이가 나보다는 자기 아버지의 피를 더 진하게 물려받은 것은 불행하다고 생각했지요. 이런 결혼에서는 흔히 있는 일이지만요. 우리 딸 루시는 제 아버지보다 훨씬 더 피부가 검어요. 하지만 피부가 검든 하얗든 이 아이는 저의 사랑스러운 딸, 어머니인 나에게 더없이 소중한 아이예요."

부인이 이렇게 말했다. 어린 딸은 이 말을 듣자 달려가서 부인의 옷에 몸을 기댔다. 부인이 다시 말을 이었다.

"이 아이는 몸이 약해서 환경이 바뀌면 좋지 않을까 봐 미국에 남겨 두고 왔어요. 그래서 우리 집에서 일하던 스코틀랜드 출신의 충실한 여성에게 맡겼지요. 결코 이 아이를 버리겠다고 생각한 적이 없어요. 그런데 우연히 당신을 알았고 당신을 사랑하게 되자 나는 당신에게 이 아이의 이야기를 꺼낼 용기가 나지 않았어요. 나는 나쁜 여자예요. 당신과 아이 중에서 한 사람을 택해야 할 입장에 놓인 나는 아이를 버렸어요. 3년 동안 아이가 있다는 사실을 숨겼어요. 유모가 보낸 편지를 보면서 아이가 무사하다는 사실은 알고 있었지요. 그런데 어떻게 해서든 아이를 보고 싶어졌어요. 끝까지 참아 보려 했으나 그럴 수가 없었어요. 위험한 줄은 알았지만 단 몇 주 동안만이라도 아이를 곁에 두기로 결심했어요. 유모에게 100파운드를 보내고 내 아이라는 사실이 절대로 알려지지 않도록 몰래 옆집으로 이사 오라고 했어요. 그리고 이 집에 대해서 알려 주었지요. 낮 동안에는 아이를 집 안에만 두고, 창문으로 아이를 본 사람이 근처에 흑인 아이가 산다는 소문을 퍼뜨리지 않도록 아이의 얼굴과 손을 감추라고 유모에게 주의를 주었어요. 이런 일은 하지 않는 편이 좋았을지도 모르겠네요. 난 당신에게 진실을 들키고 말까 봐 얼마나 마음고생을 했는지 몰라요.

그런데 처음 이 집에 누군가가 이사 왔다고 이야기한 것은 당신이었어요. 그때 나는 아침까지 기다려야 했지만 흥분되어서 잠을 잘 수가 없었어요. 당신은 한번 잠들면 쉽게 일어나지 못하니까 나는 과감하게 집을 빠져나갔어요. 그런데 당신은 모든 것을 보고 있었어요. 그때부터 우리의 불행이 싹을 틔운 것이었지요. 이튿날, 당신은 내 비밀을 알게 되었지만 신사답게 그 이상은 추궁하지 않았어요. 그로부터 사흘 뒤, 유모와 이 아이는 당신이 현관으로 뛰어들 것이라는 말을 듣고 뒷문으로 간신히 빠져나갔어요. 그리고 당신은 오늘 밤 모든 사실을 알고 말았어요. 이 아이와 나는 어떻게 되는 거죠? 말해 주세요."

먼로 부인은 두 손을 꼭 쥐고 대답을 기다렸다. 그랜트 먼로 씨가 입을 열기까지는 10분이나 되는 긴 시간이 걸렸다. 지금 생각해 봐도 참으로 흐뭇한 대답이었다. 먼로 씨는 아이를 안아 올려 키스한 뒤 품에 안았다. 그러고는 한 손을 부인에게 내밀며 문 쪽으로 향했다.

"그 문제에 대해서는 집으로 돌아가서 좀 더 편하게 이야기해 봅시다. 에피, 나는 그리 좋은 남자는 아니오. 하지만 당신이 생각하는 것보다는 괜찮은 남자일 거요."

홈즈와 나는 그들의 뒤를 따라서 좁은 길로 나갔다. 밖으로 나오자 홈즈가 슬쩍 내 소매를 잡아끌며 말했다.

"여보게, 우리는 노베리보다 런던에 있는 편이 더 쓸모 있겠어."

홈즈는 이 사건을 두고 아무 말도 하지 않았으나 밤이 깊어 촛불을 들고 침실로 들어가려 할 때 이렇게 말했다.

"왓슨, 내가 자만에 빠지거나 일을 대충 처리한다고 생각되면 내 귓가에 조용히 '노베리'라고 속삭여 주게. 그렇게 해 준다면 자네에게 정말 고마워할 걸세."

08 머스그레이브가의 의식문

08
머스그레이브 가의 의식문

내 친구인 셜록 홈즈의 성격에는 조금 이해할 수 없는 부분이 있어서 때로는 나를 당황하게 했다. 누구에게도 지지 않을 만큼 논리적으로 생각했고 복장도 늘 답답할 정도로 단정한 편이었지만, 평소의 생활을 보면 너무나도 어수선해서 함께 생활하고 있는 내가 다 화를 낼 지경이었다. 그렇다고 해서 결코 내가 꼼꼼한 편은 아니었다. 나도 천성적으로 게으른 편인 데다 아프가니스탄에서 앞날이 불투명한 군대 생활을 하는 동안에 의사로서 어울리지 않을 만큼 무책임한 사람이 되어 버렸기 때문이다. 하지만 나도 더는 참을 수가 없었다. 석탄을 담는 용기에 시가를 넣어 두거나, 페르시아산 슬리퍼의 발끝 부분에 담배를 찔러 넣거나, 아직 답장도 하지 않은 편지를 난로 위 나무 장식장에 잭나이프로 꽂아 둔 것을 보면 한마디 하지 않을 수가 없었다. 그리고 나는 무슨 일이 있어도 권총 사격연습은 집 밖에서 해야 한다고 생각한다. 언젠가 홈즈는 기분이 좋지 않은 날에 헤어 트리거[24] 권총과 실탄 100

발을 꺼내 들고 안락의자에 앉은 채 맞은편 벽에 대고 난사해 '빅토리아 여왕'을 의미하는 'V. R.'이라는 글자 구멍을 내기도 했다. 이렇게 애국적인 장식을 해 두는 것을 보면 방의 분위기나 느낌이 더 좋아지려야 좋아질 수가 없겠다는 생각이 들었다.

우리 방에는 화학약품이나 범죄 기념품 같은 것이 늘 넘쳐 나고 있는데 어떻게 된 일인지 그런 것들이 전혀 엉뚱한 데로 섞여 들어가, 버터 접시나 더욱 의외인 곳에서 불쑥 튀어나오는 일도 아주 빈번하게 벌어졌다. 하지만 가장 큰 골칫거리는 홈즈가 보관하는 자료들이었다. 그는 이런 것들, 특히 자신이 관계했던 사건과 관계있는 서류를 버리는 것이라면 질색을 했다. 게다가 억지로라도 힘을 내서 자료의 요점을 노트에 메모하여 정리하는 일은 1년이나 2년에 한 번 있을까 말까 했다. 왜냐하면, 홈즈에 대한 다른 이야기에서 내가 밝힌 대로, 그는 유명한 갖가지 사건에 전력을 쏟아 부었는데 그 사건을 멋지게 해결하고 나면 갑자기 기력을 잃어 아무것도 할 수 없는 상태에 빠져 버리기 때문이었다. 그럴 때면 바이올린과 책을 끌어안고 하루 종일 침대와 소파 사이를 오가며 누워 있기만 하고 거의 움직이지 않았다. 따라서 시간이 흐를수록 자료가 늘어나, 손으로 작성한 서류가 어느 틈엔가 방 구석구석에까지 산더미처럼 쌓이고 말았다. 이런 자료들은 함부로 태워 버릴 수도 없고 주인이 직접 정리해야만 하는 것이었다. 어느 겨울 밤, 둘이서 난로 옆에 앉아 있을 때 나는 자료의 중요한 부분을 전부 노트에 옮겨 적었으니 지금부터 한 두 시간 정도 방을 좀 더 쾌적하게 꾸며 보는 것이 어떻겠느냐고 물었다. 아주 당연한 제안이었으므로 그도 싫다고는 말

24) hair trigger. 아주 민감해서 머리카락에 닿을 정도만 되어도 발사된다는 방아쇠.

하지 못했다. 홈즈는 불만이 가득한 얼굴로 자기 침실로 들어가더니 곧 커다란 양철 상자를 끌고 나왔다. 상자를 바닥 한가운데 놓고 그 앞에 있던 앉은뱅이 의자에 앉아 뚜껑을 열었다. 안을 들여다보니 붉은 테이프로 묶어 둔 서류 다발이 꽉 차 있었는데 나는 이런 상자가 두 개나 더 있다는 것을 알고 있었다.

홈즈가 장난기 어린 눈빛으로 나를 쳐다보며 말했다.

"여기에는 사건 기록들이 가득 들어 있네. 자네도 안의 내용을 알고 있다면 다른 서류를 여기에 넣으라고 하는 대신에 지금 들어 있는 것들을 꺼내 달라고 할 걸세."

"그럼 여기 있는 게 자네가 젊었을 때 관여한 사건 기록인가? 옛날 사건에 대해서도 써 보고 싶다고 늘 생각하고 있었어."

"맞아. 전부 옛날 사건에 관한 것들일세. 자네가 사건에 대한 글을 써서 나를 유명하게 만들어 주기 전에 일어난 일들이지."

그는 아주 소중한 물건을 다루듯이 조심조심 서류 뭉치들을 꺼내기 시작했다.

"여기 있는 사건을 전부 완벽하게 해결한 건 아니야. 하지만 사건마다 조금 흥미로운 부분이 포함되어 있네. 이건 탈턴 살인 사건 기록이고 이건 포도주 장수 뱀버리 사건, 러시아 아주머니와 관련된 사건, 알루미늄 목발을 둘러싸고 일어난 신비한 일, 다리가 뒤틀린 리콜레티와 그의 비천한 아내 사이에서 일어났던 사건. 그리고……, 아, 이거야! 이건 정말 재미있는 사건이었어."

그는 상자 바닥으로 손을 찔러 넣어 장난감 상자처럼 생긴 뚜껑 달린 조그만 나무 상자를 꺼냈다. 조그만 상자 안에는 꼬깃꼬깃한 종이쪽이, 옛날에 사용되던 놋쇠로 만든 열쇠, 실 뭉치가 달린 나무못, 녹슨 금속

원반 세 개가 들어 있었다.

"왓슨, 이 물건들을 보고 무슨 생각이 드는가?"

의아해하는 내 표정을 보고 홈즈가 미소 지으면서 물었다.

"기묘한 물건들만 잘도 골라서 모았구먼."

"정말 기묘한 물건들이지. 아마 이 물건들과 연관된 이야기를 들으면 좀 더 기묘한 기분이 들 걸세."

"지난날의 사건을 떠오르게 하는 기념품이로군."

"기념품이 아니라 지난날의 사건 그 자체라고 할 수 있는 것들이지."

"무슨 뜻인가?"

홈즈가 물건을 하나씩 꺼내 탁자 끝에 나란히 늘어놓았다. 그러더니 다시 의자에 앉아 만족스러운 눈빛으로 그것들을 바라보았다.

"여기에 있는 것들은 〈머스그레이브 가의 의식문〉 사건에 대한 기념으로 내가 간직하고 있다네."

홈즈는 그 사건에 대해 몇 차례 언급한 적은 있었지만 아직 자세한 내용을 말해 주지는 않은 상태였다.

"괜찮다면 그 사건을 이야기해 주지 않겠나?"

이 말을 들은 홈즈가 천진난만한 커다란 목소리로 말했다.

"쓰레기장처럼 어지러운 이 방을 그냥 내버려 둔 채 말인가? 무슨 일이 있어도 정리해야겠다는 건 아니었나 보군. 어쨌든 이 사건을 자네의 기록에 넣어 주면 고맙겠어. 왜냐하면 이 사건에는 몇 가지 아주 특이한 점이 있거든. 영국에서는, 아니 전 세계 어느 나라에서도 이런 범죄는 일어난 적이 없었을 거야. 이런 사건을 기록하지 않는다면 나의 보잘것없는 성과를 담은 책도 완전하다고 할 수 없네.

자네도 〈글로리아 스콧 호〉 사건을 기억하고 있지? 그때 알게 된 가엾은 노인과 이야기를 나눈 덕분에 이제는 내 천직이 된 탐정이라는 직업에 관심을 갖게 되었다는 사실도 말일세. 지금은 내 이름이 세상에 널리 알려져서 세상 사람들은 물론이고 경찰들조차도 복잡한 사건이 벌어지면 결국에는 내게 사건을 맡기지. 자네와 처음 만났을 무렵, 그러니까 자네가 《진홍색 연구》라는 책의 소재로 삼은 사건이 일어났을 무렵에도 이미 직업적으로 상당히 안정되어 있었어. 돈이야 그리 많이 벌지는 못했지만. 그러니 처음에 내가 얼마나 고생했는지, 일을 제대로 해 나가게 되기까지 얼마나 오랜 시간을 기다렸는지 자네는 도저히 모를 걸세.

나는 런던에 오자마자 몬태규 가의 대영박물관 바로 옆에 있는 방을 빌렸어. 시간이야 얼마든지 있었으니 내 실력을 쌓는 데 조금이라도 도움이 될 만한 여러 가지 과학 분야를 공부하면서 하루하루를 보냈지.

때때로 내게 일을 부탁하러 오는 사람들이 있었는데, 주로 대학 시절 친구들에게 소개받고 온 사람들이었다네. 학교에서 보낸 마지막 해에는 나와 내가 사용하는 방법이 사람들 입에 오르내리게 되었거든. 그렇게 얻은 일 중 세 번째로 의뢰받은 것이 바로 이 사건이었네. 특이한 사건이 계속 일어나자 세상 사람들의 주목을 끌었고 문제를 해결하고 나니 매우 중요한 사실이 밝혀졌다네. 그 사건을 발판으로 삼아서 나는 지금의 지위를 향한 첫걸음을 내딛을 수 있게 되었지.

레지널드 머스그레이브는 나와 같은 대학을 다녔기 때문에 안면은 있었지만 친분이 있었다고 하기는 힘들어. 그 친구는 학생들 사이에서 그다지 인기가 없었고, 자존심이 매우 강하다는 평을 받았지. 나는 그가 오히려 내성적인 성격을 감추려 하는 바람에 그런 오해를 받았다는 느낌이 들었네. 그의 생김새는 정말 귀족 같았어. 훤칠한 몸매에 코가 오뚝하고 눈은 컸으며 어딘지 우울한 표정이었지만 늘 예의바르게 행동했지. 실제로 영국에서도 손꼽히는 명문가의 후손이라고 하더군. 16세기에 그의 집안이 분가해서 북쪽의 머스그레이브 가와 갈라졌고, 그때부터는 서부의 서식스에서 살고 있기는 했지만. 그의 가족이 사는 헐스턴의 저택은 서식스 주에서도 가장 오래된 저택일 걸세. 태어난 곳의 분위기가 머스그레이브의 몸에 밴 듯, 그의 무표정하고 창백한 얼굴과 위엄 있는 머리를 볼 때마다 나는 회색 아치며 돌로 된 칸막이가 세로로 붙어 있는 창 등 중세 성곽의 모습을 떠올리곤 했지. 그와는 몇 번 진지하게 이야기를 나누었는데 그는 진심으로 내 관찰과 추리에 아주 깊은 흥미와 관심을 보였다네. 나는 대학을 졸업한 뒤 4년 동안 단 한 번도 그를 만나지 못했는데 어느 날 아침, 그가 몬태규 가에 있는 내 방으로 나를 찾아왔어. 외모는 거의 변함이 없더군. 그는 예전부터 조금 멋을 부리는 편이이었는데, 상류사회의 젊은이다운 차림새에 차분하고 품위 있는 행동도 전과 다를 바 없었다네.

'머스그레이브, 그동안 어떻게 지냈나?'

내가 진심으로 반가워하며 악수한 뒤 물었어.

'자네도 들어서 알고 있을지 모르겠지만 2년 전에 아버지가 돌아가셨네. 그 후부터 내가 헐스턴의 저택을 관리하고 있고, 그 지역에서 의원으로 선출되어서 꽤 바쁜 시간을 보냈지. 홈즈, 자네는 우리를 깜짝 놀라게 한 그 능력을 실제로 사용하고 있다고 들었네.'

'그래, 머리 쓰는 일을 하면서 먹고살고 있지.'

'마침 잘됐군. 실은 말일세, 꼭 자네의 지혜를 빌려야만 할 일이 생겼네. 헐스턴에서 아주 이상한 일이 일어났는데 경찰의 힘으로는 도저히 해결할 수가 없었어. 어디서도 유례를 찾기 힘들 만큼 아주 이상하고 설명하기 힘든 일이거든.'

왓슨, 내가 얼마나 열심히 그 친구가 하는 말을 귀 기울여 들었는지 상상할 수 있겠지? 몇 개월 동안 일다운 일 하나 없이 기회가 오기만을 기다리고 있던 내게 드디어 기회가 찾아오려는 순간이었으니 말일세. 나는 마음속으로 다른 사람이 실패한 일이라도 나는 잘 해낼 수 있으리라 생각했네. 이건 내 실력을 시험해 볼 수 있는 좋은 기회였지.

'어떻게 된 건지 자세히 들려주게나.'

내가 큰 소리로 말했지. 레지널드 머스그레이브는 내 맞은편에 앉아 내가 권한 담배에 불을 붙이고 이야기를 시작했어.

'나는 아직 미혼이지만 헐스턴에는 꽤 많은 하인들을 두고 있네. 워낙 넓고 오래된 집이라 일이 많고 손봐야 할 곳도 많거든. 게다가 우리 지역에서는 꿩을 보호하고 있기 때문에 사냥철이 되면 우리 집에서 묵고 가는 손님들이 아주 많아. 일손이 부족하면 도저히 버텨 낼 재간이 없지. 하녀가 여덟 명, 요리사와 집사가 한 명씩, 하인이 둘, 심부름하는 아이가 한 명 있네. 그리고 정원과 마구간 관리도 또 다른 사람들에게 맡겼고.

그들 중에서 가장 오래된 사람은 집사 브런턴이야. 젊었을 때는 학교 선생님이었는데 실직한 그 사람을 선친이 고용하셨지. 활발하게 일을 하고, 성품도 뛰어났기에 곧 우리 집에서 없어서는 안 될 사람이 되었네. 그는 체격이 좋고 이마가 넓은 미남이라네. 우리 집에 온 지 벌써 20년이 지났는데 아직 마흔이 안 됐을 걸세. 천성적으로 성격이 좋을 뿐만 아니라 외국어를 몇 개나 구사하고 대부분의 악기를 다룰 줄 아는 등 뛰어난 특기를 가진 사람이지. 그렇게 오랫동안 집사를 해 온 게 오히려 이상할 정도라네. 우리 집이 생활하기에 편해서 환경을 바꾸고 싶은 마음이 없었던 모양이야. 헐스턴을 방문했던 사람은 누구나 그 집사를 기억하고 있을 정도로 유명한 사람이지.

그런데 이 뛰어난 사람에게도 한 가지 문제가 있다네. 여자들에게 너무 인기가 좋다는 점이지. 한적한 시골에 그런 남자가 있으니 당연하다고도 할 수 있겠지만. 부인이 살아 있을 때는 별문제 없었는데 부인을 여의고부터는 늘 말썽이 끊이지 않았어. 몇 개월 전에 하녀인 레이첼 하웰스와 약혼했다기에 이제 마음을 놓아도 되겠구나 싶었는데, 바로 약혼녀를 버리고 재닛 트리젤리스라는 사냥터 관리인의 딸과 친하게 지내더군. 레이첼은 매우 괜찮은 아가씨지만 영국 남서부, 즉 웨일스 태생답게 쉽게 흥분하는 성격이라서 무척이나 상심한 나머지 뇌염을 앓았다네. 지금은, 아니 어제까지는 퀭한 눈을 하고서 집 안을 넋 나간 사람처럼 돌아다니고 있었지. 이게 헐스턴에서 일어난 첫 번째 사건인데 그것도 두 번째 사건 때문에 빛이 바래고 말았어. 모든 일은 부주의하게 실수를 저지른 집사 브런턴을 해고한 데서 비롯되었다네.

지금부터 그 이야기를 해 보겠네. 그는 원래 머리가 좋은 사람이었지만 그게 파멸을 불러왔네. 그 재능을 자신을 위해서 사용하지는 못했거든. 호기심만 가득해서 자신과 아무 관계도 없는 일에까지 참견하곤 했어. 내가 우연히 그 사실을 알게 되었기에 망정이지 그가 그런 짓을 하고 있었다고는 꿈에도 생각지 못했다네.

아까도 이야기했지만 우리 집은 매우 넓네. 지난주 어느 날 밤, 정확히 말하자면 목요일 밤이었는데 저녁 식사를 마치고 그만 블랙커피를 마시는 바람에 좀처럼 잠을 이룰 수가 없었어. 몇 번이고 잠을 자려 노력했지만 어느 틈엔가 새벽 2시가 되어 버렸더군. 포기하는 게 낫겠다 싶어 소설이라도 읽으면서 시간을 보낼 생각으로 자리에서 일어나 촛불을 켰네. 그런데 읽던 책을 당구대가 있는 방에 놓고 왔기에 실내복을 걸치고 책을 가지러 나갔지. 그 방에 가려면 계단을 하나 내려가서 서재와 총기실로 연결된 복도를 가로질러야만 해. 그 복도로 들어섰는데 서재의 문이 열려 있고 거기서 희미한 불빛이 새어 나오는 게 아닌가? 침실로 들어가기 전에 내가 직접 불을 끄고 문을 닫았는데 말일세. 순간, 나는 도둑이 들었다고 생각했지. 헐스턴 저택 복도 벽에는 옛날 전쟁에서 사용했던 무기가 여기저기 걸려 있다네. 나는 그 자리에 초를

내려놓고 전투용 도끼를 집어든 뒤, 문이 열려 있는 서재로 살금살금 다가가 안을 들여다봤어.

그런데 서재 안에 집사 브런턴이 있더군. 격식을 갖춰 옷을 차려 입고, 안락의자에 앉아 지도 같이 보이는 종이 한 장을 무릎 위에 올려놓은 채 이마에 손을 대고 골똘히 생각에 잠겨 있는 모습이었네. 나는 깜짝 놀라 어둠 속에 서서 그를 그저 바라보고 있었어. 탁자 한쪽에 올려둔 촛불이 조금 흐리기는 했지만 그의 복식 정도는 확인할 수 있었다네.

잠시 뒤, 그가 자리에서 벌떡 일어서더니 한쪽 구석에 있는 사무용 책상 쪽으로 다가가 열쇠로 서랍을 여는 게 보였네. 거기서 서류 한 장을 꺼내 의자로 돌아와 앉더니 탁자에 올려놓은 촛불 옆에서 서류를 펼쳐서 주의 깊게 살펴보더군. 아무렇지도 않게 내 가족에 관한 서류를 함부로 꺼내서 읽다니 화가 나서 견딜 수가 없었어. 나도 모르게 한발 앞으로 다가서자 브런턴이 고개를 들어 문 앞에 서 있는 나를 쳐다봤다네. 당황한 그는 자리에서 일어나 새파랗게 겁에 질린 얼굴로 처음에 들여다보던 지도 같은 종이를 가슴 쪽 주머니에 찔러 넣었어. 내가 말했지.

'그랬군. 자네를 믿고 있었는데 이런 식으로 보답할 생각이었다니. 날이 밝으면 집에서 나가 주기 바라네.'

그는 완전히 기가 꺾인 듯 한마디도 하지 않고 가만히 방에서 나갔어. 촛불이 탁자 위에 그대로 있었기에 나는 그 불빛으로 브런턴이 탁자 위에 꺼내 놓은 서류를 읽어 보았네. 놀랍게도 그것은 중요할 것 하나 없는 서류였다네. '머스그레이브 가의 의식문'이라고, 우리 집에 전해 내려오는 조금 특이한 의식이 있는데 그것을 행할 때의 문답을 필사한 종이였어. 몇 세기 전부터 머스그레이브 가 남자는 어른이 되면 그 의식을 치러야 했거든. 그때 주고받는 말인데 집안사람들 말고 다른 이들에게 그건 전혀 흥미로운 일이 아니지. 고고학자라면 조금은 가치가 있다고 생각할지도 모르겠지만. 우리 집안의 문장紋章처럼 말이야. 어쨌든 그 서류에는 실용적인 면이라고는 전혀 없다네.'

'나중에 그 서류에 관한 내용을 자세하게 들려주게.'

내가 그의 말을 잠깐 끊자, 머스그레이브는 이해할 수 없다는 표정으로 이렇게 말했어.

'자네가 꼭 듣고 싶다면 그렇게 하지. 우선은 이야기를 계속하겠네. 나는 브런턴이 두고 간 열쇠로 책상 서랍을 잠그고 뒤로 돌아섰네. 그랬더니 집사가 다시 돌아와 눈앞에 서 있는 게 아닌가?

'주인님.'

그가 큰 소리로 말했는데 감정이 고조돼서 목소리가 갈라져 들리더군.

'명예를 잃는다면 저는 견딜 수 없을 겁니다. 신분에 어울리지 않는 자부심을 가지고 살아왔으나 명예를 잃는다면 더 이상 살아갈 수 없을 겁니다. 저를 그렇게 내쫓으시면 주인님 책임이라고 생각하게 될 겁니다. 정말입니다. 그러니 이번 일을 도저히 용서하실 수 없다 하더라도 제가 스스로 사표를 냈을 때와 마찬가지로 한 달의 여유를 주시기 바랍니다. 그렇게 해 주시면 저도 불명예를 참을 수 있을 겁니다. 이렇게 가깝게 지냈던 사람들 앞에서 갑자기 해고당한다면 저는 도저히 견딜 수가 없습니다.'

'자네에게 그런 은혜를 베풀 만한 가치가 있을까 싶군. 자네는 결코 해서는 안 될 짓을 했어. 하지만 우리 집에서 오랫동안 있었으니 해고 이유는 아무에게도 말하지 않겠네. 한 달은 너무 길어. 일주일 안에 우리 집에서 나가 주기 바라네. 그동안 자네 좋을 대로 구실을 만들고.'

'겨우 일주일입니까? 2주, 하다못해 2주라도 시간을 주십시오.'

그가 아주 절망적인 표정으로 말했어.

'아니, 정확히 일주일 주겠네. 이것도 아주 관대한 처분임을 잘 기억해 두기 바라네.'

그는 싸움에서 진 사람처럼 고개를 푹 숙인 채 방에서 나갔고 나는 촛불을 끄고는 침실로 돌아왔네.

그 일이 있고 이틀 동안 브런턴은 아주 성실하게 열심히 일했어. 나는 그날 밤의 일에 대해서는 한마디도 하지 않았지만 그가 자신의 불명예를 숨기기 위해서 어떤 구실을 생각해 냈는지 조금 궁금해졌네. 평소에는 내가 아침 식사를 끝내면 브런턴이 그날의 일을 지시받으러 나를 찾아왔지. 그런데 사흘째 되던 날부터는 전혀 얼굴을 내밀지 않더군. 내가 식당에서 나오는데 마침 하녀인 레이첼 하웰스가 지나갔네. 조금 전에 말한 대로 그녀는 병에 걸렸다가 막 나은 참이라 혈색이 나빴고 완전히 수척해져 있었지. 나는 하웰스가 일을 시작한 걸 보고 한마디 하고야 말았어.

'아직 더 누워 있어야 해. 좀 더 몸을 추스른 다음에 일을 시작해도 상관없어.'

그러자 그녀가 아주 이상한 표정으로 내 얼굴을 바라보았다네. 나는 혹시 이 여자가 병 때문에 정말로 머리가 어떻게 된 게 아닐까 생각했네. 그녀가 말하더군.

'저는 아무렇지도 않습니다, 주인님.'

'오늘은 쉬고 의사에게 또 물어보자고. 아, 그 전에 밑으로 내려가서 브런턴을 좀 불러 줘.'

'집사는 떠났습니다.'

'떠났다고? 어디로 갔다는 건가?'

'떠났습니다. 아무도 그를 본 사람이 없습니다. 방에도 없고요. 그래요, 떠난 겁니다. 그 사람은, 그 사람은 떠났습니다!'

그녀가 쓰러지듯 뒤에 있는 벽에 몸을 기대더니 미친 듯이 웃어 댔어. 그녀의 신경질적인 발작에 나는 겁을 먹고 서둘러 벨을 눌러 사람들을 불렀지. 울며 발버둥치는 하녀를 방으로 데려다 주고 나서 나는 브런턴의 행방을 찾으려 했네. 우리 집을 떠난 것만은 틀림이 없었어. 침대에 자고 일어난 흔적이 없었고, 전날 밤에 자기 방으로 돌아간 다음부터는 아무도 그를 본 사람이 없었거든. 하지만 어떻게 해서 집 밖으로 나갔는지 확실하지 않네. 아침까지 창이며 문은 모두 그대로 잠겨 있었으니까. 그의 옷, 시계, 심지어 돈도 방에 고스란히 남아 있었네. 비록 그가 입고 있었을 검은 옷은 보이지 않았지만. 슬리퍼도 안 보였는데 구두만은 그대로 남아 있더군. 브런턴은 그날 밤에 어디로 간 걸까? 그리고 지금은 대체 어디에 있는 걸까?

사람들과 함께 지하실부터 다락방까지 이 잡듯 뒤져 보았지만 그의 그림자도 찾을 수 없었네. 몇 번이고 말하지만 오래 전에 지은 집이라 미궁처럼 구조가 복잡하고, 특히 거의 쓰지 않는 구관은 어디가 어디인지 모를 정도로 복잡하네. 어쨌든 방과 창고를 샅샅이 살펴봤는데도 불구하고 단서 하나 찾지 못했어. 짐은 고스란히 놓아두고 집을 나갔다고는 믿을 수 없지만 지금 어디에 있는지 감도 잡지 못하겠네. 경찰이 와도 아무것도 알아내지 못했어. 마침 그가 사라지기 전날 밤에는 비가 왔다네. 그래서 집 주위에 있는 잔디와 오솔길도 살펴봤지만 발자국은 발견되지 않았어. 그리고 또 다른 일이 일어나는 바람에 우리는 그곳에 온 정신이 팔렸다네.

레이첼 하웰스는 그로부터 이틀을 꼬박 누워 지냈지. 헛소리를 하기도 하고 신경질적인 발작을 일으킬 때도 있었기에 밤새도록 그녀를 봐줄 간호사를 고용했네. 브런턴이 행방을 감춘 지 사흘째 되던 날 밤, 환자가 깊이 잠든 것을 확인한 간호사는 안락의자에 앉아 잠깐 눈을 붙였다가 아침 일찍 일어났네. 한데 침대에는 아무도 없고 창문은 열려 있었으며 레이첼의 모습도 보이지 않았다는 거야. 그때 나는 아직 자고 있었는데 그 이야기를 듣자마자 하인 둘과 함께 그녀를 찾아다녔네. 레이첼이 어디로 갔는지는 쉽게 알아낼 수 있었지. 그녀 방의 창 밑에서부터 시작되어 잔디밭을 가로질러 연못이 있는 곳까지 발자국이 뚜렷하게 찍혀 있었거든. 내 소유지 밖으로 나가는 자갈길 바로 옆에서 그 발자국이 끊어졌네. 그 연못의 깊이는 약 2.4미터 정도일세. 머리가 이상해진 가엾은 아가씨의 발자국이 연못 옆에서 끊겼으니 우리의 심정이 어땠는지는 짐작하고도 남겠지?

우리는 곧바로 연못 바닥을 뒤져서 시체를 건져 올리기로 했네. 그런데 아무리 찾아도 시체는 발견되지 않았어. 그 대신 전혀 뜻밖의 물건이 수면 위로 떠올랐네. 리넨으로 만든 자루였는데 그 안에는 녹슬고 빛바랜 낡은 금속 덩어리와 검게 그을린 돌인지 유리 조각인지 모를 것이 들어 있었네. 연못 바닥을 뒤져서 건져 낸 것이라고는 그게 다였네. 어제도 온갖 방법을 다 써서 찾아보았지만 레이첼 하웰스와 리처드 브런턴의 신상에 무슨 일이 일어났는지 오리무중이라네. 경찰도 어떻게 해야 좋을지 몰라 쩔쩔매고 있어. 이런 상황이라 마지막으로 자네에게 부탁하러 온 걸세.'

머스그레이브는 이렇게 말을 맺었네. 왓슨, 그때의 내 모습이 눈에 선하지? 연속해서 일어난 기묘한 사건 이야기에 나는 완전히 빠져들고 말았네. 그 사건들을 하나로 묶어 설명할 만한 공통된 끈을 찾아야겠다고 생각했지.

집사가 사라졌고 뒤이어 하녀도 사라졌다. 하녀는 집사를 사랑했지만, 뒤에 그를 미워할 만한 충분한 이유가 생겼다. 그녀는 웨일스 지방 태생으로 다혈질이었는데 집사가 행방불명된 직후에 그녀는 극도로 흥분된 모습을 보였다. 그리고 기묘한 물건이 담긴 자루를 연못에 던져 넣었다. 대충 이런 점들을 깊이 생각해 봐야 했지.

하지만 이렇게 겉으로 드러난 점들에만 주목한다고 해서 해결의 실마리를 잡을 수는 없었어. 머스그레이브 가에서 일어난 몇몇 이상한 사건들의 근본적인 원인은 무엇일까? 아무리 뒤엉킨 실타래라 하더라도 반드시 시작점이 있기 마련이니까.

'머스그레이브, 그 서류를 봐야겠네. 자네 집 집사가 일자리를 잃게 될 위험을 무릅쓰고서라도 볼 가치가 있다고 여긴 그 서류 말일세.'

내가 말하자 머스그레이브가 답했네.

'우리 집안에서 '의식'이라 부르고는 있지만 내 눈에는 한심하기 짝이 없는 짓일세. 그래도 예전의 우아한 느낌을 전달해 주니 그대로 남겨 두는 것도 그리 나쁘지는 않겠지. 정 그렇게 보고 싶다면 여기에 그 질

문과 대답을 옮겨 적은 종이가 있네.'

그가 내게 종이를 건네주었네. 이 종이가 바로 그거야. 아주 특이한 문답이지. 머스그레이브 가 남자들은 옛날부터 어른이 되면 이 문답을 소리 내서 외워야만 했다고 하네. 여기 적힌 대로 그 질문과 대답을 읽어 보겠네."

'그것은 누구의 것이었나?'

– 떠나간 분의 것.

'그것은 누구의 것이 되나?'

– 장차 올 분의 것.

'달은 언제인가?'

– 처음부터 헤아려서 여섯 번째.

'태양은 어디에 있나?'

– 떡갈나무 위에.

'그림자는 어디에 있나?'

– 느릅나무 밑에.

'몇 걸음 가면 되나?'

– 북쪽으로 열 걸음, 그리고 다시 열 걸음, 동쪽으로 다섯 걸음, 그리고 다시 다섯 걸음, 남쪽으로 두 걸음, 그리고 다시 두 걸음. 서쪽으로 한 걸음, 그리고 다시 한 걸음. 그 아래로.

'우리는 무엇을 바쳐야 하나?'

– 우리의 모든 것을.

'무엇을 위해서?'

– 신뢰를 위해서.

"머스그레이브가 설명했다네.

'홈즈, 원문에 날짜가 적혀 있지는 않지만 철자법을 보면 17세기 중반에 쓰인 듯하네. 하지만 자네가 이번 사건을 해결하는 데 그렇게 큰 도움이 될 것 같지는 않아.'

'어쨌든 다시 새로운 수수께끼가 등장한 셈이로군. 이 수수께끼가 앞서 이야기한 것보다 훨씬 더 재미있는데. 이 수수께끼를 풀어내면 다른 의문들도 한꺼번에 풀릴지도 모르겠고. 머스그레이브, 이렇게 말하면 실례가 될지 모르겠지만 그 집사라는 사람은 머리가 아주 좋아서 사물을 꿰뚫어 보는 힘이 몇 대에 걸쳐 내려온 주인들보다도 훨씬 더 뛰어났던 모양일세.'

'난 자네 말을 이해할 수 없군. 이 서류에 도움이 될 만한 단서가 숨어 있는 것 같지는 않은데.'

'아니, 나는 결정적인 단서가 되리라고 생각하네. 브런턴도 나와 같은 생각이었을 거야. 틀림없이 자네에게 발각되기 훨씬 전부터 이 서류를 보았을 걸세.'

'그렇다 해도 딱히 이상하지는 않네. 특별히 이 서류를 숨기지는 않았으니까.'

'그날 밤, 그는 여기에 적힌 내용 중에서 잊은 부분이 없나 확인하려 했을 거야. 무슨 지도 같은 종이를 펴놓고 그 서류를 비교해 보다가 자네가 다가서자 서둘러 주머니에 쑤셔 넣었다고 했지?'

'그렇다네. 대체 우리 집안의 오랜 관습으로 뭘 어쩌려고 했을까? 그리고 자네는 무슨 이유로 이런 이야기를 하는 건가?'

'그 대답을 하는 것은 그리 어렵지 않네. 자네만 괜찮다면 가장 빠른 기차로 서식스의 저택으로 가 보세. 사건이 일어난 현장을 조금 더 자

세히 살펴보아야겠어.'

그날 오후에 우리는 헐스턴 저택에 도착했네. 유명한 건물로 자네도 사진이나 책을 통해서 이미 알고 있을 테니 간단하게 설명하도록 하지. 건물은 전체적으로 L자형이야. 원래는 L자의 짧은 부분에 해당하는 구관만 있었는데 거기에 긴 부분에 해당하는 신관을 새로 지어 연결했더군. 구관 한가운데 묵직한 돌을 위에 얹어 놓은 낮은 문이 있는데 그 위에 '1607'이라는 숫자가 새겨져 있어. 하지만 전문가들은 들보와 석조 부분을 보고 사실은 그보다 훨씬 더 오래 전에 지어졌다고 보고 있네. 구관은 벽이 아주 두꺼운 데다 창이 아주 작았어. 그래서 18세기에 그곳에 살던 사람들은 더 이상 참지 못하고 새 건물을 지은 듯하네. 지금은 구관에 식료품과 연료를 보관하고 있더군. 주위에는 멋진 고목들이 늘어서 있는 훌륭한 정원이 있었고, 집에서 200미터 정도 떨어진 가로수 길 가까이에는 머스그레이브가 이야기한 연못이 있었다네.

왓슨, 진작부터 나는 이렇게 확신하고 있었어. 이 사건에는 서로 다른 세 가지 수수께끼가 있는 게 아니라 오직 하나의 수수께끼만 있다고 말일세. '머스그레이브 가 의식'으로 전해 내려오는 문답의 의미를 정확하게 파악하기만 하면, 그것이 이 사건을 해결하는 열쇠가 되어 집사 브런턴과 하녀 하웰스의 실종에 얽힌 진상도 알아낼 수 있을 것이라고 믿었네. 그래서 나는 전력을 다해서 그 문답의 의미를 파악하려 했지. 집사는 왜 이 오래 전의 글을 자세히 조사했을까? 말할 것도 없이, 몇 대에 걸친 주인들이 깨닫지 못한 무엇인가가 그 문답 속에 숨어 있던 것이지. 그리고 집사는 그것을 발견하면 자기에게 득이 되리라고 생각했을 거야. 그렇다면 과연 그건 무엇이었으며, 집사의 운명을 어떻게 바꾸었을까?

문답을 읽고 나는 '어느 쪽으로 몇 걸음'이라는 말이 사실은 다른 부분에서 애매하게 적어 놓은 어떤 장소를 설명한 것임을 즉시 알아차렸네. 그 장소를 발견한다면 머스그레이브 가의 선조들이 그런 기상천외한 방법으로 물려주던 비밀을 알수 있을 터였어. 우선 주목해야 할 부

분이 두 군데 있었네. 떡갈나무와 느릅나무가 그것이지. 떡갈나무는 아주 쉽게 찾을 수 있었네. 집의 정면에 해당하는 마찻길 왼쪽에 아주 오래된 떡갈나무가 서 있었거든. 그렇게 커다란 나무는 지금까지 본 적이 거의 없네.

'저 나무는 이 문답이 처음 작성됐을 때도 저기에 서 있었겠지?'

타고 있던 마차가 그 나무 옆을 지나갈 때 내가 물었어. 머스그레이브는 이렇게 대답했네.

'저 나무는 11세기에 노르만 사람들이 영국을 정복했을 때 심었다고 하니 틀림없이 그때도 있었을 걸세. 나무 둘레가 7미터나 된다네.'

이로써 단서 중 하나를 확실하게 알아낸 셈이었지.

'자네 집에 오래된 느릅나무도 있나?'

'저쪽에 아주 오래된 느릅나무가 있었는데 10년 전에 벼락을 맞아서 완전히 베어 버렸어.'

'어디에 있었는지 자리는 알고 있지?'

'알고말고.'

'그 외에 다른 느릅나무는 없나?'

'오래된 건 없네. 너도밤나무는 많지만.'

'그 느릅나무가 있었던 곳 좀 가르쳐 주게.'

그때 마침 이륜마차가 집 앞에 도착했어. 머스그레이브는 집으로 들어가기 전에 나를 잔디 위 느릅나무가 서 있던 자리로 바로 데려가 주었네. 위치는 대충 떡갈나무와 저택의 건물 중간쯤 되는 곳이었지. 모든 게 순조롭게 풀리는 듯했어. 내가 머스그레이브에게 한 가지 물었네.

'느릅나무의 높이는 알 수 없겠지?'

'아주 간단하네. 19.2미터였어.'

'그걸 어떻게 알고 있나?'

내가 놀라 물었지.

'예전에 가정교사에게 삼각법을 배웠는데 그때부터 한동안 물건의 높이를 재고 돌아다녔거든. 어렸을 때 우리 집에 있는 나무와 건물의 높이를 전부 재 봤다네.'

이건 뜻밖의 행운이었네. 내가 조사에 필요하다고 생각했던 자료들을 예상했던 것보다 빨리 입수할 수 있었으니까.

'집사가 같은 질문을 한 적은 없었나?'

레지널드 머스그레이브가 멍한 표정으로 나를 바라봤네.

'그러고 보니 몇 달 전에 브런턴이 베어 버린 그 나무의 높이를 물어본 적이 있었네. 마부와 그 일로 말다툼을 했다고 하면서 말이야.'

왓슨, 솔깃한 이야기 아닌가? 그로 인해 내 수사 방향이 틀리지 않았음을 알 수 있었지. 나는 태양을 올려다보았어. 이미 상당히 기울어 있었기에 앞으로 한 시간 정도만 더 있으면 떡갈나무 바로 위에 걸리게 생겼더군. 그것이 문답에 적혀 있던 조건 중 하나였지. 그리고 느릅나무의 그림자는 틀림없이 그림자의 끝부분을 가리킨다고 생각했네. 그렇지 않다면 그림자가 아니라 나무줄기를 기준으로 사용했을 테니까. 즉, 태양이 떡갈나무 꼭대기를 지날 때 느릅나무의 그림자가 어디에 위치하는지를 알 필요가 있었던 거야."

여기까지 듣고 나는 홈즈에게 말했다.

"그걸 알아내는 게 그리 쉽지는 않았을 텐데, 홈즈. 느릅나무는 이미 베이지 않았나?"

"브런턴이 알아냈다면 나도 알아낼 수 있을 거라고 생각했네. 그리고 실제로 그렇게 어렵지도 않았어. 머스그레이브와 함께 서재로 들어간 나는 나무를 깎아 지금 여기에 있는 이 나무못을 만들고 거기에 1미터마다 매듭을 지은 이 긴 실을 묶었지. 그리고 1.8미터짜리 낚싯대 두 개를 들고 느릅나무가 있던 곳으로 갔네. 마침 태양이 떡갈나무 위에 걸려 있었네. 나는 낚싯대를 땅 위에 똑바로 세우고 그림자의 방향을 본 뒤 그 길이를 쟀지. 2.7미터더군.

간단한 계산 아닌가? 1.8미터짜리 낚싯대의 그림자가 2.7미터이니, 19.2미터짜리 나무의 그림자는 28.8미터겠지. 물론 그림자의 방향은 둘 다 같을 거고. 그림자 방향을 따라 28.8미터를 나아갔더니 집 벽 바로 앞에 그림자의 끝부분이 떨어진다는 사실을 알 수 있었네. 그래서 거기에 말뚝을 박아 놓았지. 거기서 5센티미터도 떨어지지 않은 땅 위에 작은 구덩이가 있는 걸 보니 말할 수도 없이 기뻤다네. 브런턴이 거리를 재서 파 놓은 것이 분명했으니까. 나는 그의 뒤를 제대로 쫓고 있었던 거야.

그곳을 출발점으로 삼아서, 우선은 나침반으로 방향을 확인한 뒤에 문답에 적혀 있는 대로 걸음을 옮겨 보았네. 북쪽으로 열 걸음, 그리고 다시 열 걸음, 총 스무 걸음을 전진해 보니 집 벽을 따라가게 돼 있더군.

거기에 다시 말뚝을 박아 표시했네. 그런 다음, 틀리지 않도록 주의하면서 동쪽으로 열 걸음, 남쪽으로 네 걸음을 더 갔네. 그랬더니 구관 현관 앞에 이르더군. 거기서 서쪽은 평평한 돌을 깔아 놓은 복도였네. 그러니까 복도 쪽으로 두 걸음 옮기면 되는 거지. 그렇게 해서 문답에 적혀 있는 장소에 도착했어.

하지만 그때처럼 실망한 적도 없었다네. 맥이 확 풀렸어. 처음부터 계산을 잘못한 게 아니었나 싶을 정도로 말이야. 저녁 햇살이 쏟아져 들어와서 바닥이 아주 잘 보였는데 바닥에 깔린 낡고 닳아빠진 회색 돌은 시멘트로 굳게 다져 두었고 움직인 흔적도 없었어. 브런턴이 거기에는 손을 대지 않았다는 이야기지. 바닥을 여기저기 두드려 봤지만 모두 같은 소리가 났고, 속이 빈 소리는 나지 않았어. 금이 간 곳이나 틈새도 발견할 수 없었지. 그런데 다행스럽게도 내가 무엇 때문에 그러는지 깨달은 머스그레이브가 나와 마찬가지로 열심히 바닥을 찾다가 문답을 꺼내 다시 읽어 보더군.

'그 밑에! 그 밑에를 빼 먹었어!'

그가 이렇게 외쳤다네. 그 말을 바닥을 파라는 뜻으로 해석했지만, 곧 내가 틀렸음을 깨달았지.

'그럼 이 밑에 지하실이 있단 말인가?'

내가 큰 소리로 물었네.

'맞아. 이 집을 처음 지을 때부터 있었던 거야. 입구는 이쪽일세.'

둘이서 나선형 계단을 내려갔고

거기서 머스그레이브가 성냥에 불을 붙여 한쪽 구석의 통 위에 놓여 있던 커다란 램프에 불을 붙였어. 주위가 밝아지는 순간, 드디어 문답이 가리키는 곳을 제대로 찾았다는 느낌이 들었어. 그리고 최근에 여기를 찾아온 사람들이 더 있었다는 것을 알 수 있었네. 그곳은 예전에 장작을 놓던 곳이었는데 바닥 여기저기에 널려 있어야 할 장작이 양쪽 벽에 가지런히 쌓여 있어 가운데 바닥이 넓게 드러나 있더군. 드러난 바닥에는 크고 무거워 보이는 돌이 깔려 있었어. 돌에는 철로 만든 녹슨 고리가 연결되어 있었고, 그 고리에 두꺼운 천으로 만든 체크무늬 머플러가 묶여 있었네.

'이게 왜 여기에 있지? 이건 브런턴의 머플러야. 그가 두른 걸 본 적이 있네. 그가 왜 여기에 왔던 걸까?'

나는 머스그레이브에게 부탁해서 그 주의 경찰을 두 명 불렀어. 그런 다음 머플러를 당겨서 돌을 들어 올리려 했지. 혼자 힘으로는 도저히 들어낼 수가 없어서 경찰 한 명의 도움을 받아 간신히 돌을 옆으로 치웠네. 그 밑에 검고 커다란 구멍이 커다랗게 입을 벌리고 있더군. 모두가 일제히 그 안을 들여다보았고 머스그레이브가 한쪽에 무릎을 꿇고 앉아 램프로 구멍 속을 비췄어. 깊이는 2.1미터에 사방이 1.2미터 정도 되는 좁은 굴이었어. 한쪽에는 여기저기 놋쇠를 사용해 만든 튼튼한 나무 상자가 놓여 있었지. 경첩이 달린 뚜껑은 열려 있었고 지금 여기 있는 오래된 열쇠가 꽂혀 있었어. 상자의 겉면에는 먼지가 두껍게 쌓여 있었고, 습기와 벌레 때문에 나무는 삭아 버렸다네. 뚜껑 안쪽에는 시퍼런 곰팡이가 가득 자라고 있었지. 아무래도 옛날 화폐 같은, 지금 내가 손에 든 것과 같은 둥근 금속 몇 개가 상자 바닥에 흩어져 있었고 그 외에는 아무것도 없었어.

하지만 당시에는 그 옆에 웅크리고 있는 사람에게 온통 신경을 빼앗겨서 그 낡은 상자에 신경 쓸 틈이 없었네. 검은 옷을 입은 남자였는데 이마를 상자 가장자리에 댄 채 웅크리고 앉아 상자 양 옆을 끌어안듯 두 팔을 뻗고 있었어. 그 자세 때문에 피가 얼굴로 쏠려서 혈색이 검붉게 변했고, 표정이 심하게 일그러져서 도저히 누구인지 알아볼 수가 없었네. 하지만 시신을 끌어올린 뒤에 머스그레이브가 키나 복장, 머리카락 색깔 등으로 봐서 모습을 감춘 집사가 분명하다고 진술했어. 브런턴은 죽은 지 며칠이 지난 듯했는데 몸에 상처나 맞은 자국은 전혀 없었고, 사인을 밝혀낼 만한 어떤 흔적도 없었네. 그렇게 끔찍한 최후를 맞게 된 이유를 알 수가 없었어. 시신을 지하실에서 끌어냈지만 우리는 여전히 문제를 풀 만한 실마리를 발견하지 못했어.

솔직히 말하자면 당시 나는 내 수사 방법에 크게 실망했네. 처음에는 문답에 적혀 있는 장소만 발견하면 이번 사건을 해결할 수 있겠다고 생각했거든. 그런데 실제로 그 장소를 찾아  냈는데도 머스그레이브 가문이 그토록 복잡하고 조심스럽게 숨겨 둔 것이 무엇인지 전혀 알 수가 없었어. 시신을 발견하기는 했지만 이번에는 집사가 죽게 된 경위와, 행방불명된 하녀가 이 끔찍한 죽음에 있어서 대체 어떤 역할을 하고 있었는지 밝혀내야만 했지. 나는 구석에 있는 조그만 통에 앉아 사건 전체를 다시 한 번 가만히 생각해 봤네.

왓슨, 그런 경우에 내가 어떻게 하는지는 잘 알고 있겠지? 내가 상대방의 입장에 서 보는 걸세. 우선 그 사람이 얼마나 머리가 좋은지 판단하고, 내가 같은 조건에 놓였다면 어떻게 했을지 상상해 보는 거지. 브런턴은 머리가 아주 좋은 사람이라 그의 행동을 상상하기는 그리 어렵지 않았어. 천문학자들이 말하는 '개인 오차'라는 것을 염두에 둘 필요가 없었지. 그는 아주 값진 물건이 숨어 있다는 사실을 알고 그 장소를 찾아냈네. 하지만 그 비밀스러운 곳 위에는 무거운 돌이 있어서 혼자서는 움직일 수가 없었지. 그는 과연 어떻게 했을까? 가령 집 밖에 믿을 만한 사람이 있다 해도 집 안으로 들이는 과정에서 수없이 많은 문의 빗장을 벗겨 내다가는 발각될 위험이 커. 그러니 가능하다면 집안사람의 도움을 얻는 편이 나았을 거야. 그렇다면 누구에게 부탁하겠나? 사라진 하녀는 예전에 집사에게 푹 빠져 있었네. 대부분의 남자들은 자신이 몹쓸 짓을 해서 여자의 사랑이 식어 버렸는데도 그 사실을 눈치채지 못하는 법이지. 그는 달콤한 말로 하웰스를 달랜 뒤 그녀의 도움을 얻으려 했을 거야. 밤이 되자 둘은 지하실로 내려와 힘을 합쳐 그 돌을 들어 올렸을 거고. 여기까지는 마치 내가 그 현장에서 본 듯이 그들의 행동을 정확하게 상상할 수 있었어.

하지만 단 둘이서, 그것도 한 명은 여자였으니 돌을 쉽게 들어 올리지는 못했을 거야. 다부진 체격의 경관과 내가 들어 올리기에도 버거웠으니까. 그렇다면 그들은 어떤 힘을 이용했을까? 내가 떠올린 방법과 크게 다를 바 없을 걸세. 나는 자리에서 일어나 바닥에 흩어져 있는 여러 형태의 장작을 주의 깊게 살펴보았네. 얼마지 않아 내 생각에 꼭 들어맞는 장작을 발견했어. 길이는 90센티미터 정도였고, 한쪽 끝이 찌그러져 있는 게 보였네. 그 외에도 상당한 무게에 짓눌려 빠개진 듯 전체적으로 평평해진 장작을 몇 개 발견했어. 그들은 틀림없이 돌을 들어 올리면서 사람이 들어갈 수 있을 정도가 될 때까지 그 틈에 장작더미를 넣었을 거야. 그러고는 장작 하나를 세워 버팀목으로 사용했을 테지. 그런데 돌의 모든 무게를 받는 그 장작을 바닥에 깔린 다른 돌 틈에 끼워 넣었기 때문에 그 끝이 찌그러진 것도 당연해. 그 점에 대해서도 내 추리는 정확해 보였다네.

그렇다면 그 한밤의 활극은 어떻게 진행되었을까? 구멍 안으로는 한명밖에 들어갈 수 없으니 브런턴이 들어갔고 하녀는 위쪽에서 기다리고 있었을 거야. 브런턴은 상자를 열어 그 속에 있던 물건을 하녀에게 건네줬을 테지. 우리가 봤을 때는 거의 아무것도 남아 있지 않았으니 말이야. 그 다음, 그 다음에는 과연 무슨 일이 일어났을까?

그 열정적인 켈트 족 여자가 자신에게 상처를 준 남자의 운명을 자기 뜻대로 할 수 있는 위치에 섰다네. 우리 생각보다 훨씬 더 깊은 상처를 입었을지도 몰라. 마음속에서 피어오르던 복수의 불꽃을 어떤 식으로 불태웠을까? 버팀목으로 사용한 장작이 우연히 어긋나면서 돌 뚜껑이 내려앉아 브런턴을 그 무덤 안에 가두어 버린 것일까? 그녀의 죄는 그가 어떻게 되었는지 숨기고 있었던 것뿐이었을까? 아니면 그녀가 일부러 버팀목을 빼내서 돌이 원래 있던 자리로 돌아가 버린 것일까? 어느 쪽이 진실이든 발견한 보물을 손에 들고 필사적으로 나선형 계단을 달려 올라가는 그녀의 모습이 눈앞에 선하게 떠오르더군. 아마 그녀의 귀에는 질식하기 직전인, 사랑을 배신한 자의 가느다란 비명과 미친 듯이 돌 뚜껑을 두드리는 소리가 들려왔을 거야.

그래서 이튿날 아침에 그녀가 새파랗게 질린 얼굴로 정신이상자처럼 갑자기 히스테릭하게 웃었던 걸세. 그건 그렇고 그 상자에는 무엇이 들어 있었을까? 하녀는 그 물건을 어디에 두었을까? 그 물건은 당연히, 머스그레이브가 연못에서 건져 올린 낡은 금속과 돌멩이 따위였을 거야. 연못 가까이 간 그녀는 기회를 봐서 그것들을 던져 넣어 범죄의 증거를 없애려 했던 거지.

나는 거의 20분 동안이나 꼼짝도 하지 않고 생각에 잠겨 있었어. 머스그레이브는 여전히 창백한 얼굴로 램프로 비춰 가며 구멍 안을 들여다보았지.

'이건 찰스 1세[25] 때 쓰던 화폐야. 생각한 대로 문답은 그 시대에 작성된 거로군.'

그가 상자에 남아 있던 동전 몇 개를 집어 들고 말했네.

'찰스 1세 때의 일이라면 그 외에도 다른 것들을 알아낼 수 있을지도 몰라. 자네가 연못에서 건졌다는 자루 좀 보여 주게!'

의식을 치를 때 필요한 문답, 그 맨 위에 있는 두 문답의 속뜻이 갑자기 머리에서 번쩍여서 나는 큰 소리로 외쳤네.

우리가 계단을 올라 서재로 들어가자 머스그레이브는 여러 가지 잡동사니들을 눈앞에 늘어놓았어. 언뜻 봐서는 아무 가치도 없다고 여길 만하겠더군. 금속은 새까맣게 변색됐고 돌멩이들도 검게 그을어 빛을

---

25) 17세기 영국 스튜어트 왕조의 왕(1600~1649). 전제 정치를 행하다가 청교도혁명이 일어나자 사로잡혀 처형되었다. 이후 영국은 올리버 크롬웰이 다스렸는데 크롬웰이 사망하자 찰스 1세의 아들로 프랑스에 망명했던 찰스 2세가 돌아와 영국 왕위를 이었다.

완전히 잃고 말았다네. 그런데 돌 하나를 한동안 소매로 문지르다가 손바닥의 움푹 파인 곳에 올려 두었더니 그 어둑함 속에서 반짝하고 빛나지 뭔가? 금속으로 된 물건은 이중으로 된 고리 모양을 하고 있었는데 구겨지고 비틀어져서 원형을 알아볼 수 없었어. 내가 말했네.

'머스그레이브, 눈여겨보아야 할 점이 있어. 찰스 1세가 처형된 뒤에도 왕당파들은 영국에 남아 계속 투쟁했지. 그러다가 결국 도망치게 되자 대부분의 재산을 어딘가에 묻어 버린 듯하네. 세상이 좀 더 안정되면 그것을 되찾을 심산으로 말이야.'

'아, 내 조상이신 랄프 머스그레이브 경은 유명한 왕당파의 인물이었네. 랄프 경은 찰스 2세가 망명 생활하던 시절에 가장 신뢰받는 부하였다고 하네.'

'역시 그랬군. 이제야 모든 문제가 풀린 것 같아. 축하하네. 비록 가슴 아픈 사건의 결과이기는 하지만 자네는 훌륭한 물건을 손에 넣었네. 원래부터 굉장한 가치를 지닌 데다가 역사적인 관점에서 보자면 그보다 훨씬 더 커다란 가치를 지닌 기념품이니 말일세.'

그러자 머스그레이브가 너무 놀란 나머지 숨을 거칠게 내쉬며 말했어.

'아니, 이게 대체 뭔데 그러나?'

'그건 바로 영국의 옛 왕관일세.'

'왕관이라고?'

'맞아. 문답의 내용을 생각해 보게. 뭐라고 쓰여 있었나? '그것은 누구의 것이었나?', '떠나간 분의 것', 즉 찰스 1세가 처형당한 뒤의 이야기지. 그 다음에 '그것은 누구의 것이 되나?', '장차 올 분의 것.'이 이어지네. 찰스 2세가 언젠가는 왕위에 오르리라 생각한 거야. 그러니까 이 형

편없이 망가진 왕관은 틀림없이 예전에 스튜어트 왕가[26] 사람들의 머리 위에 얹혀 있던 걸세.'

'그게 왜 연못 속에 있었을까?'

'그 질문에 답하려면 조금 시간이 걸릴 듯하네.'

나는 머릿속에서 정리한 추리와 그 증거에 대한 요점을 그에게 들려주었네. 이야기를 마치자 해가 완전히 기울어 달이 밝게 빛나고 있었지.

'그렇다면 왜 영국으로 돌아온 찰스 2세에게 이 왕관을 건네주지 않았을까?'

머스그레이브가 기념품을 리넨으로 만든 자루에 담으며 말했네.

'자네가 제기한 의문점은 영원히 풀리지 않겠지. 비밀을 알고 있던 머스그레이브 경이 찰스 2세가 돌아오기 전에 죽었기 때문일 걸세. 아마도 중간에 일이 잘못돼서 단서가 되는 문답만 남기고 그 의미는 설명하지 못한 채 말이야. 그날 이후로 단서가 되는 문답이 아버지에게서 아들로 이어져 내려왔는데, 어떤 남자가 그 비밀을 꿰뚫어 보았고 그 바람에 그는 목숨을 잃은 셈이지.'

왓슨, 이게 머스그레이브 가의 의식문에 대한 이야기일세. 왕관은 아직도 헐스턴의 저택에 있어. 개인이 보관해도 좋다는 허가를 얻기까지 여러 가지 법률문제가 얽혀 있었고 상당한 금액을 지출하기는 했지만. 그곳으로 찾아가서 내 이름을 대면 기꺼이 그 왕관을 보여 줄 걸세. 레이첼 하웰스의 행방은 그 후로도 찾을 수 없었어. 아마 자신이 저지른 범죄에 대한 기억을 가슴에 묻은 채 바다 건너 다른 나라로 갔겠지."

---

26) Stuart. 1371년부터 스코틀랜드 지방을 지배하던 왕가. 1603년 잉글랜드의 왕 엘리자베스 1세가 사망하자 스코틀랜드의 왕이던 제임스 6세가 잉글랜드의 제임스 1세로 즉위하였다. 그때부터 스튜어트 왕가가 스코틀랜드와 잉글랜드의 왕위를 겸했으나 1714년에 앤 여왕이 사망하여 단절되었다.

09
라이기트의대지주

09
라이기트의 대지주

1887년 봄, 내 친구 셜록 홈즈는 매우 힘들고 커다란 일을 처리한 직후였으므로 완전히 지쳐 있었다. 그런데 그가 기력을 완전히 회복하기 직전에 그 일이 일어났다. 커다란 일, 그러니까 모페르튀 남작이 어마어마한 음모를 꾸민 사건과 네덜란드의 수마트라 회사 사건 이야기는 아직도 사람들의 기억에 생생하게 남아 있으며, 정치와 경제적인 문제에 깊숙이 관여된 것이기 때문에 이번 시리즈에 포함시키기에는 적합하지 않다. 어쨌든 이 커다란 일들이 계기가 되어 홈즈는 특이하고 복잡한 사건을 맡게 되었고 평생에 걸쳐서 수많은 무기를 사용하여 범죄에 맞서 싸우던 그는 그 사건을 계기로 해서 또 다른 새로운 무기의 힘을 세상에 알렸다.

당시에 기록한 노트를 보면, 나는 4월 14일에 프랑스의 리옹에서 보낸 전보를 받았다. 홈즈의 건강이 좋지 않아 듀롱 호텔에 누워 있다는 내용이었다. 나는 전보를 받고 채 24시간이 지나기 전에 그가 있는 곳으로 달려갔는데 그렇게 심각한 병은 아님을 확인하고 마음을 놓았다. 하지만 두 달 동안이나 계속된 수사는 그렇게 건강하던 그의 몸도 지치고 약해지게 만들었다. 그동안 하루에 못해도 15시간은 일했으며 닷새 동안이나 한잠도 안 자고 일을 계속한 적이 한두 번이 아니었다고 했다. 이런 고생 끝에 승리를 거두기는 했지만 전력을 다해 일한 나머지 그 승리감을 맛볼 수도 없는 듯했다. 순식간에 셜록 홈즈의 이름이 전 유럽에 알려져서 방바닥에 축전이 수북이 쌓여 그야말로 발목까지 잠길 정도였지만 그는 한없는 무기력에 잠겨 있었다. 세 나라의 경찰이 실패한 일을 해결했고, 유럽에서 제일 교활한 사기꾼을 모든 면에서 앞질렀다는 기쁨조차도 그의 기분을 풀어 주지는 못했다.

사흘 뒤, 우리는 베이커 가에 있는 하숙으로 돌아왔다. 하지만 당분간 환경을 바꿔 보는 것이 홈즈에게 좋을 듯했고, 일주일이라도 시골에 머물며 봄이라는 계절을 맛보는 것도 멋진 일일 것이라고 생각했다. 헤이터 대령은 내가 아프가니스탄에서 돌보던 환자인데 그 뒤로도 계속 친분을 맺고 있었으며, 자기가 사는 서리 주 라이기트 근처에 꼭 방문해 주기를 바란다는 말을 몇 번이고 전해왔다. 게다가 얼마 전에는 친구를 함께 데려온다면 기꺼이 대접하겠다고 말하기도 했다. 홈즈를 그곳으로 가게 하는 데에는 약간의 노력이 필요했다. 그러나 대령은 독신이며, 얼마든지 자유롭게 행동해도 된다고 말하자 그제야 내 계획에 찬성했다.

우리는 리옹에서 돌아온 지 일주일 만에 다시 주거지를 옮겨 헤이터 대령의 집에 도착했다. 대령은 세상물정에 밝은 훌륭한 군인으로 내가 생각한 대로 홈즈와는 많은 공통점이 있어 대화가 잘 통했다. 대령의 집에 도착한 날, 저녁 식사를 마치고 우리는 총기실로 자리를 옮겼다.

홈즈는 소파에 편히 누웠으며 헤이터 대령과 나는 진열해 놓은 무기들을 둘러보았다. 그러다가 대령이 갑자기 말을 꺼냈다.

"맞아. 여기에 있는 권총 한 자루를 위로 가지고 가야겠군. 만일의 경우에 대비해야 하니까요."

"만일의 경우라니요?"

"박사님, 얼마 전에 근처에서 조금 시끄러운 일이 일어났습니다. 지난 월요일에 액턴이라는 이 지방의 거물의 집에 도둑이 들었거든요. 피해가 그리 크지는 않았지만 범인은 아직 잡지 못했습니다."

"단서는 없었나요?"

홈즈가 대령을 바라보며 물었다.

"아직요. 하지만 이런 시골의 조그만 범죄가 성에 차겠습니까? 당신이 흥미를 가질 만한 일은 아닙니다. 국제적인 대사건을 해결하시지 않았습니까?"

홈즈는 손을 내저으며 겸손한 모습을 보였지만 기뻐하는 빛이 얼굴에 역력했다.

"재미있는 특징이라도 있나요?"

"특별히 없습니다. 서재에 도둑들이 들었는데 별다른 수확은 없었다고 합니다. 방 전체를 엉망진창으로 만들어 놓고 서랍과 책장을 뒤엎었는데 가져간 물건이라고는 고작해야 시인 포프가 번역한 《호메로스》 한 권, 도금한 촛대 두 개, 상아 문진文鎭, 작은 떡갈나무 기압계, 실 한 덩어리뿐이라고 합니다."

"정말 이상한 것들만 집어 갔군!"

내가 외쳤다.

"그렇군. 눈에 띄는 물건을 닥치는 대로 집어 갔군요. 이곳 경찰은 좀

더 신중하게 생각해야 해요. 아무리 봐도 확실하게……."

홈즈가 소파 위에서 중얼거리기에 내가 손가락 하나를 세워 경고했다.

"자네는 지금 휴양하려고 여기 온 걸세. 몸이 많이 쇠약해져 있으니 제발 새로운 문제를 떠안지 말게."

홈즈가 어깨를 한 번 들썩이더니 하는 수 없다는 듯이 장난스러운 표정으로 대령을 바라보았다. 그때부터 우리는 잡담에 가까운 이야기를 나눴다. 하지만 홈즈를 위한 의사로서의 내 배려는 완전히 헛수고가 될 운명에 처하고 말았다. 이튿날 아침, 도저히 피할 수 없는 형태로 이 문제가 우리 사이에 끼어드는 바람에 시골에서의 휴양은 뜻밖의 새로운 국면을 맞이했다. 아침 식사를 하고 있는데 대령의 집사가 예의 따위는 전부 무시한 채 식당 안으로 달려 들어왔다.

"커닝엄 씨 댁 이야기를 들으셨습니까?"

집사가 숨을 헐떡이며 말했다.

"강도가 들었나?"

대령은 커피 잔을 손에 든 채 큰 소리로 물었다.

"살인입니다!"

대령이 휘파람을 불었다.

"뭐라고? 그래, 누가 살해당했지? 치안판사인가, 그 아들인가?"

"아닙니다. 마부 윌리엄이 살해당했습니다. 가슴에 총을 맞아 즉사했다고 합니다."

"누가 쏘았나?"

"도둑놈이 쐈습니다. 총알처럼 잽싸게 도망쳐 행방을 감췄습니다. 도둑놈이 식기실 창으로 들어왔는데 마침 그 자리에 있던 윌리엄이 주인의 재산을 지키려다 그만 목숨을 잃었다고 합니다."

"언제?"

"어젯밤 12시경입니다."

"나중에 잠깐 가 봐야겠군."

냉정을 되찾은 대령이 다시 식사를 하기 시작했다. 집사가 밖으로 나가자 대령이 말했다.

"끔찍한 사건이군. 커닝엄 씨는 이 일대의 대지주입니다. 정말 대단한 분이죠. 틀림없이 마음에 상처를 입었을 겁니다. 그 마부는 오랫동안 그 집에서 일한 충직한 하인이었으니까요. 아무래도 액턴 씨 댁에 들었던 놈들의 짓인가 봅니다."

"그 이상한 물건들만 훔쳐갔다는 녀석들 말인가요?"

홈즈가 생각에 잠긴 듯한 표정으로 물었다.

"맞습니다."

"흠! 아주 간단한 사건일지도 모르겠네요. 하지만 언뜻 보면 조금 이상하지 않습니까? 시골을 휩쓸고 다니는 강도단은 보통 여기저기 장소를 옮겨 다니면서 도둑질을 하죠. 같은 지역에서 며칠 되지도 않았는데 두 집이나 습격하지는 않는 법입니다. 어젯밤에 당

신이 조심해야 한다고 말했을 때 나는 '여기는 영국에서도 강도단들이 가장 소홀히 여기는 지방이 아닌가?' 하고 생각했습니다. 그런데 나도 아직 배워야 할 점이 많은 것 같군요."

"이 지역의 좀도둑은 아닌 것 같습니다. 그렇기 때문에 액턴 씨와 커닝엄 씨 댁을 노린 거고요. 둘 다 거대한 저택을 소유하고 있으니까요."

대령이 말했다.

"그리고 부자라는 말씀인가요?"

"뭐, 그렇기는 합니다. 하지만 최근 몇 년 동안 계속된 재판으로 돈깨나 썼을 겁니다. 액턴 노인이 커닝엄 씨 토지의 절반이 자신의 땅이라고 주장하고 있어서 양쪽 모두 변호사를 고용해 싸우고 있거든요."

"이 지역의 도둑들이라면 그리 어렵지 않게 잡을 수 있을 겁니다."

이렇게 말한 홈즈가 나를 힐끗 쳐다보더니 하품을 하며 말을 이었다.

"알았네, 왓슨. 사건에 관여할 생각은 없어."

"포레스터 경위님이 오셨습니다."

집사가 문을 열며 말했다.

눈매가 날카롭고 영리하게 생긴 청년이 방 안으로 들어왔다.

"안녕하십니까, 대령님. 식사 중에 죄송하지만 베이커 가의 홈즈 선생님이 오셨다는 소리를 듣고 왔습니다."

대령이 손짓으로 내 친구를 가리키자 경위가 모자를 벗고 인사했다.

"우리는 선생님이 수사를 흥미롭게 보고 계실 거라고 생각했습니다."

"운명은 자네 편이 아닌 듯하군, 왓슨. 안 그래도 지금 그 이야기를 하고 있습니다. 당신이라면 좀 더 자세한 이야기를 들려줄 수 있겠죠?"

홈즈가 웃으며 말했다. 그가 의자 등받이에 기대고 앉아 익숙한 포즈를 취하자 나는 더 이상 홈즈를 말릴 수 없음을 깨달았다.

"액턴 사건 때만 해도 아무 단서도 잡을 수 없었습니다. 하지만 이번에는 크게 기대를 걸어도 좋을 듯합니다. 범인은 틀림없이 같은 녀석일 것입니다. 그 녀석을 본 사람이 있습니다."

"그래요?"

"네. 윌리엄 카원을 사살한 뒤에 범인은 정신없이 도망쳤습니다. 하지만 커닝엄 씨는 침실 창문으로, 아들인 알렉 커닝엄 씨는 뒷문으로 범인을 보았다고 합니다. 사건은 밤 11시 45분에 일어났습니다. 커닝엄 씨는 막 잠자리에 들려던 참이었고, 알렉 씨는 실내복을 걸친 채 담배를 피우고 있었습니다. 두 사람 모두 마부인 윌리엄이 도움을 요청하는 소리를 들었는데 알렉 씨는 무슨 일인가 싶어서 밑으로 달려갔다고 합니다. 계단을 내려가 보니 뒷문이 열려 있었고 밖에서 두 남자가 몸싸움을 벌이고 있었다더군요. 그중 한 명이 총을 쏘았고, 다른 한 명은 바닥에 쓰러졌으며, 살인자는 정원을 가로질러 뛰어가 울타리를 넘었다고합니다. 커닝엄 씨가 창을 통해서 밖을 내다보았을 때는 살인자가 막

도로로 접어드는 순간이었는데 곧 그 모습이 사라져 버렸습니다. 알렉씨는 죽어 가는 사람을 돕기 위해서 일단 발을 멈췄기 때문에 살인자를 그대로 놓쳐 버렸다고 합니다. 범인의 특징은 중간 정도의 체구에 검은 옷을 입고 있었다는 것밖에는 알 수가 없습니다. 전력을 기울여 수사하고 있으니 녀석이 외부 사람이라면 바로 찾아낼 수 있을 것입니다.”

“윌리엄은 거기서 뭘 하고 있었나요? 죽기 전에 남긴 말은 없습니까?”

“아무 말도 하지 않았다고 합니다. 그는 문지기의 방에서 어머니와 함께 살고 있었는데 매우 충직한 사람이라 집에 이상이 없는지 살펴보러 갔을 겁니다. 액턴 씨 사건 때문에 모든 사람들의 신경이 곤두서 있었으니 말입니다. 그런데 마침 문으로 들어온 도둑과 윌리엄이 마주친 겁니다. 문의 자물쇠는 부서져 있었고요.”

“자기 방에서 나올 때 윌리엄이 어머니에게 다른 말은 하지 않았다고 합니까?”

“그 어머니는 나이가 아주 많고 가는귀가 먹어서 결국 아무 대답도 듣지 못했습니다. 너무 큰 충격을 받아서 제정신도 아닌 것 같아요. 예전부터 정신이 온전하지는 않았지만요. 그런데 여기에 아주 중요한 것이 하나 있습니다. 이걸 좀 보십시오.”

경위는 수첩 사이에서 조그만 종이쪽지를 꺼내 무릎 위에 올려놓고 주름을 폈다.

“죽은 사람이 쥐고 있던 것입니다. 커다란 종이에서 찢어 낸 조각 같습니다. 여기 좀 보십시오. 여기에 적혀 있는 시각과 마부가 살해당한 시각이 정확하게 일치합니다. 범인이 나머지 부분을 마부의 손에서 빼앗아 갔거나, 마부가 범인이 들고 있던 종이의 일부를 쥐어뜯었을 테지요. 어떤 약속을 적어 둔 모양입니다.”

홈즈가 종이쪽지를 집어 들었다. 그것을 그대로 옮겨 보겠다.

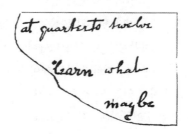

보다시피 쪽지에는 '11시 45분에……를 가르쳐 주겠…… 아마……'라고 쓰여 있었다. 경위가 말을 이었다.

"만약 이게 약속이었다면 이렇게 생각할 수도 있을 겁니다. 모두가 윌리엄 카원을 정직한 사람으로 여겼지만 사실 그는 도둑놈들과 한 패거리였다는 거지요. 그곳에서 동료를 만나 도둑질을 도우려 했다가 어떤 문제가 생겨 다툰 게 아닐까요?"

"아주 흥미로운 글이로군요. 생각했던 것보다 훨씬 더 복잡한 사건일지도 모르겠어."

홈즈가 눈을 커다랗게 뜨고 종이쪽지를 살펴보며 말했다. 그는 양손으로 머리를 감싸 쥐었다. 경위는 자신이 맡고 있는 사건 때문에 런던의 유명한 전문가가 고민하는 모습을 미소를 띤 채 바라보았다. 드디어 홈즈가 입을 열었다.

"당신이 마지막에 제시한 의견은 매우 훌륭한 생각이고 또한 얼마든지 가능성이 있다고 생각합니다. 그러니까 살인자와 하인이 한 패거리고 이 종이쪽지는 연락을 위해서 한쪽이 다른 한쪽에게 건네준 편지라는 의견 말입니다. 하지만 이 종이쪽지는 틀림없이……."

홈즈는 다시 양손으로 머리를 감싸 쥐고 한동안 생각에 잠겼다. 잠시 뒤 홈즈가 머리를 들었을 때 나는 깜짝 놀라지 않을 수 없었다. 그의 뺨에 혈기가 돌고 눈빛도 아프기 전처럼 반짝이고 있는 것이 아닌가? 예전처럼 건강을 회복한 그가 자리에서 힘차게 일어났다.

"자! 이 사건의 세세한 부분을 조용히 살펴보고 싶습니다. 내 마음을 잡아끄는 부분이 있거든요. 대령님, 왓슨과 당신을 여기에 남겨 두고 나는 경위와 함께 가서 한두 가지 내 생각이 맞았는지 확인해 보고 싶은데 괜찮겠습니까? 한 30분 뒤면 돌아올 겁니다."

그러나 한 시간 반 뒤에 경위가 혼자 집으로 돌아왔다.

"선생님은 밖을 돌아다니고 계십니다. 넷이서 그 저택으로 가 보자고 하시는데요."

"커닝엄 씨 댁에?"

"그렇습니다."

"무슨 일로?"

경위가 어깨를 들썩였다.

"잘 모르겠습니다. 우리끼리 하는 말인데, 홈즈 선생님은 아직 병이 다 나은 것 같지 않습니다. 매우 흥분해서 이상한 행동을 하거든요."

"걱정할 필요 없습니다. 저도 우연히 알게 되었지만 그런 미치광이 같은 행동 속에 홈즈만의 질서정연한 방법이 숨어 있으니까요."

내가 말하자 경위는 작은 목소리로 대꾸했다.

"사람에 따라서는 그 방법 속에 광기가 서려 있다고 할지도 모르죠. 어쨌든 대령님, 홈즈 선생님은 수사에 열중하고 있습니다. 괜찮다면 바로 출발하시죠."

홈즈는 턱을 가슴 쪽으로 바싹 붙이고 두 손을 바지 주머니에 넣은 채 들판을 오가고 있었다. 그는 나를 보더니 말했다.

"일이 아주 재미있어졌어. 왓슨, 자네가 생각해 낸 시골 여행은 효과 만점일세. 아주 기분 좋은 아침을 보냈거든."

그러자 대령이 물었다.

"범행 현장에 다녀왔습니까?"

"네. 경위와 함께 잠깐 조사하고 왔습니다."

"무슨 성과가 있었습니까?"

"아주 흥미로운 점들을 발견했어요. 걸어가면서 이야기하죠. 우선, 그 불행한 마부의 시신. 사인은 보고된 대로 틀림없이 회전식 권총에 의한 총상이었어요."

"그럼 거기에도 의문을 품고 있었단 말입니까?"

"무슨 일이든 확실히 해야 좋으니까요. 정밀한 수사가 헛되지는 않았어요. 그 다음에 커닝엄 부자父子를 만나서 범인이 울타리의 어느 부분으로 도망쳤는지 듣고 정확한 위치를 파악했습니다. 그런데 그게 아주 재미있더군요."

"그렇습니까?"

"그런 다음, 가엾은 마부의 어머니를 만났습니다. 하지만 연세가 있고 몸이 너무 쇠약해지셔서 제대로 이야기를 나누지는 못했어요."

"그래, 그런 조사를 통해서 어떤 결론을 내리셨습니까?"

"아주 특이한 범죄라는 확신을 갖게 됐어요. 이번에 방문해 보면 조금은 사건의 진상을 알게 될 겁니다. 그리고 경위, 피해자가 손에 쥐고 있던 종이쪽지에 그가 죽은 시각이 적혀 있었지요. 그것이 몹시 중요하다는 사실은 나와 의견을 같이하겠지요?"

"선생님, 틀림없이 중요한 단서일 겁니다."

"맞아요, 정말로 중요한 단서 중 하나입니다. 그 편지를 쓴 사람이 누구든 간에 윌리엄 카원은 그걸 받고 그 시간에 자지 않고 밖으로 나온 거니까요. 그런데 종이쪽지의 나머지 부분은 어디에 있을까요?"

"그걸 찾아내려고 땅 위를 자세히 살피셨군요."

경위가 말했다.

"그 편지는 죽은 사람이 들고 있었어요. 누군지 모를 문제의 인물은 왜 그렇게 편지를 빼앗으려 했을까요? 그건 그 편지가 곧 죄의 증거가 되기 때문이에요. 그럼 빼앗은 종이는 어떻게 했을까요? 아마 죽은 자가 찢어진 한쪽 귀퉁이를 손에 쥐고 있다는 사실을 모른 채 주머니 같은 데 쑤셔 넣었을 겁니다. 찢어진 종이의 나머지 부분만 우리 손에 넣는다면 사건은 거의 해결한 거나 마찬가지죠."

"그렇군요. 하지만 어떻게 해야 범인을 잡기 전에 범인의 주머니를 뒤질 수 있겠습니까?"

"그건 생각해 볼 만한 가치가 있는 문제로군요. 그건 그렇고, 확실한 사실이 한 가지 더 있습니다. 그 종이는 누군가가 윌리엄에게 보낸 편지예요. 하지만 그 편지를 쓴 사람이 그 자리에 들고 갔다고는 볼 수 없습니다. 그럴 거라면 전달하고 싶은 내용을 입으로 직접 전했을 테니까요. 그렇다면 누가 편지를 전해 주었을까요? 아니면 우편으로 보냈을까요?"

"그 부분은 조사해 보았습니다. 윌리엄은 어제 오후에 우체부에게 편지 한 장을 받았고 봉투는 본인이 버렸습니다."

경위가 말했다. 홈즈가 큰 소리로 말하며 경위의 등을 두드렸다.

"대단합니다! 벌써 우체부를 만났군요. 당신과 함께 일하게 돼서 기쁘군요. 대령님, 여기가 피해자의 방이에요. 이제 곧 사건 현장에 도착할 겁니다."

우리는 살해당한 마부가 살던 깔끔하고 아담한 건물 앞을 지나 떡갈나무 가로수 길을 따라 18세기 앤 여왕 시대 건물 양식으로 지은 훌륭하고 오래된 집 쪽으로 향했다. 현관 위에는 1709년에 영국이 프랑스 군을 격파한 마르프라케 전승 기념일이 새겨져 있었다. 홈즈와 경위는 집의 모퉁이를 돌아 옆문이 있는 곳으로 우리를 데리고 갔다. 그 문과 도로를 따라 난 울타리 사이에 정원이 펼쳐져 있었다. 부엌 문 앞에는 경관이 한 명 서 있었다. 홈즈가 경관에게 말했다.

"경관, 문을 열어 주게. 저쪽 계단에서 젊은 커닝엄 씨는, 지금 우리가 서 있는 자리에서 두 남자가 몸싸움하는 것을 목격했어요. 커닝엄 노인은 저쪽 창, 왼쪽에서 두 번째 창에서 범인이 저쪽 수풀 왼쪽으로 달아나는 것을 보았습니다. 아들도 그렇게 말했죠. 두 사람 모두 저 수풀이 분명하다고 말했어요. 그리고 알렉 씨는 밖으로 달려 나와 총에 맞은 남자 옆에 무릎을 꿇고 앉았어요. 보시는 바와 같이 지면이 매우 딱딱해서 참고가 될 만한 발자국은 아무것도 없습니다."

홈즈가 이야기하고 있는 동안에 두 남자가 집 모퉁이를 돌아 정원의 작은 길을 따라 이쪽으로 걸어왔다. 한 사람은 꽤 나이가 들었지만 건강하고 주름이 많은 얼굴에 우울한 눈빛을 가진 남자였다. 또 다른 사람은 건장한 청년이었는데, 우리가 여기를 찾아온 용건을 생각해 보면 그의 밝게 웃는 얼굴과 화려한 복장은 이 집에서 일어난 끔찍한 사건과 하나도 어울리지 않았다. 청년이 홈즈에게 말했다.

"아직도 조사하고 있습니까? 런던 사람들은 절대로 실패하지 않는다고 생각했는데 일을 그렇게 빨리 처리하는 것 같지는 않군요."

"아! 조금만 더 시간을 주십시오."

홈즈의 밝은 목소리를 듣고 알렉 커닝엄이 말했다.

"그야 당연히 시간이 걸리기는 하겠죠. 워낙 단서가 될 만한 게 없으니까요."

"한 가지 있기는 있습니다. 우리 생각에는 그…… 이런! 선생님, 왜 그러십니까?"

경위가 말하려던 순간, 가엾은 내 친구가 갑자기 무시무시한 표정을 지었다. 흰자위를 드러낸 채 고통에 일그러진 얼굴로 낮은 신음 소리를 내며 앞으로 고꾸라져 땅바닥에 쓰러지고 말았다. 갑자기 그처럼 격렬한 발작이 일어나자 우리는 깜짝 놀라 서둘러 그를 부엌으로 옮겼다. 홈즈는 한동안 커다란 의자에 기대고 앉아 거친 숨을 내쉬었다. 잠시 뒤, 약한 모습을 보여 미안해하면서도 부끄러워하는 듯한 표정을 지으면서 그가 자리에서 일어났다.

"왓슨은 알고 있지만 나는 중병에서 회복된 지 얼마 되지 않았습니다. 이렇게 갑자기 쓰러진다 해도 이상할 것이 없습니다."

홈즈가 사정을 설명했다.

"힘들다면 우리 집 이륜마차로 모셔 드리겠소."

커닝엄 노인이 말했다.

"이렇게 어렵게 방문했으니 한 가지 확실하게 알아 두고 싶은 것이 있습니다."

"무슨 일이죠?"

"가엾은 마부 윌리엄은 범인이 집에 들이닥치기 전이 아니라 그 다음에 현장에 나타났다고 생각합니다. 문의 자물쇠가 뜯겨 있

었는데도 당신들은 처음부터 도둑이 집 안으로 들어오지 않았다고 믿고 있는 듯하더군요."

"그야 당연하지 않소이까? 그때 알렉은 아직 잠자리에 들지 않았으니, 집 안을 돌아다니는 사람이 있었다면 소리를 들었을 거요."

커닝엄 노인이 차분한 목소리로 말했다.

"아드님은 어디에 계셨나요?"

"저는 옷방에서 담배를 피우고 있었습니다."

"그 방의 창은 어디에 있지요?"

"왼쪽 끝. 아버지 방 옆에 있습니다."

"두 분 모두 램프를 밝혀 놓고 있었죠?"

"물론입니다."

"바로 그 점이 이상하다는 겁니다."

홈즈가 미소를 지으며 말을 이었다.

"얼마 전에 한바탕 일을 저지른 도둑이 일부러 그럴 때 침입하다니 이상하지 않습니까? 불빛을 보면 집 안에 둘이나 깨어 있다는 사실을 알고 있었을 텐데요."

"아주 대담한 녀석인가 보지요."

"글쎄요. 어쨌든 이상한 사건이기에 당신에게 해결을 부탁한 겁니다. 하지만 조금 전에 윌리엄이 현장에 도착하기 전부터 도둑이 집에 들어와 있었다고 하셨는데 그것만은 도저히 이해할 수가 없습니다. 그랬다면 여기저기 뒤진 흔적이나 없어진 물건이 있어야 할 게 아닙니까?"

알렉 커닝엄의 말이 끝나자 홈즈가 대답했다.

"문제는 어떤 물건이 없어졌느냐 하는 거겠죠. 상대는 아주 특이한 도둑으로, 자기만의 방침에 따라서 움직이고 있다는 사실을 잊어서는 안 됩니다. 예를 들어서 녀석이 액턴 씨 댁에서 훔친 물건들을 보면……, 그러니까, 뭐였죠? ……실 한 뭉치, 문진, 다른 잡동사니들은 기억도 안 나는군요."

"우리는 이번 사건을 두 분에게 완전히 맡겼소. 그러니 당신이나 경위 님이 부탁한다면 무슨 일이든 다 할 작정이오."

커닝엄 노인이 말했다.

"우선, 범인에게 현상금을 걸어야 합니다. 커닝엄 씨 이름으로요. 경 찰에게 부탁하면 금액을 정하는 데 시간이 걸리는데 이런 일은 빠를수 록 좋거든요. 신문에 낼 글을 여기에 써 두었으니 읽어 보시고 괜찮다 면 서명해 주십시오. 50파운드 정도면 충분할 겁니다."

"500파운드라도 기꺼이 내놓겠소."

치안판사는 홈즈가 내민 종이와 연필을 받아들었다. 그런데 글을 읽 고 나더니 이렇게 말했다.

"그런데 내용이 그리 정확하지가 않구면."

"제가 좀 서둘러 써서요."

"첫 부분에 '화요일 오전 12시 45분, 다음과 같은……'이라고 되어 있 는데 실제로는 오후 11시 45분이었소."

홈즈가 이런 종류의 실수에 매우 엄격하다는 사실을 알고 있는 나는 걱정이 되어 도무지 견딜 수가 없었다. 사실을 매우 정확하게 파악하는 것이 그의 특징이자 장점인데, 병 때문에 상태가 좋지 않은 듯했다. 이 런 작은 실수를 저지르는 것만 봐도 그가 아직 완전히 회복되지 않았 음을 알 수 있었다. 홈즈는 한순간 매우 당황했고, 경위는 험악한 표정 을 지었으며, 알렉 커닝엄은 웃음을 터뜨렸다. 노신사는 잘못된 부분을 고쳐 그 종이를 홈즈에게 건네주었다.

"되도록 빨리 신문에 실어 주시오. 정말 좋은 생각이오."

홈즈가 조심스러운 손길로 그 종이를 접어 지갑 안에 넣었다.

"그럼, 모두 집 안으로 들어가서 이 기상천외한 도둑이 정말 아무것도 가져가지 않았는지 조사해 보는 게 좋겠습니다."

집 안으로 들어가기 전에 홈즈는 범인이 뜯어 놓은 문을 조사했다. 끝이나 튼튼한 칼을 찔러 넣어 자물쇠를 부순 것이 틀림없었다. 나무 부분에 무엇인가를 찔러 넣은 자국이 남아 있었다.

"빗장은 달지 않으셨군요."

홈즈가 물었다.

"필요하다고 생각한 적이 없었소."

"개는 기르지 않으시나요?"

"기르고 있기는 한데 집 건너편에 사슬로 묶어 두었소."

"하인들은 언제쯤 잠들었습니까?"

"밤 10시쯤일 거요."

"평소라면 윌리엄도 그때쯤 잠자리에 들었겠군요."

"그렇소."

"그날 밤에만 잠을 자지 않았다니 조금 이상한데요. 커닝엄 씨, 그럼 집 안을 안내해 주십시오."

부엌은 평평한 돌을 깔아 놓은 복도 옆에 있었고 바로 앞에 나무 계단이 2층과 직접 연결되어 있었다. 위로 올라가니 맞은편에 현관으로 이어지는 계단이 하나 더 있었는데 그 계단에는 더 꾸밈이 많았다. 그곳에는 응접실과 몇 개의 침실이 늘어서 있었으며 커닝엄 노인과 아들의 침실도 있었다. 홈즈는 집 구조를 유심히 살피며 천천히 걸었다. 유력한 단서를 쫓고 있을 때 보이는 표정을 지었지만 어떤 방향으로 추리하고 있는지는 알 길이 없었다.

"한마디 하겠는데, 이건 쓸데없는 짓이오. 우리 집 계단을 오르자마자 내 방이 있고 그 옆에 아들 방이 있소. 도둑놈이 여기까지 왔는데도 우리 둘 다 눈치채지 못했다는 게 말이나 되오? 그 좋은 머리로 한번 생각해 보시구려."

커닝엄 노인이 답답하다는 듯이 말했다.

"여기저기 돌아다니면서 새로운 냄새를 맡을 생각입니까?"

아들인 알렉 커닝엄이 비아냥거리듯 웃으며 말했다.

"그래도 조금 더 기다려 주시죠. 침실 창에서 어디까지 보이는지도 알고 싶거든요. 여기가 아드님 방이죠?"

홈즈가 문을 열었다.

"그렇다면 저기가 소동이 일어난 날 밤에 담배를 피운 옷방이겠군요. 저곳의 창은 어느 쪽으로 나 있습니까?"

그는 침실을 가로질러 가서 옆방으로 통하는 문을 열고 그 안을 살펴보았다.

"이제 만족했소?"

커닝엄 노인이 노여워하는 목소리로 말했다.

"됐습니다. 이제 여기서 보고 싶은 것은 다 본 것 같군요."

"꼭 보셔야겠다면 이젠 내 방으로 안내하겠소."

"괜찮으시다면 가지요."

커닝엄 치안판사는 어깨를 한 번 들썩이고는 앞장서서 자기 방으로 들어갔다. 특별히 가구에 신경을 쓰지 않은 평범한 방이었다. 모두가 창가로 다가설 때 홈즈는 걸음을 늦춰서 나와 함께 맨 뒤로 처졌다. 침대 발치 가까이에 조그맣고 네모난 탁자가 있고 그 위에는 오렌지를 담은

대접이며 유리 물병이 놓여 있었다. 그런데 놀랍게도 그 앞을 지나갈 때 홈즈가 내 앞으로 몸을 숙이더니 일부러 탁자를 쓰러뜨리는 것이었다. 유리는 산산조각 났으며 오렌지는 사방으로 흩어져 데구루루 굴러갔다.

"왜 그러나, 왓슨? 카펫이 엉망이 되지 않았나?"

홈즈가 딱 시치미를 뗐다. 아마 어떤 이유가 있어서 내게 책임을 덮어씌우는 것이리라. 나는 서둘러 몸을 숙여 과일을 줍기 시작했다. 모든 사람이 도와서 탁자를 원래 있던 대로 되돌려 놓았다.

"어? 홈즈 선생님은 어디 가셨지?"

경위가 외쳤다. 그의 말대로 홈즈가 보이지 않았다.

"여기서 기다리세요. 아무래도 그 사람은 머리가 어떻게 됐나 봅니다. 오세요, 아버지. 그 사람을 찾아보죠."

두 사람은 방 밖으로 나갔고 그 자리에 남은 경위, 대령, 나는 서로의 얼굴만 멀뚱히 바라보았다. 경위가 입을 열었다.

"저도 알렉 씨와 같은 생각이 듭니다. 병 때문일지도 모르겠지만, 아무래도……."

그 순간 비명이 들렸다.

"살려 줘! 사람 살려! 살인자다!"

놀랍게도 내 친구의 목소리였다. 나는 허겁지겁 방 밖으로 달려 나갔다. 아까보다 비명이 낮아지기는 했지만 우리가 처음 들어간 방에서 의미를 알 수 없는 쉰 목소리가 흘러나오고 있었다. 나는 방으로 뛰어 들어가서는 그 안쪽에 있는 옷방으로 달려갔다. 커닝엄 부자가 바닥에 쓰러진 홈즈를 짓누르고 있었다. 아들은 두 손으로 홈즈의 목을 조르고 있었고 아버지는 홈즈의 한쪽 손목을 비틀어 댔다. 바로 세 사람이 달려들어 그들을 제지하자 홈즈가 비틀거리며 자리에서 일어났다. 그의 얼굴은 창백했고 완전히 지쳐 버린 표정이었다.

"경위, 이 두 사람을 체포하세요."

그가 숨을 헐떡이며 말했다.

"무슨 혐의로요?"

"마부인 윌리엄 카원을 살해한 혐의요!"

경위가 기가 막힌다는 표정으로 홈즈를 바라보았다. 그러다가 간신히 입을 열었다.

"왜 이러십니까, 선생님? 설마

진심으로 그러시는 건······."

"저 둘의 얼굴 좀 보시오!"

홈즈가 차갑게 내뱉었다. 나는 자신의 죄가 그렇게 확실하게 드러난 얼굴은 지금까지 본 적이 없었다. 노인은 사태가 실감 나지 않아 멍한 듯했으며, 그 개성적인 얼굴에는 무엇에 짓눌린 듯한 답답한 표정이 떠올랐다. 아들의 얼굴에서는 시원시원하고 밝은 표정이 완전히 사라지고 대신에 위험한 야수 같은 잔인함이 표면에 나타났다. 검은 눈이 무섭게 번뜩였으며 단정한 얼굴은 일그러져 있었다. 경위는 아무 말 없이 문으로 다가가 벨을 울렸다. 그 소리를 듣고 경찰 두 명이 안으로 들어왔다.

"커닝엄 씨, 저로서도 어쩔 수가 없습니다. 아마 터무니없는 착각으로 밝혀질 테지만 워낙······, 앗! 뭐하는 거야? 그만둬!"

경위가 한 쪽 팔을 휘젓자 알렉 커닝엄이 방아쇠를 당기려던 회전식 권총이 소리를 내며 바닥에 떨어졌다. 홈즈가 재빨리 권총을 밟으며 말했다.

"이걸 잘 보관해 둬요. 재판할 때 좋은 증거물이 될 테니까. 그건 그렇고 우리가 찾던 게 여기 있었군."

그가 눈앞에 꼬깃꼬깃한 종이를 꺼냈다.

"그 편지의 나머지 부분입니까?"

경위가 큰 소리로 물었다.

"그렇습니다."

"어디에 있었습니까?"

"분명히 있을 것이라고 생각한 곳에. 곧 모든 내용을 밝히겠습니다. 대령님은 왓슨과 함께 먼저 집으로 돌아가세요. 나는 늦어도 한 시간 뒤에는 돌아갈 겁니다. 경위와 함께 범인들과 이야기를 나눠야 하지만 점심 식사 전에는 돌아가겠습니다."

셜록 홈즈가 약속한 대로 시간에 맞춰 왔기 때문에, 오후 1시 무렵 우리는 모두 대령의 집 흡연실에 둘러앉아 있었다. 그들은 체구가 작은 노인을 한 명 데리고 와서는 처음 도둑을 맞은 액턴 씨라고 소개해 주었다.

"이번 사건의 설명을 액턴 씨도 들어 주셨으면 해서 말일세. 자세한 이야기를 듣고 싶어 하실 거야. 대령님, 나처럼 말썽 많은 사람을 초대한 것을 후회하지는 않습니까?"

"무슨 말씀을요. 어떻게 일하시는지 배울 수 있었으니 최고의 영광이라 생각하고 있습니다. 생각하던 것보다 훨씬 더 뛰어난 솜씨로 사건을 해결하신 것 같은데 솔직히 말해서 어떤 식으로 성과를 올렸는지 도통 모르겠습니다. 무엇을 단서로 사건을 해결하신 겁니까?"

대령이 진심을 담아 말했다.

"내가 설명하면 분명히 실망하실 겁니다. 내 친구 왓슨이나, 내 방법에 지적인 흥미를 느끼는 사람에게라면 무엇 하나 숨기지 않고 전부 밝히지만요. 어쨌든 조금 전 옷방에서 당한 일 때문에 몸이 좀 안 좋군요. 우선 브랜디 한잔 해야겠습니다. 요즘 체력이 살짝 떨어져서요."

"아까 같은 발작 증세가 또 일어난 건 아니지요?"

셜록 홈즈가 아주 유쾌하다는 듯이 웃었다.

"때가 되면 그에 대해서도 이야기하지요. 내게 해결의 실마리를 던져 준 몇 가지 일을 나열한 다음, 사건 전체를 순서대로 설명할 생각이니까요. 도중에 이해할 수 없는 부분이 있다면 언제든지 질문하세요.

범죄를 꿰뚫어 볼 때는 수많은 사실 중에서 정말로 중요한 것과 그렇지 않은 것을 구별하는 것이 가장 중요합니다. 그런 능력이 없으면 쓸데

없는 곳에 에너지와 주의력을 쏟아붓기 때문에 중요한 곳에 힘을 집중할 수가 없죠. 이제 이번 사건에 대해서 말하자면, 나는 처음부터 죽은 마부가 쥐고 있던 종이쪽지가 이번 사건의 수수께끼를 푸는 열쇠라고 생각했어요.

그것에 대해서 자세히 말하기 전에 생각해 봐야 할 것이 하나 있습니다. 알렉 커닝엄 씨는 범인이 윌리엄 카원을 사살하고 바로 도망갔다고 진술했습니다. 그런데 그 말이 사실이라면 죽은 사람의 손에서 종이를 빼앗아간 것은 그 범인이 아닌 셈입니다. 그렇다면 누가 종이를 가져갔을까요? 바로 알렉 커닝엄입니다. 커닝엄 노인이 현장으로 내려왔을 때는 이미 몇몇 하인들이 그곳으로 달려와 있었으니까요. 아주 단순한 사실인데 경위는 이것을 놓쳤어요. 커닝엄 부자 같은 지역 유지가 사건에 관계했을 리가 없다는 선입견을 가지고 있었기 때문입니다. 여기서 확실히 말합니다. 나는 절대로 편견을 가지고 사물을 바라보지 않으며,

사실이 가리키는 것을 있는 그대로 받아들이고 끝까지 추적합니다. 덕분에 처음 조사를 시작했을 때부터 알렉 커닝엄 씨를 수상하게 여겼던 것이고요.

그리고 경위가 보여 준 찢어진 종이를 아주 면밀하게 살펴봤지요. 큰의미를 가진 내용의 일부라는 사실을 바로 알 수 있었죠. 여기에 그 종이쪽지가 있습니다. 뭔가 눈에 띄는 점이 없습니까?"

"글씨가 들쭉날쭉이구먼."

대령이 말했다.

"맞아요, 잘 보셨습니다. 이건 두 사람이 번갈아 가면서 한 단어씩 쓴겁니다. 잘 보시면 같은 't'라도 'at'와 'to'에서는 진하게 썼는데 'quarter'와 'twelve'에서는 흐리게 썼음을 알 수 있습니다. 서로 다른 't'를 비교해 보면 서로 다른 사람의 글자라는 것이 확실하죠. 이 네 단어를 잠깐 살펴본 것만으로도 'learn'과 'maybe'는 진하게 쓰는 사람이 썼고 'what'은 흐리게 쓰는 사람이 썼음을 알아냈습니다."

홈즈가 강한 어조로 말했다.

"이거 정말 한눈에 알아보겠는걸! 그럼 두 사람은 왜 그런 식으로 편지를 쓴 겁니까?"

대령이 큰 소리로 말했다.

"말할 필요도 없이, 두 사람이 음모를 꾸몄는데 서로가 서로를 믿지못했기 때문입니다. 이렇게 하면 무슨 일이 일어나든 둘은 똑같이 책임을 져야 하니까요. 그리고 그 두 사람 중에서 'at'와 'to'를 쓴 사람이 중심이 되어 일을 꾸민 겁니다."

"그걸 어떻게 알 수 있습니까?"

"두 글자의 특징을 비교해 보면 그 특징만으로도 추리할 수는 있습니

다. 하지만 단순한 가정보다 더 확실한 이유가 있어요. 이 종이를 잘 살펴보세요. 진하게 쓰는 사람이 먼저 자신의 부분을 써 두었고, 단어 사이를 띄어 놓아 다른 사람이 쓸 수 있도록 했다는 사실을 알 수 있습니다. 그런데 간격을 충분히 두지 않아서 나중에 쓴 사람이 'quarter'라는 단어를 'at'과 'to' 사이에 억지로 끼워 넣었지요. 그러니까 'at'과 'to'를 먼저 썼다는 추론이 가능합니다. 써야 할 단어를 먼저 쓴 사람이 이번 사건을 계획했다고 봐도 크게 틀리지는 않겠지요."

"대단합니다!"

액턴 씨가 크게 외쳤다.

"하지만 이런 것은 표면적인 것에 불과합니다. 그럼, 지금부터 중요한 점을 이야기하죠. 아실지 모르겠지만 전문가들 사이에서는 글자를 보고 그것을 쓴 사람의 나이를 추정하는 방법이 상당히 정확한 수준에까지 이르렀습니다. 일반적인 경우에는 필자가 20대라거나 40대라고 판단할 수 있을 정도죠. 일반적인 경우라고 말한 이유는 젊은이라도 병에 걸렸거나 몸이 약해지면 노인처럼 글씨를 쓰기 때문입니다. 이 종이 쪽지를 보면 한쪽 글자는 대담하고 힘이 느껴지는 반면에 다른 글자는 어딘지 불안정하고 읽지 못할 만큼은 아니어도 't'의 세로획이 거의 보이지 않아요. 따라서 한 사람은 젊고 다른 사람은 그보다 훨씬 나이가 많지만 아주 늙지는 않았다는 사실을 알 수 있습니다."

"정말 놀랍습니다!"

액턴 씨가 다시 한 번 큰 소리로 외쳤다.

"그런데 잘 살펴보지 않으면 눈치채지 못할 재미있는 사실이 한 가지 더 있습니다. 이 두 사람의 글자에는 공통점이 있어요. 혈연관계에 있는 두 사람이 쓴 글이죠. 두 사람 모두 'e'를 그리스어의 'ε'처럼 썼지요? 그걸 보면 가장 확실하게 알 수 있습니다. 나에게는 이것 말고도 여러 가지 세세한 부분이 보이지만. 이 두 사람의 글자에는 명백하게 한 가족에게서 볼 수 있는 특징이 나타나 있습니다. 지금 설명하는 것은 종이 쪽지를 살펴보고 알아낸 중요한 점들입니다. 그 외에도 23가지 사실이 더 있지만 그런 것은 여러분보다는 전문가들이 더욱 흥미로워하겠죠. 나는 이런 점들을 전부 고려해서 커닝엄 부자가 이 편지를 썼을 것이라고 굳게 믿게 되었습니다.

그 다음에 해야 할 일은 뻔했습니다. 범행이 어떤 식으로 일어났는지 자세히 조사하고 그것이 얼마나 도움이 될지를 판단해야 했습니다. 나는 경위와 함께 그 집으로 가서 필요하다고 생각되는 곳을 전부 둘러보았어요. 시체에 남아 있는 상처를 살펴보고 확인해 보았는데, 그 상처는 4미터 정도 떨어진 곳에서 발사된 회전식 권총에 맞아서 생긴 것이었습니다. 옷에도 화약에 그을린 자국이 없었으니 두 사람이 몸싸움을 벌이다가 총에 맞았다는 알렉 커닝엄 씨의 진술은 거짓에 불과했어요.

그리고 아버지와 아들 모두 범인이 현장에서 수풀을 거쳐 도로로 도망 쳤다며 같은 장소를 가리켰는데, 그 수풀에는 폭이 넓고 바닥이 질퍽 질퍽한 구덩이가 있습니다. 한데 구덩이 속에 발자국은 하나도 없더군 요. 그래서 내가 확신할 수 있었던 겁니다. 커닝엄 부자가 거짓말을 하 고 있을 뿐만 아니라 애초부터 현장에 정체 모를 남자도 없었다는 사 실을 말입니다.

여기까지 오자 이제 이 기묘한 범행 동기를 생각할 차례였습니다. 그 것을 알아내려면 무엇보다도 먼저 액턴 씨 댁에 도둑이 든 이유를 밝 혀야겠다고 생각했지요. 액턴 씨, 대령님께 잠깐 이야기를 들었는데 당신과 커닝엄 부자 사이에 재판이 끊이지 않았다면서요. 어찌 보면 당 연한 이야기지만, 그 말이 떠오르는 순간 그들이 재판에 영향을 미칠 서류나 다른 무엇인가를 손에 넣기 위해서 댁의 서재에 침입했을지도 모르겠다는 생각이 머리를 스쳤습니다."

"맞습니다. 두 사람은 틀림없이 그것 때문에 우리 집에 침입했을 겁니 다. 저는 지금 그들이 소유하고 있는 토지의 절반을 요구하고 있습니다. 만약 단 한 장뿐인 서류가 그들 손에 넘어간다면 저는 이 재판에서 지 고 말 겁니다. 다행히 그 서류는 변호사의 금고 안에 있지만요."

"역시 그랬군요."

홈즈가 미소를 지으며 말 을 이었다.

"위험하고 어리석은 계 획이었습니다. 아들인 알 렉이 꾸몄겠죠. 목적을 달

성하지 못한 그들은 자신들이 의심받지 않도록 평범한 도둑으로 보이기 위해서 눈에 띄는 물건들을 닥치는 대로 훔쳐 달아났어요. 여기까지는 생각이 정리되었지만 그래도 아직 애매한 점들이 많이 남아 있었습니다. 우선 그 편지의 나머지 부분을 손에 넣어야만 했습니다. 틀림없이 알렉이 마부에게서 그것을 빼앗아 갔을 테고 편지는 실내복 주머니에 넣은 것이 거의 확실해 보였습니다. 주머니 말고는 마땅히 숨길 만한 곳이 없었을 테니까요. 문제는 그것이 아직도 주머니 속에 있을까 하는 점이었어요. 나는 꼭 한번 살펴볼 작정으로 여러분과 함께 그 집을 방문했습니다. 기억하고 있겠지만 우리는 부엌문이 있는 곳에서 커닝엄 부자와 마주쳤습니다. 말할 필요도 없지만 결코 그들의 머릿속에 종이쪽지가 떠올라서는 안 됐습니다. 만약 그들이 그 중요성을 깨닫는다면 바로 처분해 버릴 테니까요. 경위가 그 편지의 중요성에 대해서 막 이야기를 꺼내려 했을 때는 정말 운이 좋았어요. 내가 가벼운 발작을 일으킨 덕분에 화제가 바뀌었으니 말입니다."

"그렇게 된 것이었습니까? 일부러 발작을 일으켰단 말이죠? 그럼 우리의 동정도 전부 소용없는 것이었겠군요."

대령이 웃으며 말했다.

"의사가 봐도 아주 멋진 연기였네."

언제나 끊임없이 재치를 발휘하여 사람들을 놀라게 하는 이 친구를 나는 감탄의 시선으로 바라보았다.

"이런 방법은 종종 내게 도움을 주곤 합니다. 발작이 가라앉자 나는 아주 간단한 속임수를 써서 커닝엄 노인에게 'twelve'라는 글을 쓰게 했어요. 종이쪽지에 있는 'twelve'라는 글자와 비교하기 위해서 말입니다."

"아, 난 그런 줄도 모르고!"

내가 외치자 홈즈는 미소 지으며 말을 이었다.

"자네는 정말로 내 정신이 혼미한 줄 알고 걱정한 모양이군. 안 그래도 자네가 걱정할까 봐 미안하게 생각했다네. 그 후, 모두 2층으로 올라가 아들의 방으로 들어갔을 때 문 뒤쪽에 실내복이 걸려 있는 것을 보았습니다. 그래서 나는 아버지의 방으로 들어가 일부러 탁자를 쓰러뜨려 사람들의 주의를 그쪽으로 쏠리게 했지요. 그 틈을 이용해서 다시 아들 방으로 가 주머니를 뒤져 보았습니다. 아니나 다를까, 예상했던 대로 편지가 주머니 속에 있었는데 그것을 손에 넣은 순간에 커닝엄 부자가 나를 덮친 겁니다. 여러분이 빨리 와서 나를 도와주지 않았다면 나는 그 자리에서 죽었을 겁니다. 솔직히 말하자면 그 젊은 아들이 두 손으로 내 목을 조르던 감촉이 아직도 생생해요. 아버지는 내 손목을 비틀어 쥐고 있던 편지를 빼앗으려 했지요. 그전까지만 해도 완전히 마음을 놓고 있다가 내가 모든 것을 꿰뚫어 보고 있다는 것을 알자 끝없는 절망의 나락에 빠져 완전히 제정신을 잃은 듯했습니다.

그 후 나는 커닝엄 노인에게 범행 동기를 물어봤습니다. 그는 그래도 다루기 쉬웠는데 아들은 완전히 악당 그 자체더군요. 권총이 손에 들어오기만 하면 자신의 머리든 다른 사람의 머리든 마구 쏘아 댈 녀석입니다. 커닝엄 노인은 내가 자신에게 불리한 증거를 손에 넣었다는 사실을 깨닫고 기가 죽어 모든 것을 다 밝혔습니다. 두 사람이 액턴 씨 댁에 침입한 날, 마부 윌리엄이 두 사람 뒤를 밟은 모양입니다. 그래서 윌리엄은 커닝엄 부자를 마음대로 움직일 수 있는 위치에 섰지요. 마부는 주인에게 비밀을 지킬 테니 돈을 내라고 협박했다고 합니다. 하지만 그런 협박을 하기에 알렉은 너무나도 위험한 상대였지요. 이 부근 주민들이 언제 도둑이 들지 모른다고 떠들어 대는 것을 듣고, 그것을 이용해 거추장스러운 사람을 제거해야겠다고 생각했으니 정말 천재적인 재주가 아닙니까? 알렉은 윌리엄을 밖으로 불러내 사살했습니다. 만약 알렉이 편지를 완전히 빼앗고 세심한 부분에 좀 더 신경을 썼더라면 아마 전혀 의심받지 않았을 겁니다."

"그렇다면 그 편지는?"

내가 묻자 셜록 홈즈는 다음과 같은 종이를 보여 주었다.

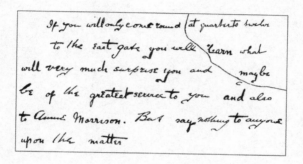

11시 45분에 동문으로 나와라. 깜짝 놀랄 정보를 가르쳐 주겠다. 아마 너와 애니 모리슨에게 커다란 도움이 될 것이다. 하지만 다른 사람에게는 절대 이야기하지 말도록.

"내가 예상하던 내용입니다. 알렉 커닝엄과 윌리엄 카원, 애니 모리슨, 이 사람의 관계는 아직 알아내지 못했지만요. 어쨌든 편지를 미끼로 사용한 작전은 성공을 거둔 셈입니다. 알렉 커닝엄과 커닝엄 노인이 'p'와 'g'의 아래쪽 꼬리 부분을 똑같이 쓰는 것을 보면 역시 같은 핏줄이구나 싶어 놀랍습니다. 노인이 'i'의 점을 찍지 않는다는 점도 눈에 띄는 특징이지요. 왓슨, 시골에서 조용히 휴양을 취하자는 것은 아주 멋진 계획이었네. 내일이면 완전히 기운을 회복해서 베이커 가로 돌아갈 수 있을 것 같군."

10

**입
주
환
자**

10
입주 환자

　나는 친구 셜록 홈즈의 훌륭한 추리 능력을 보여 주기 위해 변변치 않은 실력으로 회상록을 써 왔다. 그런데 그것을 다시 읽어 보니 목적에 부합하는 사건을 고르기 위해 어떤 사건을 기록하면 좋을지 언제나 망설였던 것 같아 퍽 놀라웠다. 홈즈는 모든 사건에서 분석적 추리라는 놀라운 수완을 뽐냈고 그 독특한 조사법이 얼마나 뛰어난지 보여주었다. 그렇지만 사건 자체는 매우 따분하고 흔한 것이라 발표를 미룬 것도 있었다. 또 한편으로는 사건 자체는 매우 보기 드물고 극적이었지만 사건 해결하는 과정에서 홈즈가 그리 큰 활약을 못하는 바람에 전기 작가인 나로서는 약간 불만스러운 것도 있었다. 독자들은 내가 예전에 〈진홍색 연구〉라는 제목으로 쓴 작은 사건이나 글로리아 스콧 호의 행방에 얽힌 사건 등을 기억할 것이다. 그런 사건이야 말로 홈즈의 전기를 기록하는 사람을 오도 가도 못하게 만드는 좋은 예시가 될 것이다. 지금부터 이야기하려는 사건에서도 홈즈는 큰 활약을 하지는 못했다. 그러나 사건 전체를 다시 바라보니 참으로 기묘한지라 버리기에는 아깝다 싶어서 결국에는 기록하기로 했다.

후텁지근했으며 비가 내리고 잔뜩 흐린 10월의 어느 날이었다.[27] 커튼을 반쯤 내린 채 홈즈는 소파에 몸을 둥그렇게 말고 누워 아침에 배달된 편지를 몇 번이나 되풀이해서 읽고 있었다. 나는 인도에서 복무하면서 추위보다는 더위를 참는 데 익숙해져 있었으므로 32도 정도의 기온은 별로 고통스럽지 않았다. 그보다 신문은 참 재미가 없었고 의회도 열리지 않았다. 이럴 때 도시에 남아 있는 사람은 아무도 없었다. 나는 잉글랜드 남부의 삼림지대인 뉴포레스트의 나무 그늘이나 햄프셔 사우스시의 해변이 그리워서 견딜 수가 없었다. 은행에 넣어 둔 돈이 얼마 되지 않아서 휴가를 미루기는 했지만 내 친구 셜록 홈즈는 시골이며 해안에 전혀 관심이 없었다. 그는 500만 명이나 되는 사람들의 한가운데서 신경을 곤두세우고 해결되지 않은 사건 이야기나 범죄 의혹을 감지하는 것을 좋아했다. 그에게는 여러 가지 재능이 있었으나 자연을 즐기는 재능은 없었다. 기분 전환을 한다 하더라도, 기껏해야 도시의 악한들에게서 시선을 돌려 시골에 있는 녀석들의 동료를 뒤쫓는 정도일 것이다.

홈즈가 편지만 읽고 있어서 나는 재미도 없는 신문을 옆으로 내던지고 의자에 등을 기대 생각에 잠겨 들었다. 그런데 홈즈가 갑자기 말을 거는 바람에 그 생각도 끊기고 말았다.

"자네가 옳아, 왓슨. 다툼을 말리는 데 그런 방법을 쓰다니 참으로 이

27) 원래 이 부분은 셜록 홈즈 단편 중 하나인 〈소포 상자〉의 도입부였으나 무슨 이유에서인지 그 사건의 도입부를 〈입주 환자〉에 갖다 붙였다. 그 바람에 두 사건의 첫머리가 비슷해졌고, 10월에 기온이 32도가 넘는다는 모순이 생기기도 했다. 이 책에서는 그 오류를 바로잡지 않는 대신에 주석을 달아 독자들의 이해를 돕고자 한다.

상하지."

"정말 이상해!"

나는 이렇게 외쳤다. 그러고 나서야 홈즈가 내 생각을 정확히 말로 표현했다는 사실을 깨달았다. 나는 깜짝 놀라 자리에서 일어나 홈즈를 바라보았다.

"대체 어떻게 된 일이지? 홈즈, 난 뭐가 뭔지 모르겠네."

내가 당황한 것을 보고 홈즈는 커다란 소리로 웃고 나서 입을 열었다.

"조금 전에 에드거 앨런 포의 단편 소설 중 한 구절을 읽어 주지 않았나? 뛰어난 추리력을 가진 뒤팽은 아무 말도 하지 않은 친구가 무슨 생각을 하고 있는지 맞혔어. 자네는 그것을 작가의 속임수라고 치부했지. 나도 언제나 똑같은 일을 한다고 했는데도 못 미더워했어."

"오, 천만에!"

"물론 직접 말로 하지는 않았지. 하지만 왓슨, 자네 눈썹의 움직임을 보면 믿지 않는다는 사실을 알 수 있거든. 그래서 자네가 신문을 내던지고 생각에 잠긴 것을 보고 좋은 기회라 생각했네. 자네의 마음을 읽어 낼 좋은 기회를 놓치지 않은 거야. 그리고 우리는 아주 가까운 관계임을 증명했지."

그래도 나는 납득할 수 없었다.

"자네가 내게 읽어 준 이야기에서 주인공은 남자의 행동을 관찰하고 결론을 끌어냈어. 그 남자는 쌓여 있던 돌에 걸려 비틀거리기도 하고, 별을 올려다보기도 하지 않았나? 하지만 나는 의자에 가만히 앉아 있었을 뿐인데 내가 대체 자네에게 어떤 단서를 제공했다는 말인가?"

내가 이렇게 물었다.

"자네는 오해하고 있어. 표정이란 인간이 감정을 나타내기 위해 갖추고 있는 것이야. 특히 자네의 표정은 너무 정직해."

"내 표정을 보고 생각을 맞혔다는 말인가?"

"자네의 표정, 특히 눈의 움직임을 보고 알았지. 자네는 어떻게 몽상을 시작했는지 기억하지 못하겠지?"

"그렇다네."

"그럼 설명해 주겠네. 우선 자네는 신문을 내던졌지. 그 행동 때문에 나는 자네에게 주목했네. 자네는 30초 정도 멍한 표정으로 앉아 있더니 그 다음에는 새로 액자에 넣은 고든 장군[28]의 초상화로 시선을 돌렸어. 표정이 바뀌는 것을 보고 자네가 무엇인가 생각하기 시작했다는 사실을 알았네. 그런 다음 책 더미 위에 있는, 액자 없는 헨리 워드 비처[29]의 초상화로 시선을 움직이더군. 잠시 뒤, 자네는 눈을 들어 벽을 보았어. 물론 자네가 무엇을 생각하고 있는지는 분명했어. 비처의 초상화를 액자에 넣어 걸면 썰렁해 보이는 벽도 채워질 테고 맞은편에 있는 고든 장군의 초상화하고도 잘 어울릴 것이라 생각했겠지."

"놀랍군. 자네는 나를 완전히 꿰뚫어 보았네."

내가 이렇게 외쳤다.

"여기까지는 거의 틀리지 않았을 테지. 그런데 자네는 다시 비처에 대해서 생각하기 시작했어. 비처의 얼굴에서 그의 성격을 파악해 내려는 사람처럼 뚫어져라 쳐다보더군. 잠시 뒤 눈가에 웃음이 번졌지만, 생각에 깊이 잠긴 표정으로 시선은 여전히 비처를 향했네. 자네는 비처가

---

28) Charles George Gordon(1833~1885). 영국의 군인. 1860년에 영국·프랑스 연합군이 베이징을 공격할 때 참가하여 태평천국 운동을 진압하는 데 일조하였다. 나중에 아프리카 수단 총독을 지냈으며, 1885년에 수단의 반영反英 반란을 진압하려 갔다가 전사하였다.

29) Henry Ward Beecher(1813~1887). 미국의 목사 겸 저술가. 열렬한 노예 해방론자로, 《톰 아저씨의 오두막》을 쓴 헤리엇 비처 스토의 동생이다.

겪은 사건을 떠올리고 있었지. 1860년대에 일어난 미국의 남북전쟁 때, 비처가 북군을 위해 떠맡은 특별 임무를 생각한 것이 분명했네. 왜냐하면 비처가 우리 영국 국민들에게 부당한 취급을 받자 자네가 매우 분개했다는 사실을 내가 기억하고 있거든. 자네는 그 일에 대해서 몹시 흥분했으니 비처를 보고 그 사건을 떠올리지 않을 리가 없어. 곧 자네의 시선은 초상화에서 벗어났어. 그래서 나는 자네의 생각이 남북전쟁으로 옮아간 것이 아닐까 의심했지. 자네는 입술은 꾹 다물고 눈을 반짝이면서 두 손을 꽉 쥐었어. 그것을 보고 나는 치열한 전투에서 남북 양군이 보여 준 용감함을 생각하고 있다고 확신했어. 잠시 뒤, 아니나 다를까 자네는 슬퍼하는 표정을 지으면서 고개를 설레설레 저었지. 자네는 슬픔, 공포, 덧없는 죽음에 대해서 곰곰이 생각하고 있었던 거야. 그러면서 무의식중에 옛 상처를 건드렸고 쓴웃음을 지었으며 입술을 떨더군. 그래서 자네 마음이 국제 분쟁을 해결하는 전쟁이라는 그 황당한 방법으로 자연스럽게 옮아갔음을 알았네. 그때 나는 그 방식이 참 이상하다고 말했고 자네가 동의한 걸세. 그래서 내 추리가 맞아떨어졌구나 했지."

"굉장하군!"

내가 외쳤다.

"자네가 설명을 해 줬는데도 나는 아직도 놀라울 뿐이라네."

"왓슨, 이건 그렇게 어려운 추리가 아니야. 조금 전에 자네가 내 말을 의심하지 않았다면 일부러 이런 얘기를 꺼내지도 않았을 테지만. 그건 그렇고 저녁이 되니 바람이 불기 시작했군. 어떤가, 런던 거리라도 슬슬 걸어 보지 않겠나?"

나는 좁은 거실에 있기 지루했으므로 기꺼이 동의했다. 우리는 세 시

간 동안이나 함께 걸으며 플릿 가와 스트랜드 가를 돌아다니며 시시각
각 변해 가는 만화경 같은 사람들의 생활을 바라보았다. 홈즈는 그 사
람들의 생활상을 면밀하게 관찰하고 날카로운 추리력을 발휘하여 설명
해 주었는데, 이것은 다른 사람이 쉽게 흉내 낼 수 없는 일이었다. 나는
넋을 잃고 이야기에 빠져들었고 우리는 밤 10시가 넘어서야 베이커 가
로 돌아왔다. 사륜마차가 현관 앞에 서 있었다. 그것을 보고 홈즈가 말
했다.

"의사의 마차로군. 일반 개원의야. 병원을 연 지는 얼마 되지 않았지만
환자는 꽤 많은 듯하구먼. 뭔가 상의하러 온 모양인데. 우리가 때맞춰
잘 돌아왔군!"

나는 홈즈의 방법을 잘 알고 있었기 때문에 그의 추리를 이해할 수
있었다. 마차 안에 램프 불빛을 받으며 매달려 있는 버드나무 바구니가

보였는데, 그 안에 들어 있는 갖가지 의료 도구와 상태를 보고 빠르게 추리해 낸 것이었다. 게다가 우리 방에 불이 켜져 있었으니 그것으로 이 늦은 밤에 어떤 사람이 우리를 만나러 찾아왔다는 사실을 알 수 있었다. 이런 시간에 나와 같은 직업을 가진 의사가 무슨 일로 찾아왔는지 흥미가 돋아서 나는 홈즈의 뒤를 따라 방으로 들어갔다.

안으로 들어가니 가느다란 얼굴에 옅은 갈색 수염을 기른 남자가 창백한 표정으로 의자에서 벌떡 일어났다. 나이는 서른셋에서 넷 정도로 보였고 그 이상은 아닌 듯했다. 그 초췌한 얼굴과 건강하지 못한 혈색을 보니 고단하게 살아가느라 정력과 젊음을 잃어버린 모양이었다. 그의 태도는 예민한 사람이 흔히 그렇듯이 신경질적이고 내성적이었다. 의자에서 일어나 난로 위 선반에 올려놓은 희고 가느다란 손도 의사라기보다는 예술가의 손에 가까웠다. 차림새는 차분하면서도 수수했는데 검은 프록코트에 검은 바지를 입었고 그나마 눈에 띄는 색이라고 해 봐야 넥타이뿐이었다.

"안녕하십니까, 의사 선생님. 너무 오래 기다리지 않아서 다행입니다."

홈즈가 활발하게 말했다.

"네? 제가 타고 온 마차의 마부에게 물어보셨나요?"

"아니요. 탁자 위의 촛불을 보면 알 수 있습니다. 자, 다시 앉으시지요. 이야기를 들어 보죠."

"저는 퍼시 트리벨리언이라는 의사입니다. 브룩 가 403번지에서 살고 있습니다."

그 남자가 소개를 했고, 나는 그에게 물었다.

"혹시 원인 불명의 신경 질환에 관한 논문을 쓰신 분이 아닙니까?"

자신의 논문을 내가 안다는 말을 듣자 그 의사는 창백한 뺨을 붉히며 기뻐했다.

"그 일에 대해서는 평판도 들어 본 적이 없어서 이미 잊었다고 생각했습니다. 출판사 사람도 실망스러울 만큼 잘 안 팔린다고 하더군요. 그렇다면 당신도 의사이신가요?"

"퇴역한 군의관입니다."

"저는 예전부터 신경 질병에 관심이 있어서 그것을 전문으로 삼으려 하고 있습니다. 하지만 가능한 일부터 시작하는 것이 세상사 아니겠습니까? 어쨌든 이런 것은 관계없는 이야기겠죠? 선생님이 바쁘시다는 사실은 잘 알고 있습니다. 사실은 브룩 가에 있는 저희 집에서 요즘 기묘한 일들이 연달아 일어나고 있는데 오늘 밤에는 더 이상 견딜 수 없을 만큼 괴이한 일이 생겨서 상의하러 왔습니다."

셜록 홈즈는 의자에 앉아 파이프에 불을 붙였다.

"잘 오셨습니다. 고민거리를 자세히 들려주십시오."

의사 트리벨리언이 이야기하기 시작했다.

"사정이라고는 해도 말씀드리기 부끄러울 만큼 사소한 일들도 있습니다. 하지만 문제가 매우 복잡하고, 요즘 들어 갑자기 더욱 치밀해진 듯합니다. 어쨌든 사실을 전부 말씀드릴 테니 어떤 것이 중요한지 판단해 주시기 바랍니다.

우선 대학 시절부터 시작하지요. 저는 런던 대학 출신인데, 제 입으로 말하기 부끄럽지만 교수님도 제 장래에 기대를 걸 만큼 성적이 좋았습니다. 졸업 후에도 킹스 칼리지 병원의 보잘것없는 자리를 얻어 연구를 계속했습니다. 다행스럽게도 강직증強直症의 병리 쪽에서 상당히 주목 받게 된 연구를 했고, 이후 홈즈 선생님의 친구분이 말씀하신 신경 장애 논문으로 브루스 핑커턴 상을 받았습니다. 그 당시에는 앞길 창창한 청년이었다고 해도 과언이 아니었을 겁니다.

그런데 제 앞을 가로막는 딱 한 가지, 돈 문제가 있었습니다. 아시는 대로 성공을 바라는 전문의는 캐번디시 광장 지구에 있는, 열 개 남짓한 거리 중 한 군데에 개업해야 합니다. 그곳은 어디나 임대료도 비싸고 시설비도 엄청나죠. 게다가 몇 년 동안은 수입이 없어도 살아갈 수 있을 만큼 돈이 있어야 하며, 그럴듯한 마차도 가지고 있어야만 합니다. 하지만 제 형편으로는 도저히 생각할 수도 없는 일이었습니다. 그래도 10년 동안 절약하면 개업할 만큼 돈을 모을 수는 있겠다 싶었습니다. 그런데 갑자기 뜻밖의 일이 일어나서 희망이 싹트기 시작했습니다.

전혀 알지도 못하는 블레싱턴이라는 신사가 찾아온 것이 일의 시작이었습니다. 어느 날 아침, 그는 제 방으로 찾아오더니 곧바로 용건을 밝혔습니다.

'당신이 눈부신 업적을 쌓고, 최근에는 훌륭한 상도 받은 퍼시 트리벨리언 씨입니까?'

그는 이렇게 말했고 저는 고개를 끄덕였습니다. 그가 말을 이었습니다.

'솔직히 말씀해 주시오. 그러는 편이 당신을 위해서도 좋을 겁니다. 당신은 성공을 거둘 수 있을 만큼 똑똑합니다. 그렇다면 세상을 헤쳐 나가는 요령은 어떻습니까?'

이 남자의 갑작스러운 질문에 저도 모르게 미소를 지었습니다.

'남들만큼은 있다고 생각합니다.'

'좋지 못한 습관은 없습니까? 술을 좋아한다든가?'

'천만에요!'

'좋습니다. 아주 좋습니다! 꼭 물어보고 싶었습니다. 그렇다면 그렇게

좋은 자격을 갖고 있으면서 왜 개원하지 않습니까?'

저는 어깨를 들썩였습니다. 그러자 남자가 헛기침을 하고 말했습니다.

'압니다, 알아요! 흔한 이야기죠. 머리의 문제가 아니라 돈의 문제로군요. 내가 브룩 가에 개업할 수 있도록 도와주면 어떻겠습니까?'

저는 놀라서 남자를 바라보았습니다.

'당신을 위해서가 아니라 나를 위해서요. 솔직히 말해서, 당신만 괜찮다면 내게도 좋은 일입니다. 나는 수천 파운드를 가지고 있는데 그것을 어딘가에 투자할 생각이지요. 한데 그 돈을 당신에게 투자할까 합니다.'

'뭐라고요?'

제가 깜짝 놀라 말했습니다.

'다른 투자와 마찬가지입니다. 게다가 다른 곳보다 더 안전할 것 같기도 하고요.'

'그렇다면 저는 어떻게 해야 하죠?'

'알려 드리죠. 내가 집을 빌리고, 여러 가지 설비를 장만하고, 하녀의 급여를 지불하지요. 내가 모든 준비를 할 테니 당신은 그저 진찰만 하면 됩니다. 당신에게 필요한 돈이며 다른 것들도 전부 드리겠습니다. 그 대신, 수입의 4분의 3을 내게 주고 나머지는 당신이 가지면 됩니다.'

선생님, 블레싱턴이라는 사람의 기묘한 이야기는 대충 이런 것이었습니다. 그 뒤에 어떤 식으로 상의하여 계약했는지는 생략하겠습니다. 결국 저는 성모 영보 대축일[30] 다음날 그가 얻어 놓은 집으로 이사했고 앞서 말한 조건대로 개원했습니다. 블레싱턴도 입주 환자 자격으로 옮겨 왔습니다. 심장이 좋지 않아서 언제나 의사의 진찰을 받을 필요가 있었으니까요. 그는 자신의 거실과 침실용으로 2층의 가장 좋은 방 두 개를 쓰고 있습니다. 습관이 특이해서 사람들과 교제를 피하고 외출도 거의 하지 않았습니다. 매일 저녁이 되면 같은 시각에 진찰실로 찾아와서 장부를 살펴보고 제가 번 돈 중에서 1기니당 5실링 3펜스를 뺀 나머지를 가져가서 자기 방의 금고에 넣습니다.

블레싱턴은 이번 투자를 후회하지 않을 겁니다. 제 병원에는 처음부터 환자들이 많이 찾아왔습니다. 지위가 높은 환자도 두어 명 있었고, 병원에서 근무할 때 좋은 평판을 얻었던 덕분에 곧 유명해졌으니까요. 그래서 지난 1, 2년 동안 블레싱턴은 부자가 되었습니다.

제 과거와 블레싱턴과의 관계는 대충 이렇습니다. 이번에는 제가 이곳을 찾아오게 된 일에 대해서 말씀드리겠습니다.

몇 주일 전에 블레싱턴이 매우 흥분한 모습으로 제가 있는 아래층에

---

30) 3월 25일. 대천사 가브리엘이 성모 마리아에게 예수를 잉태하였음을 알린 날이다.

내려왔습니다. 그리고 웨스트엔드에서 일어난 강도 사건을 이야기하면서 매우 흥분했습니다. 오늘이라도 당장 창과 문에 좀 더 튼튼한 자물쇠를 달지 않으면 안심할 수가 없다는 것이었습니다. 일주일 동안 블레싱턴은 이상할 만큼 불안해했고, 끊임없이 창밖을 내다보았으며, 늘 즐기던 저녁 식사 전의 짧은 산책도 그만두고 말았습니다. 블레싱턴의 태도를 보고 무엇인가를, 혹은 누군가를 매우 두려워하고 있음을 알았습니다. 하지만 그 부분에 대해 물어보면 크게 화를 내는 바람에 그 이야기는 할 수 없었습니다. 그래도 시간이 지나면서 두려움도 점점 줄어들었는지 다시 원래의 습관으로 돌아갔습니다. 그런데 새로운 사건이 일어나자 보기 안쓰러울 정도로 신경증 발작이 일어났고 지금도 그 상태입니다.

그 사건이란 다음과 같습니다. 이틀 전, 저는 편지 한 통을 받았습니다. 지금부터 읽어 드리겠지만, 보낸 사람의 주소도 날짜도 없습니다."

지금 영국에 있는 러시아의 귀족이 퍼시 트리벨리언 선생님의 진찰을 받고 싶어 합니다. 이분은 지난 수년 동안 강직증 때문에 고생하고 있습니다. 트리벨리언 선생님께서는 이 병의 권위자라는 말을 들었습니다. 내일 오후 6시 15분에 찾아뵙겠습니다. 부디 선생님께서 그 시간에 댁에 계셨으면 합니다.

"저는 이 편지를 읽고 커다란 흥미를 느꼈습니다. 강직증은 희귀한 병이기 때문에 연구하는 데 꽤 어려움을 겪고 있으니까요. 예상하셨겠지만 저는 이튿날 진찰실에서 기다리고 있었습니다. 약속 시간이 되자 접수를 받는 직원이 그 환자를 안내해 데려왔습니다.

들어온 것은 마르고 점잖게 보이
는 노인으로 평범한 남자였습니
다. 러시아 귀족 같은 풍모는 아
니었습니다. 하지만 함께 따라온
남자를 보고 저는 매우 놀랐습
니다. 키가 크고 꽤나 잘생긴 젊
은이로, 거뭇하고 날카로운 얼굴
이었습니다. 손발과 가슴은 헤라클레스처럼 늠름했지요. 그가 환자를
부축해서 들어왔습니다. 겉보기와는 전혀 다른 다정한 태도로 환자를
부축하고 돕더군요.

'멋대로 들어와서 죄송합니다.'

젊은이는 약간 외국어 억양이 섞인 영어로 이렇게 말했습니다.

'이분은 제 아버지십니다. 아, 저에게는 아버지의 건강 상태가 가장
큰 걱정거리랍니다.'

저는 아들의 효심에 감동받았습니다.

'아버님의 진찰을 지켜보시겠습니까?'

제가 이렇게 말하자 젊은이는 두렵다는 듯이 몸서리치며 대답했습
니다.

'아닙니다. 지켜보다니요! 표현할 수 없을 정도로 두렵습니다. 아버지
가 발작을 일으키는 모습을 보면 저는 견디지 못하고 숨이 끊어질 겁
니다. 제 신경은 다른 사람들보다 몇 배나 더 예민합니다. 괜찮으시다면
아버지를 진찰하는 동안 대기실에서 기다리고 있겠습니다.'

저는 물론 그의 말에 동의했고 젊은이는 진찰실을 나갔습니다. 그런
다음 바로 환자와 병에 대해서 이야기를 시작했고 저는 자세히 메모했

습니다. 환자는 그렇게 지적이지도 않았고 때때로 애매한 대답을 하기도 했는데, 아마 영어 실력이 부족해서 그럴 것이라고 생각했습니다. 어쨌든 계속 메모하고 있는데 갑자기 질문을 해도 아무 대답이 없었습니다. 환자를 쳐다보니 의자에 앉아 등을 편 채 아주 멍하고 경직된 표정으로 저를 바라보고 있었습니다. 그 이상한 병이 나타난 겁니다.

처음에는 환자가 가엾기도 하고 두렵기도 했습니다. 그 다음에는 의사로서의 만족감이 들었습니다. 저는 환자의 맥박과 체온을 기록했고, 근육의 경직과 반사작용도 살펴보았습니다. 예전에 본 대로 그러한 점들은 아무 이상이 없었습니다. 저는 예전에 강직증 환자에게 아밀 아질산염을 흡입시켜 효과를 본 적이 있어서 이번에도 그 약효를 시험할 좋은 기회라고 생각했습니다. 그 약은 아래층의 실험실에 있어서 저는 환자를 의자에 앉혀 놓은 채 그 병을 가지러 아래층으로 달려 내려갔습니다. 찾는 데 약간 시간이 걸렸습니다. 한 5분쯤 지나서 다시 돌아와 보니 놀랍게도 환자는 어디로 갔는지 보이지 않았고 진찰실은 텅 비어 있었습니다.

물론 가장 먼저 대기실로 달려갔지만 거기에는 아들도 없었습니다. 현관은 닫혀 있었지만 열쇠로 잠겨 있지는 않았습니다. 환자를 안내해 주는 소년은 고용한 지 얼마 되지 않았는데 눈치가 빠르지는 않습니다. 그 아이는 밑에서 기다리고 있다가 제가 진찰실에서 벨을 울리면 달려와서 환자를 안내하지요. 그런데 그 소년은 아무 소리도 듣지 못했다고 했고, 사건에 대해서도 전혀 모르는 듯했습니다. 잠시 뒤 블레싱턴이 산책에서 돌아왔으나 이 사실은 전혀 말하지 않았습니다. 사실, 저는 요즘 되도록 그와 이야기하지 않기로 마음먹었거든요.

그리고 저는 그 러시아 귀족 부자와 다시 만날 일이 있을 거라고는 생각하지 못했습니다. 그랬기에 오늘 저녁, 어제와 같은 시간에 두 사람이 진찰실에 들어온 것을 보고는 깜짝 놀라고 말았습니다. 환자가 말했습니다.

'선생님, 어제는 갑자기 돌아가서 정말 죄송합니다.'

'솔직히 말해서 저는 매우 놀랐습니다.'

제가 이렇게 대답하자 환자가 말했습니다.

'사실은 발작이 가라앉으면 언제나 머리가 멍해져서 발작 전의 일을 잊어버립니다. 어제 정신이 들고 보니 낯선 방에 있는 터라 선생님이 안 계신 동안 멍한 상태로 나가 버리고 말았습니다.'

아들이 뒤이어서 말했습니다.

'저는 아버지가 대기실 앞을 지나시기에 당연히 진찰이 끝난 줄 알았습니다. 집에 도착하고 나서야 사태를 파악했습니다.'

제가 웃으며 말했습니다.

'조금 당황했을 뿐입니다. 특별히 다른 문제는 없습니다. 그럼 아드님은 대기실로 가서 기다려 주십시오. 진찰을 계속하겠습니다. 어제 진찰을 하다 말았으니까요.'

저는 30분 정도 노신사와 병에 대해서 이야기를 나눈 뒤 처방전을 썼습니다. 그런 다음 아들의 도움을 받아 노인이 나가는 모습을 제 눈으로 보았습니다. 그 시간에 블레싱턴이 산책을 나간다는 사실은 이미 말씀드렸지요. 러시아 귀족 부자가 돌아간 직후 블레싱턴이 돌아와서 2층으로 올라갔습니다. 그런데 곧 소리를 내며 내려와서는 정신 나간 사람처럼 당황해서 진찰실로 뛰어 들어왔습니다.

'누가 내 방에 들어왔지?'

'아무도 들어가지 않았습니다.'

'거짓말!'

그는 이렇게 외쳤습니다.

'내 방에 와 보시오!'

참으로 무례한 말투였지
만 저는 참았습니다. 두려
움 때문인지 블레싱턴의
머리가 이상해진 것 같
았거든요. 같이 2층으로
올라갔더니 옅은 색의 카펫

에 찍힌 몇 개의 발자국을 가리키면서 그가 말했습니다.

'이 발자국이 내 것이라는 말이오?'

그의 발자국이라고 하기에는 너무 컸고 찍힌 지도 얼마 되지 않은 듯
했습니다. 아시다시피 오늘 오후에는 비가 심하게 내려서 찾아온 사람
이라고는 그 환자뿐이었으니 제가 노인을 진찰하는 동안 무슨 까닭에
서인지 대기실에 있던 젊은이가 블레싱턴의 방에 들어간 것이 분명했
습니다. 어디에도 손을 대지 않았고 무엇 하나 없어지지도 않았지만 발
자국이 알려 주듯이 그가 블레싱턴의 방에 침입했던 것만은 틀림없는
사실입니다.

자신이 없는 사이에 다른 사람이 방에 들어오면 누구든 기분이 나쁘
겠지요. 그렇다 해도 블레싱턴이 당황하는 모습은 너무 지나치다 싶을
정도였습니다. 실제로 팔걸이의자에 앉아 눈물을 흘릴 정도였으니 그에
게 이성적인 이야기를 들을 수는 없었습니다. 제가 여기에 찾아온 것도
다름 아닌 블레싱턴의 권유 때문입니다. 물론 저도 여기에 와서 상의를
드리는 것이 좋겠다고 생각했습니다. 그가 이번 사건을 너무 부풀려서

생각한다는 느낌은 있지만 기묘한 사건임에는 틀림이 없으니까요. 제 마차를 타고 함께 가 주신다면, 적어도 그 사람의 마음을 진정시킬 수는 있을 겁니다. 물론 이 기묘한 사건을 당장 해명해 달라는 것은 아닙니다. 어떠십니까?"

셜록 홈즈는 이 긴 이야기를 열심히 듣고 있었는데 나는 홈즈의 마음에 강한 호기심이 일었다는 사실을 알 수 있었다. 표정은 평소와 다름이 없었지만, 양쪽 눈꺼풀이 무거운 듯 내려왔으며 의사의 이야기가 재미있어지면 파이프의 짙은 연기가 피어올랐다. 손님의 이야기가 끝나자 홈즈는 한마디도 하지 않고 자리에서 일어났다. 그리고 내게 모자를 건네주더니 탁자 위에 있던 자신의 모자를 집어 들고 트리벨리언 의사의 뒤를 따라 문 쪽으로 향했다. 15분쯤 뒤, 우리는 브룩 가에 있는 의사의 집 앞에 내렸다. 그것은 웨스트엔드의 개원의 하면 누구나 떠올리는 것처럼 음울하고 돌출된 부분이 별로 없는 밋밋한 집이었다. 접수창구에 있던 소년이 나와서 문을 열어 주었고 우리는 바로 멋진 카펫이 깔린 넓은 계단을 오르기 시작했다. 그런데 그때 기묘한 일이 벌어져서 멈춰 서고 말았다. 갑자기 2층의 불빛이 꺼지더니 어둠 속에서 날카로운 목소리가 들려온 것이다.

"나는 권총을 들고 있다! 한 걸음이라도 다가오면 쏘겠어!"

"왜 그러십니까, 블레싱턴 씨?"

트리벨리언 의사가 외쳤다.

"아아, 선생, 당신이었소?"

안심한 듯 커다란 숨을 내쉬며 그 목소리가 이렇게 말했다.

"그런데 같이 있는 사람들은 대체 누구지?"

어둠 속에서 우리를 가만히 바라보고 있는 듯하다가 마침내 목소리

가 들려왔다.

"이제 누군지 알겠소. 어서 올라오시오. 너무 조심스러운 모습에 당황하셨다면 사과하겠소."

그 목소리와 함께 계단의 가스등에 다시 불이 들어왔다. 기괴한 모습의 사내가 보였다. 목소리와 마찬가지로 그 얼굴에도 신경이 예민해져 있다고 써져 있었다. 꽤 뚱뚱하기는 했으나 예전에는 더 살이 쪄 있었는지 블러드하운드가 떠오를 정도로 얼굴 피부가 헐렁헐렁한 자루처럼 쳐져 있었다. 얼굴빛이 창백했으며 매우 심하게 놀라서인지 옅은 갈색 머리카락이 곤두서 있는 듯했다. 손에 권총을 들고 있었으나 우리가 올라가자 주머니에 넣었다.

"안녕하세요, 홈즈 선생님. 와 주셔서 정말 감사합니다. 나만큼 당신의 도움이 필요한 사람도 없을 겁니다. 불법 침입에 대해서는 트리벨리언 선생에게 들었을 줄로 압니다."

"그렇습니다. 블레싱턴 씨, 그 두 사람은 대체 누구죠? 어째서 당신을 괴롭히는 겁니까?"

홈즈가 이렇게 말하자 입주 환자는 신경질적인 말투로 대답했다.

"참으로 말하기 어려운 일이라 대답하기가 어렵습니다."

"그럼 누군지 모른다는 말입니까?"

"어쨌든 들어오세요. 잠깐 안으로 들어와 주십시오."

남자가 자신의 침실로 안내했다. 넓고 안락해 보이는 방이었다. 그는 침대 끝 쪽에 있는 크고 검은 금고를 가리키며 말했다.

"보십시오. 홈즈 선생님, 나는 결코 부자가 아닙니다. 트리벨리언 선생이 말했으리라 생각하지만 투자를 한 것은 이번이 처음입니다. 하지만 나는 은행을 믿지 않습니다. 절대로. 솔직히 말해서 내 전 재산이 이 안에 들어 있습니다. 그러니 낯선 사람이 내 방에 들어오면 어떤 기분일지 잘 아시겠지요?"

홈즈는 관찰하는 듯한 시선으로 블레싱턴을 바라보고 있다가 머리를 흔들었다.

"나를 속일 생각이라면 아무 도움도 줄 수 없습니다."

"나는 죄다 말하고 있습니다."

홈즈는 화가 난다는 듯이 휙 몸을 돌렸다.

"안녕히 주무십시오, 트리벨리언 선생."

"그럼 내 의뢰를 받아들이지 않겠다는 말이오?"

당황한 목소리로 블레싱턴이 말했다.

"의뢰하고 싶다면 진실을 말해 주십시오."

1분 뒤, 우리는 거리로 나와 집을 향해 걷고 있었다. 옥스퍼드 가를 가로질러 해리 가를 반쯤 지났을 때 마침내 홈즈가 입을 열었다.

"왓슨, 이런 한심한 일 때문에 집 밖으로 끌어내서 미안하네. 사실은 재미있는 사건인데 말이야."

홈즈는 겨우 이렇게만 이야기했다.

"난 뭐가 뭔지 모르겠는데."

내가 솔직하게 말했다.

"어쨌든 두 사람, 어쩌면 더 있을지도 모르겠지만 적어도 두 사람이 이번 사건에 관여하고 있는 것만은 분명하네. 어떤 이유에서인지 그 둘은 블레싱턴을 살해하려 하고 있어. 첫날에도 그 다음 날에도, 젊은 남자는 블레싱턴의 방에 들어갔을 거야. 교묘한 방법으로 의사가 방해하지 못하도록 다른 한 사람이 의사에게 진찰을 받으면서 말일세."

"그렇다면 강직증은?"

"거짓말이야. 그 선생에게는 가르쳐 주지 못했지만. 강직증이란 꾀병을 부리기에 가장 좋은 병이지. 나도 그것을 이용한 적이 있었네."

"그래서?"

"참으로 우연하게도 두 번 모두 블레싱턴은 외출 중이었어. 두 사람은 대기실에 다른 환자가 없을 때를 노려서 그런 애매한 시간을 선택한 걸세. 그런데 그 시간이 우연히도 블레싱턴이 건강을 지키기 위해 산책 나가는 시간과 겹친 거지. 그렇다면 녀석들은 블레싱턴의 일과를 잘 모르는 녀석들이야. 물론 어떤 것을 훔칠 작정이었다면 무엇인가를 찾으러 그 방에 들어갔겠지. 그런데 신변에 위험이 닥친 사람은 눈빛만 봐도 알 수 있다네. 그처럼 집요한 적이 있는데 블레싱턴이 그들을 모를 수가 없어. 그러니 블레싱턴은 그 둘이 누구인지 분명히 알고 있을 거야. 그런데 어떤 말 못할 이유가 있어서 숨기는 걸세. 내일이 되면 좀 더 이야기하고 싶어질지도 모르지."

내가 말했다.

"이렇게는 생각할 수 없을까? 터무니없는 얘기 같기는 하지만 한번쯤은 생각해 볼 수도 있지 않겠나? 즉, 강직증에 걸린 러시아 귀족과 그의 아들은 전부 트리벨리언 선생이 만들어 낸 것이고 어떤 목적이 있어서 의사가 블레싱턴의 방에 들어간 걸세."

내가 한 생각치고는 참으로 멋진 것이었다. 그렇지만 가스등의 불빛을 통해 홈즈가 재미있다는 듯 웃고 있는 것이 보였다.

"이보게, 왓슨. 그게 바로 내가 가장 먼저 떠올린 생각이야. 하지만 의사의 말에 거짓이 없다는 사실을 곧 알 수 있었어. 아들은 계단에 깔아 놓은 카펫에도 발자국을 남겼는데 나는 그것을 보고 방 안의 발자국은 볼 필요도 없다고 생각했지. 그 녀석의 구두 끝은 블레싱턴의 뾰족한 구두와는 달리 각이 져 있고 의사의 구두보다 3센티미터는 더 컸어. 그러니 자네도 그 발자국이 다른 사람의 것이라는 사실을 이해할 수 있겠지? 어쨌든 결정은 내일까지 미루기로 하자고. 내일 아침이 되면 브룩 가에서 틀림없이 연락이 올 거야."

셜록 홈즈의 예언은 바로 적중했다. 그것도 매우 극적인 방식으로 말이다. 이튿날 아침 7시 반, 아직 희미한 어둠이 남아 있을 때 실내복을 입은 홈즈가 내 머리맡에 서 있었다.

"왓슨, 사륜마차가 우리를 기다리고 있네."

"무슨 일인데?"

"브룩 가 사건."

"무슨 소식이 있었나?"

"좋지 않은 소식인데, 약간 애매해."

커튼을 올리며 홈즈가 말했다.

"이걸 보게. 노트에서 찢어 낸 종이에 연필로 쓴 것인데 '부탁입니다. 바로 와 주십시오. P. T.'라고 적혀 있어. 그 선생은 이것을 쓸 때 굉장히 고민하고 있었지. 얼른 가 보세. 급한 전갈이니까."

15분 만에 우리는 의사의 집에 도착했다. 의사는 겁먹은 얼굴로 우리를 맞이하기 위해 달려 나왔다.

"아아, 어떻게 이런 일이!"

의사가 관자놀이에 손을 대며 외쳤다.

"무슨 일이죠?"

"블레싱턴이 자살했습니다!"

홈즈가 휙 휘파람을 불었다.

"정말입니다. 밤에 목을 맸습니다."

우리는 안으로 들어갔다. 의사가 앞장서서 대기실 같은 방으로 들어갔다.

"어떻게 해야 좋을지 모르겠습니다. 경찰이 2층에 와 있습니다. 정말 깜짝 놀라서……"

"언제 발견했습니까?"

"그 사람은 매일 아침 일찍 차를 가져오게 했습니다. 아침 7시쯤 하녀가 방으로 들어갔는데 방의 한가운데에 그 사람이 매달려 있었다고 합니다. 언제나 무거운 램프가 걸려 있는 갈고리에 밧줄을 걸고 어제 보여 준 금고 위에서 뛰어내린 겁니다."

한동안 생각에 잠겨 있던 홈즈가 마침내 입을 열었다.

"괜찮으시다면 2층에 가서 살펴보고 싶군요."

우리는 2층으로 올라갔고 트리벨리언도 뒤를 따라왔다. 침실로 들어서자 끔찍한 광경이 눈앞에 펼쳐졌다. 블레싱턴의 뚱뚱하고 다부지지

못한 몸은 이미 이야기한 바 있다. 그것
이 갈고리에 매달려 있었기에 더욱 늘
어져서 사람이라고 여겨지지 않았다.
털 뽑힌 닭처럼 목이 길게 늘어져 있었
는데 그것만으로도 몸이 부자연스럽게
뚱뚱해 보였다. 그는 기다란 잠옷만 걸
친 채였고, 부어오른 복사뼈며 보기 흉
한 다리가 경직된 채 잠옷 밖으로 나와
있었다. 시체 곁에 능력 있어 보이는 경
위가 서서 수첩에 무엇을 적다가 내 친
구가 들어가자 인사를 건넸다.

"아아, 홈즈 선생님. 잘 오셨습니다."

"안녕하세요, 래너 경위. 방해가 되지는 않겠죠? 이런 결말을 가져 온
일에 대해서는 들으셨나요?"

"조금 들었습니다."

"경위는 어떻게 생각합니까?"

"제가 보기에 이 남자는 공포 때문에 제정신이 아니었던 모양입니다.
보시다시피 침대에 누웠던 흔적은 있습니다. 그 흔적이 뚜렷이 남아 있
어요. 오전 5시경에 자살이 가장 많이 일어나는데, 이 남자도 그 무렵
에 목을 맨 듯합니다. 각오하고 계획적으로 자살한 듯합니다."

시체를 살펴보고 내가 말했다.

"경직된 상태로 봐서 죽은 지 세 시간쯤 지났군요."

"방에 의심스러운 점은 없었나요?"

홈즈가 묻자 경위가 대답했다.

"세면대에 드라이버와 나사가 몇 개 있었습니다. 그리고 밤에 담배를 많이 피웠나 봅니다. 난로에서 시가 꽁초 네 개를 꺼냈습니다."

"흠, 그럼 시가용 파이프는?"

"없습니다."

"그렇다면 담배 상자는?"

"외투 주머니에 있었습니다."

홈즈가 담배 상자를 집어 하나 남은 시가 냄새를 맡았다.

"이건 아바나입니다. 그런데 경위가 발견한 꽁초들은 동인도 식민지에서 네덜란드 사람이 수입한 진귀한 담배란 말이지. 보리 짚으로 싸는데 다른 담배보다 길고 가느다랗죠."

홈즈가 꽁초 네 개를 집어 주머니에 있던 돋보기로 살펴보았다.

"이 가운데 두 개는 파이프로 피웠고, 나머지 두 개는 파이프를 사용하지 않았어요. 두 개는 날이 무딘 칼로 끝을 잘랐고, 나머지 두 개는 튼튼한 이로 잘랐군. 경위, 이건 자살이 아닙니다. 계획적이고도 끔찍한 살인이에요."

"말도 안 됩니다!"

경위가 커다란 소리로 외쳤다.

"왜 말이 안 된다는 겁니까?"

"어째서 목을 매다는 불편한 방법으로 살해했겠습니까?"

"지금부터 그걸 해명해야죠."

"범인은 어떻게 들어왔을까요?"

"현관으로요."

"하지만 아침에는 빗장이 채워져 있었습니다."

"나간 다음에 범인이 채웠습니다."

"어떻게 알 수 있습니까?"

"발자국이 남아 있으니까요. 나중에 자세히 설명할 테니 조금만 기다려 보세요."

홈즈가 문 쪽으로 가서 열쇠를 돌리면서 그만의 체계적인 방법으로 조사했다. 그리고 안쪽에 꽂혀 있던 열쇠를 뽑아 그것도 살펴보았다. 그리고 침대, 카펫, 의자, 난로, 시체, 뒤이어 밧줄을 차례대로 살펴보고 나서야 이제는 됐다고 말했다. 나와 경위까지 힘을 합쳐 셋이서 시체를 묶고 있던 밧줄을 끊고 시체를 가지런히 눕힌 뒤 시트를 덮었다. 홈즈가 물었다.

"이 밧줄은 어디서 구했을까요?"

"여기서 잘라 낸 겁니다."

트리벨리언이 침대 밑에서 뚤뚤 말린 커다란 밧줄 뭉치를 꺼내며 말했다.

"저 사람은 불을 아주 무서워했습니다. 그래서 혹시 계단에 불이라도 나면 창문으로 바로 빠져나갈 수 있도록 언제나 곁에 밧줄을 준비해 두었습니다."

홈즈가 생각에 잠긴 채 말했다.

"덕분에 범인들은 수고를 던 셈이군. 그렇다면 사건은 아주 분명합니다. 오후에는 그 이유까지 설명할 수 있겠군요. 난로 위에 있는 블레싱턴의 사진을 잠깐 빌리겠습니다. 조사에 도움이 될 것 같아서요."

"하지만 아직 아무런 말씀도 안 하셨습니다!"

의사가 커다란 소리로 말했다.

"사건 순서는 분명합니다. 총 세 명이 가담했죠. 젊은 남자와 노인, 그리고 누구인지 단서를 전혀 남기지 않은 제3의 인물입니다. 앞의 두 사람에 대해서는 더 설명할 필요도 없겠지요. 러시아 귀족과 그 아들이니까요. 그러니 이 두 사람의 인상착의는 충분히 알고 있습니다. 그 둘은 이 집에 있던 동료의 안내로 들어온 거예요. 경위, 한마디 조언하자면 접수창구에 있는 소년을 체포하세요. 트리벨리언 선생, 얼마 전에 그 아이를 고용했다고 했지요?"

"녀석이 보이지 않습니다. 하녀와 요리사가 찾으러 갔습니다."

트리벨리언이 말했다. 홈즈가 어깨를 들썩였다.

"이번 사건에서 녀석은 꽤나 중요한 역할을 맡았습니다. 어쨌든 세 사람은 살금살금 계단을 올라왔어요. 노인이 가장 앞에 섰고 다음이 젊은이, 그 뒤로 아직 알 수 없는 사내가……."

"홈즈, 어떻게 알았나?"

나도 모르게 커다란 소리로 외쳤다.

"발자국이 겹친 모양을 보면 틀림없어. 어젯밤에 왔을 때 어느 발자국이 누구의 것인지 미리 조사해 두었으니까. 그리고 범인들은 블레싱턴의 방으로 들어왔네. 하지만 침실의 문은 잠겨 있었고, 철사를 사용해서 문을 열었어. 돋보기로 살펴보지 않아도 자물쇠 안쪽의 튀어나온 곳에 긁힌 자국이 남아 있네. 거기에 힘이 걸려서 생긴 흔적이지.

놈들은 방에 들어오자마자 블레싱턴에게 재갈을 물렸어. 그는 잠을 자고 있었거나 겁에 질려서 소리조차 지르지 못했을 거야. 이곳의 벽은 두꺼우니 설령 소리를 질렀다 할지라도 비명은 들리지 않았겠지. 블레싱턴을 묶은 뒤 자기들끼리 이야기를 나눈 것은 틀림이 없네. 아마 모종의 재판처럼 그를 어떻게 처치할지 이야기했겠지. 그 회의는 한동안 계속되었어. 이 시가는 그때 피웠을 테지. 범인들 중에서 노인은 이 등 나무의자에 앉아 파이프로 시가를 피웠고, 젊은이는 맞은편에 앉아서 옷장에 대고 재를 털었으며, 제3의 인물은 여기저기 돌아다녔네. 블레싱턴은 침대에 앉아 있었던 듯한데 분명하지는 않아.

결국 범인들은 블레싱턴의 목을 매달기로 했어. 모든 일을 예전부터 충분히 계획하고 있었으니 교수대로 쓰기 위한 도르래 같은 것도 미리 준비해 왔겠지. 저 나사와 드라이버는 도르래를 위에 매달기 위해 가져왔을 걸세. 하지만 갈고리가 있었기에 수고를 덜 수 있었어. 그들은 일을 마치고 서둘러 달아났네. 그 다음에 공범인 접수창구의 소년이 빗장을 채운 거야."

우리는 모두 커다란 흥미를 가지고 전날 밤에 있었던 일에 대한 설명에 귀를 기울였다. 홈즈가 아주 사소하고 미묘한 증거들로 추리했으므로 이야기를 듣고 난 뒤에도 추리 과정을 납득하기가 어려웠다. 경위는 바로 접수창구의 소년을 수배하기 위해 바삐 움직였으나 홈즈와 나는 베이커 가로 아침을 먹으러 돌아왔다.

"오후 3시까지는 돌아오겠네."

식사를 마친 뒤 홈즈가 말했다.

"그때 경위와 트리벨리언 선생도 이리 올 거야. 그때까지 이 사건의 세세한 부분까지 확실히 밝혀 두고 싶네."

약속 시간에 두 사람은 모습을 드러냈으나, 홈즈는 3시 45분에야 나타났다. 들어올 때의 표정으로 봐서 모든 일이 뜻대로 되었다는 사실을 알 수 있었다.

"래너 경위, 새로운 소식은 없습니까?"

"접수창구의 소년을 찾아냈습니다."

"훌륭합니다. 나는 나머지 사람들을 잡았습니다."

"녀석들을 잡았다고?"

세 사람이 동시에 외쳤다.

"적어도 녀석들의 신원은 파악했습니다. 내 생각대로 그 블레싱턴이 라는 녀석은 경찰들도 잘 알고 있더군요. 살인범들도 마찬가지입니다. 녀석들의 진짜 이름은 비들, 헤이워드, 모펫이에요."

"워싱턴 은행 강도들이다!"

경위가 외쳤다.

"맞습니다."

홈즈가 대답했다.

"그렇다면 블레싱턴의 진짜 이름은 서턴입니까?"

"그렇습니다."

"아, 이제 모든 사실을 알겠습니다."

경위가 말했다.

그러나 나와 트리벨리언은 어리둥절해서 서로의 얼굴만 바라볼 뿐이었다. 홈즈가 말했다.

"세상을 떠들썩하게 한 워싱턴 은행 강도 사건을 기억하고 있지요? 일당은 다섯 명이었고, 나머지 한 사람은 카트라이트였습니다. 범인들은 경비를 서던 토빈을 죽이고 7,000파운드를 훔쳐 달아났습니다. 1875년에 벌어진 일이죠. 범인들은 모두 체포되었지만 증거는 분명하지 않았습니다. 블레싱턴, 즉 서턴은 그중에서도 가장 질 나쁜 녀석으로 동료들을 배신했지요. 이 녀석의 증언 때문에 카트라이트는 교수형을 당했고, 나머지 셋은 각각 15년 형을 선고받았습니다. 형기 만료까지는 아직 몇 년 더 남아 있었지만 세 사람은 얼마 전에 석방되었고 배신자를 찾아내서 죽은 동료의 원수를 갚으려 했습니다. 두 번이나 블레싱턴을 찾아왔지만 전부 실패했고 세 번째에 드디어 원수를 갚았지요. 트리벨리언 선생, 더 설명해야 할 부분이 있습니까?"

"모든 사실이 분명해졌습니다. 블레싱턴은 신문을 통해서 그들이 석방되었다는 사실을 알고 나서 그렇게 흥분했던 것이로군요."

의사가 이렇게 말했다.

"맞습니다. 강도 이야기는 단순한 구실에 지나지 않았던 겁니다."

"그렇다면 어째서 선생님에게 말하지 않았을까요?"

"옛 동료들이 얼마나 집요한지를 잘 알고 있었기에 가능하다면 예전의 일을 아무에게도 말하고 싶지 않았겠지요. 게다가 부끄러운 비밀인지라 더더욱 말하지 못한 겁니다. 나쁜 녀석이기는 하지만 영국의 법으로 보호받으며 살아온 사람입니다. 래너 경위도 잘 알듯이 법은 그를 지키는 데 실패했지만 정의의 칼날은 아직도 복수를 기다리고 있습니다."

이것이 입주 환자와 브룩 가의 의사 사이에 일어난 기괴한 사건의 전말이다. 그날 밤 이후, 세 살인자는 한 번도 경찰의 손에 잡히지 않았다. 런던경찰국에서는 그 셋이 불행한 증기선 노라 크레이너 호에 탔다고 추정하고 있다. 그 배는 몇 년 전, 포르투갈의 연안인 오포르토에서 북쪽으로 10여 마일 떨어진 곳에서 난파하여 승객과 승무원 모두 목숨을 잃었다. 접수창구에 있던 소년의 재판은 증거 불충분으로 계속 이뤄지지 못했으며, 이른바 〈브룩 가〉 사건이라고 불리는 이 일을 다룬 출판물은 아직 세상에 나오지 않았다.

11

마지막 사건

11
마지막 사건

    셜록 홈즈의 명성을 드높인 그의 남다른 재능을 기록하는 것도 이제 마지막이라고 생각하니 펜을 잡기가 슬퍼진다. 나는 〈진홍색 연구〉라는 제목으로 기록한 사건이 일어날 무렵에 우연히 홈즈를 알게 되었다. 이후, 그의 활약 덕분에 큰 국제 문제로 번지지 않고 마무리된 〈해군 조약〉 사건에 관여할 때까지 나는 그와 함께한 수많은 체험을 두서없이 미숙한 실력으로나마 기록해 왔다. 나는 〈해군 조약〉 사건 이후 거기서 기록을 멈출 생각이었다. 내 인생에 메울 길 없는 공백을 만들어 버린 그 사건이 일어난 지도 벌써 2년이 되었지만 나는 여전히 입을 다물고 있을 작정이었다. 그런데 얼마 전, 제임스 모리어티 대령이 죽은 동생을 변호하는 수기를 발표했기 때문에 나도 어쩔 수 없이 펜을 들어 사실을 있는 그대로 정확하게 공표하기로 마음먹었다. 그 사건의 진상을 알고 있는 것은 오직 나 하나뿐이며, 내가 입을 다물고 진상을 숨기더라도 더 이상 아무 도움이 되지 않는 시기가 왔음을 나는 기쁘게 여긴다. 내가 알고 있기로 이 사건은 신문에 딱 세 번 보도되었다. 1891년 5월 6일자 스위스의 〈제네바 저널〉, 5월 7일 영국의 각 신문에 게재된 로이터 통신의 급전, 그리고 마지막이 앞서 말한 모리어티 대령이 최근에 발표한 수기이다. 앞의 두 가지는 극히 짧은 기사에 불과했으나 마지막 수기는 사실을 완전히 왜곡한 내용이었다. 모리어티 교수와 셜록 홈즈 사이에 무슨 일이 있었는지 그 진상을 밝히는 것은 내 의무가 아닐 수 없다.

예전에 말한 적이 있지만 내가 결혼하고 병원을 개업하자 그토록 친밀하던 홈즈와의 관계에도 다소 변화가 있었다. 그는 수사에 도움이 필요할 때면 변함없이 나를 찾아왔지만 그 횟수도 점점 줄어들어 1890년에 내가 기록한 사건은 겨우 세 건에 불과했다. 그해 겨울부터 이듬해인 1891년 이른 봄까지 그가 프랑스 정부의 의뢰를 받아 어떤 중요한 사건을 해결하고 있다는 사실은 신문을 통해 알고 있었다. 그리고 프랑스 남부의 나르본느와 니임에서 보낸 홈즈의 편지를 읽고 그가 프랑스에서 상당히 오래 머물 것이라 생각했다. 그랬으므로 4월 24일 밤, 홈즈가 갑자기 진찰실에 모습을 나타냈을 때 나는 조금 놀랐다. 게다가 그의 얼굴이 평소보다 더 창백하고 매우 여윈 것을 보자 걱정도 되었다.

"그렇다네. 조금 무리해서 일을 했거든. 요즘 조금 복잡한 문제가 있다네. 덧문을 닫아도 되겠나?"

그는 내가 묻기도 전에 놀란 내 표정을 보고 이렇게 대답했다. 방을 밝히는 조명은 내가 책을 읽느라 책상 위에 켜 둔 램프뿐이었다. 홈즈는 벽에 몸을 바싹 붙이더니 벽을 따라가 덧창을 닫고 걸쇠를 단단히 채웠다. 내가 물었다.

"홈즈, 무슨 걱정거리라도 있는가?"

"응."

"뭐지?"

"공기총."

"이봐, 홈즈. 그게 무슨 말인가?"

"왓슨, 자네는 나를 잘 알고 있으니 내가 결코 괜한 일을 걱정하는 사람이 아니라는 것도 알고 있겠지? 하지만 위험이 닥쳤는데도 인정하지 않는다면 그것은 용기가 아니라 어리석음일 거야. 성냥 좀 주겠나?"

마음을 가라앉혀 주는 담배의 효과가 만족스러운지 홈즈는 연기를 깊숙이 들이마셨다. 그러고는 다시 말을 이었다.

"이런 늦은 시간에 찾아와서 미안하네. 그리고 잠시 뒤에는 뒤뜰의 담을 넘어서 돌아갈 테니 몰상식하다고 생각하지 말고 용서해 주게나."

"대체 왜 그러는 건가?"

내가 묻자 그는 한쪽 손을 내밀었다. 불빛 아래로 그의 손을 보니 손가락 관절 두 군데가 찢어져 피가 배어 나오고 있었다.

"보게, 보통 일이 아니라고. 남자가 손등에 상처를 입었다면 이만저만한 일이 아닐세. 부인은 집에 있나?"

"아니, 어딜 좀 나갔네."

"그것 잘됐군. 자네 혼자 있단 말이지?"

"그래."

"그럼 이야기가 더 쉬워지겠군. 일주일 정도 같이 유럽 대륙에 가지 않겠나?"

"대륙 어디로?"

"어디든 상관없네. 나한테는 다 똑같거든."

참으로 모를 일이었다. 홈즈가 아무 목적도 없이 휴가를 떠날 리가 없었다. 창백하게 여윈 얼굴을 보면 신경이 극도로 날카로워졌음을 알 수 있었다. 그는 눈빛을 보고 내 의문을 알아차렸는지 두 손가락 끝을 마주 대고 무릎 위에 팔꿈치를 얹은 뒤 상황을 설명하기 시작했다.

"자네, 모리어티 교수라고 들어 본 적 있나?"

"아니."

"바로 그거야. 이 사건의 특징과 불가사의함이 바로 거기에 숨어 있다네! 아무도 런던 시내를 활개 치며 돌아다니는 사내의 이름을 모르지. 그렇기 때문에 녀석은 범죄 역사상 가장 큰 기록을 세울 수 있었다네. 왓슨, 이건 진심으로 하는 소리인데 만약 내가 그자를 때려 눕혀 이 사회를 그의 손아귀에서 건진다면 나는 내 경력이 드디어 최고점에 달했다고 여기고 현역에서 물러나 평온한 생활을 시작해도 좋겠다고 생각할 걸세. 자네 앞이니까 이런 말을 하네만, 최근 스칸디나비아 왕가와 프랑스 공화국을 위해서 몇몇 사건을 처리한 덕분에 이제는 내 취향에 맞춰 조용히 시간을 보내면서 화학 연구에 전념할 수 있을 만한 신분이 되었다네. 하지만, 왓슨. 모리어티 교수 같은 녀석이 아무렇지도 않게 런던 시내를 활보하고 있다고 생각하면 도저히 참을 수가 없네. 가만히 앉아 있을 수가 없어."

"그 사내가 어떤 짓을 저질렀나?"

"특이한 경력을 가진 사람이야. 명문가 출신으로 훌륭한 교육을 받았고 놀랄 정도로 뛰어난 수학 재능을 타고났어. 스물한 살에 이항정리에 관한 논문을 발표해서 전 유럽을 떠들썩하게 만들었지. 덕분에 영국의 한 작은 대학의 수학 교수 자리에 오르는 등 누가 봐도 앞길 창창한 청년이었어. 하지만 이 사람에게는 악마의 피가 흐르고 있었네. 범죄자의 피가 그의 혈관을 흘렀는데, 놀랍도록 뛰어난 지력은 그런 성향을 교정하기는커녕 오히려 더욱 증폭시켰네. 그 바람에 더할 나위 없이 위험한 사람이 되어 버렸지. 그러던 중에 그를 둘러싼 나쁜 소문이 퍼져 결국에는 교수직에서 물러나 런던으로 올라와 군인들을 가르치는 교사가 되었네. 여기까지는 세상에도 잘 알려졌네만 지금부터 하는 이야기는 내가 직접 조사한 내용일세.

왓슨, 자네도 알다시피 나는 런던의 지능 범죄 사회의 실상을 누구보다도 잘 알고 있네. 몇 년 전부터 범죄자들의 배후에 어떤 힘이 숨어 있다는 사실을 알게 됐어. 늘 법의 집행을 가로막고 범죄자들을 지켜 주는 강력한 조직의 힘이었네. 위조, 강도, 살인 등 모든 종류의 범죄 뒤에 그런 힘이 있음을 종종 느낄 수 있었다네. 또한 내가 직접 관여하지는 않았지만 미궁에 빠진 수많은 사건에도 이 힘이 작용했다는 사실을 알게 되었지. 지난 몇 년 동안 나는 이 조직을 둘러싼 베일을 벗기기 위해 노력했는데 드디어 얼마 전에 그 실마리를 찾아냈어. 그것을 더듬어 교묘한 미로를 빠져나가 마침내 이 유명한 수학 교수 모리어티에게 이르렀다네.

왓슨, 그자는 범죄 사회의 나폴레옹일세. 이 대도시에서 일어나는 범죄의 절반 정도와 미궁에 빠진 사건 대부분을 그가 조종하고 있어. 천재인 데다가 철학가이자 논리적 사색가이기도 하지. 그는 무척 우수한 두뇌를 가지고 있어. 거미처럼 거미집 한가운데에 가만히 앉아 있지만 수많은 거미줄이 사방으로 뻗어 있어 어느 줄이 움직이든 바로 그에게 전달되지. 자신이 직접 손을 대는 일은 거의 없고 그는 계획만 세울 뿐이네. 하지만 탄탄한 조직에는 수많은 부하들이 있어. 어떤 범죄를 저지르고 싶다면, 예를 들어서 서류를 훔치고 싶다거나 어떤 곳에 침입하고 싶다거나 누구 한 사람을 영원히 잠재우고 싶으면 그 교수에게 한마디 귀띔만 하면 된다네. 곧 계획이 세워지고 실행에 옮겨지거든. 부하가 체포될 때도 있어. 그러면 얼마가 됐든 보석금을 내고 풀려나기도 하고 변호사가 붙기도 해. 하지만 부하들을 움직이는 흑막은 결코 체포되지 않아. 의심받는 일도 없지. 왓슨, 나는 지금 이런 조직과 맞서고 있다네. 그들의 범죄를 폭로하고 그들을 잡아들이기 위해서 나는 온 힘을 다했어.

하지만 갖은 방법을 다 썼는데도 불구하고 교수가 자기 주위에 아주 교묘한 방어벽을 치는 바람에 법정에서 유죄판결을 받게 할 만한 결정적인 증거를 잡지는 못했지. 왓슨, 자네는 내 능력을 잘 알고 있지? 그런 내가 석 달 동안 고생해서 간신히 찾아낸 것은 나와 동등한 두뇌를 가진 적이었다네. 그 실력이 너무 뛰어나서 감탄한 나머지 그가 저지른 범죄의 끔찍함마저 잊을 정도였지. 하지만 그자도 드디어 꼬리를 밟히고 말았어. 아주 작은 실수였지만 내가 그의 신변을 감시할 때였으니 결코 범해서는 안 될 실수였네. 드디어 기회를 잡은 거지. 나는 그것을 출발점으로 해서 그의 주변에 그물을 쳤고 지금은 그 그물을 당기기만 하면 돼. 사흘 뒤, 그러니까 다음 주 월요일이면 모든 일이 무르익어 교수와 그 일당의 주요 인물들이 경찰의 손에 넘어갈 거야. 그러면 금세기 최대의 형사 재판이 시작되고 미궁 속에 빠졌던 40건 이상의 사건이 단번에 해결되어 그 범인들은 모두 교수형에 처해질 걸세. 하지만 지금 이 순간에 조금이라도 일을 서두르면 마지막 순간에 적을 놓칠지도 모르지.

모리어티 교수가 이번 조사를 눈치채지 못했다면 아무 문제도 없었을 거야. 하지만 상대는 모리어티일세. 내가 그물을 치느라 써먹은 수단을 철저하게 꿰뚫어 봤지. 그리고 몇 번이나 내 그물을 뚫으려 했다네. 그때마다 내가 선수를 치기는 했지만. 왓슨, 만약 이 무언의 투쟁을 자세하게 기록할 수만 있다면 탐정 역사상 가장 빛나는 대결을 그린 소설이 탄생할 걸세. 이번처럼 내 모든 힘을 한꺼번에 쏟아 부은 적도 없었고, 이번처럼 자신감에 넘친 적도 없었어. 그리고 이번처럼 상대방이 나를 압박한 적도 없었지. 상대방이 깊숙이 파고 들어오면 나는 상대방의 더욱 깊은 곳으로 파고들었네. 오늘 아침에 나는 최후의 수단을 썼어. 이제 사흘 후면 모든 것이 끝날 판이었지. 그래서 나는 내 방에 들어앉아 이 사건에 대해서 이런저런 생각을 하고 있었는데 갑자기 문이 열리더니 모리어티 교수가 눈앞에 나타난 것이 아닌가?

왓슨, 나는 절대 웬만한 일에는 쉽게 놀라는 사람이 아니야. 하지만 솔직히 말해서 언제나, 그리고 그 순간에도 머릿속으로 떠올리고 있던 사람이 문 앞에 서 있는 것을 알고는 깜짝 놀라지 않을 수 없었네. 그

의 용모는 예전부터 알고 있었어. 키가 아주 크고, 말랐으며, 하얀 이마가 둥그렇게 튀어나왔고, 두 눈은 움푹 들어가 있지. 수염은 깨끗하게 깎았고, 얼굴은 창백하며, 수행하는 사람 같은 면모가 있고, 교수다운 면모도 아직 남아 있다네. 연구에 몰두해서인지 등이 조금 구부정하고, 얼굴을 앞으로 내밀고 있으며, 마치 파충류처럼 언제나 이상한 모습으로 몸을 양옆으로 흔들고 있지. 그는 호기심이 가득한 주름진 눈으로 나를 바라보았네.

'자네는 생각보다 머리가 좋지 않은 것 같군. 실내복 주머니 속에서 총알이 장전된 권총을 만지작거리고 있다니, 위험한 습관이야.'

사실 교수가 안으로 들어온 순간 나는 극도의 위기감을 느꼈네. 내가 친 그물에서 그가 벗어나는 유일한 방법은 내 입을 막아 버리는 것뿐이었으니까. 그래서 재빨리 서랍에서 권총을 꺼내 실내복 주머니에 넣고 그 속에서 그자를 겨냥하고 있었어. 하지만 그가 모든 사실을 알아 버렸으니 하는 수 없었지. 권총을 꺼내 총알이 장전된 채로 탁자 위에 올려놓았네. 그는 여전히 게슴츠레한 눈을 깜빡이며 빙그레 웃고 있었지만 그의 눈빛을 보는 순간 나는 권총을 가까이에 두기를 잘했다는 생각이 들었어. 그가 말했네.

'자네는 아무래도 나라는 사람을 잘 모르는 것 같군.'

'아니, 아니. 아주 잘 알고 있어. 자리에 앉지. 할 말이 있다면 5분 정

도는 시간을 내주지.'

'내가 왜 왔는지 잘 알고 있을 텐데.'

'그렇다면 내 대답도 잘 알고 있겠군.'

'끝까지 해 볼 생각인가?'

'물론!'

그가 주머니에 손을 찔러 넣기에 나도 탁자 위에 있는 권총으로 손을 가져갔지. 하지만 그가 꺼낸 것은 날짜가 적혀 있는 수첩이었어.

'자네는 1월 4일에 내 일을 방해했군. 23일에도 방해했고. 2월 중순에는 자네 때문에 큰 피해를 입었어. 3월 말에는 계획을 완전히 엉망으로 만들어 버렸군. 그리고 4월 말, 지금은 자네의 끈질긴 추격 덕분에 결국에는 자유를 잃게 될 위기에 처했어. 더 이상 참을 수 없는 상황까지 오고 말았네.'

'내게 무슨 부탁이라도 있어서 왔나?'

'홈즈, 손을 떼게. 정말로 손을 떼는 게 좋을 거야.'

교수가 머리를 흔들며 말하자 내가 답했네.

'월요일이 지나면 그때부터 손을 떼도록 하지.'

그러자 그자가 혀를 차면서 말했어.

'쯧쯧. 자네처럼 현명한 사람이라면 그 결과가 어떨지 잘 알고 있을 텐데. 자네는 손을 뗄 수밖에 없을 걸세. 자네가 그런 식으로 움직였기 때문에 우리가 취할 수 있는 수단은 오직 한 가지밖에 없어. 이번 사건에서 자네의 행동을 지켜보는 것은 나에게는 지적 즐거움이었네. 그랬으니, 솔직히 말해서 이렇게 과격한 수단에 의지할 수밖에 없다는 사실이 매우 괴롭네. 자네는 비웃고 있지만 이건 진심이야.'

'내 일과 위험은 떼려야 뗄 수 없는 관계니까.'

'이건 위험이 아니야. 피할 수 없는 파멸이지. 자네가 방해하고 있는 상대는 나 개인이 아닌 강력한 조직일세. 자네가 제아무리 총명하다지만 아직 조직의 방대함과 힘을 깨닫지 못하는 것 같군. 손을 떼게, 홈즈. 그렇지 않으면 조직에게 짓밟히고 말 테니.'

'아, 내 정신 좀 봐. 이야기가 너무 재미있어서 하마터면 중요한 일을 잊을 뻔했군.'

내가 자리에서 일어나며 말했네. 그도 자리에서 일어나 슬픈 표정으로 고개를 저으며 말없이 나를 바라보더군.

'어쩔 수 없지. 안타깝지만 나로서도 할 수 있는 일은 다 한 셈이야. 나는 자네가 어떤 포석을 놓았는지도 다 알고 있어. 홈즈, 이건 자네와 나의 결투일세. 자네는 나를 피고석에 세우고 싶겠지만 내가 피고석에 서는 일은 절대 없을 걸세. 나를 꺾을 생각인가 본데 나는 절대로 지지 않아. 자네에게 나를 파멸시킬 머리가 있다면 내게도 자네를 파멸로 몰고 갈 머리가 있다는 사실을 잊지 말게나.'

'모리어티, 여러 가지 칭찬을 해 줘서 고맙군. 그렇다면 나도 한마디 하지. 너를 확실하게 파멸로 몰고 갈 수만 있다면 공공의 이익을 위해서 나도 이 한몸 기꺼이 내놓을 각오가 되어 있어.'

'난 자네의 파멸을 확실하게 약속할 수 있지만 다른 것은 도저히 약속할 수가 없군.'

그가 외쳤어. 그리고 구부정한 등을 내 쪽으로 돌리더니 눈을 깜빡이며 주위를 둘러보고는 방 밖으로 나갔다네.

이게 모리어티 교수와의 기묘한 만남이었어. 솔직히 말해서 그 뒤, 나는 매우 불쾌했네. 단순한 악당과는 다르게 그는 굉장히 평온하고 논리적으로 이야기했지. 기묘하게도 그 모습에는 진실한 부분이 넘쳐흘렀다

네. 자네는 왜 경찰에 보호를 요청하지 않았느냐고 묻고 싶겠지. 하지만 분명히 그가 아니라 그의 부하가 습격할 거야. 여기에는 명백한 증거가 있네."

"벌써 습격을 당했나?"

"왓슨, 모리어티 교수는 꾸물거리는 자가 아닐세. 낮에 일이 있어서 옥스퍼드 가에 갔지. 벤팅크 가에서 웰벡 가 사거리로 나가는 모퉁이를 막 돌아서려는 순간, 말 두 마리가 끄는 짐마차가 나를 향해서 번개처럼 빠르고 맹렬하게 돌진했다네. 나는 재빨리 보도 위로 뛰어들어서 간신히 목숨을 건졌고, 짐마차는 그대로 메릴러본 거리 쪽으로 접어들어 눈 깜짝할 사이에 사라져 버리더군. 그때부터 나는 보도로만 다녔는데, 베어 가를 지날 때는 어떤 집 옥상에서 벽돌이 떨어지더니 내 발 앞에서 산산조각이 났지 뭔가. 나는 경찰을 불러 그 주위를 살펴보게 했네. 수리를 위해서 옥상에 슬레이트와 벽돌을 쌓아 두었는데 그중 하나가 바람에 날려 떨어졌다는 결론을 내리더군. 그렇지 않다는 사실을 알고는 있었지만 증거가 없으니 하는 수 없었네. 그 뒤에 나는 영업용 마차로 펠멜 가에 있는 마이크로프트 형에게 가서 하룻밤 묵었어. 그리고 이곳으로 오는 도중에 곤봉을 든 괴한의 습격을 받았지. 나는 녀석을 때려눕히고 경찰에 그를 넘겼네. 녀석의 앞니에 긁혀서 주먹이 까진 거라네. 내 장담하건대 경찰은 그 녀석과 15킬로미터나 떨어진 곳에서 칠판에 문제를 푸는 수학 교사 사이의 관계를 절대 밝혀내지 못할 걸세. 왓슨, 왜 내가 방에 들어오자마자 덧창을 닫고 돌아갈 때는 앞문이 아니라 사람들 눈에 띄지 않는 곳으로 가겠다고 부탁했는지 이제 잘 알았겠지?"

그동안 홈즈의 용기를 보면서 여러 차례 감탄하곤 했다. 그러나 하루 동안에 일어난 무시무시한 사건들을 아무렇지도 않게 설명하는 것을 보고 나는 새삼스럽게 놀라움을 감추지 못했다. 내가 물었다.

"오늘은 여기서 묵을 거지?"

"아니, 돌아가겠네. 나는 위험한 손님이니까. 철저하게 준비를 해 두었으니 모든 일이 다 잘 풀릴 거야. 혐의를 입증하려면 내가 법정에 안 나갈 수는 없겠지만 체포할 때는 내가 관여하지 않아도 되도록 손을 써 두었네. 그러니까 경찰이 일을 완전히 마칠 때까지 나는 며칠 정도 몸을 숨기고 있는 편이 좋겠지. 그래서 자네도 함께 대륙으로 가 달라고 부탁한 걸세."

"환자가 그렇게 많은 것도 아니고, 근처에 친절한 동업자도 있으니 기꺼이 자네와 동행하겠네."

"내일 아침에 출발할 수 있겠나?"

"그럴 필요가 있다면."

"그렇게 했으면 하네. 그리고 이 자리에서 꼭 말해 두어야 할 게 있어. 왓슨, 무슨 일이 있어도 내 말대로 해 주게. 자네와 나, 우리 둘이서 유럽 제일의 범죄자와 가장 큰 세력을 떨치고 있는 범죄 조직을 상대해야 하니 말일세. 잘 듣게, 왓슨. 필요한 짐은 오늘 밤 안으로 믿을 만한 짐꾼에게 부탁해서 빅토리아 역으로 옮겨 두게. 이름은 적지 말고. 내일 아침이 되면 영업용 마차를 부르라고 하게. 단, 심부름하는 아이에게 첫 번째 마차와 두 번째 마차는 부르지 말라고 일러두고. 세 번째 마차에 신속히 올라타면 로더 아케이드의 스트랜드 가까지 가게. 행선지는 종이에 적어서 마부에게 건네주고 그걸 절대로 버리지 말라고 주의를 주게나. 요금을 미리 준비해 두었다가 마차가 멈추면 얼른 뛰어내려서 바로 아케이드 건너편으로 빠져나간 다음, 정확히 9시 15분에 반대편 입구로 나오게. 그러면 길가에 빨간 목깃이 달린 두꺼운 외투를 입은 마부가 탄 작은 사륜마차가 기다리고 있을 거야. 그 마차를 타면 유럽행 급행열차 시간에 맞춰서 빅토리아 역에 도착할 걸세."

"자네하고는 어디에서 만나지?"

"역에서. 앞에서 두 번째 차량의 일등석을 예약해 놓겠네."

"그럼 기차 안에서 만나게 되겠군."

"맞아."

하룻밤 묵고 가라고 거듭 권했지만 그는 그대로 밖으로 나갔다. 우리 집에 묵으면 문제가 생길 수도 있다고 생각하고 굳이 떠난 것이리라. 그는 서둘러서 다음 날 아침의 계획에 대해서 두어 가지 더 말하더니 자리에서 일어나 나와 함께 정원으로 나갔다. 그리고 모티머 가 쪽으로 난 벽을 넘어갔고 곧 휘파람 소리가 나더니 영업용 마차를 불러 그것을 타고 돌아가는 소리가 들렸다.

이튿날 아침, 나는 홈즈가 지시한 대로 행동했다. 적이 보냈을지도 모를 마차를 피해서 주의 깊게 영업용 마차를 불렀고 아침 식사를 마치자마자 로더 아케이드에 도착해서 전속력으로 달려 그곳을 빠져나갔다. 그곳에도 사륜마차가 기다리고 있었다. 내가 마차에 올라타자 검은 외투를 입은 큼직한 마부가 곧바로 말을 채찍질해서 빅토리아 역을 향해 내달렸다. 역에서 내리자 마부는 마차를 돌려 내게 눈길 한 번 주지 않고 그대로 떠나 버렸다.

여기까지는 모든 일이 계획대로 잘되었다. 짐은 이미 도착해 있었고, 홈즈가 말한 객차도 바로 알아볼 수 있었다. '예약'이라는 팻말이 걸린 객차는 한 대밖에 없었기 때문이다. 다만 홈즈가 아직 모습을 드러내지 않아서 마음에 걸렸다. 역의 시계를 보니 출발 시간까지 겨우 7분 남아 있었다. 여행객과 배웅을 나온 사람들로 붐비는 역사 안을 이리저리 둘러보았으나 그의 훤칠한 모습은 고사하고 그림자도 보이지 않았다. 늙은 이탈리아인 목사가 서툰 영어로 짐을 파리까지 직접 보내 달라고 짐꾼에게 부탁하느라 고생하고 있기에 그를 돕는 데 몇 분이 흘러갔다. 그리고 나서 다시 한 번 주위를 둘러보고 열차 안으로 들어가니 짐꾼이 표도 확인하지 않고 마구잡이로 태웠는지 방금 전의 그 늙은 이탈리아인 목사가 내 동행인 듯 옆 자리에 앉아 있었다. 내 이탈리아어는 노인의 영어보다 더 서툴렀기 때문에 자리를 잘못 찾았다고 아무리 설명해도 그는 전혀 알아듣지 못했다. 나는 설명을 포기하고 어깨를 한 번 들썩인 다음 초조한 마음으로 홈즈의 모습을 찾기 위해 창밖을 내다보았다. 문득 그가 어젯밤에 습격을 당했을지도 모른다는 생각이 들자 등줄기가 오싹해졌다. 열차의 문이 모두 닫히고 기적 소리가 들려왔다. 바로 그때 나를 부르는 소리가 들렸다.

"이봐, 왓슨. 인사도 안 하는가?"

나는 깜짝 놀라 뒤를 돌아보았다. 늙은 목사가 나를 바라보고 있었다. 순간 얼굴의 주름이 사라지고, 축 늘어져 있던 코가 오뚝해지고, 툭튀어나온 아랫입술이 안으로 들어가고, 우물거리던 입이 멈추고, 탁하던 눈빛이 생기를 되찾았으며, 구부정하던 등이 똑바로 펴졌다. 하지만 다음 순간 모든 것이 다시 원래대로 되돌아가더니 나타날 때와 같은 속도로 홈즈의 모습이 사라져 버렸다. 내가 버럭 외쳤다.

"이게 대체 어떻게 된 일인가? 정말 놀랐네."

"아직 경계해야 해. 적들이 우리를 바싹 뒤쫓고 있을 테니. 앗! 모리어티가 직접 나오셨군."

그때 기차는 이미 움직이고 있었다. 언뜻 뒤를 돌아보니 키가 큰 남자가 맹렬한 속도로 사람들을 헤치며 기차를 멈추라는 듯 손을 흔들고 있었다. 하지만 이미 때는 늦었다. 열차는 점점 속도를 내더니 순식간에 역에서 빠져 나왔다.

"그렇게 조심했는데도 간신히 따돌렸어."

홈즈가 웃으며 말했다. 그리고 자리에서 일어나 변장용 의상과 모자를 벗어 가방 안에 넣었다.

"왓슨, 오늘 조간신문을 보았나?"

"아니."

"그럼 베이커 가에서 무슨 일이 있었는지 모르겠군."

"베이커 가에서?"

"어젯밤 녀석들이 내 방에 불을 질렀네."

"그런 짓까지 했단 말인가?"

"내게 곤봉을 휘두른 사내가 체포되고 나서 녀석들은 내 행적을 완전히 놓친 모양이야. 그렇지 않고서야 내가 그 방으로 돌아갔다고 생각했을 리가 없으니까. 그리고 녀석들은 만약을 위해서 자네도 감시하고 있었을 거야. 그래서 모리어티가 빅토리아 역에 모습을 나타낸 것이고. 도중에 실수하지는 않았겠지?"

"자네가 말한 대로 행동했어."

"사륜마차가 기다리고 있던가?"

"자네가 말한 장소에서 기다리고 있더군."

"마부가 누군지 알아보았나?"

"아니."

"마이크로프트 형이었어. 상황이 상황이니만큼 돈으로 움직이는 마부는 믿을 수가 없거든. 어쨌든 모리어티 교수를 어떻게 해야 할지 생각해 봐야겠네."

"이 기차는 급행이고 배와 바로 연결되니 이제 포기했다고 봐도 되지 않겠나?"

"왓슨, 그 사람은 나와 동등한 지능을 가지고 있다고 말했는데 아직도 그 뜻을 잘 모르는 모양이군. 만약 내가 쫓는 입장에 있었다면 이 정도로 포기하겠나? 그 사람을 얕잡아 보면 안 돼."

"그럼 그자가 어떻게 할 것 같나?"

"틀림없이 내가 생각하고 있는 대로 행동할 거야."

"자네 생각이 어떤 건데?"

"특별 열차를 탈 걸세."

"그러기에는 시간이 부족하지 않나?"

"아니, 충분하다네. 이 기차는 도중에 캔터베리 역에 멈추지. 그리고 언제나 배가 출발하기 15분 전에 역에 도착하고. 그 시간이면 충분히 따라잡을 수 있어."

"꼭 우리가 범죄자 같군. 그가 우리를 따라오면 경찰에게 말해서 체포하는 건 어떻겠나?"

"그러면 지난 석 달 동안의 노력이 물거품이 되고 마네. 월척을 낚을 수 있을지는 몰라도 잔챙이들이 그물에서 전부 빠져 나갈 걸세. 월요일이면 일망타진할 수 있어. 여기서 체포한다면 어리석은 짓이야."

"그럼 어떻게 할 생각인가?"

"캔터베리에서 내리세."

"그 다음에는?"

"들판을 가로질러서 뉴헤이븐 항구로 가세. 거기서 프랑스의 디에프로 건너가는 거야. 모리어티라면 내가 생각한 대로 행동할 걸세. 그는 우선 파리로 가서 우리 짐을 확보한 다음, 이틀 동안 역을 감시하겠지. 그러는 동안 우리는 융단으로 만든 싸구려 가방을 두 개 정도 사고 필요한 물건은 그때그때 조달하면서 룩셈부르크와 바젤을 둘러보고 천천히 스위스로 가세."

나는 여행을 많이 다녔기 때문에 짐이 없어도 크게 불편하지 않았다. 하지만 말로 표현할 수 없을 정도로 극악무도한 악당에게 쫓기면서 몸을 숨겨야 한다고 생각하니 기분이 영 좋지 않았다. 그래도 나보다는 홈즈가 사태를 훨씬 더 잘 파악하고 있을 것이 분명했다. 우리는 캔터베리 역에서 내렸는데 뉴헤이븐으로 가는 기차를 타려면 한 시간을 기다려야 했다.

내 여행 가방을 실은 화물 열차가 점점 멀어져 가는 것을 안타깝게 지켜보고 있는데 홈즈가 내 옷소매를 잡아당기며 선로 끝을 가리켰다.

"벌써 오고 있네."

그가 말했다. 저 멀리 켄트 주의 숲 너머에서 한 줄기 연기가 희미하

게 피어올랐다. 그리고 1분쯤 뒤에 객차 한 량만 달고 있는 기관차가 역 가까이에 있는 곡선 철로를 돌아 돌진해 왔다. 우리는 서둘러 짐을 쌓아 둔 곳 뒤로 몸을 숨겼다. 곧 기차가 우리 얼굴에 뜨거운 바람을 끼 얹고 덜컹거리는 소리를 내며 역을 지나쳤다. 흔들리면서 점차 멀어지 는 객차를 바라보며 홈즈가 말했다.

"타고 있었어. 저 사람의 지능에도 한계가 있는 모양이군. 내가 어떤 생각을 할지 생각해 보고 그대로 행동했다면 아주 놀라운 일이 벌어졌 을 텐데."

"우리를 잡았다면 어떻게 했을까?"

"나를 죽이려 덤벼들었겠지. 하지만 나라고 가만히 앉아서 당했겠나? 그것보다 당장 해결해야 할 문제는 조금 이르지만 여기서 점심을 먹느 냐 아니면 허기를 조금 참고 뉴헤이븐의 식당에서 먹느냐 하는 걸세.

자네는 어떻게 하겠나?"

그날 밤, 우리는 벨기에의 브뤼셀에 도착했고 거기에서 이틀을 보내고 사흘째 되던 날에 프랑스의 스트라스부르로 갔다. 월요일 아침, 홈즈는 런던경찰국으로 전보를 보냈는데 저녁에 호텔로 돌아와 보니 그 답장이 와 있었다. 홈즈는 봉투를 뜯어 내용을 읽어 보더니 욕설을 퍼부으면서 그것을 난로에 집어던지고 신음하며 말했다.

"예상했어야 했는데. 녀석이 그물을 빠져 나갔네!"

"모리어티가?"

"일당은 전부 체포했지만 모리어티는 놓쳤다고 하네. 경찰을 따돌린 모양이야. 내가 없었으니 그에 대적할 만한 사람이 없었겠지. 그럴 줄 알고 반드시 잡아들일 수 있는 방법을 마련해 두었는데. 왓슨, 자네는 영국으로 돌아가는 편이 좋겠어."

"왜?"

"일이 이렇게 되었으니 나는 더욱 위험한 길동무가 될 걸세. 그자는 모든 것을 잃었어. 런던으로 돌아가면 파멸하고 말겠지. 내 추측이 빗나가지 않는다면 그자는 내게 복수하기 위해서 모든 힘을 쏟아 부을 걸세. 예전에 잠깐 만났을 때도 그런 이야기를 했는데 아마 농담이 아닐 거야. 그러니까 자네는 환자들이 있는 곳으로 돌아가는 편이 좋겠네."

오랜 친구이자 협력자인 나로서는 쉽게 받아들일 수 없는 이야기였다. 우리는 스트라스부르의 식당에서 30분 동안이나 이 문제를 가지고 왈가왈부한 끝에 결국 함께 출발하기로 하고 그날 밤 다시 힘차게 스위스 제네바로 향했다.

우리는 일주일 정도 론 계곡을 거슬러 올라가면서 즐거운 시간을 보냈다. 계곡을 따라 스위스 로이크까지 갔다가 거기서 옆길로 빠져 아직

두꺼운 눈이 쌓여 있는 겜미파스를 넘어 인터라켄을 지나 마이링겐까지 갔다. 참으로 멋진 여행이었다. 눈 밑으로는 봄의 신록이 펼쳐져 있었고 머리 위로는 겨울의 눈이 덮여 있었다. 하지만 홈즈는 끈질기게 따라붙는 적을 언제나 경계했다. 정겨운 알프스 마을을 지날 때도, 인적이 드문 산길을 걸을 때도 스쳐 지나가는 사람이 있으면 반드시 재빠르고 날카로운 시선을 던져 그의 얼굴을 관찰했다. 어디로 가든 개처럼 뒤를 쫓아오는 위험에서 벗어날 수 없다고 생각하는 듯했다.

한번은 이런 일도 있었다. 겜미파스를 넘어 한적한 다우벤 호숫가를 걸어가고 있을 때, 오른쪽 능선에서 커다란 바위가 기세 좋게 굴러 내려와 등 뒤의 호수로 떨어졌다. 그 순간 홈즈는 능선 위로 뛰어 올라가 우뚝 솟은 정상에서 사방을 둘러보았다. 봄이 되면 이 부근에서는 바위가 굴러 떨어지는 일이 흔하게 벌어진다고 안내인이 아무리 설명해도 홈즈는 그 말을 들으려 하지 않았다. 오히려 예상하던 일이 일어나 아주 만족스럽다는 표정으로 아무 말 없이 미소를 지으며 나를 바라보았다.

그렇게 주위를 경계하면서도 홈즈는 결코 용기를 잃지 않았다. 아니, 오히려 그 어느 때보다도 활력이 넘쳤다. 이 사회가 모리어티 교수의 마수에서 확실하게 벗어나기만 한다면 자신은 기꺼이 탐정 활동을 그만 두겠다고 몇 번이나 되풀이했다.

"왓슨, 내 삶은 그렇게 헛되지만은 않았다고 해도 괜찮겠지? 오늘 밤 인생의 끝을 맞는다 해도 나는 차분하게 받아들일 수 있을 걸세. 내 덕분에 런던의 공기가 깨끗해졌어. 1,000건이 넘는 사건을 해결했지만 내 능력을 나쁜 쪽으로 사용한 적은 단 한 번도 없었네. 최근 나는 인공적인 사회가 만드는 표면적인 사건보다는 자연이 제기한 문제를 연구해 보고 싶어졌네. 왓슨, 유럽에서도 가장 위험하고 해로운 범죄자를 체포하거나 그의 숨통을 끊어서 내 명성이 절정에 달하면 자네의 회상록도 마침표를 찍게 될 거야."

내 이야기도 이제 막바지를 향해 치닫고 있으니 되도록이면 간단하고 정확하게 기록하겠다. 내키지 않는 이야기이지만 사건을 꼼꼼하게 전달하는 것이 내 의무이리라.

5월 3일, 마이링겐의 작은 마을에 도착한 우리는 영국인의 핏줄을 이어받은 페터 스타일러가 경영하는 '영국관'에 투숙했다. 주인은 해박한 지식인으로 런던의 그로브너 호텔에서 3년 동안 근무한 적도 있어서 영어를 유창하게 구사했다. 4일 오후, 주인의 권유로 우리는 산 너머에 있는 로젠라우이 촌락에서 하룻밤 묵고 오기로 했다. 그는 산 중턱에 있는 라이헨바흐 폭포로 가지 말라고 신신당부했다. 폭포를 보려면 길을 조금 돌아가야 한다고 했다.

그곳은 정말 무시무시한 곳이었다. 눈이 녹아 수위가 높아진 격류가 거대한 심연으로 쏟아져 내려 물보라가 화재 현장의 연기처럼 소용돌이치며 피어올랐다. 거친 강물은 석탄처럼 검게 빛나는 거대한 바위틈으로 떨어져 내렸고, 거기서 폭이 좁아져 끝도 없는 연못 속으로 떨어지며 물보라를 일으켰다. 그리고 끓어오른 물은 톱니 같은 연못가 위로 끊임없이 넘쳐흘렀다. 굉음과 함께 떨어지는 거대한 녹색 물기둥, 짙게 피어오르는 물보라의 흔들리는 커튼이 피어오르며 내는 신음 소리, 그 칠 줄 모르는 소용돌이와 굉음은 보는 사람의 머리를 어지럽게 만들었다. 우리는 절벽 끝에 서서 까마득한 발밑 바위에 부딪혀 부서지는 물의 반짝임을 바라보면서 물보라와 함께 심연에서 피어오르는 사람 목소리 같은 소리에 귀를 기울였다.

폭포의 전경을 볼 수 있도록 폭포를 둘러싸고 작은 길이 닦여 있었다. 하지만 채 반 바퀴도 돌기 전에 길이 막혀서 왔던 길로 되돌아가야 했다. 우리가 막 발걸음을 돌렸을 때, 어떤 스위스 젊은이가 손에 편지를 들고 좁은 길을 따라 뛰어오는 것이 보였다. 편지에는 우리가 묵고 있는 호텔의 마크가 찍혀 있었는데 그 주인이 내게 보낸 것이었다. 우리가 출발한 직후, 폐결핵 말기인 영국 여자가 왔다고 했다. 그녀는 스위스 동부의 다보스 플라츠에서 겨울을 보내고 중부의 루체른에 있는 친구를 만나기 위해 여행하다가 갑자기 각혈을 시작했다는 것이다. 틀림없이 몇 시간 후면 생명을 잃겠지만 영국 의사의 치료를 받으면 그것만으로도 큰 위안을 얻을 테니 부디 와 주었으면 한다는 내용이었다. 사람 좋은 스타일러는 추신을 덧붙이면서 가엾은 여자가 스위스 의사는 싫다고 고집을 피우며 자기도 큰 책임을 느끼고 있으니 와 준다면 무척 고맙겠다는 글을 남겼다.

이국에서 죽어 가는 동포의 청을 거절할 수는 없었다. 하지만 홈즈를 혼자 남겨 두고 가야 했기에 나는 망설였다. 결국 내가 마이링겐에 가 있는 동안, 편지를 가져온 스위스 젊은이가 홈즈의 안내인 겸 말동무로 남기로 했다. 홈즈는 조금 더 폭포를 구경한 뒤에 천천히 산을 넘어서 로젠라우이로 갈 테니 밤늦게 거기서 만나자고 말했다. 내가 그곳에서

발걸음을 되돌렸을 때, 홈즈는 팔짱을 낀 채 바위에 기대서서 격류를 내려다보고 있었다. 이것이 이 세상에서 내가 마지막으로 본 그의 모습이었다.

언덕길을 내려와서 나는 뒤를 돌아보았다. 폭포는 보이지 않았지만 산등성이를 휘감으며 폭포로 올라가는 길이 눈에 들어왔다. 그 길을 급히 서둘러 올라가는 남자가 한 명 있었다. 배경에 깔린 파란 산과 대비되어 그 사람의 검은 모습이 뚜렷하게 눈에 들어왔다. 그의 빠른 발걸음에 잠시 강한 인상을 받았지만 급히 길을 가다 보니 그의 존재는 머릿속에서 지워지고 말았다.

마이링겐까지 가는 데 한 시간이 넘게 걸렸다. 스타일러는 호텔의 현관에 서 있었다.

"환자는 어때요? 조금은 안정을 되찾았습니까?"

나는 급히 그에게 다가가 물었다. 스타일러의 얼굴에 놀라는 빛이 스쳤고 그의 눈썹이 꿈틀 올라갔다. 그 순간, 나는 심장이 납처럼 굳어지는 것을 느꼈다.

"당신이 이 편지를 보내지 않았습니까?"

내가 주머니에서 편지를 꺼내 보이며 말했다.

"병에 걸린 영국 여자가 묵고 있지 않습니까?"

"아니요. 하지만 편지에는 호텔의 마크가 찍혀 있네요. 그래, 맞아! 그 키 큰 영국 사람이 쓴 겁니다. 선생님이 떠난 직후에 호텔에 도착했어요. 그 사람이라면……"

나는 주인의 설명을 듣고 있을 수가 없었다. 불안에 떨며 서둘러 마을에서 벗어나 조금 전 내려왔던 길을 통해 산길로 접어들었다. 내려오는 데 한 시간이 넘게 걸린 길이었다. 온 힘을 다해 올랐지만 폭포에 이르는 데 두 시간이나 걸렸다. 우리가 헤어졌던 바위 앞에 홈즈의 등산용 지팡이가 세워져 있었다. 하지만 그의 모습은 어디서도 찾아볼 수가 없었다. 큰 소리로 외쳤지만 대답은 없었다. 그저 내 목소리만 주위 절벽에 부딪혀 메아리칠 뿐이었다.

홈즈의 지팡이를 보는 순간 가슴이 아렸다. 그는 로젠라우이에 가지 않았다. 한쪽은 깎아지른 듯한 절벽이고 다른 한쪽은 수직으로 깎아내린 낭떠러지로 둘러싸인, 폭이 90센티미터밖에 안 되는 길에서 적과 맞닥뜨렸으리라. 스위스 젊은이도 찾아볼 수 없었다. 그도 모리어티에게 매수된 사람이었을 테고 둘을 남겨 놓고 여기를 떠났을 것이다. 둘 사이에 무슨 일이 벌어진 것일까? 이 질문에 답해 줄 사람은 아무도 없었다.

나는 한동안 그곳에 서서 마음을 진정시켰다. 무시무시한 생각 때문에 머리가 혼란스러웠다. 잠시 뒤, 홈즈에게 배운 방법대로 비극의 흔적을 따라가기 시작했다. 슬프게도 그것은 너무나도 간단한 일이었다. 홈즈와 나는 이야기를 나누며 길을 걸었는데 길이 끊어진 곳 바로 앞에는 가지 않았다. 지팡이 자국을 보면 홈즈가 어디에 있었는지 확실하게 알 수 있을 것이다. 검붉은 흙은 끊임없이 피어오르는 물보라에 젖어 언제나 부드러웠으므로 작은 새가 앉아도 발자국이 남을 정도였다. 거기에 길의 막다른 곳까지 간 두 개의 발자국이 선명하게 찍혀 있었다. 둘 다 앞쪽을 향하고 있었으며 되돌아온 자국은 없었다. 길이 막힌 곳 몇 미터 앞에 있는 흙이 어지럽게 짓밟혀 진흙탕이 되어 있었고 주위의 가시나무와 양치식물들은 쥐어뜯겨 진흙투성이가 되어 있었다. 나는 길바닥에 엎드려 피어오르는 물보라에 몸이 젖는 것도 잊은 채 밑을 내려다보았다. 내가 마을에 도착했을 때부터 주위가 어두워지기 시작했는데, 지금은 여기저기 검은빛을 발하는 젖은 바위와 까마득한 발밑에 있는 연못에서 산산이 부서지는 물이 희미하게 보일 뿐이었다. 나는 커다란 소리로 홈즈를 불러보았다. 하지만 성난 사람의 울부짖음 같은 폭포 소리만 들려올 따름이었다.

그래도 홈즈의 마지막 인사는 받을 수 있었다. 앞서 말한 대로 좁은 길 쪽으로 튀어나온 바위에 홈즈의 지팡이가 세워져 있었는데 그 바위 위에서 반짝이는 것이 눈에 띄었다. 가까이 다가가 보니 홈즈가 늘 가지고 다니는 은제 담배 상자였다. 그것을 들어 올리자 밑에 있던 조그맣고 네모난 종이쪽지가 팔랑이며 땅바닥으로 떨어졌다. 펼쳐 보니 수첩을 찢어 쓴, 나에게 보내는 세 페이지 분량의 편지였다. 홈즈답게 마치 서재에서 쓴 것처럼 글씨가 반듯하고 내용도 명료했다.

친애하는 왓슨

  모리어티 씨의 호의로 이 짧은 편지를 쓰고 있네. 그는 우리 사이에 놓인 문제를 마지막으로 토론하기 위해서 내가 이 편지를 끝맺기를 기다리고 있네. 조금 전에 그는 나에게 영국 경찰을 따돌린 방법과 우리 행동을 알아낸 방법에 대해서 그 요점을 설명해 주었네. 내가 평가한 대로 그는 뛰어난 지능을 가진 사람이었네. 이제 그가 가져올 해악을

사회에서 제거할 수 있다고 생각하니 매우 만족스럽네. 다만 그 보상으로 여러 친구들, 특히 왓슨 자네에게 고통을 주게 되었네. 하지만 종종 이야기한 대로 내 인생은 어차피 전환기를 맞이하게 되었고 내 인생의 마지막 장을 장식하는 데 이처럼 어울리는 방법도 없을 걸세. 솔직히 말해서 나는 마이링겐에서 온 편지가 가짜라는 사실도, 그 뒤에 이런 일이 벌어지리라는 사실도 다 알고 있었네. 그래서 자네가 호텔로 돌아가는 일에 반대하지 않은 걸세. 모리어티 일당의 유죄를 증명하는 데 필요한 서류들은 겉에 '모리어티'라고 쓴 파란 봉투에 넣어 'M'으로 시작하는 서류함에 넣어 두었네. 패터슨 경위에게 그렇게 말해 주게나. 재산은 영국을 떠나기 전에 다 정리해서 마이크로프트 형에게 넘겨주고 왔네. 그럼 자네 부인에게도 안부 전해 주게.

자네의 진실한 친구, 셜록 홈즈

이제 그 뒤의 일을 간단하게 덧붙이기만 하면 될 것이다. 이런 곳에서 싸움을 했으니 당연하겠지만, 경찰의 조사에 따르면 두 사람은 서로를 끌어안은 채 폭포 밑으로 떨어졌다는 결론이 났다. 분명히 그럴 것이다. 시신을 찾을 가능성은 전혀 없었다. 이렇게 해서, 오늘날 가장 위험한 범죄자와 가장 뛰어난 법의 수호자는 소용돌이치는 폭포 밑에서 영원히 잠들게 되었다. 스위스인 젊은이도 끝내 찾을 수 없었다. 틀림없이 모리어티의 수많은 부하 중 한 명일 것이다. 홈즈가 모아 둔 증거 덕분에 모리어티의 조직이 만천하에 드러났으며, 이제 이 세상에 없는 그의 손이 그들의 머리에 일격을 가했다는 사실은 아직도 많은 사람들의 기억에 생생하게 남아 있다. 그 조직의 우두머리인 모리어티의 악행에 대해서는 재판에서도 거의 밝혀지지 않았다. 그럼에도 불구하고 내가 여기에 그의 수많은 악행을 확실하게 적어 둔 이유가 있다. 홈즈를 부당하게 공격하여 모리어티의 오명을 감추고 그에 대한 기억을 바꾸고자 꾀하는 교활한 옹호자들에게 반격을 가하기 위해서이다. 셜록 홈즈는 내 생애를 통틀어 가장 좋은 친구이자 가장 현명한 친구로 기억될 것이다.

12

빈
집
의
모
험

12
빈집의 모험

1894년 봄이었다. 로널드 아데어 공자公子[31]가 도저히 이해할 수 없는 이상한 방식으로 살해당하자 런던 전체가 이 사건에 호기심 어린 눈길을 보냈고, 사교계에서는 여러 말들이 떠돌기 시작했다. 경찰의 조사가 진행되면서 밝혀진 범인의 특징은 이미 세상에 널리 알려져 있다. 하지만 검사 측이 이 사건의 결정적인 증거를 확보하고 있었기 때문에 많은 부분이 세상에 알려지지 않은 채 수사가 마무리되고 말았다. 나는 10년 가까이 지난 지금에서야 비로소 이 사건 전체를 연결하고 있는 숨어 있던 사실을 공표할 수 있게 되었다. 사건 자체도 매우 흥미로웠지만, 그 뒤에 일어난 뜻밖의 사건에 비하면 그것은 아무것도 아니었다. 내 인생도 모험으로 넘쳤지만 그 무엇보다도 더욱 충격적이고 경이로운 사건이었다. 오랜 세월이 지난 지금도 그때의 사건을 생각하면 가슴이

---

31) the Honorable. 영국에서 자작 및 남작의 모든 자녀와 백작의 차남 이하 아들의 이름 앞에 붙이는 경칭. 이 책에서는 '공자'로 번역한다.

두근거리고 내 마음속에 숨어 있던 환희와 놀라움이 다시 되살아나는 것을 느낄 수 있다. 나는 기회가 있을 때마다 극히 비범한 어떤 인물의 사상과 행동을 부분적으로 발표했다. 그에게 흥미를 갖고 있는 사람들에게 일러두고 싶은 내용이 있다. 그동안 이 사건에 대해서 내가 알고 있는 모든 것을 발표하지 않았다고 해서 나를 책망하지 않기를 바란다. 그 본인이 입을 굳게 다물고 있으라고 말하지만 않았다면 나는 이 사건을 발표하는 것이 내 첫 번째 의무라고 생각했을 테지만 지난달 3일에야 드디어 함구령이 풀렸기 때문에 어쩔 수가 없었다.

쉽게 상상할 수 있겠지만, 나는 셜록 홈즈와 매우 친하게 지낸 덕분에 범죄에 깊은 흥미를 갖게 되었다. 그가 행방불명된 뒤에도 세상을 떠들썩하게 한 사건을 유심히 살펴보는 일을 게을리 하지 않았으며, 성공한 적은 많지 않아도 나 자신의 만족을 위해서 홈즈의 방법을 사용해 그 사건들을 해결해 보려 노력한 게 한두 번이 아니었다. 그런데 이 로널드 아데어 공자의 참사만큼 내 흥미를 끈 사건도 없었다. 검시 법정에서는 이것이 한 명 또는 여러 명의 사람들을 노린, 정체를 알 수 없는 범인의 계획적인 살인이라고 평결을 내렸지만 나는 그 증언 기록을 읽고 셜록 홈즈의 죽음이 우리 사회에 얼마나 큰 손실이 되었는지 어느 때보다도 뼈저리게 느낄 수 있었다. 이 이상한 사건에는 틀림없이 홈즈의 흥미를 끌었을 만한 몇 가지 요소들이 있었다. 그러면 유럽 최고 명탐정 특유의 날카로운 관찰력과 노련한 경험을 바탕으로 경찰들의 수고를 덜어 주었을 것이다. 아니, 경찰보다도 먼저 사건을 해결했으리라. 나는 마차를 타고 왕진을 다니면서도 온종일 이 사건을 생각해 보았지만 그럴듯한 설명은 찾아내지 못했다. 그다지 새로울 것도 없는 이야기를 되풀이하는 꼴이 되겠지만 당시 검시 법정의 결론이 내려질 때까지 세상에 밝혀진 사실을 간단히 적어 보겠다.

로널드 아데어 공자는 당시 오스트레일리아의 어느 식민지 총독이었던 메이누스 백작의 차남이었다. 아데어의 어머니는 백내장 수술을 받기 위해서 오스트레일리아에서 영국으로 돌아와 아들인 로널드와 딸인 힐다와 함께 파크 레인 427번지에서 살고 있었다. 세상에 알려진 바에 의하면 청년은 상류 사교계에 속해 있으면서 원한을 살 만한 행동을 한 적도 없었고 특별히 실수를 저지르지도 않았다고 한다. 카스테어스에 살고 있는 에디스 우들리 양과 약혼을 했다가 몇 개월 전에 서로가 합의해서 파혼했지만 그 일 때문에 크게 상심했던 것 같지는 않았다. 그 외에 이 청년의 일상은 매우 한정된 범위 안에서 이루어졌다. 화려하지 않은 평범한 생활을 했으며, 감정에 좌우되는 성격을 가진 사람도 아니었기 때문이다. 그런데 뜻밖에도 이 젊은 귀족에게 이상하기 짝이 없는 죽음이 찾아왔다. 1894년 3월 30일 밤 10시에서 11시 20분 사이에 일어난 일이었다.

로널드 아데어는 카드놀이를 좋아했다. 자주 카드를 치곤 했지만 위험할 만큼 커다란 도박에는 결코 손대지 않았다. 그는 볼드윈, 캐번디시, 바가텔 등의 카드 클럽 회원이었는데 사망한 당일에는 저녁 식사를 마치고 바가텔 클럽에서 네 명이서 둘씩 편을 짜서 하는 휘스트 놀이를 했다는 사실이 밝혀졌다. 오후에도 거기서 카드놀이를 했는데 아데어와 게임을 한 머레이 씨, 존 하디 경, 모런 대령의 증언에 따르면 그때도 휘스트를 했으며 승부는 거의 대등했다고 한다. 아데어는 5파운드 정도를 잃은 듯했지만 상당한 재력가였기 때문에 그 정도의 손해를 마음에 둘 사람은 아니었다. 그는 거의 매일 자신이 회원으로 있는 클럽 중 한 곳에서 게임을 즐겼는데 신중한 성격 덕분에 대부분은 돈을 따는 편이었다. 몇 주일 전에도 모런 대령과 한 편이 되어 갓프리 밀러와 발모랄 경에게 420파운드를 땄다는 사실이 증언을 통해 알려졌다. 검시 법정에서 밝혀진 아데어의 최근 행동은 이 정도였다.

사건이 일어난 날 밤, 아데어는 정각 10시에 클럽에서 돌아왔다. 어머니와 동생은 친척 집에서 저녁 시간을 보내고 있었다. 하녀는 아데어가 거실로 사용하고 있는 3층의 정면에 있는 방으로 들어가는 소리를 들었다고 증언했는데 그 방 난로에 불을 지피다가 연기가 나서 창을 열어 두었다고도 했다. 11시 20분에 메이누스 부인과 딸이 집으로 돌아왔는데 그때까지 3층의 그 방에서는 아무 소리도 들리지 않았다. 부인은 아들에게 인사하기 위해 방으로 들어가려 했지만 방문이 안쪽에서 잠겨 있었고 큰 소리로 부르며 노크해도 대답이 없었다. 그래서 하인을 불러 억지로 문을 열고 들어가 보니 그 불운한 청년이 탁자 옆에 쓰러져 있었다. 목표물에 맞으면 탄두가 퍼지는 리볼버 팽창 탄환에 맞아 머리가 무참하게 깨져 있었으나 흉기는 전혀 눈에 띄지 않았다. 그 방의 탁자 위에는 10파운드짜리 지폐 두 장과 은화 및 금화가 17파운드 10실링 있었는데 돈은 몇 개의 서로 다른 금액으로 나뉘어져 있었다. 그리고 종이 한 장에 숫자와 다른 클럽 친구들의 이름이 적혀 있었다. 그는 살해당하기 전까지 카드놀이의 승패를 계산하고 있었던 듯했다.

정황을 면밀하게 조사할수록 사건은 더욱 복잡해졌다. 우선 이 청년이 왜 안에서 방문을 잠가야만 했는지 그 이유를 알 수 없었다. 물론 범인이 방문을 잠갔고, 범행을 저지른 뒤에 창문을 통해서 도망쳤다는 추측도 가능했다. 하지만 창은 지면에서 적어도 6미터 이상 떨어져 있었으며 그 밑에는 크로커스가 활짝 핀 화단이 있었다. 화단과 지면은 조금도 흐트러져 있지 않았고 집과 도로 사이에 있는 좁은 잔디밭에도 아무런 흔적조차 남아 있지 않았다. 그런 까닭에 문을 잠근 것은 청년이라고 추측하게 되었다. 그렇다면 청년은 어떻게 죽은 것일까? 아무 흔적도 남기지 않고 창문으로 기어오르기란 불가능한 일이었다. 창 너머로 총을 쐈다고 가정한다면 범인은 권총으로 치명상을 입힐 수 있는 명사수일 것이다. 그리고 파크 레인은 사람들이 많이 오가는 곳이며, 집에서 100미터 정도 떨어진 곳에 영업용 마차가 손님을 기다리는 정차소가 있었으나 아무도 총성을 듣지 못했다. 그런데도 실제로 사람이 죽었고 탄환의 부드러운 부분인 탄두가 버섯처럼 파열되어 있었다. 틀림없이 피해자는 치명상을 입고 즉사했을 것이다. 이상이 파크 레인 사건의 정황인데 앞서 말한 대로 아데어 청년은 아무에게도 원한을 산 적이 없었으며, 방 안의 금품도 그대로 남아 있었기 때문에 범행 동기도 없었으므로 사건은 더욱 복잡해졌다.

　나는 하루 종일 이러한 사실들을 검토하면서 모든 것들을 논리적으로 설명하기 위해 노력했다. 또한 사라진 친구가 모든 수사의 출발점이 된다고 했던 '최소 저항선'을 찾기 위해 애썼지만 솔직히 말해서 죄다 헛수고가 됐을 뿐이었다. 저녁 6시쯤에 하이드 파크를 지나서 파크 레인과 옥스퍼드 가가 맞닿은 곳까지 걸어갔다. 거리에 수많은 구경꾼들이 모여서 창 하나를 들여다보고 있었으므로 내가 찾던 집을 금세 알아볼 수 있었다. 큰 키에 색안경을 끼고 있는 사복 경찰 같은 남자가 자신이 세운 가설을 떠들어 대고 있었고 사람들은 그 주위에 몰려들어 그 이야기에 귀를 기울이고 있었다. 나도 가능한 한 가까이 다가가서 그의 이야기를 들었는데 너무나도 한심한 내용이라 그 자리에서 물러났다. 그 순간, 뒤에 있던 불구 노인과 부딪쳐 그가 들고 있던 책 몇 권이 땅바닥으로 떨어졌다. 책을 주우면서 그중 《수목숭배의 기원》이

라는 제목의 책이 눈에 들어왔다. 이 노인은 직업인지 취미 때문인지는 모르겠지만 희귀한 책을 수집하는 독특한 애서가임이 분명했다. 나는 내 실수를 사과하려 했는데 주인에게는 바닥에 떨어진 책이 매우 귀중한 것이었는지, 수염이 하얗고 등이 굽은 남자는 경멸하는 듯한 신음 소리를 올리고 휙 돌아서서 인파 속으로 사라지고 말았다.

나는 파크 레인 427번지를 조사했지만 내가 관심을 갖고 있는 이 사건을 해결하는 데는 아무 도움도 되지 않았다. 집은 낮은 목책이 붙어 있는 담으로 둘러싸여 있었는데 그 높이는 1.5미터도 되지 않아서 누구나 쉽게 정원으로 들어갈 수 있었다. 하지만 창문으로는 도저히 접근할 수 없을 듯했다. 짚고 올라갈 만한 배수관이나 그와 비슷한 것이 전혀 없었기 때문에 아무리 날렵한 사람이라도 오를 수 없을 것이다. 나는 더욱 혼란스러운 마음으로 켄싱턴의 집으로 돌아왔다. 그런데 서재에 들어간 지 5분도 되지 않아 하녀가 들어오더니 손님이 찾아와서 나를 만나고 싶어 한다고 전했다. 손님을 안으로 들이고 보니 놀랍게도 조금 전에 부딪친 늙은 애서가였다. 백발 사이로 쭈글쭈글하지만 날카로운 얼굴이 엿보였고 적어도 열 몇 권은 됨직한 희귀한 책들을 오른쪽 옆구리에 끼고 있었다.

"놀랐나 보오."

노인이 묘하게 갈라지는 목소리로 말했다. 나는 그렇다고 대답했다.

"마음이 영 개운치 않아서 말이지. 선생 뒤를 따라 걸어왔는데 그만 당신이 집 안으로 들어가지 뭐요. 그래서 잠깐 들러서 친절한 분을 만나 뵙고 아까 내 태도가 무례했더라도 결코 나쁜 마음이 있어서 그런 것은 아니었다는 점을 말하고 싶었소. 그리고 책을 주워 줘서 고맙다는 말도 드려야겠고."

"그런 말을 들을 만큼 대단한 일도 아니었습니다. 그런데 저를 어떻게 알고 계시죠?"

내가 물었다.

"나도 이 근처에서 살고 있소이다. 처치 가 모퉁이에서 조그만 책방을 운영하고 있으니 시간이 나면 한번 놀러 오시구려. 선생도 책을 모으시는 것 같은데, 여기 《영국의 새》, 《캐툴러스 시집》, 《성스러운 전쟁》이 있소. 전부 싸게 드릴 수 있다오. 앞으로 다섯 권만 더 있으면 저 두 번째 칸도 꽉 찰 거요. 지금은 이가 빠져서 보기에 영 안 좋구먼."

나는 등 뒤에 있는 책꽂이를 향해 뒤돌았다. 그리고 다시 고개를 돌려 정면을 봤는데 탁자 너머에서 셜록 홈즈가 나를 보며 웃고 있는 게 아닌가! 나는 자리에서 일어나 한동안 멍하니 그를 바라보았다. 그리고 태어나서 처음으로 잠시 정신을 잃었다. 눈앞에 회색 안개가 피어오르다가 사라졌고 정신을 차리자 목깃이 느슨하게 풀어져 있었으며 입술에는 쏘는 듯한 독한 브랜디 맛이 남아 있었다. 홈즈가 술병을 든 채 몸을 굽혀 나를 살펴보고 있었다.

"왓슨, 그렇게 놀랄 줄은 상상도 못했네."

아주 귀에 익은 목소리였다. 나는 홈즈의 팔을 잡았다.

"홈즈! 정말 자네 맞나? 자네가 살아 있다니 이게 사실인가? 그 무시무시한 계곡에서 어떻게 살아 돌아왔나?"

내가 외쳤다.

"잠깐만. 자네, 이제 말해도 괜찮은가? 쓸데없이 극적으로 나타나는 바람에 자네만 놀라게 만들었군."

홈즈가 말했다.

"나는 괜찮아. 아직도 내 눈을 못 믿겠어. 자네가, 다른 사람도 아닌 바로 자네가 이렇게 내 서재에 서 있다니!"

나는 다시 한 번 그의 소매를 잡았다. 옷소매를 통해서 근육은 여전히 탄탄하지만 무척 여윈 팔이 느껴졌다.

"그래, 유령은 아니로군. 아, 자네를 다시 만나게 되다니 얼마나 기쁜지 모르겠네. 어서 자리에 앉아서 그 무시무시한 계곡에서 어떻게 살아나왔는지 이야기 좀 해 주게."

홈즈는 내 맞은편 의자에 앉아 예전과 다름없는 모습으로 담배에 불을 붙였다. 여전히 책방 주인에게 어울리는 낡은 프록코트를 입고 있었지만, 노인으로 분장하기 위해서 붙인 하얀 수염과 책 한 무더기는 전부 탁자 위에 쌓아 놓았다. 그동안 많이 여윈 듯 예전보다 더욱 날카로워 보였으며 독수리를 닮은 창백한 얼굴을 보면 요즘에 별로 건강하지 못한 생활을 했음을 알 수 있었다. 홈즈가 말했다.

"이렇게 온몸을 쭉 뻗고 있으니 기분이 좋군. 키 큰 사람이 하루에 몇 시간씩 30센티미터나 웅크리고 다닌다는 게 그리 쉬운 일이 아니거든. 그건 그렇고 오늘 밤에 위험하고 어려운 일을 하나 해야 하네. 물론 자네도 도와주겠지? 그렇게 해 주면 내가 이런 모습으로 나타난 까닭도 쉽게 설명할 수 있을 걸세. 그 일을 마친 다음에 지금까지 있었던 자초지종을 전부 이야기하는 편이 나을 것 같아."

"나는 얼른 알고 싶어서 견딜 수가 없어. 지금 당장 이야기해 줄 수는 없겠나?"

"오늘 밤에 함께 가 줄 텐가?"

"언제든, 어디에든 함께 가겠네."

"예전으로 다시 돌아온 것 같군. 출발하기 전에 간단히 저녁을 먹을 정도의 시간은 있어. 좋아, 그럼 계곡에 대한 이야기를 하겠네. 사실 거기서 나오는 건 그리 어려운 일이 아니었네. 처음부터 폭포 밑으로 떨어지지 않았으니까. 결론부터 말하자면 그렇게 된 걸세."

"떨어지지 않았다고?"

"맞아, 왓슨. 떨어지지 않았네. 하지만 자네에게 남긴 편지는 진짜야. 탈출구에 이르는 그 좁은 길에 모리어티 교수의 불길한 모습이 나타난 순간, 내 삶도 이것으로 끝이라는 생각이 들었다네. 그 사람의 잿빛 눈에서 굳은 결의를 읽을 수 있었거든. 그는 나와 두어 마디 말을 나눈 뒤에 자네에게 남긴 그 편지를 써도 좋다는 아주 너그러운 배려를 해 주더군. 그 편지를 담배 상자와 지팡이와 함께 놓아두고 나는 좁은 길을 따라 걸었네. 모리어티는 바로 내 뒤를 쫓아왔지. 길 끝에 도착해서 나는 더 이상 앞으로 나갈 수 없었네. 녀석은 무기를 가지고 있지는 않았지만 맨손으로 내게 덤벼들어 그 긴 손으로 나를 감싸더군. 모든 것이 끝장났다는 사실을 깨달은 모리어티의 머릿속에는 오로지 나를 향한 복수심밖에 없었다네. 절벽 위에서 몸싸움을 벌이던 우리는 그만 중심을 잃고 말았네. 하지만 나는 일본의 격투 기술인 바리츠[32]를 조금 익혀 두었는데 예전에도 이것 덕분에 목숨을 건진 적이 몇 번 있었네. 나는 그의 손아귀에서 벗어났고 모리어티는 끔찍한 비명을 지르며 몇 초 동안 미친 듯이 발길질을 하면서 두 손으로 허공을 휘저었어. 필사적으로 노력했지만 그는 무너진 몸의 균형을 바로잡지 못해 밑으로 떨어지고 말았다네. 절벽 밖으로 얼굴을 내밀어 바라보니 모리어티가 까마득한 아래로 떨어지는 것이 보이더군. 그러다가 바위에 부딪혀 한 번 튀어 오르더니 물보라를 일으키면서 물속으로 사라졌네."

홈즈가 담배를 피우면서 설명했다. 그 이야기를 듣고 나는 놀라지 않을 수 없었다.

"그렇다면 발자국은 어떻게 된 건가? 두 사람의 발자국이 길을 따라 막다른 곳으로 향했지만 다시 되돌아온 발자국은 없었네. 내 눈으로 똑똑히 봤다고!"

내가 외쳤다.

"모리어티가 떨어지는 것을 보는 순간 문득 뜻밖의 행운이 찾아왔음을 깨달았어. 내 목숨을 노리던 자는 모리어티뿐만이 아니거든. 두목이 죽는 바람에 내게 더 큰 복수심을 품게 된 녀석이 적어도 셋 정도는 더 있었으니까. 그 세 명 모두 위험하기 짝이 없는 녀석들인데 그중 한 명

---

32) baritsu. 홈즈는 일본의 격투 기술이라고 소개하지만 실제로 이런 무술은 없다. 다만 유도나 스모라고 추측하는 사람들도 있다.

이 나를 죽일 것 같았지. 하지만 내가 죽었다고 세상에 알려지면 녀석들은 마음 놓고 제멋대로 날뛸 걸세. 그렇게 되면 언젠가는 정체가 노출될 테고 나도 쉽게 녀석들을 해치울 수 있게 되네. 그리고 나면 내가 아직 살아 있다고 세상에 공표할 생각이었어. 인간의 두뇌란 참으로 놀랍다네. 이 모든 생각을 모리어티 교수가 라이헨바흐 폭포 아래로 떨어지는 그 짧은 순간에 떠올렸으니 말일세.

나는 자리에서 일어나 등 뒤에 있던 바위 절벽을 살펴보았어. 이 사건을 다룬 자네의 박진감 넘치는 글은 몇 달 뒤에 아주 흥미롭게 읽었네. 자네는 그 글에서 바위 절벽이 깎아지른 듯한 낭떠러지라고 했지만 엄밀하게 말하자면 그 표현은 정확하지 않아. 발을 디딜 만한 곳이 몇 군데 있었고 앞으로 튀어나온 바위도 한 군데 있었거든. 절벽은 매우 높아서 그곳을 오르기란 거의 불가능해 보였고, 그렇다고 해서 그 젖은 길을 발자국을 남기지 않고 갈 수도 없었다네. 예전에 그와 비슷한 상황에서 했던 대로 구두를 거꾸로 신고 길을 가는 방법도 있었지만 그러면 한 방향으로 세 개의 발자국이 생기니 오히려 의심을 사기 딱 좋은 상황이었지. 그래서 조금 위험하기는 해도 절벽을 기어오르기로 했네. 그리 즐거운 작업은 아니었어. 왓슨. 발밑에서는 폭포가 울부짖고 있었네. 나는 망상에 사로잡히는 사람은 아니지만, 절벽 밑에서 나를 향해 부르짖는 모리어티의 목소리가 들려오는 듯했어. 움켜잡은 풀이 뽑히기도 했고 젖은 돌부리에 발이 미끄러지기도 했는데 그럴 때마다 이젠 틀렸다고 생각했지. 그래도 포기하지 않고 기어올라, 간신히 이끼로 뒤덮인 조금 평평한 바위까지 오를 수 있었네. 거기서 사람들 눈에 띄지 않고 편안하게 있을 수 있었어. 왓슨, 자네와 자네가 데리고 온 사람들이 배려심 깊기는 하나 참으로 서툰 방법으로 내 죽음을 조사하고 있을 때 나는 거기서 팔다리를 쭉 펴고 편안하게 누워 있었다네.

자네들은 끝내 완전히 잘못된 결론을 내리고 호텔로 돌아갔고 나는 홀로 그곳에 남았어. 이것으로 내 모험도 끝이라고 생각했는데 그때 뜻밖의 일이 벌어져서 크게 놀랐네. 머리 위에서 커다란 바위가 굴러 떨어지더니 내 옆을 스치고 지나가 좁은 길에 부딪혀서는 그대로 깊은 계곡 속으로 떨어지지 뭔가. 그 순간에는 우연히 일어난 사고라고 생각했지만 고개를 들어 보니 어두워진 하늘을 배경으로 어떤 남자의 머리가 보였네. 그리고 뒤이어 내가 누워 있던 곳에서 채 30센티미터도 떨어지지 않은 곳으로 두 번째 바위가 떨어져 내렸지. 나는 이 낙석에 담긴 뜻을 명백하게 알 수 있었네. 모리어티 교수는 혼자 행동한 것이 아니었어. 언뜻 보기에도 위험하기 짝이 없는 부하 녀석이 모리어티 교수가 나를 덮치는 동안 죽 지켜보고 있었던 걸세. 내가 볼 수 없는 먼 곳에서 두목이 죽고 내가 살아남은 장면을 전부 지켜본 것이 분명했어. 녀석은 가만히 보고 있다가 길을 따라 절벽 정상으로 올라가 동료가 실패한 일을 자기가 이루려고 했네.

왓슨, 나는 금세 그 사실을 알아챘다네. 그 험상궂은 얼굴이 다시 절벽 위에서 내려다보는 것이 보였고, 그게 다음 바위가 떨어져 내릴 전조라는 사실을 깨달았지. 나는 처음 올라왔던 길로 다시 기어 내려가려 했어. 침착하게 행동하려 했지만 뜻대로 되지 않았네. 오를 때보다 100배는 더 어려웠거든. 하지만 위험하다고 생각할 틈도 없었다네. 내가 있던 바위 끝을 붙잡고 밑으로 매달린 순간, 다시 바위가 굴러 와서 내 옆을 스치고 지나갔으니까 말이야. 거의 미끄러져 내려오다시피 하는 바람에 온통 상처투성이가 되어 피를 흘렸지만 다행스럽게도 길까지 내려올 수 있었어. 나는 그대로 어둠에 잠긴 산 속으로 들어가 15킬로미터 정도 도망쳤고, 1주일 뒤에는 피렌체에 다다랐지. 그제야 내가 어떻게 됐는지 세상 누구도 알지 못할 거라고 확신했어.

오직 한 사람, 마이크로프트 형에게는 이 비밀을 밝혀 두었네. 왓슨, 자네에게는 진심으로 사과하겠네. 하지만 내가 죽었다고 믿게 만드는 것이 무엇보다도 중요했고, 실제로 자네도 그렇게 믿고 있지 않았다면 나의 불행한 최후를 그렇게 설득력 있게 기록하지는 못했을 거야. 지난 3년간 자네에게 어떤 형식으로든 편지를 쓰려고 몇 번이고 펜을 잡았지만 언제나 나에 대한 지나친 우정 때문에 현명하지 못하게도 이 비밀을 드러낼 행동을 할까 봐 걱정되어 결국 쓰지 못했네. 오늘 저녁에 자네와 부딪혀 책을 떨어뜨렸을 때 서둘러 자네 곁에서 떠난 것도 같은 이유에서였어. 그때 나는 위험에 맞닥뜨린 상황이었네. 그러니 자네의 얼굴에 놀라는 감정이 조금이라도 드러났다가는 사람들의 시선이 내게 쏠려 어떻게 할 수 없는 처참한 결과를 맞이할 수도 있었다네. 하지만 필요한 돈을 손에 넣기 위해서는 마이크로프트 형에게 연락해야만 했지. 그런데 런던의 상황이 내가 바라던 것처럼 좋은 방향으로 흐르지는 않았어. 재판에서 모리어티 일당 중 가장 위험한 두 인물을 놓쳐 버리고 말았거든. 그 두 사람이야말로 내게 가장 깊은 원한을 품고 복수하려는 놈들일세. 그래서 나는 2년 동안 티베트를 떠돌았고 그곳의 수도인 라사를 방문해 라마교의 고승과 며칠 동안 같이 지내기도 했다네. 시겔손이라는 노르웨이 사람이 쓴 감탄할 만한 여행기를 자네도 읽었는지 모르겠지만 그것이 자네 친구의 소식이라고는 꿈에도 생각지 못했겠지? 그 뒤에 페르시아를 거쳐서 이슬람교의 성지인 아라비아의 메카로 들어갔고, 아프리카 수단의 수도인 하르툼에도 들렀다네. 거기에서 그 나라 군주인 칼리프와 짧지만 인상적인 만남을 가졌지. 그 결과는 외무부에 보고서를 올려 두었어.

프랑스에서는 남부의 몽펠리에 연구소에서 몇 달 동안 콜타르 유도체 연구를 하면서 지냈네. 그 연구에서 만족할 만한 성과를 거두었고, 이제 런던에 남아 있는 내 적도 오직 한 명뿐이라는 사실을 알게 되어서 막 귀국하려던 차에 이 의문투성이의 흥미로운 사건이 일어났다네. 그 소식을 듣고 서둘러 돌아온 걸세. 사건 자체도 수사하는 보람을 느낄 수 있을 만큼 흥미로웠지만 내게 아주 특수한 기회가 될 것 같았거든. 나는 곧바로 런던으로 돌아와서 베이커 가로 갔는데 허드슨 부인은 경기를 일으키다시피 깜짝 놀라더군. 형 덕분에 내 방이며 서류는 전부 옛날 그대로 남아 있었어. 왓슨, 그래서 오늘 오후 2시에 그리웠던 내 방의 팔걸이의자에 앉아 있노라니 보고 싶은 내 친구 왓슨이 언제나처럼 맞은편 의자에 앉아 있었으면 좋겠다는 생각이 간절했다네."

여기까지가 4월의 어느 날 저녁에 홈즈에게 들은 놀라운 이야기였다. 두 번 다시 볼 수 없을 것이라 여겼던 훤칠하고 호리호리한 그의 모습과 날카로운 얼굴을 실제로 보지 않았다면 나는 이 이야기를 절대로 믿지 못했을 것이다. 어떻게 알았는지 홈즈는 내가 아내를 여의었음을 알고 말이 아닌 태도로 연민을 표현했다.

"왓슨, 슬픔을 극복하는 제일 좋은 약은 일에 몰두하는 것일세. 오늘 밤에 우리를 위해서 준비된 일이 하나 있는데 그것만 잘 처리한다면 한 인간이 정당한 삶을 누릴 수 있을 걸세."

나는 홈즈에게 좀 더 자세한 이야기를 들려 달라고 부탁했지만 그는 고개를 저으면서 말했다.

"내일 아침까지 자네가 실컷 보고 직접 듣게 될 걸세. 그 대신 지난 3년 동안 쌓인 이야기가 있지 않나? 빈집으로 모험을 나서야 하는 9시

30분까지는 그 이야기만 해도 충분할 걸세."

시간이 되어 주머니에 권총을 찔러 넣고, 모험을 앞둔 두근거리는 가슴으로 이륜마차에 홈즈와 나란히 앉아 있자니 옛날로 되돌아간 기분이었다. 홈즈는 냉정하고 엄격한 표정을 지은 채 말이 없었다. 가로등이 그의 엄숙한 표정을 비출 때마다 생각에 잠겨 찌푸린 눈썹과 굳게 다문 얇은 입술이 보였다. 범죄 도시 런던의 어두운 정글 속에서 홈즈가 어떤 야수를 잡으려는 것인지는 알 수 없었지만, 이 노련한 사냥꾼의 태도를 보니 오늘 모험은 분명 범상치 않음을 알 수 있었다. 수도승이 떠오르는 음울한 표정 속에서 가끔 내비치는 차가운 비웃음은 우리에게 쫓기고 있는 적에게는 그다지 좋은 징조가 아니었다.

나는 우리가 베이커 가로 가는 줄 알았는데 홈즈는 캐번디시 광장 모퉁이에서 마차를 세웠다. 그는 마차에서 내리면서 날카로운 시선으로 좌우를 살폈으며 모퉁이가 나올 때마다 우리를 따라오는 사람이 없는지 매우 조심스럽게 살폈다. 우리가 지난 길도 매우 기이하기 짝이 없었다. 홈즈는 런던의 뒷골목을 구석구석 놀라울 정도로 자세하게 알고 있었다. 나는 그 부근에 마구간이 빽빽하게 들어 찬 구역이 있는 줄도 몰랐지만, 그는 빠른 걸음으로 아무런 망설임 없이 그 길을 지나갔다. 드디어 낡고 을씨년스러운 집들이 늘어서 있는 조그만 길로 나서더니 거기서 맨체스터 가를 지나고 블랜드퍼드 가를 지났다. 그런 다음 재빠르게 좁은 통로로 접어들어 어느 집의 나무문을 지나고 인적 없는 정원을 건너더니 그 집의 뒷문을 열쇠로 열었다. 그러고는 집 안으로 들어서자마자 안쪽에서 문을 잠갔다.

집 안은 칠흑같이 어두웠지만 나는 그곳이 빈집임을 확실하게 알 수 있었다. 나무판자로 된 바닥에는 아무것도 깔려 있지 않아서 걸음을 옮길 때마다 삐걱거리는 소리가 들려왔다. 벽 쪽으로 손을 뻗었더니 찢어진 벽지가 너덜너덜 매달린 채 손에 닿았다. 홈즈의 차갑고 섬세한 손가락이 내 손목을 잡고 앞으로 인도하자 문 위의 부채처럼 생긴 채광창이 어둠 속에서 희미하게 보였다. 거기까지 간 홈즈는 갑자기 오른쪽으로 꺾어져 들어갔다. 그러자 넓고 텅 빈 네모난 방이 나왔다. 방의 네 귀퉁이는 어둠에 잠겨 있었지만 한가운데 부분에는 창 밖 거리의 불빛이 희미하게 새어 들어오고 있었다. 가까운 곳에 불빛이 없었고 유리창에는 먼지가 두껍게 쌓여 있었기 때문에 서로의 모습을 간신히 알아볼 정도였다. 친구가 내 어깨에 손을 얹더니 귓전에서 소곤거렸다.

"우리가 어디에 있는지 알겠나?"

"베이커 가인 것 같은데."

나는 흐린 창 너머를 내다보며 대답했다.

"맞아. 예전에 우리가 함께 살던 곳의 맞은편에 있는 캠던 하우스야."

"그런데 여기에는 왜 온 건가?"

"여기서는 저 그림처럼 아름다운 건물이 잘 보이기 때문이지. 왓슨, 미안하지만 창문 쪽으로 조금 더 다가가 주겠나? 자네 모습이 보이지 않도록 조심스럽게 우리 방을 올려다보게나. 수많은 모험의 출발점이었던 그 방 말일세. 3년이라는 세월 동안 비워 두었는데 자네를 깜짝 놀라게 할 힘이 사라졌는지 한번 확인해 보세."

나는 살금살금 앞으로 다가가 맞은편에 있는 그리운 창문을 바라보았다. 창문으로 시선을 던진 순간 나는 너무 놀라서 숨을 헐떡이며 소리를 질렀다. 방 안에는 환하게 불이 밝혀져 있었고 블라인드가 내려져 있었다. 밝은 창에는 방 안 의자에 앉은 남자의 검은 그림자가 선명하게 그려져 있었는데 옆으로 기울어진 머리, 각진 어깨 선, 날카로움이 느껴지는 얼굴 등이 뚜렷 하게 보였다. 얼굴은 옆을 향 하고 있었으며, 마치 우리 할 아버지 시대에 유행하던 실 루엣을 보는 느낌이었다. 그 것은 완벽한 홈즈의 복제품 이었다. 너무 놀란 나머지 나 도 모르게 손을 뻗어 내 옆 에 서 있는 것이 정말 홈즈인 지 확인할 정도였다. 홈즈가 소리 없이 몸을 떨며 웃었다.

"어떤가?"

"정말 대단해!"

내가 놀랍다는 소리로 말했다.

"세월의 흐름 앞에서도 내 재주는 녹슬지 않았고 세상 의 변화에도 썩지 않았다는 이야기겠지? 어때, 나랑 똑같지 않나?"

그의 목소리에는 예술가가 자신의 작품에 품고 있는 기쁨과 자부심 이 배어 있었다.

"저기에 있는 게 진짜 자네라고 해도 좋을 정도야."

"제작상의 영예는 프랑스 그르노블에 살고 있는 오스카 뮈니에 씨에 게 돌려야 할 거야. 주형을 만드는 데만도 며칠이 걸렸지. 밀랍으로 만 든 흉상일세. 나머지는 오늘 오후 베이커 가를 방문했을 때 내가 준비 한 것이고."

"왜 저런 걸 준비했나?"

"어떤 녀석들에게 내가 다른 곳에 있을 때도 저기에 있는 것처럼 보이기 위해서지."

"그럼 누군가 자네를 감시하고 있다는 말인가?"

"그렇다네."

"누가?"

"나의 오랜 적들일세, 왓슨. 라이헨바흐 폭포에서 수령을 잃은 그 매력적인 일당들. 자네도 알다시피 내가 아직 살아 있다는 사실을 아는 것은 그들뿐이야. 녀석들은 언젠가 내가 저 집으로 돌아올 것이라 굳게 믿고 있어. 그래서 내 방을 늘 감시하고 있었고 오늘 아침에 드디어 내가 돌아온 것을 목격했지."

"그걸 어떻게 알고 있지?"

"창밖을 내려다보았더니 나를 감시하는 사람이 있더군. 파커라는 녀석인데 그리 대단한 녀석은 아니야. 입에 물고 손으로 연주하는 구금口琴을 잘 다루지. 하지만 그 녀석은 그리 신경 쓰지 않는다네. 그 뒤에 있는 훨씬 더 난폭한 녀석이 마음에 걸려. 모리어티의 심복인데 절벽에서 바위를 굴린 녀석이지. 런던에서 가장 교활하고 위험한 범죄자라고 할 수 있다네. 바로 그 사람이 오늘 밤 내 뒤를 쫓고 있거든. 하지만 녀석은 우리가 자신의 뒤를 쫓고 있다는 사실을 전혀 모르고 있어."

친구가 어떤 계획을 세우고 있는지 이제 조금 알 수 있을 것 같았다. 우리는 이 더할 나위 없이 좋은 은신처에서 감시자를 감시하고 추적자를 추적하고 있는 것이었다. 건너편에 있는 저 그림자는 미끼였고 우리는 사냥꾼인 셈이다. 침묵과 어둠 속에 서서 우리는 거리를 바삐 오가는 사람들을 살펴보았다. 홈즈는 입을 다문 채 손가락 하나 까딱하지 않았다. 하지만 틀림없이 오가는 사람들을 주의 깊고 빈틈없이 살펴보고 있을 것이다. 폭풍우가 쏟아질 듯 쌀쌀하고 바람이 날카로운 울부짖음을 올리며 긴 거리를 달려 나가는 밤이었다. 오가는 사람들이 많았는데 대부분은 목깃을 단단히 여미거나 목도리에 얼굴을 묻고 있었다. 한두 번 똑같은 사람이 지나간 느낌이 들었다. 특히 길 저편에 있는 집의 문 앞에서 바람을 피하고 있는 듯한 두 사람의 모습이 마음에 걸렸다. 홈즈에게 그 사람들의 존재를 알리려 했지만 그는 초조한 듯 조그만 신음 소리를 내며 눈을 떼지 않고 거리를 지켜보았다. 자꾸만 다리를 흔들고 손가락으로 빠르게 벽을 두드렸다. 자신의 계획이 기대한 대로 진행되지 않자 침착함을 잃어버린 모양이었다. 밤은 점점 깊어 가고 인적이 드물어지자 홈즈는 더 이상 참지 못하고 방 안을 서성였다. 그에게 말을 걸려고 고개를 들어 맞은편 창문을 올려다본 순간, 처음 그곳을 올려다봤을 때만큼이나 크게 놀랐다. 나는 홈즈의 팔을 붙잡고 위쪽을 가리키며 외쳤다.

"그림자가 움직이고 있네!"

아까는 옆모습이 보였는데 지금 보이는 것은 뒷모습이었다. 홈즈는 자신보다 지능이 떨어지는 사람을 보면 답답함을 참지 못해 울컥 치밀어 오르는 성미가 있었다. 3년이 지난 지금도 예전과 다를 바가 없었다.

"당연히 움직여야지! 왓슨, 내가 인형 하나만 덜렁 세워 놓고 유럽에서 제일 교활한 녀석들을 속일 수 있겠다고 생각할 만큼 어리석은 천치로 보이는가? 우리가 이 방에 들어온 지 두 시간이 지날 동안 여덟 번, 그러니까 15분마다 허드슨 부인이 저 흉상의 위치를 바꿔 주고 있다네. 물론 자신의 그림자가 비치지 않도록 불 뒤쪽에서 움직이고 있어. 앗!"

순간 홈즈가 갑자기 말을 끊고 날카로운 비명을 내질렀다. 그가 얼굴을 앞으로 내밀고 온몸을 긴장시킨 채 모든 신경을 곤두세우고 있는 모습이 어둠 속에서 희미하게 보였다. 창 밖 거리에 인적이라고는 전혀 찾아볼 수가 없었다. 조금 전의 두 사내가 문 앞에 웅크리고 있을지는 몰라도 내 눈에는 더 이상 보이지 않았다. 주위는 쥐 죽은 듯이 고요했고 어두웠다. 맞은편 창의 블라인드만 노랗게 빛나고 있었고 그 한가운데에 검은 사람의 그림자가 어른거릴 뿐이었다. 모든 게 숨을 죽인 고요한 정적 속에서 홈즈가 흥분을 가라앉히려 가늘게 내뱉는 숨소리가 들려왔다. 그 순간, 홈즈가 나를 방의 가장 어두운 부분으로 데려가더니 한쪽 손을 내 입술에 가져다 댔다. 이처럼 동요하는 친구의 모습은 처음이었다. 하지만 여전히 창 밖 어두운 거리에는 사람의 그림자조차 얼씬거리지 않았다.

그러나 나도 홈즈의 날카로운 감각이 잡아 낸 것을 느낄 수 있었다. 낮고 은밀한 소리가 앞쪽 베이커 가가 아니라 우리가 숨어 있는 집 뒤쪽에서 들려왔다. 문이 열리고 닫히는 소리였다. 바로 뒤 이어서 복도를 살금살금 걸어오는 소리가 들렸다. 소리를 내지 않으려고 주의해서 걷는 듯했지만 빈집 전체에 날카로운 소리가 울려 퍼지고 있었다. 홈즈는 벽에 등을 대고 몸을 웅크렸다. 나도 권총을 힘껏 잡은 다음 그와 같은 자세를 취했다. 어둠 속을 응시하고 있으니 주위의 어둠보다 더욱 어두운 사람의 그림자가 희미하게 보였다. 그림자는 잠시 멈춰 섰다가 다시 몸을 앞으로 구부린 채 위협적인 자세로 방 안으로 들어왔다. 이 불길한 그림자가 3미터도 떨어지지 않은 곳까지 접근해 왔기에 나는 상대가 덤벼들면 그에 맞설 수 있도록 자세를 취했다. 그러나 곧 상대가 우리의 존재를 깨닫지 못했음을 알 수 있었다. 우리 바로 앞을 지나서 창가로 살금살금 다가간 남자는 창문을 15센티미터 정도 조용히 들어올렸다. 그리고 창이 열린 틈에 맞춰 몸을 숙였기 때문에 거리의 빛이 먼지투성이의 창을 통하지 않고 남자의 얼굴로 직접 쏟아져 들어왔다.

남자는 흥분해서 제정신이 아닌 듯했다. 눈은 반짝반짝 빛났고 얼굴 근육은 꿈틀꿈틀 경련을 일으키고 있었다. 중년 사내였는데 콧날은 가늘고 오뚝했고, 툭 튀어나온 이마는 벗겨지기 시작했으며, 백발이 섞인 커다란 콧수염을 기르고 있었다. 접을 수 있는 오페라 모자를 뒤로 젖혀 썼고, 단추를 풀어헤친 외투 속으로는 야회복夜會服 와이셔츠의 가슴 부분이 하얗게 빛났다. 야윈 얼굴은 검게 그을려 있었으며 깊고 거친 주름이 새겨져 있었다. 손에 지팡이 같은 것을 쥐고 있었는데 그 지팡이를 바닥에 내려놓자 금속성 소리가 났다. 그런 다음, 외투 주머니에서 커다란 물건을 꺼내 부지런히 손을 움직였는데 곧 스프링이나 나사를 박는 소리가 들렸고 그제야 작업이 끝난 듯했다. 그는 여전히 바닥에 무릎을 꿇고 앉은 채 몸을 앞으로 웅크려 지렛대 같은 것에 체중을 실어 힘을 주었다. 무엇인가 기다란 물건이 빙글빙글 회전하면서 긁히는 소리가 들리더니 다시 한 번 찰칵하는 금속성 소리가 들려왔다. 그러고 나서 상체를 일으킨 순간, 사내가 개머리판이 이상하게 생긴 총을 들고 있는 것이 보였다. 총열을 열어 무엇인가를 쑤셔 넣고 다시 총열을 닫았다. 그리고 다시 몸을 웅크려 창틀 위에 총신 끝을 올려놓았다. 긴 콧수염이 총신에 닿았으며 조준하는 눈은 날카롭게 빛났다. 개머리판을 어깨로 감싸 쥐듯 자세를 취하고, 조준기 끝에 우뚝 솟아 있는 노란 바탕 위의 검은 그림자를 바라보며 만족스럽게 내쉬는 숨소리가 내 귀에도 들렸다.

사내는 한순간 몸을 긴장시켜 움직임을 멈추더니 방아쇠를 당겼다. 바람을 가르는 듯한 기묘하고 커다란 소리가 들렸고 곧 유리가 깨지는 길고 날카로운 소리가 울려 퍼졌다. 그 순간, 홈즈가 저격수의 등을 향해 호랑이처럼 몸을 날려 상대를 뒤쪽에서 쓰러뜨렸다. 사내는 곧 몸을 일으켜 필사적으로 홈즈의 목을 움켜쥐었다. 하지만 내가 권총의 손잡이로 머리를 내리쳤기 때문에 사내는 다시 바닥에 쓰러지고 말았다. 내가 사내에게 달려들어 위에서 그를 누르고 있는 동안 홈즈는 호각을 날카롭게 불어 댔다. 요란스럽게 인도를 달려오는 소리가 들리더니 제복을 입은 경찰 두 명과 사복 경찰 한 명이 정면 현관을 통해서 방 안으로 뛰어들었다. 홈즈가 말했다.

"아, 레스트레이드. 당신이 와 줬군요."

"네, 홈즈 선생님. 나머지는 우리가 알아서 처리하겠습니다. 런던에서 다시 만나서 정말 반갑습니다."

"당신에게 비공식적인 도움이 필요할 것 같아서요. 1년에 미해결 살인 사건이 세 건이나 일어나서야 되겠습니까? 그건 그렇고, 몰세이 사건은 평소 당신답지 않게⋯⋯, 그러니까 아주 깔끔하게 잘 처리했더군요."

우리는 모두 일어서 있었는데, 범인은 건장한 경찰 두 명 사이에 끼어서 거친 숨을 내쉬고 있었다. 밖에는 벌써 몇몇 구경꾼들이 모여들기 시작했다. 창가로 다가간 홈즈는 창문을 닫고 덧창을 내렸다. 레스트레이드가 초 두 개에 불을 붙였고 경찰들은 램프의 갓을 벗겨 냈다. 나는 비로소 범인의 얼굴을 똑똑히 볼 수 있었다.

우리를 바라보는 그의 얼굴은 남성적인 느낌이 물씬 풍겼지만 사악함이 넘쳐났다. 이마에는 철학자의 분위기가, 턱에는 감각론자의 분위기가 서려 있었다. 이 사람이 처음 인생을 출발했을 때는 선과 악 양쪽에 탁월한 능력을 가지고 있었을 것이다. 늘어진 눈꺼풀 속에는 사람을 비웃는 듯 잔인한 파란 눈이 자리 잡았고 코는 놀랄 정도로 공격적이었다. 이마에는 상대에게 공포를 느끼게 할 만큼 깊은 주름이 파여 있었는데 이런 얼굴을 보면 누구나 조물주가 위험 신호를 보내는 것이라고 생각하리라. 그는 다른 사람은 쳐다보지도 않고 증오와 놀람으로 가득 찬 표정으로 홈즈를 바라보았다.

"악마 같은 녀석! 이 교활한 악마 녀석!"

그는 쉴 새 없이 이런 말을 중얼거렸다.

"이런, 대령님이셨군요! '긴 여정 끝에 애인을 만난다.'라는 옛날 연극 대사 그대로입니다. 라이헨바흐 폭포의 절벽 중간에 누워 있을 때도 나에게 각별한 관심을 보여 주셨는데. 그 이후로 처음 뵙는군요."

홈즈가 흐트러진 목깃을 바로잡으며 말했다. 대령은 여전히 멍한 눈빛으로 내 친구를 바라보며 '이 교활한 악마 녀석!'이라고 중얼거릴 뿐이었다.

"아직 여러분에게 소개를 못했군요. 이 신사는 세바스찬 모런 대령입니다. 지난날 대영제국 인도군의 장교를 지냈고, 동양 식민지에서 가장 뛰어난 맹수 사냥꾼으로 이름을 날렸습니다. 당신이 세운 호랑이 사냥 기록은 아직도 깨지지 않았지요?"

무시무시한 얼굴을 한 노인은 말 한마디 없이 여전히 내 친구의 얼굴을 노려보고 있었다. 사나운 눈빛과 뻣뻣한 수염 때문에 그의 얼굴은 호랑이와 무섭도록 비슷했다.

"이렇게 단순한 함정에 당신 같은 사냥꾼이 걸려들 줄이야. 아주 익숙한 함정이 아닙니까? 나무 밑에 어린 양을 묶어 놓고 엽총을 든 채 그 나무 위에 숨어서 호랑이가 미끼를 향해 달려들기를 기다리면 되지요. 당신도 해 봤을 겁니다. 이 방은 내 나무고 당신은 호랑이예요. 호랑이 여러 마리가 한꺼번에 나타나거나, 그럴 리는 없겠지만 만에 하나라도 당신이 조준을 잘못했을 경우에 대비해서 다른 사냥꾼들도 함께 데리고 가지 않았습니까? 여기 있는 이 사람들이 바로 그 사냥꾼들인 셈이죠. 어때요, 아주 똑같지 않습니까?"

홈즈가 주위 사람들을 가리키며 말했다. 대령이 분노에 찬 소리를 내지르며 홈즈에게 달려들려 했지만 경찰들이 그를 제지했다. 무시무시하기 짝이 없는 표정이었다.

"솔직히 말해서 놀란 것이 한 가지 있습니다. 당신이 이 빈집을 발견하고 저 창문을 이용할 줄은 꿈에도 생각지 못했거든요. 밖의 거리에서 총을 쏠 것이라 예상했기에 친구인 레스트레이드와 부하들에게 밖에서 기다려 달라고 했지요. 그 점만 제외한다면 전부 내 예상대로였지만."

홈즈의 말을 듣고 모런 대령이 형사를 향해 물었다.

"내가 체포당해야 할 이유가 있는지는 모르겠지만, 적어도 이 사람의 놀림감이 되어야 할 이유는 없을 것 같은데. 법의 이름으로 체포했다면 법에 따라서 처리해야 하는 것 아닌가?"

"체포당할 이유야 당연히 있지. 홈즈 선생님, 우리는 이만 가 봐야 할 것 같은데 더 하실 말은 없습니까?"

레스트레이드가 말했다. 홈즈는 바닥에 떨어져 있던 강력한 공기총을 주워 들고 그것을 살펴보고 있었다.

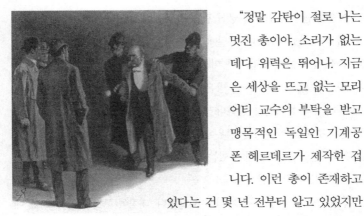

"정말 감탄이 절로 나는 멋진 총이야. 소리가 없는 데다 위력은 뛰어나. 지금은 세상을 뜨고 없는 모리어티 교수의 부탁을 받고 맹목적인 독일인 기계공 폰 헤르데르가 제작한 겁니다. 이런 총이 존재하고 있다는 건 몇 년 전부터 알고 있었지만 실제로 보는 건 이번이 처음이지요. 레스트레이드, 이건 특별히 주의해서 다루세요. 이 총알도 함께."

일행 모두가 문 쪽으로 서자 레스트레이드가 입을 열었다

"그건 걱정 마십시오. 더 하실 말씀은 없습니까?"

"레스트레이드, 대령을 무슨 혐의로 체포하는 겁니까?"

"무슨 혐의냐고요? 그야 셜록 홈즈 씨 살인미수 혐의 아닙니까?"

"그건 좀 곤란합니다, 레스트레이드. 나는 표면적으로는 이번 사건에 관여하고 싶지 않거든요. 이번 체포의 공적은 전부 당신 것입니다. 축하해요. 당신의 지력과 담력으로 이 사람을 검거하는 데 성공한 겁니다."

"검거하다니요? 그럼 대체 무슨 사건의 범인을 잡았단 말입니까?"

"경찰이 총력을 기울이고 있지만 아직 잡지 못한 범인, 즉 지난 달 30일에 파크 레인 427번지의 3층 정면 창을 통해 공기총으로 로널드 아데어 공자를 살해한 범인 말입니다. 그게 이 사람의 혐의입니다. 참, 왓슨. 깨진 창으로 들어오는 차가운 바람을 견딜 수만 있다면 내 서재에서 30분 정도 담배를 태우겠는가? 재미있고 유익한 이야기를 들려주겠네."

예전에 우리가 함께 지내던 방은 마이크로프트 홈즈가 감독하고 허드슨 부인이 직접 관리하고 있었기 때문에 모든 것이 예전 그대로였다. 방 안으로 들어가 보니 지나치다 싶을 만큼 깔끔하게 정돈되어 있었으나 우리가 쓰던 물건들은 전부 그대로 놓여 있었다. 화학 실험 설비가 있는 한쪽 구석에는 산 때문에 지저분해진 나무 책상도 그대로 놓여 있었다. 태워 버리면 수많은 사람들이 기뻐할, 가공할 만한 스크랩북과 참고 문헌들도 나란히 책장에 꽂혀 있었다. 주위를 둘러보니 도표, 바이올린 케이스, 파이프 걸이, 담배 상자가 되어 버린 페르시아 슬리퍼 등이 눈에 들어왔다. 방 안에는 두 사람이 있었다. 한 사람은 허드슨 부인이었는데 우리가 들어서자 밝은 미소를 지어 보였다. 또 한 사람은 오늘 밤의 모험에서 매우 중요한 역할을 맡은 기묘한 인형이었다. 친구의 모습을 본떠 만든 납빛 인형으로 실물과 똑같이 생긴 훌륭한 작품이었다. 예전에 홈즈가 입던 실내복을 입혀 조그만 탁자 위에 올려 두었기 때문에 창을 통해서 보면 영락없는 홈즈의 그림자였다.

　"허드슨 부인, 부탁한 대로 해 주셨겠죠?"

　홈즈가 말했다.

　"그럼요, 알려준 대로 저기까지 기어서 갔답니다."

　"잘하셨습니다. 정말 멋지게 잘해 주셨어요. 총알이 어디에 맞았는지 보셨나요?"

　"그렇다마다요. 멋진 흉상을 엉망으로 만들었지 뭐예요. 그대로 머리를 관통해서 벽에 맞았거든요. 카펫 위에 떨어진 걸 주워 두었는데, 여기 보세요!"

　총알을 받아든 홈즈는 그것을 다시 내게 내밀었다.

　"왓슨, 자네도 보면 알겠지만 이건 리볼버용으로 만들어진 총알이야.

정말 천재적이지 않은가? 공기총에서 이런 총알이 나갈 것이라고 누가 상상이나 했겠나? 허드슨 부인, 도와주셔서 정말 감사합니다. 왓슨, 예전처럼 이 의자에 앉아 주지 않겠나? 이제부터 자네와 두어 가지 이야기를 나누고 싶다네."

홈즈는 초라한 프록코트를 벗고 자신의 흉상에서 벗겨 낸 회색 실내복을 입었다. 그는 다시 예전의 모습으로 되돌아가 있었다.

"그 늙은 사냥꾼은 여전히 냉정했고 시력도 그대로라네."

흉상의 깨지고 오그라든 부분을 살펴본 홈즈가 웃으며 말했다.

"후두부 한가운데를 뚫고 들어가서 뇌를 관통했네. 인도 제일의 명사수였는데 런던에서도 그보다 솜씨가 좋은 사람을 찾기는 어렵겠어. 이름을 들어 본 적 있나?"

"아니, 없네."

"아, 명성이란 그런 것일까? 하긴 자네는 금세기 최고의 두뇌를 가진 제임스 모리어티 교수의 이름도 들어 본 적이 없다고 했지? 책꽂이에서 내가 만든 인명 색인을 꺼내 주지 않겠나?"

의자 등받이에 기대 담배 연기를 구름처럼 피워 올리며 홈즈가 나른한 몸짓으로 페이지를 넘겼다.

"이 'M'이라는 항목은 참 대단하군. 모리어티의 이름만으로도 다른 페이지에 뒤지지 않을 텐데 거기에 독살 전문가 모건, 생각만 해도 소름이 끼치는 메리듀, 채링 크로스 역 대합실에서 내 왼쪽 송곳니를 부러뜨린 매츄스도 있으니. 그리고 마지막으로 오늘 우리의 상대였던 사람까지. 여기를 좀 보게나."

이렇게 말하며 홈즈가 색인을 건네주기에 나는 그것을 읽어 보았다.

"세바스찬 모런. 육군 대령. 무직. 전 벵골 제1 공병 연대 소속. 아버지는 전 페르시아 주재 영국 공사로
근무한 배스 훈작사 오거스터스 모
런 경. 1840년, 런던 출생. 이튼
및 옥스퍼드 대학 졸업. 조와
키 전투, 아프가니스탄 전쟁에
종군. 차라시압(파견), 셔폴,
카불에서 복무.《서부 히말라
야의 맹수》(1881),《정글에서
의 3개월》(1884)의 저자. 컨듀잇
가 거주. 앵글로인디언 클럽, 탱커
빌 클럽, 바가텔 카드 클럽에 소속됨."

그리고 여백에 홈즈의 반듯한 글씨로 '런던 제2의 위험인물'이라고 적
혀 있었다.

"놀랍군. 훌륭한 군인이었잖아?"

내가 색인을 돌려주면서 말했다.

"맞는 말이야. 어느 시기까지는 훌륭한 군인이었네. 언제나 대담했지.
한번은 식인 호랑이를 쫓아서 배수구에 들어간 적이 있었는데 그 이야
기는 아직도 인도에서 사람들 입에 오르내리고 있다네. 한데 세상에는
어느 정도까지는 잘 자라다가 갑자기 이상할 정도로 흉측한 모습으로
변하는 나무가 있지 않나? 그런 현상은 사람에게서도 쉽게 찾아볼 수
가 있네. 개인은 성장 과정에서 자신의 모든 조상들의 과정을 재현하는
법일세. 나는, 선한 쪽으로든 악한 쪽으로든 그렇게 갑작스러운 전환은
그 가계로 끼어든 어떤 강력한 영향력을 나타낸다고 본다네. 즉, 개인은
그 집안 역사의 축소판이라고 볼 수 있는 것이지."

"글쎄, 잘 실감나지 않는 이야기로군."

"그렇다고 해서 그 설에 완전히 사로잡혀 있는 건 아닐세. 원인이야 어찌됐든 모런 대령은 나쁜 쪽으로 나가기 시작했어. 눈에 띄는 스캔들은 없었지만 점점 인도에 머물 수 없게 되었지. 결국 퇴역하고 런던으로 돌아왔는데 여기서도 악명을 얻었어. 그 무렵 모리어티 교수의 눈에 띄었고 대령은 한동안 주모자 역을 도맡았네. 모리어티는 대령에게 큰돈을 아낌없이 주고 보통 범죄자로서는 감당할 수 없는 어려운 일에만 그를 이용했어. 1887년 로더에서 스튜어트 부인이 사망한 사건을 기억하고 있지? 모르겠다고? 어쨌든 그 사건의 배후에 모런이 있었던 것은 틀림이 없어. 아무 증거도 없지만. 대령은 아주 교묘하게 몸을 숨기고 있었기 때문에 모리어티 일당이 분쇄되었을 때도 경찰은 그자를 고발할 수 없었네.

그때 내가 자네 집으로 찾아갔을 때 공기총을 두려워하며 덧창을 전부 닫았던 것은 기억하나? 내가 너무 민감하게 반응한다고 생각했는지 몰라도 내게는 나름대로의 확증이 있었어. 그 놀라운 총의 존재도 알고 있었고, 세계 최고의 명사수가 대기하고 있다는 사실도 알고 있었거든. 우리가 스위스에 있을 때 대령은 모리어티와 함께 있었고 라이헨바흐 폭포 절벽 위에서 5분간 나를 공포로 몰아넣은 자도 대령이 분명해.

자네도 이미 짐작했겠지만 프랑스에 머무는 동안 대령을 교도소로 보낼 방법이 없을까 싶어서 늘 신문을 주의 깊게 읽었네. 그 사람이 런던에서 활개를 치고 다니는 동안에는 내 목숨도 언제 어떻게 될지 모르는 신세였지. 검은 그림자는 늘 내 뒤를 따라다녔을 테고 대령은 끝내 나를 죽일 기회를 잡았을 거야. 그렇다면 나는 어떻게 해야 좋을까? 그를 발견하자마자 사살할 수는 없었어. 그랬다가는 내가 피고석에 서게 될 테니까. 경찰에 도움을 요청한다고 해도 소용없었을 걸세. 엉터리 혐의를 근거로 해서 경찰을 움직일 수는 없거든. 그래서 나는 아무것도 할 수가 없었어. 하지만 언젠가는 대령을 꼭 붙들고 말겠다고 결심하고 범죄와 관련된 뉴스에 주의를 기울였지. 그런데 마침 로널드 아데어 살인 사건이 일어났다네. 드디어 내게 기회가 온 거야. 지금까지 내가 축적한 지식으로 모런 대령의 짓이라는 사실을 바로 알 수 있었지. 대령은 젊은이와 카드 게임을 했고 그 뒤에 클럽에서부터 집까지 미행해서 열려 있는 창 너머로 젊은이를 사살한 것이 분명했네. 여기에는 의심의 여지가 없었어. 대령을 교수대로 보낼 증거는 총알만으로도 충분했지.

나는 바로 런던으로 돌아왔는데 이 앞을 지키던 그의 감시망에 걸려들고 말았다네. 나를 본 녀석은 대령에게 곧바로 보고했을 걸세. 그래서 대령은 나의 갑작스러운 귀국을 자신의 범죄와 연결 지어 생각하고 당황하면서도 경계를 늦추지 않았을 걸세. 그리고 훼방꾼을 제거할 목적으로 그 무시무시한 무기를 꺼내들 것이 분명했어. 그래서 대령을 위해 절호의 표적을 창가에 마련해 놓고 경찰에게 손을 좀 빌리게 될지도 모르겠다고 통보했지. 그런데 왓슨, 자네는 저쪽 집 문 앞에 잠복한 경찰을 잘도 찾아냈더군. 사실 나는 감시하기에 안성맞춤이라고 생각한 곳에 진을 쳤는데 설마하니 대령도 같은 곳을 저격 장소로 선택할 줄은 꿈에도 생각지 못했다네. 왓슨, 아직 설명이 부족한 부분이 있나?"

"있네. 모런 대령이 로널드 아데어 공자를 살해한 동기가 뭔가?"

내가 말했다.

"아, 그건 말이지 왓슨. 거기서부터는 억측의 세계로 들어가야 하기 때문에 아무리 논리적인 머리를 가진 사람이라 해도 정확히는 설명할 수 없을 거야. 지금까지 확인된 증거들을 바탕으로 각자 가설을 세울 수 있을 뿐이지. 자네의 가설이나 내 가설 모두 정답이 될 가능성이 있어."

"그럼 자네는 이미 생각해 둔 게 있는 모양이군."

"설명은 그리 어렵지 않네. 카드게임에서 모런 대령과 아데어 청년이 한 팀이 되어 상당한 금액을 딴 것은 증언을 통해서 밝혀진 사실일세. 모런 대령은 틀림없이 속임수를 썼을 거야. 나는 예전부터 그 사실을 알고 있었어. 아데어는 살해당한 날, 모런 대령이 속임수를 쓰고 있다는 사실을 눈치챘을 걸세. 그래서 대령을 은밀히 불러 클럽에서 탈퇴하고 두 번 다시 카드에 손을 대지 않겠다고 약속하지 않으면 모든 사실을 폭로하겠다고 협박했겠지. 아데어 같은 청년이 나이도 훨씬 더 많은 명사의 진실을 폭로해서 갑자기 큰 문제를 일으킬 것 같지는 않으니 내 추리대로 행동했을 걸세.

한데 속임수로 딴 돈으로 생활하고 있는 모런에게 클럽에서 추방된다는 소식은 곧 파멸을 뜻하네. 그리고 아데어는 부정한 방법으로 얻은 돈을 그대로 가지고 있을 수 없다고 생각해서 집으로 돌아와 상대에게 돌려 줄 돈을 계산하고 있었네. 그때 대령에게 사살당한 거지. 방문을 잠근 것은 집안의 숙녀들이 갑자기 들어와서 이름과 돈을 보고 이것저것 캐물을까 걱정이 돼서 그랬을 거야. 어떤가? 그럴듯하게 들리나?"

"그래, 자네 말이 맞는 것 같군."

"진위는 법정에서 밝혀지겠지. 어쨌든 이제는 모런 대령에게 시달릴 필요도 없고, 그 유명한 폰 헤르데르의 공기총은 런던경찰국 박물관에 진열될 걸세. 다시 말해서 셜록 홈즈 씨는 예전처럼 자유롭게 런던의 복잡한 일상에서 끊이지 않는 흥미로운 사건을 조사하는 일에 전념할 수 있게 되었다네."

13 춤추는 인형

13
춤추는 인형

홈즈는 호리호리한 등을 둥그렇게 만 채 앉아서 벌써 몇 시간 동안이나 아무 말 없이 화학 실험 용기 위로 몸을 굽혀 지독한 냄새가 나는 약품들을 조합하고 있었다. 가슴 쪽으로 고개를 깊게 파묻은 그의 모습은 삐쩍 마른 몸에 잿빛 깃털과 검은색 볏을 가진 기묘한 새처럼 보였다. 그때 친구가 갑자기 질문을 던졌다.

"참, 왓슨. 자네 남아프리카 주식에 투자할 생각은 없는 건가?"

나는 깜짝 놀랐다. 홈즈의 신비한 능력에는 이미 익숙해져 있었지만 이렇게 느닷없이 마음속 깊은 곳까지 꿰뚫어 보면 정말 할 말이 없었다.

"그걸 대체 어떻게 알았나?"

내가 되물었다. 홈즈는 연기가 피어오르는 시험관을 손에 든 채 움푹 들어간 눈을 재미있다는 듯이 반짝이며 앉은 자리에서 몸을 내 쪽으로 돌렸다.

"왓슨, 지금 상당히 당황했군. 그렇지?"

"그렇다네."

"그럼, 그 사실을 종이에 쓰고 거기에 서명을 하게."

"왜 그러는 건가?"

"분명히 자네는 5분도 지나지 않아서 '그렇게 간단한 거였나?'라고 할 테니까."

"절대로 그렇게 말하지 않겠네."

"그럼 믿고 말해 주지."

홈즈는 시험관을 내려놓고 마치 학생들에게 강의하는 교수 같은 태도로 말하기 시작했다.

"바로 앞서 일어났던 일들을 보고 하나하나의 추리를 이끌어 내는 것이 간단하다면, 그것들을 하나로 묶는 추리를 이끌어 내는 것도 그리 어렵지 않네. 그런 다음 중간의 추리 과정은 완전히 배제하고 듣는 사람 앞에는 출발점과 결론만 내놓으면 상대방을 화들짝 놀라게 할 수 있지. 속임수라고 해도 할 말은 없지만. 그러니까, 자네 왼쪽 손의 검지와 엄지 사이가 움푹 파인 것을 보고 자네가 얼마 되지 않는 자산을 금광에 투자하지 않기로 결심했다는 사실을 알아내는 게 그리 어렵지는 않았다는 말일세."

"그걸 보고 어떻게 알아냈는지 이해할 수가 없네."

"그렇겠지. 하지만 밀접한 관계가 있다는 사실을 바로 증명하겠네. 중간에 빠진 고리들은 다음과 같이 아주 간단한 것일세. 첫째, 어제 저녁에 자네가 클럽에서 돌아왔을 때 왼쪽 엄지와 검지 사이에 초크 자국이 묻어 있었네. 둘째, 자네는 당구를 칠 때 큐가 미끄러지지 않도록 손가락에 초크를 바르는 습관이 있지. 셋째, 자네는 서스턴 말고 다른 사람과는 당구를 치지 않아. 넷째, 4주일 전에 서스턴이 남아프리카의 어떤 자산을 살 권리가 있는 선택권을 가지고 있는데 한 달 뒤면 기간이 만료된다며 자네에게도 투자를 하지 않겠느냐고 물어봤다면서? 자네가 나한테 말해 주었는데 기억나지 않는가? 다섯째, 자네의 수표책은 내 서랍 안에 있는데 자네는 아직 내게 열쇠를 달라고 하지 않았어. 여섯째, 따라서 자네는 거기에 투자할 생각이 없는 걸세."

"뭐야, 그렇게 간단한 일이었나?"

내가 큰 소리로 말했다.

"그래, 어떤 문제든 일단 설명을 듣고 나면 어린아이도 알 수 있는 간단한 것이 되어 버리지. 자, 여기 아직 설명하지 않은 문제가 하나 있네. 어떤가, 왓슨? 이것을 잠깐 생각해 보겠나?"

홈즈는 조금 화가 난 듯 종이 한 장을 탁자 위에 던져 놓고 다시 화학 약품과 씨름했다.

종이를 보니 이상한 그림문자 같은 것이 그려져 있어서 나는 눈을 크게 떴다.

"홈즈, 이건 애들이 그린 게 아닌가?"

나도 모르는 사이에 크게 외쳤다.

"그래? 자네는 그렇게 생각하나?"

"그럼 이게 대체 뭔가?"

"잉글랜드 동부, 노퍽 주의 리들링 소프 저택에 사는 힐튼 큐빗 씨가 꼭 알고 싶어 하는 것일세. 오늘 아침 일찍 그 수수께끼 같은 그림이 도착했는데 본인도 다음 기차를 타고 온다더군. 왓슨, 벨 소리가 들리는데. 큐빗 씨가 도착할 시간이 되었군그래."

계단을 오르는 묵직한 발소리가 들리더니 곧 키가 크고 붉은 얼굴에 수염을 깨끗이 깎은 신사가 방 안으로 들어섰다. 그의 맑은 눈과 혈색 좋은 뺨을 보고 그가 안개 자욱한 베이커 가와 멀리 떨어진 곳에서 살고 있음을 알 수 있었다. 그가 방 안으로 들어서자 온몸을 자극하는 신선하고 상쾌한 동부 해안의 공기가 불어오는 느낌이었다. 우리와 악수를 나눈 뒤 자리에 앉으려던 큐빗 씨는 조금 전까지 우리가 살펴보다가 탁자 위에 둔 기묘한 그림으로 시선을 옮겼다.

"이 그림을 어떻게 생각하십니까? 홈즈 선생님은 기묘하고 이상한 것들을 좋아하신다고 들었는데 이보다 더 기묘한 것도 그리 흔치 않을 겁니다. 제가 오기 전에 이것에 대해서 먼저 생각해 주십사 하고 종이를 먼저 보냈지요."

큐빗 씨가 큰 소리로 말했다.

"꽤 흥미롭기는 하군요. 언뜻 보면 그냥 아이들 낙서 같기도 하고요. 이상하고 조그만 인형들이 늘어서서 춤추고 있을 뿐이니까요. 왜 이런 이상한 그림을 중요하다고 생각하십니까?"

"아니, 제가 이 그림에 무슨 의미가 있다고 생각하는 것은 아닙니다. 오히려 제 아내가 그렇게 생각하지요. 아내는 이 그림을 죽도록 두려워하고 있습니다. 말은 안 해도 눈에 두려워하는 빛이 역력하게 드러나거든요. 그래서 이 문제를 철저하게 조사하기로 한 겁니다."

홈즈가 그 종이를 들어 햇빛에 비추어 보았다. 수첩에서 찢어 낸 것이었으며, 다음과 같은 그림이 연필로 그려져 있었다.

홈즈는 한동안 주의 깊게 그 종이를 살펴더니 조심스럽게 접어 수첩 안에 넣었다.

"아주 흥미롭고 보기 드문 사건이 될 것 같군요. 힐튼 큐빗 씨가 보낸 편지를 통해 대부분의 사정을 듣기는 했지만 내 친구 왓슨 박사를 위해서 다시 한 번 처음부터 설명해 주셨으면 합니다."

홈즈가 말하자 손님은 힘이 넘쳐 보이는 커다란 손을 신경질적으로 쥐었다 폈다 하면서 말했다.

"저는 말솜씨가 그리 좋지 않습니다. 분명하지 않은 점이 있으면 무엇이든지 질문해 주십시오. 작년에 제가 결혼한 일부터 말씀드리죠. 아, 우선 그 전에 알려 드리고 싶은 것이 있습니다. 이제 부자는 아니지만

우리 가문은 약 500년 전부터 리들링 소프 저택에서 살고 있었기 때문에 노퍽 주에서는 가장 유명한 집안이라고 할 수 있습니다. 작년, 그러니까 1897년에 빅토리아 여왕 즉위 60주년 기념행사에 참석하려고 런던에 왔습니다. 저는 그때 우리 교구의 파커 목사님이 머무시던 러셀 광장에 있는 하숙집에서 묵었습니다. 바로 그 하숙집에 어떤 미국 여자도 있었습니다. 이름은 패트릭……, 엘시 패트릭이었죠. 우연한 기회에 우리는 친해졌고, 한 달이 지나자 저는 엘시를 세상 그 누구보다도 사랑하게 되었습니다. 우리는 등기소로 가서 조용히 혼인 신고를 하고 부부가 되어 노퍽으로 돌아갔습니다. 선생님, 명문가의 자손이 과거며 가족 관계조차 모르는 여자와 이렇게 결혼한다면 미쳤다고 생각하시겠죠? 하지만 그녀를 만나 보시고 어떤 여자인지 아신다면 분명히 이해하실 겁니다.

그런 점들에서 엘시는 매우 솔직했습니다. 내가 마음만 먹으면 언제든지 이 결혼을 재고할 수 있도록 기회를 만들어 주었으니까요. 그녀는 이렇게 말했습니다.

'나는 과거에 아주 불쾌한 교제를 한 적이 있어요. 깨끗하게 잊고 싶은 기억이죠. 지난 일들은 입에 담기도 싫어요. 당신이 나와 결혼한다는 것은, 인격이라는 점에서는 아무런 부끄러움도 없는 여자를 아내로 맞아들인다는 이야기예요. 이건 정말 사실이에요, 힐튼. 하지만 당신은 내가 하는 말을 믿고, 당신의 아내인 내가 더 이상 과거를 말하지 못하는 것을 용서해 주어야 해요. 만약 이 조건이 너무 받아들이기 힘든 것이라면 나를 원래의 고독한 생활로 돌려보내고 혼자서 노퍽으로 돌아가세요.'

그녀는 우리가 결혼하기 하룻밤 전에 이런 말을 했습니다. 저는 그녀의 조건에 만족한다고 말했고 지금까지도 그녀와의 약속을 굳게 지켰습니다. 우리가 결혼한 지도 벌써 1년이 지났고 그동안 우리는 매우 행복한 나날을 보냈습니다. 그런데 한 달 전인 6월 말에 귀찮은 일이 일어날 조짐이 보이기 시작했습니다. 아내 앞으로 미국에서 보낸 편지 한 통이 도착했습니다. 미국 소인이 찍혀 있는 것을 두 눈으로 똑똑히 봤습니다. 아내는 새파랗게 질린 얼굴로 그 편지를 읽고 나서 난로 속으로 집어던졌습니다. 이후로 아내는 그 일에 대해서 단 한마디도 하지 않았습니다. 저도 약속 때문에 아무 말도 하지 않았고요. 하지만 그때부터 아내는 한순간도 편하게 지내지 못했습니다. 얼굴에는 무엇인가를 기다리는 듯한 불안한 빛이 떠돌았지요. 아내가 제게 모든 걸 털어놓으면 제가 누구보다도 가장 큰 힘이 되리라는 사실을 알게 될 겁니다. 하지만 아내가 모든 사실을 먼저 말하기 전에는 아무 말도 꺼낼 수가 없습니다. 홈즈 선생님, 아내는 거짓말을 할 줄 모르는 사람입니다. 과거에 무슨 일이 있었는지는 몰라도 절대로 아내 책임이 아닐 겁니다. 저는 노퍽이라는 시골의 지주에 불과하지만 가문의 명예를 중히 여기는 점만큼은 영국의 누구에게도 지지 않을 자신이 있습니다. 그 점은 아내도 잘 알고 있습니다. 맞습니다. 저와 결혼하기 전부터 아주 잘 알고 있었죠. 그러니 아내도 가문을 더럽히는 짓은 하지 않을 겁니다. 저는 그 점을 굳게 믿고 있습니다.

지금부터 이 기묘한 사건에 대해서 말씀드리죠. 일주일쯤 전에 일어났는데 정확히 말하면 지난주 화요일이었습니다. 아래쪽 창틀 위에 이 종이에 그려진 것처럼 조그맣고 이상한 인형들이 여럿 모여서 춤추고 있는 그림을 발견했습니다. 분필로 어지럽게 그린 그림이었는데 저는 말을 돌보는 아이의 낙서라고 생각했습니다. 그런데 아이를 불러 물어보니 자기는 아무것도 모른다지 뭡니까. 일단 밤에 그린 것은 분명했습니다. 저는 그것을 지우라고 했고 잠시 뒤에 아내 앞에서 그 일을 살짝 말했습니다. 놀랍게도 아내는 그 일을 매우 심각하게 받아들이면서 다음에도 그런 것을 발견하거든 자기에게도 꼭 보여 달라고 하더군요. 그로부터 일주일 동안 그런 그림은 전혀 보이지 않았습니다. 그런데 제가 어제 아침에 정원의 시계 위에서 이 종이를 발견하고 엘시에게 보여 줬더니 그녀는 그만 기절하고 말았습니다. 그때부터 아내는 두려움이 가득한 눈빛으로 마치 꿈꾸는 사람처럼 멍하게 지내고 있습니다. 그래서 선생님에게 편지를 쓰고 그 그림을 보낸 겁니다. 이런 건 경찰에 알려봐야 아무런 소용도 없고 그저 비웃음거리가 될 뿐이겠죠. 홈즈 선생님이라면 어떻게 해야 좋을지 가르쳐 주시겠지요? 저는 부자는 아니지만 사랑하는 아내를 위협하는 일이 생긴다면 가진 재산을 다 털어서라도 지킬 겁니다.”

멋진 남자였다. 마음씨가 단순하고 올곧으며 부드러웠다. 순수하며 크고 파란 눈, 옹졸함은 전혀 없는 단정한 얼굴이야말로 영국인 중의 영국인이라고 할 수 있을 것이다. 그의 얼굴은 아내를 향한 믿음과 사랑으로 빛이 났다. 주의 깊게 듣던 홈즈는 이야기가 끝난 뒤에도 한동안 아무 말 없이 생각에 잠겨 있었다. 그가 드디어 입을 열었다.

“글쎄요, 큐빗 씨. 가장 좋은 방법은 당신이 아내에게 직접 부탁해서 비밀을 들어 보는 것이 아닐까요?”

“홈즈 선생님, 약속은 약속입니다. 말할 만했다면 엘시가 먼저 이야기를 꺼냈을 겁니다. 그럴 마음이 없는데 제가 억지로 말하게 할 수는 없습니다. 하지만 저도 제 나름대로 남편으로서 할 일을 한다면 문제될 게 없을 겁니다. 저는 그렇게 할 생각입니다.”

힐튼 큐빗이 크게 고개를 저으며 말했다.

"그렇다면 나도 기꺼이 돕겠습니다. 우선, 마을에서 낯선 사람을 봤다는 이야기를 들은 적은 없습니까?"

"네, 없습니다."

"아주 한적한 마을 같으니 새로운 사람이 나타나면 틀림없이 사람들 입에 오르내리겠죠?"

"마을에서 아주 가까운 곳이라면 그럴 겁니다. 하지만 마을에서 그리 멀리 떨어지지 않은 곳에 조그만 해수욕장이 몇 개 있어서 농가에서는 민박을 치기도 합니다."

"확실히 이 그림에는 어떤 의미가 담겨 있습니다. 마구잡이로 그린 것이라면 해석할 길이 없겠지만, 규칙이 숨어 있다면 의미를 밝혀낼 수 있을 겁니다. 하지만 이 정도로는 개수가 너무 적어서 도저히 규칙을 밝혀낼 수 없고, 당신의 이야기도 너무 막연해서 조사의 토대로 삼을 수가 없습니다. 그러니 일단 노퍽으로 돌아가서 주의 깊게 살펴보다가 춤추는 인형이 다시 나타나면 그것을 정확하게 베껴 두세요. 창틀에 분필로 그린 첫 그림을 물로 씻어 버린 건 정말 안타깝습니다. 그리고 마을에 낯선 사람이 나타나지 않았는지 주의 깊게 살펴보시고요. 그러다가 새로운 증거가 발견되면 그때 다시 오십시오. 힐튼 큐빗 씨, 지금 내가 드릴 수 있는 도움은 이 정도입니다. 만약 사태가 급변해서 긴급한 상황이 벌어진다면 언제라도 노퍽에 있는 저택으로 직접 달려가겠습니다."

손님이 돌아간 뒤 홈즈는 아주 깊은 생각에 잠겼다. 그리고 며칠 동안 그가 지갑에서 그 종이를 꺼내 기묘한 그림을 오랫동안 바라보는 모습을 몇 번이고 볼 수 있었다. 하지만 이 사건에 대해서는 단 한마디도 꺼내는 법이 없었다. 그렇게 2주일 정도 지난 어느 날 오후, 그가 외출하려는 나를 불러 세웠다.

"여기 있는 게 좋겠네, 왓슨."

"왜?"

"오늘 아침에 힐튼 큐빗 씨가 전보를 보내 왔거든. 자네도 그 춤추는 인형을 보여 준 힐튼 큐빗 씨를 기억하겠지? 오후 1시 20분에 리버풀 가의 역에 도착한다고 했으니 곧 집으로 올 걸세. 전보를 보니 중요한 일이 일어난 듯하네."

우리는 오래 기다리지 않았다. 노픽의 지주는 역에서 바로 이륜마차를 잡아타고 달려왔다. 너무 걱정된 나머지 기분이 우울한 듯, 눈은 피곤해 보였으며 이마에는 주름이 잡혀 있었다. 팔걸이의자에 털썩 주저앉으며 그가 말했다.

"이번 사건이 점점 제 신경을 건드려서 피가 마를 지경입니다. 눈에 보이지도 않고 정체도 알 수 없는 녀석들이 어떤 음모를 꾸미고 우리를 둘러싸고 있다는 생각이 들어 견딜 수가 없습니다. 게다가 녀석들이 조금씩 좁혀 올수록 아내는 점점 죽어 가고 있으니 정말 생사람 잡을 노릇입니다. 아내는 점점 여위어 갑니다. 제 눈앞에서 나날이 쇠약해져 가고 있다고요."

"부인은 아직 아무 말도 하지 않았나요?"

"네. 말해야겠다고 생각한 적은 몇 번 있는 것 같은데 가엾게도 결심이 서지 않는 모양입니다. 저도 편안하게 이야기할 수 있도록 분위기를 만들어 보기도 했지만 방법이 좋지 않았는지 오히려 더 겁을 먹은 눈치더군요. 아내가 우리 집안의 내력, 노픽 주에서의 명성, 오점 없는 가문에 대한 자부심 등을 말할 때면 드디어 문제의 핵심에 접근할 수 있겠다는 생각이 드는데 어쩐 일인지 이야기는 그 부분에서 다른 곳으로 새고 맙니다."

"그렇다면 무엇인가 발견하셨군요."

"꽤 많은 것들을 찾아냈습니다. 선생님이 조사하시는 데 도움이 될 것 같아서 춤추는 인형 그림을 몇 장 가지고 왔지요. 한데 그것보다 더 중요한 사실은 제가 그 사람을 봤다는 겁니다."

"뭐라고요? 그걸 그린 사람을요?"

"그렇습니다. 그림을 그리고 있는 것을 봤습니다. 모든 일을 순서대로 말씀드리죠. 저번에 이곳을 방문하고 돌아간 다음 날, 춤추는 인형을 또 발견했습니다. 잔디밭 옆에는 집 정면의 창에서 아주 잘 보이는 창고가 있습니다. 도구를 넣어 두는 곳이죠. 그런데 그 창고의 검은 나무 문에 분필로 그려져 있었습니다. 그것을 똑같이 옮겨 적은 것입니다."

그가 접혀 있던 종이를 펴서 탁자 위에 올려놓았다. 그 그림문자는 다음과 같았다.

"대단하군! 정말 대단해! 자, 계속해 보세요."

홈즈가 말했다.

"베끼고 나서 그 그림은 바로 지워 버렸습니다. 그런데 이틀 뒤에 또 새로운 그림이 나타나지 않았겠습니까? 바로 이겁니다."

홈즈는 두 손을 비비며 기쁘다는 듯이 웃었다.

"자료가 점점 늘어나는군."

"그로부터 사흘 뒤, 이번에는 정원의 해시계 위에 돌로 눌러 놓은 종이쪽지가 발견됐습니다. 이게 그겁니다. 보시다시피 방금 전 것과 같은 종이입니다. 그래서 저는 잠복하기로 결심했습니다. 권총을 꺼내 들고 잔디밭과 정원을 한눈에 내려다볼 수 있는 서재의 창가에 앉아서 밤을 새웠습니다. 그날 밤 2시쯤, 달빛이 쏟아지는 곳만 빼면 전부 어둠에 잠겨 있었습니다. 가만히 앉아 있자니 발걸음 소리가 들렸습니다. 그곳으로 시선을 돌려보니 실내복을 걸친 아내가 서 있었습니다. 아내는 저에게 그만 자라고 했지만 저는 이런 이상하고 나쁜 짓을 하는 것이 누구인지 밝혀내려 한다고 솔직하게 털어놓았습니다. 그러자 아내는 의미 없는 장난이니 신경 쓸 것 없다고 하더군요.

'힐튼, 이번 일이 그렇게 마음에 걸리면 둘이서 여행이라도 떠나요. 그러면 이런 불쾌한 마음도 사라질 거예요.'

'뭐라고? 이런 악질적인 장난을 하는 녀석 때문에 집을 비우자는 말이오? 그럴 수는 없소. 노퍽 주의 비웃음거리가 되고 말 거요.'

제가 말했습니다.

'어쨌든 이제 자요. 이야기는 내일 아침에라도 할 수 있으니까요.'

아내가 말했습니다. 이렇게 말하는 아내의 하얀 얼굴이 달빛 속에서 더욱 하얗게 변했으며, 내 어깨에 얹은 손에 힘이 들어가는 것을 느낄 수 있었습니다. 그때 창고 근처에서 무엇인가가 움직이고 있었습니다. 검은 사람의 그림자가 엉금엉금 기듯 창고 모퉁이를 살짝 돌아 나와 문 앞에 웅크렸습니다. 제가 권총을 들고 뛰어나가려 하는데 아내가 두 손으로 매달려 엄청난 힘으로 저를 말렸습니다. 저는 아내의 손을 뿌리치

려 했지만 아내는 죽을힘을 다해서 매달리더군요. 간신히 아내를 뿌리치기는 했지만 서재의 문을 열고 창고 앞으로 달려갔을 때 상대는 이미 모습을 감춘 뒤였습니다. 하지만 그곳에 누군가 있었던 흔적은 뚜렷하게 남아 있었습니다. 아까 보여 드린 두 그림과 똑같은 것이 이번에는 문 위에 그려져 있지 뭡니까. 정원을 샅샅이 살펴보았지만, 다른 곳에 사람이 들어온 흔적은 없었습니다. 그런데 놀랍게도 제가 정원을 둘러보는 동안에도 녀석은 죽 정원 한 구석에 숨어 있었던 모양입니다. 이튿날 아침, 제가 다시 그 문 앞을 살펴보니 전날 밤에 본 인형 그림에 이어서 새로운 인형이 더 그려져 있었습니다."

"그 새로운 그림도 가지고 오셨나요?"

"네, 아주 짧은 것인데 베껴 왔습니다. 여기 있습니다."

그는 종이 한 장을 더 꺼냈다. 새로운 춤추는 인형은 다음과 같은 형상을 하고 있었다.

"잠깐, 한 가지 물어볼 게 있습니다. 이건 전의 그림과 이어진 것처럼 보였습니까? 아니면 전혀 새로운 것처럼 보였습니까?"

홈즈가 말했다. 눈을 보고 그가 매우 흥분했음을 알 수 있었다.

"서로 다른 판자에 그려 놓았습니다."

"역시! 이건 사건을 해결하는 데 가장 중요한 사실입니다. 커다란 희망이 보이기 시작했어요. 힐튼 큐빗 씨, 아주 흥미로운 이야기를 계속해 주세요."

"그날 밤 범인을 잡을 기회를 눈앞에 두고 저를 말린 아내에게 화를 냈다는 것 말고는 딱히 더 말씀드릴 것이 없습니다. 아내는 제가 다치기라도 하면 안 된다고 생각해서 말렸다고 했습니다. 하지만 그때 아내가 진심으로 걱정한 것은 제가 아니라 그 범인이 아니었을까 하는 생각이 문득 머리를 스치고 지나갔습니다. 그렇게 생각한 이유는, 아내는 그 녀석의 정체와 이 기묘한 기호의 의미를 안다는 느낌이 들었기 때문입니다. 하지만 아내의 목소리를 듣고 눈빛을 보니 그런 의심은 한순간에 사라졌습니다. 그래서 지금은 역시 아내는 저를 걱정했다고 생각합니다. 이것이 전부입니다. 이번에는 제가 어떻게 해야 좋을지 선생님의 의견을 들려주십시오. 저는 정원 나무 밑에 농장의 장정 몇 명을 세워 두었다가 녀석이 다시 나타나면 가죽 채찍으로 후려쳐 두 번 다시 우리의 평화를 해치지 못하도록 할 작정입니다."

"아니, 이번 사건은 아주 복잡해서 그렇게 간단한 대책으로는 해결할 수 없을 겁니다. 언제까지 런던에 머물 생각이시죠?"

홈즈가 물었다.

"오늘 돌아가야 합니다. 무슨 일이 있어도 아내를 밤에 혼자 내버려 둘 수는 없습니다. 신경이 매우 날카로워져서 오늘 꼭 돌아와 달라고 애원했으니까요."

"그렇다면 돌아가시는 게 좋겠군요. 만약 더 머무실 수 있다면 나도 내일이나 모레쯤에는 함께 갈 수 있을 텐데. 어쨌든 이 종이는 여기 놓고 가세요. 며칠 안으로 댁을 방문해 사건을 해결할 수 있는 방책을 세워 보도록 하지요."

셜록 홈즈는 손님이 돌아갈 때까지 특유의 냉정한 직업적 태도를 유지했다. 하지만 그를 잘 아는 나는 그가 몹시 흥분했다는 것을 알 수 있었다. 친구는 힐튼 큐빗의 넓은 어깨가 문 밖으로 사라지자마자 탁자 쪽으로 달려가 춤추는 인형이 그려진 종이를 전부 눈앞에 늘어놓고 복잡하고 어려운 계산을 하기 시작했다. 그로부터 두 시간 동안, 나는 친구가 너무 일에 열중한 나머지 내가 옆에 있다는 사실도 잊은 채 여러 장의 종이에 글자와 숫자를 채워 가는 모습을 지켜보았다. 어떤 때는 잘 풀리는지 휘파람을 불고 노래를 흥얼거렸지만 때로는 생각이 막힌 듯 이마를 찌푸린 채 멍한 눈빛으로 오랫동안 꼼짝도 하지 않았다. 그러다 드디어 만족스러운 소리를 지르며 의자에서 일어나 손을 비비며 방 안을 오가기 시작했다. 그러다 전보 용지에 긴 전문을 썼다.

"왓슨, 만약 이 전문의 답이 내 생각과 같다면 자네는 재미있는 사건 기록을 하나 더 추가할 수 있을 거야. 내일 노퍽으로 가서 그 사람이 걱정하고 있는 일의 비밀을 풀 수 있는 결정적인 정보를 주자고."

솔직히 말하자면 이때 나는 호기심으로 가득 했지만, 내가 아는 홈즈는 자신이 밝히고 싶을 때 자신이 좋아하는 방식으로만 이야기를 털어놓았으므로 그때까지 묻지 않고 기다리기로 했다.

하지만 전보에 대한 답장이 늦어져 이틀이나 초조하게 기다려야 했다. 그동안 홈즈는 초인종이 울릴 때마다 신경을 곤두세우곤 했다. 이틀째 되던 날 저녁, 힐튼 큐빗이 편지를 보냈다. 오늘 아침에 해시계 위에서 긴 그림문자를 발견한 것만 빼면 특별한 이상이 없다는 내용이었다. 옮겨 적은 그림문자가 동봉되어 있었는데 다음과 같았다.

몇 분 동안 이 기괴한 그림을 들여다보던 홈즈가 갑자기 놀람의 고함을 지르며 자리에서 벌떡 일어섰다. 얼굴에는 불안한 빛이 가득했다.

"이 사건을 너무 지켜보고만 있었던 것 같아. 아직도 노스 월섬으로 가는 기차가 있을까?"

시간표를 살펴보니 이미 막차가 출발한 다음이었다.

"그럼 내일 아침 일찍 식사를 하고 첫차로 가세. 서둘러야 해. 아, 기다리던 해외 전보가 왔군. 잠깐만 기다려 주세요, 허드슨 부인. 답장을 써야 될지도 모르니까. 됐어요. 답장은 필요 없어요. 모든 게 내가 생각했던 대로야. 그렇다면 더욱 빨리 힐튼 큐빗에게 사건의 정체를 알릴 필요가 있어. 그 순진한 노퍽의 지주는 지금 위험하기 짝이 없는 음모에 휩싸여 있네."

홈즈가 말한 모든 것이 사실 그대로였다. 처음에 어린아이 장난처럼 보이던 사건은 마침내 어두운 결말을 맞이하고 말았다. 그 일을 생각할 때면 아직도 그때의 놀라움과 두려움이 선명하게 떠오른다. 독자 여러분에게는 좀 더 밝은 내용을 전달하고 싶지만 이것은 사실을 기록하는 것이니 어쩔 수가 없다. 당시 이 사건 때문에 리들링 소프 저택의 이름이 영국 전역에 떠들썩하게 알려졌고 며칠 동안이나 사람들의 입에 오르내렸다. 나는 그 기묘한 사건의 암담한 결말에 이르는 과정을 철저하게 기록할 것이다.

우리가 노스 월섬에 도착해서 목적지에 이르는 길을 사람에게 묻는 순간, 역장이 허겁지겁 달려와 이렇게 말했다.

"런던에서 오신 탐정이시죠?"

홈즈의 얼굴에는 당황하는 빛이 역력했다.

"그걸 어떻게 알고 있습니까?"

"지금 막 노리치의 마틴 경위가 이곳을 지나갔습니다. 이쪽 선생님은 혹시 외과 의사이십니까? 부인은 아직 죽지 않았습니다. 조금 전에 들은 이야기에 따르면 그녀는 아직 살아 있다고 하더군요. 선생님이 서둘러 가시면 부인을 살릴 수 있을지도 모릅니다. 그래도 결국에는 교수형을 당하겠지만."

홈즈의 얼굴에 불안한 빛이 스치고 지나갔다. 그가 말했다.

"지금 리들링 소프 저택에 가려고 하는데 그곳에서 무슨 일이 있었는지 아직 아무것도 들은 게 없습니다."

"정말 끔찍한 사건입니다. 두 사람 모두 총에 맞았습니다. 힐튼 큐빗 씨와 부인 둘 다요! 하인들이 말하기를, 부인이 남편을 쏘고 그 다음에 자기를 쏘았다고 하더군요. 힐튼 씨는 돌아가셨고 부인도 거의 가망이 없다고 합니다. 노퍽 주 최고의 명문가에서 도대체 왜 이런 일이 일어났을까요?"

역장이 말했다. 홈즈는 아무 대꾸 없이 마차 쪽으로 서둘러 달려갔다. 마차를 타고 11킬로미터나 되는 먼 길을 가는 동안에도 전혀 입을 열지 않았다. 홈즈가 이처럼 낙담해 있는 것은 드문 일이었다. 런던에서 기차를 타고 오는 동안에도 계속 안절부절못하고 불안한 모습으로 조간을 주의 깊게 읽고 있었는데, 지금 여기에 와서 그가 가장 우려하던 일이 벌어졌다는 사실을 알고 완전히 상심한 듯했다. 그는 좌석 깊이 몸을 묻고 앉아 우울한 듯 생각에 잠겨 있었다. 마차가 영국에서도 보기 드문 전원 지대를 달리고 있었기 때문에 우리 주위에는 흥미로운 것들이 헤아릴 수도 없이 많았다. 띄엄띄엄 서 있는 시골집들은 비유적으로 이 지역의 인구가 적음을 보여 주었지만 가는 곳마다 푸른 들판 여기저기에 교회의 거대한 탑이 솟아 있어 노퍽과 서퍽 주를 지배하던 옛 이스트 앵글리아 왕국의 영광과 번영을 알 수 있었다. 곧 노퍽 해안의 나무들 위로 북해가 보랏빛 수면을 조금 드러내자 마부는 채찍을 들어 나무 사이로 보이는 벽돌과 목재로 만들어진 오래된 저택 두 채를 가리키며 말했다.

"저기가 리들링 소프 저택입니다."

기둥이 늘어선 복도와 연결된 현관 앞에 마차가 도착했다. 정면에 잔디가 깔린 테니스 코트가 있었고 그 옆에 이미 우리와 묘한 관계를 맺은 검은 창고와 받침대가 있는 해시계가 있었다. 체구가 날렵하고 다부지며, 복장이 깔끔하고, 콧수염에 기름을 바른 사내가 높다란 이륜마차에서 막 내리던 참이었다. 자신을 노퍽 경찰서의 마틴 경위라고 소개한 남자는 내 친구의 이름을 듣더니 매우 놀랐다는 표정을 지었다.

"아니, 홈즈 선생님! 범행은 오늘 새벽 3시에 일어났습니다! 어떻게 런던에서 그 소식을 듣고 저와 같은 시간에 현장으로 달려오신 겁니까?"

"나는 일이 이렇게 될 줄 알고 사전에 막아 볼 요량으로 이렇게 달려왔습니다."

"그렇다면 우리가 알지 못하는 중요한 증거라도 갖고 있다는 말입니까? 두 사람은 아주 금슬 좋은 부부였다고 하던데요."

"내가 가지고 있는 증거는 춤추는 인형뿐입니다. 그것은 잠시 뒤에 설명하지요. 어쨌든 비극은 이미 일어나 버렸으니 나는 그저 알고 있는 사실들을 동원해서 법이 올바로 집행되기를 바랄 따름입니다. 그럼 경위와 함께 수사할까요, 아니면 따로 할까요?"

"선생님과 함께 일할 수 있다니 영광입니다."

경위가 진심을 담아 말했다.

"그럼 한시라도 빨리 증인들의 이야기를 들어 보고 저택 안을 조사하겠습니다."

마틴 경위는 꽤 이해심 많은 사람으로, 홈즈가 마음껏 조사를 하게 내버려 두고 자신은 그 결과를 주의 깊게 적는 것에 만족했다. 바로 그때, 마을의 외과 의사인 백발노인이 큐빗 부인의 방에서 내려와 부인의 상처가 깊기는 하지만 치명상은 아닌 것 같다고 말해 주었다. 총알이 앞이마를 뚫고 들어갔기 때문에 의식을 회복하려면 조금 시간이 걸릴 것 같다고도 말했다. 부인이 다른 사람이 쏜 총에 맞았는지 아니면 스스로 쏘았는지 묻는 질문에는 확실한 견해를 밝히지 않았다. 어쨌든 아주 가까이에서 발사된 총알에 맞은 것만은 확실했다. 실내에서 발견된 권총은 한 자루밖에 없었으며, 그 권총의 탄창에는 총알 두 발이 비어 있었다. 힐튼 큐빗 씨는 심장에 총알을 맞았다. 두 사람의 중간쯤 되는 곳에 권총이 떨어져 있었기 때문에 큐빗 씨가 아내를 쏘고 스스로 목숨을 끊었다고도 볼 수 있었으며 반대로 아내가 총을 쏘았다는 설명도 가능했다. 홈즈가 물었다.

"큐빗 씨의 시신을 옮겼습니까?"

"부인은 옮겼지만 나머지는 그대로 두었습니다. 부상을 입고 바닥에 쓰러져 있는 사람을 그대로 내버려 둘 수는 없으니까요."

"의사 선생님은 언제 여기에 오셨나요?"

"4시쯤입니다."

"그 외에 다른 사람은?"

"이 경찰이 있었습니다."

"선생님이 손 대신 곳이 있습니까?"

"아니요, 없습니다."

"아주 신중하게 잘 행동하셨군요. 누가 선생님을 불렀죠?"

"손더스라는 하녀였습니다."

"그녀가 현장을 처음으로 목격했습니까?"

"네, 요리사인 킹 부인과 함께요."

"두 사람은 지금 어디 있습니까?"

"아마 부엌에 있을 겁니다."

떡갈나무 판자를 댄 벽에 높은 창이 있는 현관 옆의 고풍스러운 응접실이 취조실로 사용됐다. 수척하게 여윈 얼굴로 크고 고풍스러운 의자에 앉은 홈즈의 눈이 날카롭게 빛났다. 나는 그의 눈에서 도움을 주지 못한 의뢰인의 복수를 할 때까지는 목숨을 걸고서라도 이 사건을 조사하겠다는 굳은 결의를 읽었다. 그리고 말쑥한 차림의 마틴 경위, 새치가 섞인 수염을 기른 시골 의사, 나, 느긋한 마을 경찰이 이번 사건을 맡은 기묘한 수사진을 이루었다.

두 여자의 진술은 매우 명확했다. 둘 다 총소리를 듣고 잠에서 깨어났으며 1분쯤 뒤에 두 번째 소리가 들렸다고 했다. 두 사람은 서로 옆방을 쓰고 있었는데 킹 부인이 먼저 손더스의 방으로 뛰어들었다. 함께 계단을 내려가 보니 서재의 문이 열려 있었고 탁자 위에 있는 초에 불이 켜져 있었다. 주인은 방 한가운데 엎어져 있었는데 이미 숨이 끊어진 상태였고, 부인은 머리를 벽에 기댄 채 몸을 웅크리고 있었다. 큰 상처를 입은 듯 얼굴이 피로 빨갛게 물들어 있었다. 괴로운지 숨을 헐떡이고 있었지만 말은 할 수 없는 상태였다. 방뿐만 아니라 복도에도 연기와 화약 냄새가 가득 했다. 창문은 확실히 닫혀 있었으며 안쪽에서 걸

쇠를 걸어 놓은 상태였다. 이 점은 두 사람 모두 자신 있게 증언했다. 두 사람은 곧바로 의사와 경찰을 부르러 달려 나갔으며 마부와 그의 조수인 소년의 도움을 받아 부상당한 부인을 침실로 옮겼다. 부부 모두가 사건이 일어나기 전에 침대에 든 흔적이 남아 있었다. 부인은 평상복을 입고 있었지만 남편은 잠옷 위에 실내복을 걸치고 있었다. 서재의 물건에는 전혀 손을 대지 않았다. 두 사람이 알고 있는 한 주인 부부는 지금까지 단 한 번도 부부 싸움을 한 적이 없었다. 모든 사람들이 아주 금슬 좋은 부부라고 생각하고 있었다.

이상이 두 하녀가 증언하는 내용의 요점이었다. 마틴 경위의 질문에 대해서 두 사람은 모든 문이 안에서 잠겨 있었기 때문에 집 밖으로 도망간 사람은 결코 없을 것이라고 단언했다. 두 사람 모두 가장 위층에 있는 자신들의 방에서 나오는 순간부터 화약 냄새가 났다고 했다.

"이 사실에 주의할 필요가 있을 것 같군요. 그럼, 지금부터 실내를 철저하게 조사합시다."

홈즈가 경위에게 말했다. 서재는 그리 넓지 않았는데 벽 세 면에 책이 늘어서 있었으며 정원으로 향한 평범한 창문 쪽으로는 책상이 놓여 있었다. 처음 눈에 들어온 것은 바닥에 쓰러져 있는 불행한 지주의 큼직한 시체였다. 입고 있는 옷이 흐트러진 것으로 봐서 잠을 자다 급히 일어난 듯했다. 총알은 그의 정면에서 발사되었으며, 심장을 관통한 채 몸 안에 박혀 있었다. 아무 고통도 없이 즉사한 것임에 틀림없었다. 실내복과 손에는 화약의 흔적이 없었다. 마을 외과 의사의 말에 따르면 부인의 얼굴에 화약 흔적이 남아 있었지만 손에는 아무 흔적도 없다고 했다. 홈즈가 말했다.

"손에 조금이라도 화약 흔적이 있다면 모를까 없다면 아무 의미 없는 일입니다. 탄약통이 꼭 맞지 않아 화약이 뒤로 분출되는 경우가 아니라면 화약 흔적을 손에 남기지 않고 몇 발이고 쏠 수 있으니까요. 큐빗 씨의 시체는 이제 옮겨도 되겠습니다. 그런데 의사 선생님, 부인에게 상처를 입힌 총알은 아직 뽑아내지 않았겠지요?"

"그러려면 큰 수술을 해야 합니다. 아직 권총에는 총알이 네 발 남아 있습니다. 두 발이 발사되었고 상처가 두 개 남았다면 총알 숫자는 완벽하게 설명할 수 있지요."

"그렇다면 선생님은 저 창문틀에 명중한 총알도 설명해 주실 수 있습니까?"

홈즈는 이렇게 말하더니 갑자기 몸을 돌렸다. 그의 길고 가느다란 손가락이 아래쪽 창틀에서 2.5센티미터 정도 떨어진 곳에 뚫린 구멍을 가리켰다.

"아니, 이건! 어떻게 아셨습니까?"

경위가 외쳤다.

"찾고 있었거든요."

"정말 대단합니다! 말씀하신 그대로입니다. 그러니까 총알 세 발이 발사되었으니 제3의 인물이 있었다는 이야기가 되는군요. 그렇다면 그 사람은 대체 누구고 또 어떻게 도망을 쳤을까요?"

시골 의사의 물음에 홈즈가 답했다.

"바로 그것이 우리가 지금부터 풀어야 할 문제입니다. 마틴 경위, 하녀들은 방에서 나온 순간부터 화약 냄새가 났다고 말했지요. 내가 매우 중요한 일이라고 했는데 기억합니까?"

"네. 하지만 솔직히 아직도 그 의미를 잘 모르겠습니다."

"발포될 당시에 이 방의 문뿐만 아니라 창문도 열려 있었다는 뜻입니다. 그렇지 않고서는 화약 냄새가 그렇게 빨리 집 전체에 퍼질 리 없으니까요. 그러니까 이 방은 바람이 통하는 상태였지요. 문과 창문이 다열려 있던 시간은 매우 짧았을 테지만."

"그걸 어떻게 아십니까?"

"촛농이 흐르지 않고 촛불이 계속 타고 있었으니까요."

"대단해! 정말 대단해!"

경위가 외쳤다.

"이 비극이 일어났을 때 창이 열려 있었다면 이 사건에는 제3의 인물이 있고 그 사람이 창 밖에서 총을 쐈다고 생각했습니다. 그리고 실내에서도 그 사람을 향해 총을 쐈다면 총알이 창틀에 박혀 있을 가능성도 있다고 판단했죠. 그래서 찾아봤더니 아니나 다를까, 총알 자국이발견되었습니다."

"하지만 창문은 닫혀 있었고 걸쇠도 걸려 있지 않았습니까?"

"부인이 본능적으로 창문을 당고 걸쇠를 걸었을 겁니다. 앗! 이건 또 뭐지?"

홈즈가 발견한 것은 서재의 탁자 위에 놓여 있던 핸드백이었다. 악어 가죽으로 만들었고 은장식을 한 조그맣고 세련된 가방이었다. 홈즈가 핸드백을 열어 내용물을 끄집어냈다. 고무줄로 묶은 50파운드짜리 지폐가 20장 들어 있을 뿐이었다.

"이건 재판을 할 때 결정적인 증거가 된 테니 잘 챙겨 두세요."

홈즈가 핸드백과 지폐를 경위에게 넘겨준 뒤 다시 말을 이었다.

"그럼, 이번에는 세 번째 총알에 주목할 필요가 있습니다. 창틀에 남은 흔적으로 봐서 이건 틀림없이 실내에서 쏜 것이에요. 요리사인 킹 부인에게 다시 한 번 묻겠습니다. 부인은 커다란 총성을 듣고 잠에서 깨어났다고 했지요? 그건 두 번째 들려온 총성보다 더 컸다는 말인가요?"

"글쎄요. 그 소리를 듣고 잠에서 깨어난 것이라 꼭 그렇다고는 말씀드릴 수 없지만 어쨌든 굉장히 큰 소리였어요."

"혹시 두 발이 거의 동시에 발사된 소리라고는 생각하지 않습니까?"

"그 점은 정확하지가 않아요."

"나는 틀림없이 그랬을 거라고 생각합니다. 마틴 경위, 이 방에서 얻을 수 있는 단서는 이제 다 얻은 듯합니다. 괜찮으시다면 함께 정원으로 가시죠. 뭔가 새로운 증거가 있을지도 모르니까요."

서재의 창 밑에서부터 화단이 길게 이어져 있었는데 그곳으로 향하던 우리는 일제히 놀라지 않을 수 없었다. 화단은 짓밟혀 있었으며 부드러운 흙 위 여기저기에 발자국이 남아 있었다. 커다란 남자의 발자국

으로 끝부분이 이상할 정도로 길
고 뾰족했다. 홈즈는 총에 맞
아 떨어진 새를 찾는 사냥
개처럼 잔디와 나무 사이를
뒤지고 돌아다녔다. 그러다
곧 만족스러워하는 소리를
지르며 몸을 숙여 놋쇠로 만
든 조그만 원통을 주워들었다.

"역시, 생각한 대로야. 탄피 제
거 장치가 달린 권총을 사용했어. 바
로 이게 세 번째 총알의 탄약통입니다. 어떻게
된 사건인지 드디어 윤곽이 잡혔습니다, 마틴 경위."

홈즈가 말했다. 그의 신속한 수사에 시골 경위는 매우 놀란 표정이었
다. 처음에는 그도 자기 주장을 펼치고 싶어 하는 눈치였지만 지금은
탄복하며 홈즈가 이끄는 대로 어디든 따라가겠다는 자세를 보였다.

"홈즈 선생님, 누구를 의심하고 계십니까?"

경위가 물었다.

"그건 나중에 알려 드리죠. 이번 사건에서 아직 당신에게 설명하지
못한 점들이 몇 가지 있습니다. 어쨌든 여기까지 왔으니 우선은 지금처
럼 내 방법대로 수사를 한 뒤에 사건 전체를 한꺼번에 해명하는 게 가
장 좋을 것 같군요."

"선생님, 범인만 잡을 수 있다면 어떤 방법을 쓰셔도 상관없습니다."

"특별히 숨기려는 것은 아닙니다. 다만 서둘러 수사해야 하는데 복잡
한 설명을 오랫동안 할 시간이 없을 뿐이죠. 이 사건을 해결할 수 있는

단서는 전부 손에 넣었습니다. 불행하게도 부인이 이대로 의식을 회복하지 못한다 해도 어젯밤에 있었던 사건을 다시 한 번 구성해서 법이 올바로 집행되도록 할 수는 있습니다. 그 전에 한 가지 알고 싶은 게 있는데 이 부근에 '엘리지'라는 여관이 있습니까?"

사람들에게 물어봤지만 아무도 그런 이름을 몰랐다. 그런데 마구간에서 일하는 소년이 이스트 러스턴 쪽으로 몇 킬로미터쯤 가다 보면 그런 이름을 가진 농장 주인이 살고 있다는 사실을 떠올려 사건 해결에 빛을 던져 주었다.

"그 농장은 마을에서 떨어진 곳에 있니?"

"네, 아주 외진 곳입니다."

"그럼, 그곳 사람들은 어젯밤 이곳에서 있었던 일을 아직 모르겠지?"

"아마 그럴 거예요."

잠깐 생각에 잠겨 있던 홈즈의 얼굴에 묘한 웃음이 번지기 시작했다.

"얘야, 말을 좀 준비해 다오. 엘리지 농장으로 편지를 보내야겠다."

홈즈가 주머니에서 춤추는 인형이 그려진 종이를 꺼냈다. 그리고 그것을 눈앞에 펼쳐 놓더니 책상에서 한동안 무엇인가를 했다. 잠시 뒤, 편지 한 통을 소년에게 건네주며 그것을 이름이 적힌 사람에게 직접 전해 주고 그 사람이 어떤 질문을 해도 절대로 대답하지 말라고 주의를 주었다. 나는 봉투 겉면에 평소 홈즈의 단정한 글씨와는 달리 비뚤비뚤한 글씨로 '노퍽 주 러스턴 엘리지 농장, 에이브 슬레이니 씨 귀하'라고 받는 사람의 이름이 적혀 있는 것을 보았다.

"경위, 전보를 쳐서 호송 담당자를 불러 주시오. 내 생각대로라면 당신은 위험하기 짝이 없는 용의자를 교도소로 보낼 수 있을 테니까요. 전보는 이 편지를 전해 줄 소년에게 부탁하면 되겠지요. 왓슨, 오후에 런던으로 돌아가는 기차가 있으면 좋을 텐데. 아직 끝내지 못한 화학 분석을 끝내고 싶기도 하고, 이번 사건도 거의 해결된 것 같으니 말이야."

소년이 편지를 들고 출발하자 셜록 홈즈가 하인들에게 지시를 내렸다. 힐튼 큐빗 부인을 찾아오는 사람이 있으면 부인의 상태에 대해서는 아무 말도 하지 말고 바로 응접실로 안내하라고 했다. 그는 아주 신중하게 주의해 달라고 부탁했다. 그런 다음 그는 우리를 응접실로 데려가 당장은 더 이상 할 일이 없으니 앞으로 어떤 일이 일어날지 기다리는 동안 시간을 최대한 활용해야 한다고 말했다. 늙은 외과 의사는 다른 환자를 돌보기 위해 돌아갔고 경위와 나만 그 자리에 남아 있었다.

"지금부터 한 시간 정도 즐겁고 유익한 시간을 보낼 수 있을 겁니다."

의자를 탁자 쪽으로 끌어당긴 홈즈가 기묘한 몸짓의 춤추는 인형이 그려진 종이들을 그 앞에 펼쳐놓으며 말했다.

"왓슨, 자네의 억제하기 힘든 호기심을 오랫동안 채워 주지 못하고 내버려 둔 잘못을 이제 보상하겠네. 그리고 마틴 경위, 이번 사건은 앞으로 당신의 일에 좋은 참고가 될 겁니다. 우선은 힐튼 큐빗 씨가 베이커 가를 찾아왔던 그 흥미로운 상황부터 말하지요."

홈즈는 앞서 내가 기록한 사실들을 간단하게 경위에게 설명했다.

"바로 여기에 그 기묘한 작품들이 있는데, 이것이 끔찍한 비극의 전조라는 사실을 모른다면 다들 누구라도 그저 웃어넘길 장난으로 생각했을 겁니다. 나는 온갖 암호문의 형식에 대해 어느 정도 지식이 있고 그 문제를 주제로 한 짧은 논문을 쓰기도 했습니다. 그 논문에서 160종의 암호 기법을 분석했는데 솔직히 이번에 맡은 것은 아예 새로운 기법이었어요. 이 암호를 생각해 낸 사람들은, 이 기호에 어떤 메시지가 담겨 있다는 사실을 은폐하고 그저 어린아이의 낙서처럼 보이게 하고 싶었을 겁니다.

하지만 이 그림이 문자를 나타내고 있다는 사실을 알고 나니 온갖 형태의 암호문에 쓰이는 법칙을 적용해서 쉽게 해독할 수 있었습니다. 내가 처음으로 본 암호는 매우 짧아서 조금이나마 자신 있게 말할 수 있었던 것은 ⚘그림이 'E'를 나타낸다는 사실뿐이었습니다. 아시다시피 'E'는 영어 알파벳 중에서도 가장 많이 사용되는 눈에 띄는 글자입니다. 그러니 짧은 문장 속에서도 가장 많이 볼 수 있다고 생각해도 무방합니다. 처음 본 암호문은 15개의 기호로 구성되어 있었는데 그 안에 똑같은 기호가 네 개나 들어 있었으니 이것을 'E'라고 보는 것이 타당하겠지요. 같은 기호라 할지라도 손에 깃발을 들고 있는 것과 들고 있지 않은 것이 있는데, 깃발이 사이사이에 나타나는 것을 보아 이것은 한 단어가 끝났음을 나타내는 것이라고 생각했습니다. 이렇게 가정하고 이 ⚘ 'E'를 가리킨다고 판단했죠.

지금부터가 이번 연구에서 가장 어려운 부분이었습니다. 영어에서 'E' 다음으로 많이 쓰이는 문자의 순서를 밝히기란 결코 쉽지 않으니까요. 가령 인쇄물 한 페이지를 평균으로 잡고 그 순서를 정하더라도 짧은 한 문장 안에서는 그 순서가 뒤바뀌곤 합니다. 대체적으로 'T, A, O, I, N, S, H, R, D, L'의 순서로 나타나지만 'T, A, O, I'는 거의 같은 빈도로 사용되고 있고, 암호문에서 어떤 의미가 나올 때까지 하나하나 대조를 했다가는 밑도 끝도 없는 일이죠. 그래서 나는 새로운 재료가 손에 들어올 때까지 기다리기로 했습니다. 힐튼 큐빗 씨를 두 번째 만났을 때, 짧은 문장 두 개와 깃발이 없는 점으로 봐서 단어 하나로 추측되는 암호문을 새로 받았습니다. 이게 바로 그것입니다. 이 한 단어로 된 암호는 다섯 글자로 되어 있는데 그중에서 두 번째 글자와 네 번째 글자는 'E'라는 사실을 알고 있었어요. 이 단어는 예를 들자면, 'sever(끊다)', 'lever(지렛대)', 'never(결코 ~않다)'와 같은 단어일 겁니다. 이 암호가 어떤 요청에 대한 답변이라면 'never' 같은 단어가 사용될 가능성이 매우 높았습니다. 그리고 이번 사건의 정황들로 미루어 보면 큐빗 부인이 직접 썼을 확률도 아주 높아요. 이 가설이 옳다면 그림문자 𝍓 ㄴ ⼝ 는 각각 'N', 'V', 'R'을 나타낸다고 볼 수 있을 겁니다.

여기까지 왔지만 그래도 수많은 어려움이 남아 있었는데 문득 좋은 생각이 떠올라 다른 몇몇 문자들도 해독할 수 있었습니다. 만약 부인이 젊은 시절 친하게 지내던 사람이 보낸 것이라면 두 개의 'E' 사이에 글자 세 개가 들어 있는 단어는 부인의 이름인 'ELSIE'를 나타낸다고 생각한 거죠. 살펴보니 세 번째로 보낸 암호문의 끝에 있는 단어가 그런 구조로 되어 있더군요. 이것은 엘시에 대한 어떤 요청임에 틀림없었어요. 이렇게 해서 나는 'L', 'S', 'I'를 찾아냈습니다. 그렇다면 대체 어떤 요청이었을까? '엘시' 앞에 있는 단어는 겨우 네 글자이고 'E'로 끝났어요. 이 단어는 틀림없이 'come'일 겁니다. 네 글자 단어 중에서 'E'로 끝나는 단어를 전부 살펴봤는데 이런 경우에 해당되는 다른 단어는 찾을 수가 없었어요. 이렇게 해서 다시 'C', 'O', 'M'이라는 세 글자를 알아냈고 그것을 바탕으로 첫 번째 암호문 해독에 들어갔습니다. 우선 문장을 네 개로 나누고 아직 밝혀내지 못한 기호는 □로 표시했어요. 그랬더니 다음과 같이 되더군요.

□M □ERE □□E SL□NE□

이렇게 보니 첫 문자로 올 수 있는 건 'A'밖에 없었습니다. 그런데 그게 이 짧은 문장 안에 세 번이나 나오니 커다란 도움이 되는 발견이었지요. 그리고 두 번째 단어의 비어 있는 부분이 'H'라는 사실도 확실하게 알 수 있었어요. 결국 이런 문장이 됐지요.

AM HERE A☐E SLANE☐

여기에 사람 이름이라고 생각되는 단어의 빈칸에 글자를 넣어 보니 이렇게 되더군요.

AM HERE ABE SLANEY

'에이브 슬레이니가 여기에 왔다.'는 뜻이었습니다. 이렇게 많은 글자를 알아냈으니 두 번째 암호문은 자신감을 가지고 해독할 수 있었는데 내용은 다음과 같았습니다.

A☐ ELRI☐ES

여기에 조금 생각을 해서 빈칸에 'T'와 'G'를 넣어 보았지요. 그랬더니 '엘리지에서.'라는 문장이 나왔습니다. 이건 암호문을 쓴 사람이 묵고 있는 집이나 여관의 이름이라고 생각했습니다."

마틴 경위와 나는 이 어려운 문제를 완벽하게 풀어 낸 홈즈의 명쾌한 해명에 큰 흥미를 느끼며 빠져들었다. 경위가 물었다.

"그 다음에는 어떻게 하셨습니까?"

"에이브 슬레이니를 미국 사람이라고 생각할 만한 근거는 충분했습니다. 에이브는 아브라함이라는 이름의 미국식 약칭이고 이 모든 일의 시작이 미국에서 온 편지에서 비롯됐으니까요. 그리고 이 사건에 어떤 범죄의 비밀이 숨어 있다고 생각할 만한 이유도 여러 가지가 있습니다. 부인이 자신의 과거에 밝힐 수 없는 부분이 있다고 말한 점, 남편에게 그 비밀을 밝히려 하지 않았다는 점 등은 모두 내가 말한 사실을 증명하고 있습니다. 그래서 나는 뉴욕경찰국에 있는 친구 윌슨 하그리브에게 전보를 보냈습니다. 나는 그 친구에게 런던 범죄에 대해서 여러 차례 지혜를 빌려 준 적이 있거든요. 내가 전보로 에이브 슬레이니라는 사람을 아느냐고 물었더니 '시카고에서 가장 위험한 악한'이라는 답변이 왔습니다. 이 답장을 받은 날 밤, 힐튼 큐빗 씨가 보낸 마지막 암호문이 도착했어요. 내가 알고 있는 글자들을 넣어 보니 이런 문장이 나오더군요.

ELSIE □RE□ARE TO MEET THY GO□

빈 칸에 'P'와 'D'를 넣어 암호문을 완성해 보았습니다. 그랬더니 '엘시, 주님 곁으로 갈 각오를 해라.'라는 문장이 되더군요. 악한이 설득을 포기하고 협박하기 시작했다는 사실을 알게 됐습니다. 나는 시카고의 악한들이 어떤 녀석들인지 잘 알고 있었기 때문에 녀석이 바로 범행을 저지를지도 모른다고 생각했어요. 그래서 나는 바로 협력자이자 친구인 왓슨 박사와 함께 노픽으로 달려왔지만 불행하게도 이미 최악의 사태가 벌어진 다음이었습니다."

"선생님과 함께 사건을 맡게 되어서 영광입니다. 실례를 무릅쓰고 솔직하게 말씀드리자면, 선생님에게는 자신에 대한 책임만 있지만 제게는 상관에게 보고할 책임도 있습니다. 그 엘리지라는 사람의 집에 있는 에이브 슬레이니가 살인범이라면 저는 여기에 이렇게 한가하게 앉아 있을 시간이 없습니다. 이러는 사이에 그가 도망이라도 친다면 저는 매우 난처해지니까요."

마틴 경위가 매우 심각한 표정으로 말했다.

"걱정 마십시오. 도망갈 일은 없을 겁니다."

"그걸 어떻게 아십니까?"

"도망치면 범죄를 인정하는 꼴이 될 테니까요."

"그럼 체포하러 갑시다."

"조금만 더 기다리면 이리로 올 겁니다."

"그가 왜 여기로 오겠습니까?"

"편지를 써서 이리로 오라고 했거든요."

"설마, 농담은 아니겠지요? 선생님이 오라고 해서 녀석이 어슬렁어슬렁 나타날 거라고 생각하십니까? 오히려 눈치를 채고 도망가지 않겠습니까?"

"아니, 걱정 마세요. 편지를 조작하는 법은 잘 알고 있으니까요. 보십시오, 내가 잘못 보지 않았다면 지금 그 신사가 진입로에 들어서고 있지 않나요?"

홈즈의 말대로 어떤 남자가 현관으로 통하는 작은 길을 성큼성큼 걸어오는 것이 보였다. 키가 크고 가무잡잡한 피부에 잘생긴 남자로 거뭇거뭇 턱수염을 기르고 있었으며 코는 정력적으로 보이는 매부리코였다. 회색 플란넬로 만든 양복에 파나마모자를 쓴 채, 지팡이를 휘두르며 마치 자신의 집에 돌아온 사람처럼 당당하게 길을 걸어와서는 자신감에 넘친 태도로 벨을 울려 댔다.

"여러분, 문 뒤로 숨는 게 좋겠습니다. 저런 녀석을 상대할 때는 충분히 주의할 필요가 있으니까요. 마틴 경위, 수갑을 사용하시오. 녀석과는 내가 이야기하지요."

우리는 숨을 죽인 채 1분 정도 기다렸다. 영원히 잊을 수 없는 1분이라고 해도 좋을 것이다. 드디어 문이 열리고 남자가 안으로 들어섰다. 그 순간 홈즈가 남자의 머리에 권총을 가져다 댔고, 마틴 경위가 손목에 수갑을 채웠다. 이 모든 일이 순식간에 빈틈없이 일어났기 때문에 그는 사태를 파악하기도 전에 신체의 자유를 잃고 말았다. 남자는 부리부리한 검은 눈으로 우리를 차례차례 노려보더니 갑자기 커다란 소리로 웃기 시작했다.

"아, 이런. 이번에는 신사 나리들한테 내가 당했군. 이거 완전히 한 방먹었어. 하지만 나는 큐빗 부인이 편지로 불러서 왔다고. 설마 부인까지 한 패라고 말할 생각은 아니겠지? 나를 유인하는 데 부인이 도움을 준 건 아니겠지?"

"부인은 중상을 입어 사경을 헤매고 있다."

남자가 집안 전체가 울릴 정도로 커다란 소리로 비통하게 외쳤다.

"어떻게 그런 일이? 부상을 당한 건 남자지 그녀가 아니야. 내가 사랑스러운 엘시에게 상처를 입혔을 거 같아? 아, 주여, 용서하소서! 하지만 나는 사랑스러운 그녀의 털끝 하나 건드리지 않았다고. 지금 한 헛소리빨리 취소해! 엘시가 상처를 입었다는 건 거짓말이지?"

남자가 미친 듯이 소리쳤다.

"부인은 중상을 입고 죽은 남편 옆에 쓰러져 있었다."

남자는 굵직한 신음 소리와 함께 긴 의자에 앉아 수갑 찬 두 손에 얼굴을 묻었다. 5분 정도 아무런 말도 하지 않다가 드디어 얼굴을 들어 말을 하기 시작했다. 심한 절망에 빠져 있는 그의 목소리는 오히려 차분하게 들릴 정도였다.

"당신들에게 사실을 숨길 생각은 없어. 내가 그를 쏘기는 했지만 그도 나를 쐈다고. 그러니까 이건 살인이라고 할 수 없어. 그리고 내가 그녀를 쐈다고 생각한다면 그건 그녀와 내가 어떤 사이인지 모르기 때문이야. 잘 들어. 이 세상에서 나보다 더 엘시를 사랑하는 사람은 없으니까. 내게는 그녀를 차지할 권리가 있어. 그녀는 몇 년 전에 나와 결혼하겠다고 맹세했어. 그런데 그런 우리 사이에 그 영국 놈이 끼어든 거야. 나는 그녀의 남편이 될 우선권을 가지고 있었어! 나는 그저 그 권리를 주장했던 것뿐이야!"

"그녀는 네가 어떤 사람인지를 알았기 때문에 네 곁에서 달아난 거야. 네게서 도망치기 위해서 미국에서 벗어나 영국의 그 훌륭한 신사와  결혼한 거라고. 그런데 너는 그녀를 끈질기게 따라다녔지. 그녀의 생활을 엉망으로 만들어서, 그녀가 사랑하고 존경하는 남편을 버린 채 미워하고 원망하는 너와 함께 도망치도록 만들려 했어. 하지만 너는 결국 고귀한 남자를 죽게 만들었고 그의 아내를 자살로 내몰았다. 에이브 슬레이니, 이것이 이번 사건에서 네가 저지른 죄다. 너는 법에 따라서 죗값을 치러야 해."

홈즈가 엄격한 어조로 말했다.

"엘시가 죽는다면 난 어떻게 되든 상관없어."

이렇게 말한 미국인은 한쪽 손을 펴서 그 손바닥 안에 있던 꼬깃꼬깃한 종이를 바라보았다. 그러더니 의심스럽다는 눈빛으로 이렇게 외쳤다.

"그럼 이건 어떻게 된 거지? 설마 이런 것으로 나를 협박하려는 건 아니겠지? 엘시가 중상을 입었다면 이 편지는 대체 누가 쓴 거야?"

그가 편지를 탁자 위로 집어던졌다.

"내가 썼다. 너를 이쪽으로 불러들이려고."

"당신이? 춤추는 인형의 비밀은 우리 친구들 말고는 아무도 모른다고. 당신이 어떻게 이걸 쓸 수 있단 말이지?"

"만든 사람이 있으면 푸는 사람도 있는 법이지. 슬레이니, 곧 너를 노리치로 호송할 마차가 도착한다. 아직은 시간이 조금 있으니 네가 저지른 범죄에 대해서 다소나마 보상을 하도록. 지금 힐튼 큐빗 부인이 남편을 살해했다는 혐의를 받는다는 사실을 알고 있나? 내가 여기로 왔고, 운 좋게 내 지식이 도움이 됐으니 망정이지 그렇지 않았다면 부인은 지금쯤 살인죄로 고발당했을 거야. 남편의 비참한 죽음에 대해서 그녀는 직접적으로든 간접적으로든 아무런 책임도 없다는 사실을 세상에 확실하게 밝혀야 할 의무가 바로 너에게 있다."

홈즈가 말했다.

"그건 나도 바라는 바다. 이렇게 된 이상 나 자신을 위해서라도 있는 그대로의 진실을 밝히는 게 좋겠군."

미국인이 말했다.

"직무상 일단 말해 두겠는데, 지금의 증언이 너에게 불리하게 작용할 수도 있다."

경위가 영국 형법의 공정함을 나타내며 큰 소리로 말했고 슬레이니는 어깨를 움츠렸다.

"모든 걸 하늘에 맡겨야겠군. 가장 먼저 말해 두고 싶은 건, 나는 어렸을 때부터 그녀를 알고 있었다는 사실이야. 시카고에 우리 친구가 일곱 있는데 엘시의 아버지가 우리의 두목이었지. 그 패트릭이라는 사람은 정말 머리가 좋아서. 그 암호를 생각해 낸 사람도 두목이었는데 당신이 그 수수께끼를 풀지 못했다면 이 암호는 어린애 장난으로만 여겨졌을 거야. 엘시도 우리 일을 조금 배운 적이 있었지. 하지만 끝내 이런 일에 적응하지 못하더군. 그래서 조금 모아 둔 돈을 들고 우리 눈을 피해서 런던으로 도망친 거야. 그녀는 나와 결혼하기로 약속한 사이였어. 만약 내가 다른 직업을 가지고 있었다면 틀림없이 나와 결혼해 줬겠지. 하지만 무슨 일이 있어도 우리 같은 사람과는 관계하고 싶지 않은 모양이었다. 나는 엘시가 있는 곳을 알아냈지만 이미 엘시는 그 영국인과 결혼한 상태였지. 편지를 보냈지만 답장이 없었어. 영국으로 건너온 나는 편지로는 이야기가 안 될 것 같아서 그녀의 눈에 띌 만한 곳에 그 암호문을 남겼다.

내가 여기에 온 지도 벌써 한 달이 지났지만, 그 농장의 방을 빌린 덕분에 지금까지 아무에게도 들키지 않고 매일 밤 이 집을 드나들 수 있었어. 어떻게든 엘시를 이 집에서 나오게 하려고 여러 가지 방법을 써 봤지. 그녀가 내 암호문을 읽고 있다는 사실은 확실히 알 수 있었어. 한 번은 내가 쓴 암호문 밑에 그녀가 답한 적도 있었으니까. 그러다가 나는 더 이상 참을 수가 없어서 그녀를 협박하기 시작했어. 그녀는 제발 부탁이니 이곳에서 떠나 달라고 부탁하면서, 만약 좋지 않은 소문이라도 나서 남편에게 폐를 끼친다면 자신은 견딜 수 없을 만큼 괴로울 것이라는 편지를 보내왔지. 그 편지에는 내가 여기서 떠나 더 이상 자신을 괴롭히지 않겠다고 약속하면, 남편이 잠든 새벽 3시에 1층으로 내려가 가장 끝에 있는 창문 너머로 이야기를 나누겠다는 말도 적혀 있어. 그녀는 약속대로 1층으로 내려왔는데 돈을 들고 와서 그것을 줄테니 제발 떠나라고 했어. 나는 울컥 화가 치밀어서 그녀의 팔을 잡고 창밖으로 끌어내려 했지. 바로 그때 권총을 든 남편이 방 안으로 뛰어들었어. 엘시가 바닥에 쓰러지는 바람에 나는 그 녀석과 정면으로 마주보게 됐고. 나도 권총이 있어서 그것으로 겁을 주고 그 틈에 도망칠 생각으로 권총을 겨눴어. 상대편이 총을 쐈지만 내게 맞지는 않았다. 나도 그와 거의 동시에 방아쇠를 당겼는데 녀석이 쓰러지더군. 나는 정원을 가로질러 도망쳤는데 그때 뒤에서 창을 닫는 소리를 들었다. 이게 사건의 전말이야. 한마디의 거짓도 없는 사실이라고. 그리고 말을 타고 온 소년에게 편지를 받았고 여기에 와서 당신들에게 붙잡히기 전까지는 아무것도 모르고 있었지."

미국인이 이야기를 하고 있는 동안에 제복을 입은 경관 두 명이 탄호송용 마차가 도착했다. 자리에서 일어난 마틴 경위가 슬레이브의 어깨에 손을 얹었다.

"이젠 가야 할 시간이야."

"그전에 엘시를 볼 수 있을까?"

"안 돼. 부인은 의식을 잃었어. 셜록 홈즈 선생님, 만약 제가 중대한 사건을 맡게 되었을 때 다시 한 번 당신이 곁에 계신다면 그것보다 더 행복한 일도 없을 겁니다."

우리는 창가에 서서 마차가 사라져 가는 모습을 지켜보았다. 뒤돌아

보니 조금 전 슬레이니가 꼬깃꼬깃 접어 탁자 위로 내던진 종이가 눈에 들어왔다. 홈즈가 범인을 불러들인 그 편지였다.

"왓슨, 자네 이걸 읽을 수 있겠나?"

홈즈가 빙그레 웃으며 말했다. 거기에는 글자가 아닌 춤추는 인형이 다음과 같이 한 줄로 늘어서 있었다.

"내가 조금 전에 설명한 독해법을 여기에 적용해보면, 이게 'Come here at once(지금 여기로 와 줘).'라는 뜻임을 쉽게 알 수 있네. 나는 그 사람이 이 부름에 응하지 않을 리가 없다고 확신하고 있었지. 부인 말고 다른 사람이 이걸 썼으리라고는 꿈에도 생각지 못했을 테니까. 이 춤추는 인형은 언제나 나쁜 일에만 쓰였지만, 이번에는 범인을 잡는 데 썼으니 결국에는 좋은 일에 도움이 된 셈이지. 게다가 자네의 기록에 희귀한 사건을 더해 주겠다는 약속도 지킨 듯하네. 오후 3시 40분 기차가 있으니 저녁 식사 전에는 베이커 가로 돌아갈 수 있겠지?"

이야기를 마치기 전에 몇 마디 덧붙이겠다. 에이브 슬레이니는 겨울에 열린 노리치의 순회재판에서 사형을 선고받았다. 하지만 정상참작의 여지가 있고, 힐튼 큐빗이 먼저 권총을 쏘았다는 사실이 인정되어 나중에 징역형으로 감형되었다. 소문을 듣자하니 힐튼 큐빗 부인은 완전히 건강을 되찾았으며 여전히 홀몸으로 지내면서 오직 가난한 사람들을 돕고 세상을 떠난 남편의 유산을 관리하면서 살아가고 있다고 한다.

33) 셜록 홈즈 연구로 유명한 베어링굴드의 주석에 따르면, 네 번째 암호의 'V' 그림은 다섯 번째 암호의 'P' 그림과 같다. 이것은 다른 모든 판본에서도 똑같이 나타나는 오류이며 이 판본에서도 그렇다.

14
프라이머리 학교

　베이커 가에 있는 우리 집에는 홈즈를 찾아오는 여러 종류의 사람들이 마치 연극배우들처럼 극적으로 나타났다가 극적으로 사라지곤 했다. 하지만 소니크로프트 헉스터블 교장처럼 갑작스럽고 놀랍게 등장한 사람도 없었다. 허드슨 부인이 문학 박사며 철학 박사 등 학자로서의 명성을 다 적기에는 너무 작은 그의 명함을 우리에게 건네주었다. 우리가 명함을 받은 지 몇 초 지나지 않아 그 본인이 방 안으로 들어섰다. 그는 키가 매우 크고 중후하며 위엄 있어 보여서 무슨 일이 있어도 흔들리지 않을 사람처럼 보였다. 그런데 교장은 방 안으로 들어와 문을 닫고 비틀비틀 걷다가 탁자에 부딪혀 순식간에 그대로 넘어지고 말았다. 그러고는 난로 앞에 있는 곰 가죽 깔개 위에 커다랗게 엎어진 채 정신을 잃고 말았다.

　우리는 놀라 자리에서 일어났다. 너무 어이가 없어서 아주 잠깐 동안은 그저 그를 지켜보기만 했다. 마치 인생이라는 넓은 바다 저 먼 곳

에서 갑자기 폭풍우를 만나 버린 꼴사나운 난파선 같은 느낌이 들었다. 곧 홈즈가 그 사람의 머리 밑에 쿠션을 대 주었고 나는 브랜디를 입에 흘려 넣었다. 엄숙해 보이는 얼굴에는 깊은 주름이 몇 줄 새겨져 있었으며 눈 밑에는 검은 기미가 있었다. 그리고 벌어진 입술은 양쪽 끝이 늘어져 가엾은 인상을 주었고 둥글고 두툼한 턱에는 한동안 깎지도 못한 수염이 제멋대로 자라 있었다. 오랜 여행을 한 탓인지 셔츠와 목깃이 지저분했으며 머리는 빗질을 하지 않아 쑥대밭처럼 헝클어져 있었다. 무슨 이유에서인지는 몰라도 지금 우리 앞에 쓰러져 있는 사람은 완전히 기력을 잃은 상태였다.

"왓슨, 어떻게 된 거지?"

홈즈가 말했다.

"상당히 지쳤군. 오랫동안 아무것도 먹지 못한 데다 심한 피로가 겹친 것 같아."

내가 맥박을 짚으며 대답했다. 맥박이 아주 약했다. 홈즈가 교장의 시계 넣는 주머니에서 표를 꺼내 들고 말했다.

"북 잉글랜드 지방의 맥클턴에서 산 왕복표야. 아직 12시도 되지 않았는데 상당히 일찍 출발한 모양이군."

주름 진 눈꺼풀이 꿈틀꿈틀 움직이기 시작했다. 그러다가 눈을 번쩍 뜨더니 텅 빈 회색 눈으로 우리를 올려다보았다. 그는 당황한 듯 서둘러 일어났다. 창피한지 얼굴이 빨갛게 변했다.

"이런 모습을 보여서 정말 죄송합니다. 제가 너무 무리했나 봅니다. 우유와 비스킷을 조금 주시면 감사하겠습니다. 그걸 먹으면 틀림없이 정신을 차릴 겁니다. 사실은 선생님이 저와 함께 가 주셨으면 해서 이렇게 찾아뵈었습니다. 전보로는 일이 얼마나 급박한지 제대로 알릴 수 없을 것 같아서요."

"좀 더 기운을 회복하신 뒤에 말씀을 듣도록……."

"아니, 이제 괜찮습니다. 제가 왜 이렇게 허약해졌는지 저도 잘 모르겠습니다. 선생님, 제발 부탁이니 저와 함께 다음 기차를 타고 맥클턴에 가 주십시오."

홈즈는 고개를 가로로 흔들었다.

"여기 내 협력자인 왓슨 박사에게 물어보면 아시겠지만 우리는 지금 매우 바쁩니다. 훼레의 서류 사건도 해결해야 하고, 애버게베니 살인 사건의 재판도 곧 시작됩니다. 아주 중요한 일이 아니면 런던을 떠날 수가 없습니다."

손님이 두 손을 과장스럽게 흔들며 말했다.

"중요한 일이라고요? 선생님은 홀더네스 공작님의 외아들이 유괴당한 사건을 아직도 모르십니까?"

"뭐라고요? 전 수상인 홀더네스 공작 말입니까?"

"맞습니다. 우리는 그 사실이 신문에 알려지지 않도록 노력했지만 어제 석간 〈글로브〉에 그 기사가 짧게 실렸습니다. 그래서 저는 선생님도 그 소식을 들으셨으리라 생각했습니다."

홈즈는 길고 가느다란 팔을 뻗어 인명사전 중 'H' 항목이 실린 것을 뽑아들었다.

"'홀더네스. 제6대 공작, 가터 훈장 수여, 국왕에게 정치 문제를 자문하는 추밀원 고문관, 베벌리 남작과 칼스턴 백작 겸임.' 이거 정말 대단하군. 작위만 해도 엄청 많아. '1900년부터 핼람셔 주지사. 1888년 찰스 애플도어 경의 딸 에디스와 결혼. 상속인은 외아들 샐타이어 경. 영지는 약 25만 에이커. 그 외에도 랭커셔와 웨일스에 광산을 소유하고 있음. 주소는 웨일스 뱅거의 캐스턴 성, 또는 핼람셔의 홀더네스 저택, 또는 칼턴 하우스 테라스. 1872년 해군 장관 역임. 수상을 지낸 것은…….' 그래, 폐하께서 아끼는 귀족 중 한 사람인 것만은 분명하군."

"최고의, 아니 틀림없이 가장 부유한 귀족이기도 합니다. 저는 선생님이 자기 일에 큰 자부심을 가지고 있다는 사실, 사건을 해결하는 기쁨을 맛보기 위해서 일하는 분이라는 것을 잘 알고 있습니다. 하지만 굳이 말씀드리자면 공작님은 아드님의 소재를 알려 주는 사람에게는 5,000파운드를 주고, 유괴범의 이름을 알려 주는 사람에게는 1,000파운드를 더 얹어 주겠다고 말씀하셨습니다."

"정말이지 대귀족다운 말씀이군요. 왓슨, 헉스터블 박사와 함께 북 잉글랜드에 가 볼까? 그럼 헉스터블 박사님. 그 우유를 드시고 나서 언제 그 사건이 일어났는지, 사건이 어떻게 밝혀졌는지, 맥클턴 가까이에 있는 프라이어리 학교의 소니크로프트 헉스터블 박사는 이 사건과 어떤 관계가 있는지 말해 주십시오. 게다가 박사님의 수염을 보고 알았지만, 사건이 일어난 지 사흘이 지나서야 나 같은 사설 탐정에게 부탁하러 온 이유도 알려 주시죠."

우유와 비스킷을 먹은 헉스터블 박사의 눈에는 생기가 돌았으며 혈색도 좋아졌다. 조금 전과는 달리 힘 있는 어조로 설명을 시작했다.

"우선 프라이어리 학교는 사립 학교이며, 다름 아닌 바로 제가 창립자이자 교장을 맡고 있다는 사실을 말씀드리고 싶습니다.《헉스터블의 호라티우스 노트》라는 책 이름을 일러 드리면 혹시 저를 아실지도 모르겠습니다. 프라이어리 학교는 영국에서도 제일가는 학교라고 자부합니다. 레버스톡 경, 블랙워터 백작, 캐스카트 솜즈 경 등이 우리 학교를 믿고 각각 그 자제분들을 맡기셨을 정도이니까요. 한데 3주일 전, 홀더네스 공작이 비서인 제임스 와일더 씨를 보내 당신의 외아들이자 상속자인 열 살 된 샐타이어 경의 교육을 맡기겠다고 했습니다. 정말이지 그건 우리 학교 최고의 명예라고 생각했지요. 하지만 그 일이 제 일생을 엉망으로 만들어 버릴 줄은 꿈에도 생각지 못했습니다.

그 아드님은 5월 1일에 학교에 도착했습니다. 마침 여름 학기가 시작되는 날이었습니다. 샐타이어 경은 아주 귀여운 소년으로 금세 학교에 적응했습니다. 이런 상황에서 쓸데없이 사실을 숨겨 봤자 아무 의미도 없고, 밝힌다고 해도 비난받을 일은 아닌 것 같아서 솔직히 말씀드리겠습니다. 경은 가정에서 그리 행복하지 못했습니다. 홀더네스 공작과 부인 사이가 별로 좋지 않아서 결국에는 별거하게 되었고, 부인은 지금 프랑스 남부에서 살고 계십니다. 집안에 그런 슬픈 일이 벌어진 건 최근의 일인데 경은 어머니를 매우 그리워했다고 합니다. 부인이 홀더네스 저택을 떠난 다음부터 완전히 풀이 죽어 우울한 나날을 보냈지요.

그래서 공작은 아드님을 우리에게 보낸 것입니다. 학교에 와서 2주일 정도 지나자 샐타이어 경은 분위기에 완전히 적응한 듯 매우 행복해 보였습니다.

소년이 사라진 것은 5월 13일입니다. 지난 월요일 밤이었지요. 그의 방은 3층에 있는데 그곳에 가려면 다른 소년 둘이 잠자고 있는 커다란 방을 지나가야 합니다. 그 소년들은 아무 것도 못 보았고, 아무 소리도 못 들었다고 합니다. 그러니까 샐타이어 경이 그곳으로 나가지 않은 것만은 확실합니다. 창문은 열려 있었는데, 그곳에는 땅 밑에서 자라난 굵직한 담쟁이덩굴이 있습니다. 바닥에 발자국이 찍혀 있지는 않았지만 그곳이 생각할 수 있는 유일한 출구입니다.

소년이 없어졌다는 사실을 안 것은 화요일 오전 7시입니다. 침대에 누운 흔적이 남아 있었습니다. 교복인 검은 이튼 재킷[34]과 짙은 회색 바지를 차려입고 밖에 나간 듯합니다. 방에 누가 들어간 흔적도 없었고 비명 소리나 실랑이를 벌이는 소리도 전혀 없었습니다. 큰 방을 쓰고 있는 소년 중에서 나이가 많은 컨터라는 아이가 소리에 아주 민감한데 아무런 소리도 듣지 못했다고 하니 틀림없을 겁니다.

샐타이어 경이 사라진 것을 알고 저는 곧바로 학교의 모든 인원을 불러 모았습니다. 학생들, 선생님, 종업원 모두 말입니다. 그런데 샐타이어 경 혼자만 사라진 것이 아니었습니다. 하이데거라는 독일어 선생도 없었습니다. 하이데거 선생의 방도 3층으로 샐타이어 경의 방과 같은 쪽 가장 끝에 있습니다. 하이데거 선생의 침대에도 잠을 잔 흔적이 남아 있었지만 와이셔츠와 양말이 남아 있는 것을 보면 그는 제대로 채비

---

34) eton jacket. 영국 명문 학교인 이튼 학교식의 짧은 웃옷. 연미복과 비슷하나 꼬리가 없다.

도 갖추지 못하고 밖으로 나간 듯합니다. 창 밑 잔디밭에 발자국이 남아 있으니 그 선생도 창을 통해서 담쟁이덩굴을 타고 내려간 게 분명합니다. 선생의 자전거는 잔디밭 옆에 있는 조그만 창고에 두는데 그것도 같이 사라졌습니다.

하이데거 선생이 우리 학교에 온 지 2년이 지났습니다. 굉장한 분의 추천서를 들고 오기는 했지만 워낙 말이 없고 까다로운 성격이어서 다른 선생님이나 아이들 사이에서 그리 인기가 좋지는 않았습니다. 어쨌든 화요일 아침 이후로 지금까지 새롭게 알려진 사실은 없습니다. 오늘이 벌써 목요일인데 두 사람에 대한 단서는 아무것도 없습니다. 물론, 곧바로 홀더네스 공작 저택에 사람을 보내기는 했습니다. 집이 고적해야 학교에서 몇 킬로미터 떨어져 있으니 갑자기 집이 그리워져서 돌아갔을지도 모른다는 생각이 들었으니까요. 하지만 소년이 집에 왔던 흔적은 없었습니다. 공작님은 매우 상심하셨고 저도 걱정과 책임에 시달리다 보니 신경쇠약에 걸려 여기에 들어오자마자 그런 볼썽사나운 모습을 보인 것입니다. 이번 사건이야말로 선생님이 전력을 기울여서 조사하기에 적합한 사건입니다. 제발 부탁드립니다. 이렇게 커다란 사건은 평생 다시는 없을 겁니다."

셜록 홈즈는 불행한 교장의 말을 한마디도 놓치지 않으려 가만히 귀를 기울였다. 찌푸린 양 눈썹 사이에 깊은 주름이 잡혀 있는 모습은 말할 것도 없이 이번 사건에 주의력을 집중시키고 있음을 보여 주었다. 사건을 해결하면 받을 수 있는 커다란 보상이 문제가 아니라, 사건의 복잡하고 기묘한 부분이 그의 호기심을 강렬하게 자극한 것이 분명했다. 수첩을 꺼낸 홈즈는 잊어서는 안 된다는 듯이 한두 가지 내용을 적더니 준엄하게 말했다.

"좀 더 빨리 찾아오시지 그랬습니까. 이것은 큰 실수입니다. 그 바람에 나는 중요한 것들을 전부 잃은 상태에서 수사를 시작하게 생겼습니다. 가령, 담쟁이덩굴이나 잔디만 해도 전문가들이 보면 좀 더 많은 것들을 알아냈을 겁니다."

"그건 제 탓이 아닙니다. 공작 각하께서 이 일이 세상에 알려지지 않기를 바란다고 강력하게 주장하셨으니까요. 가정의 문제가 세상에 알려지는 것을 싫어하셨기 때문입니다. 각하께서는 그런 문제에 아주 예민하게 반응하십니다."

"그래도 경찰에서는 조사를 했겠지요?"

"그렇습니다. 하지만 실망만 더 커졌을 뿐입니다. 물론 단서가 될 만한 제보가 들어오기도 했습니다. 월요일 아침에 어떤 소년과 젊은 남자가 근처 역에서 기차를 타는 것을 본 사람이 있다고 하더군요. 그 둘을 따라서 리버풀까지 갔는데 어젯밤에 그 조사 결과가 도착했습니다. 그들은 전혀 다른 사람들이었다고 합니다. 불안과 절망 때문에 어젯밤에는 한숨도 잠을 잘 수가 없었습니다. 결국 아침 일찍 기차를 타고 바로 여기로 달려온 것입니다."

"그럼, 그 두 사람을 쫓는 동안 경찰에서는 수사를 소홀히 했겠군요."

"네, 거의 수사를 중단한 상태였습니다."

"그렇다면 사흘을 그냥 날려 버린 셈입니다. 정말 안타깝군요."

"저도 그렇게 생각합니다. 선생님 말씀이 맞습니다."

"그래도 어떻게든 사건은 해결해야겠지요. 기꺼이 돕겠습니다. 한 가지 물어볼 것이 있습니다. 행방불명된 소년과 독일어 교사 사이에 연결고리는 없습니까?"

"네, 전혀 없습니다."

"소년이 그 선생님의 수업을 듣지는 않았습니까?"

"아닙니다. 제가 알기로 두 사람은 서로 대화를 나눈 적도 없습니다."

"그것 참 이상하군요. 그럼, 그 소년도 자전거가 있습니까?"

"아니요."

"다른 자전거가 없어지지는 않았고요?"

"네."

"틀림없습니까?"

"틀림없습니다."

"알겠습니다. 설마 그 독일어 선생이 한밤중에 소년을 옆구리에 낀 채 자전거를 타고 사라졌다고 생각하지는 않겠지요?"

"물론 그런 생각은 한 적도 없습니다."

"그럼 자전거에 대해서는 어떻게 생각합니까?"

"우리를 혼란에 빠뜨리기 위한 속임수가 아니었을까요? 자전거는 어딘가에 숨겨 놓고 두 사람은 걸어서 도망친 것 같습니다."

"그럴지도 모르죠. 하지만 속임수라고 생각하기에는 너무 유치한 방법입니다. 창고 안에는 다른 자전거도 함께 있습니까?"

"몇 대 있습니다."

"자전거로 도망간 것처럼 보이고 싶었다면 자전거를 두 대 숨겨 두지 않았을까요?"

"그렇군요. 그 말이 맞는 것 같습니다."

"당연히 그랬을 겁니다. 그러니 속임수라고는 볼 수가 없군요. 하지만 이번 사건을 수사하기 위한 중요한 출발점인 것은 분명합니다. 자전거를 숨겼든 부수었든 그것은 그리 쉬운 일이 아니니까요. 다른 질문을 하나 더 하겠습니다. 소년이 모습을 감추기 전날, 혹시 그를 만나러 온 사람은 없었습니까?"

"없었습니다."

"그럼 편지가 온 적은?"

"한 통 왔습니다."

"누가 보낸 것입니까?"

"아버님이신 공작께서 보내셨습니다."

"아이들에게 온 편지를 열어 보시나요?"

"아니요."

"그렇다면 어떻게 공작이 보낸 편지라는 것을 아셨습니까?"

"봉투에 문장紋章이 찍혀 있었습니다. 그리고 글자도 공작님의 특징이 잘 드러난 반듯한 글자들이었고요. 무엇보다 공작님도 소년에게 편지 쓴 일을 기억하고 계십니다."

"그 이전에도 편지가 왔습니까?"

"며칠 동안 오지 않았습니다."

"프랑스에서도 편지가 오나요?"

"아니요, 한 번도 온 적이 없습니다."

"내가 왜 이런 질문을 하는지 물론 잘 알고 계시겠지요? 문제는 소년이 억지로 끌려 나갔느냐 아니면 자기 의지로 도망친 것이냐 하는 겁니다. 후자의 경우, 아직 어린 소년이 도망친 것이라면 누군가 밖에서 소년의 마음을 움직였을 겁니다. 만약 아무도 찾아오지 않았다면 편지로 마음을 움직였다고 봐야 합니다. 그래서 편지를 보낸 사람이 누구인지 물어본 것입니다."

"죄송하지만 그 일에 대해서는 도움을 드릴 수 없습니다. 제가 알기로 소년이 편지를 주고받은 사람은 아버님밖에 없으니까요."

"아버님은 소년이 사라지기 전날 편지를 보냈다고 했지요? 샐타이어 경은 아버님과 사이가 좋았습니까?"

교장이 긴장한 듯한 목소리로 말했다.

"공작님은 그 누구와도 친하게 지내는 분이 아닙니다. 그분은 훨씬 더 큰 사회 문제에 모든 관심을 쏟고 계시기 때문에 우리 같은 보통 사람들과는 감정이 조금 다릅니다. 그래도 샐타이어 경에게는 공작님 나름대로 다정한 모습을 보인 듯합니다."

"하지만 샐타이어 경은 어머님을 더 따랐지요?"

"그렇습니다."

"소년이 그런 말을 하던가요?"

"아니요."

"그럼, 공작이 말씀하셨습니까?"

"아뇨, 아닙니다."

"그럼 어떻게 아셨습니까?"

"공작님의 비서인 제임스 와일더 씨와 깊은 이야기를 나눈 적이 있습니다. 그때 샐타이어 경의 감정에 대해서도 들었습니다."

"그랬군요. 그렇다면 공작이 마지막으로 보낸 편지는 소년이 사라진 뒤에도 방에 남아 있었습니까?"

"아니요. 샐타이어 경이 그 편지를 들고 나간 것 같습니다. 홈즈 선생님, 지금 유스턴 역으로 가지 않으면 기차를 놓치고 맙니다."

"마차를 부를 테니 15분만 더 시간을 주십시오. 만약 전보를 보낼 생각이라면 아직도 리버풀이나 다른 곳에서 수사하고 있는 것처럼 보이는 편이 좋겠습니다. 그동안 나는 당신 뒤에 숨어서 수사를 진행하고 싶으니까요. 조금 시간이 지나기는 했지만 왓슨이나 나 같은 노련한 사냥개가 맡지 못할 만큼 냄새가 사라져 버리지는 않았을 겁니다."

그날 저녁, 우리는 헉스터블 박사가 창립한 유명한 학교가 있는 산악 지대에 도착했다. 상쾌하고 기분 좋은 곳이었다. 우리는 주위가 어두워진 뒤에야 학교에 다다랐다. 홀에 있는 탁자 위에 명함 한 장이 놓여 있었는데 우리를 맞으러 나온 집사가 교장의 귀에 대고 무엇인가 속삭이자 그렇지 않아도 기운 없어 보이던 교장이 불안한 표정으로 우리를 돌아보며 말했다.

"공작님이 오셨다고 합니다. 공작님과 비서인 와일더 씨가 서재에 계신답니다. 우선 가시죠. 여러분을 소개하겠습니다."

나는 사진을 통해서 예전부터 이 유명한 정치가의 얼굴을 잘 알고 있었다. 그런데 직접 만나 보니 사진과는 매우 달랐다. 키가 크고 당당한 풍채를 가진 사람으로 복장도 더할 나위 없이 단정했다. 길고 갸름

한 얼굴은 매우 까다로운 사람이라는 인상을 주었으며, 코가 이상할 정
도로 길게 휘어 있었다. 얼굴이 죽은 사람처럼 새하얗게 질려 있었기
때문에 하얀 조끼의 가슴 부분까지 길게 늘어진 새빨간 수염과 대조를
이뤄 한층 더 눈에 띄었다. 긴 수염 사이로는 시곗줄이 번쩍였다. 이렇
게 풍채가 당당한 사람이 헉스터블 박사 서재의 난로 앞에 깔아 놓은
카펫 한가운데 서서 방으로 들어선 우리를 가만히 바라보았다.

그 옆에 선 젊은 남자가 개인 비서인 와일더일 것이다. 그 젊은 남자
는 신경질적이고 민첩해 보였으며 체구는 크지 않았다. 그의 푸른 눈은
매우 영리해 보였고 눈치가 빠른 사람 같았다. 우리가 들어서자마자 와
일더가 날카롭고 또렷한 목소리로 말을 꺼냈다.

"헉스터블 박사님, 오늘 아침에 왔는데 이미 런던으로 떠나셨다고 하
더군요. 듣자하니 홈즈 씨에게 사건을 의뢰하러 가셨다던데, 그 이야기

를 듣고 각하께서 매우 놀라셨습니다. 공작 각하와 상의도 없이 그런 일을 하시다니요."

"경찰 수사가 무위로 끝났다는 말을 듣고……"

"공작 각하께서는 아직 경찰의 수사가 무위로 끝났다고 생각지 않으십니다."

"하지만, 와일더 씨……"

"헉스터블 박사님, 잘 아시다시피 각하께서는 이 사건이 세상에 알려지는 것을 매우 꺼리십니다. 꼭 필요한 사람들에게만 이 사건을 알리고 싶어 하신다는 말씀입니다."

당황한 기색이 역력한 교장이 황급히 말했다.

"죄송합니다. 이번 일은 없었던 것으로 하겠습니다. 내일 아침 기차로 홈즈 선생님을 런던으로 돌려보내겠습니다."

"그건 좀 어렵겠는데요, 박사님."

홈즈가 조용한 목소리로 말했다.

"이곳 북부 지방은 공기가 매우 상쾌해서 건강에 좋을 것 같으니 이삼 일 정도 여기에 묵어야겠습니다. 그리고 사건에 대해서도 생각해 볼 참입니다. 숙소는 여기여도 상관없고 마을 여관이어도 상관없습니다. 박사님이 정해 주시는 곳에서 묵지요."

가엾은 교장은 어떻게 해야 좋을지 몰라 망설이고 있었는데 붉은 수염을 기른 공작이 그를 구해 주었다. 그의 목소리는 식사를 알리는 징소리처럼 매우 컸다.

"헉스터블 박사, 나도 와일더의 의견에 동의하오. 나와 상의했으면 더 좋았을 것을. 하지만 홈즈 선생이 비밀을 알아 버렸으니 그의 도움을 받는 것도 나쁘진 않을 거요. 선생만 괜찮다면 우리 집에서 묵어도 상관없소."

"감사합니다, 각하. 하지만 조사하려면 사건이 일어난 곳에 머무는 것이 더 현명할 듯합니다."

"그럼 좋을 대로 하시오. 어쨌든 알고 싶은 게 있으면 나나 와일더에게 언제든지 물어보시구려."

"곧 저택을 방문해야 할 일이 생길 텐데, 그전에 지금 여쭙고 싶은 것이 있습니다. 아드님이 사라진 이 이상한 사건에 대해서 조금이라도 짐작 가는 부분이 있으십니까?"

홈즈가 말했다.

"아니, 전혀 없소."

"그럼, 무례한 질문을 드려서 각하를 불쾌하게 할지도 모르겠지만 수사를 위해서라면 어쩔 수 없으니 부디 양해를 바랍니다. 이번 사건이 공작 부인과 어떤 관계가 있다고 생각하십니까?"

이 질문에는 위대한 정치가도 조금 당황한 듯 잠시 망설이다가 대답했다.

"그렇지는 않을 거요."

"그렇다면, 일반적으로 봐서 돈을 노린 유괴범의 소행일 가능성이 매우 높습니다. 각하께 몸값을 요구한 사람은 없었습니까?"

"없었소."

"한 가지 더 여쭙겠습니다, 각하. 이번 사건이 일어나던 날, 아드님께 편지를 보내셨다고 들었습니다."

"아니, 내가 쓴 건 그 전날이었소."

"물론 그러셨을 겁니다. 하지만 샐타이어 경이 편지를 받은 건 바로 그날이었겠지요?"

"그럴 거요."

"그 편지에 샐타이어 경을 흥분하게 만들 만한, 혹은 스스로 모습을 감추게 할 만한 말을 쓰지는 않으셨습니까?"

"그런 내용은 쓰지 않았소."

"그 편지를 직접 부치셨습니까?"

공작이 대답을 하기 전에 비서 와일더가 조금 화난 목소리로 말했다.

"각하께서는 직접 편지를 부치시지 않습니다. 그 편지는 다른 편지와 함께 서재의 탁자 위에 놓여 있었습니다. 그걸 제가 부쳤습니다."

"편지들 속에 틀림없이 그 편지가 있었습니까?"

"제가 직접 봤으니 틀림없습니다."

"각하, 그날 편지를 몇 통이나 쓰셨습니까?"

"20통인가 30통 정도. 나는 늘 많은 편지를 써야 하오. 어쨌든 그 질문은 핵심에서 벗어난 것 같은데."

"그렇게 단언할 수는 없습니다."

홈즈가 말했다.

"어쨌든 경찰에는 남부 프랑스에 주목하라고 일러 두었소. 조금 전에도 말했듯이 부인이 이처럼 무례한 짓을 저질렀으리라고는 생각지 않소만, 그 아이가 자기 어머니를 지나치게 그리워한 나머지 잘못 생각했을지도 모를 일이오. 그래서 독일어 선생에게 도움을 얻었든지 부추김을 받든지 해서 프랑스로 달아났을 가능성도 없지는 않소. 헉스터블 박사, 나는 그만 집으로 돌아가겠소."

공작이 말했다. 홈즈는 더 묻고 싶어 하는 것 같았지만 귀족이 느닷없이 이런 태도를 취한다면 심문을 끝낼 수밖에 없었다. 공작은 선천적으로 귀족의 성격을 타고났으므로 자기 가정의 일을 타인과 이야기하는 것이 아주 불쾌했을 것이다. 그리고 홈즈의 질문이 점점 날카로워지고 있었기 때문에 남들에게 숨겨 두었던 공작 가의 비밀이 밝은 세상에 드러날까 봐 두려웠으리라.

홀더네스 공작이 비서를 데리고 나가자 홈즈는 바로 수사에 뛰어드는 열정을 보였다.

소년의 방을 주의 깊게 살펴보았지만 창으로 나간 것이 틀림없다는 사실만을 확인했을 뿐, 아무 소득도 없었다. 독일어 선생인 하이데거의 방과 소지품에서도 아무 단서가 나오지 않았다. 선생의 경우에는, 담쟁이덩굴에 선생의 몸무게에 짓눌린 흔적이 남아 있었으며 램프를 비춰가며 조사한 결과 잔디에 내려섰을 때 생긴 뒤꿈치 자국이 뚜렷하게 남아 있었다. 잔디에 찍힌 그 발자국이 수수께끼 같은 이번 사건의 유일한 증거였다.

그런 다음, 셜록 홈즈는 혼자서 밖으로 나갔다가 밤 11시가 넘어서야 집으로 돌아왔다. 그는 육지 측량부에서 작성한 이 부근의 커다란 지도를 들고 있었다. 그 지도를 내 방으로 가지고 들어와서는 침대 위에 펼쳐놓더니 한가운데에 램프를 올려놓았다. 그리고 담배를 피우며 말을 시작했다.

"왓슨, 이번 사건이 점점 마음에 들기 시작했네. 두어 가지 아주 재미있는 점이 있어. 자네도 이 부근의 지리를 한시 빨리 외워 두게나. 수사에 상당한 도움이 될 테니까.

지도를 보게. 검게 칠한 사각형이 프라이어리 학교야. 여기에 핀을 꽂아 두겠네. 그리고 이 선은 학교 앞을 동서로 가로지르는 대로일세. 그리고 학교를 중심으로 동서 1.5킬로미터 정도는 샛길이 없으니 길은 이것 하나뿐일세. 그러니 길을 따라 도망갔다면 이 길을 이용했겠지."

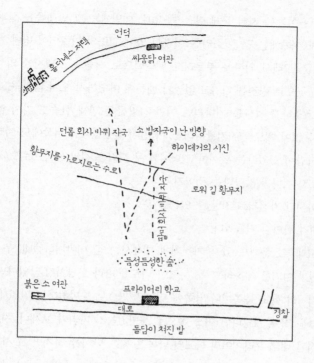

언덕

홀더네스 저택

싸움닭 여관

던롭 회사 바퀴 자국 소 발자국이 난 방향

하이데거의 시신

황무지를 가로지르는 수로

로워 길 황무지

듬성듬성한 숲

붉은 소 여관

프라이머리 학교

대로

경찰

돌담이 쳐진 밭

"그렇군."

"그런데 운 좋게도 그 문제가 일어났던 날 밤에 이 길을 지난 사람들을 어느 정도는 확인했다네. 이 지역 경찰 중 한 명이 지금 내가 파이프로 가리키고 있는 지점에서 그날 밤 12시에서 6시까지 보초를 섰다고 하더군. 보다시피 학교 앞 길을 동쪽으로 따라가다가 처음으로 만나게 되는 갈림길이야. 그 경찰의 말에 따르면 자기는 한시도 자리를 떠나지 않았는데 아이든 어른이든 간에 지나간 사람이 아무도 없었다는 거야. 조금 전에 그 경찰을 직접 만나고 왔는데 아주 믿을 만한 사람이었어.

그러니 이쪽은 전혀 문제 삼을 게 없네. 이번에는 그 반대쪽을 살펴봐야 해. 여기에는 '붉은 소'라는 여관이 있어. 그곳의 안주인이 병에 걸렸다더군. 그래서 의사를 부르려고 맥클턴으로 사람을 보냈지만 의사가 다른 곳으로 왕진을 나가고 없었기 때문에 아침까지 오지 않았다고 하네. 초조하게 의사를 기다리던 여관 사람들은 밤새 한숨도 자지 않고 쉴 새 없이 대로를 지켜봤다더군. 이 말이 틀림없다면 서쪽에도 지켜보는 사람이 있었다는 말이야. 그러니까 두 사람은 길의 동쪽으로도 서쪽으로도 지나지 않았다는 뜻이지."

"하지만 자전거로 지날 수 있는 곳은……."

내가 한마디 거들었다.

"그래, 그 문제도 있지. 자전거에 대해서는 곧 이야기하겠네. 우선은 하던 이야기를 계속하지. 두 사람이 대로를 따라 도망치지 않았다면 프라이어리 학교 북쪽이나 남쪽에 있는 들판으로 도망쳤다는 말일세. 틀림없을 거야. 그렇다면 어느 쪽으로 도망쳤는지 따라가 보세나. 지도에 표시된 대로 프라이어리 학교의 남쪽은 넓은 밭이야. 하지만 그 사이에는 돌담이 있지. 직접 가 보고 알았는데 거기로는 절대로 자전거를 타고 지날 수가 없다네. 따라서 남쪽으로 도망갔을 것이라는 생각은 버려도 좋아. 다음으로 북쪽을 살펴보세. 이쪽으로는 지도에 '듬성듬성한 숲'이라고 표시된 조그만 숲이 있어. 그 너머에 '로워 길 황무지'라고 적힌 넓고 평평한 황무지가 15킬로미터에 걸쳐서 펼쳐져 있다네. 다소 굴곡이 있기는 하지만 지대가 점점 높아지고 있어. 이 황무지 끝, 바로 여기에 홀더네스 저택이 있지. 도로를 따라 돌아가면 15킬로미터지만 황무지를 가로질러 가면 10킬로미터밖에 안 돼. 이 황무지는 유난히 황량한 평원일세. 두어 군데 농가에서 좁은 땅을 빌려 양이나 소를 기르고 있을 뿐이지. 그 밖에 체스터필드 대로에 이를 때까지는 물떼새나 도요 새만 살고 있어. 체스터필드 대로로 나가면 교회도 있고, 조그만 집도 두어 채 있고, 여관도 있네. 그리고 그 너머는 험한 언덕이지. 그러니까 우리들이 조사해야 할 곳은 북쪽일세."

내가 항변했다.

"하지만 자전거로 지날 수 있는 곳은……."

홈즈가 답답하다는 듯이 말했다.

"알아, 안다고! 하지만 자전거를 잘 타는 사람이라면 잘 뚫린 길이 아니어도 지나갈 수 있다네. 황무지에는 좁은 길이 여러 갈래로 나 있고 그날은 보름달이 떠 있었어. 아니? 이건 또 무슨 소리지?"

그 순간 문을 두드리는 소리가 들렸다. 그리고 뒤이어 헉스터블 박사가 방 안으로 들어왔다. 교장은 모자챙에 하얀 산 모양이 찍힌 파란 크리켓 모자를 들고 있었다. 헉스터블 박사가 기쁘다는 듯이 외쳤다.

"드디어 단서를 찾아냈어요! 오, 신이시여! 드디어 아이의 행방을 알아냈습니다. 이건 소년의 모자입니다!"

"어디서 발견했습니까?"

"화요일까지 황무지에서 야영했던 집시들의 짐차 속에서 나왔습니다. 경찰이 이 부근에서 어슬렁거리던 집시들의 행방을 찾고 있었는데 어제 그들을 발견했다고 합니다. 그리고 짐차를 조사해 봤더니 이게 나왔더랍니다."

"그래, 집시들은 뭐라고 했답니까?"

"둘러대기도 하고 거짓말을 하기도 했습니다. 화요일 아침에 황무지에서 주웠다고 하더군요. 녀석들은 틀림없이 소년이 있는 곳을 알 겁니다! 녀석들을 유치장에 가두었다고 하니 이제 됐습니다. 법의 힘을 두려워해서든 공작님의 재력으로든 녀석들은 알고 있는 사실을 다 털어놓을 겁니다."

헉스터블 박사가 방에서 나가자 홈즈가 말했다.

"그건 그렇고, 적어도 우리가 북쪽 황무지에 희망을 걸어 봄직하다는 내 추리가 옳다고 증명된 셈이군. 경찰은 집시를 잡아들였으니 사건을 해결할 수 있다고 생각하고 다른 수사를 진행하지 않을 걸세. 왓슨, 다시 한 번 지도를 보게나. 황무지에는 수로가 있어. 이 표시가 바로 그것일세. 홀더네스 저택과 프라이어리 학교 사이에는 습지가 특히 많아. 여기에 가면 어떤 흔적을 발견할 가능성이 아주 높네. 내일 아침 일찍 자네를 깨울 테니 우리 둘이서 이 수수께끼를 풀 수 있을지 어디 한번 도전해 보세."

이렇게 말하면서 홈즈는 빙그레 미소를 지어 보였다.

나는 어둠이 걷힌 직후에 눈을 떴다. 침대 옆에 서 있는 호리호리한 홈즈의 모습이 보였다. 그는 옷을 말끔히 차려 입고 있었을 뿐만 아니라 벌써 나갔다가 돌아온 듯했다.

"잔디밭과 자전거 창고를 살펴보고 왔어. 그리고 '듬성듬성한 숲'도 한 바퀴 둘러보았지. 자, 왓슨. 옆방에 코코아가 준비되어 있네. 우리 앞에 여러 가지 일들이 기다리고 있으니 서두르게나."

홈즈의 눈은 빛나고 있었으며, 뺨은 작업을 눈앞에 둔 예술가처럼 기쁨으로 붉게 물들어 있었다. 베이커 가에 있을 때와 전혀 다른 모습이었다. 런던 집에서는 언제나 깊은 생각에 잠겨 있어 얼굴이 창백했지만 오늘은 활기차고 생기 넘쳐 보였다. 그렇게 기운이 넘치는 홈즈의 모습을 올려다보면서 나도 오늘 열심히 해야겠다고 생각했다.

하지만 그날 우리를 기다리고 있는 것은 실망이었다. 우리는 양들이 수백 번이나 지나며 만든 적갈색 진흙이 깔린 황무지의 오솔길을 지나서 옅은 녹색을 띤 넓은 습지에 다다랐다. 만약 소년이 저택으로 돌아가려 했다면 홀더네스와 학교 사이의 그 습지를 반드시 지났을 것이다. 소년이 지나갔다면 반드시 흔적이 남아 있었을 터인데 아무리 찾아보아도 소년과 하이데거 선생이 지나간 흔적은 보이지 않았다. 홈즈는 습지를 열심히 둘러보고 이끼 긴 지면을 조사했는데 그의 얼굴도 점점 어두워졌다. 양들의 발자국은 헤아릴 수도 없이 많았고, 한 군데이긴 했지만 소 발자국도 있었다. 그러나 그것 말고는 아무 것도 찾아낼 수 없었다. 홈즈는 길이 구불구불 뻗어 있는 황무지를 힘없이 둘러보았다.

"이것으로 첫 번째 장소의 조사는 끝났네. 여기서부터 습지가 좁아지다가 저 건너편에서 다시 두 번째 습지가 펼쳐지네. 아니, 아니! 이건?"

좁고 검은 리본처럼 생긴 오솔길로 나서자 그 중앙에 있는 축축한 흙 위에 자전거 바퀴 자국이 뚜렷하게 남아 있었다.

"찾았어! 드디어 찾았다고!"

내가 큰 소리로 외쳤다.

그런데 홈즈가 고개를 가로로 저었다. 그뿐만 아니라 혼란스러운지 기뻐하기는커녕 오히려 당혹감이 서린 기묘한 표정을 지었다. 그가 말했다.

"자전거 자국임에는 분명하지만 그 자전거 자국이 아닐세. 나는 바퀴의 종류에 따라서 서로 다른 42종류의 자국이 생긴다는 사실을 알고 있네. 이건 던롭 회사에서 만든 제품이야. 하이데거 선생의 자전거 바퀴는 세로로 긴 줄무늬가 있는 팔머 회사 제품이고, 에이블링 수학 선생이 똑똑히 기억하고 있었다네. 그러니까 이건 하이데거 선생의 자전거 자국이 아니야."

"그럼, 소년의 것일까?"

"그 소년이 자전거를 타고 도망갔다면 그럴 수도 있겠지. 그런데 지금으로서는 그들이 어떻게 도망갔는지 전혀 알 수가 없단 말이야. 어쨌든 보다시피 이 자국은 프라이어리 학교 쪽에서 온 것일세."

"어쩌면 학교를 향해서 간 것일지도 모르지 않나?"

내가 말하자 홈즈가 강하게 부정했다.

"아니, 아닐세. 좀 더 깊이 파인 자국이 체중이 실리는 뒷바퀴 자국이야. 그런데 그 뒷바퀴 자국이 이렇게 얕은 앞바퀴 자국에 겹치기도 하고 그것을 지우기도 하지 않았나. 그러니까 틀림없이 학교 쪽에서 온 것일세. 이 바퀴 자국이 이번 수사와 관계가 있는지는 잘 모르겠지만 앞으로 나가기 전에 어디에서 왔는지 더듬어 가 보세."

우리는 그 자국을 따라서 거슬러 올라갔다. 200에서 300미터 정도 가니 축축한 땅이 끝나고 거기서부터 자국이 끊어져 있었다. 그 오솔길을 따라 가니 조그만 샘물이 졸졸 흐르는 곳이 나타났다. 거기서, 소 발자국에 거의 지워지기는 했지만, 다시 한 번 바퀴 자국을 발견했다. 그 앞에는 아무 것도 없었고 오솔길은 프라이어리 학교의 뒤쪽에 있는 '듬성듬성한 숲'까지 곧게 뻗어 있었다. 그러니 자전거는 그 숲에서 출발한 것이 틀림없었다. 홈즈는 거기에 있는 큰 바위에 앉아 두 손으로 턱을 받치고 생각에 잠겼다. 내가 담배 두 대를 다 피울 때까지 꼼짝도 하지 않았다.

"그래, 맞아. 교활한 녀석이라면 다른 자국을 남기려고 자전거 바퀴를 갈아 끼웠을 수도 있어. 그런 생각을 할 줄 아는 범인이라면 내가 상대하기에 부족함이 없는 적수지. 어쨌든 이 문제는 나중에 생각하기로 하고 다시 한 번 습지로 돌아가 보세. 아직 조사해야 할 곳이 많이 남아 있을 테니."

우리는 황무지의 축축한 흙이 있는 부분을 한 군데도 남김없이 샅샅이 뒤지고 돌아다녔다. 그리고 얼마 지나지 않아서 그 인내심이 커다란 열매를 맺었다. 습지의 낮은 부분을 똑바로 가로지르는 질퍽질퍽한 오솔길이 있었는데 그곳에 다가서자 홈즈가 환호성을 질렀다. 전선줄 다발 같은 흔적이 오솔길 중앙을 달려 내려가고 있었다. 팔머제 타이어 자국이었다. 홈즈가 만족스럽게 말했다.

"하이데거 선생의 자전거 자국이야. 틀림없어. 내 추리력도 꽤 쓸 만하지 않은가?"

"축하하네."

"하지만 아직 갈 길이 멀어. 오솔길을 밟지 말고 걷게나. 이 자국을 따라가 보세. 그렇게 멀리까지 따라갈 수는 없겠지만."

때로는 바퀴 자국이 사라지기도 했지만 이 부근에는 곳곳에 젖은 땅이 있어서 길 앞쪽에서 다시 자국이 나타나곤 했다. 홈즈가 말했다.

"여기서부터 하이데거 선생이 속력을 내기 시작했어. 왓슨, 알아볼 수 있겠나?"

"그걸 어떻게 알 수 있나?"

"저 자국을 잘 살펴보게. 앞뒤 자국이 전부 뚜렷하게 찍혀 있지? 그런데 두 개의 깊이가 거의 같아. 이건 속력을 내기 위해서 핸들 쪽에 체중을 실었기 때문이지. 앗! 여기서 넘어졌군!"

거기서부터 몇 미터 앞쪽으로, 양쪽으로 넓고 불규칙적으로 흔들린 바퀴 자국이 이어졌다. 그리고 발자국이 두어 개 찍혀 있었고 그 앞으로 다시 바퀴 자국이 이어졌다. 내가 말했다.

"옆으로 미끄러졌군."

홈즈가 꺾어진 채 짓밟힌 흔적이 있는 가시금작화 가지를 주워 올렸다. 놀랍게도 가시금작화의 노란 꽃이 붉게 물들어 있었다. 자세히 살펴보니 오솔길과 떨기나무 덤불 사이에도 검붉게 굳어 버린 피가 묻어 있었다. 홈즈가 외쳤다.

"맙소사, 왓슨, 조심하게! 쓸데없는 발자국을 남기면 안 돼! 어쨌든 여기에서 넘어졌다가 다시 일어나서 상처를 입은 채 자전거를 타고 앞으로 나갔어. 이 옆길에 있는 소 발자국 말고는 다른 사람의 발자국은 없구먼. 쇠뿔에 받히기라도 했을까? 그럴 리는 없겠지. 하지만 다른 발자국은 전혀 없어. 왓슨, 앞으로 더 가 보세. 피와 바퀴 자국을 따라가면 이번에는 절대로 놓치지 않을 거야."

조사는 그리 오래 계속되지 않았다. 바퀴 자국은 축축하게 젖어서 빛나고 있는 오솔길 위에서 이상한 곡선을 그리기 시작했다. 순간, 앞쪽에 있는 가시금작화의 무성한 수풀 속에서 빛나는 금속 같은 것이 눈에 들어왔다. 끌어내 보니 팔머제 타이어가 달린 자전거로 한쪽 페달이 휘어져 있었다. 그런데 더 끔찍하게도 자전거 앞부분은 완전히 피범벅이 되어 있었다. 주위를 둘러보니 수풀 반대편에 구두가 하나 삐져나와 있었다. 우리는 서둘러 그곳으로 달려갔다. 그런데 놀랍게도 거기에 자전거 주인이 쓰러져 있는 것이 아닌가? 키가 크고 턱수염을 덥수룩하게

기른 사내로, 쓰고 있던 안경의 한쪽 알이 빠져 있었다. 머리에 일격을 당해 죽은 듯 두개골까지 상처를 입은 상태였다. 이 정도로 다치고도 다시 자전거에 올라 얼마 동안 달릴 정도라면 체력도 좋고 담력이 보통이 아닌 사람이었을 것이다. 구두는 신었지만 양말은 신지 않았고 코트 단추를 채우지 않아서 그 밑에 잠옷을 입고 있는 것이 보였다. 틀림없이 그 독일어 선생 하이데거였다.

홈즈는 조심스럽게 시체를 뒤집어 면밀하게 조사했다. 그리고 자리에 앉아 한동안 가만히 생각에 잠겼다. 이마에 주름이 잡혀 있는 것을 보면, 이 끔찍한 시신의 발견은 사건 해결에 도움을 주기보다는 오히려 사건을 더욱 복잡하게 만들고 있음이 분명했다. 드디어 홈즈가 입을 열었다.

"지금부터 무엇을 해야 할지 결정하기가 어렵군. 마음 같아서는 이대로 조사를 계속하고 싶어. 이미 많은 시간을 허비했으니 더 이상 우물 쭈물할 수도 없고. 하지만 경찰에 알려서 이 가엾은 선생의 시신을 옮겨 주고 싶단 말이야."

"내가 경찰에 알리러 갈까?"

"아니, 자네는 남아서 나를 도와주게나. 잠깐만! 저기에 토탄을 캐고 있는 사람이 있어. 저 사람을 데려와 주게. 저 사람에게 경찰서까지 가 달라고 부탁하세."

나는 그 농부를 데리고 왔다. 그 사람은 시체를 보자마자 뒷걸음질 치며 완전히 겁을 먹었다. 홈즈는 짧은 편지를 써서 그에게 건네주면서 헉스터블 박사에게 전해 달라고 부탁했다. 그러고는 이렇게 말했다.

"왓슨, 우리는 오늘 두 가지 단서를 잡았어. 그 첫 번째는 팔머제 바퀴 자국일세. 그 결과는 지금 우리 눈으로 확인했네. 다른 하나는 던롭제 바퀴 자국이지. 그 자국을 따라 조사하러 가기 전에 지금 알고 있는 것들이 무엇인지 다시 한 번 확인해 보세. 그러면 중요한 것과 그렇지 않은 것이 구분되고 앞으로의 수사에 도움이 될 걸세. 우선, 그 소년은 분명히 스스로 도망쳤네. 누가 행동을 같이했는지는 중요하지 않아. 자기가 담쟁이덩굴을 타고 내려와서 도망친 거야. 이것은 틀림없는 사실일세."

나도 그의 의견에 동의했다.

"다음은 저 불행한 독일어 선생. 소년은 밖으로 나올 때 채비를 다 갖추고 나왔어. 그 말은 예전부터 준비하고 있었다는 뜻이지. 하지만 하이데거 선생은 양말조차 신지 않았네. 그는 틀림없이 서둘러 나왔을 거야."

"그것도 확실한 사실이라고 생각하네."

"그렇다면 하이데거 선생은 왜 밖으로 나왔을까? 침실의 창을 통해서 소년이 빠져나가는 것을 보고 그를 데려오려 나갔을 걸세. 선생은 자전거를 꺼내 소년을 뒤쫓았다가 도중에 죽음을 맞이한 거야."

"자네 말이 맞는 것 같군."

"그 다음은 내가 추리하는 부분이야. 어른이 어린 소년을 쫓아갈 때 보통은 그냥 뛰어가지. 금방 따라잡을 수 있을 테니까. 그런데 하이데거는 뛰어가지 않고 자전거를 이용했네. 그는 자전거를 아주 잘 탄다고 하더군. 하지만 소년이 도망칠 때 어떤 빠른 수단을 사용하는 것을 보지 않았다면 자전거로 뒤를 쫓지는 않았을 거야."

"그렇다면 그 소년은 자전거를 타고 있었겠군."

"조금 더 사건의 줄거리를 따라가 보세. 하이데거 선생은 프라이어리 학교에서 8킬로미터나 떨어진 곳에서 죽었어. 총을 맞고 죽은 게 아니야. 총이라면 소년이라고 해서 쏘지 못한다는 법도 없네만 그는 누군가 휘두른 굉장한 힘에 의해 가격을 당했네. 그렇다면 도망칠 때 소년과 동행한 사람이 있었다는 소리가 되는 거야. 그리고 자전거에 능숙한 사람이 8킬로미터나 뒤를 쫓았으니 도망자는 어떤 빠른 수단을 사용했다는 말일세. 그렇다면 문제는 하이데거 선생이 살해된 부근에서 무엇이 발견됐느냐 하는 점이야. 그런데 이상하게도 거기에는 소 발자국만 몇 개 있었을 뿐이고 다른 것은 전혀 없었어. 게다가 이 부근의 50미터 안쪽으로는 다른 길도 없지. 그것은 다른 자전거도 하이데거 선생의 죽음과는 별 관계가 없다는 사실을 말해 주는 것일세. 그렇다고 해서 사람의 발자국이 남아 있는 것도 아니고."

"홈즈! 그건 있을 수 없는 이야기야."

내가 외쳤다.

"바로 맞혔네. 있을 수 없는 이야기지. 그러니까 내 이야기 어딘가에 잘못된 부분이 있을 걸세. 자네는 그 사실을 깨달았네. 그렇다면 어디가 잘못되었을까?"

"자전거에서 떨어지면서 두개골을 부딪힌 게 아닐까?"

"돌멩이조차 찾아보기 힘든 습지에서?"

"더 이상은 나도 뭐가 뭔지 모르겠네."

"쯧쯧, 우리는 더 어려운 문제도 해결했지 않나. 실마리가 될 만한 것들은 아직 많이 남아 있어. 문제는 그것을 얼마나 잘 활용하느냐 하는 거지. 팔머제 바퀴 자국은 써 먹을 만큼 써 먹었으니 이번에는 던롭제 타이어에서 무엇을 이끌어 낼 수 있을지 한번 해 보세."

이번에는 던롭제 바퀴 자국을 따라 학교와는 반대편 쪽으로 가 보았다. 황무지는 완만한 경사를 이루며 조금씩 높아졌다. 수로에서 점점 멀어지면서 딸기나무가 무성한 고지대에 이르렀다. 습지가 사라지는 바람에 바퀴 자국이 자주 끊어져서 거기에서 무엇인가를 이끌어 내기는 점점 더 어려워졌다. 결국 바퀴 자국은 완전히 끊기고 말았지만 그 지점에서 주위를 둘러보니 갈 수 있는 곳은 딱 두 군데였다. 왼쪽 대각선 방향으로 4, 5킬로미터 정도 떨어진 곳에는 홀더네스 저택 탑이 우뚝 솟아 있었고 오른쪽 대각선 방향으로는 회색의 낮은 집들이 몇 채 모여 있는 부락이 있었다. 그 부락이 있는 곳에 체스터필드 대로가 있을 터였다. 우리는 대각선 오른쪽에 있는 마을로 걸어갔다. 문 위에 싸움닭 그림 간판이 달려 있는 지저분한 여관 가까이 갔을 때, 홈즈가 갑자기 '앗!'하고 외치더니 비틀거리다가 중심을 잡으려고 내 어깨를 움켜쥐었다. 이렇게 발목을 심하게 접질렸으니 어떻게 할 도리가 없었다. 홈즈는 다리를 절름거리면서 여관 입구까지 갔다. 문 앞에는 뚱뚱하고 피

부가 가무잡잡하며 나이가 약간 지긋해 보이는 키 작은 사람이 검은 도자기 파이프로 담배를 피우고 있었다.

홈즈가 인사했다.

"안녕하세요, 루빈 헤이스 씨."

"누구시더라? 내 이름은 어떻게 아는 거요?"

그 사람은 음흉한 눈빛으로 우리를 경계하듯 흘겨보았다.

"당신 머리 위 간판에 이 여관 주인 이름이 적혀 있거든요. 주인이시죠? 역시 주인에게는 어딘가 다른 분위기가 풍겨요. 그런데 마차를 좀 빌릴 수 있을까요?"

"그런 건 없소."

"이쪽 발을 땅에 댈 수가 없어서요."

"땅에 안 대면 될 거 아뇨."

"그럼 걸을 수가 없잖습니까."

"한쪽 발로 깡충깡충 뛰어 가시구려."

여관 주인 루빈 헤이스 씨의 태도는 너무나도 불친절했다. 하지만 놀랍게도 홈즈는 웃는 얼굴로 그를 상대했다.

"그러지 말고 좀 봐주세요. 얼마나 우스운 꼴입니까. 물론 나야 별로 신경 쓰지 않지만요.

"나도 그렇소."

주인은 꿈쩍도 하지 않았다.

"아주 중요한 일이 있어서 그럽니다. 1파운드를 드릴 테니 자전거 한 대만 빌려 주시죠."

1파운드라는 말을 듣자 주인의 태도가 돌변했다.

"어디 가는 게요?"

"홀더네스 저택이요."

"공작님하고 아는 사이요?"

주인은 진흙투성이가 된 우리의 옷을 빤히 쳐다보며 비아냥거리듯 말했다. 홈즈가 빙그레 웃으며 말했다.

"어쨌든 공작님은 기꺼이 만나 주실 겁니다."

"어째서?"

"사라진 아드님의 소식을 가지고 왔거든요."

루빈 헤이스는 몹시 놀란 모양이었다.

"뭐라고? 그럼 도련님이 계신 곳을 알아내기라도 했다는……."

"리버풀로 갔습니다. 한두 시간 후면 찾았다는 전갈이 올 겁니다."

순간 수염으로 뒤덮인 뚱뚱한 얼굴의 표정이 확 바뀌었다. 헤이스는 갑자기 상냥하게 우리를 대하기 시작했다.

"나는 공작님 일에는 별 관심이 없어요. 저택에서 잠깐 일한 적이 있었는데 대접이 형편없었거든. 잡곡을 파는 녀석의 거짓말만 믿고 증명서도 없이 나를 내몰았지 뭐요. 그래도 공작님 아들이 리버풀에 있다는 이야기를 들으니 기쁘군. 그 소식을 전하러 간다면 내가 도와드리리다."

"고맙습니다. 우선은 먹을 것 좀 부탁합니다. 그런 다음에 자전거를 빌리지요."

"자전거는 없소."

홈즈가 다시 1파운드 금화 이야기를 꺼내자 그는 이렇게 말했다.

"그래도 없는 건 없는 거요. 어쨌거나 저택까지 가신다면 말 두 필을 빌려 드리지."

"알겠습니다. 우선은 뭣 좀 먹고 난 뒤에 이야기합시다."

홈즈가 말했다. 바닥에 돌을 깔아 놓은 부엌으로 안내받고 우리 둘만 남자 걷지도 못할 만큼 삐었던 홈즈의 발목이 싹 나아 버려서 나는 눈을 크게 떴다. 서서히 땅거미가 내리기 시작했다. 아침부터 아무것도 먹지 않았으므로 식사하는 데 조금 시간이 걸렸다. 홈즈는 생각에 잠겼고 한두 번은 창가로 가서 밖을 가만히 내려다보았다. 창밖으로는 지저분한 정원이 보였다. 건너편 구석에 대장간이 있었는데 꾀죄죄한 소년이 일하고 있었다. 그 반대편은 마구간이었다. 몇 번 창밖을 내다보고 의자에 앉아 생각에 잠겨 있던 홈즈가 갑자기 의자에서 벌떡 일어나더니 큰 소리로 외쳤다.

"왓슨, 드디어 알았어! 드디어 알았다고! 그래, 맞아. 틀림없을 거야! 왓슨, 자네 오늘 소 발자국을 봤지?"

"많이 봤지."

"어디서?"

"여기저기서. 습지에도 있었고, 오솔길에도 있었고, 하이데거의 시체를 발견한 곳에도 있었지."

"맞았네. 그럼, 왓슨. 황무지에서 소를 몇 마리나 보았나?"

"한 마리도 못 본 것 같은데."

"이상하다고 생각지 않나, 왓슨?"

"듣고 보니 그렇군."

"왓슨, 가만히 생각해 보게나. 잘 떠올려 봐! 오솔길에 있던 소 발자국이 기억나나?"

"기억나네."

"어디에서는 소 발자국이 이런 식으로 찍혀 있었어. 기억하겠나?"

홈즈가 빵 가루를 주워 식탁 위에 다음과 같이 늘어놓았다.

: : : : :

"그리고 때로는 이렇게 찍혀 있었어."

: · : · : · · ·

"이런 식으로 찍혀 있는 곳도 있었지."

· · · · ·

"이보게 왓슨, 기억나나?"

"아니, 모르겠어."

"나는 확실하게 기억하고 있네. 틀림없어. 시간 있을 때 확인해 보게. 그것을 봤으면서도 추리하지 못했다니, 아주 눈뜬장님이었어!"

"어떤 추리?"

"아직도 모르겠나? 걷기도 하고, 천천히 뛰기도 하고, 네 발을 동시에 땅에서 띄워 전속력으로 달리기도 한다니 참 신기한 소가 아닌가? 이런 시골 여관 주인이 그런 속임수를 생각해 냈을 리는 없어. 어쨌든 저 대장간 소년 말고는 아무도 없나 보군. 나가서 뭐가 있는지 살펴보세."

허물어져 가는 마구간에는 손질을 제대로 하지 않아 털이 거친 말이 두 필 있었다. 그중 한 마리의 뒷다리를 들어 살펴보던 홈즈가 소리 내서 웃기 시작했다.

"낡은 편자야. 그런데 박은 지는 얼마 안 됐어. 낡은 편자에 새 못이 박혀 있거든. 이건 걸작의 반열에 오를 만한 사건이야. 정원을 가로질러 대장간으로 가 보세."

대장간의 소년은 우리를 아랑곳하지 않고 일만 했다. 홈즈의 눈이 주위에 널린 철재와 목재 사이를 날카롭게 훑어보았다. 그런데 뒤쪽에서 갑자기 발소리가 들리더니 여관 주인이 나타났다. 눈썹을 잔뜩 찌푸리고 눈은 둥그렇게 뜬 채 화를 참지 못한 얼굴이 시뻘겋게 변해서는 꿈틀꿈틀 경련을 일으키고 있었다. 주인이 끝에 금속을 댄 짧은 지팡이를 들고 험악한 얼굴로 우리에게 다가오자 나도 모르게 주머니에 있는 권총으로 손을 가져갔을 정도였다. 주인이 외쳤다.

"이 우라질 염탐꾼 같으니라고! 여기서 뭐하는 거냐?"

"아, 루빈 헤이스 씨. 보면 안 될 비밀이라도 있습니까?"

홈즈가 비꼬듯이 말했다. 당황한 헤이스가 애써 분노를 억누르기 시작했다. 곧 마음에도 없는 웃음을 억지로 지어 보였는데 그 얼굴은 화낼 때보다 더욱 섬뜩하게 느껴졌다.

"대장간이 보고 싶다면 얼마든지 보여 드리지. 하지만 내 허락도 없이 우리 집을 마구 돌아다니는 건 좋아하지 않소이다. 자, 신사 양반들, 얼른 돈을 내고 나가시오."

"알겠습니다, 헤이스 씨. 별 뜻이 있었던 건 아닙니다. 그저 말을 살펴봤을 뿐이죠. 어쨌든 이제 말은 필요 없어요. 그리 먼 곳도 아니니 걸어가겠습니다."

"공작님의 저택 문까지는 3킬로미터도 되지 않소. 저 길을 따라 왼쪽으로 가면 돼요."

우리가 밖으로 나설 때까지 헤이스는 한시도 우리에게서 시선을 떼지 않았다. 하지만 우리는 그렇게 멀리까지 걷지 않았다. 길이 꺾여 주인이 보이지 않게 되자 홈즈가 바로 멈춰 섰기 때문이다.

"우리가 숨바꼭질을 하는 술래라고 치세. 여관에 있을 때는 숨어 있는 아이 가까이에 다가간 기분이었어. 하지만 저기서 멀어질수록 아이에게서도 멀어지는 기분이군. 나는 여기서 더 멀리 가지는 않을 걸세."

"저 루빈 헤이스라는 자는 모든 사실을 알고 있는 것 같아. 인상도 아주 험상궂구먼."

내가 말했다.

"오, 자네도 그런 느낌을 받았나? 말도 있고 대장간도 있다네. 싸움닭 여관은 참으로 재미있는 곳일세. 주인이 눈치채지 못하게 다시 한 번 가 보세."

뒤쪽은 거친 회색 석회암으로 이루어진 언덕이었다. 우리는 길을 버리고 그 언덕의 비탈을 따라서 여관으로 가기로 했다. 그러다 문득 홀더네스 저택 쪽을 돌아보니 도로를 따라서 자전거 한 대가 이쪽으로 달려오는 것이 보였다.

"숙여, 왓슨!"

홈즈가 내 어깨를 힘껏 누르며 말했다. 우리가 몸을 낮춘 순간, 자전거가 빠른 속도로 도로를 지나쳐 갔다. 무럭무럭 피어오르는 흙먼지 속으로 자전거를 타고 가는 사내의 창백하고 흥분한 얼굴이 똑똑히 보였다. 그는 어젯밤에 만난 제임스 와일더였다. 어제의 단정한 모습과 달리, 입을 벌리고 전방을 노려보며 두려움이 가득한 그 표정은 어쩐지 우스꽝스러운 그림 같아 보였다.

"공작의 비서야! 왓슨, 저자가 무슨 짓을 하는지 보러 가세!"

홈즈가 외쳤다. 우리는 바위 사이로 기듯이 나아가 여관 입구가 보이는 곳까지 이르렀다. 와일더의 자전거는 입구 옆의 벽에 기대어 있었다. 여관 근처에 사람의 모습은 보이지 않았으며, 창문에서도 인기척이 느껴지지 않았다. 태양은 홀더네스 저택의 높은 탑 뒤로 저물었고 땅거미가 깔려 있었다. 그 어둠 속에서 갑자기 불빛 두 개가 떠올랐다. 마구간 쪽이었는데 마차 옆을 밝히는 램프 같았다. 뒤이어 말 울음소리가 들리더니 마차 한 대가 도로로 나와서는 체스터필드를 향해 미친 듯이 달리기 시작했다.

"왓슨, 어떻게 생각하나?"

홈즈가 속삭였다.

"꼭 도망치는 사람 같군."

"저 마차에는 한 명만 타고 있는 것 같은데. 그래, 어쨌든 제임스 와일더가 아닌 것만은 확실하군. 그 사람은 문 앞에 서 있으니 말이야."

비서 와일더는 여관 문을 통해 쏟아져 나오는 사각형의 노란 불빛을 받으며 거뭇거뭇한 그림자로 서 있었다. 그는 목을 길게 빼고 밖의 어둠을 가만히 지켜보았다. 누군가를 기다리는 듯했다. 아니나 다를까, 잠시 뒤 길에서 발소리가 들리더니 또 다른 사람이 모습을 나타냈다. 그 사람이 잠시 불빛 속으로 들어섰지만 곧 문이 닫혔기 때문에 주위는 어둠에 잠기고 말았다. 5분 뒤, 2층에 있는 어느 방에 불이 들어왔다.

"지저분한 여관치고는 훌륭한 손님들이 드나드는군."

홈즈가 말했다.

"술을 마시러 왔다면 이상한데. 바는 반대편에 있는데 말이야."

"그렇지. 틀림없이 특별한 손님일 걸세. 와일더는 여기에서 무엇을 하는 걸까? 그리고 뒤이어 온 사람은 누구고? 위험을 살짝 무릅쓰더라도 조사할 필요가 있을 것 같아."

우리는 도로 쪽으로 기어 내려갔다. 그리고 문 쪽으로 살금살금 다가가 보니 자전거는 아직도 벽에 기대 세워져 있었다. 홈즈가 성냥에 불을 붙여 자전거 바퀴를 살펴보았다. 그리고 그것이 던롭제라는 사실을 확인하고는 기쁜 듯이 빙그레 웃었다. 문 위에는 불 켜진 방이 있었다.

"저 방을 들여다보자고. 왓슨, 미안하지만 벽을 잡고 등을 좀 굽혀 주지 않겠나? 그러면 안을 볼 수 있을 것 같네."

내가 홈즈의 말대로 하자 그가 가볍게 내 어깨 위로 뛰어올랐다. 그러더니 금방 밑으로 내려섰다.

"그만 가세, 왓슨. 오늘은 아침부터 일을 너무 많이 했어. 모을 수 있는 단서는 다 모았네. 여기서 학교까지 꽤 거리가 있으니 빨리 돌아가는 게 좋겠어."

황무지를 가로질러 돌아가면서 홈즈는 거의 말을 하지 않았다. 그리고 돌아와서도 학교로 들어가지 않고 전보를 치겠다며 혼자 맥클턴 역으로 가 버렸다. 그날 밤 늦게 헉스터블 박사는 교사 하이데거의 죽음에 관한 소식을 들었다. 옆방에서 헉스터블 교장을 위로하는 홈즈의 목소리가 들려왔다. 그런 다음 홈즈는 내 방으로 들어왔는데 아침에 황무지로 나가기 전처럼 생기가 넘치는 모습이었다.

"왓슨, 모든 일이 잘 풀리고 있어. 약속하겠네. 내일 저녁까지는 이번 사건을 해결하겠어."

이튿날 아침 11시, 홈즈와 나는 그 유명한 홀더네스 저택의 주목 가로수 길을 걷고 있었다. 우리는 웅장한 16세기 엘리자베스 시대 양식의 현관을 지나 공작의 서재로 안내받았다. 거기에서 제임스 와일더가 우리를 기다리고 있었다. 겉으로는 예의바르고 침착하게 우리를 맞아들였지만 불안해 보이는 눈빛이나 때때로 내비치는 굳은 표정으로 봐서는 어젯밤에 느낀 격렬한 공포가 아직도 남아 있는 듯했다.

"죄송하지만 각하께서는 지금 기분이 매우 언짢으셔서 방에 계십니다. 어제 오후, 당신들이 발견한 끔찍한 소식을 헉스터블 박사가 전보로 보내 주었습니다. 그 소식을 들으시고 몸이 많이 약해지셨습니다."

제임스 와일더가 말했다.

"와일더 씨, 나는 공작 각하를 꼭 뵈어야겠습니다."

"하지만 방에 들어가셨습니다. 아무도 만나려 하지 않으십니다."

"그럼 그리로 가야겠군."

"주무시고 계실 겁니다."

"상관없습니다. 어쨌든 나는 가 봐야겠습니다."

홈즈는 절대로 물러서지 않겠다는 듯한 싸늘한 태도를 취했다. 와일더도 그를 막을 수 없다는 사실을 깨달은 것 같았다.

"그럼, 어쩔 수 없군요. 홈즈 씨가 오셨다고 전해 드리겠습니다."

귀족은 한 시간이 지나서야 우리 앞에 모습을 드러냈다. 어제 아침에 봤을 때보다 얼굴은 더 창백했고 등도 굽어서 완전히 다른 사람처럼 늙어 버렸다. 공작은 정중하면서도 선천적으로 타고난 위엄 있는 태도로 우리에게 인사한 뒤 책상 앞에 앉았다. 붉은 수염이 책상 위까지 길게 늘어졌다.

"홈즈 선생, 무슨 일이오?"

홈즈는 공작 옆에 서 있는 와일더에게 시선을 떼지 않았다.

"각하, 와일더 씨가 있으면 제가 이야기하기가 조금 불편합니다."

와일더가 붉으락푸르락한 얼굴로 홈즈를 노려보았다.

"각하께서 원하신다면……."

"알았네. 자네는 나가 보게. 그럼, 할 말이 뭐요?"

홈즈는 와일더 씨가 밖으로 나가 문을 완전히 닫을 때까지 기다렸다. 그리고 느릿하게 말했다.

"각하. 저와 여기 있는 왓슨 박사는 이번 사건에 현상금이 걸렸다는 말을 헉스터블 교장에게서 들었습니다. 그게 사실인지 각하께서 직접 확인해 주셨으면 합니다."

"틀림없는 사실이오."

"아드님이 계신 곳을 알려 주는 자에게 5,000파운드를 주겠다고 하셨다는데 맞습니까?"

"그렇소."

"그리고 아드님을 유괴한 자나 가둔 자의 이름을 알려 주면 거기에 1,000파운드를 더 얹어 주신다면서요?"

"그것도 틀림없는 사실이오."

"후자의 경우, 아드님을 유괴한 자뿐만 아니라 지금 가두고 있는 공범도 포함됩니까?"

"말할 필요도 없소. 그렇소이다. 셜록 홈즈 선생, 사건만 제대로 해결해 준다면 섭섭지 않게 보상하겠소."

공작이 답답하다는 듯이 소리 질렀다.

그 말을 들은 홈즈가 아주 기뻐하는 표정으로 가느다란 손가락을 비벼 댔다. 그만큼 보수에 얽매이지 않는 시원시원한 사람은 그리 흔치 않았으므로 나는 내심 크게 놀랐다.

"그 책상 위에 있는 것이 각하의 수표책인가 봅니다. 지금 6,000파운드짜리 수표를 써 주신다면 매우 감사하겠습니다. 지금 보증 수표면 됩니다. 제가 거래하고 있는 은행은 캐피탈 카운티스 은행 옥스퍼드 지점입니다."

홈즈의 말을 듣고 공작은 자리에서 벌떡 일어나 내 친구를 노려보았다.

"선생, 지금 농담하는 거요? 그럴 자리가 아니라고 생각하오만."

"당치도 않습니다, 각하. 제 인생에서 이렇게 진심을 담아 말한 적이 없습니다."

"도대체 그게 무슨 뜻이오?"

"제가 현상금을 받겠다는 뜻입니다. 아드님이 지금 어디에 계신지, 그리고 지금 아드님을 가두고 있는 사람들 중에서 적어도 한 사람은 알고 있거든요."

공작의 얼굴이 한층 더 새파랗게 질려서 붉은 수염이 더욱 두드러졌다.

"그 애가 어디에 있소?"

공작이 갈라지는 목소리로 물었다.

"적어도 어젯밤까지는 이 저택 문에서 3킬로미터 정도 떨어진 싸움닭 여관에 계셨습니다."

공작이 무너지듯 의자에 앉았다.

"그럼, 범인은 대체 누구요?"

홈즈의 대답은 참으로 놀라운 것이었다. 홈즈는 성큼성큼 공작 옆으로 다가가 그의 어깨에 손을 얹었다.

"홀더네스 공작 당신입니다. 각하, 이제 수표를 써 주시지요."

나는 그 순간 당황하던 공작의 표정을 결코 잊을 수 없을 것이다. 그

는 의자에서 벌떡 일어나더니 마치 깊은 수렁에라도 떨어지는 듯이 두 팔을 휘저었다. 그렇지만 그는 곧 귀족다운 자제심을 발휘해서 두 손에 얼굴을 묻고 당황하는 모습을 보이지 않으려 애썼다. 잠시 뒤, 공작이 얼굴을 가린 채 말했다.

"대체 어디까지 알고 있는 거요?"

"저는 어젯밤, 각하께서 갇혀 있는 아드님과 함께 있는 장면을 보았습니다."

"선생 친구 말고 누가 또 이 사실을 알고 있소?"

"아무에게도 말하지 않았습니다."

공작은 떨리는 손으로 펜을 들고 수표책을 펼쳤다.

"약속은 지키겠소. 선생이 가지고 온 보고가 제아무리 반갑지 않더라

도 수표는 써 주겠소. 처음 현상금을 걸 때만 해도 일이 이렇게 될 줄
은 꿈에도 생각지 못했거늘. 선생이나 친구분 모두 이 일이 얼마나 중
대한지 잘 알고 있을 테니 경솔하게 굴지는 않으리라 믿소."

"무슨 뜻이십니까?"

"확실하게 말하겠소. 이 사실을 알고 있는 것이 내 앞의 둘뿐이라면
더 이상 다른 사람에게 알리지 말아 주시오. 두 분에게 1만 2천 파운드
를 드리리다. 그러면 족하지 않겠소?"

홈즈가 빙그레 웃으며 말했다.

"각하. 이 문제는 그렇게 간단하지가 않습니다. 독일어 선생인 하이데
거 씨가 목숨을 잃었습니다. 그 일을 설명해야 합니다."

"하지만 그건 제임스와 상관없는 일이오. 그건 제임스가 끌어들인 악
당같은 놈이 저지른 짓이외다."

"각하, 제 생각을 말씀드리겠습니다. 하나의 범죄가 원인이 되어 또
다른 범죄가 일어났다면 그 원인이 된 범죄와 관련 있는 사람은 나중
에 일어난 범죄에도 도덕적으로 책임을 져야 합니다."

"도덕적으로 말이오? 확실히 그 주장이 옳을지도 모르오. 하지만 법
률적으로 보자면 꼭 그렇지만도 않잖소? 실제로 제임스가 사람을 살해
한 현장에 있었던 것도 아니고 오히려 살인 같은 행위를 매우 혐오스
러워하니 그에게 죄를 물을 수는 없을 거요. 하이데거 선생이 죽었다는
사실을 알고 바로 내게 모든 걸 털어놓았소이다. 그만큼 놀라기도 하고
후회도 하고 있다는 말이지. 실제로 한 시간도 지나지 않아서 살인자와
연을 끊었다오. 홈즈 선생, 부탁이오! 그를 살려 주시오! 살려 주시오!
살려 주셔야만 하오!"

공작은 귀족답게 처신해야 한다는 사실도 잊어버리고 주먹을 흔들며

방 안을 서성였다. 잠시 뒤, 드디어 마음이 가라앉았는지 책상 앞에 앉아 말을 꺼냈다.

"선생이 아무에게도 말하지 않고 가장 먼저 내게 와 줘서 고맙소. 덕분에 나와 우리 가족의 명예를 위해서 어떻게 행동해야 할지 이야기를 나눌 수 있게 되었소."

"그렇습니다, 각하. 저도 가능한 한 도움을 드리고 싶습니다. 하지만 그러기 위해서는 모든 것을 솔직하고 자세하게 털어놓으셔서 사건 전체를 정확하게 파악할 필요가 있습니다. 저는 제임스 와일더 씨에 대해서 각하가 하신 말씀을 충분히 이해하고 있으며, 그가 살인범이라고는 생각지 않습니다."

"진짜 범인은 도망쳤소."

공작이 말했다.

"각하, 저에 대한 소문을 전혀 못 들으신 모양입니다. 한 번이라도 들으셨다면 제가 그렇게 쉽게 범인을 놓칠 리가 없다는 사실을 알고 계셨을 겁니다."

"그렇다면……."

"루빈 헤이스는 제 제보로 어젯밤 11시에 체스터필드에서 체포되었습니다. 오늘 아침, 여기로 오기 전에 이곳 경찰서장이 보낸 전보를 받았습니다."

공작은 다시 한 번 놀란 듯 홈즈를 바라보았다.

"선생은 정말 인간 이상의 능력을 가진 듯하군. 그렇소? 루빈 헤이스가 체포되었단 말이오? 그 말을 들으니 정말 기쁘기 그지없군. 그 일로 제임스의 신변에 문제만 생기지 않는다면."

"각하의 비서 말씀입니까?"

"아니, 내 큰아들 말이오."

이번에는 홈즈가 놀랄 차례였다.

"이거 참, 전혀 뜻밖의 말씀이로군요. 좀 더 자세한 이야기를 들려주십시오."

"선생에게는 모든 것을 털어놓겠소. 비록 내게는 고통스러운 일이지만 이런 경우에는 선생 말대로 솔직하게 털어놓는 것이 가장 좋은 방법이 되리라 믿소. 왜냐하면 이 모든 것이 저 어리석은 제임스의 질투에서 비롯되었으니까. 홈즈 선생, 나는 젊었을 때 일생에 단 한 번이라고 해도 좋을 만큼 사랑하던 여자가 있었소. 물론 나는 청혼했지만, 그녀는 신분이 다르다는 이유를 대면서 우리가 결혼하면 내 미래에 누를 끼친다며 정식 결혼을 해 주지 않았소. 그런데 그녀는 아이 하나만 남겨 두고 일찍 세상을 뜨고 말았소. 만약 그녀가 살아 있었다면 나는 평생 결혼하지 않았을 거요. 나는 그녀를 기억하기 위해 그 아이를 애지중지 길렀소. 떳떳하게 내 아들이라고 밝힐 수는 없었지만 최대한 훌륭한 교육을 받게 했고 학교를 졸업하자마자 내 곁에 두었소. 그런데 제임스는 드디어 자기가 내 아들이라는 비밀을 알아냈소. 그때부터 자신에게는 아들로서의 권리가 있다고 큰소리치기도 하고, 세상에 이 비밀을 알리겠다며 무리한 요구를 하기도 했소. 지금의 아내와 헤어져 살게 된 것도 그런 제임스의 행동과 관계가 있소. 특히 제임스는 내 어린 후계자를 한없이 미워했소. 그런 제임스를 왜 그렇게 곁에 두었는지 이상하게 생각할지도 모르겠군. 그건 제임스가 죽은 그녀를 쏙 빼닮았기 때문이라오. 그녀의 아름다운 점을 전부 물려받아 옛 기억을 하나하나 떠오르게 했고, 사랑했던 그 여자를 위해서라면 어떤 고통도 감수할 수 있다고 생각했기 때문이오. 나는 그 아이를 곁에서 떼어 둘 수가 없었소. 하지만 제임스가 샐타이어 경, 다시 말해서 내 작은아들 아서에게 무슨 짓을 할지 몰랐소. 그래서 아서를 헉스터블 박사에게 맡긴 거요.

악당 루빈 헤이스는 원래 우리 집 소작인이었소. 제임스는 관리인 노릇을 하면서 세를 받으러 왔다 갔다 했는데 그 사이에 그만 헤이스와 친해지고 말았소. 어찌된 노릇인지 제임스는 늘 질 나쁜 녀석들과 어울렸소. 제임스가 아서를 유괴하기로 마음먹은 순간, 그자를 이용하자고 생각한 거요. 사건이 일어나기 하루 전, 나는 아서에게 편지를 보냈소. 다들 기억하고 있겠지. 제임스는 그 편지 봉투를 뜯어 자기 편지도 함께 넣어 보냈소. 제임스의 말에 따르면, 그 편지의 내용은 어머니를 만나게 해 줄 테니 학교 뒤에 있는 '듬성듬성한 숲'에서 기다리고 있으라는 것이었다고 하오. 그날 저녁, 제임스는 자전거를 타고 숲으로 가서 아서를 만났소. 그리고 어머니가 만나고 싶어 하는데 지금 황무지에 있으니 밤에 다시 여기로 나오면 말을 준비해 온 남자가 기다리고 있다가 어머니가 있는 곳으로 데려다 줄 것이라고 했소. 불쌍한 아서는 덫에 걸리고 말았소. 제임스의 말을 전혀 의심하지 않고 학교를 빠져 나왔고 조랑말을 데리고 기다리던 헤이스를 만났소. 아서가 말에 타자마자 둘은 곧바로 황무지를 향해 달렸소. 그 다음에 일어난 일은 제임스도 어제에야 비로소 알게 된 모양이오. 누군가가 두 사람을 따라왔소. 헤이스는 뒤쫓아 오는 사람을 봉으로 때려 죽였고 아서를 여관으로 데려가서는 2층에 있는 방에 가두었소. 그리고 자기 아내에게 감시하도록 했지. 그 남자의 아내는 착하긴 해도 난폭한 남편의 말을 거역하지 못했을 거요.

여기까지가 이틀 전, 선생을 만나기 전에 일어난 일이오. 나도 여러분과 마찬가지로 진상을 전혀 모르고 있었소.

선생은 아마 제임스가 왜 그런 짓을 했는지 궁금할 거요. 제임스는 아서가 법률에 의해 지정된 상속인이라는 점에 엄청난 불만을 품고 있었소. 상상도 못할 정도로 미워하고 있었지. 제임스는 자기가 내 후계자가 되어 전 재산을 물려받아야 한다고 생각했소. 그리고 자신의 상속을 가로막는 사회 제도를 지독히도 미워했다오. 그리고 숨어 있던 또 다른 동기도 있었소. 제임스는 내가 한정 부동산권[35]을 폐지하기를 갈망했고 내게 그럴 만한 힘이 있다고 생각했소이다. 제임스는 나와 협상하려고 했소. 내가 그 법을 철폐하고, 내 유언에 따라 자기도 재산을 상속받을 수 있게 되면 그때 아서를 돌려줄 생각이었던 거요. 게다가 제임스는 자기가 무슨 짓을 해도 내가 결코 경찰에 신고하지 않으리라는 점을 잘 알고 있었소. 원래 아서를 유괴하고 조금 시간이 지나면 나와 협상하려 했는데, 그만 사태가 너무 빨리 진행되는 바람에 그럴 여유조차 없었소.

선생이 하이데거 선생의 시신을 발견하는 바람에 그 음모는 완전히 무산되고 말았소. 마침 제임스와 내가 이 방에 있을 때, 그 선생의 시체가 발견되었다는 헉스터블 교장의 전보가 도착했소. 겁을 먹은 제임스는 결국 모든 사실을 내게 털어놓았소. 그러면서 사흘만 이 사실을 비밀로 해 달라고 부탁했소. 그 사이에 공범자가 달아날 기회를 만들어 주고 싶다더군. 울며 매달리는 제임스의 청을 나는 한 번도 거절한 적이 없었소. 제임스는 서둘러 자전거를 타고 그 악당에게 사실을 알리러 갔소. 해가 저물자 나도 사랑하는 아서를 만나러 갔고 말이오. 그 아이

---

35) 중세 영국법상 상속인에게 속하는 부동산의 권리. 단순 부동산권과 달리 권리자의 직계비속 중에서만 상속자가 결정되며, 권리자는 부동산을 팔 수도 없고 여러 명의 상속자에게 물려 줄 수도 없다. 또한 권리자가 유언을 남기더라도 법적 상속자 이외의 다른 사람에게 양도할 수 없어서 이는 귀족들이 가문의 재산을 보존하는 데 쓰였다. 1776년에 거의 모든 주에서 이를 폐지시켰다.

에게 별탈은 없었지만 눈앞에서 사람이 죽는 모습을 봐서인지 완전히 겁에 질려 있었소. 사흘 동안 아들을 그대로 두자니 불쌍했지만 아들이 있는 곳만 경찰에 알리고 하이데거 선생을 살해한 범인은 모르겠다고 할 수도 없는 노릇이었소. 그리고 그 범인에게만 벌을 내리고 제임스는 빠져 나가게 할 방법도 떠오르지 않아서 하는 수 없이 사흘을 기다리기로 했소. 그래서 헤이스 부인에게 아들을 잘 돌봐 달라고 부탁하고 집으로 돌아왔소. 이것이 군더더기를 뺀 솔직한 이야기올시다. 이번에는 선생이 솔직하게 말할 차례요. 앞으로 어떻게 해야 좋을지 의견을 들려주시오."

"알겠습니다. 우선, 법적 문제부터 말씀드리자면 각하는 매우 심각한 일을 저지르셨습니다. 각하는 중죄인의 범죄를 눈감아 주셨을 뿐만 아니라 그의 도주를 도왔습니다. 와일더 씨가 헤이스에게 건네준 돈은 필경 각하의 주머니에서 나왔을 테지요."

홈즈가 말하자 공작은 그 말에 수긍하는 듯이 고개를 숙였다. 친구가 말을 이었다.

"이건 매우 중요한 문제입니다. 하지만 그것보다 더 중요한 것은 샐타이어 경에 대한 각하의 태도입니다. 각하는 그 더러운 여관에 샐타이어 경을 사흘이나 방치할 생각이었습니다."

"잘 돌보겠다고 굳게 약속했기 때문에……."

"그런 녀석들의 약속을 어떻게 믿습니까? 이대로 내버려 두면 언제 또 유괴당할지 모릅니다. 각하는 죄 지은 아들은 살뜰히 보살펴 주셨으면서 죄 없는 순진무구한 어린 아들은 쓸데없이 위험이 도사린 곳에 내팽개치셨습니다. 도저히 정당화할 수 없는 행동입니다."

자존심에 상처를 받은 공작의 얼굴이 붉어졌다. 귀족으로 태어나서 지금까지 이처럼 엄격하게 질책당한 적은 한 번도 없었을 것이다. 하지만 양심의 가책을 느꼈는지 공작은 아무런 말도 하지 않았다.

"제가 힘이 되어 드리겠지만 조건이 하나 있습니다. 벨을 울려 하인을 불러 주십시오. 그리고 그 하인에게 제가 마음대로 명령을 내리도록 해 주십시오."

공작은 아무 말 없이 벨을 울렸다. 하인이 들어오자 홈즈가 말했다.

"이 말을 들으면 자네도 기뻐하겠지? 샐타이어 경을 찾았네. 바로 마차를 타고 싸움닭 여관으로 가서 경을 모시고 오게나. 각하의 뜻일세."

하인이 기뻐하며 밖으로 나가자 홈즈가 말했다.

"자, 이제 좀 안전해졌으니 지난 일을 가지고 누구를 책망할 생각은 없습니다. 저는 경찰이 아닙니다. 정의가 실현되기만 한다면 제가 아는 비밀을 밝힐 필요는 없지요. 헤이스 앞에는 교수대가 기다리고 있겠지만 그를 돕고 싶은 마음은 없습니다. 법정에서 무슨 말을 할지 몰라도, 각하의 힘이라면 그자에게 입 다물고 있는 편이 좋다는 사실을 알릴 수 있겠지요. 경찰들은 그저 몸값 때문에 헤이스 혼자서 꾸민 일이라고 해석할 겁니다. 경찰들이 알아내지 못하더라도 제가 그들이 미처 못 본 부분을 알려 줄 필요는 없습니다. 하지만 이것만은 기억하십시오. 제임스 와일더 씨를 이대로 곁에 두셨다가는 앞으로도 골치 아픈 일들이 계속 일어날 겁니다. 제발 그것만은 피하십시오."

"그건 나도 잘 알고 있소. 제임스는 이미 영원히 내 곁을 떠나 오스트레일리아로 가서 미래를 개척하기로 마음을 정했소."

"그렇다면 그 비서 때문에 헤어져 살던 부인을 다시 부르십시오. 그것이 샐타이어 경을 행복하게 해 주는 길이라 생각합니다."

"그 일이라면 이미 손을 썼소. 오늘 아침에 편지를 보냈다오."

홈즈가 자리에서 일어났다.

"벌써 손을 쓰셨습니까? 이번 북 잉글랜드 여행이 여러 사람에게 행복을 가져다준 것 같아 정말 기쁩니다. 그리고 마지막으로 한 가지 더. 이것도 그리 대단한 문제는 아니지만 확실히 알아 두고 싶어서요. 헤이스는 자기 말에 소 발자국처럼 생긴 편자를 박아 놓았습니다. 이 기막힌 생각은 와일더 씨의 머리에서 나온 것입니까?"

이 말에 공작은 크게 놀라더니 잠시 생각에 잠겼다. 잠시 뒤, 그는 방문을 열어 박물관으로 쓰는 커다란 옆방으로 우리를 안내했다. 그리고 한쪽 구석에 있는 유리 진열장으로 데리고 가서 다음과 같이 적혀 있는 설명문을 손가락으로 가리켰다.

> 이 편자는 홀더네스 저택의 바깥쪽 해자에서 출토된 것이다. 발발굽에 씌우는 편자이지만 바닥이 소 발바닥처럼 생겨 추적자를 따돌리는 데 쓰였다. 중세에 약탈을 일삼았던 홀더네스의 기사들이 사용했던 것으로 추정된다.

홈즈가 진열장의 문을 열고 손가락에 침을 묻혀 편자 위를 문질렀다. 그러자 손가락 끝에 덜 마른 진흙이 희미하게 묻어났다. 홈즈는 조용히 문을 닫고 말했다.

"감사합니다. 이것이 북부에 와서 본 것 중에서 두 번째로 흥미로운 물건입니다."

"그렇다면 첫 번째는 무엇이오?"

홈즈는 수표를 접어 조심스럽게 수첩 갈피에 끼워 넣었다.

"저는 가난한 사람이니까요."

그리고 아주 소중한 물건을 다루듯이 수첩을 가볍게 두드린 뒤 안쪽 주머니 깊이 찔러 넣었다.

15

여섯개의나폴레옹상

15
여섯 개의 나폴레옹 상

런던경찰국의 레스트레이드가 밤에 불쑥 우리 하숙을 찾아오는 것은 그리 드문 일이 아니었고 셜록 홈즈도 그가 찾아오는 것을 기뻐했다. 왜냐하면 그를 통해 경찰국에서 지금 어떤 사건을 다루는지 알 수 있기 때문이었다. 레스트레이드 경위에게 새로운 소식을 듣는 대신, 홈즈는 경위가 관여하는 사건 이야기에도 귀를 기울였으며 그의 물음에 답해 주었다. 그리고 이야기를 들었다고 해서 사건에 뛰어들어 수사를 방해하지는 않았으며 오히려 지금까지의 풍부한 경험과 폭넓은 지식을 통해서 얻은 실마리나 충고를 들려주는 경우가 적지 않았다.

그날 밤, 레스트레이드 경위는 날씨 이야기와 신문에 실린 기사 이야기 등 잡담을 늘어놓다가 갑자기 입을 다물더니 깊은 생각에 빠진 듯 시가만 피워 댔다. 그 모습을 가만히 지켜보던 홈즈가 천천히 물었다.

"무슨 특별한 사건이라도 맡고 있습니까?"

"아, 아닙니다. 그리 대단한 사건은 아닙니다."

"그러지 말고 자세히 말해 보세요."

레스트레이드가 웃었다.

"특별히 숨기는 것은 아닙니다. 단지 마음에는 걸리지만 너무 하찮은 사건이어서 선생님을 귀찮게 하기가 좀 그랬거든요. 어쨌든 하찮은 사건임에는 틀림없지만 한편으로는 참 이상합니다. 선생님이 평범하지 않은 사건에 큰 흥미를 느낀다는 것을 저도 잘 알고 있습니다. 그러니 드리는 말씀이지만, 이건 우리보다는 왓슨 박사님과 더 깊은 관계가 있을 것 같습니다."

내가 경위에게 물었다.

"저와 관계가 있다니, 병에 관한 이야기입니까?"

"뭐, 정신병이라고 할 수 있을 겁니다. 정신병 중에서도 아주 특이한 것이지만요! 아직도 나폴레옹 1세를 증오한 나머지 나폴레옹 상만 보이면 깨뜨려 버리는 인간이 있다면 믿으시겠습니까?"

홈즈는 의자의 등받이에 몸을 묻어 버렸다.

"내가 관여할 일은 아닌 것 같군."

"그렇습니다. 그래서 저도 말씀드리지 않았습니까? 그런데 그자가 자기 것도 아닌 나폴레옹 상을 깨뜨리기 위해서 남의 집에 침입했다면 그건 의사가 아니라 경찰이 맡아야 할 일이 되고 맙니다."

홈즈가 다시 몸을 일으켰다.

"침입했다고! 퍽 재미있군요. 자세한 이야기를 들려주세요."

레스트레이드 경위는 경찰수첩을 꺼내더니 페이지를 넘겨 기억을 되살리며 말했다.

"나흘 전에 처음 사건이 보고되었습니다. 케닝턴 거리에서 그림과 조각상을 팔고 있는 모스 허드슨 상점에서 일어난 사건이지요. 점원이 잠

깐 안으로 들어간 사이에 벌어진 일입니다. 가게에서 무엇인가 쨍그랑 깨지는 소리가 들려서 서둘러 달려가 보니, 다른 조각상들과 같이 카운터 위에 있던 나폴레옹 석고 흉상이 산산조각 나 있던 겁니다. 점원은 바로 밖으로 나가 보았지요. 지나가던 사람들 중에 가게에서 뛰쳐나온 남자를 봤다는 사람은 몇 명 있었지만 그때는 이미 그림자도 보이지 않아서 어떻게 할 수가 없었답니다. 아무래도 불량배들이 흔히 하는 한심하고 난폭한 장난 같아서 경찰이 순찰을 돌 때 일단은 신고를 해두었습니다. 게다가 그 석고상은 기껏해야 2, 3실링짜리 물건이었기에 쓸데없이 소란을 피우며 범인을 잡을 필요도 없다고 생각했지요.

하지만 두 번째 사건은 좀 더 심각하고 기분 나쁜 것이었습니다. 바로 어젯밤에 일어난 사건입니다. 같은 케닝턴 거리인데, 모스 허드슨 상점에서 수백 미터 떨어진 곳에 바니콧 박사라는 유명한 개업의가 살고 있습니다. 이 사람은 템스 강 남쪽에서는 가장 유명한 의사 중 하나입니다. 케닝턴 거리에는 본원이자 자기 집인 건물이 있고, 3킬로미터 떨어진 로워 브릭스턴 거리에도 분원을 가지고 있습니다. 이 바니콧 박사는 광적인 나폴레옹 숭배자로 나폴레옹에 관한 책, 그림, 기념품 등이 집 안에 가득 들어차 있을 정도입니다. 그런데 그 사람은 얼마 전에 모스 허드슨 상점에서 프랑스 조각가인 데빈의 유명한 나폴레옹 흉상의 석고 복제품을 두 개 샀습니다. 그중 하나는 케닝턴 거리에 있는 집의 현관홀에 두었고, 다른 하나는 로워 브릭스턴 거리에 있는 분원의 난로 위에 장식해 두었습니다. 그런데 오늘 아침에 바니콧 박사가 침실에서 아래층으로 내려와 보니 놀랍게도 밤에 도둑이 들었던 거예요. 그런데 사라진 것은 나폴레옹 흉상뿐이었다고 합니다. 게다가 그 흉상을 정원으로 가지고 나가서 담에 부딪쳐 깨뜨리기라도 했는지 담 밑에 산산조각이 나서 흩어져 있었다고 합니다."

홈즈는 두 손을 자꾸만 비벼 댔다.

"이건 틀림없이 보기 드문 일이군."

"선생님의 마음에 들 것 같았습니다. 하지만 이야기는 아직 끝나지 않았습니다. 바니콧 박사는 낮 12시에 분원으로 갈 일이 있었습니다. 박사가 분원에 도착했을 때 얼마나 놀랐을지 짐작이 갑니다. 왜냐하면 거기에도 밤에 도둑이 창문으로 들어와서 방 안 전체를 산산조각 난 석고상으로 가득 채웠기 때문입니다. 흉상은 난로 위의 선반에 놓인 채 산산조각이 나 있었습니다. 아직까지 흉상을 엉망으로 만든 범인인지 정신병자인지에 대한 단서는 전혀 없었습니다. 어떻습니까? 이제 사건에 대해서 잘 아셨겠지요?"

홈즈가 고개를 끄덕였다.

"이건 섬뜩하다기보다는 정말 보기 드문 사건이로군요. 한 가지 물어 봐도 되겠습니까? 바니콧 박사의 집에서 부서진 흉상 두 점은 모스 허드슨 상점에서 깨진 것과 완전히 똑같은 것입니까?"

"전부 같은 틀에서 만들어진 겁니다."

"그렇다면 나폴레옹을 미워한 나머지 흉상을 깨뜨렸다는 설은 어딘가 이상하군요. 그렇지 않나요? 나폴레옹의 흉상은 이 넓은 런던에만도 몇백 개는 있을 겁니다. 그런데 같은 틀에서 만들어진 흉상만 세 개나 깨졌다니, 우연치고는 너무 기묘하지 않습니까?"

레스트레이드도 동의한다는 듯 고개를 끄덕였다.

"저도 그 점을 이상하게 생각했습니다. 하지만 그 부근에서 나폴레옹 흉상을 파는 상점은 모스 허드슨뿐입니다. 게다가 그 상점에서 취급한 나폴레옹 흉상은 지난 2, 3년 동안 그 세 개뿐이었고요. 물론 선생님의 말씀대로 이 넓은 런던에 나폴레옹 흉상은 수백 개는 있을 겁니다. 하지만 그 부근에는 모스 허드슨에서 취급한 세 개밖에 없었다고 생각해도 좋아요. 그러니 미치광이가 그 동네 사람이라면, 우선 그 세 개부터 시작했다고 볼 수도 있겠지요. 왓슨 박사님은 어떻게 생각하십니까?"

내가 대답했다.

"편집증 환자처럼 무엇인가에 집착하는 사람은 어떤 일을 시작하면 그칠 줄을 모릅니다. 프랑스 심리학자들은 이런 상태를 한번 결심하면 생각을 바꾸지 않는 '강박관념'이라 부르고 있습니다. 한 가지 일에 지나치게 집착한다는 사실만 빼면 정상에 가까울 정도로 평범하지만……. 나폴레옹에 대한 연구에 지나치게 몰두했다거나, 예전의 전쟁에서 나폴레옹 때문에 조상 중 누군가가 피해 본 사실을 원망하고 있다면 강박관념에 사로잡혔을 수도 있지요. 그런 상태에 빠지면 무슨 난폭한 짓을 할지 알 수 없습니다."

그러자 홈즈가 고개를 흔들며 말했다.

"그건 아닌 것 같네, 왓슨. 아무리 강박관념에 사로잡혔더라도 흉상이 어디에 있는지는 알 수 없지 않은가?"

"그럼 자네는 어떻게 설명할 생각이지?"

"특별히 설명할 생각은 없네. 나는 단지 그 사람의 엉뚱한 행동에서 특이한 점 하나를 발견했을 뿐이야. 그는 케닝턴에 있는 바니콧 박사의 집에서 석고상을 깨뜨릴 때에는 거실이 아니라 정원에서 그렇게 했다네. 그건 사람들이 잠에서 깨어날 염려가 있었기 때문이지. 하지만 분원에서는 그럴 염려가 없었기 때문에 그 자리에서 깨뜨렸어. 어쨌든 이번 사건은 심각하게 생각할 필요 없는 사소한 사건처럼 보이지만 내가 다룬 큰 사건 중에는 이렇게 사소해 보였던 것에서 시작한 것도 몇 개 있었지. 왓슨, 자네도 기억하고 있을 테지만 애버네티 가에서 일어났던 끔찍한 사건도 더운 여름날 파슬리가 버터에 잠긴 깊이에 주목한 덕분에 해결할 수 있지 않았나? 따라서 흉상 세 개가 깨진 일도 내게는 그냥 웃어넘길 수 없는 사건일세. 레스트레이드, 이번 사건에 새로운 움직임이 생기면 반드시 내게 연락해 주면 고맙겠습니다."

홈즈가 기다리던 새로운 움직임은 예상보다 훨씬 더 빨리 일어났다. 게다가 생각지도 못한 비극이 전개되었다. 이튿날 아침, 내가 침실에서 옷을 갈아입고 있을 때 문 두드리는 소리가 들리더니 곧 홈즈가 전보 한 통을 들고 들어왔다. 홈즈가 그 전보를 읽었다.

켄싱턴 피트 가 131번지로 바로 올 것. — 레스트레이드

내가 물었다.

"무슨 일일까?"

"글쎄……, 무슨 일이 일어난 모양이군. 내 생각에는 그 흉상 사건의 뒷이야기일 것 같아. 그렇다면 그 편집증 환자가 런던의 다른 곳에서도 활동을 시작한 것이 분명하네. 왓슨, 식탁 위에 커피를 준비해 두었네. 마차도 문 밖에서 기다리고 있고."

30분 뒤, 우리는 피트 가에 도착했다. 런던에서도 가장 번화한 거리 옆에 있으면서도 그곳만은 조용하고 조그만 별세계 같은 느낌이 들었다. 131번지는 훌륭하기는 하지만 납작하고 수수하게 지어진 집들 중 하나였다. 마차에서 보니 그 집 앞에 수많은 구경꾼들이 모여 있었다. 홈즈가 휘파람을 불었다.

"꽤나 많은 사람들이 모였군! 적어도 살인미수 정도의 사건은 일어났나 봐. 웬만해서는 절대로 시간을 허비하지 않는 런던의 전보 배달 소년까지 구경하고 있어. 어깨를 둥글게 하고 목을 길게 빼고 있는 뒷모습을 보니 어떤 폭력 사건이 일어났나 보군. 저건 뭐지, 왓슨? 맨 위 계단은 물로 닦았는데 다른 곳은 말라 있어. 어쨌든 저 계단만 봐도 얼마나 커다란 사건인지 잘 알 수 있겠군! 아, 정면 창으로 레스트레이드가 보이는구먼. 어떻게 된 일인지 바로 들을 수 있겠지."

레스트레이드는 아주 심각한 얼굴로 우리를 맞았다. 그리고 우리를 거실로 데리고 갔는데 거기에는 플란넬로 만든 실내복을 입은 중년 남자가 있었다. 그 사람은 머리가 헝클어진 채 안절부절못하고 방 안을 서성거렸다.

"이 집의 주인이자 센트럴 통신사의 기자인 호러스 하커 씨입니다."

레스트레이드 경위는 우선 집주인을 소개한 뒤, 우울하게 말했다.

"이번에도 나폴레옹 흉상 사건입니다. 어젯밤 선생님이 커다란 흥미를 느끼신 듯하고 사건도 더욱 심각해졌으니 오시라고 청해도 될 것 같았습니다."

"심각해졌다고요?"

"살인입니다. 하커 씨, 다시 한 번 있는 그대로 이야기해 주시기 바랍니다."

실내복을 입은 사람이 어두운 얼굴을 우리 쪽으로 향했다.

"저는 이 나이가 될 때까지 다른 사람들의 뉴스를 취재해 왔습니다. 그런데 이번에는 자기 일을 보도해야 하는 어처구니없는 사태가 벌어져서 몹시 당황하고 있지요. 이래서는 단 한 줄도 못 쓰겠습니다. 내가 만일 기자 신분으로 여기에 왔다면 집주인인 나를 인터뷰해서 모든 석간신문에 큼지막한 기사를 보냈겠지만요. 그런데 지금은 여러 사람들에게 이 귀중한 이야기를 되풀이해서 말해 주고 있지만 정작 저는 기사 하나 쓸 수가 없군요. 하지만 저는 홈즈 선생님의 이름을 잘 알고 있습니다. 선생님이 이 수수께끼 같은 사건을 풀어 주신다면 다시 한 번 말씀드리는 것도 어렵지 않습니다."

홈즈는 자리에 앉아 하커 씨의 말에 귀를 기울였다.

"아무래도 문제의 원인은 네 달 전에 사서 이 방에 놓아두었던 나폴레옹의 흉상인 것 같습니다. 저는 그것을 하이 가 역에서 두 번째 옆에 있는 하딩 형제 상점에서 발견해 싼 값에 샀습니다. 저는 기사 대부분을 밤에 씁니다. 때로는 새벽녘까지 쓰는 경우도 흔히 있는데 오늘도 그랬습니다. 제일 위층의 안쪽에 있는 서재에서 일하고 있는데 새벽 3시쯤 되자 밑에서 무슨 소리가 들렸습니다. 귀를 기울여 보았지만 더 이상 아무 소리도 없기에 밖에서 들린 소리인가 했습니다. 그런데 그로부터 5분쯤 뒤에 갑자기 끔찍하기 짝이 없는 비명 소리가 들려왔습니다. 정말이지 무시무시한 소리였습니다. 살아 있는 동안 귓가를 맴돌며 떠나지 않을 겁니다. 너무 무서워서 1, 2분 정도 의자에 얼어붙은 채 앉아 있다가 부지깽이를 들고 밑으로 내려가 보았습니다. 이 방에 들어서니 창문이 열려 있더군요. 곧바로 난로 위 선반에 있던 흉상이 없어졌다는 사실을 깨달았습니다. 도둑이 어째서 그런 물건을 가지고 갔는지 이해할 수가 없었습니다. 그저 평범한 복제 석고상이어서 별로 가치 있는 것이 아니었거든요.

보면 아시겠지만 저 열려 있는 창문에 올라서서 발을 쫙 벌리면 현관의 계단에 발이 닿습니다. 도둑도 틀림없이 그렇게 했을 겁니다. 하지만 저는 돌아가서 현관문을 열고 어둠 속으로 발을 내밀었는데 그때 쓰러져 있던 무언가에 걸려 넘어질 뻔했습니다. 저는 다시 돌아와서 불을 가지고 나갔습니다. 놀랍게도 제 발에 걸렸던 것은 시체였습니다. 그 가엾은 사람은 목을 깊이 찔려서 사방이 피바다였습니다. 하늘을 바라본 채 무릎을 구부리고 입을 벌리고 있는 모습이 얼마나 끔찍하던지……. 앞으로는 꿈에서 그 모습을 자주 볼 것만 같아 두렵습니다. 어쨌든 저는 경찰을 부르려고 호루라기를 불었습니다. 하지만 바로 정신을 잃었나 봅니다. 눈을 떠 보니 저는 집 안의 홀에 쓰러져 있었고, 옆에 경찰관 한 명이 서 있었습니다. 그 사이의 일은 하나도 기억이 안 납니다."

홈즈가 물었다.

"그랬군요. 그런데 살해당한 남자는 누구입니까?"

레스트레이드가 대신 대답했다.

"그 남자의 신원을 알 수 있는 단서가 하나도 없습니다. 시체는 임시 안치소로 옮겼지만 아직 아무것도 알아내지 못했습니다. 키가 크고 얼굴은 햇볕에 탔으며 아주 힘이 세 보이는데 나이는 서른도 되지 않았을 겁니다. 차림은 추레하지만 노동자로는 보이지 않고요. 짐승의 뿔로 만든 손잡이가 달린 해군용 칼이 시체 옆 피 웅덩이에 떨어져 있었습니다. 가해자의 살인 무기인지 죽은 사람의 소지품인지는 모릅니다. 옷에도 이름이 없고 주머니에는 사과 한 알, 실, 1실링짜리 런던 지도, 그리고 사진이 한 장 있었을 뿐입니다. 이것이 그 사진입니다."

그것은 소형 카메라로 찍은 스냅 사진이었다. 눈썹이 짙고 매우 민첩하며 빈틈없어 보이는 남자가 찍혀 있었다. 특히 얼굴의 아래쪽 절반이 개코원숭이처럼 심하게 튀어나온 것이 눈에 띄었다. 그 사진을 주의 깊게 살펴보던 홈즈가 말했다.

"그런데 나폴레옹 흉상은 어떻게 되었나요?"

레스트레이드가 대답했다.

"선생님이 도착하기 직전에 소식이 왔습니다. 캠던 하우스 거리에 있는 빈집의 앞뜰에서 산산이 부서진 채 발견되었다고 합니다. 지금 막 가려던 참이었는데, 같이 가시겠습니까?"

"물론이죠. 하지만 그 전에 이곳을 한번 둘러봐야겠습니다."

홈즈는 양탄자와 창문을 꼼꼼하게 살펴보더니 말했다.

"그 도둑은 다리가 아주 길거나 몸이 무척 가벼운 녀석이로군요. 계단에서 창문까지 거리를 생각해 보면 밖에서 들어올 때 거기에서 손을 뻗어서 창문을 열기란 보통 어려운 일이 아니에요. 그에 비하면 나갈 때는 아주 편하겠지만. 하커 씨, 당신도 깨진 흉상을 보러 가시겠습니까?"

완전히 기력을 잃은 기자는 책상 앞에 앉은 채 움직이려 들지 않았다.

"아무튼 어떻게든 이 사건에 대한 정리를 해야겠습니다. 틀림없이 석간의 제1판에 자세한 기사를 실어 이미 발행했을 테지만요. 저는 언제나 이 모양입니다! 동커스터에서 객석이 무너진 사건을 기억하고 계시죠? 그때 저는 객석에 있던 유일한 기자였습니다. 그런데 그 기사를 싣지 않은 유일한 통신사도 우리 회사였지요. 제가 너무 놀란 나머지 기사를 쓰지 못했거든요. 이번에도 그렇게 될 것 같습니다. 우리 집 현관 앞에서 살인이 일어났는데 이번에도 남들에게 뒤질 것 같아요."

우리가 방에서 나설 때, 하커 기자가 풀스캡판 종이 위에 펜으로 글을 쓰는 날카로운 소리가 들려왔다.

산산조각 난 흉상의 파편이 발견된 곳은 하커의 집에서 200미터에서 300미터 남짓 떨어진 곳이었다. 아직 정체도 모르는 사람이 정신이 이상해질 만큼 미워해서 부수어 버린 위대한 황제의 흉상을 우리는 그때 처음으로 알현했다. 파편은 산산이 부서져서 풀밭 위에 흩어져 있었다. 홈즈는 그 파편 중 몇 개를 주워 면밀하게 살펴보았다. 그의 신중한 태도를 보고 나는 마침내 어떤 단서를 잡았다고 생각했다. 레스트레이드가 물었다.

"어떻습니까?"

홈즈가 어깨를 으쓱한 뒤 말했다.

"아직 해결하려면 갈 길이 멉니다. 하지만……, 수사를 시작할 단서는 두어 개 있어요. 이런 하찮은 흉상을 손에 넣기 위해서 살인까지 했다는 점. 이것이 첫 번째 단서입니다. 그렇다면 이 이상한 범인에게 흉상은 사람의 목숨보다 중요한 것일 테지요. 다른 단서는, 만약 흉상을 부수는 것이 목적이었다면 왜 집 안에서, 혹은 집에서 나와 바로 부수지 않았을까 하는 점입니다. 아무리 생각해도 이상합니다. 이것이 두 번째 단서예요."

레스트레이드는 반론을 제기했다.

"범인은 뜻밖에도 낯선 사람과 맞닥뜨려 매우 당황한 나머지 그런 짓을 하지 않았을까요? 자신이 무슨 짓을 하는지조차 모르고 정신없이 저지른 겁니다."

"가능한 얘기입니다. 그래서 사람을 죽였을지도 모르죠. 하지만 범인이 어째서 이 집까지 흉상을 가지고 와서 깨뜨렸는지를 생각해 봅시다."

레스트레이드가 주위를 둘러보고 말했다.

"여기는 빈집이라 이 집 정원에서라면 아무에게도 방해받지 않고 부술 수 있으니까요."

"그건 그렇지요. 하지만 빈집이라면 여기에 오기 전에 한 집 더 있지 않습니까? 게다가 그 빈집이 훨씬 더 가까운 곳에 있고. 흉상을 들고 조금이라도 더 오래 걸으면 누군가를 만날 위험이 더 높아지는데 어째서 가까이에 있는 빈집의 정원에서 부수지 않았을까요?"

레스트레이드는 두 손을 들고 말았다.

"모르겠습니다. 왜 그런 겁니까?"

홈즈가 머리 위의 가로등을 가리키며 말했다.

"이유는 간단합니다. 여기서는 자기가 무슨 짓을 하는지 보이기 때문입니다. 저쪽에 있는 빈집의 정원에는 불빛이 없고요."

레스트레이드가 탄식하듯 말했다.

"그렇군요! 틀림없이 그럴 겁니다. 그러고 보니 바니콧 박사의 흉상도 붉은 램프에서 그렇게 멀리 떨어지지 않은 곳에 깨져 있었지요. 하지만 선생님, 그 단서에서 무엇을 유추하면 좋겠습니까?"

"기억해 두고 기록해 두시오. 나중에 이 단서와 관계있는 일이 일어날지도 모르니까요. 그런데 레스트레이드, 당

신은 앞으로 수사를 어떻게 해 나갈 생각입니까?"

"진상을 밝힐 수 있는 가장 확실한 방법은 우선 살해당한 남자의 신원을 파악하는 것이라고 생각합니다. 간단히 알아낼 수 있을 겁니다. 살해당한 남자가 누구인지, 어떤 친구들과 사귀었는지를 밝혀낸다면 어젯밤에 피트 가에서 무엇을 했는지도 알 수 있겠지요. 그것을 알아내면 호러스 하커 씨의 현관 앞에서 누구에게 살해당했는지도 알 수 있을 겁니다. 그렇지 않습니까?"

홈즈가 고개를 끄덕였다.

"맞아요, 틀린 말은 아닙니다. 하지만 내가 생각하는 방법은 그것과 전혀 다른 겁니다."

"그럼 어떻게 수사할 생각이십니까?"

"내 방법을 말해서 당신의 방법에 혼동을 주어서는 안 되겠죠. 당신은 당신의 방법대로 하고 나는 내 방법대로 합니다. 그 결과 서로의 부족한 점을 보충할 수 있다면 오히려 좋지 않겠습니까?"

"네, 좋습니다."

레스트레이드 경위가 고개를 크게 끄덕였다. 그러자 홈즈가 뜻밖의 말을 했다.

"지금부터 피트 가로 다시 갈 생각이라면 호러스 하커 씨를 만날 테니 내 말을 전해 주시오. '마침내 홈즈가 범인을 알아낸 것 같은데, 어젯밤 당신의 집에 숨어든 것은 나폴레옹에게 지나치게 집착한 나머지 어떤 망상을 품은 위험한 살인광임에 틀림없다.'라고요. 아마 기사를 쓰는 데 도움이 될 겁니다."

레스트레이드가 놀란 눈으로 홈즈를 바라보았다.

"설마 진심으로 그렇게 믿고 계신 건 아니겠지요?"

"내가 믿지 않는다고요? 어쩌면 그럴지도 모르지요. 하지만 그것을 가르쳐 주면 기사를 못 쓰겠다고 한탄하던 호러스 하커 씨도 기뻐할 테고, 센트럴 통신의 독자들도 틀림없이 기뻐할 겁니다. 자, 왓슨, 오늘은 우리에게 정신없이 바쁘고 긴 하루가 될 것 같구먼. 어쨌든 여러 가지 해야 할 일들이 아주 많아. 그리고 레스트레이드, 저녁 6시에 어떻게든 시간을 내서 베이커 가에 있는 우리 집으로 와 주시오. 그때까지 죽은 사람이 가지고 있던 이 사진을 좀 빌리겠습니다. 내 추리가 정확하다면 오늘밤에 조그만 모험을 해야 할지도 모르니까 그때 당신도 함께 가서 힘을 보태 주었으면 좋겠습니다. 그럼 이따가 만납시다. 행운을 빕니다."

셜록 홈즈와 나는 하이 가 쪽으로 걷기 시작했다. 그리고 나폴레옹의 흉상을 팔았다는 하딩 형제 상점으로 들어갔다. 하딩 씨를 만나고 싶다고 하자 젊은 점원 하나가 나와서 주인은 오후에나 나온다고 하면서 자기는 일을 시작한 지 얼마 되지 않아서 아무것도 모른다고 했다. 홈즈는 실망한 듯했지만 곧 마음을 다잡고 말했다.

"어쩔 수 없지. 모든 일이 내 생각대로 되는 건 아니니까. 왓슨, 하딩 씨가 없다니 오후에라도 다시 찾아와야겠네. 아마 자네도 눈치챘겠지만 나는 흉상이 어디서 만들어졌는지 반대로 거슬러 올라갈 생각이야. 나폴레옹 흉상이 그런 꼴을 당하는 데에는 어떤 이유가 있을 걸세. 하딩 형제 상점은 나중에 다시 오기로 하고 케닝턴 거리의 모스 허드슨 상점으로 가서 조사해 보세."

모스 허드슨 상점까지는 마차로 한 시간 정도 걸렸다. 모스 허드슨은 얼굴이 붉으며 몸집이 작고 뚱뚱한 남자로 매우 활달했다.

"네, 네. 이 안에 있는 카운터 위에서요. 무엇 때문에 비싼 세금을 내는 건지 모르겠다니까요. 난폭한 놈이 가게로 뛰어들어 상품을 깨 놓다니. 네, 제가 바니콧 선생님에게 두 점을 팔았습니다. 왜 그런 짓을 하는 건지. 그건 파괴주의자의 짓입니다. 틀림없어요. 파괴주의자가 아니라면 흉상을 왜 깨뜨리겠습니까? 녀석들은 과격파일 겁니다, 분명히. 어디서 들여왔냐고요? 그런 거 조사해 봐야 아무 도움도 되지 않을 텐데요. 그래요, 꼭 알아야겠다고요? 그건 스테프니의 처치 가에 있는 겔더 상회에서 들여 온 겁니다. 벌써 역사가 20년이나 되었고 그 방면에서는 유명한 상회죠. 몇 점 들여왔느냐고요? 2 더하기 1은 3이니까 세 점입니다. 두 점은 바니콧 선생님에게 팔았고, 또 하나는 대낮에 이 카운터에서 깨져 버렸지요. 이 사진에 찍힌 사람을 아느냐고요? 이 남자 말인가요? 글쎄요……, 잠깐만요. 네, 생각났어요. 이건 베포예요! 틀림없이 베포입니다! 베포는 이탈리아 사람이고 삯일을 하던 임시 직원이었는데 아주 일을 잘했지요. 조각도 조금 할 줄 알고, 액자 틀에 금을 입히는 일도 하는 데다 그것 말고도 여러 가지 일을 해 주었습니다. 그런데 지난주에 그만두고 나갔습니다. 그 다음부터는 무엇을 하는지 통 소식을 듣지 못했습니다. 네, 어디서 왔는지도 모릅니다. 여기에서 일하는 동안 이렇다 할 나쁜 짓을 한 것도 아니니 굳이 알려고도 하지 않았거든요. 맞아요, 흉상이 깨지기 이틀 전에 그만두었습니다."

가게에서 나와 홈즈가 말했다.

"모스 허드슨에서 더 이상의 단서가 될 만한 이야기는 찾을 수 없을 걸세. 하지만 베포라는 사람을 알아낸 것만 해도 커다란 수확이지. 케닝턴과 켄싱턴에서 이 베포라는 남자가 공통분모로 나타났으니 15킬로미터나 마차를 달려온 보답을 받은 걸세. 자, 왓슨, 이번에는 흉상을 만든 스테프니의 겔더 상회로 가 보자고. 겔더 상회에서 어떤 유력한 단서를 잡지 못할 리가 없어."

우리는 유행의 첨단을 달리는 런던의 거리, 호텔이 즐비한 런던의 거리, 수많은 극장이 있는 런던의 거리, 문학자와 문학을 좋아하는 사람들이 모이는 런던의 거리, 상업이 활발한 런던의 거리 등을 지나 마지막으로 유럽의 버려진 자들이 10만 명이나 모여 사는 강변으로 찾아갔다. 그곳에는 빈민굴이 들어서 있었기에 시큼한 냄새가 났다. 겔더 상회는 한때 부유한 상인들이 살던 넓은 거리에 있었는데 정면에 있는 꽤 큰 정원에는 비석과 석상이 가득했다. 안에 있는 커다란 방에서는 50명쯤 되는 노동자들이 조각을 하기도 하고 틀을 만들기도 하며 일하고 있었다. 우리를 맞은 지배인은 금발에 몸집이 커다란 독일인이었다. 지배인은 정중하게 우리를 맞았으며 홈즈의 질문에 시원시원하게 대답

해 주었다. 지배인이 보여 준 장부를 보니 데빈의 나폴레옹 석고상은 몇 백 개나 복제되었다. 그리고 1년쯤 전에 여섯 점을 한꺼번에 만들었는데 그중 절반은 모스 허드슨 씨가 사 갔고 나머지는 하딩 씨가 사 갔다. 그 여섯 점이 다른 복제품과 다른 것은 하나도 없으니 특별히 그것들만 골라 부수려는 사람이 있을 것 같지는 않다며 지배인은 웃음을 터뜨렸다. 그런 다음 지배인은 흉상에 대해서 설명해 주었다. 여기서 만든 것은 6실링에 납품하고 소매상에서는 12실링 이상에 판다고 했다. 그 다음에는 만드는 법에 대해 얘기해 주었다. 우선 틀 두 개로 얼굴 좌우의 석고를 따로 만들고 나서 그것을 붙이는데 그 작업은 보통 이탈리아 사람들이 한다고 했다. 완성이 되면 복도로 가져가 탁자 위에서 건조한 뒤 창고에 넣는다는 것이다. 그런데 홈즈가 그 사진을 꺼내 보여 주자 뜻밖의 일이 벌어졌다. 지배인의 얼굴이 순식간에 벌겋게 변하더니 화를 내며 소리를 지르기 시작했다. 파란 눈 위의 눈썹이 잔뜩 찌푸려져 있었다.

"아, 이 불한당 녀석 말인가요? 네, 물론 알고 있죠. 잘 알고 있습니다. 우리 회사에서는 지금까지 단 한 번도 문제를 일으킨 적이 없었는데 이 녀석 때문에 처음으로 경찰이 온 적이 있습니다. 1년도 더 된 일입니다. 녀석이 거리에서 같은 이탈리아 사람을 찌르고 경찰에 쫓겨 이리로 도망쳐 왔던 것이죠. 결국 공장 안에서 잡혔지만 꽤 소란스러웠습니다. 녀석의 이름은 베포라고 하는데 성이 무엇인지는 저도 잘 모르겠습니다. 그런 녀석을 고용한 것은 큰 실수였습니다. 물론 녀석의 실력이 좋기는 했습니다. 직원들 가운데서도 솜씨가 가장 좋은 축에 들었으니까요."

"그래서 그 남자는 어떻게 되었습니까?"

"찔린 남자가 목숨을 건진 덕에 1년 형을 받았습니다. 지금쯤은 감옥에서 나왔겠지요. 하지만 여기에는 한 번도 얼굴을 내밀지 않았습니다. 그 사촌이 우리 공장에 있는데 그러면 녀석이 지금 어디에 있는지 가르쳐 줄지도 모릅니다."

지배인의 말에 홈즈가 외쳤다.

"아니, 아닙니다. 그 사촌에게는 아무런 말도 하지 마십시오. 아무 말도요. 부탁입니다. 이건 매우 큰 문제인데 이야기를 들으면 들을수록 더욱 심각해지는 것 같군요. 지금 당신이 장부를 넘길 때 봤는데, 그 여섯 점의 흉상을 납품한 날이 작년 6월 3일로 되어 있더군요. 베포가 잡힌 날이 언제인지도 기억합니까?"

"마지막 임금을 언제 지불했는지 살펴보면 대략적인 날짜는 알 수 있을 겁니다."

지배인은 이렇게 말하더니 임금 지불 장부를 넘겼다.

"여기 있습니다. 기록에 따르면 베포에게 마지막 임금을 지불한 날짜는 5월 20일입니다."

"그렇군요. 귀한 시간 내주셔서 고맙습니다."

그런 다음 홈즈는 우리가 조사하러 왔다는 사실을 아무에게도 말하지 말라고 지배인에게 신신당부한 뒤 밖으로 나왔다. 그리고 다시 서쪽으로 돌아갔다.

우리는 꽤 늦은 오후가 되어서야 식당에 들어가 점심을 먹을 수 있었다. 레스토랑의 입구에는 각 신문 주요 기사의 표제어가 적혀 있었는데, 〈켄싱턴의 대사건—광인의 살인〉이라는 제목이 있었다. 호러스 하커 씨가 마침내 자기 사건을 기사로 쓴 것이었다. 하커 씨는 자극적이고 선정적인 표현력을 힘껏 발휘해 두 단짜리 기사를 작성했다. 식사를 하는 동안 홈즈는 신문을 펼쳐 들고 읽기 시작했는데 한두 번 낄낄거리며 웃었다.

"이거 재미있군. 왓슨, 읽어 줄 테니 들어 보게."

다행히 이 사건에 대한 의견은 일치하고 있다. 경찰국의 수사진 중에서도 가장 경험이 많은 레스트레이드 경위와 유명한 사립 탐정 셜록 홈즈는 결국 살인으로까지 이어진 이 사건을 두고 계획된 범행이 아니라 정신병에서 비롯된 우발적인 범행이라는 같은 결론을 내렸다. 여러 가지 상황을 고려하면 정신 이상자의 소행이 아니고서야 이번 사태를 설명할 길이 없음은 자명하다.

"왓슨, 이용 방법만 잘 알고 있다면 신문만큼 편리한 것도 없다네. 자, 식사를 마쳤으면 켄싱턴으로 돌아가 하딩 형제 상점에서는 뭐라고 하는지 들어 보세."

커다란 상점을 일으킨 주인은 활달하고 몸집이 작은 사내로 머리도 좋고 말솜씨도 좋았다. 홈즈의 물음에 주인은 다음과 같이 대답했다.

"네, 사건은 석간에서 이미 읽었습니다. 호러스 하커 씨는 저희 단골입니다. 몇 달 전에 그 흉상을 팔았습니다. 스테프니의 겔더 상회에서 세 점을 주문했지요. 지금은 다 팔렸습니다. 누구에게 팔았냐고요? 잠시만 기다려 주십시오. 판매 장부를 보면 됩니다. 네, 여기에 전부 기록되어 있습니다. 한 점은 아시는 대로 하커 씨에게 팔렸고, 또 한 점은 치스윅 레버넘 베일에 있는 레버넘 저택의 조시어 브라운 씨가 사 가셨습니다. 나머지 하나는 레딩의 로워 그로브 거리에 살고 있는 샌드퍼드 씨에게 팔렸군요."

그런 다음 홈즈는 다시 그 사진을 보여 주었다.

"아니요. 이런 사람은 본 적도 없습니다. 한 번 보면 잊을 수가 없는 얼굴인데요. 이렇게 추한 사람은 보기 드문 법이니까요. 이탈리아 사람을 고용하느냐고요? 그야 청소나 잡무를 위해서는 누구든 고용합니다. 뭐, 보려고 마음만 먹으면 누구든 이 장부를 볼 수 있을 겁니다. 다른 사람이 봐도 크게 문제될 게 없으니까요. 어쨌든 좀 특이한 사건인 듯하군요. 제가 무슨 도움이나 되었는지 모르겠습니다."

홈즈는 하딩이 이야기하는 내용을 몇 번이고 수첩에 적었으며, 수사가 잘 진행되고 있는 듯 만족스러워하는 표정을 지었다. 그러나 홈즈는 서둘러 가지 않으면 레스트레이드와의 약속 시간에 늦겠다는 말만 하고 입을 다물었다. 그의 말은 틀리지 않았다. 베이커 가의 집에 도착해 보니 레스트레이드 경위는 벌써 와서 우리를 기다리고 있었다. 그는 초조한지 방 안을 서성이고 있었는데 몹시 자랑스러워하는 표정을 짓고 있었다. 아무래도 그날의 수사에서 커다란 수확이 있는 모양이었다.

"아, 홈즈 선생님. 좋은 소식이라도 있습니까?"

"우리는 하루 종일 무척 바빴습니다. 완전히 헛걸음치지는 않은 것 같아요. 우리는 두 군데의 소매상과 제조 공장을 조사했고, 흉상을 제조한 곳에서 어디로 팔려갔는지 알아낼 수 있었습니다."

"흉상이라고요? 그래요, 선생님에게는 나름대로의 방법이 있겠죠. 거기에 대해서 제가 이러쿵저러쿵 떠들 생각은 없습니다. 하지만 오늘은 선생님보다 제가 더 큰 성과를 올린 듯합니다. 저는 살해당한 남자의 신원을 파악했거든요."

"정말인가요?"

"그리고 살인 동기도 알아냈습니다."

"놀랍군요!"

"우리 경찰에는 극빈자와 도둑이 우글거리는 새프런 힐을 비롯해서 이탈리아인 거리를 전문으로 하는 경위가 있습니다. 저는 그 살해당한 남자가 목깃에 가톨릭교 배지를 달고 있고 피부가 거뭇한 것을 보고 남유럽에서 온 사람이 아닐까 생각했습니다. 그래서 이탈리아인을 전문으로 하는 경위에게 시체를 보여 주었더니 바로 가르쳐 주더군요. 이름은 피에트로 베누치로 나폴리에서 온 사람인데 런던에서도 가장 흉악한 불한당 중 한 명이었습니다. 피에트로는 마피아의 일원입니다. 선생님도 아시겠지만 마피아는 명령이 떨어지면 아무렇지도 않게 살인을 저지르는 이탈리아의 조직입니다. 피에트로가 마피아라면 선생님도 어째서 이번 사건이 일어났는지 잘 아시리라 생각합니다. 틀림없이 다른 한 사람,

살인을 저지른 사람도 이탈리아인으로 마피아의 일원일 겁니다. 녀석은 어떤 이유로 마피아의 규칙을 어겼고 피에트로가 녀석의 뒤를 쫓았을 겁니다. 피에트로의 주머니에 있던 사진은 엉뚱한 사람을 죽이지 않기 위해 가지고 있었던 거고요. 그리고 피에트로가 그 녀석을 미행하다가 그가 하커의 집에 들어가는 것을 보고 밖에서 기다렸습니다. 그런데 반대로 자신이 목숨을 잃은 겁니다. 선생님, 어떻게 생각하십니까?"

홈즈는 박수를 쳤다. 그리고 외쳤다.

"훌륭해요! 레스트레이드, 훌륭해요! 하지만 흉상이 깨진 이유에 대해서는 전혀 설명하지 못했군요."

"아직도 흉상 타령을 하십니까? 선생님 머릿속에는 흉상이 들러붙어 떨어지지 않는 모양입니다. 흉상은 신경 쓸 필요도 없는 사소한 사건입니다. 흉상을 깨뜨린 것은 아주 작은 죄로 기껏해야 6개월 형을 선고받을 뿐이죠. 우리가 정말로 잡아야 할 것은 살인을 저지른 범인입니다. 그리고 사건 해결의 실마리는 전부 제 손 안에 있다고 해도 과언이 아닐 겁니다."

"그럼 앞으로 어떻게 할 생각입니까?"

"아주 간단합니다. 이탈리아인을 전문으로 다루는 경위와 함께 이탈리아인 거주지로 가서 그 사진 속의 남자를 찾아내 살인죄로 체포하면 됩니다. 선생님도 같이 가시겠습니까?"

"아니, 됐습니다. 좀 더 간단한 방법으로 목적을 이룰 수 있을 겁니다. 아직 확실하다고 장담할 수는 없지만. 왜냐하면 이 일은 우리의 힘으로는 어쩔 수 없는 무엇인가에 좌우되고 있기 때문이에요. 그래도 나는 절반의 확률로 희망을 걸고 있습니다. 레스트레이드, 오늘 밤 우리와 함께 가면 범인을 잡을 수 있도록 도와 주겠소."

"이탈리아인 거주지로요?"

"아니요, 녀석을 쉽게 잡을 수 있는 곳은 치스윅이라고 생각합니다. 오늘밤 당신이 치스윅으로 가 준다면 내일은 당신을 따라서 이탈리아인 거리에 가도록 하죠. 이탈리아인 거리는 하루 늦어져도 상관없지 않습니까? 그럼, 그렇게 하지요. 11시 넘어서 출발하고 아침에나 돌아올 수 있을 테니 그때까지 두어 시간 자면서 쉬는 게 좋겠습니다. 레스트레이드, 당신도 여기서 저녁을 먹고 출발할 때까지 이 소파에서 좀 자두세요. 왓슨, 자네는 벨을 울려서 전보 소년을 불러 주지 않겠나? 편지를 좀 보내고 싶거든. 그것도 지금 당장 보내야 할 중요한 편지일세."

그날 밤, 홈즈는 출발 전까지 방 하나를 가득 메우고 있는 예전 신문 스크랩을 뒤지고 있었다. 그 방에서 나와 밑으로 내려왔을 때 홈즈는 아무에게도 조사 결과를 말하지 않았지만 눈은 마침내 밝혀냈다는 만족감으로 빛나고 있었다. 나는 홈즈가 이 어려운 사건의 실마리를 풀어 나간 과정을 하나하나 머릿속으로 그려 보았다. 마지막에는 어떻게 해결할 생각인지 나로서는 알 길이 없었지만 그가 지금 무슨 생각을 하고 있는지는 분명했다. 범인이 남은 두 점의 흉상도 부수러 오리라 생각하는 것이다. 남은 두 점의 흉상 중 하나는 치스윅에 있다. 오늘밤 그곳으로 가는 이유도 흉상을 훔치러 올 범인을 잡기 위해서일 것이다. 게다가 홈즈는 범인을 안심시키고 남은 흉상을 부수러 오게 하기 위해서 일부러 잘못된 추리를 석간에 싣게 했다. 그 방법에는 언제나처럼 감탄하지 않을 수 없었다. 범인은 경찰이 나폴레옹에 집착하는 미치광이가 흉상을 부수고 있다는 결론을 내렸다고 생각할 것이다. 그러면 대담하게도 다시 범행을 저지를 테고 우리는 범인을 기다렸다가 잡으면 된다. 거기까지 홈즈의 생각을 읽고 있었으므로 나는 출발할 때 권총을 준비하라는 친구의 말에도 그렇게 놀라지 않았다. 홈즈는 자신이 좋아하는, 납을 넣은 사냥용 채찍을 가지고 갔다.

사륜마차는 11시에 도착했다. 홈즈와 레스트레이드, 나까지 셋은 그것을 타고 해머스미스 다리 맞은편까지 갔다. 우리는 마부에게 거기서 기다리라고 하고 조금 걸어갔다. 잠시 뒤에 안락해 보이는 집들이 늘어선 한적한 골목으로 접어들었다. 가로등 불빛을 통해 어떤 집의 문기둥에 '레버넘 저택'이라고 적힌 것을 확인할 수 있었다. 사람들은 모두 잠들었는지 집은 새카만 어둠에 잠겨 있었다. 단지 홀 위의 불빛이 흘러나와 정원의 좁은 길 한쪽을 둥그렇게 밝히고 있을 뿐이었다. 판자로 만든 담의 안쪽이 특히 어두워 보였기에 우리는 안으로 숨어들어가 거기에 몸을 웅크렸다. 홈즈가 조그만 목소리로 말했다.

"꽤 오래 기다려야 할지도 몰라. 그러니 비가 내리지 않고 별이 반짝인다는 사실에 감사해야 할 걸세. 시간을 죽이기 위해서 함부로 담배를 피워서도 안 돼. 하지만 성공 확률이 절반이나 되니 우리의 고생도 보답을 받을 걸세."

그러나 홈즈의 예상과 달리 우리는 오랫동안 기다릴 필요가 없었다. 갑자기, 정말 갑자기 생각지도 못했던 형태로 기다림이 끝나고 말았다. 발소리도 들리지 않았는데 갑자기 문이 열리더니 날렵한 느낌이 드는 검은 그림자가 원숭이처럼 잽싸게 정원의 좁은 길을 달려 나갔다. 그리고 딱 한 번, 홀의 현관 위에서 쏟아지는 둥근 빛 속을 지날 때 우리에게 얼핏 모습을 보이는가 싶더니 곧 어두운 집의 그림자 속으로 모습을 감추었다. 그때부터 한동안 아무 소리도 들리지 않았다. 숨을 죽인 채 기다리고 있자니 곧 삐거덕 하는 소리가 들려왔다. 창문을 연 것이었다. 그 소리가 그치자 다시 정적에 잠겼다. 녀석은 집 안으로 들어간 것이 분명했다. 그 순간 갑자기 어떤 방에서 어두운 램프 불빛이 희미하게 흘러나왔다. 찾는 물건이 거기에 없었던지 잠시 뒤에는 다른 방의 창문이 희미하게 밝아졌고, 다시 그 다음 방으로 옮겨갔다. 레스트레이드가 속삭였다.

"녀석이 들어갈 때 열어 놓은 창문 밑에서 기다립시다. 놈이 나올 때 덮치는 겁니다."

그러나 우리가 움직이기 전에 녀석은 다시 그 창문으로 나왔다. 그리고 정원의 좁은 길을 둥글게 비추는 불빛까지 왔을 때, 그가 하얀 물건을 끌어안고 있는 것이 눈에 들어왔다. 그는 불빛 속에서 가만히 주위를 둘러보았다. 길을 지나는 사람의 기척이 없자 안심한 듯, 우리에게서 등을 돌린 채 물건을 떨어뜨리는가 싶더니 다음 순간 쨍그랑 하는 소리와 석고를 산산이 깨는 소리가 들려왔다. 우리가 잔디를 밟으며 가만히 다가갔으나 자신이 하고

있는 일에 정신이 팔린 나머지 전혀 눈치채지 못했다. 먼저 홈즈가 호랑이처럼 녀석의 뒤로 달려들었다. 뒤이어 레스트레이드 경위와 내가 양쪽에서 녀석의 팔을 붙잡았다. 경위의 수갑이 곧 소리를 내며 남자의 손목에 채워졌다. 경위가 잡아 일으키자 그 사납고 인상이 나쁜 사내가 분하다는 표정을

지으며 우리를 매섭게 노려보았다. 녀석은 우리가 예상했던 바로 그 인물이었다.

홈즈는 범인을 돌아볼 생각도 않고 웅크려 앉아 범인이 가지고 나온 물건을 하나도 놓치지 않겠다는 듯 살펴보았다. 그것은 오늘 아침에 호러스 하커의 집에서 본 것과 마찬가지로 산산조각 나 있었다. 홈즈는 그 파편을 하나하나 주워들어 홀 위에서 쏟아지는 불빛에 주의 깊게 비춰 보았으나 특별히 다른 것은 없었다. 잠시 뒤, 홈즈가 흉상의 파편을 전부 살펴보고 있을 때 홀에 환하게 불이 들어왔다. 그리고 현관문이 열리더니 이 집의 주인이 뚱뚱한 몸에 셔츠와 바지만 입고 모습을 드러냈다. 홈즈가 말을 걸었다.

"조시어 브라운 씨입니까?"

"그렇습니다. 셜록 홈즈 씨지요? 선생님이 특급 전보 소년을 통해 보내신 편지를 받고 말씀대로 했습니다. 모든 방문을 걸어 잠그고 무슨 일이 일어날지 지켜보고 있었지요. 어쨌든 도둑을 잡아 다행입니다. 여러분, 안으로 들어와서 차라도 한잔 하시죠."

그러나 레스트레이드가 한시라도 빨리 범인을 안전한 곳으로 옮기고 싶어 했기에 우리는 마차를 불러 곧장 런던으로 돌아왔다. 범인은 단 한마디도 말을 하지 않았을 뿐만 아니라 흐트러진 머리카락 아래 매서운 눈으로 우리를 노려보았다. 한번은 내가 무심코 옆으로 손을 뻗었더니 굶주린 승냥이처럼 덥석 물려 들 정도였다. 우리는 한동안 경찰서에서 기다려야만 했다. 잠시 뒤 범인을 조사한 결과를 가르쳐 주었는데 범인의 소지품이라고는 동전 몇 개와 자루에 핏자국이 선명한 긴 칼뿐이었다. 헤어지기 직전에 레스트레이드가 말했다.

"신원에 관해서는 걱정하지 않아도 됩니다. 이탈리아인을 전문으로 다루는 경위가 전부 알고 있을 테니 곧 이름도 알 수 있을 겁니다. 특히 마피아와 관련된 사건이라는 저의 추리가 틀리지 않았음을 아시게 되겠지요. 홈즈 선생님에게는 진심으로 감사드립니다. 아주 간단히 저 남자를 잡아 주셨으니까요. 어떻게 해서 그렇게 하셨는지 저는 아직 모르겠지만요."

홈즈가 말했다.

"설명을 하기에는 밤이 너무 깊었습니다. 게다가 해야 할 일이 아직 한두 가지 더 남아 있기도 하고. 이건 끝까지 파헤칠 만한 가치가 있는 사건이니……. 내일 저녁 6시에 다시 한 번 우리 집으로 오시오. 그러면 당신이 아직 이번 사건의 전체적인 진상을 파악하지 못했다는 사실과, 이 사건이 범죄 역사에서도 전례를 찾아보기 어려운 사건이라는 사실을 알려 주겠습니다. 왓슨, 미리 말해 두겠네. 내가 다루는 조그만 사건을 계속해서 기록할 생각이라면 이번 사건만큼 멋진 것도 그리 흔치 않을 테니 꼭 기록해 두게나."

다음 날 저녁에 찾아온 레스트레이드는 범인에 대한 여러 가지 사실들을 들려주었다. 범인의 이름은 베포인 듯하나 성을 아는 사람은 없다. 이탈리아인 거리에서도 이름 높은 불량배인데 원래는 솜씨 좋은 조각가로 정직하게 살아가고 있었으나 어느 날 갑자기 나쁜 길로 접어들어 두 번이나 교도소에 다녀왔다. 처음에는 하찮은 도둑질 때문이었으나 나중에는 같은 이탈리아 사람을 칼로 찔렀다는 죄목이었다. 영어를 거의 완벽하게 구사하며 나폴레옹 흉상을 깨뜨린 이유에 대해서는 입을 다문 채 아무 말도 하지 않는다. 그자는 겔더 상회에서 일한 적이 있으니 어쩌면 그 흉상은 그자가 만들었을지도 모른다는 사실 등이었다. 레스트레이드가 이야기해 준 내용 대부분은 우리도 알고 있었다. 그런데도 홈즈는 예의바르게 이야기에 귀를 기울였다. 그러나 그를 잘 아는 나는 그렇게 귀 기울이는 척하면서도 사실 다른 생각을 하고 있음을 바로 알 수 있었다. 아무래도 홈즈는 불안해하고 초조해하면서 누군가가 찾아오기를 기다리고 있는 듯했다. 거기까지는 눈치를 챘으나 누구를 기다리고 있는지는 짐작도 할 수 없었다. 그 순간 갑자기 현관 벨이 울렸다. 그러자 홈즈는 의자에서 벌떡 일어나 두 눈을 반짝였다. 잠시 뒤에 계단을 올라오는 발소리가 들리더니 백발이 섞인 구레나룻을 기른 중년 남자가 방으로 들어왔다. 오른손에 들고 있던 낡은 여행용 가방을 탁자 위에 올려놓고 그 남자가 말했다.

"누가 셜록 홈즈 씨입니까?"

홈즈가 빙그레 웃으며 머리를 숙였다.

"레딩의 샌드퍼드 씨이신가요?"

"네. 늦어서 죄송합니다. 기차가 늦어져서요. 제가 가지고 있는 흉상에 관한 일로 편지를 받았습니다."

"네, 맞습니다."

"홈즈 씨가 보낸 편지를 가져왔습니다. '저는 데빈의 나폴레옹 흉상의 복제품을 갖고 싶습니다. 샌드퍼드 씨가 갖고 계신 물건을 10파운드에 사겠습니다.'라고 적혀 있는데 맞습니까?"

"물론입니다."

"저는 이 편지를 받고 매우 놀랐습니다. 제가 이것을 가지고 있다는 사실을 어떻게 알았는지 도통 알 수가 없었으니까요."

"아마 놀라셨을 겁니다. 하지만 그에 대한 설명은 아주 간단합니다. 하딩 형제 상점의 하딩 씨가 마지막 남은 복제품을 당신에게 팔았다며 당신의 주소를 가르쳐 주었으니까요."

"아, 그랬습니까? 그럼 제가 이것을 얼마에 샀는지도 하딩이 가르쳐 주었습니까?"

"아니요. 그 말은 못 들었습니다."

"그렇습니까? 저는 부자는 아니지만 정직한 사람입니다. 이것을 10파운드에 넘기기 전에 사실을 말해 두어야겠습니다. 저는 이 흉상을 단돈 15실링에 샀습니다."

"샌드퍼드 씨, 정말 훌륭한 말씀입니다. 하지만 저도 일단 값을 매겼으니 그 가격에 넘겨주셨으면 합니다."

"아주 인심이 후하시군요, 홈즈 씨. 말씀대로 흉상을 가져왔습니다. 여기 있습니다."

샌드퍼드가 가방을 열었다. 지금까지 산산조각 난 모습만 보았던 우리는 마침내 완전한 흉상을 탁자 위에서 볼 수 있었다. 홈즈가 주머니에서 종이 한 장을 꺼내고 다른 탁자 위에 10파운드짜리 지폐를 올려놓았다.

"실례하지만, 샌드퍼드 씨. 여기에 있는 증인들이 보는 앞에서 이 종이에 서명해 주시겠습니까? 당신이 지금까지 가지고 있던 흉상에 관한 모든 권리를 양도하겠다는 간단한 내용이 적혀 있습니다. 저는 매우 꼼

꼼한 사람이라서요. 나중에 무슨 일이 일어날지 모르니까요. 감사합니다, 샌드퍼드 씨. 이 돈을 받으시고 조심해서 돌아가시기 바랍니다."

샌드퍼드가 돌아간 뒤 셜록 홈즈는 참으로 묘한 짓을 했다. 홈즈는 우선 서랍에서 하얀 천을 꺼내 탁자 위에 깔았다. 그러더니 그 천 한가운데에 자기가 산 흉상을 올려놓았다. 마지막으로 사냥용 채찍을 집더니 나폴레옹 흉상의 머리 위로 강하게 내리쳤다. 흉상은 단번에 산산조각 나고 말았는데 홈즈는 부서진 파편을 아주 열심히 하나하나 살펴보기 시작했다. 그 다음 순간, 홈즈는 커다랗게 승리의 함성을 올렸다.

"찾았다!"

그리고 홈즈는 푸딩 속에 들어 있는 건포도처럼 검고 둥근 것이 박혀 있는 석고 파편을 높이 치켜들었다.

홈즈가 외쳤다.

"신사 여러분! 보르지아 가의 유명한 흑진주를 소개합니다!"

레스트레이드 경위와 나는 할 말을 잃고 멍하니 있었다. 하지만 곧 멋진 연극을 볼 때처럼 떠나갈 듯 박수를 쳤다. 홈즈의 창백한 뺨에 살짝 붉은 기운이 감도는가 싶더니 무대에서 관객들에게 칭찬을 들은 극작가처럼 우리를 향해 깊숙이 머리를 숙였다. 평소에 그

는 냉정하기 짝이 없어서 추리하는 기계 같았지만, 이 순간만큼은 그도 사람들의 칭찬에 기뻐하는 인간적인 모습을 보였다. 기품 높은 그는 쉽게 기뻐하고, 화내고, 슬퍼하는 대중들의 감정을 경멸했지만 마음을 허락한 친구가 진심으로 존경의 박수를 보낼 때면 깊이 감동했다. 홈즈가 힘차게 말했다.

"신사 여러분, 이것은 지금 세계에 있는 진주 중에서도 가장 유명한 것입니다. 이 진주는 이탈리아 귀족인 콜로나 대공이 머물던 데이커 호텔 침실에서 사라졌습니다. 그때부터 스테프니에 있는 겔더 상회에서 만든 여섯 개의 나폴레옹 흉상 가운데 하나에 들어가기까지의 경위를, 여러 가지 추리를 통해 제가 밝혀낼 수 있어서 다행으로 여깁니다. 레스트레이드, 당신도 기억하고 있을 겁니다. 이 흑진주가 없어졌을 때 얼마나 커다란 소동이 벌어졌는지 말입니다. 경찰국에서 전력을 기울여 수사했으나 결국에는 찾아내지 못했지요. 저도 의뢰를 받았지만 해결에 도움을 주지 못했으며 사건은 그대로 묻히고 말았습니다. 당시 콜로

나 대공비를 따라왔던 이탈리아 하녀가 의심을 받았지요. 그 여자의 오빠가 런던에서 살고 있었으나 오빠와 동생 사이에 연락을 주고받은 증거는 끝내 나타나지 않았습니다. 그 하녀의 이름은 루크레티아 베누치였으니 그제 밤에 살해당한 피에트로가 루크레티아의 오빠라고 저는 확신합니다. 옛날 신문을 뒤적여 사건이 있던 날을 살펴보니 진주가 없어진 것은 베포가 사람을 찌르기 이틀 전의 일이었지요. 그렇게 해서 사건의 대략적인 진상을 파악한 뒤 결과에서부터 반대로 거슬러 올라가 보았습니다. 어쨌든 베포가 흑진주를 가지고 있었을지도 모른다고 생각해 보았습니다. 베포가 피에트로에게 훔쳤는지, 베포와 피에트로가 처음부터 일을 같이 했는지, 혹은 베포의 역할이 루크레티아에게 흑진주를 건네받아 피에트로에게 전달해 주는 것이었는지는 분명하지 않습니다.

어찌됐든 중요한 것은 베포가 진주를 몸에 지니고 있을 때 사건을 일으켰고 경찰에게 쫓겨 공장 안으로 도망쳤다는 사실입니다. 그는 더는 도망칠 수 없었습니다. 경찰에게 잡히면 몸에 흑진주를 지녔다는 사실도 같이 밝혀질 게 뻔했지만 그렇다고 해서 다른 곳에 숨길 여유는 없었습니다. 궁지에 몰린 베포의 눈에 말리기 위해 복도에 내놓았던 나폴레옹 흉상 여섯 점이 들어왔습니다. 그 가운데 하나는 아직 완전히 마르지 않았지요. 솜씨가 좋았던 베포는 부드러운 흉상에 서둘러 구멍을 낸 뒤, 진주를 박고 흔적이 남지 않도록 구멍을 막았습니다. 숨기기에는 최고의 장소라서 들킬 염려가 없었지요. 하지만 베포는 체포되었고 사람을 찌른 죄로 1년 형을 받았습니다. 그 사이에 나폴레옹 흉상 여섯 점은 모두 팔려나가 런던 여기저기로 흩어지게 되었습니다. 한데 어느 것에 보석이 들어 있는지는 베포도 알 수 없었습니다. 깨뜨려 보아야만 알 수 있었죠. 좌우 양쪽을 합칠 때 안에 넣었다면 흔들었을 때 소리가 날 수도 있겠지만 완성품이 채 건조되기 전에 쑤셔 넣었으니 진주는 석고에 엉겨 붙고 마니까요. 보세요, 진주가 석고에 엉겨 붙어 있지 않습니까? 그래도 베포는 포기하지 않았습니다. 끈기 있게 석고상들이 어디로 갔는지 찾아냈습니다. 우선 겔더 상회에서 일하는 사촌에게 부탁해서 그 흉상들이 어느 소매점으로 팔려갔는지 살펴보게 했습니다. 그 다음에 모스 허드슨 상점에 점원으로 들어가 세 점의 흉상을 누가 사 갔는지 밝혀냈지요. 하지만 사건을 일으킨 보람도 없이 그 세 점에는 진주가 없었습니다. 그래서 이번에는 하딩 형제 상점에서 일하고 있는 이탈리아인에게 부탁해서 나머지 흉상들이 어디로 갔는지 알아보게 했습니다. 그 첫 번째가 호러스 하커 씨의 것이었는데 그 집에 들어갈 때 진주를 독차지한 동료 베포를 찾던 피에트로에게 미행을 당한 겁니다. 베포가 하커 씨의 집에서 나올 때 격투가 벌어졌고 그 결과 베포가 이겨서 피에트로를 살해한 뒤 달아난 겁니다."

내가 한 가지 물어보았다.

"그런데 동료라면 어째서 사진을 가지고 있었을까?"

"그건 다른 사람에게 베포에 대해서 물어볼 때 사용한 걸세. 당연하지. 어쨌든 피에트로를 살해한 베포가 경찰에게 쫓길지도 모른다고 생각하고 진주 찾기를 그만두고 몸을 숨길지 아니면 서둘러 나머지 두 개를 깨뜨릴지 알 수가 없었습니다. 저는 경찰이 진주에 얽힌 비밀을 꿰뚫어 보기 전에 베포가 서둘러 나머지 두 점을 깨뜨릴 것이라고 예상했지요. 하지만 하커 씨가 가지고 있던 나폴레옹 흉상 속에 진주가 있었는지 없었는지는 장담할 수가 없었습니다. 솔직히 말해서 녀석이 찾는 것이 진주인지 아닌지도 모를 일이었죠. 하지만 어두운 정원을 그

냥 지나쳐서 일부러 불빛이 있는 빈집의 정원으로 가져가 흉상을 깨뜨
린 점으로 미루어 보면 베포가 무엇인가를 찾고 있다는 사실은 분명했
습니다. 하커 씨의 흉상은 세 점 중에 하나였으니, 나머지 두 점 중에
하나에 진주가 있는 것이 틀림없었습니다. 그러니 제가 절반의 확률로
희망이 있다고 말한 겁니다. 나머지는 두 점뿐이니 범인은 우선 가까운
런던 시내에 있는 것부터 노릴 것이라고 생각했습니다. 그래서 조서어
브라운 씨에게 연락해서 다시 살인 사건이 일어나지 않도록 주의를 준
뒤 그물을 치고 있었지요. 물론 그때는 우리가 쫓고 있는 것이 보르지
아 가의 흑진주라는 사실을 알고 있었습니다. 살해당한 남자의 이름을
듣고 두 개의 사건을 연결할 수 있었으니까요. 그런데 진주가 브라운 씨
의 석고상에도 없다면 나머지 하나, 레딩 시의 샌드퍼드 씨가 갖고 있
는 석고상에 있는 것이 분명했습니다. 그래서 저는 여러분 앞에서 이것
을 사 들였지요. 그리고 이렇게 진주가 나온 겁니다."

우리는 너무나도 감탄한 나머지 한동안 아무 말도 하지 못했다. 잠시
뒤, 레스트레이드 경위가 말했다.

"정말 멋진 추리입니다! 저는 지금까지 선생님이 맡은 사건을 여럿 봤
지만 이렇게 멋지게 해결한 것은 처음입니다. 우리 런던경찰국 경찰들
은 선생님을 결코 질투하지 않습니다. 아니, 오히려 자랑스럽게 여길 정
도입니다. 물론 선생님은 그럴 분이 아니지만 혹시라도 내일 경찰국에
들러 주신다면 가장 어린 순경부터 가장 나이 많은 경위까지 진심으로
선생님에게 악수를 청할 겁니다."

홈즈가 말했다.

"고마워요! 정말로 고맙습니다!"

얼굴을 돌린 홈즈의 표정에는 지금까지 본 적 없는 따뜻한 감동이

어려 있었다. 그러나 그 표정은 곧 사라졌고 다시 냉정한 추리 기계로
되돌아 왔다.

"왓슨, 진주를 금고에 넣고 콩크 싱글턴 위조사건 서류를 꺼내 주게.
지금부터는 그 사건을 파헤쳐야지. 그럼, 안녕히 가시오, 레스트레이드.
문제가 생길 때 언제든 상의하러 온다면 기꺼이 사건 해결에 도움이 될
실마리를 제공하겠습니다."

16

등나무 저택

16

등나무 저택

1. 존 스콧 에클스 씨의 이상한 체험

노트를 살펴보니 그것은 1892년의 3월 말, 찬바람이 불던 날에 벌어진 일이었다. 점심을 먹다가 전보를 받은 홈즈는 바로 답신을 보냈다. 그 내용에 대해서는 한마디도 하지 않았지만 전보에 신경이 쓰였는지, 식사를 마치고 파이프를 든 채 난로 앞에 서서 깊은 생각에 잠겨 있다가 때때로 전문을 다시 살펴보곤 했다. 그러다 갑자기 장난기 어린 눈빛으로 나를 바라보았다.

"왓슨, 자네는 문필가지? '기괴하다grotesque'라는 단어가 대체 무슨 뜻이라고 생각하나?"

"깜짝 놀랄 만큼 이상하다는 뜻이 아닐까?"

홈즈는 내 대답을 듣고 고개를 가로저었다.

"그것보다 더 큰 의미가 있는 것 같아. 어딘지 비극적이고 무시무시한 느낌이 드는 단어일세. 자네는 지금까지 참을성 많은 독자들에게 수많은 이야기를 발표해 괴롭히지 않았나? 그중에서 몇 가지 작품들을 떠올려 보게나. 아주 이상한 일은 범죄와 연결되는 경우가 많다는 사실을 알 수 있을 걸세. 〈빨강 머리 연맹〉 사건을 생각해 보게. 처음에는 기괴하다고 생각할 뿐이었지만 나중에는 엄청난 강도 사건으로 발전하지 않았나? 기괴한 〈다섯 개의 오렌지 씨앗〉 사건은 곧장 살인으로 이어졌지. '기괴하다'라는 말을 만나면 나는 깜짝 놀라고 경계심이 든다네."

"그 전보에 그런 말이 쓰여 있나?"

홈즈가 소리 내어 전문을 읽었다.

> 믿기 어려운 이상한 경험을 했음. 조사 부탁함.
> ─ 채링 크로스 우체국에서 스콧 에클스

그 내용을 듣고 나는 홈즈에게 물었다.

"남자일까, 여자일까?"

"남자야. 여자라면 미리 반송 비용까지 지불하지는 않았을 걸세. 직접 여기로 달려왔겠지."

"그와 만나 볼 생각인가?"

"왓슨, 캐루더스 대령을 교도소로 보낸 이후 내가 얼마나 무료한 시간을 보내고 있는지 자네도 잘 알지 않나? 내 정신은 헛바퀴 도는 엔진 같다는 것 말일세. 머리는 일하라고 있는 건데 일이 전혀 들어오지 않아서 터질 것만 같다고. 일상은 쳇바퀴 돌듯 지루하고 신문도 재미가 없어. 이제 범죄 세계에서 대담한 음모나 가슴 설레는 모험은 완전히 자취를 감추고 말았지. 그런데도 자네는 새로운 사건에 손을 대겠느냐고 묻는 건가? 아주 하찮은 일이라도 나에겐 새로운 사건일세. 어쨌든 내 의뢰인이 온 것 같군."

조심스럽게 계단을 오르는 발소리가 들리더니 곧 방으로 손님이 들어왔다. 키가 큰 다부진 체구에 희끗희끗한 수염을 길렀으며 근엄하고 품위 있는 사람이었다. 자못 또렷한 이목구비와 거드름 피우는 듯한 태도에는 지금까지의 삶이 뚜렷하게 드러나 있었다. 각반부터 금테 안경까지 그야말로 전형적인 보수파 국교회 신자의 모습으로, 예의와 형식을 중시하는 선량한 시민이라는 인상을 주었다. 하지만 아주 놀라운 일을 겪었는지 타고난 차분함을 완전히 잃어버린 상태였고, 머리카락이 헝클어지고 뺨은 분노로 붉게 물들어 있는 것이 한눈에 봐도 허둥대고 있음을 알 수 있었다. 그는 바로 본론으로 들어갔다.

"매우 기묘하고 불쾌한 경험을 했습니다. 홈즈 선생님, 이런 경험은 평생 처음입니다. 정말 괘씸하다고 해야 할지 무례하다고 해야 할지. 어떻게 된 일인지 알아야만 분이 좀 풀리겠습니다."

"자, 자리에 앉으세요, 스콧 에클스 씨. 우선 왜 여기에 왔는지 알려주시죠."

의뢰인이 분노를 참지 못하고 숨을 헐떡이며 말하자 홈즈가 달래는 듯이 말했다. 손님은 말을 이었다.

"경찰에 알릴 만한 일은 아닙니다. 들으면 아시겠지만, 그렇다고 해서 그냥 내버려 둘 수도 없고요. 사실 저는 사립 탐정을 그리 믿지는 않지만 선생님의 평판은 예전부터……."

"그렇군요. 한 가지 더 묻겠습니다. 왜 바로 여기로 오지 않았습니까?"

"뭐라고요?"

홈즈가 회중시계를 들여다보았다.

"지금은 오후 2시 15분입니다. 당신이 전보를 친 것은 오후 1시쯤이었

고요. 하지만 옷매무새나 머리가 흐트러진 것을 보니 오늘 아침에 눈을 뜬 순간부터 골칫거리가 생긴 것 같은데요."

의뢰인이 헝클어진 머리를 매만지고 수염이 자란 턱을 쓰다듬었다.

"어떻게 아셨습니까? 몸단장 같은 건 생각지도 못했습니다. 어서 그 집에서 나가자는 생각밖에 없었으니까요. 그렇지만 여기 오기 전에 이곳저곳 둘러보고 왔습니다. 관리인을 찾아갔더니 가르시아 씨는 꼬박꼬박 집세를 내고 있으며, 등나무 저택에도 특별히 이상한 점은 없다고 하더군요."

거기까지 들은 홈즈가 웃으면서 말했다.

"잠깐만요, 잠깐만요. 당신은 여기 있는 내 친구 왓슨 박사와 비슷하군요. 왓슨에게는 이야기 순서를 거꾸로 말하는 좋지 않은 버릇이 있지요. 다시 한 번 생각을 정리하고 무슨 일이 일어났는지 정확하게 순서대로 말해 주세요. 대체 무엇 때문에 머리카락이나 옷매무새도 다듬지 않고, 정장용 구두를 신고, 조끼 단추는 제대로 채우지도 못한 채 내 도움을 청하러 오신 겁니까?"

의뢰인은 우울해하는 표정으로 자신의 단정치 못한 복장을 내려다보았다.

"정말 가관이군요, 홈즈 선생님. 이런 일은 태어나서 처음입니다. 어쨌든 그 이상한 일을 빠짐없이 말씀드리겠습니다. 그러면 선생님도 이런 모습으로 찾아올 수밖에 없었던 사정을 이해하실 겁니다."

하지만 그가 말을 시작하기도 전에 이야기가 중단됐다. 방 밖이 소란스러워지더니 하숙집 안주인 허드슨 부인이 문을 열어 체구가 듬직한 두 남자를 방 안으로 안내했다. 한 사람은 우리도 알고 있는 런던경찰국의 그렉슨 경위로, 힘이 넘치고 늠름하며 한계가 있기는 해도 나름대로 유능한 경관이었다. 그는 홈즈와 악수를 나누고, 함께 온 남자를 서리 주의 베인스 경위라고 소개했다.

"우리는 서로 힘을 합쳐 수사하고 있습니다. 쫓고 있던 사냥감이 이쪽으로 뛰어들어서요."

그렉슨이 불도그 같은 눈으로 우리의 의뢰인을 쳐다보았다.

"당신이 존 스콧 에클스고, 주소는 리의 포펌 저택이죠?"

"맞습니다."

"아침부터 계속해서 당신 뒤를 쫓았습니다."

"전보를 추적해서 여기까지 왔군요."

홈즈가 끼어들었다.

"그 말씀대로입니다, 홈즈 선생님. 채링 크로스 우체국에서 낌새를 채고 바로 이곳으로 왔습니다."

"왜 제 뒤를 쫓은 겁니까? 무슨 일로요?"

"에셔 부근에 있는 등나무 저택의 주인 앨로이시어스 가르시아 씨가 어젯밤에 사망했습니다. 그 사건에 대해 당신에게 묻고 싶은 게 있어서입니다, 스콧 에클스 씨."

의뢰인은 눈을 둥그렇게 뜨더니 자세를 바로잡았다. 심하게 놀랐는지 얼굴에서 핏기가 싹 가셨다.

"죽었다고? 그가 죽었단 말입니까?"

"그렇습니다. 죽었습니다."

"왜 죽었습니까? 사고를 당했습니까?"

"살해당했습니다. 틀림없습니다."

"뭐라고요? 어떻게 그런 일이? 설마 저를 의심하시는 건 아니겠지요?"

"피해자의 주머니에 당신이 보낸 편지가 들어 있었습니다. 그 편지를 보고 당신이 어젯밤 그곳에서 묵을 예정이었다는 사실을 알았습니다."

"네, 그건 사실입니다."

"그래요? 역시 거기서 묵으셨군요."

그렉슨이 경찰수첩을 꺼내들자 홈즈가 말했다.

"잠깐만요, 그렉슨. 당신도 진짜 사실이 뭔지 듣고 싶지 않습니까?"

"거기에 제 직무상 스콧 에클스 씨에게 그러한 진술이 나중에 당신에게 불리하게 작용할 수도 있다는 사실을 알려 줘야 합니다."

"마침 에클스 씨가 막 그 이야기를 하려던 참이었습니다. 왓슨, 에클스 씨에게 브랜디를 좀 드리는 게 좋겠어. 에클스 씨, 듣는 사람이 많아졌지만 신경 쓰지 말고 조금 전에 하려던 이야기를 계속해 보세요."

브랜디를 한 모금 마신 의뢰인의 얼굴에 다시 생기가 돌았다. 그는 그렉슨 경위가 들고 있는 수첩을 불안하게 한 번 바라보더니 곧 이상한 체험을 이야기해 주었다.

"저는 독신이고 원래 사람들 만나는 것을 좋아해서 많은 친구들과 어울리며 우정을 나누고 있습니다. 그중에 멜빌이라는 은퇴한 양조업자가 있는데 그는 켄싱턴에 있는 앨버말 저택에서 일가를 이루어 살고 있습니다. 몇 주일 전에 그 집에 초대받아 갔다가 가르시아라는 젊은 남자를 알게 되었습니다. 그는 에스파냐계 사람인데 대사관과 무슨 관련이 있다고 했습니다. 영어 실력이 아주 유창했고 흠잡을 데 없이 예의 바르며 흔치않은 미남이었습니다.

그와 저는 마음이 잘 맞았습니다. 그는 처음부터 제가 마음에 들었는지 만난 지 이틀도 지나지 않아서 리에 있는 우리 집을 방문했습니다. 그러다가 에셔와 옥스숏 중간에 있는 등나무 저택에서 며칠 묵다 가라는 초대를 받았기에 저는 약속한 대로 어젯밤에 에셔로 갔습니다.

그 집과 식솔에 대해서는 예전에 가르시아에게 이야기를 들었습니다. 충직한 에스파냐 하인이 그를 위해 일하고 있다면서, 그도 영어가 매우 유창하고 모든 집안일이며 자신을 시중드는 일까지 도맡아 한다고 했습니다. 그리고 여행하다가 만난 혼혈 요리사가 있는데 솜씨가 매우 좋아 멋진 식사를 준비해 준다는 것이었습니다. 가르시아는 서리 주의 주택가에 있는 집치고는 매우 특이하지 않느냐고 물었습니다. 그때 저는 정말 그렇다고 맞장구를 쳐 주었는데 실제로 그 집을 방문해 보니 그냥 특이한 정도가 아니었습니다.

저는 에셔에서 남쪽으로 3킬로미터쯤 떨어져 있는 등나무 저택까지 마차를 타고 갔습니다. 집은 매우 넓었고 도로에서 꽤 들어간 곳에 있었는데 구불구불한 마찻길을 따라서 키 큰 상록수들이 늘어서 있습니다. 낡은 건물은 손을 본 흔적도 없이 그대로 무너져 가고 있더군요. 잡초가 무성한 마찻길을 지나 비바람에 얼룩진 문 앞까지 마차를 타고 들어갔는데 그 순간, 별로 친하지도 않은 사람의 집을 방문하는 것이 경솔한 짓이었는지도 모르겠다는 생각이 들었습니다. 하지만 가르시아는 자기가 직접 문을 열어 주면서 진심으로 저를 환영해 주었습니다. 그리고 피부가 거무스름하고 어딘지 음울해 보이는 하인이 짐을 내리고 저를 침실까지 안내해 주었습니다. 집 전체에 답답한 기운이 감돌고 있더군요. 저녁은 가르시아와 단 둘이서 먹었습니다. 그는 최선을 대해 저를 대접하려 했지만, 딴 생각을 하는지 넋 나간 사람처럼 종잡을 수 없는 이야기만 해서 그 뜻을 알아들을 수가 없었습니다. 가르시아는 손가락으로 쉴 새 없이 식탁을 두드리기도 하고, 손톱을 물어뜯기도 하는 등 무척이나 불안해했습니다. 기분 좋은 대접을 받지도 못했고 음식도 별로 맛이 없었습니다. 거기다 무뚝뚝한 하인이 우리 옆을 지키고 있었기 때문에 더욱 기분이 좋지 않았지요. 그날 밤에 리로 돌아갈 구실을 찾아야겠다고 수없이 생각했습니다.

아, 그러고 보니 경관 두 분이 수사하는 사건과 관계 있을 법한 일이 하나 생각나는군요. 그때는 대수롭지 않게 생각한 문제였는데, 식사를 마칠 때쯤에 하인이 편지를 가지고 들어왔습니다. 가르시아는 그 편지를 읽더니 그전보다 훨씬 더 기묘하게 행동했습니다. 저와는 일절 대화를 나누지 않았고, 줄담배를 피우며 깊은 생각에 빠져 있었습니다. 편지에 대해서는 단 한마디도 하지 않았고요. 밤 11시가 되자 저는 서둘러 침실로 들어갔고 무척 기뻤습니다. 그런데 잠시 뒤에 가르시아가 방문을 열었습니다. 이미 불을 끈 뒤였는데 벨을 울렸느냐고 묻더군요. 저는 그런 적 없다고 말했습니다. 그는 조금 있으면 새벽 1시인데 이렇게 늦은 시각에 찾아와서 미안하다고 사과했습니다. 그 다음에 저는 곯아떨어져서 아침까지 푹 잘 잤습니다.

정말 이상한 일은 그때부터 일어나기 시작했습니다. 아침에 눈을 떴을 때 주위는 이미 환하게 밝아 있었습니다. 시계를 보니 9시가 거의 다 되어 있었습니다. 분명히 8시에 깨워 달라고 부탁했는데 그때까지 내버려 두다니 어처구니가 없었습니다. 하인을 부르려고 자리에서 벌떡 일어나 벨을 눌렀지만 하인은 모습을 나타내지 않았습니다. 몇 번을 눌러도 마찬가지라 벨이 고장 났다고 생각했습니다. 무척 기분이 나빴던 저는 서둘러 옷을 입고 따뜻한 물을 달라고 할 작정으로 아래층으로 내려갔습니다. 그런데 놀랍게도 아래층에는 아무도 없었습니다! 현관 옆에 있는 방으로 가서 사람을 불러보았지만 아무도 얼굴을 내밀지 않더군요. 그래서 방을 하나씩 다 살펴봤는데 모두 텅 비어 있었습니다. 어젯밤에 가르시아가 자기 방을 보여 준 것을 떠올리고 그 방문도 두드려봤지만 아무 대답도 없었습니다. 손잡이를 돌려 안으로 들어가 봤더니 방은 텅 비어 있었고 침대에는 누가 잠을 잔 흔적도 없었습니다. 가르시아도 다른 사람들과 함께 사라져 버린 겁니다. 주인, 하인, 요리사, 이 세 외국인이 하룻밤 사이에 흔적도 없이 사라져 버렸습니다! 그렇게 저의 등나무 저택 방문이 끝나 버렸습니다."

기묘한 이야기를 모은 사건 수첩에 이번 사건을 추가한 것이 기뻤는지 셜록 홈즈는 두 손을 비비며 미소 지었다.

"내가 알고 있는 한 비슷한 예를 찾아보기 힘들 만큼 이상한 체험을 했군요. 그 다음에는 어떻게 했습니까?"

"저는 화가 머리끝까지 치밀어 올랐습니다. 처음에는 장난을 치는 줄 알았지요. 짐을 싸서 있는 힘껏 현관문을 쾅 닫은 뒤 가방을 들고 에셔로 향했습니다. 에셔에서 제일 큰 부동산 중개업소인 앨런 형제사를 찾아갔더니 바로 그곳이 등나무 저택을 임대해 준 곳이었습니다. 그 순간, 이번 사건은 나를 놀리기 위한 것이 아니라 집세를 내지 않으려는 수작이 아닐까 하는 생각이 머리를 스치고 지나갔습니다. 벌써 3월도 거의 다 끝나 가고 있으니, 슬슬 4분기 집세를 내야 할 테니까요. 하지만 잘못된 추측이었습니다. 제 말을 듣자 부동산 중개업자가 관심을 가져 준 것은 고맙지만 집세는 이미 선불로 받았다고 하지 뭡니까. 그래서 저는 런던으로 와서 에스파냐 대사관을 찾아갔습니다. 대사관에서는 가르시아라는 사람을 모른다고 했습니다. 그 다음에는 가르시아를 처음 만난 멜빌의 집으로 향했는데 멜빌은 가르시아에 대해서 저보다 더 아는 것이 없었습니다. 결국 저는 홈즈 선생님의 답신을 받고 이곳을 찾아왔습니다. 선생님이 난처한 일을 당한 사람에게 지혜를 빌려 주신다는 이야기를 들었거든요. 그런데 경위님이 방금 전에 하신 말씀을 들으니 그곳에서 끔찍한 사건이 벌어진 모양입니다. 제가 지금 말한 것은 모두 사실입니다. 맹세할 수 있습니다! 그 이후 가르시아가 어떤 운명을 맞이했는지 저는 하나도 모릅니다. 제가 할 수 있는 한 힘닿는 데까지 경찰 수사에 도움을 드리겠습니다."

"알겠습니다, 스콧 에클스 씨. 잘 알았습니다. 당신의 말은 우리가 확인한 사실과 완벽하게 일치합니다. 예를 들어서 식사 중에 도착했다는 그 편지 말인데요. 그 편지를 어떻게 했는지 알고 계십니까?"

그렉슨 경위가 부드러운 어조로 묻자 우리 의뢰인이 답했다.

"알고 있습니다. 가르시아가 구겨서 난로 안으로 집어던졌습니다."

"베인스 씨, 어떻습니까? 사실과 일치합니까?"

시골 경위의 몸은 단단하고 우람했으며 얼굴에는 붉은빛이 돌았다. 뺨과 이마 사이에 파묻힌 눈이 날카롭게 반짝이고 있지 않았다면 그의 얼굴은 그저 둔하고 평범해 보였을 것이다. 그가 천천히 미소 지으며 주머니에서 변색되고 꼬깃꼬깃 접힌 종이를 꺼냈다.

"난로의 철망 덕분입니다, 홈즈 선생님. 그 뒤로 떨어져 이렇게 타지

않고 남아 있었습니다."

홈즈는 감탄 섞인 미소를 지었다.

"그런 종이쪽지까지 발견하시다니 아주 철저하게 조사했군요."

"그렇습니다. 저는 무슨 일이든지 아주 철저하게 하는 편이니까요. 그렉슨 경위, 편지를 읽어 볼까요?"

런던의 그렉슨 경위는 고개를 끄덕였다.

"종이는 어디서나 흔히 볼 수 있는 크림색 편지지로 특별한 무늬는 없습니다. 크기는 4절판이고 작은 가위로 두 군데를 오려 냈습니다. 세 번 접었고, 자주색 밀랍으로 봉인한 다음 납작한 타원형 물건으로 위에서 눌러 재빨리 붙였습니다. 수신인은 등나무 저택의 가르시아 씨로 되어 있습니다. 내용은 이렇습니다."

> 우리의 색은 녹색과 흰색. 녹색은 열리고 흰색은 닫힌다. 바깥쪽 계
> 단, 첫 번째 복도, 오른쪽 일곱 번째, 녹색 베이즈 천. 성공을 빈다.
> D.

"끝이 뾰족한 펜으로 썼고 여자의 필체입니다. 그렇지만 수신인 부분은 다른 펜으로 썼거나 다른 사람이 쓴 듯합니다. 글자의 획이 아주 굵어졌거든요."

"이거 아주 재미있는데요."

홈즈가 편지를 살펴본 뒤 말을 이었다.

"그렇게 사소한 것들까지 주의 깊게 관찰하다니 정말 대단합니다, 베인스 경위. 내가 두어 가지 소소한 사실들을 덧붙여도 될까요? 우선 봉인을 할 때 사용한 타원형의 물건은 틀림없이 커프스의 납작한 단추입

니다. 그것 말고 이런 모양으로 찍히는 것이 또 있겠습니까? 그리고 둥근 손톱 가위로 종이를 잘랐습니다. 두 번 자른 자국을 보면, 짧기는 하지만 똑같은 곡선을 그리고 있는 것을 확실하게 알 수 있으니까요."

베인스 경위가 웃으며 말했다.

"저는 철저하게 조사한 줄 알았는데 그래도 놓친 부분이 몇 군데 있었군요. 이 편지를 보건대 어떤 음모가 있었고 늘 그렇듯이 배후에 여자가 관여하고 있었을 겁니다. 솔직히 말해서 제가 알 수 있는 것은 여기까지입니다."

이런 이야기를 나누는 동안 스콧 에클스 씨는 의자에 앉아 안절부절못하며 어쩔 줄을 몰라 했다.

"편지를 찾아 주셔서 정말 고맙습니다. 이제 제 이야기가 사실임을 증명할 수 있을 테니까요. 그런데 가르시아 씨에게 무슨 일이 있었는지, 그리고 하인들은 어떻게 된 건지 아직 말씀을 듣지 못했습니다."

그러자 그렉슨이 대답했다.

"가르시아 씨에 대해서는 바로 말씀드릴 수 있습니다. 오늘 아침 그의 저택에서 1.6킬로미터 정도 떨어진 옥스숏 공유지에서 시신으로 발견되었습니다. 머리가 완전히 부서져 있었는데 모래주머니 같은 것으로 세게 얻어맞은 듯했습니다. 상처를 입었다기보다는 머리가 완전히 짓이겨졌다고 말하는 편이 사실에 더 가까울 겁니다. 그 주위는 매우 한산한 곳이라 현장에서 400미터 이내에는 인가가 전혀 없습니다. 범인은 아마 뒤에서 습격한 듯한데, 피해자가 죽은 뒤에도 계속해서 타격을 가했습니다. 범행 수법이 아주 끔찍합니다. 게다가 발자국은 물론이고 아무 흔적도 남아 있지 않았습니다."

"강도를 당한 흔적은?"

"그런 것도 전혀 없었습니다."

"가엾게도, 그런 끔찍한 일을 당하다니. 하지만 저도 난처해졌습니다. 하룻밤 묵었던 집의 주인이 한밤중에 외출했다가 비참한 최후를 맞이한 것과 저는 아무 관계가 없습니다. 도대체 왜 제가 그런 사건에 휘말리게 된 거죠?"

스콧 에클스 씨가 짜증을 내면서 툴툴거리자 베인스 경위가 설명했다.

"이유는 간단합니다. 피해자의 주머니에서 발견된 서류라고는 당신이 보낸 편지뿐이었으니까요. 거기에는 살인이 일어난 날 밤에 당신이 그의 집에서 묵겠다는 내용이 적혀 있었습니다. 피해자의 이름이며 주소도 그 편지에 적힌 것을 보고 알았습니다. 우리는 오늘 아침 9시 조금 넘어서 등나무 저택을 찾아갔는데 거기에는 아무도 없었습니다. 그래서 그렉슨 경위에게 전보를 쳐서 내가 집을 살펴보는 동안에 당신을 찾아 달라고 부탁했지요. 저는 그곳의 조사를 마치고 런던으로 나와서 그렉슨 경위와 함께 수사하고 있는 겁니다."

베인스 경위의 말이 끝나자 그렉슨은 자리에서 일어나면서 말했다.

"그럼 지금부터 정식적인 절차를 밟아야겠습니다. 스콧 에클스 씨, 함께 경찰서까지 가 주십시오. 당신의 진술서를 작성해야 하니까요."

"알겠습니다, 당장 가지요. 홈즈 선생님, 부디 수사를 맡아 주시기 바랍니다. 비용과 노력을 아끼지 말고 꼭 진상을 밝혀 주십시오."

홈즈가 서리 주에서 올라온 베인스 경위를 바라보았다.

"베인스 경위, 내가 수사를 도와도 괜찮겠습니까?"

"그렇게 해 주신다면 영광입니다."

"지금까지 경위의 수사는 군더더기도 없고 아주 신속하게 진행되었습니다. 범행 시간에 대한 단서는 있습니까?"

"가르시아 씨는 새벽 1시쯤부터 그곳에 있었습니다. 그때 마침 비가 내리기 시작했는데 비가 내리기 전에 살해당한 것이 틀림없습니다."

그때 스콧 에클스 씨가 커다란 소리로 외쳤다.

"아니, 그럴 리가 없습니다, 베인스 경위님. 저는 가르시아의 목소리를 들었으니까요. 그 시간에 그는 제 침실을 찾아와서 대화를 나눴습니다. 정말입니다."

"이상한 이야기지만 그런 일이 없으라는 법도 없죠."

홈즈가 미소 지으면서 말하자 그렉슨이 물었다.

"홈즈 선생님, 무슨 실마리라도 잡으셨습니까?"

"언뜻 보기에 그리 복잡한 사건은 아닙니다. 흥미를 끄는 새로운 부분이 없지는 않지만요. 사실을 좀 더 자세히 확인한 뒤에 내 의견을 밝히겠습니다. 그건 그렇고, 베인스 경위. 집 안에서 이 편지 말고 다른 물건은 찾아내지 못했습니까?"

경위가 묘한 시선으로 홈즈를 바라보았다.

"있었습니다. 아주 이상한 물건 한두 가지를 더 찾아냈지요. 저는 지금부터 경찰서로 갈 생각인데 그 다음에 저와 함께 저택으로 가시겠습니까? 그 물건에 대한 선생님의 의견을 듣고 싶습니다."

"기꺼이 가지요."

홈즈가 벨을 눌러 허드슨 부인을 불렀다.

"허드슨 부인, 이분들을 배웅해 주시고 심부름하는 아이에게 이 전보를 보내라고 하세요. 답장을 보낼 때 쓸 5실링도 같이요."

손님들이 돌아간 뒤에 홈즈는 한동안 말이 없었다. 깊이 생각에 잠길 때면 늘 그렇듯이 고개를 앞으로 내민 채 줄담배를 피웠고, 예리하게 빛나는 눈 위의 눈썹을 잔뜩 찌푸리고 있었다. 갑자기 그가 나를 바라보며 물었다.

"왓슨, 이번 사건을 어떻게 생각하나?"

"스콧 에클스가 겪었다는 이야기는 수수께끼 같아서 도대체 어떻게 된 건지 정말 이해할 수가 없어."

"범죄에 대해서는?"

"글쎄, 피해자가 데리고 있던 하인 둘이 모습을 감췄다고 하니 살인과 어떤 관계가 있어서 도망친 것이라는 생각이 드는데."

"그렇게 생각할 수도 있네. 하지만 주인을 살해하기로 마음먹은 하인들이 굳이 집에 손님이 있는 날을 골라서 계획을 실행했을까? 그가 혼자 있을 때 얼마든지 죽일 기회가 있었을 텐데 말일세."

"그렇다면 왜 도망간 걸까?"

"나도 그것이 궁금하다네. 그들은 왜 도망을 갔을까? 이건 아주 중요한 문제야. 그리고 우리의 의뢰인인 스콧 에클스 씨의 기묘한 체험도 중요한 문제 중 하나지. 왓슨, 인간의 지성을 가지고 이 두 가지 문제를 한꺼번에 설명할 방법이 없겠나? 이상한 말이 가득 쓰인 그 편지까지 설명할 수 있다면 잠정적인 가설로 받아들여도 좋겠지. 앞으로 알게 될 사실들이 그 가설을 뒤집어엎지만 않는다면 우리는 사건을 곧 해결할 수 있을 걸세."

"어떤 가설을 세울 수 있을까?"

의자 등받이에 몸을 기댄 홈즈가 눈을 가느다랗게 떴다.

"이것만은 확실하게 말할 수 있어. 모든 것이 가르시아의 장난이었다는 해석은 틀렸네. 그 이후의 일을 보면 알 수 있듯이 어떤 심각한 사건들이 엮인 게 분명해. 스콧 에클스를 등나무 저택으로 불러들인 것도 그것과 관계가 있을 거야."

"어떤 관계가 있다는 건가?"

"순서대로 생각해 보세. 그 에스파냐 청년과 스콧 에클스 씨는 우연한 기회에 갑자기 친해졌다고 했는데 거기에는 석연찮은 부분이 있어. 먼저 적극적으로 다가간 것은 가르시아였어. 그는 에클스를 알게 된 다음 날, 런던 건너편에 있는 에클스의 집을 방문했네. 그 뒤에도 빈번하게 연락을 주고받았고 결국에는 에클스를 에셔로 불러들였어. 그는 에클스에게 뭘 기대했을까? 에클스가 그에게 무엇을 줄 수 있었을까? 그다지 매력적이지도 않고 머리가 좋지도 않으니 기지 넘치는 라틴계 남자와 서로 마음이 맞을 리가 없어. 그런데 가르시아는 자신이 알고 있는 사람들 중에서 하필이면 왜 그를 골랐을까? 에클스에게는 대체 어떤 특별한 자질이 있는 걸까? 그래, 특징이 없는 것도 아니로군. 그는 평범하고 성실한 영국인의 전형이야. 다른 영국인들을 설득시키기에 그보다 더 적합한 증인도 없겠지. 자네도 봤겠지만 두 경위 모두 에클스의 황당한 체험을 아무 의심 없이 곧이곧대로 받아들이지 않던가."

"그렇다면 어떤 일에 대한 증인으로 내세울 생각이었을까?"

"도중에 문제가 생겨서 실제로는 아무 역할을 못하게 됐지만 다른 방향으로 진행됐다면 분명히 아주 중요한 일의 증인이 되었을 걸세. 나는 그렇게 생각하네."

"그렇다면 알리바이를 입증해 줄 만한 증인으로 에클스를 이용할 작정이었나 보군?"

"제대로 봤네, 왓슨. 일이 계획대로만 진행됐다면 에클스는 알리바이를 증명하는 데 이용됐을 거야. 일단 이렇게 생각해 보세. 등나무 저택에 살고 있는 사람들이 모두 하나가 되어 어떤 일을 계획하고 있었네. 무슨 일이었는지는 몰라도 어쨌든 그 일을 새벽 1시 전에 마칠 예정이었어. 시곗바늘을 돌려놓던가 해서 스콧 에클스 씨가 생각한 것보다 빨리 침실로 올라가게 만들 수 있었을 걸세. 어쨌든, 가르시아가 에클스의 침실로 들어와 벌써 1시가 되었다고 말했지만 실제로는 12시밖에 안 됐을 가능성도 꽤 높단 말이지. 가르시아는 계획했던 일을 마치고 1시까지 집에 돌아오기만 한다면 설령 자기가 용의자로 지목받더라도 확실한 알리바이가 생기는 셈이야. 흠잡을 데 없는 영국인은 어느 법정에서나 가르시아가 밤새 집에 있었다고 증언해 줄 테니까. 최악의 사태에 대비해서 미리 그렇게 손을 쓴 걸세."

"음, 무슨 뜻인지 알겠어. 그렇다면 다른 사람들은 도대체 왜 흔적도 없이 사라진 걸까?"

"글쎄, 아직은 진상을 제대로 조사하지 못했으니 정확히는 모르겠어. 그래도 해결할 수 없을 만큼 어려운 문제라고는 생각지 않네. 어쨌든 자료가 모이기 전에 왈가왈부할 일은 아니야. 그러면 자신의 생각에 맞춰서 사실을 왜곡해 버릴 테니까."

"그렇다면 편지는?"

"어떤 내용이었더라? '우리의 색은 녹색과 흰색.' 무슨 경마 이야기 같군. '녹색은 열리고 흰색은 닫힌다.' 이건 틀림없이 어떤 암호일 거야. '바깥쪽 계단, 첫 번째 복도, 오른쪽 일곱 번째, 녹색 베이즈 천', 이건 남녀의 밀회가 아닐까? 사건의 배후에 질투심이 가득한 남편이 있을지도 모르겠어. 'D.', 이건 중매 역할을 하는 사람일 거야."

"가르시아는 에스파냐 사람일세. 'D.'는 에스파냐 여자들에게 흔한 돌로레스라는 이름이 아닐까?"

"그럴 듯한데. 대단해, 왓슨. 하지만 나는 달리 생각하네. 에스파냐 사람이 같은 에스파냐 사람에게 보낸 편지라면 에스파냐어로 보냈을 거

야. 그 편지를 쓴 사람은 영국인이 분명하네. 어쨌든 지금은 여기에 차분하게 앉아서 그 우수한 경위가 돌아오기를 기다리자고. 비록 짧은 시간이었지만 무료함이 불러일으킨 견딜 수 없는 피로감을 날려 버렸던 행운에 감사하면서 말일세."

서리 주의 베인스 경위가 돌아오기 전에 홈즈가 보낸 전보의 답장이 도착했다. 전보를 읽은 홈즈는 수첩 갈피에 그것을 끼워 넣으려다가 궁금증이 가득한 내 얼굴로 시선을 돌렸다.

"우리는 상류 사회를 파고들 걸세."

전보에는 사람들의 이름과 주소가 적혀 있었다.

해링비 경, 딩글 저택

조지 폴리엇 경, 옥스숏 저택

하인스 하인스 치안판사, 퍼디 저택

제임스 베이커 윌리엄 씨, 포턴 저택 구관

핸더슨 씨, 하이게이블 저택

조슈아 스턴 교수, 네더 월슬링 저택

"이러면 우리의 작전 범위를 확실하게 알 수 있지. 베인스 경위도 논리적인 사람이니 같은 생각을 했을 거야."

홈즈가 말했다.

"나는 무슨 말인지 잘 모르겠는데."

"잘 들어 보게. 식사 중에 가르시아가 받은 편지는 모임이나 밀회를 위한 약속을 담고 있었다고 조금 전에 결론 내리지 않았나? 그 편지를 글자 그대로 받아들인다면 편지를 받은 사람은 약속을 지키기 위해서 어떤 집의 바깥쪽 계단을 올라 첫 번째 복도에서 일곱 번째에 있는 문을 찾았을 걸세. 그러니까 그 집은 아주 넓은 집이라고 볼 수 있지. 그리고 옥스숏에서 멀어야 2, 3킬로미터 정도 떨어진 곳에 있을 걸세. 가르시아가 그쪽 방향에서 살해되었고, 내 생각이 맞는다면 알리바이가 확보된 1시까지는 등나무 저택으로 돌아올 생각이었을 테니까. 옥스숏 근처에 큰 집은 그리 많지 않다네. 그래서 스콧 에클스가 갔다던 그 부동산 업자에게 전보를 쳐서 이런 조건들에 부합하는 집들을 조사했네. 여기 있는 전보가 그 목록일세. 이 안에서 엉킨 실타래의 한쪽 끝을 찾아낼 수 있을 걸세."

우리가 베인스 경위와 함께 서리 주의 아름다운 에서 마을에 도착한 것은 저녁 6시가 다 된 시각이었다.

홈즈와 나는 그곳에서 묵을 준비를 갖추고 간 터라 황소 여관에서 쾌적한 방 하나를 잡았다. 우리는 곧 경위와 함께 등나무 저택으로 향했다. 3월의 쌀쌀한 밤이 찾아와 차가운 바람이 불고 보슬비가 뺨을 때리던 중에 황폐한 공유지 너머로 우리의 목적지가 보였다. 비극이 일어난 집으로 가기에 아주 어울리는 밤이었다.

2. 산 페드로의 호랑이

추위를 참고 우울한 기분을 애써 누르며 3킬로미터쯤 걸어가니 높다란 나무문이 있었다. 그 문은 울창한 밤나무 마찻길로 이어졌는데, 어둡고 구불구불한 길을 따라가니 회색빛이 도는 검푸른 하늘을 배경으로 시커멓게 보이는 야트막한 집이 앞에 서 있었다. 현관 왼쪽에 있는 창문에서 희미한 불빛이 새어 나왔다.

"경찰을 한 명 배치해 두었습니다. 창을 두드려 봅시다."

베인스는 이렇게 말하더니 잔디밭을 가로질러 가 창문을 두드렸다. 난로 옆에서 서둘러 일어나는 남자의 모습이 뿌연 유리창 너머로 희미하게 비쳤다. 그 순간 날카로운 외침소리가 들리더니 경찰 하나가 새파랗게 질린 얼굴로 거친 숨을 내쉬며 문을 열었다. 떨리는 손에 들려 있는 촛불이 일렁였다.

"왜 그러나, 월터스?"

베인스가 날카롭게 물었다. 경찰은 손수건으로 이마를 닦으며 안심한 듯 길게 한숨을 내쉬었다.

"와 주셔서 정말 감사합니다. 오늘 밤은 시간이 너무 더디게 가고, 제

담력도 예전만 못한 것 같습니다."

"담력이 예전만 못하다고? 월터스, 자네가 그런 말을 할 때도 다 있나?"

"하지만 이 집은 너무 조용하고 부엌에는 이상한 것도 있습니다. 게다가 창을 두드리는 소리가 나서 그것이 또 나타난 줄 알았습니다."

"또 나타난 줄 알았다니, 무슨 말인가?"

"악마 말입니다. 제 생각에는 악마 같았다는 말입니다. 그게 창가에서 어슬렁거리다 갔습니다."

"뭐가 창가에서 어슬렁거렸단 말인가? 언제?"

"두 시간쯤 전, 그러니까 막 땅거미가 내리기 시작할 무렵이었습니다. 저는 의자에 앉아서 책을 읽고 있었는데 문득 고개를 들어 보니 아래쪽 창문 너머로 어떤 얼굴이 저를 빤히 들여다보고 있었습니다. 얼마나 무시무시하던지, 꿈에 나올까 두렵습니다."

"이봐, 월터스! 그게 경찰이 할 말인가?"

"저도 알고 있습니다. 하지만 정말로 놀라 자빠질 뻔했습니다. 거짓말을 한들 무슨 소용이 있겠습니까? 검은색도, 하얀색도 아닌 피부였습니다. 태어나서 그런 건 처음 봤는데 점토에 우유를 부은 듯한 묘한 색이었습니다. 그리고 그 얼굴은 또 얼마나 크던지, 경위님 얼굴의 두 배는 될 겁니다. 커다란 눈망울을 이리저리 굴리면서 굶주린 짐승처럼 하얀 이빨을 드러내고 있었습니다. 솔직히 말해서 그녀석이 사라질 때까지 손가락 하나 까딱하지도 못했고 숨도 제대로 못 쉬었습니다. 녀석이 사라진 뒤에 밖으로 뛰어나가 정원의 수풀 속을 찾아보았지만 다행히 녀석의 모습은 보이지 않았습니다."

"월터스, 자네가 훌륭한 경찰이라는 사실을 알고 있으니 그냥 넘어가지만 그렇지 않았다면 벌써 벌점을 주었을 걸세. 설사 그것이 진짜 악마라 하더라도 근무하던 경찰이 녀석을 놓치고 나서 다행이라는 말을 써서야 되겠는가? 너무 긴장한 탓에 허깨비를 본 건 아닌가?"

"그 문제는 바로 확인할 수 있습니다."

홈즈는 이렇게 말하고 휴대용 램프에 불을 붙인 다음 잔디밭을 살폈다.

"30센티미터는 되는 발자국입니다. 굉장히 큰 구두를 신고 있어요. 몸의 다른 부분도 발처럼 크다면 엄청난 거구였겠군요."

"그 사람은 어디로 갔을까요?"

"수풀을 지나서 도로로 나간 것 같습니다."

진지한 표정으로 생각에 잠겨 있던 베인스가 말했다.

"흠, 그 녀석이 누구고 무슨 일로 여기에 찾아왔는지는 모르겠지만 지금은 자취를 감추었습니다. 어쨌든 서둘러 일을 마칩시다. 홈즈 선생님, 괜찮으시다면 집 안을 안내하지요."

몇 개의 침실과 거실을 주의 깊게 살펴보았지만 이렇다 할 성과는 올리지 못했다. 이 집을 빌린 사람은 자기 물건을 거의 챙기지 않고 사라진 듯했다. 가구나 도구 등 자잘한 물건까지 고스란히 남아 있었다. '하이 홀본'이나 '막스' 등의 상표가 붙은 옷가지도 상당히 많이 남아 있었다. 그 회사들에도 이미 전보를 보내 조사했는데, 막스 회사에서는 옷값을 꼬박꼬박 지불한 손님이라는 것 말고는 아는 것이 없다고 했다. 수많은 잡동사니, 파이프 몇 개, 책 몇 권(그중 두 권은 에스파냐어로 쓰여 있었다), 구식 권총, 기타 하나가 있었다.

"여기에는 아무것도 없습니다."

촛불을 손에 든 베인스가 여기저기를 활보하면서 말했다.

"홈즈 선생님, 이제 부엌을 봐 주시지요."

부엌은 집의 뒤쪽에 있었는데 천장이 높고 음산해 보이는 곳이었다. 한쪽 구석에 깔아 둔 지푸라기는 요리사가 침대 대신 쓰던 것 같았다. 식탁 위에는 먹다 남긴 요리와 지저분한 접시 등 어젯밤의 흔적이 그대로 남아 있었다.

"이걸 보십시오. 어떻게 생각하십니까?"

베인스가 찬장 뒤쪽에 세워 둔 기묘한 물건을 촛불로 비추며 물었다. 주름투성이에 심하게 쪼그라들고 말라비틀어져 있어서 그것이 원래 무엇이었는지 확실하게 알아볼 수 없었다. 시커멓고 표면은 가죽으로 둘러싸인 것 같았는데 어딘지

난쟁이와 비슷하다는 인상을 받았다. 처음에는 흑인 아기의 미라인 줄 알았지만 자세히 들여다보니 몸이 볼썽사납게 오그라든 늙은 원숭이 같기도 했다. 나중에는 인간인지 짐승인지 구별할 수도 없었다. 배 둘레에는 하얀 조개껍데기를 엮은 끈 두 줄을 감아 두었다.

"이거 아주 재미있는데. 정말 흥미로워."

홈즈는 그 기분 나쁘게 생긴 물건을 주의 깊게 살폈다.

"또 다른 것은 없습니까?"

베인스 경위는 말없이 설거지하는 쪽으로 다가가 촛불로 그 주위를 밝혔다. 깃털이 뽑히지 않은 커다란 흰 새가 무참하게 찢긴 채 다리와 몸통이 여기저기에 흩어져 있었다. 홈즈가 절단된 머리에 붙어 있는 볏을 가리키며 말했다.

"하얀 수탉이로군요. 재미있습니다. 이거 정말 기묘한 사건인데요."

베인스는 기분 나쁜 증거품들을 남김없이 보여 주었다. 설거지하는 곳 밑에서 피가 가득 담긴 양동이를 꺼냈고, 식탁 밑에서는 검게 그을린 뼛조각이 수북하게 담긴 접시를 끄집어냈다.

"뭔가를 죽인 뒤에 불태운 겁니다. 이것은 타고 남은 것을 깡그리 긁어모은 것인데 오늘 아침에 의사에게 보여 주었더니 인간의 뼈는 아니라고 하더군요."

홈즈가 빙그레 웃으며 두 손을 비볐다.

"베인스 경위, 축하합니다. 독특하면서도 유익한 사건을 맡게 되셨군요. 실례일지 모르겠지만 이런 한적한 지역에서는 당신의 뛰어난 실력을 발휘할 기회가 그리 흔치 않겠죠?"

베인스가 기쁘다는 듯이 조그만 눈을 반짝였다.

"그렇습니다. 시골에 묻혀 있다 보면 타성에 젖기 쉽죠. 이런 사건은 중요한 기회가 되니 저는 무슨 일이 있어도 이번 기회를 살리고 싶습니다. 선생님은 이 뼈를 보고 어떤 생각이 드십니까?"

"새끼 양이나 새끼 염소 같은데요."

"그럼 흰 수탉은요?"

"그러게 말입니다. 희한한 일입니다. 정말 희한한 일이에요. 그리 흔히

볼 수 있는 사건이 아닙니다."

"이 집에는 괴상한 짓을 하는 기묘한 사람들이 살고 있었던 것 같습니다. 그리고 그중 한 명이 죽었고요. 함께 살던 사람들이 뒤따라가서 그를 죽인 걸까요? 그렇다면 반드시 잡힐 겁니다. 경찰이 전국의 항구를 감시하고 있으니까요. 하지만, 선생님. 저는 견해가 조금 다릅니다. 아니, 전혀 다릅니다."

"어떤 가설을 가지고 있나 보군요."

"홈즈 선생님, 저는 가능하다면 제 힘으로 수사하고 싶습니다. 오로지 제 명예를 위해서요. 선생님은 이미 명성을 얻었지만 저는 지금부터

이지 않겠습니까? 선생님의 도움 없이 사건을 해결했다고 나중에 자랑할 수만 있다면 그보다 더한 기쁨도 없을 겁니다."

그 말을 듣고 홈즈는 기분 좋게 웃었다.

"알겠습니다. 우리는 각자 다른 방식으로 길을 걷도록 합시다. 내가 조사한 내용이 도움이 된다면 언제든지 이용하세요. 이제 집 안은 전부 둘러본 것 같으니 다른 곳으로 가서 시간을 유용하게 활용해야겠습니다. 그럼 베인스 경위, 행운을 빕니다."

홈즈의 태도에 드디어 범인을 추적하기 시작했음을 알리는 미묘한 변화가 일어났다. 아마 나를 제외하면 다른 사람들은 알아채지 못할 것이다. 아주 주의 깊게 살펴보지 않으면 평소처럼 구경꾼 같은 냉정한 모습으로 보이겠지만, 벌써 눈빛이 달라졌고 행동도 활발해져서 열의와 긴장을 억누르고 있는 것을 느낄 수 있었다. 잠시 뒤면 결전의 시간이 될 것이다. 그는 평소와 다름없이 아무 말도 하지 않았으며 나도 질문하지 않았다. 그와 함께 추격하고 사냥감을 잡는 데 작은 도움이라도 줄 수 있다면 나는 그것으로 보람을 느낀다. 쓸데없이 참견해서 일에 열중하는 그를 괴롭힐 생각은 추호도 없었다. 어차피 언젠가는 나도 모든 진상을 알게 될 것이니 말이다.

그런 이유로 인내를 갖고 기다렸지만 그 보람이 없어서 나는 실망하지 않을 수 없었다. 하루하루 시간이 흐르는데도 홈즈는 전혀 움직일 생각을 하지 않았다. 어느 날 아침, 그는 런던으로 외출했는데 슬쩍 흘린 말을 들어 보니 대영박물관에 갔다 온 듯했다. 홈즈가 멀리 외출한 것은 그때뿐이었고 나머지 시간에는 대부분 혼자 산책을 하거나 이 마을에서 알게 된 사람들과 이야기를 나누며 시간을 보냈다.

"왓슨, 시골에서 일주일 정도 지내는 것은 자네에게도 유익할 걸세.

새싹이 돋기 시작한 울타리 하며 꽃이 핀 개암나무는 보기만 해도 참으로 기분이 좋아. 조그만 호미와 채집통, 식물학 입문서만 있으면 아주 멋진 시간을 보낼 수 있지."

그는 정말로 이런 도구를 들고 밖으로 나섰지만 저녁에 가져온 식물을 보면 전부 변변치 못했다.

홈즈와 함께 산책을 나갔다가 베인스 경위를 만난 적도 몇 번 있었다. 경위는 불그스름하고 살이 오른 얼굴에 미소를 짓고 조그만 눈을 반짝이며 홈즈에게 인사했다. 사건 이야기는 거의 하지 않았지만 수사는 순조롭게 진행되는 듯했다. 하지만 사건이 일어난 지 닷새째 되던 날, 조간에 다음과 같은 기사 제목이 큼지막하게 적혀 있는 것을 보고는 놀라지 않을 수 없었다.

옥스숏 사건 해결
살인 용의자 체포

내가 기사 제목을 읽자 홈즈는 벌에 쏘인 사람처럼 자리에서 벌떡 일어났다.
"뭐라고? 설마 베인스가 잡은 건 아니겠지?"
"아무래도 그런 것 같은데."
내가 소리 내어 기사를 읽었다.

어젯밤 늦게 옥스숏 살인 사건의 용의자가 체포되어 에서와 그 부근은 흥분의 도가니에 빠져들었다. 이미 보도한 대로 등나무 저택에서 살던 가르시아 씨는 옥스숏 공유지에서 시신으로 발견되었다. 시신에는 무참한 폭력이 가해진 흔적이 남아 있었다. 같은 날 밤, 그의 하인과 요리사가 행방을 감추었으므로 그 두 사람은 살인 용의자로 지목되었다. 피해자의 집 안에 있던 귀중품을 빼앗을 목적으로 범행을 저지른 듯하지만 그 점은 아직 분명히 밝혀지지 않았다. 수사를 맡은 베인스 경위는 도망자들을 추적하는 데 전력을 기울였다. 그 결과 그들은 멀리 도망친 것이 아니라 미리 준비해 두었던 은신처에 몸을 숨겼을 것이라는 확신을 갖게 되었다. 애초부터 그들을 쫓을 단서는 충분했다. 등나무 저택에 드나들던 한 상인이 창문 너머로 그곳의 요리사를 본 적이 있었는데, 그의 증언을 통해 아주 특이한 요리사의 외모가 밝혀졌기 때문이다. 요리사는 상당한 거구에, 모습이 기괴했고, 흑인과 백인의 혼혈인데 흑인의 특징이 강하게 드러나는 황갈색 피부를 가지고 있다고 한다. 이 사람은 사건 뒤에도 모습을 드러낸 적이 있었다. 시체가 발견되던 날 밤, 대담하게도 등나무 저택으로 돌아왔다가 그 모습을 발견한 월터스 경관에게 추격을 당한 바 있다. 베인스 경위는 요리사의 행동에 어떤 목적이 있으며, 따라서 그가 다시 모습을 나타낼 것이라고 생각하여 경찰을 집 안에서 철수시키는 대신 정원 수풀 속에서 잠복하도록 배치해 두었다. 결국 요리사는 덫에 걸려들었고, 어젯밤 격렬한 저항 끝에 체포되었다. 그때 체포를 하려 달려든 다우닝 경관을 끌어뜯어 중상을 입혔다. 용의자를 치안판사에게 인도해야 할 시기가 오면 경찰에서 그를 다시 구속할 것으로 보인다. 이번 체포로 수사에 커다란 진전이 기대된다.

"지금 당장 베인스를 만나러 가야겠네. 그가 다른 곳으로 가기 전에 만나야 해."

홈즈가 모자를 집어 들며 말했다. 우리가 마을길을 서둘러 걸어가는데 마침 경위가 자기 숙소에서 나오고 있었다.

"홈즈 선생님, 이 기사를 읽으셨습니까?"

그가 신문을 내밀며 말했다.

"네, 읽었습니다. 친구로서 당신에게 한마디 충고하고 싶은데 불쾌하게 여기지는 말아요."

"충고라고 하셨습니까?"

"나는 이번 사건을 아주 주의 깊게 조사하고 있습니다. 그런데 베인스 경위는 수사를 올바른 방향으로 진행하는 것 같지 않습니다. 확신이 없다면 그 방향으로 너무 멀리 나가지 않는 편이 좋을 겁니다."

"정말 감사한 충고로군요."

"당신을 위해서 하는 말입니다."

아주 잠시, 베인스 경위의 그 작은 눈이 반짝 빛난 듯했다.

"홈즈 선생님, 예전에 약속하지 않았습니까? 각자 자기 방식대로 수사를 진행하자고요. 저는 그렇게 하고 있을 뿐입니다."

"아, 그랬지요. 너무 기분 나쁘게 생각하지는 말아요."

"아닙니다. 호의에 정말 감사드립니다. 하지만 누구에게나 그 사람만의 고유한 방법이라는 게 있지 않습니까? 선생님은 선생님의 방법대로 수사를 하시지요. 저도 마찬가지입니다."

"그 이야기는 이제 그만둡시다."

"제가 손에 넣은 정보는 기꺼이 알려 드리겠습니다. 체포한 남자는 말 그대로 야만인입니다. 마차를 끄는 말처럼 억세고 악마처럼 난폭한 녀석이죠. 모두 힘을 합쳐 체포했지만 다우닝의 엄지손가락을 물어뜯어 하마터면 손가락이 떨어져 나갈 뻔했습니다. 영어도 제대로 못 하고요. 뭘 물어도 으르렁거리는 신음 소리만 냅니다."

"그가 주인을 죽였다는 증거라도 잡았습니까?"

"홈즈 선생님, 저는 그가 살인자라는 말은 하지 않았습니다. 그런 말은 한 적이 없고말고요. 방법은 사람마다 다 다르지 않습니까. 서로 자기 방법대로 수사하지요. 그게 약속이니까요."

홈즈는 어깨를 한 번 으쓱한 뒤 베인스와 헤어졌다.

"저 사람을 도무지 이해할 수가 없어. 낭떠러지를 향해 달려가고 있는 느낌이 드는데. 이렇게 된 이상 각자의 방법대로 수사를 진행하고 그 결과를 지켜보는 수밖에 없겠어. 어쨌든 베인스 경위의 태도에는 이해할 수 없는 구석이 있단 말이야."

황소 여관으로 돌아오자 홈즈는 바로 입을 열었다.

"왓슨, 그 의자에 앉게나. 오늘 밤에 자네의 도움이 필요할지도 모르니 사정을 설명해 두겠네. 내 수사가 어디까지 진행됐는지 알려 줌세. 눈에 띄는 사건의 특징은 아주 단순해. 그럼에도 불구하고 범인을 체포하는 일은 깜짝 놀랄 만큼 어렵다네. 범인을 체포하려면 몇 군데 빈틈을 메워야만 하거든.

그럼 사건이 일어났던 날 밤, 가르시아가 편지를 받았던 일부터 이야기를 시작하겠네. 그의 하인이 이 살인에 관계했다는 베인스의 가설은 염두에 둘 필요가 없어. 왜냐하면 스콧 에클스를 저택으로 불러들인 사람은 가르시아 자신이니까. 그 목적은 아무리 생각해 봐도 알리바이를 만들기 위해서인 것 같아. 그러니까 그날 밤에 가르시아는 어떤 일, 즉 모종의 범죄를 계획하고 있었고 그것을 실행에 옮기다가 살해당한 걸세. 알리바이를 만들어 두려 했다는 사실 자체가 범죄를 계획하고 있었다는 증거가 되네. 그렇다면 누가 그를 죽였을까? 그가 계획한 범죄로 피해를 당할 상대방이 가장 유력한 용의자가 아니겠는가? 여기까지는 확실하네.

그렇다면 가르시아의 하인들이 모습을 감춘 이유도 아주 명확해지지. 그들 역시 가르시아가 계획한 범죄에 공범으로 동참했던 거야. 계획대로 일이 진행되어 가르시아가 무사히 집으로 돌아왔다면 설사 의심을 받는다 하더라도 스콧 에클스가 알리바이를 증명해 줬을 테니 아무 걱정도 없었을 걸세. 하지만 그것은 매우 위험한 계획이었기 때문에 가르시아가 정해진 시간까지 돌아오지 않는다면 그가 목숨을 잃었다고 봐야 했네. 그럴 경우 두 사람은 미리 준비한 은신처에 몸을 숨겨서 경찰의 수사를 피하고 나중에 다시 계획을 실행하기로 미리 준비해 두었던 걸세. 내 설명이 그럴싸하지 않은가?"

뒤엉킨 실타래가 완전히 풀린 듯했다. 매번 그랬지만 나는 왜 지금까지 그렇게 명백한 사실을 눈치채지 못했는지 이상할 따름이었다.

"그렇다면 하인은 왜 저택으로 돌아왔을까?"

"서둘러 도망치느라 소중한 물건, 결코 포기할 수 없는 어떤 것을 두고 갔던 걸세. 그래서 두 번이나 돌아온 거지."

"그렇군. 그럼 그 다음은?"

"이제 가르시아가 받았다던 편지 이야기를 하겠네. 그 편지는 범행 목표가 된 곳에 공범자가 있다는 사실을 알려주지. 그렇다면 그곳은 어디였을까? 예전에 내가 이런 말을 하지 않았나. 그곳은 커다란 집이고 조건에 맞는 집은 그리 많지 않다는 사실 말이네. 나는 이 마을에 오자마자 식물을 채집하러 돌아다니는 척하며 목록에 오른 집들을 전부 살펴보고 그곳에 살고 있는 사람들의 경력까지 전부 조사했다네. 그중 눈에 띄는 집이 한 채 있더군. 하이게이블 저택이라는 곳인데 17세기 초반 제임스 1세 시대 양식으로 지어진 전통 있고 유명한 저택일세. 옥스숏 외곽으로 1.5킬로미터 정도 떨어져 있고 살인 현장과는 겨우 800미터도 떨어져 있지 않은 곳이야. 다른 집에 살고 있는 사람들은 모두 평범하고 성실해서 이런 이상한 사건과는 관계가 없는 듯하네. 그런데 하이게이블 저택에 사는 헨더슨 씨는 아주 흥미로운 사람이라 무슨 특이한 모험에 휩싸인다 해도 하나 이상할 것이 없었다네. 그래서 나는 그와 그의 가족들에게 시선을 집중했지.

왓슨, 그들은 모두 이상한 사람들일세. 그중에서도 가장 이상한 사람은 물론 헨더슨 씨야. 나는 그럴듯한 구실을 만들어 그를 만나러 갔는데 깊은 생각에 잠긴 듯한 움푹 팬 검은 눈을 보고 있으니, 내가 왜 왔는지 그 목적을 꿰뚫어 보는 것 같았어. 나이는 50세 전후로 체구가 건장했고 힘이 넘쳐 보였어. 짙은 회색 머리카락과 굵고 검은 눈썹을 가졌지. 발걸음은 사슴과 같고 제왕 같은 태도가 묻어나는 사람일세. 거칠고 거만하며 양피지 같은 얼굴 깊숙한 곳에 난폭한 정신을 숨기고 있기도 해. 외국인인지 열대에서 오랫동안 생활했는지는 모르겠지만 피부는 누렇고 거칠면서 채찍처럼 질기다네. 친구이자 비서인 루카스 씨는 틀림없이 외국 사람이야. 피부가 검거든. 아주 교활한 느낌이 들었는데, 사람을 대하는 태도가 싹싹하고 꼭 고양이처럼 생겼어. 말투는 정중하지만 악의로 가득 찬 사람이야. 자, 이렇게 등나무 저택과 하이게이블 저택에 모두 외국인이 등장했다네. 그렇다면 우리가 메워야 한다고 말한 빈틈도 조금씩 메워지지 않겠나?

　헨더슨과 루카스는 서로 마음을 터놓고 지내는 사이로 그 두 사람이 집안의 중심일세. 하지만 지금 우리가 맞닥뜨린 문제에서는 다른 인물이 훨씬 더 중요하다네. 헨더슨에게는 딸이 둘 있네. 큰딸은 13세, 작은딸은 11세야. 그들의 가정교사로 버넷이라는 40세 전후의 영국인 여자가 함께 살고 있고 충실한 하인이 한 명 있지. 지금 말한 사람들이 참된 의미의 가족이라고 할 수 있어. 그들은 수많은 곳을 함께 여행하는 사이거든. 헨더슨은 여행을 아주 좋아해서 늘 밖에 있다네. 지난 1년 동안에도 거의 집을 비워 두었다가 몇 주 전에야 하이게이블 저택으로 돌아왔다고 하네. 게다가 헨더슨은 엄청난 갑부라서 무슨 일이든 마음 내키는 대로 할 수 있어. 그 외에도 집사, 하인, 하녀 등 많은 사람들이 그곳에서 살고 있다네. 영국 시골 저택에서 흔히 볼 수 있는, 밥은 밥대로 먹으면서 일은 제대로 하지 않는 사람들 말일세.

　지금 말한 사실 중 일부는 마을 사람들이 말해 준 내용이고 일부는 내가 직접 조사해 알아낸 것들이라네. 그 집에서 쫓겨나 원한을 품은 사람이야말로 유용한 정보통인데 운 좋게도 그런 사람을 찾아냈어. 운이 좋았다고는 하지만 내가 열심히 찾지 않았다면 그런 행운도 따르지 않았을 걸세. 베인스가 말한 대로 사람은 누구나 독자적인 방법을 가지고 있지 않겠나? 나는 내 나름대로 방법을 써서 하이게이블 저택의 정원사였던 존 워너를 찾아냈어. 거만하기 짝이 없는 주인이 홧김에 내쫓은 사람이지. 워너는 그 집에서 일하는 몇몇 하인들과 아직도 친하게 지내는데 모두 주인을 두려워하고 아주 싫어하는 사람들이라네. 이것으로 그 집의 비밀을 밝혀낼 열쇠를 손에 쥐게 된 셈이야.

　왓슨, 그런데 그 가족은 정말 흥미롭다네! 그들에 대해 샅샅이 꿰뚫고 있지는 않네만 아주 특이한 사람들이라는 점만은 틀림이 없어. 집은 한가운데서 두 부분으로 나뉘어 있는데 한쪽에는 가족이, 다른 한쪽에는 하인들이 살고 있어. 헨더슨을 직접 돌보는 하인이 식사를 준비해 주는 것만 빼면 양쪽 사이의 왕래는 전혀 없다네. 연락용 문이 있어서 필요한 물건은 모두 그 문으로 가져간다고 하네. 가정교사와 아이들은 거의 외출을 하지 않고 기껏해야 정원에 나서는 게 전부라고 하더군. 헨더슨은 무슨 일이 있어도 혼자 돌아다니는 적이 없을 정도라고 해. 검은 피부의 비서가 그림자처럼 그를 따라다닌다지.

하인들의 말을 들어 보면 주인은 무엇인가를 아주 두려워하고 있다고 했네. 워너는 '돈을 얻기 위해 악마에게 영혼을 팔았기 때문입니다.'라고 하더군. 악마가 언제 영혼을 가지러 올지 몰라 두려움에 떨고 있다는 걸세. 그들이 어디에서 왔으며 무엇을 하는 사람들인지는 아무도 몰라. 게다가 헨더슨은 정말 난폭한 자일세. 그는 개를 훈련시킬 때 쓰는 채찍으로 사람을 때린 적이 두 번이나 있었는데 합의금을 두둑하게 준 덕분에 재판까지는 가지 않았다고 하네.

자, 왓슨. 새로 수집한 정보를 바탕으로 상황을 판단해 보세. 가르시아가 받은 편지는 역시 그 집에서 보냈을 거야. 예전부터 준비해 두었던 계획을 실행하라고 가르시아에게 지시하는 편지였지. 그럼 누가 그 편지를 썼을까? 그 요새 같은 집에 살고 있는 여자일세. 그렇다면 가정교사인 버넷 양 말고는 그럴듯한 인물이 없어. 아무리 생각해 봐도 같은 답이 나올 뿐이지. 그럼 우선 이 답을 사실이라 인정하고 이야기를 계속해 보세. 그러면 어떤 답이 나올지 확인해 보자고. 참, 버넷 양의 나이나 성격으로 봐서 이 사건이 연애와 관련 있을 것이라 추측했던 애초의 생각은 접어 두세.

편지를 쓴 사람이 버넷 양이라면 아마 그녀는 가르시아의 친구이자 공범일 거야. 가르시아가 죽었다는 소식을 들은 그녀는 과연 어떤 행동을 보일까? 그가 계획한 일이 부정한 일이고 그것을 실행에 옮기다 살해당했다면 그녀는 틀림없이 입을 다물고 있을 거야. 하지만 그를 살해한 사람에게는 원한과 증오심을 품을 테고 할 수만 있다면 복수하려고 들겠지. 그렇다면 우리가 그녀를 만나 그 점을 이용할 수는 없을까? 나는 처음에 그렇게 생각했네. 그러던 중에 좋지 않은 소식을 들었어. 사건이 일어난 날 밤 이후로 아무도 버넷 양을 보지 못했다는 걸세. 그날 이후로 완전히 모습을 감췄다고 하더군. 그녀는 아직 살아 있을까? 자신이 불러들인 친구 가르시아와 마찬가지로 그날 밤에 똑같은 운명을 맞이한 것은 아닐까? 아니면 어딘가에 갇혀 버린 걸까? 무슨 일이 있어도 이 점을 밝혀내야 하네.

이번 사건이 얼마나 까다로운지 이제 알겠나? 체포 영장을 받고 싶어도 사실을 증명할 만한 증거가 하나도 없어. 치안판사에게 말해 봐야 말도 안 되는 공상이라며 비웃음만 당할 테지. 여자가 행방불명됐다는 것만으로는 충분하지 않네. 그 기이한 집에서 누군가 일주일 정도 행방을 감추는 것은 그리 이상한 일이 아니니까. 하지만 지금 이 순간 버넷 양이 생명의 위협을 당하고 있을지도 모른다네. 나는 그 집 정원사였던 워너 씨를 문 옆에 세워 두고 그 집을 감시하게 했네. 지금 내가 할 수 있는 일은 고작 그 정도고 달리 방법이 없어. 법의 힘을 빌릴 수 없다면 우리가 위험에 뛰어들 수밖에 없지."

"어쩔 생각인가?"

"나는 그녀의 방이 어딘지 알고 있네. 별채의 지붕을 통해서 들어갈 수 있는 곳이야. 오늘 밤 우리 둘이서 수수께끼의 핵심을 파고들 생각이네."

솔직히 말해서 나는 그 방법이 별로 마음에 들지 않았다. 살인의 그림자가 비치는 낡은 집, 기묘하고 무시무시한 사람들, 침입할 때 당할지도 모를 뜻밖의 위험, 법률상 불리한 위치에 서야 한다는 사실 등이 떠올라 도저히 그의 말을 따르고 싶지 않았다. 하지만 홈즈의 냉정한 추리에는 물러남을 용납하지 않는 묘한 힘이 있었다. 이런 모험을 하지 않으면 절대로 사건을 해결할 수 없었다. 나는 말없이 그의 손을 쥐었다. 이미 우리는 주사위를 던진 것이다.

하지만 나와 홈즈는 그런 위험을 감수할 필요가 없어졌다. 3월의 오후 5시, 어스름이 내릴 무렵에 흥분한 시골 사람 하나가 방으로 뛰어들었기 때문이다.

"녀석들이 떠났습니다, 홈즈 선생님. 조금 전 마지막 열차로 떠났어요. 버넷 양이 도망쳐 나오길래 마차에 태워 이리로 데리고 왔습니다."

그 말을 듣고 홈즈가 자리에서 벌떡 일어나며 외쳤다.

"잘했네, 워너! 왓슨, 드디어 빈틈이 메워진 듯하군."

마차에 있던 여자는 정신적으로 심한 충격을 받았는지 실신하기 직전이었다. 매부리코에 바싹 마른 얼굴에는 최근에 일어난 비극의 흔적이 뚜렷하게 남아 있었다. 그녀가 푹 숙이고 있던 고개를 들어 멍한 눈으로 우리를 바라보았다. 잿빛 홍채 한가운데에 자리 잡은 동공이 까만 점처럼 수축되어 있었다. 아편에 중독된 것이 분명했다.

해고된 정원사가 말했다.

"홈즈 선생님이 말씀하신 대로 문 옆에 서서 감시하고 있었습니다. 마차가 나오길래 뒤를 쫓아서 역까지 갔지요. 이 사람은 몽유병 환자처럼 흐느적흐느적 걷고 있었는데 녀석들이 기차에 태우려 하자 갑자기 정

신을 차리고 몸부림을 쳤습니다. 억
지로 기차에 타긴 했지만 다시 난동
을 피우더니 밖으로 뛰어내렸
습니다. 그때 제가 버넷 양
에게 달려가서 마차에 싣
고 여기로 데려왔지요. 그
런데 둘이서 도망칠 때 기
차 창문 너머로 우리를 바
라보던 그 얼굴은 평생 못
잊을 겁니다. 시꺼먼 눈으로 노
려보는 누런 악마에게 걸렸다간
목숨이 열 개라도 모자랄 겁니다."

　우리는 그녀를 2층으로 옮겨 소파에 눕혔다. 진한 커피를 두 잔 마시
게 하자 아편 때문에 몽롱했던 머리가 간신히 맑아지는 모양이었다. 홈
즈는 베인스 경위가 연락을 받고 달려오자 서둘러 사정을 설명했다.

　"아, 제가 원하던 증거를 손에 넣으셨군요. 저는 처음부터 선생님과
같은 방향으로 수사하고 있었습니다."

　경위가 홈즈의 손을 덥석 잡으며 따뜻하게 말했다.

　"뭐라고? 당신도 헨더슨을 주시하고 있었습니까?"

　"그렇습니다, 홈즈 선생님. 선생님이 하이게이블 저택의 수풀 사이를
기어 다닐 때 저는 농장의 나무 위에서 그 모습을 내려다보고 있었습
니다. 나머지는 누가 먼저 증거를 손에 넣느냐 하는 것이었죠."

　"그럼 요리사는 왜 체포했습니까?"

　홈즈의 물음에 베인스는 껄껄 웃으면서 대답했다.

"헨더슨이라 자칭하던 그자는 자기가 의심받는다는 사실을 눈치챘을 겁니다. 안전하다고 판단될 때까지 가만히 몸을 숨긴 채 절대로 움직이지 않을 것이 분명했지요. 그래서 엉뚱한 사람을 체포해서 그를 안심시키려 했던 것입니다. 그러면 그는 방심할 테고 버넷 양에게 접근할 기회가 생길 테니까요."

"베인스 경위, 틀림없이 경찰로서 크게 성공할 겁니다. 당신은 본능과 직감을 모두 갖추고 있어요."

홈즈가 그의 어깨에 손을 얹으며 칭찬하자 베인스는 기쁜 듯이 얼굴을 붉혔다.

"이번 주 내내 사복 경찰에게 역을 지키라고 했습니다. 하이게이블 저택 사람들이 기차에 오르면 끝까지 뒤쫓으라고 명령해 두었죠. 버넷 양이 기차에서 내려 도망친 순간에는 경찰도 당황했을 겁니다. 하지만 선생님 쪽 사람이 그녀를 데려왔으니 이제 모든 일은 다 끝난 셈입니다. 그녀의 증언이 없으면 그들을 체포할 수 없으니 가능한 한 빨리 진술을 듣고 싶습니다."

홈즈는 가정교사를 바라보면서 말했다.

"점점 정신이 드는 모양이군. 그건 그렇고 베인스 경위, 헨더슨이란 자는 대체 어떤 작자입니까?"

"예전에 '산 페드로의 호랑이'라 불리던 돈 무리요라는 사람입니다."

산 페드로의 호랑이! 순식간에 그 사람의 경력이 내 머릿속을 스치고 지나갔다. 그는 지금까지 문명인의 가면을 쓰고 나라를 지배한 수많은 군주 중에서도 가장 음란하고 피에 굶주린 폭군이었다. 힘이 세고, 대담무쌍하며, 정력적이었던 그자는 10여 년 동안이나 공포에 떠는 사람들에게 온갖 폭정을 저질렀다. 중앙아메리카 전역에서 그의 이름을 두려워하지 않는 자가 없었다. 마침내 폭정을 견디다 못한 민중들이 들고 일어났지만 그는 극악무도할 뿐만 아니라 교활하기도 해서 반란의 조짐이 보이자마자 배에 온갖 것들을 실어 심복들과 함께 탈출했다. 이튿날, 폭도들이 궁전으로 쏟아져 들어갔지만 그곳은 이미 빈껍데기일 뿐이었다. 독재자와 그의 두 딸, 비서, 그리고 재산까지 남아 있는 것은 하나도 없었다. 그날 이후 그의 행방을 아는 자는 아무도 없었고 유럽 신문에서는 그의 행방을 추측하는 기사가 몇 번 실린 것이 고작이었다.

베인스가 말을 이었다.

"그렇습니다. 산 페드로의 호랑이, 돈 무리요입니다. 조사하면 알겠지만 산 페드로의 국기는 그 편지에 쓰여 있는 녹색과 흰색입니다. 그는 지금 헨더슨이라는 이름을 쓰고 있지만 저는 과거로 거슬러 올라가 그의 지난 행적을 조사했습니다. 파리, 로마, 마드리드, 바르셀로나까지요. 산 페드로를 출발한 배는 1886년에 바르셀로나에 도착했습니다. 복수를 꿈꾸던 사람들은 계속 그의 뒤를 쫓았고 이제야 그가 있는 곳을 찾아낸 것입니다."

"1년 전에 그를 찾아냈어요."

조금 전부터 자리에서 일어나 베인스의 말을 열심히 듣고 있던 버넷 양이 이야기를 시작했다.

"예전에도 파리에서 암살 계획을 세웠지만 악마가 그 사람을 지켜 주고 있는지 그만 실패하고 말았습니다. 이번에도 용감하고 고귀한 가르시아가 목숨을 잃고 그 괴물은 살아남았군요. 하지만 그를 처단하려는 사람들이 끊임없이 일어나서 언젠가는 정의가 실현될 날이 오고야 말 겁니다. 내일 새로운 태양이 떠오르듯이 이 일은 분명히, 반드시 실현될 겁니다."

그녀가 가느다란 손을 굳게 쥐었다. 격렬한 증오심 때문에 수척한 얼굴이 창백하게 변해 있었다. 홈즈가 물었다.

"그런데 버넷 양은 왜 이번 사건에 관여하게 되었습니까? 영국인 여자가 이런 피비린내 나는 사건에 어떻게 연루된 거지요?"

"이것 말고는 달리 정의를 실현할 방법이 없었으니까요. 수년 전, 산 페드로에서 강물처럼 넘쳐 흐른 피와 그자가 배에 가득 훔쳐 달아난 재산에 대해서 영국 법률이 뭘 어떻게 할 수 있나요? 당신들하고는 아무 관계도 없는 일이라고 생각할 텐데요. 하지만 우리는 알고 있어요. 슬픔과 고통을 통해서 진실을 배웠거든요. 돈 무리요 같은 악마는 지옥에도 없을 거예요. 희생자들이 복수를 부르짖고 있는 한 우리에게 평화란 있을 수 없습니다."

"버넷 양의 말씀은 사실입니다. 그는 난폭한 작자이지요. 나도 그가 얼마나 못된 인간인지 들은 적이 있습니다. 그렇다면 버넷 양은 그에게 어떤 피해를 당했습니까?"

"전부 말씀드리지요. 그 악당은 자기 지위를 위협할 만한 우수한 인물이 나타나면 적당한 구실을 만들어 그들을 죽였어요. 내 본명은 빅토르 두란도예요. 남편은 산 페드로의 런던 주재 공사公使였습니다. 우린 런던에서 만나 결혼했어요. 남편처럼 훌륭한 남자는 이 세상에 없을 겁니다. 그런데 남편의 좋은 평판을 들은 무리요가 적당한 구실을 붙여 남편을 본국으로 불러들인 다음에 살해했어요. 불행한 운명을 예감했는지 남편은 나를 데려가려 하지 않았어요. 그의 재산은 전부 몰수당했고 내게 남은 것이라고는 약간의 돈과 찢어진 마음뿐이었어요.

그 뒤, 폭군은 실각했어요. 그리고 조금 전에 말한 대로 외국으로 도망쳤지요. 하지만 그자 때문에 인생을 망쳤거나 가족이며 사랑하는 사람들을 잃었거나 혹은 고문당하는 것을 본 사람들은 그런 결말을 원하지 않았어요. 그들은 결사를 만들어 목적을 달성할 때까지 결코 해산하지 않겠다고 굳게 다짐했습니다. 권력을 잃은 폭군이 이름을 헨더슨으로 바꾸었다는 사실이 알려지자 나는 그 가족에게 접근해서 그들의 동정을 살피고 동료들에게 알려 주는 역할을 맡았습니다. 그래서 가정교사로 위장하고 그 집에 숨어들었어요. 그자는 매번 식사할 때마다 마주치는 여자가 자기 손으로 죽여 버린 남자의 아내였으리라고는 생각지도 못했겠지요.

나는 그자에게 상냥하게 대했고 아이들에 대한 의무도 충실히 수행하면서 기회를 엿보았습니다. 파리에서의 계획은 실패로 돌아가고 말았어요. 그들은 유럽 여기저기를 돌아다니며 도망치다가 드디어 추적자들을 따돌리고 하이게이블 저택으로 돌아왔죠. 이 집은 그가 영국에 처음 왔을 때 산 집이에요.

하지만 여기에서도 정의의 사자가 그를 기다리고 있었어요. 가르시아는 예전 산 페드로에서 가장 높은 자리에 있던 분의 아들이에요. 그는 무리요가 언젠가 이곳으로 돌아올 것이라 믿고 신분은 낮지만 믿을 수 있는 동료 둘과 함께 여기서 기다리고 있었습니다. 세 사람 모두 복수심을 불태우고 있었지요. 무리요는 한시도 경계를 늦추지 않고 어디를 가든 로페스, 그러니까 지금은 루카스라고 이름을 바꾼 심복을 데리고 다녔어요. 그래서 낮에는 도저히 손을 쓸 수가 없었죠. 하지만 그자는 밤에 혼자 자기 때문에 그를 덮칠 기회가 있었어요. 드디어 계획을 실행하기로 한 그날 밤, 나는 미리 약속한 대로 가르시아에게 마지막 지시를 보냈어요. 왜냐하면 무리요는 경계를 늦추지 않아서 침실을 자주 바꿨거든요. 나는 문을 미리 열어 놓고 마찻길을 향한 창으로 가서 녹색이나 흰색 램프로 일을 실행에 옮겨야 할지 미루어야 할 것인지를 그들에게 알리려 했어요.

하지만 그 모든 일이 수포로 돌아가고 말았어요. 비서 로페스가 예전부터 나를 의심하고 있었던 겁니다. 가르시아에게 보낼 편지를 완성한 순간, 뒤에 숨어 있던 그가 나를 덮쳤어요. 그는 주인과 함께 나를 방으로 끌고 가서 반역자라며 몰아세웠어요. 물론 그 자리에서 찔러 죽이고 싶었겠지만 그러면 뒤처리가 힘들어지기 때문에 그러지는 않았습니다.

둘은 오랫동안 논의한 끝에 나를 죽이는 건 너무 위험하다는 결론을 내렸습니다. 하지만 가르시아는 영원히 없애겠다고 결심했던 모양입니다. 그자들은 나에게 재갈을 물린 뒤 팔을 비틀어 가르시아의 주소를 자백하도록 했어요. 그들이 가르시아를 죽일 생각이었다는 사실을 알았다면 비록 팔이 찢겨져 나가더라도 결코 자백하지 않았을 거예요. 로페스는 내가 쓴 편지에 수신인을 적고 커프스단추로 봉인한 뒤, 하인 호세에게 그것을 전달하도록 했습니다. 그들이 가르시아를 어떻게 죽였는지는 모르겠지만 어쨌든 실제로 그를 죽인 건 무리요가 분명합니다. 로페스는 집에 남아서 나를 감시했으니까요. 구불구불한 오솔길 옆에 있는 가시금작화 수풀 속에서 기다리고 있다가 이곳으로 오던 가르시아를 습격했을 거예요. 처음에는 가르시아를 집 안까지 끌어들인 다음, 도둑으로 몰아서 죽일 생각이었어요. 하지만 그자들은 이 집에 경찰을 불러들이면 곧 그들의 정체가 알려질 테고 앞으로 계속 공격을 받게 될 것이라며 논쟁을 거듭했습니다. 그리고 가르시아가 죽었다는 소문이 퍼지면 다른 사람들이 겁을 먹고 복수를 포기할지도 모른다고도 했지요.

모든 일이 그들의 뜻대로 진행됐어요. 한 가지 문제는 내가 범행 사실을 알고 있다는 것뿐이었습니다. 그러니 하루에도 몇 번씩 나를 죽이고 싶었을 거예요.

그들은 예전에 쓰던 방에 나를 가두고 무시무시한 말로 협박하기도 하고, 정신이 나가 버릴 만큼 학대하기도 했어요. 이 어깨에 찔린 자국과 두 팔에 든 멍을 보세요. 한번은 창밖으로 커다란 소리를 질렀더니 재갈을 물리더군요. 그런 끔찍한 날들이 닷새나 계속됐어요. 그동안 그들은 먹을 것도 제대로 주지 않았습니다. 오늘 오후가 돼서야 드디어 제대로 된 식사를 가져왔는데 다 먹고 나서야 음식에 약을 탔다는 사실을 알았습니다. 나는 마약 때문에 정신이 몽롱해져서 반은 끌려가다시피, 반은 업혀가다시피 해서 마차에 올랐어요. 그러고는 그대로 기차에 끌려갔지요. 기차가 움직이려는 순간에야 자유는 지금 내 손에 달렸다는 생각이 퍼뜩 머릿속을 스치고 지나가더군요. 나는 기차에서 뛰어내렸지만 그들이 금방 쫓아와서 다시 끌고 가려 했어요. 만약 이 사람이 마차에 태워 주는 친절을 베풀지 않았다면 나는 억지로 끌려가고 말았을 거예요. 고맙게도 이제 그 사람들의 손길이 미치지 않는 곳으로 벗어났어요."

우리는 모두 집중해서 이 놀라운 이야기를 귀 기울여 들었다. 잠깐 침묵이 이어지다가 마침내 홈즈가 고개를 설레설레 저으면서 입을 열었다.

"이것으로 모든 문제가 끝났다고 볼 수는 없습니다. 경찰의 조사는 끝났지만 지금부터는 법률 싸움입니다."

나도 거들었다.

"그렇습니다. 언변이 뛰어난 변호사에게 걸리면 가르시아를 죽인 것
도 정당방위로 풀려날지 모르지요. 예전에 수많은 범죄를 저질렀다 해
도 지금 재판할 수 있는 것은 이번 사건뿐이니까요."

그러자 베인스가 꽤 긍정적인 이야기를 내놓았다.

"글쎄요, 제 생각에는 법률이라는 것도 꽤 쓸 만합니다. 정당방위라
는 것이 있기는 하지만 아무리 위협을 느꼈다고 해도 살인이라는 냉혹
한 목적으로 타인을 불러들였다면 도저히 정당방위는 될 수 없을 겁니
다. 아무렴요. 하이게이블 저택 사람들을 다음에 열리는 길퍼드 순회재
판에 회부하면 틀림없이 우리의 주장이 받아들여질 겁니다."

지금은 옛날이야기가 되어 버렸지만 산 페드로의 호랑이가 죗값을
치른 것은 좀 더 시간이 흐른 뒤였다. 교활하고 대담한 폭군과 그의 동
행은 에드먼턴 가에 있는 하숙집에서 묵는 척하고 뒷문을 통해 커즌
광장으로 빠져나가 그대로 추격을 따돌리고 달아났다. 이후 영국에서
는 두 사람의 모습을 찾아볼 수 없었는데 그로부터 약 6개월 뒤, 마드
리드에 있는 에스쿠리알 호텔에서 몬탈바 후작과 그의 비서 룰리가 살
해당하는 사건이 일어났다. 무정부주의자의 소행으로 추측되었지만 결
국 범인은 잡지 못했다. 베인스 경위는 베이커 가에 있는 우리 하숙으
로 찾아와 살해당한 두 사람의 사진을 보여 주었다. 비서는 피부가 거
무스름했고 그 주인은 난폭해 보이는 얼굴에 사람들 끌어당기는 듯한
검은 눈과 짙은 눈썹을 가지고 있었다. 조금 늦어지기는 했지만 드디어
정의의 심판을 받은 것이다.

그날 밤, 홈즈는 파이프로 담배를 피우며 말했다.

"왓슨, 이 사건은 여러 가지 일들이 복잡하게 얽혀 있었어. 자네가 좋

아하는 깔끔한 이야기로 정리하기는 힘들겠군. 이야기가 두 대륙에 걸쳐서 진행되고 베일에 싸인 두 집단이 등장하는 데다가 고상한 우리 친구 스콧 에클스 씨까지 더해져서 사건이 더욱 복잡해지지 않았나. 에클스가 휘말린 것을 보면 죽은 가르시아가 얼마나 치밀하게 계획을 짰고 또 방어 본능이 뛰어난 사람인지 알 수 있네. 여러 가지 해석이 가능했던 탓에 처음에는 갈피를 잡기가 쉽지 않았지만 우리는 그 훌륭한 경위와 협력해서 중요한 부분을 확실하게 파헤쳤어. 그 덕분에 험한 길을 더듬어 가기는 했지만 결국에는 진상을 밝혀냈지. 이런 점들이 이번 사건의 특징이라고 할 수 있을 걸세. 아직도 명확하지 않은 부분이 있나?"

"요리사가 등나무 저택을 다시 찾은 이유는?"

"부엌에 있던 기묘한 미라 때문이었어. 그는 산 페드로의 오지에서 살던 사람으로 그것을 숭배하고 있었지. 그는 동료와 함께 미리 준비한 은신처로 도망쳤어. 내 생각에는 그 은신처에 또 다른 동료가 살고 있었던 것 같아. 그건 그렇다 치고, 같이 도망친 동료는 요리사에게 눈에 띄는 물건은 그냥 두고 가자고 설득했을 거야. 하지만 그는 그것을 끝내 포기하지 못해서 이틀날 등나무 저택을 다시 찾은 걸세. 창문으로 들여다보니 월터스 경관이 감시하고 있는 터라 사흘을 더 기다려야 했네. 어쨌든 그는 신앙인지 미신인지 모를 힘을 이기지 못하고 다시 한 번 저택을 찾았다네. 베인스 경위는 영리한 사람이라 내 앞에서는 별것 아닌 척했지만 실제로는 그 물건이 매우 중요하다는 사실을 알고 있었어. 그래서 덫을 놓아 요리사를 잡은 거지. 더 알고 싶은 게 있나, 왓슨?"

"갈가리 찢긴 새, 피가 담긴 양동이, 검게 타 버린 뼈 등 부엌에 있던 기분 나쁜 물건들은 다 뭔가?"

홈즈가 빙그레 웃으며 수첩을 넘겼다.

"나는 오전 시간을 이용해서 대영박물관에 가서 조사한 적이 있네. 지금부터 내가 읽을 내용은 에커만이 쓴《부두교와 흑인의 종교》에서 발췌한 것일세."

그가 수첩에 적힌 내용을 읽었다.

> 신실한 부두교 신자들은 중대한 일을 치르기에 앞서 사악한 신을 달래기 위해 반드시 산 제물을 바친다. 극단적인 경우에는 인간을 산 제물로 바친 뒤 인육을 먹기도 한다. 보통은 하얀 수탉이나 검은 염소를 제물로 바치는데, 수탉은 산 채로 토막 내고 염소는 목을 베어 몸통을 태운다.

"그러니까 그 요리사는 정확하게 의식을 거행한 것일세. 어때, 기괴하지 않은가? 전에도 이야기했지만 기괴한 것과 끔찍한 것은 종이 한 장 차이라네."

홈즈는 이렇게 말하면서 천천히 수첩을 덮었다.

17 레드서클

17

레드 서클

"워런 부인, 특별히 걱정할 만한 이유는 없어 보이는데요. 귀중한 시간을 쪼개서 내가 직접 관여해야만 할 일도 아닌 것 같고요. 나도 아주 바쁜 사람입니다."

이렇게 말한 셜록 홈즈는 다시 커다란 스크랩북을 들여다보았다. 그는 최근의 신문기사를 비롯한 여러 자료들을 각각 정리해서 색인을 만드는 중이었다.

하지만 그 하숙집 주인도 여느 여성처럼 끈질겼고 약삭빠르기까지 했다. 절대로 순순히 물러설 기미가 없었다.

"작년에는 우리 집에서 하숙하는 사람을 위해서 사건을 해결해 주셨잖아요. 페어데일 홉스 씨 사건이요."

"네, 맞아요. 아주 단순한 사건이었죠."

"하지만 그 사람은 아직도 그 일을 떠벌리고 다녀요. 선생님이 얼마나 친절한지, 수수께끼를 어떻게 멋지게 해결했는지 말예요. 그런데 나도 답답한 일이 생기니까 그 사람이 내게 했던 말이 제일 먼저 떠오릅니다. 마음만 먹는다면 홈즈 선생님은 이번 문제도 후딱 해치워 주실 수 있을 거예요."

홈즈는 칭찬에 약했다. 좀 더 정확히 말하면 다정하게 말하는 것에 매우 약해서 그 두 가지 힘으로 공략하자 천하의 홈즈도 곧 손을 들고 말았다. 그는 포기한 듯 한숨을 쉬며 풀을 묻힌 붓을 내던지고 의자를 뒤로 밀었다.

"알겠습니다, 워런 부인. 그럼 자세한 이야기를 들려주시죠. 담배를 피워도 괜찮겠죠? 고마워요. 왓슨, 성냥 좀 주게나."

홈즈는 담배에 불을 붙이고 나서 다시 말을 이었다.

"그러니까 부인은 댁에 새로 들어온 하숙인이 방에 틀어박혀서 밖으로 나오지 않는 게 걱정이 된다는 거지요? 하지만 워런 부인, 참 걱정도 팔자시군요. 만약 내가 댁에서 하숙을 했다면 몇 주일이나 방에 틀어박혀서 나오지 않았을 겁니다. 그것도 꽤 자주."

"네, 그럴지도 몰라요. 하지만 그 사람은 여느 사람과 느낌이 달라요. 홈즈 선생님, 나는 요즘 너무 무서워서 잠도 제대로 못 자고 있다니까요. 아침 일찍부터 밤 늦게까지 방 안을 서성이는 소리가 들리는데 얼굴은 한 번도 보질 못하니 도저히 견딜 수가 없어요. 남편도 신경은 쓰지만 그 양반은 하루 종일 밖에서 일하니까 하루 종일 나만 불안에 떨고 있어요.

그 하숙인은 왜 남몰래 숨어 있을까요? 대체 무슨 일을 저지른 걸까요? 집에 일하는 여자 아이가 한 명 있기는 하지만 그 아이를 빼면 집에는 나와 그 하숙인 단둘이 있는 거예요. 불안해서 견딜 수가 없어요. 온 신경이 다 곤두섰다니까요."

홈즈는 몸을 앞으로 내밀어 길고 여윈 손가락을 워런 부인의 어깨 위에 얹었다. 그에게는 거의 최면술에 가깝다고 할 만큼 상대방의 마음을 안정시키는 힘이 있었다. 이번에도 홈즈가 그렇게 어깨에 손을 얹고 있는 동안 부인의 눈에서 두려움이 사라졌고, 흥분했던 얼굴도 점점 평온해져 평소의 표정으로 되돌아갔다. 부인이 홈즈가 가리킨 의자에 앉자 내 친구는 다시 이야기를 시작했다.

"내가 사건을 맡으려면 아주 사소한 점까지도 다 알아 두어야 합니다. 그러니 침착하게 생각해 보세요. 아주 사소한 것이 가장 중요할 수도 있으니까요. 그 사람은 열흘 전부터 하숙을 시작했는데 그때 식비를 포함해서 보름 치 하숙비를 선불로 지불했단 말이죠?"

"네, 하숙비가 얼마냐고 묻기에 일주일에 50실링이라고 대답했어요. 집 가장 위층에 있는 거실과 침실이 딸린 조그만 방인데 필요한 물건들은 다 갖춰져 있어요."

"그래서요?"

"그 사람은 '내가 원하는 조건대로 빌릴 수 있다면 일주일에 5파운드씩 내겠습니다.'라고 말했어요. 나는 그렇게 돈이 많은 사람도 아니고 남편 벌이도 시원찮아서 일주일에 5파운드라면 큰돈이었어요. 그는 바로 10파운드 지폐 한 장을 꺼내더니 그 자리에서 주더군요. 그리고 '조건만 지켜 주신다면 앞으로도 계속해서 2주일 간격으로 같은 금액을 지불하겠습니다. 못 지키시겠다면 더 이상 이야기할 필요도 없겠지요.'라고 말했어요."

"그 조건이 뭡니까?"

"우선 자기에게도 집 열쇠를 하나 달라고 했는데 그건 전혀 문제될 게 없었어요. 종종 하숙인들에게 집 열쇠를 주기도 하니까요. 그리고 한 가지 더 있었어요. 자기 혼자서만 있고 싶으니 무슨 일이 있어도 다른 사람이 방 안에 들어와서는 안 된다고 했지요."

"특별히 놀랄 만한 조건은 아니었군요."

홈즈가 말했다.

"그게 상식적으로 이해할 수 있는 수준이었다면 놀라지는 않았을 거예요. 하지만 그는 처음부터 상식과 거리가 멀었어요. 열흘 동안 계속 방 안에 틀어박혀서는 남편도, 나도, 그리고 일하는 아이까지도 그 사람의 모습을 한 번도 못 봤으니까요. 아침에도 저녁에도 낮에도 하루 종일 분주하게 방 안을 오가는 발소리가 들려요. 그런데도 첫날 밤만 빼면 집 밖으로 나간 적이 한 번도 없었어요."

"오, 첫날 밤에는 외출했단 말인가요?"

"네. 우리가 모두 잠든 늦은 밤에 돌아왔어요. 방을 빌리기로 한 다음에, 그날 밤엔 늦게 돌아올 것 같으니 현관문의 빗장을 걸지 말라고 부탁하더군요. 그날 밤 자정이 지난 시간에 계단을 올라가는 발소리를 들었어요."

"그럼 식사는 어떻게 합니까?"

"그 사람이 만든 특별한 규칙이 있어요. 자기가 벨을 울리면 음식이 담긴 쟁반을 들고 와서 문 밖에 있는 의자 위에 올려놓으라는 거예요. 그러고는 식사를 마치면 다시 한 번 벨을 울리는데 그때 우리가 다시 올라가서 그 의자 위에 둔 쟁반을 들고 내려와요. 그리고 식사 말고 또 필요한 것이 있으면 종이에 적어 의자 위에 올려 두는데 특이하게도 그 사람은 활자체 글자를 써요."

"활자체요?"

"네. 흔히 쓰는 필기체가 아니라 연필로 또박또박 쓴 활자체 말이에

요. 그것도 단어 하나만 달랑 적혀 있고 다른 말은 눈 씻고 찾아봐도 없어요. 보여 드리려고 가져왔어요. 여기 보세요. '비누SOAP'라고 적혀 있죠? 그리고 여기에는 '성냥MATCH'이라고 쓰여 있고. 아, 이건 첫날 아침에 내놓은 것인데 '데일리 가제트DAILY GAZETTE'라고 적혀 있어요. 나는 매일 아침 이 신문을 아침 식사와 함께 의자에 올려놓는답니다."

"흠, 왓슨."

홈즈는 커다란 흥미를 느꼈는지 워런 부인이 건네준 종이를 유심히 바라보며 말을 이었다.

"확실히 이건 좀 이상해. 방 안에만 틀어박혀 있다는 거야 그리 이상할 게 없지만 왜 일부러 활자체로 쓰는 것일까? 활자체로 또박또박 쓰려면 무척 귀찮을 텐데 어째서 편하게 필기체로 쓰지 않는 거지? 대체 왜 그러는 것 같나?"

"필체를 숨기고 싶었나 보군."

"하지만 왜? 하숙집 아주머니가 자기 필체를 안다고 해도 별문제 없을 텐데? 어쨌든 자네 말이 맞을지도 몰라. 그래도 단어 하나만 쓰다니, 왜 이런 식으로 메모를 남겼을까?"

"그건 나도 잘 모르겠는걸."

"이리저리 생각해 봐야 할 문제일세. 어디서나 흔히 볼 수 있는, 심이 두꺼운 보라색 연필로 썼군그래. 보게, 다 쓴 다음에 이쪽을 찢어 낸 것 같아. 'SOAP'의 'S'자가 조금 잘려 나갔으니까. 여기에는 무슨 이유가 있을 텐데."

"신중하다는 말인가?"

"그렇지. 아마 지문이나 그 사람의 정체를 밝혀낼 만한 어떤 흔적이 있어서 그랬을 걸세. 워런 부인, 이 사람은 중간 정도 되는 키에 피부가 가무잡잡하고 콧수염을 기르고 있다고 했지요? 나이는 어느 정도로 보였나요?"

"젊어요. 서른 살도 되지 않았을 거예요."

"그래요? 다른 사람과 구별될 만한 이 사람의 특징은요?"

"영어를 잘했지만 억양으로 봐서 외국인 같았어요."

"옷은 잘 차려입었고요?"

"네, 아주 멋지게 차려입은 훌륭한 신사였어요. 검은색 옷이었는데 그것 말고 특별히 눈에 띄는 점은 없었어요."

"이름은 밝히지 않았나요?"

"네."

"그 사람에게 온 편지나 손님은요?"

"없었어요."

"그래도 매일 아침에는 부인이나 일하는 아이가 들어가서 방을 정리하겠죠?"

"아니요. 그 사람은 모든 일을 혼자서 처리해요."

"그래요? 정말 이상하군요. 그렇다면 그 사람의 짐은 어땠나요?"

"커다란 갈색 가방 하나만 들고 있었고 다른 것은 전혀 없었어요."

"흠. 그렇다면 특별히 단서가 될 만한 것은 없겠군요. 그 방에서 밖으로 나온 물건은 거의 없다는 말입니까? 정말로요?"

홈즈가 이렇게 말하자 부인이 가방 속에서 봉투를 꺼냈다. 열어 보니 타다 남은 성냥 두 개와 담배꽁초 하나가 나왔다.

"오늘 아침에 나온 쟁반에 이게 있었어요. 홈즈 선생님은 아주 사소한 것을 보고도 중요한 사실을 밝혀낸다는 말을 들은 적이 있어서 이걸 전부 들고 왔지요."

홈즈가 난처하다는 듯 어깨를 으쓱했다.

"이것만 가지고는 아무 것도 알아낼 수 없겠는데요. 이 성냥들은 궐련에 불을 붙이기 위해 사용한 겁니다. 타들어 간 부분이 짧은 걸 보면 알 수 있죠. 파이프나 시가에 불을 붙일 때는 성냥의 반 정도 타들어 가는 법이니까요. 아니, 이게 뭐지? 이 꽁초는 조금 이상한데요? 그 사람은 턱수염과 콧수염을 길렀다고 했지요?"

"맞아요."

"그렇다면 정말 이상하군요. 수염을 길렀다면 담배를 이렇게 끝까지 피우지는 못할 텐데. 왓슨, 자네는 수염이 그리 길지 않은 편이지만 담배를 여기까지 피웠다가는 수염이 타 버리겠지?"

"파이프에 끼워서 피운 게 아닐까?"

"아니, 그건 아닐세. 끝부분에 입에 문 흔적이 남아 있거든. 부인, 설마 그 방에 두 사람이 있는 것은 아니겠지요?"

"그럴 리가 없어요. 식사도 아주 조금밖에 먹지 않아서 그렇게 먹고도 잘도 버틴다는 생각이 들 정도니까요."

"그렇다면 단서가 될 만한 것이 모일 때까지 조금 더 기다릴 수밖에 없겠습니다. 어쨌든 지금으로서는 부인이 불평할 만한 이유가 없습니다. 하숙비는 전부 냈고, 조금 이상하게 행동하기는 해도 다른 사람에게 피해를 주지는 않으니까요. 돈을 후하게 지불했으니 자기 정체를 숨기려고 하더라도 부인이 왈가왈부할 입장은 아닌 것 같습니다. 범죄와 관련된 사람이라고 생각될 만한 어떤 이유가 없다면 그 사람의 사생활에 간섭할 권리도 없어요. 아무튼 이 일은 내가 맡겠습니다. 잊지 않고 꼭 기억하고 있을 테니 새로운 변화가 있으면 언제든지 알려 주세요. 내 힘이 필요할 때면 달려갈 테니 마음 놓으십시오."

워런 부인이 조금은 홀가분해진 마음으로 돌아가자 홈즈가 나에게 말했다.

"왓슨, 이번 사건에는 재미있는 부분이 몇 군데 있네. 물론, 그 하숙인의 성격이 조금 이상할 뿐이고 별다른 사건이 아닐지도 몰라. 하지만 겉보기보다 훨씬 더 복잡한 사정이 숨어 있을 수도 있다네. 우선 우리가 생각할 수 있는 첫 번째 가능성은, 지금 그 방에 있는 인물은 실제로 방을 빌린 사람이 아닐 수도 있다는 걸세. 흔히 있을 법한 이야기지."

"왜 그렇게 생각하지?"

"이 꽁초와 다른 이야기네만, 하숙인이 딱 한 번 외출을 했는데 그게 방을 빌린 직후였다는 사실에 뭔가 의미가 있을 것 같지 않나? 그 남자라고 해야 할지는 모르겠지만, 어쨌든 그 사람은 집안사람들이 다들 잠들어서 아무도 자신을 볼 수 없을 때 집으로 돌아왔네. 그러니 돌아온 사람이 나간 사람과 동일 인물이라는 증거는 어디에도 없는 셈이지. 그리고 방을 빌리러 온 사람은 영어를 잘한다고 했는데, 지금 방에 있는 사람은 성냥을 'MATCHES'라고 복수로 써야 하는데도 단수인 'MATCH'라고 썼어. 아마 사전을 찾아서 썼을 걸세. 사전에는 단수로만 올라와 있으니까. 단어 하나만 달랑 써서 워런 부인에게 준 것도 영어를 모른다는 사실을 숨기기 위해서일 걸세. 맞아, 왓슨. 하숙인이 바뀌었다고 생각할 만한 충분한 이유가 한두 가지가 아니야."

"그렇다면 무엇 때문에 그런 행동을 하는 걸까?"

"바로 그거야! 바로 그것이 우리가 풀어야 할 문제라네. 문제를 풀 좋은 방법이 하나 있지."

홈즈는 이렇게 말하더니 선반에서 커다란 파일을 꺼냈다. 런던의 여러 신문에 실렸던 각종 광고를 매일 모아 둔 파일이었다. 그가 파일을 넘기며 말했다.

"신음 소리와 절규, 울부짖음으로 이루어진 합창을 듣고 있는 기분이야! 기묘한 일들이 가득한 잡동사니들의 모임이로군! 하지만 그 이상한 사건을 연구하는 사람에게는 더할 나위 없이 좋은 사냥터지. 어쨌든 그 하숙인은 방에서 혼자 지내고 있어. 다른 곳에서 편지로 연락하면 그렇게도 숨기고 싶어 하는 정체가 탄로나고 말지. 그렇다면 바깥소식은 어떻게 듣고 있을까? 신문광고를 쓰는 것이 분명하네. 그것 말고는 다른 방법이 없을 거야. 다행스럽게도 내가 조사해야 할 신문은 딱 한 가지일세. 방금 전에 본 메모에 적혀 있던 〈데일리 가제트〉지.

여기에 지난 보름 동안 모아 둔 광고가 있네. 같이 읽어 보자고. '프린스 스케이트 클럽에서 검은 모피 목도리를 두르고 있던 숙녀분.', 이건 필요 없어. '지미야, 더 이상 어머니를 슬프게 하지 말아라.', 이것도 관계 없을 거야. '브릭스턴 승합마차 안에서 실신했던 숙녀라면.', 이런 여자에게 우리가 볼일은 없고. '하루하루, 내 마음은 사랑의 불꽃에 타들어 가네.' 왓슨, 이건 아주 징징 짜는 사연이로구먼. 정말 가슴 아픈 사연들뿐이야! 아, 이건 조금 그럴듯한데. '조금만 더 참고 기다릴 것. 더 확실한 연락 방법을 찾아보겠음. 그때까지는 이 광고로. G.' 이건 워런 부인 집에 하숙인이 들어오고 나서 이틀 뒤에 발행된 신문이야. 가능성이 있겠어. 베일에 싸인 하숙인은 단어 하나도 제대로 못 쓰지만 영어를 읽을 만한 능력은 있는 모양이야. 이 광고의 뒤를 이은 또 다른 광고가 있는지 찾아보세. 아, 여기 있어. 그로부터 사흘 뒤에 나온 신문일세. '만사형통. 주의 깊게 참고 기다릴 것. 구름은 걷힐 것이다. G.' 그 뒤로 일주일 동안은 또 아무것도 없군그래. 아, 더 확실한 것이 나왔어. '길이 열렸다. 기회를 봐서 신호를 보내겠음. 약속한 신호를 잊지 말 것. 1은 A, 2는 B. 곧 보내겠음. G.'

이건 어제 신문이고 오늘 신문에는 아무것도 실리지 않았네. 워런 부인 집의 하숙인에게 꼭 어울리는 내용 아닌가? 왓슨, 조금만 더 지나면 이 사건에 대해서 더욱 확실한 사실을 알아낼 수 있을 걸세."

홈즈의 말대로 일이 진행되는 듯했다. 다음 날 아침, 그는 등을 난로 쪽으로 향한 채 아주 만족스러워하는 미소를 짓고 있었다.

"왓슨, 이것을 보면 무슨 생각이 드나?"

홈즈는 큰 소리로 말하더니 탁자 위에 있던 신문을 집어 읽기 시작했다.

하얀 돌로 장식한 높고 붉은 집. 4층. 왼쪽에서 두 번째 창. 해가 진 후. G.

"틀림없어. 바로 이 광고야. 아침을 먹고 나서 워런 부인 집 근처를 둘러보세. 아니, 워런 부인이 오셨군요! 뭔가 새로운 일이라도 있었나요?"

갑자기 부인이 방 안으로 뛰어들었다. 그녀의 태도로 봐서 중요한 일이 벌어진 것이 틀림없었다. 부인이 외치듯 말했다.

"홈즈 선생님! 더 이상 참을 수가 없어요. 이젠 경찰에 알려야겠어요. 그리고 그 사람에게 당장 짐을 챙겨서 나가라고 하겠어요. 바로 위층으로 달려 올라가서 그 사람에게 그렇게 말하려 했지만 우선은 홈즈 선생님한테 사정을 설명하고 의견을 들어야 할 것 같아서 먼저 이리로 달려온 거예요. 어쨌든 더 이상은 참을 수가 없어요. 우리 남편까지 폭행을 당했으니……."

"워런 씨가 폭행을 당했나요?"

"아주 고약한 일을 당했어요."

"대체 누가 그런 겁니까?"

"그러니까요! 우리가 알고 싶은 게 바로 그거라고요! 오늘 아침이었어요. 남편은 토테남 코트 거리에 있는 모턴 앤 웨이라이트 상회에서 작업 시간 관리인으로 일하고 있어요. 그래서 매일 아침 7시에는 집에서 나가죠. 그런데 오늘 아침, 집을 나서서 열 발짝도 걷기 전이었는데 뒤에서 따라온 두 남자가 얼굴에 외투를 뒤집어씌웠다지 뭐예요? 그러더니 길옆에 서 있던 영업용 마차로 남편을 밀어 넣었대요. 한 시간 정도 마차를 몰고 가다가 갑자기 문을 열어 남편을 밖으로 내동댕이쳤답니다. 남편은 그대로 도로에 떨어져 정신을 잃었기 때문에 마차가 어디로 갔는지 모르겠대요. 간신히 정신을 차리고 보니 거기는 햄스테드 히스였다고 하더라고요. 그러고 나서 남편은 영업용 마차를 타고 집으로 돌아왔고 지금은 소파 위에 누워 있어요. 나는 이 사실을 알리려고 바로 이리로 달려왔고 말이죠."

"아주 흥미로운 이야기로군요. 워런 씨는 그 사람들의 얼굴을 보지 못했나요? 혹시 목소리라도?"

"아니요. 남편은 완전히 제정신이 아니었어요. 그이가 아는 것이라고는 마법처럼 마차에 실렸다가 마법처럼 마차에서 떨어졌다는 사실뿐이에요. 그 사람 말로는 범인은 적어도 둘이었고 어쩌면 셋이었을지도 모

른다고 했어요."

"그렇다면 부인은 워런 씨가 습격을 당한 일과 그 하숙인 사이에 무슨 관계가 있다고 생각하십니까?"

"네. 지금까지 거기서 15년 동안 살아왔지만 그런 일은 단 한 번도 없었어요. 난 이제 넌덜머리가 나요. 돈도 필요 없어요. 오늘 당장 나가라고 그 하숙인에게 말하겠어요."

"워런 부인, 잠깐만요. 서두르지 마세요. 이번 사건은 처음 생각했던 것보다 훨씬 더 커다란 문제일지도 모릅니다. 부인 댁에 있는 하숙인에게 어떤 위험이 닥친 것만은 틀림없어요. 또 한 가지, 근처에 숨어 있던 범인들은 자욱하게 깔린 아침 안개 때문에 앞이 잘 보이지 않아서 워런 씨를 그 하숙인으로 착각하고 덮친 것이 분명합니다. 나중에서야 잘못 본 것을 확인하고 부군을 내팽개친 거예요. 만약 그들이 실수하지 않고 하숙인을 잡아갔다면 어떻게 했을까요? 뭐, 이 점은 상상에 맡길 수밖에 없지만요."

"그렇다면, 선생님, 어떻게 하면 좋을까요?"

"어떻게 해서든 그 하숙인을 꼭 한 번 보고 싶습니다."

"뭘 어째야 좋을지 모르겠어요. 문을 부수고 안으로 들어가면 몰라도요. 아, 그러고 보니 식사가 담긴 쟁반을 놓고 계단을 내려갈 때면 언제나 방문을 여는 소리가 들려요."

"쟁반을 방 안으로 들이려면 당연히 그렇게 해야겠죠. 어딘가에 숨어 있으면 그자를 볼 수 있지 않겠습니까?"

워런 부인이 잠시 생각에 잠겼다가 말했다.

"맞아요. 그 방 맞은편에 창고로 쓰는 방이 있어요. 거기에 거울을 걸어 둘 수 있으니 그 문 뒤에 숨어 있으면……"

"정말 좋은 생각입니다. 그 사람은 언제 점심을 먹습니까?"

"1시쯤에요."

"그럼 그때쯤 왓슨 박사와 함께 찾아가겠습니다. 그때까지 조심하세요, 워런 부인."

12시 30분경, 우리는 워런 부인의 집 앞에 도착했다. 집은 대영박물관의 북동쪽에 위치한 그레이트 옴 거리라는 좁은 도로에 있었는데 높고 폭이 좁은 노란 건물이었다. 거리의 모퉁이에 서 있었기 때문에 조금 더 세련된 집들이 나란히 늘어선 하우 가가 한눈에 내려다보였다. 그 집들을 바라보던 홈즈가 킥킥 웃으며 그중 한 집을 가리켰다. 단번에 눈에 들어올 만큼 높다랗고 우뚝 솟아 있는 아파트였다.

"보게 왓슨! 저게 바로 '하얀 돌로 장식한 높고 붉은 집'이야. 틀림없이 저기서 신호를 보내겠지. 장소도 알았고 신호도 알고 있네. 이제 일이 간단하게 풀릴 것 같은데. 저 창문에 '임대'라는 푯말이 붙어 있어. 그 하숙인의 친구가 들어가려는 방은 저 방이 분명해. 아, 안녕하세요, 워런 부인. 준비는 다 됐나요?"

"네, 준비는 다 해 두었어요. 들어오세요. 계단 쪽에 구두를 벗으시면 바로 안내해 드릴게요."

부인이 마련한 곳은 숨어 있기에 딱 좋았다. 거울이 놓인 장소도 아주 적절해서, 어둠 속에 숨어서 바라보면 반대쪽 문이 아주 잘 보였다. 우리가 거기에 앉고 워런 부인이 모습을 감추자 곧 따르릉따르릉 하는 소리가 들렸다. 베일에 싸인 하숙인이 벨을 울린 것이었다. 곧 워런 부인이 음식이 담긴 쟁반을 들고 나타났다. 그러고는 문 옆에 있는 의자 위에 쟁반을 올려놓고 쿵쿵 소리를 내며 아래층으로 내려갔다. 우리는 문에서 보이지 않는 곳에 웅크리고 앉아서 거울을 뚫어져라 쳐다보았다. 여주인의 발소리가 사라지자 곧 빗장을 벗기는 소리가 들리더니 손잡이가 돌아가고 야윈 두 손이 나타나 의자 위에 있던 쟁반을 들어올렸다. 그러다가 쟁반을 의자 위에 다시 올려놓았다. 그 순간, 아름답지만 두려움에 질린 어두운 얼굴이 창고의 좁은 문을 바라보았다. 문이 쿵 하고 닫히더니 빗장을 거는 소리가 들렸고 주위는 정적에 잠겼다. 홈즈는 내 옷깃을 잡아끌었고 우리는 발소리를 죽여 가며 조용히 계단을 내려왔다.

"저녁에 다시 한 번 오겠습니다."

기다리고 있던 부인에게 홈즈가 말했다. 그러고는 내게 이렇게 말했다.

"왓슨, 우선 우리 방으로 돌아가서 진지하게 이야기해 보세."

베이커 가의 방에 돌아오자 홈즈는 팔걸이의자에 몸을 깊이 묻으며 말을 꺼냈다.

"자네도 봤듯이 내 생각은 틀리지 않았네. 하숙인은 다른 사람이었어. 단, 내가 예상하지 못했던 것은 그 다른 사람이 여자라는 점, 그것도 보통 여자가 아니라는 점일세."

"그 여자는 우리를 봤어."

"글쎄, 무엇인가를 보고 깜짝 놀라기는 했네. 그것만은 틀림이 없어. 이제 사건의 큰 줄기가 확실해지지 않았나? 남녀 한 쌍이 자신들에게 닥친 무시무시한 위험을 피해서 런던으로 도망쳐 온 걸세. 그게 얼마나 위험한 것인지는 그들이 아주 경계하는 태도를 보면 알 수 있어. 남자에게는 꼭 해야만 할 어떤 일이 있어서 그 일이 끝날 때까지 여자를 안전한 곳에 숨겨 두어야 했네. 결코 쉬운 일이 아닌데 남자는 아주 좋은 방법을 생각해 냈지. 식사를 가져다주는 워런 부인조차 그 방에 여자가 있다는 사실을 모를 정도로 좋은 방법이었어.

이제 보니 쪽지에 활자체로 쓴 이유는 필체를 통해 자신이 여자라는 사실을 들키지 않기 위해서였군그래. 남자는 여자에게 접근할 수가 없었네. 그랬다가는 적들에게 여자가 있는 곳을 알려 주는 셈이 되니까. 편지를 보내거나 직접 연락을 할 수 없어서 신문광고란을 이용한 거야. 여기까지는 확실하네."

"그렇다면 이 모든 일들의 핵심은 대체 뭔가?"

"아, 핵심 말인가? 자네는 언제나 현실적인 의미에 중점을 두는군. 이 모든 일들의 핵심은 무엇일까? 처음에 이건 워런 부인의 특이한 경험에 지나지 않았지만 조사할수록 점점 문제가 커지더니 이제는 불길한 예감까지 들기 시작했네. 이번 사건은 어디서나 흔히 볼 수 있는 사랑의 도피 행각은 아니야. 적어도 그것만은 확실하게 말할 수 있어. 그 여자의 겁먹은 얼굴을 자네도 봤겠지? 그리고 워런 씨가 습격을 받기도 했어. 틀림없이 그 하숙인을 노리고 저지른 짓이야. 그렇게 겁을 먹고 떠는 모습이나 필사적으로 비밀을 지키려는 점으로 봐서 이건 생사가 달린 문제일세. 그리고 적이 어떤 녀석들인지는 몰라도, 집주인인 워런 씨를 습격한 것을 보면 하숙인이 바뀌었다는 사실을 모르는 것이 분명해. 왓슨, 정말이지 기묘하고 복잡한 사건이야."

"그런데 왜 그렇게까지 이번 사건에 깊이 관여하는 건가? 이 사건을 통해서 뭘 얻으려고?"

"뭘 얻다니? 말하자면 예술을 위한 예술일세. 자네도 환자를 돌볼 때 치료비는 안중에도 없고 온통 그 병에 대한 생각만으로 가득할 때가 있지 않나?"

"그건 나를 위한 공부가 되기 때문일세."

"그렇지. 그리고 공부에는 끝이 없다네. 연구가 계속되다가 그 끝에는 가장 위대한 연구가 찾아오지. 이번 사건은 연구에 도움이 되는 사건이야. 돈이나 명예를 얻을 수는 없지만 꼭 한 번 해결해 보고 싶은 사건일세. 해가 떨어지면 우리의 조사도 한 발 더 나아갈 거야."

잿빛 커튼 같은 짙은 어둠이 겨울의 런던에 두껍게 드리우기 시작할 무렵, 우리는 다시 워런 부인의 하숙을 찾아갔다. 색을 잃어버린 듯한 어두운 세계에서 창문으로 흘러나오는 사각형의 노란 불빛과 가스등의 희미한 불빛이 뚜렷하게 도드라져 보였다. 우리는 하숙집 거실의 불을 끄고 밖을 바라보았다. 그러자 어둠 속 높은 곳에서 반짝반짝 빛나는 불빛이 보였다. 야윈 얼굴을 창문에 바싹 붙인 채 열심히 밖을 내다보던 홈즈가 말했다.

"저 방에 누군가 있어. 저기 좀 보게. 사람의 모습이 보이지 않는가? 또 나타났어! 손에 촛불을 들고 있는데. 지금은 밖을 내다보고 있군. 여자가 보고 있는지 확인하는 것 같아. 앗, 불빛이 반짝이기 시작했어. 왓슨, 자네도 신호를 읽어 주게나. 나중에 맞춰 보자고. 한 번 반짝였어. 틀림없이 'A'일 거야. 아, 또 반짝이기 시작했어. 이번에는 몇 번이었지? 스무 번? 나도 그렇게 봤다네. 그러니까 'T'를 말하는 거군. 두 개를 합치면 'AT'. 그래, 말이 되는구먼. 이번에도 'T'야. 여기부터 새로운 단어겠지. 그 다음은, 'TENTA'로군. 어? 멈췄는데. 이걸로 끝인가? 'ATTENTA'라, 저게 대체 뭘 뜻하는 거지? 'AT TEN TA(10시에 TA)'라고 세 단어로 나누어서 생각해도 'TA'가 사람 이름을 나타내는 머리글자가 아니라면 아무 뜻도 없는 것 같은데. 앗, 다시 시작했다! 'ATTE'? 아까랑 똑같군그래. 이상한데, 왓슨. 정말 이상해. 또 시작했어! 'AT'……. 똑같은 단어를 세 번이나 반복했어. 'ATTENTA'를 세 번! 대체 몇 번을 반복할 셈이지? 이제 끝난 것 같은데. 이제 창가에 사람이 보이지 않아. 자네는 어떻게 생각하나, 왓슨?"

"암호를 이용한 통신이야."

순간 무엇을 알아냈는지 느닷없이 홈즈가 웃기 시작했다.

"암호는 암호인데 그다지 어렵지 않은 암호로군. 이탈리아어일세. 여성에게 말했기 때문에 단어 끝에 'A'가 붙은 걸세. 그러니까 '조심해! 조심해! 조심해!'라는 뜻이지. 어떤가?"

"자네 말이 맞는 것 같군."

"틀림없네. 세 번이나 반복한 걸 보면 아주 급한 모양이야. 그런데 뭘 조심하라는 거지? 잠깐, 다시 창가에 사람이 나타났어."

몸을 웅크린 남자의 희미한 모습이 나타나더니 창문 너머로 가느다란 빛이 나타났다 사라졌다 하며 다시 신호가 시작됐다. 이번에는 신호를 보내는 속도가 전보다 훨씬 더 빨라서 횟수를 세기 바빴다.

"아, 'PERICOLO'. 이탈리아어로 이게 무슨 뜻이었더라? 위험이라는 단어 아니었나? 맞아, 위험 신호를 보내는 거야. 아, 다시 시작했어. 'PERI', 어? 어떻게 된 거지?"

갑자기 신호가 끊기더니 창 너머로 흘러나오던 사각형의 노란 불빛도 사라져 버렸다. 그러자 4층은 창틀만 반짝이는 채 그 높은 건물을 휘감은 어두운 띠가 되었다. 마지막 경고가 갑자기 사라진 것이다. 도대체 왜? 누가 그랬을까? 홈즈도 나와 같은 생각을 했는지 창가에 웅크리고 있던 몸을 벌떡 일으키면서 외쳤다.

"큰일 났어, 왓슨. 뭔가 나쁜 일이 일어난 걸세! 그렇지 않으면 신호가 저런 식으로 끊길 리가 없어. 어서 이번 사건을 런던경찰국에 알려야겠네. 그런데 문제가 너무 긴박해서 우리가 이곳을 떠날 수 없는 상황이라는 게 문제야."

"내가 혼자 가서 경찰에게 알릴까?"

"아니, 아직은 안 돼. 상황을 더 확실하게 알 필요가 있네. 어쩌면 범죄가 아니라 아주 사소한 일일지도 모르니까. 왓슨, 우선은 저쪽으로 가서 조사해 보세."

빠른 걸음으로 하우 가를 걸어가면서 나는 지금 나온 건물을 되돌아보았다. 가장 위층 창문에서 희미하게 사람의 머리가 비쳤다. 그 여자 하숙인이 밤의 어둠을 내려다보면서 끊어져 버린 신호가 다시 나타나기를 초조한 마음으로 기다리고 있는 것이다. 그런데 하우 가에 있는 아파트 입구에 목도리와 외투로 몸을 감싼 한 남자가 난간에 기대 서 있었다. 우리 얼굴이 현관의 불빛에 비치자 그 남자가 깜짝 놀라며 큰 소리로 말했다.

"홈즈 선생님이 아닙니까?"

"아니, 그렉슨!"

이렇게 말하며 홈즈는 런던경찰국의 형사와 악수했다.

"셰익스피어의 〈십이야〉를 보면 '여행은 연인들의 만남으로 끝난다.'라는 대사가 있지요. 그것 참, 무슨 일 때문에 여기 있는 겁니까?"

"아마 선생님과 같은 이유로 왔을 겁니다. 선생님은 어떤 경로를 통해서 여기까지 왔는지 모르겠지만요."

"서로 다른 실을 따라서 왔지만 결국 하나로 엉킨 실타래에 도착했군요. 나는 신호를 보고 따라왔습니다."

"신호요?"

"저 창에서 보낸 신호가 도중에 끊겼거든요. 하지만 당신이 이번 사건을 맡고 있다면 더 이상 내가 관여할 필요는 없겠지요."

홈즈의 말을 듣고 그렉슨은 진심을 담아 외쳤다.

"잠깐만요! 솔직히 말해서 선생님이 옆에 있으면 언제나 마음이 든든합니다. 이 아파트에는 입구가 하나밖에 없으니 그 녀석도 더 이상 도망가지는 못할 겁니다."

"그 녀석이라니, 누구를 말하는 겁니까?"

"이런, 이번에는 제가 한발 앞섰군요. 이번에는 인정해 주시죠."

경위가 손에 들고 있던 지팡이로 지면을 날카롭게 두드리며 말했다.

그러자 길 건너편에 서 있던 사륜마차에서 손에 채찍을 든 마부가 내리더니 우리 쪽을 향해 성큼성큼 걸어왔다. 경위가 마부에게 말했다.

"셜록 홈즈 씨를 소개합니다. 홈즈 선생님, 이 사람은 미국 핑커턴 탐정 사무소의 레버턴 씨입니다."

"롱 아일랜드 동굴 사건의 영웅이 아닙니까? 이렇게 만나서 정말 반갑습니다."

그 미국인은 조용하고 사무적인 느낌을 주는 청년이었다. 홈즈가 칭찬하자 수염을 깨끗하게 깎은 갸름한 얼굴이 붉게 물들었다. 청년 탐정이 말했다.

"홈즈 선생님, 저는 지금 목숨을 건 추격을 벌이고 있습니다. 조르지아노를 잡을 수만 있다면……."

"뭐라고요? 그 '레드 서클'의 조르지아노를 말하는 겁니까?"

"그 이름이 유럽에까지 알려졌나요? 녀석이 미국에서 저지른 일들에 대해서는 철저하게 조사해 두었습니다. 50건이나 되는 살인 사건의 배후에 녀석이 있다는 사실을 알아냈지만 결정적인 증거를 잡지 못했습니다. 저는 뉴욕에서부터 계속 녀석의 뒤를 밟았습니다. 런던에서도 벌써 일주일 동안 뒤를 쫓으면서 체포할 구실이 생기기만을 기다리고 있었지요. 오늘은 그렉슨 경위님과 둘이서 녀석을 미행하다가 이 아파트까지 왔습니다. 출입구는 하나밖에 없으니 녀석은 이제 독 안에 든 쥐나 다름없습니다. 녀석이 들어가고 나서 세 명이 밖으로 나왔는데 그중에 녀석은 없었습니다."

"홈즈 선생님, 아까 신호라는 말씀을 하셨는데 이번에도 우리가 모르는 것들을 많이 알고 계신 모양입니다."

그렉슨 경위가 이렇게 말하자 홈즈는 우리가 지금까지 조사한 것들을 간단하게 설명했다. 미국인이 안타깝다는 듯이 손뼉을 치더니 큰 소리로 말했다.

"그렇다면 녀석이 눈치챘다는 말이군요."

"왜 그렇게 생각합니까?"

"그렇게 생각할 수밖에 없지 않겠습니까? 녀석은 여기서 불빛을 이용해 동료에게 신호를 보낸 겁니다. 런던에도 일당들이 몇 있거든요. 그리고 홈즈 선생님의 관찰에 따르면 동료에게 위험 신호를 보내다가 갑자기 신호가 끊겼다면서요. 그건 녀석이 창을 통해서 우리 모습을 봤거나 아니면 진짜 위험이 코앞에 닥쳤다는 사실을 눈치챘다는 뜻입니다. 그래서 도망치기 위해 바로 행동을 취한 겁니다. 홈즈 선생님, 이제 어떻게 하면 좋을까요?"

"당장 올라가서 우리 눈으로 확인해 봅시다."

"하지만 영장이 없습니다."

미국 탐정이 머뭇거리자 그렉슨 경위가 말했다.

"범죄 혐의가 있는 녀석이 빈집에 들어갔으니 일단 그것만으로도 충분합니다. 먼저 체포한 다음 뉴욕에 연락해서 구류 기간을 연장합시다. 지금 체포하는 것에 대한 책임은 제가 지겠습니다."

영국 경찰의 지성은 그리 믿음직스럽지 못했지만 그 용기만큼은 참으로 놀라웠다. 흉악무도한 살인범을 잡으러 가는데도 그렉슨 경위는 마치 경찰국의 계단을 오를 때처럼 침착하고 재빠르게 계단을 올랐다. 핑커턴 사무소의 탐정이 어떻게든 경위를 앞지르려 했지만 경위는 팔꿈치로 그를 밀쳐 냈다. 런던의 위험인물은 런던의 경찰에게 우선권이 있는 법이었다.

계단을 올라 세 번째 복도에 도착해 보니 왼쪽 방의 문이 열려 있었다. 그렉슨이 문을 열었다. 방 안은 캄캄했고 쥐 죽은 듯이 고요했다. 내가 성냥을 그어 경위가 들고 있던 램프에 불을 붙였다. 처음에는 가물가물하던 불이 곧 활활 타오르기 시작했다. 그리고 방 안이 보이기 시작한 순간, 우리는 깜짝 놀라 자신도 모르게 숨을 들이쉬었다.

카펫을 깔지 않은 소나무 바닥 위로 새빨간 선혈이 점점이 떨어져 있었다. 핏자국은 발자국 모양이었는데 그 자국은 안쪽에 있는 또 다른 방에서 우리가 있는 쪽으로 이어져 있었다. 그 방문을 힘차게 열어젖힌 그렉슨이 램프를 앞으로 내밀었고 우리는 일제히 경위의 어깨 너머로 방 안을 들여다보았다.

텅 빈 방 한가운데에 거구의 사나이가 몸을 웅크린 채 천장을 보고 쓰러져 있었다. 수염이 없는 가무잡잡한 얼굴은 보기에도 끔찍한 형상으로 일그러져 있었다. 머리 주위에는 소름이 돋을 만큼 새빨갛고 끈적

끈적한 피가 둥그렇게 고여 있었고, 하얀 바닥 위에서 두 무릎을 세운 채 고통스러운 듯이 두 팔을 벌리고 있었다. 가무잡잡한 굵은 목 가운데에 손잡이가 하얀 칼 한 자루가 꽂혀 있었다. 있는 힘껏 찔러 넣었는지 하얀 손잡이 부분만 눈에 들어왔다. 제아무리 거구의 사내라 할지라도 이처럼 끔찍한 일격을 받았다면 도살장의 소처럼 꼼짝없이 당했을 것

이다. 그리고 시체 오른쪽 옆 바닥에는 짐승의 뿔로 손잡이를 만든 섬뜩한 양날 단검이 나뒹굴고 있었으며 그 가까이에는 검은 염소 가죽 장갑 한쪽이 떨어져 있었다.

"앗! 이건 검둥이 조르지아노잖아. 이번에는 누군가가 선수를 쳤군."

미국 탐정이 외쳤다.

"홈즈 선생님, 창가에 초가 있습니다. 아니, 지금 뭐 하시는 겁니까?"

그렉슨이 물었다. 홈즈가 방을 가로질러 창가로 다가가 초에 불을 붙이더니 창문 높이에서 초를 앞으로 내밀기도 하고 뒤로 당기기도 하면서 촛불을 움직인 것이다. 그런 다음 홈즈는 어둠 속을 뚫어져라 바라보다가 촛불을 끄고 바닥에 내던졌다.

"이렇게 하면 도움이 될 겁니다."

홈즈는 이렇게 말하며 우리 쪽으로 걸어왔다. 그리고 미국 탐정과 경

위가 시체를 살펴보는 동안 그 옆에 서서 가만히 생각에 잠겼다가 다시 말을 꺼냈다.

"당신들이 아래층에서 기다리는 동안 이 집에서 세 사람이 나갔다고 했지요? 확실히 봤습니까?"

"네."

"그중에 서른 살 정도에 피부가 거무스름하고 검은 수염을 기른, 보통 체격의 사내도 있었습니까?"

"네, 마지막에 나온 사람이 그랬습니다."

"그자가 범인입니다. 인상착의는 내가 알고 있고 발자국은 여기에 뚜렷하게 남아 있으니 충분히 잡을 수 있을 겁니다."

"그렇게 간단하지는 않습니다. 런던에는 수백만이나 되는 사람들이 살고 있으니까요."

"그렇지요. 바로 그렇기 때문에 저 숙녀에게 도움을 구하는 것이 가장 좋겠다 싶은 겁니다."

그 말은 들은 우리는 일제히 뒤를 돌아보았다. 문 앞에 키가 크고 아름다운 여자가 액자 속 그림처럼 서 있었다. 워런 부인 집에서 묵고 있는 베일에 싸인 하숙인이었다. 그녀가 천천히 안으로 들어왔다. 두려움과 불안 때문에 파랗게 질린 얼굴이 딱딱하게 굳어 있었다. 그녀는 눈을 동그랗게 뜨고 바닥에 쓰러진 시체를 내려다보았다.

"당신들이 이 사람을 죽였나요? 아, 신이시여! 당신들이 이 사람을 죽였나요?"

그녀가 낮은 목소리로 말했다. 그리고 크게 숨을 들이쉬더니 기쁨을 가눌 수 없는지 자리에서 펄쩍 뛰었다. 박수를 치면서 춤추듯이 방 안을 맴돌았다. 검은 눈은 기쁨으로 반짝반짝 빛났으며, 입술에서는 아름다운 이탈리아어가 끊임없이 쏟아져 나왔다. 이렇게 끔찍한 시체 앞에서 아름다운 여자가 춤을 추는 모습을 보니 섬뜩한 전율이 느껴졌다. 그녀는 갑자기 자리에서 멈춰서더니 의심스러워하는 표정으로 우리를 둘러보았다.

"당신들, 당신들은 경찰 아닌가요? 당신들이 주세페 조르지아노를 죽인 거죠? 아닌가요?"

"우린 경찰이 맞습니다."

그녀가 어두운 방 안을 한 바퀴 둘러보았다.

"그럼 제나로는 어디에 있나요? 제나로 루카는 제 남편이고 저는 에밀리아 루카예요. 우린 뉴욕에서 왔어요. 제나로는 어디 있죠? 그 사람이 조금 전에 이 창으로 나에게 신호를 보내서 서둘러 달려온 거예요."

루카 부인의 물음에 홈즈가 답했다.

"내가 신호를 보냈습니다."

"당신이 어떻게요?"

"당신들의 암호는 그리 어렵지 않았으니까요. 부인을 이곳으로 불러야 할 이유가 있었습니다. 그래서 'VIENI(오시오)'라는 신호를 보내기만 하면 틀림없이 와 주시리라 생각했습니다."

아름다운 이탈리아 여인은 존경과 두려움이 섞인 눈빛으로 홈즈를 바라보았다.

"당신이 그 사실을 어떻게 알았는지 모르겠군요. 저 주세페 조르지아노는 대체 어떻게……?"

그녀는 여기서 말을 끊었다. 갑자기 그 얼굴이 기쁨과 긍지로 빛나기 시작했다.

"이제 알았어요! 나의 제나로! 아, 멋지고 아름다운 제나로. 모든 위험에서 나를 지켜 준 그이가 그 억센 팔로 이 괴물을 찌른 거예요. 아, 제나로. 당신은 정말 멋진 남자야! 당신처럼 멋진 남자에게 반하지 않을 여자가 어디 있을까요?"

"그런데, 루카 부인."

낭만적인 구석이라고는 눈 씻고 찾아봐도 없는 그렉슨이 감정 없는 동작으로 부인의 팔목을 잡았다. 그것은 노팅 힐의 불량배들을 상대할 때와 같은 모습이었다.

"부인이 누구고 무슨 일을 하는지는 잘 모르겠지만 방금 한 말을 들어 보니 경찰국으로 함께 가 주셔야겠다는 생각이 드는군요."

"잠깐, 그렉슨 경위. 우리가 알고 싶어 하는 것만큼 부인도 우리에게 사정을 들려주고 싶을 겁니다. 부인, 이제 아시겠지만 부군은 여기 있는 남자를 죽인 범인으로 체포되어 재판을 받을 겁니다. 그러니 당신이 여기서 한 말은 증거로 사용될 수도 있어요. 하지만 만약 부군이 합당한 이유가 있어서 저지른 일이고, 또 그 이유를 다른 사람들에게 알리고 싶다면 우리에게 모두 알려 주세요. 그렇게 하는 편이 부군에게도 가장 좋을 겁니다."

"조르지아노가 죽었으니 더 이상 무서울 게 없어요. 저 사람은 악마였으니까요. 그런 자를 죽였다고 해서 남편을 벌할 재판관은 이 세상에 한 명도 없을 거예요."

그러자 홈즈가 말했다.

"그렇다면 이렇게 하는 게 어떨까요? 이 방은 문을 잠가 현장을 그대로 보존해 두고, 부인이 머물고 있는 방으로 가서 자초지종을 듣고 나서 결론을 내리도록 하지요."

30분 뒤, 우리 네 사람은 루카 부인이 사용하고 있는 조그만 거실에 앉아 부인이 들려주는 이 끔찍한 사건에 얽힌 이야기에 귀를 기울이고 있었다. 우리는 우연히 그 사건의 결말만을 목격한 상태였다. 부인은 빠르고 막힘없는 영어로 술술 이야기를 풀어 나갔지만 외국인의 문법은 너무 자유분방했다. 나는 독자들의 이해를 돕기 위해 부인의 말을 문법에 맞게 고쳐 적겠다.

"저는 이탈리아 나폴리 근처에 있는 포실리포에서 태어났어요. 아버지는 그 지방의 수석 변호사인 아우구스토 바렐리인데 예전에 국회의원을 지내기도 했어요. 제나로는 아버지가 고용한 사람이었는데 저는 그를 사랑하게 되었어요. 여자라면 다들 그랬을 거예요. 그만큼 멋진 사람이니까요. 돈도 지위도 없는 그가 가진 것이라고는 아름다움과 힘, 용기뿐이었어요. 그래서 아버지는 내가 그 사람과 결혼하는 것을 허락하지 않았죠. 하는 수 없이 우리는 남부 이탈리아의 바리 시로 도망가서 거기서 결혼했어요. 그런 다음 제가 가지고 있던 보석을 팔아 돈을 마련해 미국으로 건너갔어요. 그게 4년 전이었지요. 그때부터 우리는 뉴욕에서 살았습니다.

처음에는 아주 운이 좋았어요. 어떤 이탈리아 신사가 제나로를 고용해 줬거든요. 싸구려 술집이며 여관이 모여 있는 바워리 거리에서 불량배들에게 협박당하던 그 신사를 남편이 구해 줬고 그때부터 그분은 우리의 아주 든든한 친구이자 후원자가 되셨어요. 티토 카스탈로테라는 이름을 쓰는 그 신사는 뉴욕에서도 손꼽히는 과일 수입 회사인 카스탈로테 앤 잠바 회사의 사장이었어요. 또 다른 경영자인 시소르 잠바 씨가 병에 걸렸기 때문에 종업원이 300명이 넘는 그 회사를 카스탈로테 씨 혼자서 운영하고 있었지요. 카스탈로테 씨는 제나로를 한 부서의 책임자로 고용해 주는 등 여러 가지로 친절을 베풀어 주셨어요. 혼자 살던 카스탈로테 씨는 제나로를 자기 아들처럼 생각하고 있었던 것 같아요. 물론 우리도 그분을 아버지처럼 잘 따랐지요. 우리는 브루클린에 작은 집을 마련했고 살림살이를 꾸며서 생활할 수 있게 됐어요. 그렇게 행복한 나날을 보내던 우리 위에 검은 구름이 몰려들기 시작하더니 순식간에 우리를 뒤덮고 말았습니다.

어느 날 밤, 일을 마친 제나로가 어떤 이탈리아인과 함께 집으로 왔어요. 조르지아노라는 사람이었는데 우리와 마찬가지로 포실리포 사람이었어요. 여러분도 시체를 보고 아셨겠지만, 굉장히 덩치가 큰 사람이에요. 그리고 몸만 거인처럼 큰 게 아니라 모든 것이 섬뜩할 만큼 이상하게 크고 무시무시했어요. 아담한 우리 집에서 그의 목소리는 마치 천둥소리처럼 울렸어요. 말할 때면 커다란 팔을 붕붕 휘둘렀기 때문에 남는 공간이 없어서 어디에 있어야 할지도 모를 지경이었죠. 그 사람의 생각이며 사물을 바라보는 눈도 전부 과장돼서 괴물을 보는 느낌이 들었어요. 그 사람이 울부짖는 짐승처럼 말을 꺼내면 다른 사람들은 그 위세에 짓눌려서 말의 홍수에 휩쓸리고 말았지요. 그 사람이 불똥이 튀는 듯한 눈으로 노려보면 누구든 그 사람의 말대로 움직일 수밖에 없었어요. 어쨌든 말로 표현할 수 없을 만큼 무시무시한 사람이었어요. 그자가 죽었다니, 신에게 감사드릴 따름입니다.

그날 이후로, 그는 자주 우리 집을 찾아왔어요. 그런데 제나로도 나처럼 그 사람을 싫어하는 눈치였어요. 가엾은 남편은 언제나 창백한 얼굴을 하고 앉아서 조르지아노가 떠들어 대는 정치나 사회 문제 이야기를 멍하니 듣고만 있었어요. 제나로는 아무 말도 하지 않았지만 남편을 잘 알고 있는 저는 그의 얼굴에서 한 번도 본 적 없는 낯선 감정을 찾아냈어요. 처음에는 미움이라고 생각했지만 나중에는 그것이 미움을 넘어선 감정이라는 사실을 알게 됐어요. 그건 두려움이었습니다. 깊고 은밀하며 소름끼치는 두려움의 감정이었던 거예요. 그날 밤, 그러니까 제가 남편의 공포심을 느낀 그날 밤에 저는 모든 이야기를 들려 달라고 남편에게 매달렸어요.

'우리의 사랑에 걸고, 또 당신이 소중하게 여기는 모든 것에 걸고 제발 숨김없이 이야기해 줘요. 그 거인이 왜 당신을 괴롭히는 거죠?'

이렇게 매달리자 남편이 이야기를 들려주었습니다. 이야기를 듣는 동안 제 마음은 얼음장처럼 차가워져 갔지요. 젊고 혈기왕성했지만 일이 뜻대로 풀리지 않고 부당한 대우를 받았던 가엾은 제나로는 한동안 반쯤 정신이 나간 사람처럼 살고 있었어요. 19세기 초반, 이탈리아에는 '카르보나리 당'이라는 정치적 비밀결사가 생겼는데 나폴리에도 그와 연관이 있는 '레드 서클'이라는 비밀결사가 있었답니다. 제나로는 그 레드 서클에 가입했어요. 이 결사에서는 맹세와 비밀을 아주 중요하게 생각했기 때문에 일단 거기에 가입하면 절대로 빠져나올 수가 없어요. 우리 둘이 미국으로 도망쳤을 때 제나로는 이제 그 조직과 영원히 작별할 수 있다며 안심했어요. 그런데 어느 날 밤, 나폴리에서 남편을 조직에 가입시킨 거인 조르지아노와 길에서 우연히 마주친 거예요. 남편이 얼마나 공포에 떨었을까요? 그 조르지아노라는 사람은 팔꿈치까지 새빨갛게 피로 물들 만큼 너무 많은 사람을 죽여 남부 이탈리아에서 '저승사자'라고 불리기까지 했으니까요. 이탈리아 경찰의 수사망을 피해 뉴욕으로 건너온 것인데 거기서도 그 무시무시한 결사 지부를 만들 준비를 시작하고 있었어요. 이 모든 이야기를 들려준 제나로는 그날 받았다며 결사에서 보낸 호출장을 보여 주었어요. 위쪽에 붉은 원이 그려져 있고, 언제 지부의 회합이 있으니 반드시 참석할 것을 명한다는 내용이었어요.

그것만으로도 걱정이 태산 같았는데 상황은 더욱 좋지 않은 쪽으로 움직였어요. 조르지아노는 거의 매일 밤 집으로 찾아왔는데 그는 언제나 저를 보고 이야기했어요. 남편에게 말을 걸 때도 짐승처럼 번뜩이는 눈빛은 저를 향하고 있다는 사실을 그전부터 깨닫고 있었지요. 그러던 어느 날 밤, 그 남자가 무슨 생각을 하고 있는지 확실하게 알게 됐어요. 조르지아노는 저에 대한 '사랑'이라고 말했지만 그건 짐승의 사랑, 야만인의 사랑이었어요. 어느 날, 그자가 제나로는 아직 집에 돌아오지도 않았을 때 우리 집에 찾아왔어요. 성큼성큼 집 안으로 들어서더니 그 굵은 팔로 갑자기 저를 잡아 곰처럼 끌어안고는 정신없이 키스를 해 대며 함께 도망가자고 저를 설득했어요. 제가 몸부림치면서 비명을 지를 때 제나로가 집 안으로 들어왔어요. 남편이 조르지아노에게 달려들었지요. 하지만 조르지아노는 제 남편에게 주먹을 휘둘러 기절시킨 뒤 집에서 뛰쳐나갔어요. 그날 이후로 두 번 다시 집으로 찾아오지 않았지만 우리는 무시무시한 적을 두게 된 셈이었어요.

며칠 뒤가 바로 지부의 회합이 있는 날이었어요. 저는 회합에서 돌아온 제나로의 얼굴을 보고 뭔가 끔찍한 일이 생겼다는 사실을 바로 알 수 있었어요. 이야기를 들어 보니 사태는 제가 생각했던 것보다 훨씬 더 나빴어요. 그 결사는 돈 많은 이탈리아인들을 협박해서 자금을 끌어 모으고 있었는데 우리의 친구이자 은인인 카스탈로테 씨도 그들의 표적이 된 듯했어요. 하지만 카스탈로테 씨는 그들의 협박에 지지 않고 협박장을 경찰에게 보여 주었고, 결사에서는 다른 사람들이 카스탈로테 씨처럼 하지 못하도록 본보기로 삼겠다는 결정을 내렸습니다. 카스탈로테 씨가 집에 있을 때를 기다렸다가 다이너마이트로 집과 함께 날려 버리자는 거였어요. 그리고 누가 그 일을 할지 결정하기 위해 제비뽑기를 했다고 합니다. 제나로가 제비를 뽑기 위해 자루 안에 손을 넣었을 때, 조르지아노가 잔혹하게 웃는 모습을 봤다고 하더군요. 틀림없이 속임수를 썼을 거예요. 제나로가 뽑은 제비는 붉은 원이 그려진 살인 지령서였으니까요.

제나로는 은인이자 친구를 죽이느냐 아니면 자신과 저를 조직의 손에 넘기느냐 하는 문제에 맞닥뜨렸어요. 그 일당은 자기들이 무서워하거나 미워하는 사람을 벌할 때면 당사자뿐만 아니라 그가 사랑하는 사람들도 같이 해치우는 악마같은 사람들이거든요. 그 끔찍한 규율을 잘 알고 있었기 때문에 가엾은 제나로는 잔뜩 겁에 질려 미칠 듯한 불안에 떨고 있었어요.

그날 밤, 우리는 꼭 끌어안고 서로를 격려했어요. 다음 날 저녁에 계획을 실행해야 해서 우리는 그날 정오가 되기 전에 런던으로 가는 배에 올랐지요. 물론 출발하기 전에 카스탈로테 씨에게 사정을 설명하고 주의하라고 알린 뒤, 경찰에도 신고해서 그의 안전을 지켜 달라고 부탁했죠.

신사 여러분, 그 다음의 일은 여러분들도 잘 알고 계실 거예요. 우리는 적들이 그림자처럼 따라왔다는 사실을 알게 됐어요. 조르지아노는 우리에게 개인적인 원한도 가지고 있었고, 그가 얼마나 잔혹하고 집념이 강한 인간인지는 우리도 잘 알고 있었어요. 이탈리아와 미국에는 그가 얼마나 무서운 사람인지 널리 퍼져 있답니다. 그리고 지금이야말로 그자가 자기 힘을 짜낼 절호의 기회였고요. 서둘러 출발한 덕분에 며칠 동안은 안전하게 지낼 수 있었어요. 남편은 그 시간을 이용해서 제가 위험에 처하지 않게 은신처를 마련해 주었습니다.

그는 미국이나 이탈리아의 경찰과 바로 연락을 취할 수 있도록 자유롭게 활동하겠다고 했어요. 저도 남편이 어디서 무엇을 하는지는 전혀 몰랐어요. 저는 오로지 신문광고를 통해서만 소식을 들을 수 있었습니다. 그런데 한 번은 창밖을 내다보니 이탈리아 사람 둘이 이 집을 바라보고 있었어요. 무슨 수를 썼는지는 몰라도 조르지아노가 이 집을 찾아낸 거예요. 그러자 제나로는 신문광고를 통해서 저쪽 아파트 창문에서 신호를 보내겠다고 알려 주었어요. 그런데 저쪽에서 온 신호는 '조심해!'라는 말뿐이었고 그마저도 중간에 끊기고 말았습니다. 지금 생각해 보니, 남편은 조르지아노가 가까이 있다는 사실을 깨닫고 그와 마주칠 때를 대비해서 미리 준비한 것이 분명해요. 여러분, 한 가지 묻고 싶은 것이 있습니다. 우리는 법률의 심판을 두려워해야 하나요? 과연 이 세상에 제나로의 행동을 유죄라고 판결할 재판관이 존재할까요?"

루카 부인의 물음에 미국인은 경위의 얼굴을 바라보면서 말했다.

"그렉슨 경위님, 영국인들은 어떻게 생각할지 모르겠지만 뉴욕 시민들이라면 이 부인의 부군에게 깊이 감사할 겁니다."

그러자 그렉슨이 대답했다.

"어쨌든 부인을 모시고 경찰국으로 가서 국장님을 만나 뵈어야겠습니다. 이분의 말이 사실이라면 부인과 부군은 전혀 두려워할 필요가 없습니다. 그건 그렇고, 홈즈 선생님이 왜 이번 사건에 손을 댔는지 알 수가 없군요."

"그렉슨 경위, 공부를 위해서입니다. 공부 말이에요. 하나의 대학이라고 말할 수 있는 이 세상에서 나는 아직도 지식을 찾아 헤매고 있으니까요. 왓슨, 이번 사건으로 자네의 기록에 비극적이고 기괴한 사건을 하나 더 추가할 수 있을 걸세.

이런, 아직 밤 8시도 안 됐어. 지금 코벤트 가든에서 바그너의 오페라를 상연하고 있을 거야. 서둘러 가면 2막부터는 볼 수 있겠군."

18

죽어가는 탐정

18
죽어 가는 탐정

    셜록 홈즈가 사는 하숙집 주인인 허드슨 부인은 참을성이 대단한 여성이었다. 셜록 홈즈의 방에는 이상한 인물이나 그다지 호감을 주지 못하는 사람들이 수시로 드나들었으며, 홈즈라는 비범한 하숙인도 워낙 괴팍하고 불규칙적으로 생활해서 허드슨 부인의 마음고생이 이만저만이 아니었을 것이다. 엉망진창인 집 안 꼴하며, 엉뚱한 시간에 음악에 열중하는 괴벽, 가끔 방 안에서 저지르는 사격 연습, 지독한 냄새를 풍기는 이상한 화학 실험, 언제나 그의 주변을 맴도는 위험과 폭력의 그림자 덕분에 그는 런던에서 제일가는 불량 하숙인이었다. 그래도 하숙비만큼은 지나치다 싶을 만큼 넉넉하게 지불했다. 내가 홈즈와 함께 생활한 것은 불과 몇 년에 지나지 않았지만, 그동안 그가 지불한 금액만 해도 그 집을 사고도 남았을 것이다.

    허드슨 부인은 홈즈를 진심으로 존경하고 있었기 때문에 그가 아무리 엉뚱한 짓을 해도 결코 불평하지 않았다. 게다가 부인은 홈즈에게 호감도 가지고 있었는데 그가 여자들에게 늘 다정하고 친절하게 대했기 때문이었다. 그는 여자를 좋아하지도, 믿지도 않았지만 언제나 기사다운 태도를 잃지 않는 적대자였다. 나는 홈즈를 향한 부인의 경의가 얼마나 순수한 것인지 잘 알고 있었다. 그래서 내가 결혼한 지 2년 뒤에 허드슨 부인이 나를 찾아와서 홈즈의 상태가 아주 좋지 않다는 이야기를 했을 때 진지하게 귀를 기울였다.

"왓슨 박사님, 친구분이 당장이라도 죽을 것 같아요. 지난 사흘 동안 몸이 점점 더 약해졌는데 이대로라면 앞으로 하루라도 더 버틸지 모르겠어요. 그런데도 의사를 못 부르게 하지 뭐예요. 오늘 아침에 들여다 봤더니 수척한 얼굴로 눈만 커다랗게 번쩍이면서 나를 바라보고 있었어요. 정말 보기에도 안쓰러운 모습이었어요. 내가 '홈즈 선생님이 허락하든 말든 지금 당장 가서 의사를 불러오도록 하겠어요.'라고 말했더니 '그럼 왓슨을 불러주세요.'라고 하더라고요. 부탁이에요, 박사님. 지금 나랑 같이 가 주세요. 우물쭈물하다가는 친구가 살아 있는 모습을 못 볼지도 모른다고요."

홈즈가 아프다는 말은 한 번도 들어 본 적이 없었으므로 나는 당황하지 않을 수 없었다. 나는 서둘러 모자를 쓰고 외투를 입었다. 마차를 타고 가는 동안 부인이 자세한 이야기를 들려주었다.

"박사님, 나는 아무 것도 몰라요. 홈즈 선생님은 어떤 사건 때문에 로더하이드 강변에 있는 골목을 조사하다가 거기서 병을 얻은 것 같아요. 수요일 오후부터 몸져누웠는데 지난 사흘 동안 먹을 것은 고사하고 물도 제대로 넘기지 못했어요."

"어떻게 된 거지? 왜 의사를 부르지 않았나요?"

"한사코 의사를 부르지 말라고 하니까요. 원래 남의 말을 잘 안 듣는 성격이잖아요. 도저히 거스를 수가 없었어요. 하지만 박사님도 보시면 알겠지만 상태가 아주 위독해서 살날이 얼마 남지 않았어요."

정말 심각한 상태였다. 안개가 짙은 11월이라 홈즈의 방은 더욱 음산해 보였다. 홈즈는 침대에 누워 나를 올려다보았는데 그 쇠약해지고 야윈 모습을 보고 섬뜩함을 느꼈을 정도였다. 열에 들떠 두 뺨이 붉게 물들어 있었으며 눈은 번쩍번쩍 빛을 발했고 입술은 다 헐어서 검은 딱지가 앉아 있었다. 여윈 팔은 이불 위에서 끊임없이 경련을 일으켰으며 목소리마저 잠겨서 제대로 들리지도 않았다. 방에 들어섰을 때 홈즈는 힘없이 누워 있었지만 그래도 눈이 반짝이는 것을 보니 내가 왔다는 사실은 깨달은 모양이었다.

"왓슨, 아무래도 된통 걸린 것 같구먼."

목소리에 힘은 없었지만 그래도 태도는 예전과 다름이 없었다.

"대체 어떻게 된 건가?"

나는 이렇게 말하면서 옆으로 다가서려 했다.

"거기 가만히 있게! 옆에 오면 안 돼. 내 옆에 올 생각이라면 차라리 그냥 돌아가 주게나."

홈즈는 위험한 순간에만 들을 수 있는 날카롭고 긴박감이 서린 목소리로 외쳤다.

"하지만, 도대체 왜 그러는 건가?"

"내가 그러고 싶으니까. 이제 됐나?"

역시 허드슨 부인의 말대로였다. 이렇게까지 권위적이고 제멋대로인 홈즈의 모습은 처음이었다. 하지만 쇠약해진 홈즈를 보니 마음이 아팠다. 우선 나는 내 행동을 해명했다.

"자네를 도와주려는 걸세."

"그럴 필요 없네. 내 말대로 해 주게나. 그쪽이 나도 편하니까."

"알았네."

홈즈는 엄격하던 태도를 조금 누그러뜨렸다.

"화난 건 아니겠지?"

숨을 헐떡이며 홈즈가 물었다. 맙소사, 이렇게 비참한 모습으로 누워 있는 친구를 보고 어찌 화를 낼 수 있겠는가?

"자네를 위해서일세, 왓슨."

홈즈는 갈라지는 목소리로 말했다.

"나를 위해서라고?"

"왜 이런 병에 걸렸는지 나는 잘 알고 있네. 수마트라의 풍토병인 쿨리 병이야. 이 병에 대해서는 우리 영국 사람들보다 네덜란드 사람들이 훨씬 더 잘 알고 있지. 그렇다고 지금까지 확실하게 밝혀진 것은 없어. 단 하나 확실한 것은 이 병은 아주 치명적이고 엄청난 전염력을 가지고 있다는 걸세."

그는 열에 들뜬 목소리로 말하면서 끊임없이 떨리는 손으로 내게 멀리 떨어지라고 손짓했다.

"접촉하면 옮는 병일세. 날 만지면 자네도 전염돼. 떨어져 있으면 옮을 염려는 없지."

"잘 듣게, 홈즈. 생각해 줘서 고맙지만 의사인 내가 감염 같은 것을 두려워할 것 같은가? 난생처음 보는 사람이어도 상관없네. 그런데 친구인 자네를 돕지 말라고? 내가 친구 앞에서 의사의 임무를 저버릴 것 같다고 생각하는 건가?"

내가 다시 발을 내딛으려 하자 홈즈는 불같이 화를 내며 자신에게 다가오는 것을 막았다.

"자네가 더 이상 다가오지 않는다면 계속 말하겠지만, 내 곁에 올 생각이라면 그냥 나가 주게."

나는 홈즈의 범상치 않은 자질에 늘 경의를 품었고, 이해할 수 없는 일이라도 언제나 그의 말에 따랐다. 그러나 이번만큼은 의사로서의 본능이 더욱 강하게 작용했다. 다른 일이었다면 그의 말에 따랐겠지만 병실에서는 그가 의사인 내 말을 따라야 할 것이다.

"홈즈, 자네는 병에 걸렸네. 환자는 힘없는 어린아이와 다를 바가 없어. 그러니 나는 자네를 그렇게 대하겠네. 자네가 무슨 생각을 하든 나는 자네의 상태를 진찰하고 치료해야겠어."

그러자 홈즈는 독기 가득한 눈으로 나를 노려보았다.

"무슨 일이 있어도 내가 치료를 받아야 한다면 더 믿을 만한 의사에게 진찰받겠네."

"그러니까 나를 못 믿겠다는 말인가?"

"자네의 우정은 믿네. 하지만 사실은 사실이 아닌가? 누가 뭐래도 자네는 의학적 지식이나 경험이 부족한 일반 개업의가 아닌가. 이런 말을 하고 싶지는 않았지만 자네가 날 몰아붙이니 어쩔 수가 없군."

이 말을 듣고 나는 마음에 깊은 상처를 입었다.

"자네답지 않은 말이군, 홈즈. 지금 그 말만 들어도 자네 정신 상태를 잘 알겠어. 내가 그렇게 못 미덥다면 더는 강요하지 않겠네. 깨끗이 물러나지. 재스퍼 미크 경이나 펜로즈 피셔, 아니면 런던 최고라고 불리는 의사들을 불러오겠네. 누구에게든지 간에 자네는 무조건 진찰을 받아야 해. 내가 자네를 이대로 죽게 내버려 둘 것 같나? 다른 의사에게라도 보여서 치료하도록 하지 않을 것 같으냔 말일세. 그렇다면 자네가 나를 잘못 본 걸세."

"왓슨, 자네 마음은 잘 알고 있네. 하지만 자네가 얼마나 무지한지 증명해 볼까? 타파눌리 열병에 대해서 들어 본 적 있나? 대만의 흑사병에 대해서는?"

환자가 훌쩍이는 것 같기도 하고 신음 같기도 한 목소리로 말했다.

"하나도 들어 본 적이 없네."

"동양에는 치명적인 병들이 헤아릴 수도 없이 많아. 앞으로도 증상이 기묘한 병들이 더 많이 나타날 걸세."

쇠약해진 홈즈는 있는 힘을 쥐어짜 내느라 잠시 말을 멈췄다.

"나는 최근에 의료 범죄 사건을 조사하면서 아주 많은 것을 배웠네. 이 병도 그런 사건을 조사하다가 걸린 거고. 세상에 이 병을 치료할 길은 아직 없어."

"자네 말이 맞을지도 모르지. 하지만 지금 열대병의 최고 권위자로

알려진 에인스트리 박사가 마침 런던에 머물고 있네. 자네가 아무리 반대해도 소용없어. 내가 바로 가서 그분을 불러오겠네."

나는 문 쪽으로 방향을 돌려 밖으로 나가려 했다.

내 평생 그렇게 놀란 것은 처음이었다! 다 죽어 가는 중환자가 자리에서 벌떡 일어나더니 날쌘 호랑이처럼 달려들어 내 앞을 가로막았다. 방문

을 잠그는 날카로운 소리가 들렸다. 그런 다음 홈즈는 비틀거리며 침대로 돌아갔다. 한 번에 너무 많은 힘을 쓰는 바람에 완전히 늘어져서 숨을 헐떡거렸다.

"왓슨, 내 손에서 열쇠를 앗아 갈 생각은 아예 말게. 어때? 자네가 졌지? 이제 내 허락 없이는 이 방에서 나갈 수 없을 거야. 자네 말은 얼마든지 들어 주겠네."

여기까지 말하는 동안 홈즈는 몇 번이고 숨을 헐떡였으며, 숨 쉬기조차 힘들어했다.

"자네가 진심으로 걱정한다는 사실은 나도 잘 알고 있어. 뭐든 자네 마음대로 하게 해 줄 테니 기운을 회복할 때까지 조금 기다려 주게나. 하지만 지금은 안 돼, 왓슨. 지금은 안 돼. 이제 4시지? 6시가 되면 이 방에서 나가도 좋아."

"자네 지금 제정신인가?"

"왓슨, 겨우 두 시간 아닌가? 약속하네. 6시가 되면 가도 좋아."

"자네 말대로 해야겠군."

"고마워, 왓슨. 아니, 이불은 내가 덮을 수 있어. 제발 자네는 거기 그대로 있게나. 참, 왓슨. 조건이 한 가지 더 있네. 자네가 선택한 사람이 아니라 내가 선택한 사람을 불러 주게."

"그렇게 하지."

"자네, 오늘 내 방에 들어와서 모처럼 분별력 있는 대답을 하는군. 저기 책이 있네. 나는 조금 피곤하다네. 건전지가 부도체에 전류를 흘려보낸 기분이 이런 걸까? 6시가 되면 다시 이야기하세."

하지만 6시가 되기 전에 다시 이야기를 나누게 됐다. 조금 전 나는 홈즈가 방문으로 달려들 때 몹시 놀랐는데 그가 다시 한 번 나를 크게 놀라게 했기 때문이다. 나는 한동안 침대에 가만히 누워 있는 환자를 지켜보았다. 이불로 얼굴을 덮고 있는 것을 보니 아무래도 잠이 든 모양이었다. 가만히 앉아서 책을 읽을 기분이 아니었으므로 나는 발소리가 나지 않도록 조심하면서 방 안을 돌아다니며 벽 여기저기에 걸려 있는 유명한 범죄자들의 사진을 바라보았다. 그러다가 별생각 없이 벽난로 위 장식장 앞에 멈춰 섰다. 파이프, 담배 상자, 피하 주사기, 봉투를 뜯는 칼, 회전식 권총의 총알 등 여러 가지 물건들이 위에 놓여 있었다. 그중에 작은 상자가 하나 있었다. 위로 밀어 올리는 뚜껑이 달린, 검정색과 흰색으로 된 자그마하고 아기자기한 상아 상자였다. 하도 잘 만들어져서 자세히 보려고 손을 뻗었다. 바로 그 순간……

친구가 길거리까지 들릴 만큼 무시무시한 소리를 질렀다! 오싹한 소리를 듣자 소름이 끼치고 털끝이 곤두섰다. 뒤돌아보니 경련을 일으키고 있는 친구의 얼굴과 광기에 번들거리는 눈이 언뜻 보였다. 나는 영문을 모르고 작은 상자를 든 채 그 자리에 얼어붙었다.

"그걸 내려놔! 어서, 어서 내려놓게! 왓슨, 당장 내려놓으라고!"

내가 장식장 위에 상자를 올려놓자 홈즈는 베개 위로 머리를 힘없이 떨어뜨리고 안심한 듯 깊은 한숨을 내쉬었다.

"나는 누가 내 물건을 만지는 것을 아주 싫어해. 자네도 잘 알지 않나? 내 신경을 거스르지 말게나. 견딜 수가 없어. 자네는 의사 아닌가? 그런데 환자를 정신병자로 만들려 하다니. 앉아 있게나. 제발 나를 편히 쉬게 해 주게."

이런 일까지 당하자 나는 매우 마음이 상했다. 원인을 알 수 없는 격렬한 흥분, 평소의 홈즈라면 전혀 쓰지 않을 거친 말투. 이 모든 것이 홈즈의 혼란스러운 정신 상태를 나타냈다. 고귀한 정신이 스러져 가는

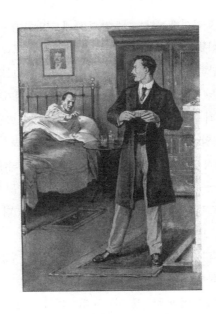

모습을 보는 것처럼 비참한 일도 없었다. 나는 시무룩하게 앉아서 시간이 흐르기를 기다렸다. 홈즈도 나와 마찬가지로 시계를 보고 있는 모양이었다. 6시가 거의 다 되자 변함없이 열에 들뜨고 흥분한 목소리로 말을 하기 시작했다.

"왓슨, 자네 동전 가지고 있나?"

"있어."

"은화는?"

"많이 있네."

"반 크라운짜리 은화는 몇 개 있나?"

"다섯 개."

"아, 너무 적어! 자네는 정말 운이 없군! 어쨌든 그 반 크라운짜리 은

화를 시계 넣는 주머니에 넣어 주게. 다 들어가지 않으면 왼쪽 주머니에 넣고. 고마워. 그러면 자네도 균형을 잡을 수 있을 거야."

홈즈는 정말로 정신이 이상해져서 헛소리까지 하기 시작했다. 그는 몸을 떨며 기침인지 흐느낌인지 모를 소리를 냈다.

"왓슨, 가스등을 켜 주게나. 하지만 아주 조심해야 해. 불이 반 이상 피어오르지 않도록 천천히 조심해서 켜 주게. 고맙네. 그거면 됐어. 아니, 커튼은 내리지 않아도 돼. 그리고 미안하지만 이 탁자 위에 내 손이 닿는 곳에 편지와 서류를 가져다주게. 고마워. 마지막으로 난로 위 장식장에 있는 물건들도 부탁하네. 이제 됐어, 왓슨. 거기 각설탕을 자르는 가위가 있지? 그걸로 작은 상아 상자를 집어 주게. 그건 서류들 사이에 놔 주고. 옳지! 정말 됐네. 왓슨, 이제 의사를 부르러 가도 되네. 내가 선택한 사람은 로워 버크 가 13번지에 사는 컬버턴 스미스 씨야."

솔직히 말해서 나는 의사를 부르러 갈 마음이 점점 사라지고 있었다. 홈즈의 정신 이상이 너무 심해서 혼자 놔두면 무슨 일이 생길지 모르겠다는 생각이 들었기 때문이다. 그런데 방금 전까지만 해도 그렇게 진찰을 거부하더니 이번에는 진찰해 줄 인물에 이상할 정도로 집착했다.

"그런 이름은 들어 본 적이 없는데."

"그렇겠지. 이 병에 대해서 세상 누구보다 잘 아는 사람이지만 의사는 아니고 농장 주인이거든. 조금 놀랐나? 컬버턴 스미스 씨는 수마트라에서 꽤 유명한 인물인데 지금은 런던에 와 있다네. 그의 농장에서 이 병이 발생했을 때 너무 외진 곳이라 의사를 부를 수 없어서 스스로 이 병을 연구했고 거기서 상당한 성과를 거둔 모양이야. 내가 자네에게 6시까지 기다려 달라고 했지? 스미스 씨는 굉장히 계획적인 성격이라서 그전에는 서재가 아닌 다른 곳에 있거든. 그 사람의 취미는 이 병을 연구하는 것일세. 만약 자네가 스미스 씨를 설득해서 이곳으로 데려온다면 난 틀림없이 회복될 걸세."

나는 홈즈가 한 말을 쭉 이어서 적어 두었지만, 말하면서 숨쉬기가 힘들어 숨을 헐떡이고 고통을 견디지 못해 두 손을 접었다 폈다 하는 그의 모습을 묘사할 생각은 없다. 내가 방에 있던 몇 시간 동안 홈즈의 상태는 더욱 나빠졌다. 열 때문에 생긴 반점은 점점 뚜렷해졌으며, 움푹 들어간 눈은 한층 더 빛을 발했고, 이마에는 식은땀이 흐르고 있었다. 그러면서도 경쾌하고 정중한 말투는 여전했다. 숨을 거두는 그 순간까지 그는 주인 노릇을 할 것이다.

"자네가 본 그대로 이야기하게. 자네가 받은 인상을, 죽기 직전에 정신착란을 일으킨 사람의 모습을 있는 그대로 전해 주게. 그렇게 번식력이 강한데 왜 바다 밑이 온통 굴로 뒤덮이지 않는 걸까? 아, 내가 왜 이러지? 뇌가 뇌를 어떻게 조정하는지 궁금해서 견딜 수가 없어. 왓슨, 내가 조금 전에 뭐라고 했지?"

"컬버턴 스미스 씨에게 뭐라고 이야기해야 하는지 말하고 있었네."

"그래, 맞아. 이제 생각났다네. 내 목숨은 자네가 그를 설득하느냐 못하느냐에 달려 있어. 잘 부탁하네. 나는 그 사람과 사이가 별로 좋지 않거든. 왓슨, 그의 조카가 끔찍한 죽음을 당했는데, 나는 그에게 의심을 품고 있고 스미스 씨는 그 사실을 눈치챘어. 그래서 그는 내게 적의를 느끼고 있네. 제발 부탁이니 그를 잘 좀 달래 보게나. 빌어서라도 그를 꼭 모셔 오게. 그 사람이라면 나를 살릴 수 있어. 나를 살릴 사람은 그 사람밖에 없다고."

"싫다고 하면 마차에 억지로 태워서라도 데려오겠네."

"그러면 안 돼. 설득해서 데려오게. 그리고 자네가 먼저 돌아와야 하네. 무슨 구실을 만들어서라도 함께 오면 안 돼. 꼭 그렇게 하게, 왓슨. 잘 부탁하겠네. 지금까지 내 부탁을 다 들어주지 않았나? 생물의 증식을 방해하는 천적이 있는 게 틀림없어. 자네와 나는 지금까지 맡은 역할을 훌륭하게 수행했지. 그렇다고 해서 세계가 굴로 뒤덮이는 걸 보고 있을 수만은 없지 않겠나? 정말 끔찍한 이야기야! 자네가 느낀 대로 그 사람에게 전해 주게."

뛰어난 지성을 가진 사람이 어린아이처럼 알 수 없는 말을 재잘거렸다. 그 모습을 머릿속에 잘 새겨 넣고 나는 밖으로 나왔다. 그는 열쇠를 내게 건네주었다. 그가 안에서 방문을 잠가 버리지는 않을까 걱정하던 나는 옳다구나 하고 열쇠를 챙겨 나왔다. 복도에서는 허드슨 부인이 몸을 떨며 울고 있었다. 계단을 내려오는 중에도 홈즈가 높고 가느다란 목소리로 헛소리 하는 것이 들렸다. 내가 밖으로 나와 마차를 부르기 위해 휘파람을 불고 있자니 한 남자가 안개 속에서 나타나 내게 물었다.

"홈즈 선생님은 좀 어떻습니까?"

예전부터 알고 지내던 런던경찰국의 모턴 경위였다. 그는 트위드로 만든 사복을 입고 있었다.

"아주 안 좋습니다."

내 대답을 듣더니 경위는 굉장히 묘한 표정으로 나를 바라보았다. 현관 위에 있는 반원형 창문에서 새어 나오는 불빛을 받은 그의 얼굴에 잔인하지는 않아도 어딘지 기뻐하는 듯한 기색이 감돌았다.

"그런 소문은 들었습니다."

모턴 경위가 말했다.

마침 내 앞에 마차가 멈춰 서자 나는 경위와 헤어졌다.

노팅 힐과 켄싱턴의 한가운데에 있는 로워 버크 가에는 훌륭한 집들이 늘어서 있었다. 마부가 어느 집 앞에 마차를 세웠다. 고풍스러운 철책과 양쪽으로 열리는 육중해 보이는 현관문, 그리고 깨끗이 손질된 놋쇠 장식 등에 이 집의 고급스러움이 잘 드러나 있었다. 근엄한 표정을 지은 집사가 나타났는데 뒤쪽에서 쏟아지는 분홍색 전등 불빛을 받으며 서 있는 그 모습은 이 집의 분위기와 아주 잘 어울렸다.

"컬버턴 스미스 주인님은 안에 계십니다. 왓슨 박사님이시라고요. 네, 알겠습니다. 명함을 주십시오."

내 이름이나 직함으로는 컬버턴 스미스 씨의 마음을 움직일 수 없었나 보다. 반쯤 열린 문틈으로 깐깐한 듯한 크고 높다란 목소리가 생생히 들려왔다.

"누구라고? 무슨 일로 왔다고 하나? 이보게, 스태플스. 연구할 때에는 아무한테도 방해받고 싶지 않다고 그렇게 말하지 않았나?"

집사가 조용한 목소리로 심기를 건드리지 않으려 노력하며 그를 설득했다.

"아니, 만나고 싶지 않아. 그런 일로 연구를 방해받는 건 질색일세. 없다고 해. 무슨 일이 있어도 꼭 만나고 싶다면 내일 아침에 다시 찾아오라고 해."

조용한 목소리가 다시 들렸다.

"알았네. 이렇게 전해 주게. 오전이 아니면 만나지 않겠다고. 아무도 나의 연구를 방해할 수는 없어."

침대에 누워 괴로워하며 내가 스미스 씨를 데리고 돌아오기만을 기다리고 있을 홈즈의 모습이 떠올랐다. 지금은 예의 같은 것을 따질 때가 아니었다. 홈즈의 생명은 내가 얼마나 빨리 행동하느냐에 달려 있었다. 집사가 미안해하는 기색으로 주인의 말을 전하기 전에 나는 그를 밀치고 방으로 들어갔다.

난로 옆에 있던 등받이가 달린 움직이는 의자에서 한 남자가 벌떡 일어나더니 날카로운 목소리로 외쳤다. 그의 얼굴은 크고 노랬는데 피부가 매우 거칠었으며 기름으로 번들거렸다. 턱은 두툼한 이중 턱이었고, 흙빛 눈썹은 덥수룩했다. 기분 나쁘게 위협하는 듯한 회색 눈이 나를 노려보고 있었다. 홀렁 벗겨진 분홍색 머리 위에는 작은 벨벳 모자가 비스듬하게 얹혀 있었다. 머리는 아주 큰 반면에 몸은 작고 약해 보였으며, 어깨와 등이 구부정했다. 어린 시절에 척추가 구부러지는 구루병에 걸린 사람 같았다.

"당신은 누구요? 왜 남의 집에 함부로 들어오는 거요? 내일 아침에 만나겠다고 전했을 텐데?"

남자가 날카로운 목소리로 말했다.

"죄송합니다. 한시가 급한 일이라서요. 사실 셜록 홈즈 씨가……."

홈즈의 이름을 듣자마자 남자의 태도가 변했다. 순식간에 분노의 표정이 사라지고 긴장과 경계하는 빛이 얼굴에 떠올랐다. 그가 물었다.

"홈즈가 보낸 분이십니까?"

"네. 방금 그의 집에서 오는 길입니다."

"홈즈는 어떻습니까? 건강합니까?"

"병에 걸려 당장에라도 죽을 것 같습니다. 그래서 이렇게 당신을 찾아온 겁니다."

스미스 씨는 몸짓으로 내게 의자를 권하고 몸을 돌려 자기도 원래 앉아 있던 의자에 앉았다. 그 순간 난로 위 장식장에 얹어 놓은 거울에 그의 얼굴이 잠깐 비쳤다. 맹세하건대 그의 얼굴에는 악의가 가득한 음흉한 웃음이 번져 있었다. 하지만 나는 남자가 내 말에 신경질적인 반응을 보이는 것이라고만 생각했다. 그는 곧 내 쪽을 보고 앉았는데 그 얼굴에는 아주 걱정스러운 빛이 감돌고 있었기 때문이다.

"그거 정말 큰일이로군요. 홈즈와는 일로 알게 됐지만 그 사람의 재능과 인격에는 진심으로 감동을 받았지요. 나는 아마추어 의사이고, 그 사람은 아마추어 탐정이 아닙니까. 나는 세균을 상대로 하지만 홈즈는 범죄자를 상대로 하지요. 저기 보이는 저것들이 내 포로들이 갇혀 있는 감옥입니다."

옆쪽 탁자 위에 늘어서 있는 병과 통들을 가리키면서 그가 말했다.

"저기 있는 젤라틴 배양균들 중에는 가장 흉포한 범인 같은 녀석도 갇혀 있소."

"홈즈가 선생님을 기다리는 것도 바로 그 전문 지식 때문입니다. 그는 선생님을 높이 평가하고 있고, 이 런던에서 자신을 구할 수 있는 사람은 선생님밖에 없다고 생각합니다."

조그만 남자가 내 말에 놀라는 모습을 보였다. 그 순간 머리에 쓰고 있던 모자가 바닥으로 떨어졌다.

"왜지? 홈즈는 도대체 왜 내가 자신의 병을 고칠 수 있다고 생각한답니까?"

"그건 선생님이 동양의 풍토병에 대해서 잘 알고 계시기 때문입니다."

"그렇다면 홈즈는 어떻게 동양의 풍토병에 걸렸지요?"

"어떤 사건을 조사하다가 부두에서 중국인 뱃사람을 만나 걸렸다고 하더군요."

컬버턴 스미스 씨는 기쁘다는 듯이 미소 지으며 모자를 집어 들었다.

"그렇군. 무슨 말인지 알겠소. 박사님이 걱정하는 것만큼 심각한 상태는 아닐 겁니다. 그래, 언제 병에 걸렸나요?"

"사흘 전입니다."

"정신착란을 일으키고 있나요?"

"종종 그런 모습을 보입니다."

"이런, 그건 좋지 않은데! 아무래도 위험한 것 같아요. 이렇게 부탁을 하러 오셨는데 거절하는 건 사람의 도리가 아니지요. 나는 원래 연구를 방해받는 것을 무척 싫어하는 사람이지만 이번만은 예외입니다. 왓슨 박사님, 얼른 같이 가시지요."

순간 홈즈의 말이 떠올랐다.

"저는 다른 곳에 볼일이 있습니다."

"그래요? 그럼 나 혼자 가지요. 홈즈 씨의 주소는 나도 알고 있으니까요. 30분쯤 뒤면 도착할 겁니다."

홈즈의 방으로 들어서는 내 마음은 무척 무거웠다. 내가 자리를 비운 사이에 최악의 사태가 벌어졌을지도 모른다는 생각이 들었기 때문이다. 하지만 우려와 달리 그동안 훨씬 나아진 홈즈의 모습을 보고 적잖이 마음이 놓였다. 혈색은 여전히 창백했지만 정신착란 증상은 완전히 사라졌다. 목소리도 힘이 없기는 했지만 그래도 평소의 밝고 명랑한 어조를 되찾은 상태였다.

"스미스 씨를 만났나?"

"응, 곧 올 걸세."

"잘했어, 왓슨. 대단해! 정말 큰 도움을 줬네."

"그가 같이 오자고 했네."

"그건 좀 곤란하지. 그것만은 절대 안 될 말일세. 그 사람이 내 증상에 대해서 묻던가?"

"그래서 극동 지역의 중국 뱃사람에게 옮은 것 같다고 말해 주었네."

"잘했어! 자네는 역시 믿음직한 친구일세. 정말 대단해. 왓슨, 이제 자리를 좀 비켜 주게나."

"아니, 여기서 자네가 진찰받는 모습을 꼭 지켜봐야겠네."

"자네의 마음을 모르지는 않네. 하지만 곁에 아무도 없어야 더욱 솔직하고 귀중한 의견을 이끌어 낼 수 있거든. 그래, 이 침대 머리맡에 숨어 있으면 어떻겠나?"

"뭐라고?"

"달리 숨을 만한 곳이 없지 않나. 숨기에 적당한 곳은 아니지만 그러니 더욱 눈치채지 못할 거야. 그래, 괜찮을 걸세."

홈즈가 몸을 벌떡 일으켰다. 야윈 얼굴에 긴장하는 빛이 감돌았다.

"마차 소리가 들리네, 왓슨. 진심으로 내가 걱정된다면 빨리 숨게! 무슨 일이 있어도 움직여서는 안 돼. 듣고 있나? 무슨 일이 있어도 말하거나 움직여서는 안 돼! 그냥 가만히 귀만 기울이고 있게나."

말이 끝나자마자 홈즈는 일시적으로 되찾았던 기력을 다시 잃었다. 그리고 자신감이 넘치던 힘찬 어조도 다시 정신착란이 섞인 낮고 웅얼거리는 중얼거림으로 바뀌었다. 내몰리다시피 해서 숨은 곳에 가만히 앉아 있자니 계단을 올라오는 발소리가 들려왔다. 곧 방문이 여닫히는 소리가 들렸다. 그런데 그 다음에 이어진 것은 놀랍게도 오랜 침묵이었다. 들리는 것이라고는 고통에 잠긴 환자의 헐떡이는 숨소리뿐이었다. 방문자는 침대 옆에 서서 환자를 내려다보는 듯했다. 드디어 그 어색한 침묵이 깨졌다.

"홈즈! 이보게, 홈즈!"

잠들어 있는 환자를 부르는 소리가 들렸다.

"일어나게, 홈즈!"

이번에는 환자의 어깨를 붙들고 거칠게 흔들어 대는 소리였다.

"아, 당신이군요, 스미스 씨. 정말 올 줄은 몰랐습니다."

홈즈의 조그만 목소리가 들려왔다. 스미스는 큰 소리로 웃었다.

"나도 오고 싶지는 않았어. 그래도 혹시나 해서 와 봤지. 악을 선으로 갚으라는 성경 말씀도 있지 않나? 악을 선으로 갚으라고!"

"고마워요. 당신은 훌륭한 사람입니다. 나는 당신의 전문 지식을 높이 평가하고 있어요."

방문자가 껄껄거리며 웃었다.

"그런가? 고맙게도 내 전문 지식을 인정해 주는 건 당신밖에 없지. 그래, 어떤 병에 걸린 것 같나?"

"바로 그 병입니다."

"그래? 그 병의 증상이 나타났나?"

"틀림없이."

"그럼, 당연히 그래야지. 그 병에 걸렸다 해도 나는 놀라지 않아. 그렇다면 나을 가망은 거의 없겠군. 내 조카 빅터는 가엾게도 나흘 만에 죽었지. 그렇게 튼튼하고 건강하던 젊은이였는데도 말이야. 당신 말대로 런던 한가운데서 동양의 풍토병에 걸리다니 퍽 이상한 일이었어. 더구나 내가 전문적으로 연구하고 있는 병에 걸렸으니 우연의 일치라고 보기에는 조금 이상하지. 홈즈, 그 사실을 눈치채다니 당신은 정말 머리가 좋아. 하지만 그렇다고 해서 내가 그 아이의 죽음에 원인과 결과를 제공했다고 떠벌리고 다니다니 너무하지 않나?"

"당신이 범인이라는 사실을 알고 있었으니까요."

"그런가? 알고 있었나? 하지만 당신이 그걸 증명할 수는 없을 것 같군. 나에 대한 나쁜 소문을 떠들고 다니던 사람이 자기가 그 병에 걸렸다며 도와달라고 애걸복걸하다니. 대체 무슨 생각을 하는 거지? 응?"

고통에 잠긴 환자의 헐떡이는 숨소리가 들려왔다.

"물! 물 좀 주시오!"

홈즈가 헐떡이며 말했다.

"이봐, 이제 슬슬 죽을 때가 다 되었군. 해야 할 말이 있는데 그전에 죽게 내버려 둘 수는 없지. 그러니 물을 좀 마시게! 이봐, 흘리지 말고. 그래, 그래. 내 말을 알아듣겠나?"

홈즈가 신음 소리를 올리더니 꺼져 가는 목소리로 말했다.

"당신이 할 수 있는 거라면 다 해 주시오. 지난 일은 지난 일이니까. 내 머릿속에서 모든 걸 지워 버리겠어요. 맹세합니다. 고쳐 주기만 한다면 다 잊어버릴 겁니다."

"뭘 잊겠다는 거지?"

"빅터 세비지의 죽음에 관한 일. 당신도 조금 전에 자기가 한 일이라고 거의 인정했잖습니까. 그 일은 전부 잊겠어요."

"잊든 말든 그건 당신 마음대로 해. 당신이 증인석에 서게 될 날은 오지 않을 테니까. 당신이 들어가야 할 곳은 조금 다르게 생긴 상자 속이라고. 조카가 어떻게 죽었는지 당신이 안다 해도 나는 신경 쓰지 않아. 지금 이야기하고 있는 건 당신의 죽음에 관한 것이니까."

"그래요, 그래."

"나를 부르러 온 사람, 이름이 뭐였더라, 아무튼 그 사람의 말에 따르면 극동 지역의 뱃사람에게서 병이 옮았다던데."

"그것 말고는 달리 생각나는 게 없어요."

"홈즈, 그 좋은 머리가 늘 당신 자랑거리 아니었나? 언제나 자신은 빈틈없는 사람이라고 생각하고 있었겠지? 하지만 드디어 당신보다 더 빈틈없는 사람을 만나게 된 거야. 그것 말고 병의 원인이라고 생각되는 일은 없었나?"

"모르겠어. 머리가 멍해. 제발 도와줘요!"

"그래, 그래. 내가 도와주지. 왜 그런 병에 걸리게 된 건지 생각해 내도록 도와주겠어. 죽기 전에 그걸 알려 주고 싶었거든."

"진통제를 줘요."

"아픈가? 그래 맞아, 노예들도 죽기 전에는 아프다면서 엉엉 울더군. 어때? 경련은 오지 않나?"

"아, 몸이 떨려요."

"좋아, 어쨌든 아직은 내 말이 들리겠지? 잘 들어! 증상이 나타나기 직전에 어떤 특이한 일이 있지 않았나?"

"아니, 아무것도 생각나지 않아."

"잘 생각해 봐!"

"너무 아파서 아무것도 생각나지 않아."

"그런가? 그럼 내가 생각나게 해 주지. 무슨 소포가 배달되지 않았나?"

"소포?"

"상자 같은 게 왔을 텐데."

"기절할 것 같아. 죽을 것 같아!"

"이봐, 홈즈!"

다 죽어 가는 환자를 흔들어 대는 소리가 들렸다. 나는 뛰쳐나가고 싶은 마음을 간신히 억눌렀다.

"잘 들어. 듣기 싫다 해도 들려주지. 상자, 상아로 만든 상자를 기억하고 있겠지? 수요일에 도착했어. 그리고 당신은 그걸 열었고. 어때, 생각나나?"

"그래, 생각났어. 열어 봤어요. 용수철이 들어 있어서 누군가 장난을 친 거라 생각했지."

"지금 그 꼴이 되었으니 그 상자가 장난이 아니었다는 사실을 이제 알겠지? 이 어리석은 녀석. 자업자득이다. 왜 시키지도 않은 짓을 해서 내 일을 방해하는 거야? 조용히 입 다물고 있었으면 이런 꼴을 안 당했을 텐데."

"맞아, 그 용수철! 피가 났어. 그 상자, 탁자 위에 있는 그 상자."

"그래, 바로 그 상자야. 주머니에 넣어 내가 가져가야겠군. 이제 증거는 완전히 사라지는 거야. 이제 모든 사실을 알겠나, 홈즈? 나한테 당했다는 사실을 알고 죽으라고. 빅터 세비지의 운명에 대해 너무 많이 알아차렸어. 그래서 빅터와 같은 운명을 공유하라고 상자를 보내 주었지. 당신도 이제 곧 죽을 거야. 그럼, 나는 여기 앉아서 당신이 죽는 모습을 지켜보도록 하지."

홈즈의 목소리가 더욱 낮아져 그가 중얼거리는 말을 알아들을 수가 없었다.

"응? 뭐라고? 가스등을 더 밝혀 달라고? 눈앞이 어두워졌다고? 그래,

불을 밝혀 주지. 당신 몰골이 잘 보이도록 말이야."

스미스가 방 안을 가로질러 가자 방 안이 갑자기 밝아졌다.

"더 필요한 게 있나?"

"담배와 성냥."

나는 너무 놀라 환호성을 지를 뻔했다. 홈즈가 평소와 다름없는 목소리로 말한 것이다. 조금 약해지기는 했어도 내가 알던 평소의 그 목소리였다. 오랜 침묵이 이어졌다. 컬버턴 스미스가 너무 놀라 멍하니 선 채 홈즈를 내려다보는 모습이 눈에 선했다.

"이게 어떻게 된 거지?"

스미스가 드디어 입을 열었다. 메마르고 갈라진 목소리였다.

"내 연기가 그만큼 뛰어났다는 소리지. 지난 사흘 동안 먹지도 마시지도 않았어. 당신이 친절하게 컵에 물을 따라 주기 전까지는 말이야. 아니, 정말이야. 제일 참기 힘든 건 담배였는데. 아, 여기 있군."

성냥을 긋는 소리가 들렸다.

"이제 좀 살 것 같군. 드디어 친구가 왔나? 발소리가 들리는데."

복도에서 발소리가 나더니 문이 열렸다. 모턴 경위였다.

"모든 일이 계획대로 진행됐습니다. 이 사람을 체포하세요."

경위가 사무적인 말투로 스미스에게 주의를 준 뒤 다시 말을 이었다.

"당신을 빅터 세비지 살해 용의자로 체포하겠소."

"셜록 홈즈 살인 미수라는 죄목도 추가하면 좋겠는데."

홈즈는 키득키득 웃더니 다시 말을 이었다.

"모턴 경위, 여기 계신 컬버턴 스미스 씨가 스스로 가스등을 밝혀 신호를 보내 줬습니다. 미리 말해 두겠는데 범인의 오른쪽 상의 주머니에 상자가 들어 있으니 압수하는 게 좋을 겁니다. 고마워요. 아, 나라면 더

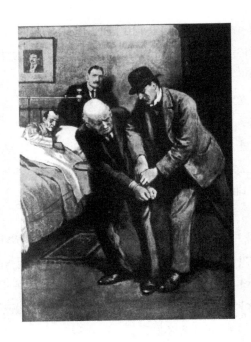

조심해서 다룰 겁니다. 거기 놔두세요. 재판할 때 도움이 될 테니까."

갑자기 몸싸움을 벌이는 소리가 들려왔다. 뒤이어 쳇소리가 들리더니 고통스러워하는 목소리가 울렸다.

"가만히 있지 않으면 너만 더 괴로울 뿐이야. 알겠나?"

경위의 목소리에 이어서 수갑을 채우는 소리가 들렸다.

"나를 속이다니! 피고석에 앉는 건 내가 아닌 네 녀석일 거다, 홈즈. 나는 병을 고쳐 달라는 부탁을 받고 왔을 뿐입니다. 그를 가엾게 여겨 여기에 왔다고요. 홈즈는 있지도 않은 말을 꾸며 내서 내가 그런 말을 했다고 거짓 증언할 것이 뻔합니다. 네 녀석 맘대로 떠들어 보라지. 나도 진실을 말하고 있으니까!"

스미스가 날카로운 목소리로 악을 썼고, 홈즈도 화들짝 놀라 외쳤다.

"아, 이럴 수가! 깜빡 잊고 있었군! 미안하네, 왓슨. 정말 미안해. 자네가 있었다는 사실을 잊고 있었어. 컬버턴 스미스 씨를 소개할 필요는 없겠지? 조금 전에 만났을 테니까. 경위, 마차를 준비해 두었죠? 도움이 될지도 모르니 옷을 갈아입고 함께 경찰서로 갑시다."

홈즈는 옷을 갈아입으면서 비스킷을 먹기도 하고 붉은 포도주를 마시기도 했다.

"아, 이렇게 배가 고팠던 적은 처음일세. 그래도 평소 생활 습관이 워낙 불규칙해서 크게 불편하지는 않군. 허드슨 부인이 내 연기를 진짜라고 믿게 만드는 게 무엇보다 중요했어. 그러면 허드슨 부인은 자네에게 알리러 갈 테고, 자네는 스미스에게 알리러 갈 테니까.

왓슨, 화나지는 않았겠지? 자네의 재능은 뛰어나지만 시치미를 떼는 재능은 전혀 없지 않나. 그 점은 자네도 인정하겠지? 그러니까 만약 내 비밀을 가르쳐 주었다면 스미스에게 서둘러 이곳으로 와야겠다는 마음을 품게 하지는 못했을 걸세. 그자를 이곳으로 끌어 들이는 것이 이번 계획의 핵심이었네. 그자는 아주 집념이 강해서 자기 덫에 걸려든 사냥감의 최후를 지켜보러 올 것이라는 사실을 알고 있었거든."

"그럼 자네의 그 모습은 어떻게 된 건가? 창백한 얼굴은?"

"사흘 동안 먹지도 마시지도 않으면 이런 얼굴이 되는 법일세. 나머지는 솜만 조금 있으면 원래대로 돌아갈 거야. 이마에 바셀린을 바르고, 눈에는 벨라도나 약물을 넣어서 동공이 커지게 했네. 뺨에는 연지를 조금 발랐고 입술에는 밀랍을 얇게 깎아 붙였어. 그러면 완벽한 중환자가 되네. 난 꾀병에 관한 논문이라도 써 볼까 했다네. 거기에 반 크라운짜리 은화나 굴처럼 아무 상관도 없는 소리를 지껄이면 정신착란을 일으킨 것처럼 보이는 데 아주 효과적이지."

"옳을 염려가 없었다면 왜 나를 접근하지 못하게 했나?"

"왓슨, 왜 그런 것까지 물어보나? 내가 의사로서의 자네 실력을 믿지 못한다고 생각하는 건가? 몸이 조금 약해지기는 했지만 맥박이며 체온도 다 정상인데 자네가 나를 다 죽어 가는 환자라고 생각하겠나? 하지만 4미터쯤 떨어져 있으면 자네를 속이는 건 어렵지 않지. 만약 꾀병이라는 사실을 자네가 알게 되면 스미스를 내게 끌고 올 사람이 없어지지 않겠나? 아니, 저 상자에는 손을 대지 않았네. 옆에서 보면, 뚜껑을 여는 순간 독사의 이빨 같은 날카로운 용수철이 튀어나오게 돼 있다는 것을 알 수 있거든.

그 괴물 같은 인간은 상속권을 둘러싸고 가엾은 조카를 같은 방법으로 살해한 것이 분명해. 자네도 알다시피 나는 우편물을 잔뜩 받지만 그중에서도 소포를 다룰 때에는 특히나 주의를 기울인다네. 어쨌든 나는 스미스가 자기 계획이 성공했다고 믿게 하고 빈틈을 찌르면 자백을 받아 낼 수 있겠다고 생각했어. 나는 죽음을 앞둔 환자의 모습을 예술가처럼 아주 멋지게 연기했지. 미안하지만 외투 입는 것 좀 도와주겠나? 경찰서에서 일을 마치고 나면 심슨 식당에 가서 영양을 조금 보충해 주는 게 좋겠군그래."

19

악마의 발

19

악마의 발

    나와 오랜 시간 가까운 사이로 지내며 우정을 나눈 셜록 홈즈는 유명해지는 것을 아주 싫어했다. 나는 기회가 있을 때마다 그와 함께 겪은 신비한 체험이나 흥미로운 추억들을 기록했는데 언제나 홈즈의 성격 때문에 난처해지고는 했다. 우울하고 냉소주의자이기도 한 홈즈에게 세상 사람들의 칭찬이란 혐오스러운 것이었다. 그는 사건을 멋지게 해결한 뒤에 경찰들이 진상을 밝히게 해서는, 엉뚱한 사람들이 박수갈채를 받는 것을 조소를 머금으며 지켜보았는데 그것이 홈즈의 큰 낙이었다. 지난 몇 년 동안 내가 사건 기록을 발표하는 일이 드물었던 이유는 흥미진진한 소재가 바닥났기 때문이 아니라 앞서 말한 홈즈의 태도 때문이었다. 종종 홈즈와 함께 모험을 떠나는 것은 나만의 특권이었지만 그 대신에 신중하게 행동하고 입조심을 해야만 했다.

    그래서 지난 주 화요일, 전보로 연락할 수 있는 곳에서는 절대 편지를 쓰지 않는 홈즈가 보낸 전보를 읽고 깜짝 놀라지 않을 수 없었다.

콘월의 공포를 발표하면 어떨지? 내가 다룬 사건 중에서 그렇게 기묘한 사건은 본 적이 없음.

홈즈가 무슨 일로 그 사건을 떠올렸는지 난 도통 알 수가 없었다. 그리고 무슨 바람이 불어서 내게 그것을 발표하라고 하는 것인지도. 그래서 나는 홈즈에게서 이 말을 취소하겠다는 전보가 오기 전에 독자들에게 그 이야기를 소개하기 위해 부랴부랴 사건을 정확하게 기록해 둔 노트를 뒤졌다.

1897년 봄날의 일이었다. 홈즈는 강철 같은 체력을 자랑했지만 힘들고 어려운 일들을 쉴 새 없이 처리한 데다 건강을 제대로 챙기지 않은 탓에 눈에 띄게 몸이 약해졌다. 그래서 그해 3월에는 할리 가의 무어 애거 박사가 그 유명한 사설탐정에게, 지금 맡고 있는 모든 사건에서 손을 떼고 휴식을 취하지 않으면 더 이상 몸이 견디지 못할 것이라고 단호히 말했다. 애거 박사는 홈즈와 극적인 만남을 가졌던 인물인데 조만간 그 이야기도 할 기회가 있을 것이다.

어쨌든 홈즈는 자신의 건강 상태에 대해서는 무심하다 할 정도로 거의 관심을 두지 않았지만, 영원히 일을 못하게 될지도 모른다는 협박성 말을 듣자 드디어 런던을 떠나 공기 좋은 곳에서 요양할 마음을 먹었다. 그렇게 해서 우리는 그해 이른 봄, 영국 남서부 콘월[36] 반도의 맨 끝에 있는 폴두 만 근처의 작은 집을 하나 빌렸다.

그곳은 독특한 지대였는데, 의지가 굳건한 홈즈의 기질에 딱 어울리는 곳이었다. 하얗게 칠한 작은 집은 풀이 무성하게 자란 곳 정상에 서

---

36) Cornwall. 유럽과 가까워 선사시대부터 인류가 거주하였고 그들의 흔적인 고인돌, 거석묘 등 유적이 풍부하게 남아 있는 곳이다.

있었다. 창가에 서면 반달처럼 생긴 음산한 마운츠 만의 전경이 한눈에 내려다보였다. 거무스름한 절벽과 거친 파도가 부서지는 암초는 헤아릴 수도 없이 많은 뱃사람들의 목숨을 빼앗아 왔고, 그 까닭에 예전부터 이곳은 항해하는 선박들에게 죽음의 덫으로 알려졌다. 북풍이 불 때면 이곳은 물결도 없이 아주 잔잔하고 평온해서 폭풍에 시달린 배들에게 고요한 피난처가 되었다.

그러다가도 갑자기 소용돌이 바람이 몰아치면서 남서쪽에서 강풍이 불어 닥치면 닻도 소용없이 배가 해안으로 밀려들었다. 그러면 배는 하얗게 부서지는 거친 파도를 향해 마지막 몸부림을 쳤다. 그래서 노련한 선원들은 이 사악한 곳에서 멀리 떨어진 곳에 배를 대고는 했다.

뭍의 환경도 바다와 마찬가지로 혹독했다. 사방에는 황량한 암갈색 황무지가 거칠게 펼쳐져 있었고 곳곳에 서 있는 교회 첨탑만이 이곳에 고풍스러운 마을이 있음을 알리고 있었다. 이 황량한 황무지 곳곳에는 지상에서 사라진 종족들의 흔적이 남아 있었는데 이제는 사라지고 없는 그들이 이 세상에 남긴 것이라고는 괴상하게 생긴 석조 기념물이나, 죽은 자의 유골을 묻은 울퉁불퉁한 고분, 선사시대 사람들의 투쟁을 간직하고 있는 토성뿐이었다. 이 지역의 수수께끼 같은 아름다움과 잊힌 민족의 음울한 분위기는 홈즈의 상상력에 불을 지폈고, 그는 매일 혼자서 오랫동안 황무지를 산책하면서 시간을 보냈다. 내 친구는 고대 콘월어에도 관심을 보였다. 내 기억에 따르면 홈즈는 콘월어와 칼데아[37]어가 서로 비슷한데, 그 언어들은 옛날 시리아 중부에 있던 페니키아의 주석 상인들이 쓰던 언어에서 파생되었다고 생각했던 것 같다. 홈즈는 언어학 책을 구해 받은 뒤 한 자리에 진득하게 앉아 그 주제를 연구하며 시간을 보냈는데 불행하게 우리는 이 꿈나라 같은 곳에서도 곧 사건에 휘말리고 말았다.

우리 코앞에서 사건이 터졌을 때 나는 매우 망연자실한 반면에 홈즈는 쾌재를 불렀다. 그 사건은 지금까지 우리가 경험한 모든 사건들보다도 더욱 강렬하고 매력적이었으며 비할 데 없는 신비함을 간직하고 있었다. 그 바람에 단순한 생활이며 평화롭고 건강한 일상은 한순간에 깨져 버렸고, 우리는 콘월 지방은 물론이고 영국 남서부 전체를 흥분의 도가니로 몰고 간 사건의 중심에 떠밀려 들어갔다. 런던 신문에는 엉터리 같은 기사만 실렸지만 당시 '콘월의 공포'라 불린 그 사건은 독자들도 아직 기억하고 있을 것이다. 13년이 흐른 지금, 나는 이 믿을 수 없는 사건의 진상을 자세하게 밝힐 생각이다.

앞서도 말했지만 콘월의 이 지역에는 여기저기 솟아 있는 탑이 마을의 위치를 알려 주고 있었다. 그중에서 트리대닉 월러스 마을이 가장 가까이에 있었는데 인구는 약 200명 정도였고, 허술한 농가들은 이끼로 뒤덮인 오래된 교회를 둘러싸듯이 마을을 이루고 있었다.

이 교구의 라운드헤이 목사는 고고학적 지식이 풍부했는데 그 덕분

---

37) Chaldea. 바빌로니아 남쪽의 옛 지명. 기원전 10세기 무렵부터 셈족인 칼데아인이 정착하여 살았으며, 기원전 7세기에 신바빌로니아 왕국을 세웠다.

에 홈즈와 친분을 쌓게 되었다. 몸이 굉장히 비대한 라운드헤이 목사는 그 지방 전설에 대해 아주 잘 알고 있었고 친절하면서도 사교적인 중년 남자였다. 우리는 그의 초대를 받아 목사관에서 차를 마신 적이 있었는데 거기서 모티머 트리제니스 씨를 알게 되었다.

트리제니스 씨는 일할 필요가 없을 정도로 돈이 많은 남자로, 넓지만 낡은 목사관의 방을 몇 개 빌려 사용하고 있었고 그가 방세를 지불한 덕분에 빠듯한 목사의 살림이 조금이나마 나아졌다고 했다. 독신이었던 목사는 트리제니스 씨와 거의 공통점이 없었음에도 불구하고 목사관에 사람이 들었다는 사실이 매우 기쁜 듯했다. 트리제니스 씨는 까무잡잡한 피부에 안경을 썼으며 꽤 마른 체형이었는데 정말로 장애가 있는 것이 아닐까 싶을 정도로 등이 구부정했다. 우리는 목사관에 오랫동안 머물지는 않았지만, 목사는 꽤 수다스러운 반면에 트리제니스 씨는 이상할 정도로 말수가 적다는 사실을 알 수 있었다. 그는 그저 우울한 얼굴로 멍하니 한곳을 바라보며 자기 생각에만 빠져 있었다.

3월 16일 화요일, 우리가 아침 식사를 마치고 거실에서 담배를 피우며 이제 일과가 되어 버린 황무지 산책을 나서려던 참에 그 두 사람이 허둥대며 우리 거실로 들어왔다. 먼저 목사가 흥분한 목소리로 말했다.

"홈즈 선생님, 어젯밤에 엄청난 비극이 벌어졌습니다. 이런 사건은 평생 들어 본 적도 없습니다. 이런 때 선생님이 이곳에 계시다니 이것도 전부 신의 뜻인 것 같습니다. 이번 사건을 해결할 수 있는 사람은 영국을 통틀어서 선생님밖에 없을 겁니다."

나는 남의 일에 끼어들기 좋아하는 목사를 반갑게 맞아들이지 못하고 그를 사납게 노려보았다. 하지만 홈즈는 입에 물고 있던 파이프를 내려놓고 사냥꾼의 호령을 들은 늙은 사냥개처럼 의자에 앉은 채 자세를 바로잡았다. 그가 손짓으로 의자를 권하자 두려움에 질린 목사와 침착함을 잃은 동행이 나란히 의자에 앉았다. 트리제니스 씨는 목사에 비하면 감정을 잘 억제하고 있었지만 부들부들 떨리는 손과 흔들리는 시선을 보아하니 그도 목사 못지않게 놀라고 흥분한 모양이었다. 트리제니스 씨가 목사에게 물었다.

"제가 이야기할까요? 아니면 목사님이 말씀하시겠습니까?"

그러자 홈즈가 대답했다.

"무슨 일인지는 모르겠지만 그 사건이라는 것을 처음 발견한 사람은 당신이고 목사님은 나중에 전해 들으신 것 같으니 트리제니스 씨가 말해 주시면 더 좋겠습니다."

목사는 흐트러진 차림새였고, 나란히 앉아 있는 하숙인은 제대로 차려입은 단정한 매무새였는데 나는 그 둘이 홈즈의 간단한 추리에 놀라는 모습을 보고 속으로는 무척 재미있었다. 목사가 말했다.

"제가 먼저 말씀드리는 게 좋을지도 모르겠습니다. 그러면 트리제니스 씨의 말도 듣는 편이 좋을지, 믿을 수 없는 사건이 일어난 현장으로 바로 달려가는 게 좋을지 결정하실 수 있을 테니까요.

여기 계신 트리제니스 씨는 어젯밤 황무지의 낡은 돌 십자가 가까이에 있는 트리대닉 와사 저택에 가서 형제들을 만났

습니다. 남자 형제는 오웬과 조지가 있고, 여동생으로 브렌다가 있지요. 모두 함께 식당 식탁에 앉아 활기차고 기분 좋게 카드놀이를 즐겼다고 합니다. 트리제니스 씨는 밤 10시 조금 넘어서 그 집에서 나왔습니다. 그리고 오늘 아침 일찍 일어나서 아침 식사를 하기 전에 다시 그쪽으로 산책을 갔는데 그때 마차를 타고 달려가는 의사 리처드 선생님을 만난 겁니다. 급한 환자가 있다는 전갈을 받고 트리대닉 와사 저택으로 서둘러 가는 중이라고 했습니다. 당연히 트리제니스 씨도 마차를 타고 의사와 함께 집으로 향했습니다. 도착해 보니 엄청난 일이 벌어지고 말았습니다! 세 남매가 어젯밤 헤어질 때 모습 그대로 식당 식탁에 앉아 있었고 카드도 그대로 펼쳐져 있었습니다. 초는 촛대가 있는 부분까지 전부 타서 불이 꺼져 있었고요. 그런데 여동생은 의자에 등을 기댄 채 싸늘하게 식어 있었고 나머지 두 형제는 여동생의 양쪽에 앉은 채 미친 사람처럼 웃기도 하고, 노래를 부르기도 하고, 소리를 지르기도 했답니다. 그리고 죽은 여동생과 미쳐 버린 두 사람의 얼굴에는 말로 다 할 수 없는 두려움이 새겨져 있었다고 합니다. 엄청난 공포 말입니다.

집에는 나이 든 요리사이자 가정부인 포터 부인 말고 다른 사람이 다녀간 흔적은 없었습니다. 게다가 그녀는 잠이 깊게 드는 편이라 밤에 이상한 소리는 듣지 못했다고 했고요. 없어진 물건도 없고, 집 안을 뒤진 흔적도 없었습니다. 도대체 얼마나 무서웠으면 여자 하나가 죽고 건강한 남자 둘이 미쳐 버렸을까요? 도저히 알 수가 없습니다. 홈즈 선생님, 간단히 말씀드렸지만 현재 그런 상태입니다. 선생님께서 사건을 해결하는 데 도움을 주신다면 더할 나위 없이 감사하겠습니다."

목사의 말이 끝나자 나는 어떻게 해서든 홈즈를 설득해서 이 여행의 목적이었던 휴양 생활로 돌아가고 싶었다. 하지만 집중하고 있는 친구의 표정이나 눈썹을 찌푸린 모습을 보고 다 소용없는 일이라는 사실을 알 수 있었다. 홈즈는 가만히 앉아 한동안 생각에 잠겨 있었다. 머릿속은 벌써 우리의 평화를 깨뜨린 기묘한 비극으로 가득 찬 상태였다. 드디어 홈즈가 입을 열었다.

"조사해 보겠습니다. 일단 겉보기에 아주 이상한 사건 같기는 하군요. 라운드헤이 목사님은 현장을 직접 봤습니까?"

"아직 못 봤습니다. 목사관으로 돌아온 트리제니스 씨에게 이야기만 들었을 뿐이지요. 선생님과 상의하는 게 좋을 것 같아 서둘러 이곳으로 찾아왔습니다."

"그럼 그 기묘한 사건이 일어난 장소는 여기서 얼마나 떨어진 곳에 있습니까?"

"바다 반대쪽으로 약 1.5킬로미터 정도 떨어진 곳에 있습니다."

"그럼 함께 걸어갑시다. 모티머 트리제니스 씨, 출발하기 전에 몇 가지 질문이 있습니다."

트리제니스 씨는 그때까지도 입을 꾹 다물고 있었지만 요란하게 나서기 좋아하는 목사보다도 훨씬 더 흥분해 있으며 단지 그것을 억누르고 있을 뿐이라는 사실을 쉽게 알 수 있었다. 그는 하얗게 질린 얼굴을 잔뜩 찌푸린 채 불안한 표정으로 홈즈를 가만히 바라보았지만, 꽉 쥔 야윈 두 손이 부들부들 떨렸다. 목사를 통해 가족을 덮친 무시무시한 사건에 관한 이야기를 듣는 동안, 그의 핏기 가신 입술이 떨렸고 검은 눈은 사건 현장의 공포를 그대로 비추는 듯했다. 트리제니스 씨가 열기를 띤 목소리로 대답했다.

"무엇이든 물어보십시오, 홈즈 선생님. 입에 담기도 끔찍하지만 있는 그대로 답하겠습니다."

"그럼 어젯밤에 있었던 일에 대해 말씀해 주십시오."

"그러지요. 목사님이 말씀하신 대로 저는 그 집에서 저녁을 먹었습니다. 식사를 마치고 조지 형이 두 명이 한 팀을 이루어 휘스트 게임을 하자고 했습니다. 아마 9시쯤부터 시작했을 겁니다. 집에 돌아오려고 자리에서 일어난 게 10시 15분이었고요. 그때까지도 다른 형제들은 카드를 즐기고 있었죠."

"누가 현관까지 배웅해 주었습니까?"

"가정부인 포터 부인은 이미 잠든 뒤였기 때문에 저 혼자 나왔습니다. 현관문도 제가 잠갔고요. 형제들이 있던 식당의 창문은 닫혀 있었지만 커튼은 내리지 않았습니다. 오늘 아침에도 현관문과 창문은 어젯밤과 달라진 점이 없었고 수상한 사람이 침입한 흔적도 없었습니다. 그런데 형제들은 완전히 겁을 먹고 의자에 앉은 채 미쳐 버렸고 브렌다는 공포에 질려 의자 팔걸이 너머로 머리를 늘어뜨린 채 죽어 있었습니다. 제가 죽기 전까지 그 방의 모습을 절대 잊지 못할 겁니다."

"정말 놀라운 이야기입니다. 그렇다면 왜 그런 일이 일어났는지 트리제니스 씨도 잘 모르겠군요."

"악마의 짓입니다, 홈즈 선생님. 이건 악마의 짓이에요."

모티머 트리제니스 씨는 이렇게 외치고 나서 말을 이었다.

"인간이 한 짓이 아닙니다. 뭔가가 그 방으로 찾아와 형들에게 이성의 빛을 앗아간 겁니다. 인간이 어떻게 그런 짓을 할 수 있겠습니까?"

"만약 정말로 인간의 짓이 아니라면 나도 어쩔 수 없습니다. 하지만 그렇게 생각하기 전에 합리적으로 설명해 보고 싶어요. 그것보다 트리제니스 씨, 형제들은 함께 살고 있는데 당신은 따로 살고 있으니 가족들과 무슨 문제가 있나 봅니다."

"그랬지요. 하지만 전부 지난 일이고 이미 화해도 했습니다. 우리 가족은 레드루스에서 주석 광산을 경영했는데 먹고사는 데 충분한 돈을 받고 다른 회사에 경영권을 넘기고 은퇴했습니다. 그 돈을 배분하다가 조금 다투기는 했지만 곧 문제가 해결됐습니다. 그래서 예전 일은 모두 잊고 지금은 좋은 친구처럼 잘 지내고 있었습니다."

"지난 밤 형제들과 같이 있었는데 이번 사건에 대해서 짐작 가는 점은 없습니까? 트리제니스 씨, 잘 생각해 보세요. 아무리 사소한 것이라도 좋습니다."

"아무것도 생각나지 않습니다."

"가족들은 평소와 다름없었습니까?"

"네, 다들 기분이 좋았습니다."

"모두 신경질적인 편인가요? 뭔가 위험을 느끼고 불안해하는 모습은 보이지 않았나요?"

"전혀 그렇지 않았습니다."

"그럼 더 이상은 단서가 될 만한 게 아무것도 없다는 말인가요?"

한동안 생각에 잠겨 있던 모티머 트리제니스가 입을 열었다.

"그러고 보니 이런 일이 있었습니다. 모두 식탁에 둘러앉아 있을 때, 저는 창을 등지고 있었고 조지 형은 저와 같은 편이라 창문을 마주보고 있었습니다. 그런데 갑자기 형이 제 어깨너머를 뚫어지게 쳐다보는 겁니다. 그래서 저도 모르게 뒤를 돌아보았는데 창은 닫혀 있었어도 커튼이 걷혀 있어서 잔디밭 쪽 수풀이 아주 잘 보였죠. 그런데 수풀 쪽에서 뭐가 언뜻 움직이는 느낌이 들었습니다. 사람인지 짐승인지는 알 수 없었지만 뭔가 있는 것 같았지요. 형에게 뭘 보고 있느냐고 물었더니 저와 마찬가지로 무엇인가를 봤다고 했습니다. 지금 생각나는 건 그 정도입니다."

"그 정체를 밝히기 위해 바깥을 살펴봤습니까?"

"아니요, 크게 떠들 일도 아니라서 그대로 지나쳤습니다."

"그럼 집으로 돌아올 때 기분 나쁜 예감이 들지는 않았겠군요?"

"그랬습니다."

"오늘 아침, 그것도 이른 아침에 소식을 접했다고 했는데 그 부분을 좀 더 자세히 설명해 주세요."

"저는 원래 아침 일찍 일어나는 편이라 아침 식사를 하기 전에 거의 매일 산책을 합니다. 오늘도 아침에 산책을 나섰는데 의사 선생님이 탄 마차와 마주쳤습니다. 나이 든 포터 부인이 빨리 와 달라며 아이를 보냈다고 하더군요. 저는 허둥지둥 마차에 올라타 의사 선생님과 같이 집에 왔습니다. 그러고 나서 그 끔찍한 풍경을 봤습니다. 촛불과 난롯불은 몇 시간 전에 꺼진 듯했는데 형제들은 날이 밝을 때까지 거기 그렇게 앉아 있었던 겁니다. 의사 선생님의 말에 따르면 브렌다는 죽은 지 적어도 여섯 시간이 지났다고 했습니다. 폭행을 당한 흔적은 없었고 끔찍한 표정으로 의자의 팔걸이에 기대앉아 있었습니다. 나머지 둘은 토막토막 노래를 부르기도 하고 커다란 원숭이처럼 뜻 모를 이야기를 주고받기도 했습니다. 정말 처참한 광경이었습니다. 차마 눈뜨고 볼 수가 없었습니다. 의사 선생님의 얼굴도 하얗게 질렸지요. 정말로 정신을 잃었는지 선생님마저 의자에 털썩 주저앉고 말았습니다. 가정부와 저는 의사 선생님을 어떻게 해야 좋을지 몰라 허둥댔습니다."

"대단해. 정말 굉장한 사건이야."

홈즈는 자리에서 일어나며 모자를 집어 들었다.

"더 이상 시간을 낭비하지 말고 지금 바로 트리대닉 와사로 가야겠습니다. 솔직히 말해서 이처럼 기묘한 수수께끼로 둘러싸인 사건은 이번이 처음입니다."

그날 아침 조사에서는 알아낸 것이 거의 없었다. 그런데 조사를 시작하자마자 아주 불길한 인상을 주는 어떤 사건에 맞닥뜨렸다. 우리가 비극이 벌어진 현장으로 가기 위해 좁고 구불구불한 시골길로 접어들었을 때, 마차가 덜컹거리면서 달려오는 소리가 들렸다. 우리는 길 끝에 서서 마차를 먼저 보냈는데 마차가 스쳐 지나가는 순간, 닫힌 유리창 너머로 이를 드러낸 채 비참하게 일그러뜨린 얼굴이 언뜻 보였다. 뚫어져라 쳐다보는 눈이며 뿌득뿌득 이를 가는 입 모양이 악마의 환영처럼 스쳐 지나갔다.

"제 형제들입니다! 헬스턴으로 데리고 가나 봐요."

입술까지 새하얗게 질린 모티머 트리제니스가 외쳤다. 우리는 요란한 소리를 내며 지나가는 검은 마차를 바라보면서 등골이 오싹해졌다. 그러고 나서 우리는 그들 형제가 이상한 운명을 맞이한 저주받은 집을 향해 발걸음을 옮겼다. 그 집은 크고 밝았으며 시골집이라기보다는 저택이라고 부르는 편이 더 어울릴 듯했다. 멋진 정원에는 콘월의 따스한 공기가 길러 낸 봄꽃들이 활짝 피어 있었다. 거실 창문은 그 정원 쪽으로 나 있었는데 모티머 트리제니스는 단번에 형제들을 미쳐 버리게 만든 괴물이 그 창을 통해서 들어온 것이 틀림없다고 말했다.

홈즈는 현관으로 들어가기 전에 생각에 잠긴 채 화분에 심은 화초들 사이를 천천히 걸었다. 어찌나 깊은 생각에 빠졌던지 물뿌리개를 걷어차는 바람에 그 안에 있던 물이 사방으로 튀었고 그 바람에 우리 구두는 물론이고 정원의 좁은 길도 물에 흠뻑 젖었다. 집에 들어서니 나이 지긋한 콘월 출신 가정부 포터 부인이 우리를 맞아 주었다. 부인은 여자아이를 부리면서 집안일을 돌보고 있었다. 포터 부인은 홈즈가 질문하자 대답을 술술 해 주었는데 밤에 아무 소리도 듣지 못했고, 트리제니스 가족들은 어제 무척 즐거워 보였으며 지금까지 그렇게 밝고 행복한 모습을 보인 적은 없었다고 했다. 오늘 아침에 식당에 들어가 끔찍한 식탁의 모습을 보자 너무나도 두려운 나머지 정신을 잃고 말았고 정신을 차리고 나서 창문을 열어 환기를 시키고 오솔길로 뛰어 나가서는 심부름을 하는 아이를 시켜 의사 선생님을 불러오라고 했다. 부인은 죽은 아가씨를 2층 침대에 눕혀 두었으니 보고 싶다면 거기로 가라고 했다. 두 형제를 정신병원의 마차에 태우는 데 건장한 사내 네 명이 달려들었다고 말하며 고개를 절레절레 흔들던 부인은 더 이상 이 집에 머물고 싶지 않다면서 오늘 오후에 가족이 있는 세인트이브스로 돌아갈 예정이라고 했다.

우리는 2층으로 올라가 시신을 살펴보았다. 브렌다 트리제니스 양은 중년으로 접어든 나이였지만 상당한 미인이었다. 가무잡잡한 피부에 단정한 얼굴은 죽어서도 아름답게 보였다. 하지만 거기에는 삶의 마지막 순간에 느낀 감정과 공포의 흔적이 희미하게 남아 있었다.

우리는 침실에서 나와 기묘한 비극이 벌어진 장소로 내려갔다. 난로 안에는 어젯밤에 타고 남은 재가 있었고 식탁 위에는 촛농이 흘러내린 채로 완전히 타 버린 초 네 개가 서 있었으며 카드는 여기저기 흩어져 있었다. 의자는 벽 쪽으로 치워져 있었지만 나머지는 어젯밤 그대로 남아 있었다. 홈즈는 가벼운 발걸음으로 방 안을 돌아다니며 조사했다. 그는 의자를 어젯밤에 있던 대로 늘어두고 이 의자에도 앉아 보고 저 의자에도 앉아 보고 했다. 그리고 정원이 어떤 식으로 보이는지 살펴보더니 바닥과 천장이며 난로까지 조사했다. 하지만 갑자기 눈을 번뜩이거나 입술을 오므리는 등의 동작이 전혀 없었으므로 나는 그가 어둠 속에서 희미한 한줄기 빛도 발견하지 못했다는 사실을 알 수 있었다.

"왜 불을 피웠습니까? 벌써 봄인데 이 좁은 방에서는 밤마다 불을 피웠나요?"

그러자 모티머 트리제니스가 어젯밤은 눅눅하고 추웠기 때문에 자신이 도착한 다음에 불을 피웠다고

설명했다.

"홈즈 선생님, 이제 어쩌실 생각입니까?"

홈즈가 빙그레 웃으며 내 팔에 손을 얹었다.

"왓슨, 아무래도 자네가 툭하면 잔소리하던 줄담배를 다시 피워야겠네. 여러분, 미안하지만 우리 먼저 돌아가겠습니다. 여기 있어도 새로운 사실을 알아낼 수 있을 것 같지는 않으니까요. 트리제니스 씨, 지금까지 본 사실들을 잘 생각해 보고 뭔가 떠오르는 것이 있으면 당신이나 목사님에게 반드시 알리겠습니다. 그럼 이만 실례하죠."

우리가 폴두에 있는 집으로 돌아오고 한참이 지나서야 깊이 생각에 잠겨 있던 홈즈가 입을 열었다. 팔걸이의자에 웅크리고 앉은 야윈 수도승 같은 홈즈의 얼굴이 소용돌이치며 솟아오르는 푸르스름한 담배 연기 건너편으로 뿌옇게 보였다. 그는 눈썹을 찌푸린 채 멍하니 허공을 응시하고 있었다. 잠시 뒤, 홈즈는 물고 있던 파이프를 내려놓고 힘차게 자리에서 일어났다.

"왓슨, 도저히 안 되겠네. 같이 절벽을 산책하며 고대의 화살촉이라도 찾지 않겠나? 사건 단서보다 그쪽을 더 쉽게 찾을 수 있겠어. 제대로 된 자료도 없는데 두뇌를 굴리는 것은 엔진을 헛돌게 하는 것과 마찬가지일세. 그러면 엔진도 산산조각 나고 말겠지. 왓슨, 지금 필요한 것은 바닷바람, 햇빛, 그리고 인내심일세. 나머지 것들은 저쪽에서 먼저 우리를 찾아올 거야."

우리는 나란히 바다 절벽을 산책했다.

"이보게, 왓슨. 침착하게 지금 우리 상황을 정리해 보자고. 우리가 아는 사실은 거의 없지만 그래도 확실하게 정리할 필요는 있네. 그래야 새로운 사실을 알아냈을 때 그것을 제자리에 정확하게 끼워 맞출 수 있지 않겠나? 우리 둘 다 이 사건이 악마의 짓이라고는 생각지 않으니 그 가설은 아예 빼고 생각하세. 이 점은 자네도 동의하겠지?

고의인지 우연인지는 몰라도 어떤 사람의 행동 때문에 세 명이 비참한 운명을 맞이했네. 이건 틀림없는 사실이야. 그렇다면 범행은 언제 이루어졌을까? 모티머 트리제니스의 증언이 사실이라면 범행 시각은 그가 집에서 나온 직후일 걸세. 이건 아주 중요한 점이야. 사건은 그가 나온 지 몇 분 뒤에 일어났다는 뜻이니까. 카드는 여전히 식탁 위에 그대로 놓여 있었고, 그때는 평소 같으면 이미 잠들었을 시간이었네. 그런데도 방에 있던 세 사람은 자리를 옮기기는커녕 의자에서 일어난 흔적도 없거든. 그러니 거듭 말하지만, 사건은 트리제니스가 나온 직후, 밤 11시 이전에 벌어진 거야.

다음으로 확인해야 할 사실은, 당연하게도 그 집에서 나온 다음 모티머 트리제니스의 행적을 파헤치는 걸세. 이건 어렵지도 않고 별로 의심스러운 구석도 없었네. 자네는 내 방법을 알고 있겠지? 난 아까 정신이 딴 데 팔린 척하면서 물뿌리개를 발로 차서 트리제니스의 발자국을 확실히 알아냈네. 모래로 덮인 오솔길이 물에 젖으니 발자국이 아주 뚜렷하게 남더군. 이렇게 표본을 얻은 데다, 자네도 알다시피 어젯밤에는 비까지 내렸으니 수많은 발자국 사이에서 그의 발자국을 확인하고 동선을 파악하는 것은 식은 죽 먹기였네. 그는 집을 나와 곧바로 목사관으로 돌아간 것 같아.

사건이 벌어진 무대에서 모티머 트리제니스는 퇴장했지만 제3의 인물이 등장해서 카드를 즐기던 세 사람에게 끔찍한 짓을 저지른 것일세. 그렇다면 그는 대체 누구였을까? 그리고 어떻게 해서 그 정도의 공포를 불러 일으켰을까? 포터 부인은 생각하지 않아도 좋을 것 같아. 어디를 봐도 범행을 저지를 만한 이유가 전혀 없으니까. 그렇다면 누군가가 정원 쪽 창문으로 다가와 사람들을 한 번에 미쳐 버리게 할 만큼 무시무시한 것을 보였다는 증거는 있을까? 그런데 이런 가설은 순전히 모티머 트리제니스의 증언에 따른 것일세. 그의 형제가 정원에서 무엇인가가 움직인다고 말했다지. 어젯밤에는 분명히 비가 내렸고 구름도 짙어서 어두웠으니 주목할 만한 발언일세. 누군가가 트리제니스 남매를 놀래기 위해서는 그들이 눈치채기 전에 얼굴을 창문에 바짝 대고 있어야만 해. 그래야 안에서 보였을 테니까. 그런데 말일세, 그 창문 바깥쪽에는 90센티미터 정도 되는 화단이 있는데 발자국은 하나도 없었어. 이런 점들로 미루어 볼 때, 집 밖에 있던 사람이 트리제니스 남매를 어떻게 그렇게 두려움에 질리게 했는지 상상이 가지 않네. 게다가 그렇게 기괴하고 복잡한 음모를 꾸밀 만한 동기도 떠오르지 않고. 왓슨, 이번 사건이 얼마나 까다로운지 자네도 이제 알겠지?"

"그래, 나도 아주 잘 알고 있네."

내가 힘주어 대답하자 홈즈는 말을 이었다.

"하지만 조금만 더 알아낸다면 어떻게든 문제를 풀 수 있을 걸세. 왓슨, 자네는 지금까지 수많은 사건에 대한 기록을 남겼으니 그것을 들춰 보면 더 어려운 사건도 찾아낼 수 있겠지. 어쨌든 좀 더 도움이 될 만한 자료를 손에 넣을 때까지 상황을 지켜보세. 점심을 들기 전까지 신석기 사람들의 흔적이나 찾아보자고."

앞서도 홈즈의 비범한 정신력에 대해 이야기했겠지만, 나는 그 콘월의 봄날 아침처럼 그에게 감탄한 적은 없었다. 그는 해결해야 할 베일에 싸인 기분 나쁜 사건은 까맣게 잊어버린 듯이 두 시간에 걸쳐서 켈트족, 화살촉, 토기 파편 등에 대해서 이야기했다. 오후에 집으로 돌아와 보니 손님이 우리를 기다리고 있었다. 그제야 우리는 조사하던 사건으로 다시 되돌아갔다. 우리 모두가 잘 아는 사람이었으므로 손님은 자기를 소개할 필요도 없었다. 거대한 몸집, 날카로운 눈과 매부리코, 쪼글쪼글한 주름투성이의 얼굴, 시골집의 천장에 닿을 듯한 회색 머리, 가장자리는 금색이지만 입술 주변은 끊임없이 피워 대는 시가의 니코틴 때문에 누렇게 변한 곳만 빼면 하얀 턱수염. 이 모든 것은 아프리카뿐만 아니라 런던에서도 이름을 날리는 사자 사냥의 명수이자 위대한 모험가인 레온 스턴데일 박사의 모습이었다.

스턴데일 박사가 이 지방에 산다는 말은 예전부터 들었고 황무지에서 두어 번 그와 스쳐 지나간 적도 있었다. 하지만 박사는 우리에게 접근할 마음이 없어 보였고 우리도 그럴 생각을 하지 않고 있었다. 왜냐하면 박사는 탐험 여행에서 돌아오면 다음 여행을 떠날 때까지 비첨 아리안스의 외진 오두막에서 홀로 지내길 좋아한다는 유명한 이야기를 익히 알고 있었기 때문이다. 그는 그 오두막에서 책과 지도에 파묻혀 고독한 시간을 보내며 소박하게 생활할 뿐, 이웃들의 삶에는 절대로 개입하지 않는다고 했다. 그러므로 박사가 열띤 목소리로 홈즈에게 이 수수께끼 같은 사건의 진상을 어느 정도나 파악했는지 묻자 나는 놀라지 않을 수 없었다.

"이 지방 경찰들은 감도 못 잡고 있소. 선생은 경험이 풍부한 분이시니 내가 이해할 만한 설명을 해 줄 수 있으리라 믿소. 이렇게 선생에게 수사 결과를 알려 달라고 부탁하는 이유는, 나도 이곳에서 여러 차례 머무는 동안에 트리제니스 일가와 친하게 지냈기 때문이오. 솔직히 말해서 내 어머니가 콘월에서 태어났기 때문에 나와 트리제니스 가문은 사촌 관계라오. 그래서 그 이상한 사건이 벌어졌다는 소식을 듣고 나는 엄청난 충격을 받았소이다. 원래 나는 아프리카에 가려고 플리머스 항구까지 갔다가 오늘 아침에 그 이야기를 듣고 계획을 중단한 채 바로 이곳으로 돌아왔고, 도울 만한 일이 없을까 해서 찾아온 거요."

홈즈는 눈썹을 추켜올린 채 박사를 바라보았다.

"이 사건 때문에 아프리카로 가는 배를 놓쳤겠군요?"

"다음 배편으로 가기로 했소."

"세상에나! 참으로 극진한 우정입니다."

"트리제니스 가문 사람들과 친척이라고 말하지 않았소."

"그랬지요. 어머니 쪽의 친척이라고 하셨죠. 짐은 이미 배에 실려 있습니까?"

"일부만 실었고 대부분은 아직 호텔에 있소."

"알았습니다. 그런데 〈플리머스〉 조간신문에는 이번 사건이 아직 실리지 않았을 텐데요."

"그렇소. 나는 전보를 받고 온 거요."

"실례지만 누가 보낸 전보였습니까?"

탐험가의 거친 얼굴에 어두운 그늘이 드리워졌다.

"꼬치꼬치 캐묻기를 좋아하시는군."

"직업병이라고나 할까요."

스턴데일 박사는 애써 침착함을 되찾았다.

"좋소이다. 라운드헤이 목사가 돌아오라고 전보를 보냈소."

"고맙습니다. 박사님이 아까 던진 질문에 답하자면, 아직 확실한 것은 밝혀지지 않았지만 조만간 해결할 수 있으리라 믿습니다. 지금 말할 수 있는 것은 여기까지입니다."

"의심이 가는 것 정도는 말해 줄 수 있잖소?"

"아니, 그것도 말하기 곤란합니다."

"그럼 헛걸음한 셈이로군. 더 이상 물어도 소용없을 테니 가겠소."

유명한 박사는 아주 불편한 얼굴로 집에서 나갔고, 5분도 채 지나지 않아서 홈즈는 박사를 따라 나섰다. 친구는 저녁이 돼서야 집에 돌아왔는데 무거운 발걸음에 피곤에 지친 얼굴을 보니 수사에 별 진전이 없는 모양이었다. 홈즈는 자기가 읽어 주기만을 기다리고 있던 전보를 대충 훑어보고 난로 안으로 집어 던졌다.

"왓슨, 플리머스 호텔에서 온 전보라네. 목사에게 호텔 이름을 물어서 레온 스턴데일 박사의 이야기가 사실인지 확인하려고 전보를 보냈지. 답장에 따르면 박사는 틀림없이 그 호텔에 묵었고, 짐의 일부를 아프리카로 보낼 준비를 해 놓고도 이 사건을 더 자세히 알아보기 위해 돌아온 듯하네. 왓슨, 자네는 어떻게 생각하나?"

"관심이 아주 많아 보였어."

"맞아, 그렇지. 바로 거기에 우리가 찾지 못했던 실마리가 있고, 그것을 잡으면 사건이 풀릴지도 모르네. 자, 힘내세, 왓슨. 곧 사건을 해결할 수 있는 재료를 더 발견할 수 있을 거야. 그러면 수수께끼 같은 수사도 술술 풀릴 걸세."

나는 그렇게 빨리 홈즈의 말대로 일이 전개될 줄은, 또 기분 나쁜 사건이 잇달아 발생해 수사 방향이 완전히 바뀌게 될 줄은 꿈에도 생각하지 못했다. 이튿날 아침, 나는 창가에서 면도를 하고 있다가 말발굽 소리를 듣고 바깥을 내다보았다. 전속력으로 달려오던 이륜마차가 우리 집 앞에서 멈추더니 라운드헤이 목사가 급히 뛰어내려 정원의 좁은 길을 따라 달려왔다. 홈즈도 이미 일어나 있었으므로 우리는 바로 목사를 방으로 맞아 들였다.

목사는 너무 흥분한 나머지 말도 제대로 못했지만 마침내 숨을 헐떡이며 간신히 새로운 비극에 대한 이야기를 시작했다.

"홈즈 선생님, 우리는 악마에게 사로잡혔습니다! 우리 교구가 악마에게 홀렸다고요! 사탄이 강림해서 돌아다니고 있어요! 우리는 사탄의 손아귀에 잡히고 만 겁니다!"

흥분한 목사는 안절부절못했다. 새하얗게 질린 얼굴과 두려움에 치뜬 눈이 아니었다면 무척이나 우스꽝스럽게 보였을 것이다. 이윽고 목사의 입에서 놀라운 이야기가 흘러나왔다.

"어젯밤에 모티머 트리제니스 씨가 죽었습니다. 자기 가족과 똑같은 모습으로요."

홈즈가 굉장한 기세로 자리에서 벌떡 일어났다.

"저 마차에 우리가 다 탈 수 있겠지요?"

"네, 물론이지요."

"그럼 왓슨, 아침은 나중에 먹자고. 라운드헤이 목사님, 우리가 도울 테니 바로 출발합시다. 어서, 어서요. 서두르지 않으면 현장이 엉망이 되니까."

모티머 트리제니스는 2층 모퉁이에 있는 침실과 넓은 거실이 있는 1층을 빌려 쓰고 있었다. 창문 바로 앞까지 잔디가 자라 있었는데 크로케[38]를 하는 곳이었다. 의사나 경찰보다 우리가 먼저 도착했기 때문에 방은 그대로 보존되어 있었다. 그날은 안개가 낀 3월 아침이었는데 내가 본 현장의 모습을 그대로 옮겨 보겠다. 그 광경은 아직도 내 머릿속에 선명하게 남아 있다.

---

38) croquet. 나무로 만든 공을 나무망치로 때려 정해진 순서와 방향으로 여섯 개의 철제문을 통과시킨 뒤, 마지막에 표적인 나무 말뚝을 먼저 맞추면 승리하는 게임이다.

방 안의 공기는 오싹할 정도로
음울했고 숨이 막힐 정도로 답답
했다. 처음 이 방에 들어온 하인
이 창문을 열어 둔 상태였지만 그
래도 숨이 턱 막혔다. 방 한가운
데에 있는 탁자에서 그을음을
피우며 타고 있는 램프 때문
에 그렇게 공기가 답답한 것일
지도 몰랐다. 옆에 있는 의자에는 죽은 남
자가 몸을 기댄 채 앉아 있었는데 듬성듬성한 턱
수염은 바깥쪽으로 내밀었고 안경은 이마 위로 올렸으며 검고 여윈 얼
굴은 창을 보고 있었다. 그 얼굴에는 여동생과 마찬가지로 공포에 질린
표정이 떠올라 있었다. 팔다리는 비비 꼬였고 손가락은 비틀려 있는 것
이, 마치 너무 무서운 나머지 발작을 일으키며 죽은 사람 같았다. 옷은
제대로 차려 입었지만 서둘러 입은 느낌이 들었다. 침대에 누웠던 흔적
이 남아 있는 것으로 보아 이 비극은 이른 아침에 일어난 듯했다.

이 비참한 방에 들어서자마자 홈즈의 표정이 급격히 바뀌었다. 겉으
로는 냉정해 보였지만 마음속은 격렬하게 불타오르는 것이 분명했다.
홈즈는 곧바로 자세를 낮추고 주위를 둘러보았다. 그의 눈은 빛났으며
얼굴은 긴장으로 굳었고 손발은 민첩하게 움직였다. 그는 창을 통해서
잔디밭으로 들락날락 하기도 하고 방 안을 돌아다니기도 하다가 2층
침실로 올라가기도 했다. 마치 모든 냄새를 맡으려 이리저리 돌아다니
는 사냥개 같았다. 그는 침실로 들어가 재빨리 방 안을 둘러보았다. 마
지막으로 창문을 열었는데 그것이 새로운 영감을 주어 흥분했는지 창

밖으로 몸을 내밀면서 환호성을 질렀다. 그러고는 계단으로 뛰어 내려가 열린 창문을 지나 밖으로 나가더니 잔디밭에 엎드렸다가 벌떡 일어나 방 안으로 들어왔다. 그 민첩한 동작은 마치 사냥감을 뒤쫓는 사냥꾼 같았다. 홈즈는 방에 있던 흔한 램프를 아주 꼼꼼하게 살피더니 기름통의 치수를 쟀다. 그는 램프 위의 백운모 덮개 부분을 돋보기로 주의 깊게 살펴보고는 표면에 붙은 그을음을 긁어내서 봉투에 담아 수첩 사이에 끼워 넣었다. 이윽고 의사와 경찰이 도착하자 홈즈는 목사에게 손짓했고 우리 셋은 잔디밭으로 나갔다.

"오늘 조사가 쓸모없지는 않아서 다행입니다. 난 여기 남아서 경찰과 사건 이야기를 나눌 수는 없습니다. 그러니 라운드헤이 목사님이 경위에게 인사 좀 전해 주시고 침실 창과 거실의 램프를 주의 깊게 보라고도 말해 주세요. 둘 다 결정적인 단서가 될 테고, 그 둘을 연결하면 수수께끼를 해결할 수 있을 겁니다. 만약 경찰에서 정보가 더 필요하다고 하면 우리 집까지 오라고 하세요. 기꺼이 만나 줄 테니까요. 자, 그럼 왓슨. 우리는 슬슬 가 볼까?"

이틀이 지나도록 경찰에게서는 아무 연락도 없었다. 사립탐정이 끼어들어서 화를 내고 있거나 자기들이 조사한 것만으로도 충분하다고 생각하는 듯했다. 그동안 홈즈는 집에서 담배를 피우기도 하고 멍하니 앉아서 생각에 잠기기도 했다. 하지만 대부분은 홀로 시골길을 산책하는 데 시간을 보냈고, 몇 시간이 지난 다음에 돌아와서도 어디에 다녀왔는지 말하지 않았다. 그 대신 홈즈는 실험을 했는데 그것으로 그가 무엇을 조사하고 있는지 알 수 있었다. 그는 비극이 일어난 날 아침에 모티머 트리제니스의 방에 있던 것과 똑같이 생긴 램프를 사 왔다. 그리고 홈즈는 목사관에서 사용하는 것과 같은 기름을 넣어 기름을 완전히 다 쓸 때까지의 시간을 쟀다. 또 다른 실험은 매우 불쾌한 것으로 죽을 때까지 절대로 잊지 못할 것이다.

어느 날 오후, 홈즈가 이렇게 말했다.

"왓슨, 우리는 여러 가지 보고를 손에 넣었지만 거기에 비슷한 점이 딱 하나 있었네. 방에 처음 들어간 사람들과 그 방의 공기에 관한 것일세. 죽은 모티머 트리제니스가 한 말을 기억하나? 그가 아침에 저택에 다시 갔던 일을 설명하면서 뭐라고 하던가. 그때 의사가 방에 들어서는 순간 정말로 정신을 잃었는지 의자에 털썩 주저앉고 말았다고 했지. 아, 잊었다고? 아무튼 좋네. 틀림없이 그렇게 말했어. 그리고 가정부 포터 부인은 방에 들어서자 정신을 잃었다가 깨어나서 창문을 열었다고 했는데 그 말은 기억날 걸세. 그리고 두 번째 사건, 그러니까 모티머 트리제니스가 죽은 사건에서도 우리가 방에 들어서자마자 숨이 턱 막히지 않았던가? 아직도 잊을 수가 없어. 그나마 하인이 창문을 열어 두었다고 하니 그 정도였을 거야. 나중에 물어보니 그 하인은 몸져누웠다고 하더군. 이런 사실 하나하나가 다 중요한 단서라는 점은 자네도 인정할 걸세. 두 사건 모두 독가스와 관계가 있다는 사실을 증명해 주거든. 그리고 사건 장소에서는 모두 불이 타오르고 있었어. 난롯불과 램프 말일세. 난로는 추워서 피웠다고 치자고. 하지만 램프는? 기름이 줄어든 양을 살펴보면 날이 밝은 뒤에 켰다는 사실을 알 수 있다네. 왜 그랬을까? 불, 숨 막히는 공기, 그리고 불행한 사람들이 미치거나 죽은 것. 이세 가지 사실에는 어떤 관계가 있는 걸세. 틀림없어."

"그런 것 같군."

"적어도 그럴듯한 가설은 되는 셈일세. 두 가지 사건 모두 독가스를 내뿜는 무엇인가를 불태웠다고 생각해 보세. 첫 번째 사건, 트리제니스 가족 사건에서는 그 물질을 난로 속에 넣었어. 창문은 닫혀 있었지만 그 가스는 굴뚝을 통해서 어느 정도는 밖으로 빠져나갔지. 반면 두 번째 사건에서는 가스가 날아갈 곳이 없었으니 첫 번째 사건 때의 독가스 독성은 더 약했을 걸세. 실제로 나타난 결과를 봐도 그 차이를 알 수 있어. 즉, 첫 번째 사건에서는 남자보다 약한 여자만 죽었고, 두 남자는 나을지 어떨지는 몰라도 정신이상 증세만 보였네. 그 독가스를 마시면 첫 증상으로 정신이상이 나타나는 것 같아. 두 번째 사건에서는 아주 뛰어난 효과를 보였지. 이런 사실들을 종합해 보면 연소에 의해 작용하는 독물이 사용되었다는 가설을 세울 수 있네.

나는 그렇게 추리했고 자연스럽게 모티머 트리제니스의 방에서 그 물질을 찾아내려 했던 걸세. 그러려면 당연히 램프 윗부분에 있는 백운모 덮개를 살펴봐야 했지. 거기에는 그을음이 잔뜩 묻어 있었고 표면에는 타다 남은 갈색 가루가 붙어 있었네. 그중 절반을 이 봉투 안에 긁어 담는 것은 자네도 봤겠지?"

"왜 반만 넣은 건가?"

"이보게, 경찰 수사를 방해할 수는 없지 않나. 내가 발견한 증거는 그들도 발견할 수 있게 남겨두었다네. 경찰들에게 그것을 발견할 만한 머리가 있는지는 모르겠지만 어쨌든 독성 물질은 아직 덮개 위에 묻어 있지. 자, 왓슨. 이제 램프에 불을 붙일 걸세. 하지만 사회에 보탬이 되는 두 사람이 한꺼번에 죽어 버리는 안타까운 일이 벌어지지 않도록 창문은 열어 두겠네. 자네는 분별력이 있는 지성인이라 이런 실험에 참가하고 싶지 않다면 하는 수 없지만, 그렇지 않다면 저쪽 창문 옆에 있는 안락의자에 앉게나. 이런, 함께 실험할 생각인가? 그럴 줄 알았네. 이 의자는 자네 맞은편에 놓겠네. 그러면 우리는 독성 물질에서 같은 거리를 두고 마주 앉게 되네. 방문도 살짝 열어 두자고. 이러면 서로의 얼굴을 잘 지켜보면서 만약 위험하다 싶으면 바로 실험을 중단할 수 있을 거야. 알겠나? 그럼 갈색 가루, 아니 타다 남은 것이라고 하는 편이 더 정확하겠군. 그것을 봉투에서 꺼내 타오르는 램프 위에 놓겠네. 좋았어! 자, 왓슨. 지금부터 어떤 일이 일어나는지 지켜보세."

기다릴 필요도 없었다. 의자에 앉자마자 사향 비슷한 짙은 냄새가 코를 찔렀고 속이 메스꺼워졌다. 그 냄새를 들이마시는 순간, 사물을 느끼고 생각하는 두뇌 활동이 사라졌고 허깨비가 보이기 시작했다. 눈앞에서 두꺼운 구름이 소용돌이쳤고 그 속에는 아직은 눈에 보이지 않지만 곧 모습을 드러내 두려움에 떠는 내 감각을 향해 달려들 것만 같은 무엇인가가 숨어 있었다. 그것은 말로 표현할 수 없는 공포, 우주에 숨어 있는 거대하고 상상을 초월하는 사악한 그 무엇이었다. 희미하게 보이는 그것들은 두텁고 새까만 구름 속에서 소용돌이치듯 움직이고 있었다. 그 움직임 하나하나가 섬뜩했고, 그림자만으로도 내 영혼을 갈가리 찢어 버릴 것만 같은 끔찍한 존재가 곧 나타난다고 협박하며 경고하는 것처럼 보였다. 오싹한 공포가 온몸을 감싸 움직일 수도 없었다. 머리털이 쭈뼛 곤두서고, 눈은 튀어나올 것만 같았으며, 입은 헤 벌어졌고, 혓바닥은 가죽처럼 뻣뻣했다. 머릿속이 울리며 당장이라도 뇌가 터질 듯했다. 비명을 지르려 했고, 희미하게 울려 퍼지는 쉰 목소리가 들렸지만 내가 아니라 저 먼 곳에서 들려오는 것만 같았다.

그 순간, 나는 도망치려 몸부림치다가 절망의 구름 너머로 언뜻 홈즈의 얼굴을 보았다. 공포에 일그러진 채 핏기 하나 없이 딱딱하게 굳은 얼굴은 죽은 트리제니스와 그 여동생의 모습과 똑같았다. 그 모습을 보자 나는 정신이 번쩍 들었고 기운을 되찾았다. 의자에서 벌떡 일어나 홈즈를 끌어안은 채 비틀거리며 방 밖으로 나갔다. 그리고 우리는 잔디밭에 쓰러져 나란히 누웠다. 지옥 같은 공포로 넘치던 검은 구름을 뚫고 쏟아지는 눈부신 햇빛이 느껴졌다. 우리를 감싸던 검은 구름은 안개가 걷히듯 천천히 사라졌고 곧 이성과 평화가 되돌아왔다. 우리는 잔디밭에 일어나 앉아 땀에 젖은 이마를 닦으며, 간신히 빠져나온 끔찍한 실험의 흔적이 남아 있지 않은지 서로를 바라보았다. 마침내 홈즈가 떨리는 목소리로 간신히 말했다.

"정말 고맙네, 왓슨. 그리고 미안하네. 나 혼자서 해도 안 될 실험에 자네까지 끌어들이다니! 정말 미안하게 됐네."

"이보게, 자네를 돕는 것은 나만의 기쁨이자 특권일세."

지금까지 친구가 이렇게 진심을 담아 말한 적은 없었으므로 나는 가슴이 뭉클해질 만큼 감동을 받았다. 그러자 홈즈는 순식간에 반은 익살스럽고 반은 냉소적인 듯한 평소의 모습으로 돌아갔다.

"굳이 저런 약물을 써서 미쳐 볼 필요도 없었는데 말이지. 누군가 지켜보는 사람이 있었다면, 우리가 그런 무모한 실험을 하는 걸 보고 이미 미쳤다고 생각했을 걸세. 이제 와서 하는 말이지만 그렇게 효과가 빠르고 지독하게 나타날 줄은 몰랐네."

그는 집 안으로 뛰어 들어갔다. 그러고는 앞으로 길게 뻗은 손에 불붙은 램프를 쥐고 다시 나타났다. 홈즈는 그것을 나무딸기 덤불 속으로 내던졌다.

"방 안의 공기가 빠질 때까지 여기서 잠시 기다리세. 이제 지금까지의 비극이 어떻게 일어났는지 확실히 알겠지?"

"모를 리가 있겠나."

"하지만 동기까지 알아내지는 못했네. 저기 정자에 앉아서 이야기를 나눠 보세. 아, 그놈의 독이 아직도 목구멍 근처에 남아 있는 느낌이로군그래. 자, 모든 증거는 첫 번째 사건의 범인이 모티머 트리제니스라는 사실을 보여 주고 있네. 이건 틀림없어. 그런데 그가 두 번째 사건의 희생자가 된 것이 문제일세. 먼저 생각해 볼 것은 트리제니스 남매 사이에 불화가 있었지만 나중에 화해했다는 사실이야. 그 불화가 얼마나 심했는지, 그리고 과연 진정으로 화해했는지는 알 수 없어. 하지만 모티머 트리제니스라는 사람의 여우같은 얼굴 하며 안경 너머에서 빛나던 작고 교활한 눈빛을 떠올리면 그다지 마음이 넓은 사람 같지는 않네. 아, 그리고 다음으로 생각해야 할 것은 정원에서 무엇인가가 움직이고 있었다는 증언일세. 그 말 때문에 우리는 잠시 비극의 진짜 원인이 무엇인지 밝혀내지 못했지. 그건 모티머 트리제니스가 한 말이야. 그에게는 수사에 혼선을 빚어 낼 이유가 있었네. 마지막으로, 그가 방에서 나설 때 그 독성 물질을 난로에 넣지 않았다면 도대체 누가 넣었겠는가? 만약 다른 사람이 와서 넣었다면 트리제니스 남매는 자리에서 일어났을 거야. 그리고 이 콘월 지방에서 밤 11시에 남의 집을 방문하는 일은 거의 없지. 이런 정황들로 봐서 범인은 틀림없이 모티머 트리제니스일 걸세."

"그렇다면 모티머 트리제니스는 자살했다는 말인가?"

"음, 왓슨. 정황을 보면 그렇게 생각하는 것도 무리는 아니야. 자기 가족들에게 그런 짓을 한 죄책감 때문에 자살했을 가능성도 있어. 하지만 그 의견을 부정할 만한 확실한 이유가 있네. 고맙게도 그 사건의 진상을 죄다 아는 사람이 영국에 있다네. 오늘 오후에 그에게 모든 사실을 들을 계획을 세워 두었네. 아니, 벌써 온 모양인데. 생각보다 조금 일찍 왔군. 레온 스턴데일 박사님, 이쪽으로 오세요. 조금 전까지 화학 실험을 한 터라, 작은 방은 지금 박사님 같은 유명한 분을 맞이할 만한 상태가 아닙니다."

정원의 나무문이 닫히는 소리가 들리더니 위대한 아프리카 탐험가의 당당한 모습이 눈앞에 나타났다. 스턴데일 박사는 깜짝 놀란 듯이 돌아보고 우리가 앉아 있는 정자를 향해서 다가왔다.

"홈즈 선생, 무슨 일이오? 한 시간쯤 전에 편지를 받고 찾아왔소. 왜 나를 이곳으로 부른 거요?"

"집에 가실 때쯤이면 그 이유를 알게 될 겁니다. 어쨌든 잘 오셨습니다. 이렇게 격식을 차리지 않고 바깥에서 맞이하게 돼서 죄송합니다. 하지만 나와 친구 왓슨은 하마터면 신문에서 '콘월의 공포'라고 부르는 사건의 한 페이지를 장식할 뻔했거든요. 그래서 우리는 지금 신선한 공기를 마셔야 합니다. 그리고 지금부터 할 이야기는 박사님과 밀접한 관계가 있으니 엿듣는 사람이 없는 곳에서 하는 편이 좋겠지요."

탐험가가 입에서 시가를 떼어 내면서 홈즈를 힐끗 쳐다보았다.

"나와 밀접한 관계가 있는 이야기라니, 선생이 하려는 이야기가 무슨 말인지 통 모르겠구려."

"모티머 트리제니스를 살해한 것 말입니다."

순간적으로 나는 무기가 있었으면 하는 마음이 들었다. 스턴데일의 거친 얼굴이 검붉어지더니 눈이 번뜩이면서 이마에 힘줄이 솟았다. 주

먹을 움켜쥔 채 금방이라도 홈즈에게 덤벼
들 기세였지만 스턴데일은 간신히 냉정
함을 되찾고 침착해졌다. 그러나 분노
에 넘칠 때보다도 오히려 그 상태가
훨씬 더 위험해 보였다.

"선생, 나는 오랫동안 야만인들과
함께 법의 손길이 닿지 않는 곳에서 살
면서 나 자신이 법이 되었소. 명심해
두시오. 난 당신을 다치게 하고 싶지
는 않소이다."

"나도 박사님이 다치는 것을 원치 않습니
다. 그래서 사건의 진상을 이미 다 파악했으면서도
경찰이 아니라 박사님을 부른 겁니다."

스턴데일은 숨을 크게 내쉬면서 자리에 앉았다. 모험으로 가득한 그
의 인생에서 이렇게 타인으로부터 압도당한 적은 이번이 처음이리라.
침착하고 자신감이 넘치는 홈즈의 태도에는 거부할 수 없는 힘이 있었
다. 우리의 방문자는 커다란 손을 쥐었다 폈다 하다가 마침내 입을 열
었다.

"홈즈 선생, 방금 뭐라고 했소? 한번 떠 볼 생각이라면 사람을 잘못
고른 거요. 빙빙 에둘러 말하지 말고 확실하게 하시오. 무슨 뜻이오?"

"그럼 말하지요. 내가 박사와 대화하는 이유는 내가 모든 사실을 밝
히면 박사님도 그렇게 할 것이라고 믿기 때문입니다. 다음에 내가 어떤
행동을 취할지는 박사님의 변론에 따라 달라질 겁니다."

"내 변론이라고?"

"그렇습니다."

"내가 무슨 변론을 한다는 거요?"

"모티머 트리제니스 씨를 살해한 혐의에 대한 변론입니다."

스턴데일 박사가 손수건으로 이마를 훔쳤다.

"정말 대단하군. 당신이 성공할 수 있었던 것도 다 이런 교묘한 허세 때문이었나?"

"스턴데일 박사님이야말로 허세를 부리는군요. 나는 그런 짓은 하지 않습니다. 그 증거로 내가 이런 결론을 내린 이유를 조금 말해 보지요. 당신은 자기 짐 대부분을 아프리카로 보내 놓고 플리머스에서 돌아왔 습니다. 그 말을 듣고 나는 박사님이 이 비극을 만든 여러 요인 중에 하 나라는 사실을 알게 되었……."

"이보시오, 내가 돌아온 것은……."

"그 이유는 예전에도 들었습니다. 하지만 그것만으로는 부족했지요. 그건 그렇다 치고 다음 이야기로 넘어갑시다. 당신은 이곳에 와서 내가 생각하고 있는 용의자가 누구냐고 물었어요. 나는 대답을 하지 않았습 니다. 그러자 당신은 목사관으로 가서는 밖에서 잠깐 기다리다가 그대 로 집으로 돌아갔습니다."

"그걸 어떻게 아는 거요?"

"당신 뒤를 미행했으니까요."

"전혀 눈치채지 못했는데."

"미행하는 데 모습을 보여서는 안 되겠지요. 그날 밤, 당신은 잠을 이 루지 못했고 모종의 계획을 세웠습니다. 그리고 이튿날 아침 일찍 계획 을 실행했죠. 동이 틀 무렵, 당신은 집을 나서면서 문 옆에 쌓아 둔 붉 은 자갈을 주머니에 넣었습니다."

스턴데일이 깜짝 놀란 얼굴로 홈즈의 얼굴을 뚫어져라 쳐다보았다.

"그러고는 목사관을 향해 발걸음을 재촉했어요. 아, 지금 보니 그때도 지금 신고 있는 테니스화를 신고 있었습니다. 그리고 목사관에 도착해서는 과수원과 울타리를 지나 트리제니스의 방 창문이 있는 곳까지 갔어요. 이미 날이 밝았지만 목사관 사람들은 아직 아무도 일어나지 않았습니다. 당신은 주머니에서 자갈을 꺼내 침실로 던졌지요."

스턴데일이 자리에서 벌떡 일어나며 외쳤다.

"당신은 악마의 화신이로군!"

홈즈는 그 말을 칭찬으로 들었는지 빙그레 웃음을 지었다.

"가지고 있던 자갈을 두세 줌 던지니 트리제니스가 창밖으로 얼굴을 내밀었고 당신은 그에게 내려오라는 신호를 보냈습니다. 트리제니스는 서둘러 옷을 갈아입고 아래층 거실로 내려왔어요. 박사님은 창문을 통해서 안으로 들어갔습니다. 짧은 이야기를 나누는 동안에 당신은 방 안을 서성였어요. 잠시 뒤, 밖으로 나온 당신은 잔디밭에서 시가를 피우면서 모든 일을 지켜보았습니다. 곧 트리제니스가 죽자 당신은 왔던 길로 되돌아갔지요. 자, 스턴데일 박사님. 당신의 행동을 어떻게 변론할 생각입니까? 왜 그런 행동을 했지요? 만약 사실을 얼버무리거나 나를 속이려 든다면 이 사건은 내 손에서 영원히 떠나게 될 겁니다. 그 사실을 잘 알아 두세요."

홈즈의 말을 들으면서 박사의 얼굴은 점점 파랗게 질렸다. 두 손으로 얼굴을 가린 채 한동안 생각에 잠겨 있던 그가 잠시 뒤에 충동적으로 가슴 안주머니에서 사진 한 장을 꺼내더니 눈앞에 있는 소박한 탁자 위에 그것을 던졌다.

"다 이 사람을 위해서 한 일이오."

스턴데일 박사가 말했다. 그것은 아름다운 여인의 상반신이 찍힌 사진이었다. 홈즈가 몸을 구부려 들여다보았다.

"브렌다 트리제니스 양의 사진이로군요."

"그렇소. 브렌다 트리제니스요. 오래 전부터 나는 브렌다를 사랑했고 그녀도 나를 사랑했소. 내가 콘월에서 오랫동안 틀어박힌 것도 그녀 때문이오. 세상 사람들은 이상하게 생각했지만 그렇게 하면 나는 사랑하는 사람 곁에 있을 수 있었다오. 하지만 나는 브렌다와 결혼할 수 없었소. 아내가 있었으니까. 그 아내는 벌써 오래 전에 내 곁을 떠났지만 빌어먹을 영국법 때문에 이혼도 할 수 없었소. 브렌다는 몇 년이고 나를 기다렸고 나도 마찬가지였소. 그런데 그런 일을 당하게 될 줄이야!"

박사는 격렬하게 흐느꼈고 커다란 몸이 흔들렸다. 잠시 뒤, 그는 얼룩덜룩한 수염 아래로 목을 움켜쥐고 간신히 감정을 억눌렀다. 스턴데일이 말을 이었다.

"하지만 목사는 알고 있었소. 그는 믿을 만한 사람이오. 그에게 가서 물어보면 브렌다는 이 세상에 내려온 천사라고 할 거요. 그래서 그는 나에게 전보를 보냈고, 나는 되돌아왔소. 사랑하는 사람이 그렇게 끔찍한 최후를 맞았는데 짐이며 아프리카가 대체 무슨 소용이겠소? 홈즈 선생, 이제 내가 왜 그런 행동을 했는지 의문이 좀 풀렸소이까?"

"계속하세요."

친구가 말했다. 스턴데일 박사가 주머니에서 종이로 싼 조그만 꾸러미를 꺼내 탁자 위에 올려놓았다. 겉에 '라딕스 페디스 디아볼리Radix pedis diaboli'라고 적혀 있었으며 그 밑에 독극물을 표시하는 붉은 라벨이 붙어 있었다. 박사가 그것을 내게 내밀었다.

"당신은 의사라고 들었소. 이것을 본 적이 있소?"

"'악마의 발 뿌리'라고요? 아니요. 이런 약은 생전 처음 봅니다."

"이걸 모른다고 해서 부끄러워할 필요는 없소. 부다의 연구소에 있는 표본을 빼면 유럽 어디에서도 구경조차 할 수 없는 거니까 말이오. 약제 조합법이나 독극물 문헌에도 아직 실리지 않은 거요. 그 뿌리는 반은 인간의 발을, 반은 염소의 발을 닮았소. 그 기묘한 이름은 식물학에 관심이 있던 어느 선교사가 붙였다고 하오. 원래 서아프리카 어느 지방에서 주술사가 신성 재판을 내릴 때 쓰는 독으로, 그들 사이에서 비밀스럽게 전해 내려오는 거요. 난 이 독을 콩고의 우방기 강 유역에서 우연히 손에 넣었소."

이렇게 말하며 스턴데일 박사는 꾸러미를 풀어 코담배처럼 생긴 갈색 가루를 보여 주었다.

"그래서요?"

홈즈가 캐묻듯 말했다.

"홈즈 선생, 이제부터 나는 무슨 일이 일어났던 것인지 하나도 남김없이 말하겠소. 당신은 이미 사건 경위 대부분을 알고 있으니 차라리 모든 것을 다 털어놓는 것이 나한테도 좋을 것 같구려. 나와 트리제니스가의 관계라면 이미 말해 주었소. 브렌다를 생각해서 나는 그 형제들과도 친하게 지냈소. 금전적인 문제로 집안에 불화가 생겨 모티머가 가족들과 떨어져 살게 되었지만 대충 서로 화해한 듯했고, 그 뒤에도 나는 다른 형제들과 다름없이 그와도 친하게 지냈소. 그런데 모티머는 교활하고 속이 시커먼 작자였소. 이상한 일이 몇 번 일어나서 의심이 들기는 했지만 내가 먼저 시비를 걸 생각은 없었소.

그런데 2주일쯤 전에 모티머가 나를 찾아왔소. 나는 아프리카의 진귀한 물건들을 보여 줬고 그중에는 이 분말도 들어 있었소. 나는 그 신비한 작용에 대해서도 들려줬소이다. 공포를 지배하는 두뇌 중추를 얼마나 자극하는지, 그리고 이걸로 부족 사제에게 재판받는 가엾은 원주민 앞에는 오로지 죽음이나 정신이상이 기다리고 있다는 사실을 말이오. 유럽의 과학으로는 이런 독을 검출할 수 없다는 이야기까지 했지. 내가 방을 비운 적이 없는데 모티머가 어떻게 이것을 훔쳤는지 모르겠소. 내가 서랍을 열거나 상자 안을 들여다보고 있을 때 조금 덜어낸 것이 틀림없소. 그는 얼마나 있어야 약효가 나타나는지, 그때까지 시간은 얼마나 걸리는지 등을 세세하게 캐물었지만 설마하니 다른 속셈이 있어서 그런 것을 묻는다고는 꿈에도 생각지 못했소.

까맣게 잊고 있다가 플리머스에서 목사의 전보를 받는 순간에야 나는 그 사실이 떠올랐소. 그 악당은 내가 바다를 항해하고 있을 테니 미처 소식을 듣지 못할 것이고, 그대로 아프리카로 가서는 몇 년 동안 파묻혀 살 거라고 생각한 모양이오. 하지만 나는 바로 되돌아왔소. 자세한 이야기를 듣자마자 그자가 끔찍한 독을 썼다는 사실을 알아차렸소. 하지만 나는 어쩌면 홈즈 선생이 다른 쪽으로 설명할 수도 있을 거라 생각하고 여길 찾아왔소이다. 그런데 아무 말도 듣지 못한 거요. 나는 모티머 트리제니스가 범인이라고 확신했소. 그자는 재산에 눈이 멀어 가족들이 죄다 미쳐 버리면 공동 재산을 자기 혼자 관리할 수 있다고 생각한 거요. 그래서 악마의 발 뿌리를 써서 두 사람을 미치게 만들고 내가 사랑하는, 나를 사랑하는 여인 브렌다를 죽인 거외다. 여기까지가 모티머가 한 짓이오.

그자를 어떻게 벌하면 좋겠소? 법에 호소해 볼까? 하지만 증거가 없지 않소이까? 나는 사건의 진상을 알고 있었지만 과연 시골 배심원들이 이 별난 이야기를 믿어 주겠소? 가능할 수도 있고 그렇지 않을 수도 있었지. 실패는 용납할 수 없었고, 내 마음 깊은 곳에서 어서 복수하라는 외침이 들려왔소. 홈즈 선생, 처음에 말했다시피 나는 인생 대부분을 법의 손길이 전혀 미치지 않는 곳에서 살았소이다. 그리고 결국에는 나 스스로가 법이라고 생각하게 됐지. 그때도 그렇게 생각했소. 그자가 다른 이에게 한 짓과 똑같은 운명을 받아야 한다고 말이오. 그리고 내 손으로 직접 정의를 실천하자고도 결심했소. 영국 전역을 뒤져봐도 지금 나만큼 죽음을 두려워하지 않는 자도 없을 거요.

자, 이제 더는 할 이야기가 없소. 나머지 부분은 선생이 이미 메워 주었소. 선생 말마따나 나는 밤을 꼬박 새우고 아침 일찍 집을 나섰소이다. 모티머를 깨우기 어려울 것 같아서 집 앞에서 자갈을 골라 가져가서 그자 창문에 던졌소. 녀석은 아래층 거실로 내려와 거실 창문으로 나를 들여보내 주더군. 나는 그의 죄상을 밝힌 후 판사 겸 사형 집행인으로 왔다고 말했소. 그 파렴치한은 내가 들고 있는 회전식 권총을 보자 의자에 주저앉았고, 나는 램프를 켜고 그 위에 가루를 얹은 다음 창문을 통해 밖으로 나왔소. 나는 그자에게 방에서 도망쳐 나오면 권총을 쏠 수밖에 없다고 말했고 정말 그럴 작정이었소. 그는 5분 만에 죽었소이다. 아, 그 죽어 가는 꼴이라니! 끔찍하기 이를 데 없었지만 내 마음은 흔들리지 않았소. 내가 사랑하는 브렌다가 아무 죄도 없이 맛본 괴로움에 비한다면 그런 고통은 아무것도 아니었을 테니까. 홈즈 선생, 여기까지가 내 이야기요. 당신도 사랑에 빠진 적이 있다면 똑같이 행동했을 거요. 어쨌든 내 운명은 이제 선생의 손안에 있구려. 어떻게 하든 상관없소. 조금 전에도 말했지만 죽음은 전혀 두렵지 않소이다."

홈즈가 자리에 앉은 채 한동안 말이 없다가 이윽고 입을 열었다.

"그렇다면 박사님, 앞으로는 어떻게 할 생각이었습니까?"

"중앙아프리카에 뼈를 묻을 생각이었소. 아직 절반도 끝내지 못한 일이 남아 있으니 말이오."

"그럼 가서 남은 일을 마치세요. 적어도 나는 그 일을 방해할 생각은 없습니다."

스턴데일 박사는 큼직한 몸을 의자에서 일으켜 깊숙이 머리 숙여 인사한 다음에 정자를 떠났다. 홈즈가 파이프에 불을 붙인 뒤 담배 상자를 내게 건네주었다.

"독이 없는 연기는 기분 전환에 도움이 되지. 왓슨, 자네도 이번 사건은 우리가 관여할 만한 것이 아니라고 생각하겠지? 우리는 누구에게 의뢰를 받아 수사한 게 아니니까 마음대로 행동할 수 있어. 자네도 저 사람을 고발하고 싶지는 않겠지?"

"그럴 리가 있겠나."

내가 대답했다.

"왓슨, 난 누구를 사랑해 본 적은 없네만 사랑하는 여자가 그렇게 비참하게 살해당했다면 나도 저 무법자 같은 사자 사냥꾼처럼 행동할지도 몰라. 누가 알겠나? 왓슨, 너무 뻔한 이야기를 되풀이하는 것 같아 조금 미안하지만 수사의 첫걸음은 창가에 있던 자갈이었네. 그 자갈은 목사관의 정원에 있는 자갈과 전혀 다른 것이었어. 스턴데일 박사와 그의 집으로 눈을 돌리자 그것과 똑같은 자갈이 눈에 띄더군. 아침까지 램프가 켜져 있었다는 사실과 덮개 위에 붙어 있던 타다 남은 가루가 추리를 연결해 주는 고리가 되었지. 왓슨, 이제 그 사건은 전부 잊어버리세. 나는 다시 마음을 다잡고 칼데아어의 뿌리나 파고들어야겠네. 분명히 위대한 켈트어의 한 분파인 콘월어와 이어져 있겠지."

20 세
박공
집

20
세 박공집

나는 셜록 홈즈와 많은 사건을 함께했지만 지금부터 이야기할 〈세박공집〉 사건만큼 갑작스럽고 극적으로 시작된 사건도 없었다고 생각한다. 그때 나는 일이 바빠서 며칠 동안 홈즈를 만나지 못했으므로 그가 어떤 활동을 하고 있는지 전혀 알지 못했다. 그러나 내가 찾아간 그날 아침, 홈즈는 나와 무척이나 이야기를 나누고 싶은 모양이었다. 나를 난로 옆의 낡고 낮은 팔걸이의자에 앉히더니 자기는 파이프를 피우며 난로를 끼고 맞은편 의자에 웅크려 앉았다. 그가 막 이야기를 시작하려던 순간, 손님이 찾아왔다. 미친 황소가 뛰어들었다는 표현이야말로 그때의 느낌을 가장 잘 표현한 것이리라.

문이 갑자기 활짝 열리더니 거구의 흑인이 불쑥 들어왔다. 만약 그의 얼굴이 우락부락하지 않고 온화했다면 틀림없이 매우 우스꽝스럽게 보였을 것이다. 그 흑인 남자는 헐렁한 회색 체크무늬 양복을 입고 붉은빛이 감도는 넥타이를 휘날리고 있었다. 그리고 납작한 코가 달린 커다란 얼굴을 내밀면서 악의에 번뜩이는 표정으로 우리를 번갈아 바라보았다. 그가 물었다.

"어느 쪽이 홈즈 선생이쇼?"

홈즈가 나른한 미소를 지으며 파이프를 들었다.

"아, 댁이쇼?"

이렇게 말하며 흑인은 기분 나쁜 걸음걸이로 탁자를 돌아 홈즈 곁으로 다가갔다.

"잠깐 나 좀 봅시다, 홈즈 선생. 남의 일에 참견하지 말고 손 떼쇼. 자기 일은 자기가 알아서 하게 내버려 두란 거요. 선생, 알겠소?"

그러자 홈즈가 말했다.

"꽤나 재미있군. 더 말해 보시오."

흑인이 눈을 부릅떴다.

"뭐라고? 재미있다고? 홈즈 선생, 내 주먹 맛을 한 번 보면 그런 말은 쉽게 못 할 텐데. 당신 같은 사람은 이번이 처음이 아니야. 그런 녀석들을 어루만져 줬더니 별로 재미있어하는 표정이 아니던데. 이것 좀 보라고!"

흑인이 울퉁불퉁하고 커다란 주먹을 홈즈의 코앞으로 불쑥 내밀었다. 홈즈는 아주 신기하다는 듯이 그 주먹을 빤히 쳐다보았다.

"당신 주먹은 태어날 때부터 이랬소? 아니면 자라면서 이렇게 됐나?"

홈즈가 얼음장처럼 싸늘하게 대해서인지 아니면 내가 부지깽이를 집어 들 때 달그락거리는 소리가 나서인지는 몰라도 손님의 기세는 한풀 꺾인 듯 조금 얌전해졌다.

"어쨌든 할 말은 하고 가야겠소. 나한테는 해로 쪽과 관계있는 친구가 있다고. 이렇게 말하면 무슨 소린지 알겠지? 그 녀석이 당신에게 방해받고 싶지 않다고 하더군. 알
겠소? 댁은 경찰이 아니고 나
도 마찬가지요. 만약 당신이
괜히 끼어들었다간 내가 상대
해 주겠다는 말이지. 잘 기억
해 두쇼."

그러자 홈즈가 마침내 입을
열었다.

"전부터 당신을 한번 만나
보고 싶었소. 의자에 앉으라는
말은 하지 않겠소. 당신에게서
고약한 냄새가 나거든. 어쨌든
당신은 프로 권투 선수인 스티브 딕시 아니오?"

"맞아, 바로 내가 스티브 딕시요, 홈즈 선생. 그러니 내게 시건방진 소
리를 늘어놓았다가는 혼 좀 날 거요."

하지만 홈즈는 상대방의 혐오스러운 입가를 보며 대수롭지 않게 말
했다.

"당신이야말로 조심하시오. 홀번 바 앞에서 젊은 퍼킨스를 살해한 자
는……, 아니, 벌써 돌아갈 생각이오?"

흑인은 갑자기 얼굴빛이 변하더니 뒷걸음질 쳤다.

"그딴 소리는 듣고 싶지 않아. 내가 그 퍼킨스를 어쨌다는 거요? 그
풋내기가 난리를 피웠을 때 난 버밍엄의 체육관에서 훈련하고 있었어."

"그래, 그 이야기는 치안판사에게 하시오. 나는 당신과 바니 스톡데일
을 주목하고 있으니."

"주여, 저를 도우소서! 홈즈 선생……."

"이제 됐소. 당장 나가시오. 내가 필요할 때 데리러 갈 테니."

"안녕히 계쇼, 홈즈 선생. 이렇게 불쑥 찾아왔다고 나쁘게만 생각하지 말아 줬으면 좋겠수."

"누구의 부탁으로 왔는지 말하지 않으면 불쾌하게 생각할 거요."

"그런 일이라면 숨길 필요도 없지. 지금 당신이 말한 사람의 부탁을 듣고 왔으니까."

"흠, 그럼 누가 그 사람에게 시킨 거요?"

"오, 주여! 홈즈 선생, 그건 나도 잘 몰라요. 바니는 이렇게만 말했소. '스티브, 홈즈를 찾아가서 해로 쪽 일에 참견하면 목숨을 건지지 못할 거라고 전하고 와.' 이것 말고 다른 말은 없었수다."

흑인은 이렇게 말하더니 다음 질문은 기다리지도 않고 들어왔을 때와 마찬가지로 과격하게 방문을 박차고 나갔다. 홈즈는 싱긋 웃으면서 파이프의 재를 털었다.

"왓슨, 자네가 녀석의 곱슬머리를 박살낼 필요가 없었으니 잘된 일일세. 자네가 부지깽이를 만지작거리는 걸 보고 있었지. 하지만 저렇게 보여도 저 녀석은 순진하기 짝이 없다네. 힘은 세지만 머리가 나빠서 허세나 부리는 어린아이일 뿐이야. 자네가 본 것처럼 협박이라도 하면 바로 겁을 먹고 흐트러지지. 스펜서 존이라는 갱단의 일원인데 지난번에 일어난 사건에서도 한몫한 것 같아서 시간이 나면 캐 볼 생각이었네. 바니는 스티브의 형님쯤 되는데, 스티브에 비하면 머리가 살짝 더 돌아가는 놈이야. 그 조직의 주특기는 공갈이나 협박이지. 내가 알고 싶은 건 이번 사건의 흑막이 누구냐 하는 점일세."

"그렇다면 어째서 그자들이 자네를 협박하는 건가?"

"그 해로 월드 사건 때문일세. 이런 일을 당하고 나니 오히려 그 사건을 더 깊이 조사하고 싶어지는데. 이렇게까지 나를 협박하려는 것을 보니 틀림없이 뭔가가 있어."

"홈즈, 그건 대체 무슨 사건인가?"

"그렇지 않아도 자네에게 이야기할 생각이었는데 그 광대 녀석이 뛰어든 걸세. 여기 매버리 부인이 보낸 편지가 있네. 자네도 같이 갈 생각이 있다면 전보를 보내고 바로 나가세."

그 편지에는 다음과 같은 내용이 적혀 있었다.

> 셜록 홈즈 선생님
> 요즘 이 집 때문에 저에게 묘한 일이 연달아 벌어지고 있습니다. 그래서 홈즈 선생님과 꼭 상의하고 싶습니다. 오신다면 언제라도 기다리고 있겠습니다. 집은 윌드 역에서 금방 걸어올 수 있는 거리에 있습니다. 이제는 세상을 떠난 남편 모티머 매버리도 꽤 오래전에 선생님의 도움을 받은 적이 있었습니다.
> 메리 매버리

주소는 '해로 월드, 세 박공집'이라고 되어 있었다. 홈즈가 말했다.

"그렇게 된 걸세. 그러니 왓슨, 시간이 괜찮으면 같이 가 주게."

윌드 역까지 잠깐 기차를 탔고, 역에서 그 집까지는 그보다 더 얼마 안 되는 거리였다. 우리는 역에서 마차를 탔다. 풀이 무성한 벌판 가운데 서 있는 그 저택은 목조에 벽돌을 쌓아 만든 건물이었다. 2층 창문들 위로 살짝 튀어나온 박공지붕[39] 세 개가 이 집에 '세 박공집'이라는 이름이 붙여진 이유를 간신히 드러내고 있었다. 집 뒤에는 나무들이 잘

자라지 못한 으슥한 소나무 숲이 있어서 집 전체가 을씨년스럽고 초라하게 느껴졌다. 그러나 집 안은 바깥과 달랐다. 가구는 고급스러웠고 장식도 훌륭했다. 모습을 드러낸 매버리 부인도 품위 있고 교양 있어 보이는 노부인이었다. 홈즈가 먼저 입을 열었다.

"돌아가신 부군은 지금도 기억하고 있습니다. 꽤 오래 전에 내게 사소한 일을 맡기셨지만요."

"아마 제 아들인 더글러스의 이름이 더 익숙하실 거예요."

홈즈는 아주 큰 흥미를 느낀 모양이었다.

"아니, 부인이 더글러스 매버리의 모친이십니까? 그랬군요. 나도 아드님을 조금은 알고 있습니다. 물론 런던에서 그를 모르는 사람은 없을 테지만요. 참으로 훌륭한 인물이지요. 지금 어디에 있습니까?"

"선생님, 그 애는 세상을 떠났어요. 로마 대사관에서 근무하고 있었는데 지난달에 거기서 폐렴으로 죽고 말았답니다."

"안타깝습니다. 누가 그 청년을 보고 죽으리라고 상상이나 했겠습니까. 그렇게 생명력이 넘치는 사람은 본 적이 없습니다. 정말 열정적으로 살았지요. 온몸을 다 불사르면서요."

"선생님, 그 아이는 너무 열정적이었어요. 그게 오히려 나쁜 결과를 가져온 거예요. 선생님은 쾌활하고 훌륭한 청년으로 기억하고 계시지만, 언제부턴가 그 아이는 기분이 오락가락하고 시무룩하고 음울한 성격으로 변해 버렸어요. 마음에 아주 큰 상처를 입었답니다. 그렇게 씩씩하던 아이가 겨우 한 달 만에 완전히 수척해져서 냉소적인 사람으로 변하고 말았어요."

39) 박공지붕은 기울어진 지붕과 지붕이 서로 기대어 삼각형을 이루고 있는 것이다. 흔히 '집' 하면 떠올리는 비탈진 삼각형 지붕이 바로 박공지붕이다. 지붕이 이렇게 된 집을 박공집이라고 한다.

"연애, 여자 문제가 아닐까요?"

"악령에 사로잡혔을지도 몰라요. 어머, 제가 무슨 소리를 하는 건지. 아들 이야기를 하려고 모신 게 아닌데!"

"왓슨 박사와 함께 무엇이든 도와드리겠습니다."

"요즘에 아주 이상한 일이 벌어지고 있어요. 저는 1년쯤 전에 이 집으로 이사 왔는데 조용히 지내고 싶어서 동네 사람들하고도 별로 만나지 않아요. 그런데 사흘 전에 부동산 중개업자라는 사람이 찾아왔어요. 어떤 손님이 이 집을 무척 마음에 들어 한다면서 돈은 얼마든지 지불하겠으니 집을 팔라고 했어요. 이 근방에는 더 좋은 집들이 여럿 비어 있다는 것을 알고 있었기에 이상하다는 생각이 들었지만 나쁜 이야기도 아니라서 처음 산 금액보다 500파운드를 더 얹어서 불렀는데도 상관없다고 했어요. 게다가 그 중개업자는 손님이 가구까지 전부 원하니 그 가격도 불러 보라고 하더군요. 가구는 예전에 살던 집에서 가져온 것도 있고, 보시다시피 아주 품질 좋은 것들이라 비싼 값을 불렀어요. 그것도 바로 받아들이더라고요. 저는 예전부터 외국을 여행해 보고 싶었고, 흥정이 유리하게 진행되고 있었기 때문에 평생 불편함 없이 자유롭게 살 수 있을 것 같았습니다.

어제 그 사람이 계약서를 써서 다시 찾아왔습니다. 운 좋게도 제 변호사인 수트로 씨가 이곳 해로에 살고 있어서 바로 계약서를 보여 주었지요. 그러자 수트로 씨는 이렇게 말하더군요.

'참 이상한 계약서입니다. 여기에 서명을 하시면 부인은 법적으로 집에서 아무것도 가지고 나오실 수 없는데, 알고 계시나요? 개인 소지품도 마찬가지고요.'

밤에 중개업자가 다시 찾아왔을 때 저는 그 사실을 지적하면서 가구만 팔 생각이라고 했어요. 그러자 그 사람이 이렇게 말했습니다.

'그건 안 됩니다. 전부 파셔야 합니다.'

'옷가지와 보석도요?'

'글쎄요. 개인 소지품이라면 타협의 여지가 있습니다. 어쨌든 집 밖으로 가져가시기 전에 일단 저희에게 보여 주셔야 합니다. 이 집을 사려는 분은 가격에는 아주 관대하지만 취향이 별나고 나름대로의 방식이 있어서요. 전부를 사든가 아니면 아예 거래를 하지 않으실 겁니다.'

'그럼 없던 일로 하겠어요.'

거래는 그렇게 끝났지만 아무리 생각해도 정말 이상한 일이었어요. 그래서……."

매버리 부인이 깜짝 놀란 듯 말을 끊었다.

홈즈가 조용히 하라는 뜻으로 한 손을 들었다. 그러더니 성큼성큼 문 쪽으로 걸어가 문을 벌컥 열었다. 홈즈는 그곳에 서 있던 키 크고 깡마른 여자의 어깨를 잡아 방 안으로 끌고 들어왔다. 여자는 마치 닭장에서 끌려나오는 닭처럼 새된 소리를 지르며 꼴사납게 몸부림쳤다. 여자가 찢어지는 목소리로 외쳤다.

"놓으세요! 왜 이러시는 거예요?"

"어머, 수잔! 도대체 무슨 일이지?"

"세상에, 마님! 손님들 식사를 어떻게 할지 여쭈러 왔는데 이분이 갑자기 뛰어 나오시지 뭐예요."

그러자 홈즈가 말했다.

"5분 전부터 이 여자가 밖에서 우리 얘기를 엿듣고 있다는 기척을 느꼈지만 이야기가 하도 재미있어서 참고 있었던 겁니다. 수잔, 당신은 숨을 쌕쌕거리면서 쉬지? 남의 이야기를 엿듣기에는 숨소리가 너무 크군."

수잔은 뾰로통하면서도 깜짝 놀란 표정으로 홈즈를 바라보았다.

"어쨌든 간에 선생님은 대체 누구시길래 무슨 권리로 저를 이렇게 붙잡고 있는 거죠?"

"당신이 있는 자리에서 부인에게 질문하고 싶은 것이 있어서 말이야. 부인, 내게 편지를 써서 일을 의뢰하겠다고 누군가에게 이야기한 적이 있습니까?"

"아니요. 그런 적 없습니다."

"그럼 편지는 누가 부쳤나요?"

"수잔에게 부탁했어요."

"그러셨겠지요. 이봐, 수잔. 매버리 부인이 내게 도움을 청했다는 사실을 누구에게 알렸지?"

"말도 안 돼요. 저는 아무한테도 알린 적이 없어요."

"수잔, 당신도 알다시피 쌕쌕거리면서 숨을 쉬는 사람은 오래 살지 못해. 그런데도 거짓말을 하면 못 써. 누구에게 알렸지?"

그때 부인이 외쳤다.

"수잔! 너는 참 믿을 구석이 없는 나쁜 사람이로구나. 지금 생각해 보니 네가 울타리 너머로 누군가와 이야기를 나누고 있는 모습을 본 적이 있어."

그러자 수잔이 퉁명스럽게

대답했다.

"그건 사적인 일 때문이었어요."

홈즈가 말했다.

"누군지 맞혀 볼까? 바니 스톡데일이지?"

"알고 있다면 물을 필요도 없잖아요?"

"혹시나 했는데 이제 분명해졌군. 수잔, 바니 뒤에 누가 있는지 가르쳐 주면 10파운드를 주지."

"당신이 내게 10파운드를 줄 때마다 1,000파운드씩 줄 수 있는 사람도 있는 걸요."

"흠, 돈이 그렇게 많은 남자란 말인가? 아니, 그렇게 웃는 것을 보니 돈이 많은 여자로군. 자, 여기까지 알아냈으니 나머지는 식은 죽 먹기야. 얼른 털어놓고 10파운드라도 버는 게 어때?"

"지옥에나 떨어져라!"

"세상에, 수잔! 말을 곱게 해야지!"

"이런 집에서는 당장 나가겠어요. 당신 같은 사람들은 다 지긋지긋해요. 내일 사람을 보내서 내 짐을 빼겠어요."

수잔은 이렇게 말하더니 서둘러 문으로 갔다.

"그럼 조심해서 가게, 수잔. 숨 쉬기 힘들 때는 아편과 장뇌를 섞은 파레고릭이 잘 듣지……. 자, 그럼."

수잔이 새빨개진 얼굴로 화를 내며 나가자 활기 넘치던 홈즈의 얼굴이 갑자기 진지해졌다. 그는 매버리 부인에게 말했다.

"그 일당이 꽤나 거창한 일을 꾸미고 있는 것 같습니다. 그자들은 물샐 틈 하나 없이 치밀해요. 부인이 보낸 편지에는 오후 10시의 소인이 찍혀 있었습니다. 수잔은 바니에게 알렸고, 바니는 자기 물주에게 보고한 뒤 그의 지령을 받았고요. 남자인지 여자인지 모를 배후의 인물은……, 아니, 내가 남자라고 했더니 수잔은 내가 크게 착각하고 있다고 생각해서 히죽 웃었지요. 그러니 아마도 여자일 겁니다. 그 여자가 모든 계획을 세우고 있습니다. 흑인 프로 권투 선수인 스티브를 끌어들였고 다음날 아침 11시에 나는 협박을 당했습니다. 일처리가 아주 빨라요."

"그렇다면 목적이 대체 뭘까요?"

"바로 그게 문제입니다, 부인. 이 집의 전 주인이 누구였습니까?"

"퍼거슨이라는 은퇴한 선장이었어요."

"그 사람에게 특별한 점은 없었습니까?"

"네, 그런 건 없었어요."

"이 집에 뭔가 묻어 두지는 않았을까요? 물론 요즘에는 사람들 대부분이 우체국에서 운영하는 은행을 이용하지만 세상에는 별난 사람들도 있는 법이니까요. 그런 사람들이 없다면 세상은 참 재미가 없겠지요. 어쨌든 처음에는 이 집에 어떤 중요한 물건이 묻혀 있는 게 아닐까 생각했습니다. 하지만 그렇다면 어째서 부인의 가구까지 원하는 건지 그 이유를 알 수가 없습니다. 혹시 라파엘로의 그림이나 셰익스피어 초판본이 이 집에 숨어 있는 것은 아닐까요?"

"아니에요. 이 집에서 귀하고 값비싼 것이라고는 크라운 더비 찻잔 세트밖에 없어요."

"그것뿐이라면 이렇게 복잡하게 일을 꾸밀 필요가 없습니다. 그 정도라면 무엇이 필요하다고 분명하게 말했을 테니까요. 찻잔 세트가 탐난다면 자기에게 팔라고 하면 그만이지 필요 없는 물건까지 전부 사들일 이유가 없습니다. 이 집에는 분명히 뭔가가 있습니다. 부인은 아직 모르지만 만약 알고 있다면 절대로 팔지 않았을 물건 말입니다."

그때 나도 한마디 거들었다.

"저도 그렇게 생각합니다."

"왓슨 박사도 그렇게 말하니 더 확실해졌습니다."

"그렇다면 홈즈 선생님, 그게 대체 뭘까요? 전 도저히 아무것도 떠오르지 않는걸요."

"그럼 이성적으로 분석해서 그것을 구체적으로 알아낼 수 있을지 시험해 봅시다. 부인은 이 집에서 1년 동안 지냈습니다."

"2년 가까이 됐어요."

"더 좋군요. 그 2년 동안 부인의 물건을 사고 싶어 하는 사람은 한 명도 없었는데 사나흘 전에 갑자기 그런 사람이 나타났습니다. 이보게, 왓슨. 자네라면 이것을 보고 어떤 결론을 내리겠나?"

"상대방이 원하는 물건이 무엇인지는 모르겠지만, 그것이 최근에 이집에 들어왔다는 뜻일세."

"그렇지. 이제 문제 하나가 또 해결되었습니다. 매버리 부인, 최근에 이 집에 들어온 물건이 있습니까?"

"아니요, 올해 새로 산 물건은 하나도 없어요."

"정말인가요? 참으로 놀라운 일입니다. 알겠습니다. 그렇다면 좀 더 확실한 사실을 알게 될 때까지 가만히 사태를 지켜보지요. 그런데 부인의 고문 변호사는 믿을 만한 사람인가요?"

"물론이죠. 수트로 씨는 아주 실력이 좋은 분이세요."

"아까 문을 박차고 나간 수잔 말고 다른 하인은 더 없습니까?"

"어린 여자애가 있어요."

"수트로 씨에게 하루 이틀 정도 이 집에서 묵어 달라고 하세요. 부인이 보호받아야 할 일이 일어날지도 모릅니다."

"보호받아야 한다고요? 왜요?"

"아무도 모릅니다. 아직 그 문제가 너무 애매합니다. 녀석들이 무엇을 노리는지 모르니 반대쪽으로 다가가서 뒤에 있는 진짜 범인을 찾아내야 합니다. 그 부동산 중개업자의 주소를 아십니까?"

"명함에는 이름하고 직업밖에 없었어요. '헤인스 존스, 경매인 겸 부동산 감정업'이라고 적혀 있었죠."

"인명록에 오를 만한 이름은 아니군요. 그리고 만약 그자가 정직한 사람이라면 자기 사무실 주소를 감추지 않았겠지요. 어쨌든 무슨 일이 생기면 바로 연락하세요. 내가 사건을 맡았으니 끝까지 조사해서 해결할 거라고 믿으셔도 됩니다."

홀을 지나갈 때, 무엇 하나 놓치는 법이 없는 홈즈의 눈이 구석에 놓인 트렁크와 쌓아 올린 상자 더미를 보고 반짝였다. 짐마다 어디에서 왔는지 표시해 주는 꼬리표가 붙어 있었다.

"밀라노에 루체른이라. 이탈리아에서 왔군요."

홈즈의 말을 듣고 매버리 부인이 대답했다.

"가엾은 더글러스의 물건이에요."

"아직 짐을 풀지 않으셨군요. 언제 도착했나요?"

"지난주에 왔어요."

"하지만 부인의 말에 따르면……, 뭐 이것이야말로 사라진 고리겠군요. 여기에 중요한 물건이 있는지 없는지 우리가 어떻게 알겠습니까?"

"그럴 리가 없어요, 홈즈 선생님. 더글러스는 월급과 약간의 연금밖에 받지 않았는걸요. 값나가는 물건이 있을 리가 없어요."

홈즈는 잠시 생각에 잠겼다가 매버리 부인에게 말했다.

"더는 미루지 마시고, 이 짐들을 당장 2층에 있는 부인의 침실로 옮기세요. 그리고 얼른 짐을 풀어서 안에 무엇이 있는지 살펴보세요. 내일 다시 와서 그 결과를 듣겠습니다."

그 집은 엄중하게 감시당하고 있는 듯했다. 오솔길에서 나와 높은 울타리를 돌아서니 그늘 아래에 흑인 권투 선수가 숨어 있었다. 우리는 그와 갑자기 마주쳤는데 그렇게 외진 곳에 있으니 스티브는 몹시 위험하고 음산해 보였다. 홈즈는 황급히 주머니에 한 손을 집어넣었다.

"홈즈 선생, 권총이라도 찾으쇼?"

"아니, 향수를 찾고 있네, 스티브."

"선생도 퍽 재미있는 사람이구먼."

"스티브, 나한테 쫓기면 그렇게 재미있지 않을 텐데. 오늘 아침에도 경고했네만."

"홈즈 선생, 그 일 말인데 그때부터 선생이 한 말을 생각해 봤소. 그 퍼킨스에 관한 일은 더 이상 말 섞고 싶지 않수다. 그 대신 내가 할 수 있는 일이라면 무엇이든 거들어 주겠소."

"흠, 그럼 이번 일 뒤에 누가 있는지 말해 주게."

"오, 주여! 오늘 아침에도 말했잖수? 난 아무것도 몰라요. 바니 형님이 시키는 대로 할 뿐이라고요."

"알겠네, 스티브. 그럼 한 가지 말해 둘 테니 꼭 기억해 두게. 이 집에 있는 부인은 물론이고 이 집의 물건까지 내가 보호하고 있다는 사실을 말이야."

"좋아요, 홈즈 선생. 절대 잊지 않겠소."

홈즈가 걷기 시작하면서 말했다.

"왓슨, 나는 저 녀석에게 잔뜩 겁을 줬네. 이제 배후에 누가 있는지 알게 된다면 단번에 불고 말 거야. 내가 스펜서 존슨 일당에 대해 알고 있었고, 스티브가 그중 하나라는 사실은 정말 큰 행운이었네. 그건 그렇고 왓슨, 이번 사건이라면 랭데일 파이크가 잘 알고 있을 테니 나는 지금부터 그를 만나러 가겠네. 내가 돌아올 때쯤이면 이번 사건의 실체가 좀 더 분명해질 걸세."

그날은 더 이상 홈즈를 만나지 못했다. 그러나 홈즈가 나머지 시간을 어떻게 보냈는지 상상하기는 그리 어렵지 않았다. 왜냐하면 랭데일 파이크는 사교계의 스캔들에 대해서라면 걸어 다니는 사전 같은 사람이었기 때문이다. 그 기이하고 나른한 사람은 침대에 누워 있을 때를 빼면 언제나 세인트제임스 가에 있는 클럽 창가에 앉아 시간을 보냈다. 그는 런던에서 일어나는 모든 스캔들의 발신국이자 수신국이었다. 들리는 소문에 따르면 그는 가십거리를 찾아 헤매는 대중들에게 딱 맞는 삼류 신문사에 원고를 넘기고 매주 수천 파운드나 벌어들인다고 했다. 탁해질 대로 탁해진 런던 밑바닥에서 어떤 소용돌이가 일어나면 표면에 있는 그 인간 계기판에 자동적으로 정확한 신호가 잡혔다. 홈즈는 랭데일 파이크에게 은밀히 정보를 제공했고 그에 대한 보답으로 가끔 그의 힘을 빌리고는 했다.

이튿날 아침 일찍, 나는 베이커 가에 있는 홈즈의 방으로 갔다. 친구의 태도를 보니 모든 일이 순조롭게 진행되고 있음을 알 수 있었다. 그런데 뜻밖에도 불쾌한 소식이 우리를 기다리고 있었다. 다음과 같은 전보가 도착한 것이었다.

바로 와 주시길. 어젯밤 매버리 부인 댁에 도둑이 들었음. 경찰이 수사하고 있음. ─ 수트로

홈즈가 획 하고 휘파람을 불었다.

"연극이 내 생각보다 더 빨리 절정을 향해 달려가고 있군. 어제 조사한 결과 대부분의 사실을 알아냈으니 그렇게 놀랍지도 않지만. 왓슨, 이사건 배후에는 커다란 원동력이 작용하고 있다네. 물론, 이 수트로라는 자는 매버리 부인의 변호사지. 안타깝지만 어젯밤에 자네에게 그 집에서 묵어 달라고 하지 않은 것은 내 실수였네. 이 변호사는 부러진 갈대처럼하나 도움이 안 되는 작자였어. 이렇게 된 이상, 다시 해로 월드로 가야겠네."

그곳은 어제와 전혀 다른 모습이었다. 그토록 조용하던 세 박공집 앞에는 한 무리의 구경꾼들이 모여 있었으며, 경찰관 둘은 창문과 제라늄화단을 열심히 살피고 있었다. 집으로 들어가니 머리가 희끗한 노신사가 다가와 자신이 변호사인 수트로라고 소개했다. 얼굴이 불그스름한경위도 황급히 다가왔다. 그는 홈즈와 잘 아는 사이인지 반갑게 인사를 나누었다.

"아, 홈즈 선생님. 이건 선생님의 손을 번거롭게 할 만한 사건은 아닙니다. 흔해 빠진 단순한 절도니까요. 무능한 경찰만으로도 해결할 수 있습니다. 선생님 같은 전문가가 나설 필요가 없어요."

"유능한 분이 이 사건을 맡으셨군요. 그런데 단순한 절도라고요?"

"그렇습니다. 범인이 누구고 어디에 있는지 알고 있으니 곧 잡을 수 있습니다. 덩치 큰 흑인이 끼어 있는 바니 스톡데일 일당이죠. 이 근처에서 녀석을 본 사람들이 있습니다."

"훌륭합니다! 그런데 놈들이 뭘 가지고 갔나요?"

"그렇게 대단한 물건은 아닙니다. 매버리 부인을 클로로포름으로 잠재우고 집은…… 아, 부인이 오신 모양이네요."

어제 만난 부인은 어린 하녀의 어깨에 의지해서 방으로 들어왔다. 얼굴은 창백했고 기운이 없었다. 그녀가 쓸쓸하게 웃으면서 홈즈에게 말했다.

"선생님, 좋은 충고를 해 주셨는데 제가 따르지를 않았어요! 수트로 씨를 귀찮게 할까 봐 혼자 있었답니다."

수트로 변호사도 말했다.

"저도 오늘 아침에야 부인에게 말씀을 들었습니다."

"아휴, 선생님이 집에 친구를 들이라고 충고하셨는데 제가 따르지 않아서 그 대가를 치른 거예요."

그때 홈즈가 말했다.

"부인, 얼굴이 아주 안 좋습니다. 어젯밤에 일어난 일도 말하기 어려우시겠군요."

그러자 경위는 두꺼운 수첩을 두드렸다.

"여기에 전부 적혀 있습니다."

"그래도 부인이 너무 피곤하지 않으시다면……."

"네, 저는 괜찮아요. 사실 별로 대단할 것도 없어요. 분명히 못돼 먹은 수잔이 길잡이 역할을 했을 거예요. 그러니 그자들이 그렇게 집 구조를 잘 알고 있었겠지요. 제가 침대에 누워 있을 때 누가 클로로포름을 적신 헝겊으로 입을 막았다는 것까지만 기억나요. 그러니 얼마나 오래 정신을 잃었는지도 모르겠어요. 하지만 정신을 차리고 보니 한 사람이 침대 옆에서 감시하고 있었고, 또 다른 사람은 아들의 짐에서 무엇인가를 꺼내 들고 일어났어요. 짐은 반쯤 풀어헤쳐진 채 주위에 어지럽게 널려 있었지요. 저는 그자가 도망치기 전에 벌떡 일어나서 달려들어 붙들었어요."

경위가 끼어들었다.

"정말 위험한 행동을 하셨습니다, 부인."

"그자는 저를 바로 뿌리쳤고 다른 녀석이 저를 때리는 바람에 다시 정신을 잃었어요. 그때 하녀 메리가 제 비명 소리를 듣고 잠에서 깨어나 창밖에 대고 소리를 질렀지요. 경찰이 바로 출동했지만 범인들은 이미 달아난 뒤였어요."

"그런데 무엇을 가져갔나요?"

"귀중한 물건은 아닐 거예요. 분명히 아들 트렁크에 귀중한 물건은 없었거든요."

"뭔가 단서가 될 만한 것은 없었나요?"

"제가 그자에게 달려들었을 때 찢긴 것인지는 모르겠는데 잔뜩 구겨진 종이 한 장이 바닥에 떨어져 있었어요. 거기에 적혀 있는 글씨는 아들의 필적이에요."

부인의 말이 끝나자 경위가 말했다.

"별로 중요한 물건이 아닐 겁니다. 만약 그걸 도둑이 썼다면……"

중간에 홈즈가 끼어들었다.

"그럴지도 모르겠네요. 상식적으로 그 말이 맞아요! 그래도 잠깐 보고 싶군요."

경위가 수첩 사이에서 접힌 종이를 꺼내며 자랑스럽게 말했다.

"저는 아무리 사소한 것도 놓치지 않습니다. 제가 홈즈 선생님에게 드리고 싶은 조언이 바로 이거죠. 25년 동안의 경험을 통해 배운 교훈이니까요. 지문 같은 것이 반드시 남아 있을 겁니다."

홈즈는 그 종이를 살펴보고 물었다.

"경위는 이게 뭐라고 생각합니까?"

"글쎄요. 이상야릇한 소설의 마지막 부분이 아닐까요?"

"그렇군요. 정말 이상야릇한 소설의 마지막 부분 같네요. 위에 '245'라는 번호가 쓰여 있습니다. 그렇다면 앞에 있던 244쪽에 이르는 부분은 다 어디로 갔을까요?"

"범인이 가져갔겠지요. 퍽이나 도움이 되겠습니다그려."

"겨우 이런 종이쪼가리를 훔치려고 남의 집에 침입했다니 이해할 수 없습니다. 경위가 보기에 여기에 무슨 의미가 있을 것 같습니까?"

"너무 서두르다가 근처에 있던 물건을 닥치는 대로 가져간 모양입니다. 나중에 자기들이 뭘 훔쳤는지 보고 그거나마 재미있게 읽었으면 좋겠군요."

그때 매버리 부인이 고개를 갸웃거리며 말했다.

"어째서 아들의 유품에 손을 댔을까요?"

경위가 대답했다.

"그건 말입니다, 범인들은 아래층에 마음에 드는 물건이 없어서 2층으로 올라왔을 겁니다. 그런데 저 트렁크가 눈에 들어온 거죠. 저는 그렇게 생각합니다. 어떻습니까, 홈즈 선생님?"

"글쎄, 잘 생각해 봐야겠습니다. 왓슨, 창가로 가 보세."

홈즈는 창가에 가서 그 종이에 적힌 내용을 소리 내서 읽었다. 문장은 중간에서 시작되었다.

　　…… 베이고 맞아서 얼굴은 피투성이가 되었다. 그러나 남자가 받은 마음의 상처에 비하면 아무것도 아니었다. 자신의 목숨을 바쳐도 상관없다고 생각하던 그 아름다운 얼굴이 그가 받은 고통과 수치를 차갑게 내려다보고 있는 모습을 보았을 때 그는 절망했다. 그녀는 미소 지었다. 아, 맙소사! 그가 올려다보자 그녀는 냉혹한 악마처럼 미소 지었다. 그 순간 그토록 깊었던 애정이 죽고 증오가 태어났다. 남자라는 생물은 어떤 목적이 있어야만 살 수 있다. 내 여자여, 이제 내 목표는 당신의 포옹이 아니라 당신의 파멸과 완벽한 복수가 될 것이오.

홈즈는 경위에게 종이를 건네주며 미소 지었다.

"참 이상한 글입니다! 처음에는 주어가 '남자'라고 되어 있었는데 나중에는 갑자기 '나'로 바뀌었어요. 아마도 글쓴이는 이 소설을 쓰는 동안 자기 이야기에 너무 푹 빠진 나머지 자신을 주인공이라고 착각한 모양입니다."

그러자 경위는 종이를 수첩 사이에 끼우며 말했다.

"글재주가 영 엉망입니다. 아니, 홈즈 선생님, 벌써 돌아가시려고요?"

홈즈는 고개를 끄덕였다.

"네, 당신처럼 유능한 경위가 사건을 맡았으니 내가 끼어들 필요도 없지 않겠습니까? 그런데 매버리 부인, 어제 부인은 외국 여행을 하고 싶다고 하셨지요?"

"네, 그렇게 말했어요. 예전부터 늘 꾸던 꿈이랍니다."

"어디를 가 보고 싶으신가요? 카이로, 마데이라, 리비에라 같은 지중해 부근이 좋으신가요?"

"글쎄요. 돈만 있다면 전 세계를 돌아다니고 싶어요."

"그렇군요. 세계 일주라. 그 꿈이 이루어졌으면 좋겠습니다. 그럼 이만 실례하겠습니다. 저녁 때 연락할지도 모르겠습니다."

거실 창 아래를 지날 때 경위가 빙글빙글 웃으며 고개를 절레절레 흔드는 것이 보였다. 그 얼굴이 마치 '머리 좋은 사람들은 어쩌 괴상한 데가 있다니까.'라고 하는 것 같았다.

시끄러운 런던 한복판으로 돌아왔을 때 홈즈가 입을 열었다.

"자, 왓슨, 이제 얼마 남지 않았네. 문제를 단숨에 해결하는 편이 좋겠어. 이번에는 자네도 함께 가 주었으면 좋겠네. 이사도라 클라인이라는 숙녀를 상대할 때는 곁에 증인이 있는 편이 안전하니까."

우리는 마차를 타고 그로브너 광장에 있는 어느 집으로 달려갔다. 마차 안에서 홈즈는 무엇인가 깊이 생각하다가 갑자기 자세를 바로잡았다.

"왓슨, 이제 자네도 다 알고 있겠지?"

"아니, 그렇지는 않네. 지금 우리가 사건을 뒤에서 조종하고 있는 어떤 여자에게 간다는 사실은 알지만."

"바로 그거야! 하지만 이사도라 클라인이라는 이름을 듣고 떠오르는 게 없나? 물론 그녀는 엄청난 미인이지. 어깨를 나란히 할 만한 여자가 없어. 그녀는 순수한 에스파냐 혈통인데, 위대한 정복자라 불리는 16세기 남아메리카 정복자들의 피를 물려받았네. 그 집안사람들은 몇 대에 걸쳐서 브라질 페르남부쿠 주를 지배했다고 해. 예전에 설탕왕이라 불리던 독일의 늙다리 클라인과 결혼했지만 곧 남편이 죽자 세상에서 가장 아름답고 부유한 미망인이 되었네. 그 다음부터는 마음 내키는 대로 불장난을 즐기며 살았지.

그녀에게는 남자 친구가 여럿 있었는데 런던에서 가장 매력적인 남자로 손꼽히던 더글러스 매버리도 그중 하나였어. 많은 이들이 그 관계를 가리켜서 단순한 불장난 그 이상이었다고 하더군. 더글러스 매버리는 사교계에 흔한 천박한 바람둥이가 아니라 자신의 모든 것을 바치는 대신 상대에게도 그것을 기대하는 강하고 자부심 넘치는 남자였네. 하지만 이사도라는 소설에서 흔히 볼 수 있는 '차가운 미녀'였어. 싫증이 나면 사랑도 끝났지. 그런데도 상대방이 포기하지 않으면 어떻게 해야 하는지 참으로 잘 알고 있어."

"그렇다면 그 소설은 더글러스 매버리가 자신의 이야기를……."

"맞아, 자네도 드디어 눈치챘구먼. 소문을 듣자 하니 이사도라 클라인은 머지않아 자기 아들뻘 되는 젊은 로먼드 공작과 결혼할 예정이라고 하네. 나이 차이가 많이 나는 것뿐이라면 공작 각하의 모친이 그나마 눈 감아 줄지도 모르네만 큰 스캔들이 터지면 이야기가 달라지거든. 그래서 그녀는 무슨 일이 있어도……. 아, 여기일세."

훌륭한 저택들이 늘어서 있는 웨스트엔드에서도 가장 멋진 집이었다. 현관에서 기계 같은 하인이 명함을 받고 안으로 들어갔으나 주인마님이 집에 없다는 대답을 가지고 돌아왔다. 홈즈는 싫은 기색 하나 없이 말했다.

"그럼 돌아오실 때까지 기다리겠네."

그러자 하인 기계가 고장을 일으켰다.

"마님이 집에 안 계신다는 말씀은 두 신사분들에게만 그렇다는 뜻입니다."

"그것 잘 됐군. 그렇다면 기다리지 않아도 되겠어."

홈즈는 수첩을 찢어 서너 단어를 적더니 고이 접어서 하인에게 건넸다.

"미안하지만 이것을 마님께 전해 드리게."

내가 물었다.

"뭐라고 썼나?"

"별거 없어. '그럼 경찰을 부를까요?'라고 썼을 뿐이야. 이제 곧 안에 들어갈 수 있을 걸세."

홈즈의 말은 틀리지 않았다. 게다가 그 효과는 실로 놀라웠다. 1분 뒤, 우리는 마치 《아라비안나이트》에 나올 것 같은 크고 훌륭한 응접실로 안내되었다. 여기저기에 분홍빛 전등이 켜져 있었으나 그다지 밝지 않았다. 아무리 아름답고 자부심 강한 부인이라도 결국에는 나이를 속이지 못하고 어두운 조명을 선호하는 시기를 맞이했구나 싶었다. 우리가 안으로 들어가자 그 집의 주인마님이 소파에서 일어났다. 큰 키에 여왕처럼 완벽한 태도, 아름다운 가면 같은 얼굴을 자랑하는 에스파냐 혈통의 미녀는 아름다운 눈으로 우리를 쏘아붙이듯 노려보았다. 그러더니 종이를 든 채 따지듯이 말했다.

"이렇게 무례한 방문이며 이 쪽지는 다 뭔가요?"

"부인, 굳이 설명하지 않겠습니다. 부인의 훌륭한 지성을 몹시 존경하고 있거든요. 다만 요즘에는 부인의 판단력이 흐려진 것 같습니다."

"대체 무슨 말씀이신지?"

"예를 들어서 건달 같은 녀석을 보내면 내가 겁먹고 사건에서 손을 뗄 거라고 생각하신 점 말입니다. 위험을 두려워한다면 이런 직업을 고르지도 않았을 겁니다. 그러니 부인이야말로 내가 매버리 부인의 사건을 맡도록 마음먹게 한 장본인입니다."

"도대체 무슨 말씀이신지 모르겠네요. 제가 건달에게 무슨 부탁을 했다는 거죠?"

홈즈가 피곤하다는 듯이 고개를 돌렸다.

"이런, 제가 부인의 지성을 잘못 판단했나 봅니다. 그럼, 안녕히 계십시오."

"잠깐 기다리세요! 어디로 가시는 거죠?"

"런던경찰국입니다."

우리가 문으로 반도 가기 전에 그녀가 따라 와서 홈즈의 팔을 잡았다. 부인은 한순간에 차가운 강철에서 부드러운 벨벳으로 뒤바뀌어 있었다.

"신사분들, 이쪽으로 와서 앉으세요. 차분하게 이야기를 나누자고요. 선생님에게라면 모든 사실을 말할 수 있을 것 같아요. 선생님은 신사의 감정을 갖고 계시니까요. 여자의 본능으로 그 정도는 쉽게 알 수 있어요. 이제부터 선생님을 친구처럼 대할게요."

"부인, 나는 아직 당신의 친구가 될 수 있을지 약속할 수 없습니다. 비록 경찰은 아니지만 내 힘이 닿는 한 정의의 편에 서고 싶으니까요. 어쨌든 이야기를 듣고 나서 어떻게 할지 결정하겠습니다."

"당신처럼 남자답고 용감한 분을 협박하려 했다니 제가 정말 어리석었어요."

"아니요. 진짜 어리석은 짓은 나를 협박하려 한 것이 아니라 나중에 협박하거나 배신할지도 모를 녀석들에게 부인 자신을 내맡긴 것입니다."

"아니, 그렇지 않아요! 저도 그렇게 호락호락한 여자는 아니에요. 전부 말씀드리겠다고 약속했으니 그렇게 할게요. 바니 스톡데일과 그 아내인 수잔 말고는 누가 자기들을 고용했는지 아무도 몰라요. 그 부부라면 조금도 걱정할 것 없어요. 이번이 처음도 아니고……."

그녀가 고개를 끄덕이면서 요염하고 매력이 넘치는 웃음을 흘렸다.

"알겠습니다. 예전에도 그 부부를 이용하셨단 말이로군요?"

"그들은 짖지 않고 달리는 착한 사냥개랍니다."

"그런 사냥개는 밥을 주는 자기 주인의 손을 무는 법입니다. 그 부부는 이번 절도 때문에 곧 잡힐 겁니다. 경찰에서 쫓고 있으니까요."

"그 정도는 감수할 거예요. 그럴 경우까지 계산해서 돈을 받고 있으니까요. 제 이름이 새어 나가는 일은 없을 겁니다."

"나만 입을 다문다면요."

"어머, 선생님은 신사잖아요. 여자의 비밀을 폭로할 분이 아니에요."

"우선 원고부터 돌려주시죠."

부인은 깔깔거리더니 난로 쪽으로 걸어가 부지깽이로 잿더미를 건드려 흩뜨렸다.

"이거라도 돌려드릴까요?"

우리 앞에 서서 도전적인 미소를 지어 보인 그녀는 매우 짓궂고 몹시도 아름다워서 나는 홈즈가 지금까지 상대한 범죄자들 중에서도 가장 까다로운 적수라고 생각했다. 그러나 내 친구는 감정에 휘둘리는 사람이 아니었다. 그가 차갑게 말했다.

"부인은 스스로 자기 운명을 결정하고 말았군요. 당신은 매우 빨리 움직였지만 이번에는 정도가 지나쳤습니다."

그러자 그녀는 갑자기 태도를 바꾸어 부지깽이를 힘껏 내던졌다.

"정말 목석같은 분이시네요. 사실을 전부 말씀드릴까요?"

"아니요, 필요 없습니다. 나도 잘 알고 있으니까요. 내가 직접 말할 수 있을 만큼."

"하지만 홈즈 선생님, 제 입장도 생각해 주세요. 평생 동안 간직한 소망을 이루기 직전에 그것이 깨져 버릴 위기에 처한 여자의 마음도 헤아려 주셔야지요. 그런 상황에서 스스로를 지키는 것이 그렇게 잘못되었나요?"

"근본을 따져 보면 잘못은 부인에게 있습니다."

"네, 네! 좋아요. 그건 인정하죠. 그는 귀여운 청년이었어요. 하지만 제 계획과는 맞지 않았죠. 더글러스는 저와 결혼할 생각이었어요. 결혼 말이에요. 신분도 낮은 가난뱅이와 결혼한다니. 그는 오직 결혼 생각밖에 없었고 나중에는 정말 끈질기게 굴었어요. 언제나 자기가 받기만 하니까 앞으로도 계속 받아야겠다고 생각했나 봐요. 그것도 자기 혼자만 받아야 한다고요. 더는 참을 수가 없었어요. 그래서 저는 그가 제 마음을 깨닫도록 해 주었답니다."

"건달을 시켜서 이 집 창문 아래에서 그를 폭행한 것 말입니까?"

"다 알고 계시는군요. 맞아요. 바니가 부하들을 데리고 와서 쫓아냈는데 좀 지나친 감이 있었어요. 하지만 그 사람이 무슨 짓을 했는지 아세요? 그게 신사라 불리는 사람이 할 짓이라고 생각하시나요? 그 사람은 우리 사이에 일어난 일을 전부 소설로 썼어요. 물론 저는 나쁜 늑대였고 그 사람 본인은 착한 양으로 묘사했죠. 주인공의 이름은 달랐지만 런던 사람들은 모두 누가 누구인지 알았을 거예요. 홈즈 선생님, 그런 짓을 해도 된다고 생각하시나요?"

"그건 잘 모르겠지만 글을 쓰는 건 본인의 자유입니다."

"그 사람의 핏줄에 이탈리아의 공기가 스며들더니 옛 이탈리아인의 잔혹한 정신까지 같이 섞여 들어갔나 봐요. 그 사람은 나에게 편지와 함께 소설 원고 사본을 보냈어요. 제가 앞날을 상상하면서 괴로워하라고 말이에요. 그 사람의 편지를 보니 원고는 두 부가 있는데 하나는 제게 보냈고 나머지 하나는 출판사에 보낼 예정이라고 하더군요."

"더글러스가 아직 원고를 출판사에 보내지 않았다는 사실을 어떻게 알았습니까?"

"저는 그 사람이 어느 출판사에 보낼지 알고 있었어요. 그 사람이 소설을 쓴 게 이번이 처음은 아니니까요. 그래서 출판사에 알아봤더니 아직 받은 것이 없다고 했어요. 그런데 더글러스가 갑자기 세상을 떠났습니다. 하지만 그 원고가 이 세상에 있는 한 저는 안심할 수가 없었지요. 물론 그 원고는 다른 유품에 섞여 있을 테고 그 어머니에게 보내질 것이 틀림없었어요. 그래서 저는 갱단에게 명령했습니다. 그중 한 명이 하녀가 되어 그 집에 들어가 상황을 살폈어요. 하지만 저는 정직한 방법으로 조용히 그 원고를 손에 넣으려고 했어요. 정말로 그런 마음이었고 실제로도 그렇게 행동했습니다. 그 집을 가재도구까지 한꺼번에 사들이려 했죠. 그 어머니가 얼마를 부르든지 다 주고 사려고 했다고요. 그런데 그 계획이 엉망이 되어 버렸고 어쩔 수 없이 비상수단을 쓸 수밖에 없었어요. 홈즈 선생님, 물론 더글러스에게는 몹쓸 짓을 했어요. 정말이지 너무 지나쳤어요. 제가 얼마나 미안해하고 있는지 하늘은 알 거예요. 하지만 제 행복이 위협받고 있는데 다른 방법이 뭐가 있었겠어요?"

홈즈가 어깨를 으쓱하고는 말했다.

"그렇군요. 이번에도 큰 죄를 그냥 눈감아 줄 수밖에요. 그런데 이동 수단이며 호텔까지 모두 최상급으로 해서 세계를 일주하려면 비용은 어느 정도나 들까요?"

부인은 눈을 둥그렇게 뜨고 홈즈의 얼굴을 쳐다보았다.

"5,000파운드 정도면 되지 않겠습니까, 부인?"

"아마 그럴 거예요. 네, 맞아요."

"좋습니다. 그럼 5,000파운드짜리 수표를 써서 주시면 내가 매버리 부인에게 전하겠습니다. 당신이 한 짓을 생각해 보면 매버리 부인에게 그 정도의 기분 전환은 해 드려야 하니까요. 그리고."

홈즈가 주의를 주듯 검지를 흔들었다.

"조심, 또 조심하세요! 그렇게 계속 날카로운 칼을 가지고 놀다가는 언젠가 부인의 아름다운 손에 상처를 입고 말 테니까요."

21 서식스의 흡혈귀

21
서식스의 흡혈귀

홈즈는 우체부가 마지막으로 배달해 준 편지 한 통을 주의 깊게 읽었다. 마침내 그로서는 웃음과 가장 가까운 메마른 미소를 짓더니 그 편지를 내게 건네주었다.

"현대와 중세, 현실과 상상 속의 사실을 뒤섞어 놓은 것 중에서 이것보다 더 뛰어난 걸작은 없을 걸세. 자네 생각은 어떤가, 왓슨?"

편지 내용은 다음과 같았다.

올드 주리 46번지,

11월 19일

흡혈귀에 관하여

선생님

우리 사무소 거래처인, 민싱 거리에 있는 차 중매업자 퍼거슨 앤 무어헤드 상회의 로버트 퍼거슨 씨가 위와 같은 날짜에 흡혈귀에 대해 문의했습니다. 아시다시피 우리 사무소는 기계 가격에 대한 감정을 전문으로 하고 있으므로 그러한 문제는 다루지 않습니다. 이에 퍼거슨 씨에게 선생님을 찾아가 상의하도록 권했습니다. 우리는 지난 해 마틸다 브릭스 사건을 훌륭하게 해결하신 선생님의 솜씨를 아주 높이 평가하고 있습니다.

모리슨, 모리슨, 앤 도드 사무소
대표 E. J. C.

홈즈가 추억에 푹 잠긴 목소리로 말했다.

"마틸다 브릭스는 젊은 여자의 이름이 아니야. 수마트라 섬의 커다란 쥐와 관계있던 배의 이름일세. 아직 세상에 알리기에는 너무 이르지만. 그건 그렇고 우리도 역시 흡혈귀에 대해서 아

는 게 없는데. 그것도 우리가 다루는 영역에 속할까? 집에 처박혀 있는 것보다야 낫겠지만 그림 형제의 동화 세상으로 끌려들어가는 것 같구먼. 왓슨, 잠깐 손을 뻗어 주겠나? 'V' 항목에 어떤 내용이 적혀 있는지 봐야겠어."

나는 뒤로 몸을 젖혀 홈즈가 집

어 달라고 한 크고 두꺼운 색인집을 꺼냈다. 홈즈는 그것을 무릎 위에 펼치더니 오래된 사건 기록들을 천천히, 그리워하는 듯한 눈빛으로 읽어 나갔다. 거기에는 홈즈가 평생 동안 모은 여러 정보들도 섞여 있었다. 그가 항목을 읽었다.

"〈글로리아 스콧 호〉. 정말 고약한 사건이었지. 왓슨, 완성도는 썩 좋지 않았지만 자네도 이 사건을 기록했던 것이 떠오르네. 〈위조범 빅터 린치〉, 〈독이 있는 커다란 도마뱀〉, 이건 보기 드문 사건이었어! 〈서커스단의 미인 빅토리아〉, 〈반더빌트와 금고털이〉, 〈살모사〉, 〈해머스미스의 불가사의 비거〉. 아, 정말 대단한 색인집이야! 자네도 인정할 수밖에 없을 걸세. 왓슨, 잘 듣게. 〈헝가리의 흡혈귀〉, 그리고 〈트란실바니아의 흡혈귀〉도 있네."

홈즈는 열심히 페이지를 넘겼다. 그러고는 잠시 입을 다문 채 그것들을 읽다가 아주 실망했는지 탄식하면서 색인집을 집어던졌다.

"쓰레기야, 왓슨, 쓰레기라고! 시체 심장에 말뚝을 박아 두지 않으면 한밤중에 무덤 밖으로 나와 돌아다닌다는 흡혈귀가 우리와 무슨 상관이 있겠나! 다 허튼 소리지."

"하지만 흡혈귀라고 해서 꼭 죽은 사람이라는 법은 없어. 살아 있는 사람 중에서도 그런 습성을 가진 사람이 있다네. 나도 어디에서 노인이 젊음을 되찾으려고 아이들의 피를 마셨다는 이야기를 읽은 적이 있어."

"맞아, 왓슨. 그런 일도 있을 수 있겠군. 이 색인집에도 그 전설이 있으니까. 하지만 그런 이야기를 우리가 정말로 받아들여도 될까? 우리는 지금까지 현실 세계에 굳건히 발붙인 채 일했고 앞으로도 그렇게 해야 해. 세상에는 우리가 할 일이 많아. 그런데 유령까지 상대할 수는 없지 않겠나? 로버트 퍼거슨 씨의 의뢰를 진지하게 받아들일 마음은 없네.

그런데 이 편지는 퍼거슨 씨 본인이 직접 보낸 것 같은데? 읽어 보면 무슨 일로 고민을 하는지 진짜 이유를 알 수 있을지 모르네."

홈즈가 아까 사무소에서 온 첫 번째 편지에 신경을 빼앗긴 나머지 완전히 잊고 있던 두 번째 편지를 집었다. 처음에는 아주 재미있다는 듯이 빙글빙글 웃으며 읽었지만 점점 웃음기가 사라지더니 나중에는 아주 신중한 표정으로 열심히 읽었다. 다 읽고 나서 한동안 그 편지를 손에 든 채 깊은 생각에 빠져 있던 그는 이윽고 꿈에서 깨어난 듯이 정신을 차리고 말했다.

"왓슨, 램벌리가 어디더라? 램벌리의 치즈맨 가라고 하는데?"

"그건 서식스 주야. 호샴 남쪽이지."

"별로 멀지는 않군. 치즈맨 저택은?"

"홈즈, 그 부근에 대해서는 내가 잘 알고 있네. 오래된 집이 많은 곳이야. 거기 저택의 이름들은 수백 년 전에 그 집을 지은 사람들의 이름을 따서 지어졌네. 오들리 저택, 하비 저택, 캐리턴 저택 하는 식으로 말이야. 사람들에게는 잊혔지만 이름만은 집과 함께 남아 있지."

"맞아."

홈즈가 쌀쌀맞게 말했다. 새로운 지식은 머릿속에 곧장 깊이 쌓아 두면서도 자부심이 강하고 지기 싫어하는 성격 때문에 그 지식을 제공한 사람에게는 좀처럼 그런 척을 하지 않았다.

"어쨌든 램벌리 치즈맨 저택에 대해서는 곧 자세히 알게 될 걸세. 이 편지는 역시 로버트 퍼거슨 씨가 보낸 거야. 그런데 이 사람은 자네를 안다고 하는군."

"나를?"

"읽어 보게."

홈즈는 이렇게 말하면서 편지를 건네주었다. 맨 위에는 앞서 말한 주소가 인쇄되어 있었다.

셜록 홈즈 선생님

제 고문 변호사에게 선생님을 소개받아 편지를 쓰고 있습니다만 문제가 워낙 미묘해서 어디서부터 말씀드려야 할지 모르겠습니다. 제 친구에게 일어난 일입니다. 그는 5년 전에 잘산염을 수입하다가 어느 페루 상인을 알게 되어서 그 딸과 결혼했습니다. 이 여성은 매우 아름답지만 외국에서 태어났고, 또 종교도 달라서 부부 사이에는 취미나 감정에 엇갈림이 생겼습니다. 그래서 결혼한 지 얼마 지나지 않아 아내에 대한 친구의 애정이 식어 갔고 이 결혼을 후회하는 것 같습니다. 친구는 아내의 성격 중에 도저히 알 수도, 이해할 수도 없는 것이 있음을 깨달았습니다. 그 부인이 누구보다 애정이 넘치고 모든 일에 헌신하는 여성이기 때문에 더욱 가슴 아팠습니다.

이에 관한 이야기는 직접 뵙고 자세히 말씀드리겠습니다. 이 편지는 그저 간단하게 상황을 알려서 선생님이 이번 사건을 맡아 주실지 여쭙고자 쓰는 것이니까요. 부인은 언제나 다정하고 조용한 사람이었는데 요즘 들어 이상해졌습니다. 친구에게는 두 번째 결혼이었고, 전처가 낳은 아들이 하나 있습니다. 그 아이는 올해 열다섯 살이 되었는데 가엾게도 어렸을 때 사고를 당해 불구가 되었지만 사랑스럽고 다정한 아이입니다. 그런데 새 부인이 이유도 없이 그 아들을 때리는 모습이 두 번이나 목격되었습니다. 한번은 지팡이로 때려서 소년의 팔에 크고 붉은 멍이 생기기도 했습니다.

하지만 이것도 태어난 지 1년도 되지 않은 자기 아이에게 한 짓에 비하면 나은 편입니다. 한 달 전, 유모가 아기 곁을 잠깐 비웠을 때 갑자기 아기가 자지러지게 울었습니다. 유모가 깜짝 놀라 달려갔더니 부인이 아기 위를 덮치듯이 몸을 숙이고 목 부근을 물고 있었다고 합니다. 자세히 보니 아기 목에 조그만 상처가 있고 거기서 피까지 흐르고 있었습니다. 유모는 놀라 주인을 부르려 했으나 부인이 그러지 말라고 애원하면서 입을 막기 위해 5파운드나 주었습니다. 결국 아무 설명도 없이 그 사건은 그렇게 마무리되었다고 합니다.

하지만 그 일은 유모에게 끔찍한 기억으로 남았습니다. 그때부터 부인을 경계했고 사랑스러운 아기에게서 한시도 눈을 떼지 않았습니다. 그동안 부인도 유모를 지켜본 모양입니다. 유모가 잠시라도 자리를 비우면 부인이 기다렸다는 듯이 아기에게 달려드는 것만 같았습니다. 유모는 밤이고 낮이고 아기를 지켰고 부인도 새끼 양을 노리는 늑대처럼 빈틈을 노리고 있는 듯싶었습니다. 선생님은 믿을 수 없겠지만 실제로 아기의 생명이 달린 문제이니 깊이 생각해 주셨으면 합니다.

이런 날들이 계속되다가 드디어 제 친구에게 더는 숨길 수 없는 일이 벌어지고 말았습니다. 유모도 더 이상 입을 다물고 있을 수 없었으므로 모든 사실을 주인에게 이야기하고 말았습니다. 주인인 제 친구는 그런 말을  듣고도 그저 웃어넘기기만 했습니다. 이 편지를 읽고 계실 선생님이 믿지 못하는 것과 마찬가지로요. 하물며 부인은 사랑이 넘치는 아내였고, 의붓아들을 때린 것 외에 평소에는 다정한 어머니로 보였습니다. 그런 여자가 어떻게 자기 아이에게 상처를 입힐 수 있을까요? 친구는 유모를 나무랐습니다. 꿈이라도 꾸는 것이 아니냐고, 부인을 그렇게 의심하는 것이 더 이상하다고, 앞으로도 그런 험담을 하면 그냥두지 않겠다고 했습니다. 둘이 그런 이야기를 나누고 있는데 아기의 요란한 울음소리가 들렸습니다. 유모와 친구는 서둘러 아기 방으로 달려갔습니다. 홈즈 선생님, 부인이 요람 옆에 무릎을 꿇고 앉아 있다가 일어났습니다. 그런데 아기의 목에서 피가 흘러 시트를 새빨갛게 물들이는 것을 보고 그 친구의 마음이 어땠을지 상상해 보십시오! 그는 공포의 비명을 지르며 아기에게 달려가서 부인의 얼굴을 밝은 쪽으로 돌려 보았는데 부인의 입가에도 피가 잔뜩 묻어 있었습니다. 의심의 여지도 없이 부인이 아기의 피를 빤 것이었습니다.

사건의 경위는 대략 이렇습니다. 부인은 지금 변명 한 마디 없이 자기 방에 틀어박혀 있습니다. 친구는 반쯤 정신이 나간 사람처럼 고통스러워하고 있고요. 친구와 저는 흡혈귀 전설에 대해서 잘 모릅니다. 어딘가 먼 나라의 동화 같은 이야기라고만 생각했는데 영국 서식스 주 한복판에서 이런 일이 일어날 줄이야……

자세한 내용은 내일 아침에 말씀드리겠습니다. 저를 만나 주시겠습니까? 반쯤 정신이 나간 제 친구를 돕는 데 선생님의 힘을 빌려 주시기 바랍니다. 다행스럽게도 이번 일을 맡아 주시겠다면 램벌리 치즈맨 저택의 로버트 퍼거슨 앞으로 전보를 보내 주십시오. 그러면 내일 아침 10시까지 제가 찾아가겠습니다.

로버트 퍼거슨

추신. 선생님의 친구인 왓슨 씨를 알고 있습니다. 그가 블랙히스에서 럭비 선수로 있을 때 저는 리치먼드에서 스리쿼터백이었습니다. 선생님과의 개인적인 친분은 이 정도입니다.

나는 편지를 내려놓았다.

"나도 기억하고 있어. 빅 밥 퍼거슨이라고 리치먼드 팀에서 가장 뛰어난 선수였지. 성품도 좋았고. 친구를 이렇게 걱정해 주다니 역시 퍼거슨다워."

홈즈는 깊은 생각에 잠긴 채 나를 쳐다보다가 고개를 저었다.

"왓슨, 자네의 끝을 모르겠군. 난 아직도 자네에 대해 모르는 점이 많아. 그럼 이제 착한 친구답게 전보를 한 통 쓰게. '귀하의 사건을 기꺼이 맡겠습니다.'라고."

"귀하의 사건이라고?"

"그 사람이 우리 사무소를 마음 약한 사람들의 쉼터라고 생각하게 하면 안 돼. 당연히 이건 퍼거슨의 사건일세. 그 전보를 치고 일단 내일 아침까지는 잊어버리자고."

이튿날 아침 정각 10시에 퍼거슨이 불쑥 방으로 들어왔다. 내가 기억하고 있는 퍼거슨은 키가 크고 몸이 유연하며 속도가 무척 빨라서 상대 수비수들을 끊임없이 괴롭히던 선수였다. 전성기 때 보던 튼튼한 운동선수가 나이 든 모습을 보는 것만큼 가슴 아픈 일도 없으리라. 예전의 우람하던 모습은 사라졌고, 멋진 금발도 벌써 숱이 별로 없었으며, 등도 구부정했다. 퍼거슨도 나를 보면서 같은 느낌이 들었을 것이다.

"이보게, 왓슨."

그래도 퍼거슨의 목소리는 예전처럼 크고 활기찼다.

"올드 디어 파크에서 자네를 번쩍 들어서 밧줄 너머 관중석 쪽으로 내던진 적이 있었네만 그때의 모습은 찾아볼 수가 없군. 나도 꽤나 변했겠지만. 특히 지난 며칠 동안 갑자기 늙어 버렸다네. 홈즈 선생님, 선생님이 보내신 전보를 보고 친구의 대리인인 척해도 소용없다는 사실을 알았습니다."

"본인과 직접 만나 해결하는 편이 좋지요."

"그야 옳은 말씀입니다. 하지만 자신이 도와주고 지켜야 할 여자에 대해서 이야기하는 것이 얼마나 괴로운지 이해해 주십시오. 저는 어떻게 하면 좋겠습니까? 이런 황당한 일을 경찰에게 털어놓을 수는 없습니다. 그렇다고 해서 아이들을 그냥 내버려 둘 수도 없고요. 아내의 정신이 이상해진 걸까요? 집안 내력과 관계있는 문제일까요? 홈즈 선생

님, 비슷한 사건을 맡으신 적이 있습니까? 저는 어떻게 해야 좋을지 모르겠습니다. 제발 좀 도와주십시오."

"퍼거슨 씨, 당연히 그럴 겁니다. 여기에 앉아서 마음을 가라앉히고 내가 묻는 말에 또박또박 대답해 주세요. 나는 어떻게 해야 좋을지 몰라 당황하지도 않고 이 문제를 반드시 해결할 수 있다고 믿으니까요. 가장 먼저, 퍼거슨 씨가 어떻게 행동했는지 궁금합니다. 부인은 지금도 아이들 곁에 있습니까?"

"지금 생각해도 소름이 끼칩니다. 선생님, 아내는 마음씨가 무척 고운 여자입니다. 그리고 어떤 여자보다 더 깊이 저를 사랑하고 있지요. 그런데 그 섬뜩하고 믿을 수 없는 비밀의 현장을 들킨 다음부터는 슬픔에 잠겨 거의 제정신이 아닙니다. 아내는 그 일에 대해서 변명 한 마디 하지 않습니다. 제가 다그쳐도 절망과 광기어린 눈빛으로 저를 빤히 바라보기만 하고 아무 말도 없었습니다. 그리고 자기 방으로 들어가 안에서 문을 잠가 버렸고 그때부터 저를 피하고 있습니다. 아내에게는 결혼 전부터 데리고 있던 돌로레스라는 하녀가 있는데, 하녀라기보다는 친구에 더 가깝습니다. 그 돌로레스가 아내에게 음식을 날라 주고 있지요."

"그렇다면 지금 아이들이 위험하지는 않겠군요?"

"유모인 메이슨 부인이 밤낮으로 눈을 떼지 않겠다고 맹세했습니다. 유모는 믿을 수 있어요. 그것보다 아들인 잭이 걱정됩니다. 편지에서 썼듯이 새엄마한테 벌써 두 번이나 맞았으니까요."

"상처를 입을 정도는 아니었지요?"

"네. 그렇지만 아주 모질게 때렸습니다. 남에게 못되게 굴지도 않고 몸이 불편한 아이라 더 가엾습니다."

그 아이의 이야기를 할 때 수척해진 퍼거슨의 얼굴이 훨씬 부드러워졌다.

"아이의 불편한 몸을 보면 누구나 가엾다는 생각이 들 겁니다. 어렸을 때 높은 곳에서 떨어져서 등뼈가 휘었지요. 그래도 아주 사랑스럽고 착한 아이랍니다."

홈즈가 어제 받은 편지를 꺼내 다시 읽었다.

"집안에 다른 사람들은 없습니까?"

"하인이 둘 있습니다. 모두 얼마 전에 고용한 사람들입니다. 마이클이라는 마부가 있는데 이 사람도 집 안에서 잡니다. 그리고 아내와 저, 아들 잭과 갓난아기, 돌로레스, 메이슨 부인이 있습니다. 우리 집에 사는 사람들은 이게 전부입니다."

"결혼할 때는 아직 부인의 성격을 잘 몰랐던 모양입니다."

"네, 만나고 나서 몇 주 만에 결혼했으니까요."

"돌로레스라는 하녀가 부인의 시중을 든 지는 얼마나 됐습니까?"

"족히 몇 년은 됩니다."

"그렇다면 부인의 성격은 퍼거슨 씨보다는 돌로레스가 더 잘 알고 있겠군요?"

"뭐, 그렇다고 할 수도 있습니다."

홈즈는 수첩에 뭔가를 적었다.

"여기보다 일단 램벌리로 가는 편이 낫겠습니다. 분명히 사립 탐정이 조사하기에 알맞은 사건입니다. 부인이 방에만 있다면 내가 찾아가도 폐가 되지는 않겠지요. 물론 밤에는 여관에서 묵을 겁니다."

퍼거슨이 안도의 한숨을 내쉬었다.

"선생님, 그렇게만 해 주신다면 정말 감사하겠습니다. 마침 빅토리아역에서 2시에 출발하는 특급 열차가 있습니다."

"마침 요즘에는 한가해서 이번 사건에 매달릴 수 있습니다. 틀림없이 왓슨도 같이 갈 겁니다. 그런데 출발하기에 앞서 미리 확인하고 싶은 사실이 한두 가지 있습니다. 부인이 자기 친자식과 의붓아들 모두에게 난폭한 행동을 했다고요?"

"그렇습니다."

"하지만 그 방법은 달랐습니다. 그렇지요? 부인은 의붓아들을 때렸습니다."

"한 번은 지팡이로, 또 한 번은 손으로 심하게 때렸습니다."

"그 이유는 뭐라고 했습니까?"

"그 애가 싫다는 말밖에는 안 했습니다. 계속 그 말만 되풀이했지요."

"계모에게 드문 현상은 아닙니다. 세상을 떠난 전 부인을 질투하는 거죠. 부인은 원래 질투심이 강한 성격이었나요?"

"네, 질투심이 아주 강합니다. 게다가 열대 지방 사람답게 불처럼 뜨겁게 질투합니다."

"그런데 의붓아들은 벌써 열다섯 살이나 되었고, 몸이 부자연스러운 대신에 마음은 훨씬 더 성숙할 겁니다. 그런데 자기가 왜 계모에게 맞았는지 아무 설명도 하지 않았나요?"

"네. 아무 이유 없이 맞았다고 합니다."

"평소에는 둘이 사이가 좋았습니까?"

"아니요, 둘 사이에 애정은 전혀 없습니다."

"하지만 아드님은 정이 많은 소년이라면서요?"

"그야 그렇지요. 그렇게 사랑스러운 아들은 어디에도 없을 겁니다. 제 삶을 자기 삶처럼 여기거든요. 제가 한 말이며 행동을 쏙쏙 빨아들인답니다."

홈즈는 다시 수첩에 뭔가를 적더니 잠시 생각에 잠겼다.

"말할 필요도 없을 테지만, 퍼거슨 씨가 재혼하기 전에는 아드님과 사이가 무척 좋았겠군요?"

"물론입니다."

"그리고 아드님은 원래 정이 많은 성격이라고 하니 지금도 돌아가신 어머니를 생각하며 그리워하겠지요?"

"그럼요."

"참으로 흥미로운 소년입니다. 부인의 난폭한 행동에 대해서 한 가지 더 묻고 싶은데요. 아기에게 상처를 입힌 시기와 의붓아들에게 손을 댄 시기가 비슷한가요?"

"처음에는 그랬습니다. 마치 미치기라도 한 것처럼 사소한 일로 두 아이에게 마구 화를 냈어요. 하지만 두 번째에는 큰아이 잭만 당했습니다. 메이슨 부인도 아기에 대해서는 아무 말도 하지 않았고요."

"그렇다면 문제가 좀 복잡해지네요."

"홈즈 선생님, 무슨 말씀이신지 잘 모르겠습니다."

"어쩌면 아닐 수도 있어요. 우리는 임시방편으로 가설을 세웠다가 시간이 흐르거나 더 많은 정보를 모으면 버리기도 합니다. 좋지 않은 버릇이지만 인간은 완전한 존재가 아니니까요. 여기 있는 당신의 옛 친구 왓슨은 내 과학적 수사 방법을 과장해서 생각하고 있습니다. 하지만 지금 상황에서 할 수 있는 말은, 당신의 문제를 해결할 수 있겠다는 것과 2시에 빅토리아 역에서 기차를 타겠다는 것뿐입니다."

우리는 우선 램벌리의 체커스라는 호텔에 짐을 맡겼다. 그런 다음, 마차를 타고 길고 구불구불하고 좁은 흙길을 달렸다. 퍼거슨이 살고 있는 오래된 농가에 도착한 것은 안개가 짙은 11월의 나른한 저녁이었다. 크기는 해도 건물들끼리 잘 어울리지는 않았다. 가운데 건물은 아주 오래되었으나 양쪽의 건물은 새로 증축한 것이었다. 튜더 양식의 굴뚝이 높이 솟아 있고 호샴의 석판을 덮은 가파른 지붕 곳곳에는 이끼가 껴 있었다. 현관의 돌계단은 어찌나 닳았는지 가운데 부분이 움푹 파여 있었다. 현관을 둘러싼 타일에는 이 집을 지은 사람인 치즈맨 Cheeseman을 나타내는 치즈와 사람 그림이 새겨져 있었다. 들어가 보니 천장에는 굵직한 떡갈나무로 된 들보가 물결처럼 놓여 있었고, 울퉁불퉁한 바닥 곳곳은 심하게 파여 있었다. 이 기울어 가는 건물에는 오랜 세월의 묵은내가 감돌고 있었다.

퍼거슨은 우리를 중앙의 아주 넓은 방으로 안내했다. 거기에는 크고 고풍스러운 난로가 있었는데 철제 칸막이 뒤쪽에 '1670'이라는 연도가 새겨져 있었다. 난로에서 장작불이 활활 타올랐다.

방 안을 둘러보니 여러 시대와 다양한 지방이 기묘하게 한데 뒤섞여 있었다. 벽의 반쯤에만 널빤지를 붙인 것은 17세기에 나타난 자영 농민의 흔적이라고 봐도 좋을 것이다. 그런데 아래쪽 벽에는 매우 신경 써서 고른 현대 수채화가 나란히 걸려 있었다. 그 위쪽에는 떡갈나무 대신 노란색 회반죽을 발랐는데 남아메리카의 일상 도구며 무기 같은 멋진 수집품을 장식해 두었다. 틀림없이 2층에 있는 페루 출신의 부인이 가져온 것이리라. 홈즈는 문득 호기심이 들었는지 갑자기 자리에서 일어나 그 수집품들을 주의 깊게 살펴보았다. 그리고 곰곰이 생각하며 다시 자리로 돌아와 앉더니 갑자기 뭔가를 보고 외쳤다.

"아니, 세상에! 거참."

돌아보니 구석에 있는 바구니에 웅크리고 있던 스패니얼 한 마리가 비틀거리며 퍼거슨에게 다가가고 있었다. 녀석은 꼬리를 땅바닥에 질질 끌고 뒷다리를 절룩거리면서 걸어가서 주인인 퍼거슨의 손을 핥기 시작했다.

"홈즈 선생님, 왜 그러십니까?"

"이 개가 왜 이러지요?"

"수의사도 모르겠다고 합니다. 일종의 마비라고 하더군요. 스패니얼 뇌막염 같다고 했지요. 하지만 일시적인 현상이니 곧 좋아질 겁니다. 그렇지, 카를로?"

개는 대답이라도 하듯이 축 늘어뜨린 꼬리를 바르르 떨었다. 애처로워 보이는 두 눈으로 우리를 바라보았는데 사람들이 자기 이야기를 하는 줄 아는 눈치였다.

"갑자기 이렇게 된 건가요?"

"네. 단 하룻밤 만에요."

"언제쯤이었나요?"

"넉 달쯤 됐을 겁니다."

"눈여겨봐야 할 사건이로군요. 큰 의미가 있을 겁니다."

"홈즈 선생님, 개한테 어떤 의미가 있다고 생각하시는 겁니까?"

"내 생각이 옳았다는 사실을 확인했어요."

"맙소사. 어떤 생각이십니까? 선생님에게는 이 일이 수수께끼 놀이일지 몰라도 저한테는 생사가 걸린 문제입니다. 아내가 살인자일지도 모르고, 제 아이는 계속 위험에 노출되어 있으니까요. 제발 부탁이니 저를 초조하게 하지 마십시오. 홈즈 선생님, 정말 심각한 상황입니다."

럭비 팀 스리쿼터백 선수가 몸을 부들부들 떨었다. 홈즈는 위로하듯이 퍼거슨의 손을 쥐었다.

"퍼거슨 씨, 어떤 식으로 해결되든 마음이 아플 겁니다. 지금으로서는 그렇게 되지 않도록 노력할 수밖에 없습니다. 더 이상은 드릴 말씀이 없지만 이 집을 떠나기 전에는 확실한 사실을 알릴 수 있을 겁니다. 난 그렇게 기대합니다."

"홈즈 선생님, 꼭 그렇게 됐으면 좋겠습니다. 그럼 신사 여러분, 실례를 무릅쓰고 잠깐 위층에 있는 아내 방으로 가서 달라진 게 있는지 보고 오겠습니다."

퍼거슨이 자리를 뜨자 홈즈는 다시 벽에 걸린 남아메리카의 여러 가지 수집품을 둘러보았다. 잠시 뒤 퍼거슨이 돌아왔으나 고개를 숙이고 있는 것을 보니 아무 변화도 없는 모양이었다. 그의 뒤를 따라 늘씬하고 키가 크며 피부가 거뭇한 여자가 들어왔다. 퍼거슨이 말했다.

"돌로레스, 차가 준비되어 있어. 마님이 필요로 하는 게 있으면 다 마련해 드려라."

돌로레스는 화난 사람처럼 퍼거슨을 노려보며 서툰 영어로 말했다.

"마님 몸이 아주 나빠요. 아무것도 안 먹어요. 많이 아파요. 의사 필요해요. 의사 없이 나 혼자 마님 옆에 있으면 무서워요."

퍼거슨은 자기 아내를 봐 주면 안 되겠느냐고 묻는 눈빛으로 나를 쳐다보았다.

"괜찮다면 내가 진찰해 보겠네."

"마님이 여기 계신 왓슨 박사님을 만나려고 할까?"

"내가 박사님 데려갈게요. 마님한테 안 물어봐요. 의사 필요해요."

"그럼 얼른 가자꾸나."

격렬한 감정 때문에 몸을 떠는 돌로레스의 뒤를 따라 계단을 올랐다. 고풍스러운 복도를 걸어가니 끝에 쇠 장식이 달린 묵직한 문이 있었다. 제아무리 퍼거슨이라 할지라도 그 문을 억지로 밀고 들어가기는 어려

울 것이다. 돌로레스는 주머니에서 열쇠를 꺼냈고, 튼튼한 떡갈나무 문은 삐걱거리는 소리를 내며 열렸다. 내가 안으로 들어가자 돌로레스도 얼른 따라 들어오더니 문을 꼭 닫고 다시 열쇠로 잠가 버렸다.

침대에는 여자가 누워 있었다. 얼핏 보기에도 고열에 시달리는 모양이었다. 비몽사몽인 듯했으나 내가 들어가자 겁먹은 듯한 아름다운 눈을 들어 불안하게 나를 바라보았다. 그러나 낯선 남자라는 사실을 알고는 오히려 안심한 듯이 크게 한숨을 내쉬며 베개에 머리를 묻었다. 나는 곁으로 다가가 환자를 안심시키기 위해 몇 마디 건네고 맥박과 체온을 쟀다. 그래도 부인은 몸을 움직이지 않았다. 맥박과 체온 모두 수치가 높았지만 실제로 병에 걸렸다기보다는 마음이 혼란스럽고 흥분해서 그런 듯했다. 돌로레스가 말했다.

"매일 이래요. 마님 죽을까 봐 무서워요."

부인이 열에 들뜬 아름다운 얼굴을 내게 향했다.

"남편은 어디에 있나요?"

"아래층 거실에 있는데 부인을 보고 싶어 합니다."

"아니요, 됐어요. 보고 싶지 않아요. 보고 싶지 않다고요."

부인은 이렇게 말하더니 정신 착란을 일으켰는지 헛소리를 외쳤다.

"마귀! 마귀다! 아, 저 마귀를 어떻게 해야 하지?"

"제가 할 수 있는 일이 있으면 무엇이든 말씀해 보세요."

"아니요. 지금은 아무도 손 쓸 수가 없어요. 이미 끝난 일이에요. 다 끝나 버렸어요. 제가 뭘 어떻게 하든 모든 게 엉망이 되고 말았어요."

나는 부인이 묘한 환상에 사로잡혀 있다고 생각했다. 사람 좋은 밥 퍼거슨이 마귀나 그 비슷한 사람일 리는 없었다.

"부인, 남편은 진심으로 부인을 사랑하고 있어요. 그래서 이번 일을 겪고 매우 혼란스러워하며 마음 아파하고 있습니다."

부인은 다시 한 번 아름다운 눈을 들어 나를 바라보았다.

"남편은 저를 사랑하고 있어요. 맞아요. 그렇다면 저는 남편을 사랑하지 않는다고 생각하시나요? 아니요, 저는 남편의 마음에 상처를 입힐까 봐 차라리 저 자신을 희생했어요. 그건 제가 사랑하는 방식이에요. 그 만큼 남편을 사랑하고 있는데 그는 저를 어떻게 생각하는 거죠? 그가 무슨 말을 했나요?"

"아닙니다, 부인. 남편은 진실을 몰라서 마음이 혼란스러울 뿐이에요."

"맞아요, 그 사람은 잘 모를지도 몰라요. 그렇다면 그는 저를 믿어야 해요."

"서로 만나서 이야기해 보면 어떨까요?"

"아니요, 만나고 싶지 않아요. 그 무서운 말과 얼굴을 도저히 잊을 수 없어요. 그 사람은 절대로 만나고 싶지 않아요. 그만 돌아가 주세요. 의사 선생님에게 따로 부탁하고 싶은 일은 없어요. 단 한 가지, 남편에게 하고 싶은 말이 있어요. 우리 아기를 이 방으로 옮겨 달라고 전해 주세요. 제 아이니까 그럴 권리가 있어요. 하고 싶은 말은 그것뿐이에요."

이렇게 말한 부인은 벽 쪽으로 얼굴을 돌리더니 더 이상 입을 열지 않았다.

나는 아래층의 방으로 돌아갔다. 퍼거슨과 홈즈는 아까와 마찬가지로 난로 옆에 앉아 있었다. 퍼거슨은 우울한 표정으로 내가 부인과 나눈 이야기에 귀를 기울였다. 다 듣고 나서 퍼거슨이 말했다.

"아기를 달란다고 해서 그 방으로 보낼 수는 없네. 어째서 그런 이상한 발작이 일어나는지도 모르는데! 입가가 피범벅이 돼서 아기 요람 옆에서 일어나던 모습을 어떻게 잊을 수 있겠나!"

그때의 일이 떠올랐는지 퍼거슨은 몸서리 쳤다.

"아기는 유모인 메이슨 부인에게 맡겨 두면 안전해. 아내에게 건네줄 수는 없네."

영리해 보이는 하녀가 차를 가지고 들어왔다. 그녀는 이 집에서 유일하게 현대적인 존재였다. 하녀가 차를 따르는데 문이 열리더니 눈길이 쏠리는 남자아이 하나가 들어왔다. 금발에 하얀 얼굴이었고 눈은 흥분하기 쉬운 옅은 파란색이었다. 그 소년은 자기 아버지를 보더니 눈을 반짝이며 달려와서는 사랑에 빠진 여자아이처럼 두 손을 뻗어 아버지의 목에 매달렸다.

"아빠! 어서 오세요! 전 아직 안 오신 줄 알았어요. 이럴 줄 알았으면 여기서 기다렸을 텐데! 돌아오셔서 정말 기뻐요!"

퍼거슨은 약간 당황한 표정을 지었으나 다정하게 아들의 손을 풀고 금빛 머리에 가만히 손을 얹은 뒤 말했다.

"얘야, 여기 계신 홈즈 선생님과 왓슨 박사님이 와 주신다고 해서 금방 돌아왔단다. 홈즈 선생님은 우리와 함께 저녁을 보내실 거야."

"홈즈 선생님라면 그 유명한 탐정님이신가요?"

소년이 날카로운 눈빛으로 우리를 바라보았다. 어쩐지 적의가 담겨 있는 것 같았다. 홈즈가 물었다.

"또 다른 아이는 어디에 있나요? 아기와도 인사하고 싶네요."

"메이슨 부인에게 아기를 데려오라고 하렴."

퍼거슨이 말하자 소년은 기묘하게 절뚝거리며 방에서 나갔다. 의사의 눈으로 보아 등뼈에 문제가 있음을 알 수 있었다. 곧 소년이 돌아왔고, 뒤를 따라 키가 크고 마른 여자가 아주 예쁜 아기를 안고 들어왔다. 눈은 까맣고 머리카락은 금빛으로, 색슨 족과 라틴 족의 특성이 잘 어우러져 있었다. 눈에 넣어도 아프지 않을 만큼 귀여운지 퍼거슨은 곧바로 아기를 자기 가슴에 품고 조용히 달래 주었다.

"보세요. 이렇게 귀여운 아기에게 상처를 입히다니!"

퍼거슨은 그렇게 말하며 아기의 목에 있는 작고 빨갛게 부어오른 상처를 바라보았다. 그때였다. 나는 별 생각 없이 홈즈를 바라보았는데 그의 얼굴이 상아 조각처럼 굳어 있었다. 그는 아기의 목을 힐끗 보면서도 반대편에 있는 무엇인가를 열심히 바라보았다. 홈즈의 시선을 따라가 보니 그가 창문 너머로 비에 젖은 정원을 바라보고 있음을 알았다. 바깥쪽 덧문이 반쯤 닫혀 있어서 밖이 훤히 보이지는 않지만 홈즈가 열중하고 있는 것은 틀림없이 그 창문 주변에 있었다. 잠시 뒤, 그가 빙그레 웃으며 아기 쪽으로 시선을 돌렸다. 통통하게 살이 오른 아기의 목에는 조그만 상처가 있었다. 친구는 말없이 그 상처를 살피더니 눈앞에서 꼼지락대는 자그마한 손을 쥐고 흔들었다.

"잘 있으렴, 아가야. 너도 참 기묘하게 인생을 시작했구나. 그런데 메이슨 부인, 잠깐 할 말이 있는데요."

홈즈가 메이슨 부인을 구석으로 데리고 가서 몇 분 동안 진지하게 이야기를 나누었다. 내 귀에는 그가 마지막으로 던진 말만 들려왔다.

"부인의 걱정거리도 곧 사라질 겁니다."

성격이 까다롭고 과묵해 보이는 메이슨 부인은 이야기를 마치자 아기를 안고 방에서 나갔다. 홈즈가 퍼거슨에게 물었다.

"메이슨 부인의 성격은 어떤가요?"

"보시다시피 별로 인상이 좋지는 않지만 마음씨가 곱고 아기를 아주 사랑하는 부인입니다."

갑자기 홈즈가 퍼거슨의 큰아들인 잭을 돌아보며 물었다.

"잭, 너는 어떻게 생각하니? 너는 저 부인을 좋아하니?"

잭은 감수성이 아주 예민한지 대단히 어두운 얼굴로 고개를 저었다.

"선생님, 제 아들은 좋고 싫은 것이 몹시 분명하답니다."

퍼거슨은 한 손으로 잭을 감싸 안으며 말을 이었다.

"다행스럽게도 저는 이 아이가 좋아하는 사람 중 한 명이지요."

소년이 어리광을 부리듯이 아버지의 가슴에 얼굴을 묻자 퍼거슨은 다정하게 아이를 떼어놓으며 말했다.

"잭, 그만 나가 있으렴."

퍼거슨은 아들의 뒷모습이 보이지 않을 때까지 애정이 넘치는 눈빛으로 바라보았다. 마침내 아들이 밖으로 나가자 퍼거슨이 말했다.

"홈즈 선생님, 어렵게 여기까지 모시고 왔는데 헛걸음을 하신 듯합니다. 선생님이 저를 동정하시는 것 말고 또 뭘 하실 수 있겠습니까? 선생

님이 보시기에도 이번 사건은 매우
미묘하지 않습니까?"

홈즈가 즐거운 듯이 빙그레 웃었다.

"틀림없이 미묘한 사건입니다. 하지만 너무 복잡하다고는 생각지 않
아요. 처음부터 연역적 추리가 필요한 문제였습니다. 가장 처음에 추리
한 내용이 몇 가지 사실들을 통해 확인되면 나만의 주관이 객관적인
사실로 바뀌고, 그 다음부터는 자신 있게 목적지에 이르렀다고 말할
수 있지요. 솔직히 말해서 나는 베이커 가에서 나올 때부터 이미 목적
지에 도착해 있었습니다. 여기에 와서는 결론에 확신을 내리기 전에 관
찰하고 확인했을 뿐이에요."

퍼거슨은 깊이 주름 잡힌 이마에 큼직한 손을 대고 갈라진 목소리로
말했다.

"부탁입니다, 홈즈 선생님. 진상을 알고 계신다면 이렇게 답답하게 하
지 마시고 얼른 가르쳐 주세요. 제가 어떻게 하면 좋겠습니까? 뭘 해야
할까요? 선생님이 정말 진상을 알아내셨다면 그 방법이 어떻든 제게는

하나도 중요하지 않습니다."

"퍼거슨 씨, 나는 당신에게 설명해야 할 의무가 있고 곧 그렇게 할 겁니다. 다만 이 문제를 어떻게 처리할지는 내게 맡겨 주세요. 그건 그렇고 왓슨, 부인은 어떻지? 내가 만나러 가도 괜찮겠나?"

"몸이 좋지는 않지만 정신은 또렷하네."

"그것 잘됐군. 부인이 있어야 사건을 마무리지을 수 있으니까. 자, 그럼 함께 부인에게 가 봅시다."

그러자 퍼거슨이 외쳤다.

"아내는 저를 만나 주지 않을 겁니다."

"괜찮아요. 분명히 만나 줄 겁니다."

홈즈는 이렇게 말하더니 종이에 뭔가를 몇 줄 끼적였다.

"왓슨, 적어도 자네는 그 방에 들어갈 수 있지. 미안하지만 이걸 부인에게 건네주지 않겠나?"

나는 다시 2층으로 올라가 조심스럽게 문을 열어 준 돌로레스에게 종이를 건넸다. 곧 방 안에서 기쁨과 놀라움이 섞인 외침이 들렸다. 부인의 하녀가 곧장 얼굴을 내밀었다.

"마님이 여러분 만난대요. 이야기 듣겠대요."

내가 계단 중간까지 내려가서 퍼거슨과 홈즈를 부르자 그들이 올라왔다. 마침내 문이 열리고 모두 부인이 누워 있는 방으로 들어갔다. 퍼거슨이 침대 위에 반쯤 일어난 부인에게 두어 걸음 다가갔으나 부인은 그를 거부하듯 한손을 들었다. 퍼거슨은 하는 수 없이 팔걸이의자에 앉았다. 홈즈가 놀란 듯이 눈을 둥그렇게 뜬 부인에게 가볍게 눈인사를 하고 퍼거슨 옆에 있는 의자에 앉았다. 홈즈가 부인에게 말했다.

"돌로레스를 잠깐 내보내는 게 좋을 것 같은데요. 아, 좋습니다, 부인.

돌로레스가 옆에 있는 편이 좋으시다면 함께 있어도 상관없습니다. 그런데 퍼거슨 씨, 나는 바쁜 사람이니 단도직입적으로 말하겠습니다. 수술은 빨리 끝낼수록 덜 아픈 법이지요. 우선 위안이 될 만한 이야기부터 하겠습니다. 부인은 아주 착하고 사랑이 깊은 여성인데 이상한 오해를 받아서 괴로워하고 있습니다."

퍼거슨이 기쁨에 겨워 소리를 지르며 일어섰다.

"홈즈 선생님, 그 증거를 보여 주십시오. 그것만 증명된다면 저는 평생 은혜를 잊지 않겠습니다."

"알겠습니다. 하지만 다른 이유로 당신에게 깊은 상처를 줄 겁니다."

"아내의 결백만 입증할 수 있다면 아무것도 두렵지 않습니다. 그에 비하면 세상의 다른 것들은 죄다 하찮을 따름이지요."

"그럼 우선 베이커 가에서 내 머릿속에 떠오른 추리부터 설명하겠습니다. 흡혈귀가 있다는 말은 고려할 가치도 없었습니다. 그런 범죄가 영국에서 실제로 일어날 리가 없다고 생각했지요. 하지만 퍼거슨 씨가 본 것은 분명한 사실이었습니다. 부인이 입을 새빨갛게 물들인 채 아기 요람에서 일어서는 모습을 직접 봤으니까요."

"그렇습니다."

"하지만 퍼거슨 씨, 부인이 피를 빨기 위해서가 아니라 다른 목적 때문에 피가 흐르는 상처에 입을 댔다고는 생각하지 않았습니까? 영국 역사에서도 독을 빨아내려고 상처에 입을 댄 왕비[40]가 있지 않습니까?"

"독이라고요?"

"이 집은 남아메리카와 관계있는 가정家庭입니다. 직접 보기도 전에 내 직감은 이런 무기가 벽에 걸려 있다는 사실을 알고 있었습니다. 다른 독일 수도 있었지만 베이커 가에서 추리했을 때는 무기에 묻은 독을 떠올렸습니다. 여기에 와 보니 남아메리카의 작은 활 옆에 있는 화살통이 텅 비어 있지 뭡니까. 그래서 내 예상이 맞았구나 싶었지요. 만약 아기가 쿠라레[41] 같은 맹독이 묻어 있는 화살에 살짝 찔리기라도 하면 어떻게 될까요? 그 독을 빨리 빨아내지 않으면 목숨을 잃고 말 테지요.

그 개는 또 어떻습니까? 만약 누가 그 독을 쓸 마음을 먹었다면, 그 독이 아직도 효과가 있는지 먼저 시험하고 싶지 않을까요? 나도 이 집에 개가 있는 줄은 몰랐지만 적어도 그런 것이 있을 거라고는 짐작하고 있었습니다. 그 개야말로 내 추리를 확실하게 뒷받침해 주었습니다.

이제 아셨겠지요? 부인은 아기가 그런 공격을 당할까 봐 평소부터 두려워하고 있었습니다. 그리고 실제로 그 현장을 목격하자 아기의 목숨을 구하기 위해서 서둘러 독을 빨아냈습니다. 그래도 부인은 남편에게 사실을 밝힐 수가 없었어요. 아니, 말하고 싶은 마음은 굴뚝같았겠지만 당신이 큰아이를 얼마나 귀여워하는지 알고 있었으니 사실을 밝히면 당신의 가슴이 찢어질까 봐 걱정한 겁니다."

"세상에, 잭이!"

"방금 전에도 당신이 아기를 안고 있을 때 나는 잭의 얼굴을 유심히 살펴보았습니다. 덧문의 한쪽이 닫혀 있어서 그 유리창이 거울 역할을 했고, 거기에 비친 잭의 얼굴을 잘 볼 수 있었어요. 나는 그렇게 엄청난 질투와 격렬한 증오가 넘치는 얼굴은 처음 봤습니다."

"우리 잭이!"

---

40) 잉글랜드 왕이었던 에드워드 1세(1239~1307)의 왕비인 엘레오노르를 말한다. 그녀는 1270년부터 2년 동안 에드워드 1세와 함께 십자군 원정에 나섰는데, 남편이 독 묻은 칼에 부상을 입자 독을 빨아내 살렸다는 이야기가 전해지고 있다.
41) curare. 식물성 알칼로이드 중 하나. 독성이 강하여 남아메리카 인디언들이 독화살을 만들 때 썼다. 외과 수술을 할 때 근육 이완제로도 쓴다.

"퍼거슨 씨, 눈을 돌리지 말고 현실을 똑바로 보세요. 아버지와 돌아가신 어머니에 대한 일그러진 애정, 병적이라고도 할 만큼 강한 애정 때문에 잭이 그런 행동을 한 겁니다. 그리고 자기는 몸이 불편한 반면에 아기는 무척이나 건강하고 귀엽습니다. 그 사실이 큰아들을 더욱 증오에 불타게 했지요."

"오, 주여! 어떻게 그런 일이!"

"부인, 내가 한 말이 틀렸나요?"

부인은 베개에 얼굴을 묻고 흐느껴 울었다. 그리고 곧 얼굴을 들어 퍼거슨을 바라보았다.

"여보, 지금 홈즈 선생님이 하신 말씀을 어떻게 제 입으로 할 수 있었겠어요? 당신이 얼마나 가슴 아파할지 잘 알고 있었으니까요. 그래서 조금 시간이 걸린다 해도 당신이 다른 사람의 입을 통해서 그 얘기를 듣길 바랐어요. 그래서 마법사 같은 홈즈 선생님이 모든 사실을 다 알고 있다는 메모를 건네주셨을 때 얼마나 마음이 놓였는지 몰라요."

홈즈가 자리에서 일어나며 말했다.

"내가 처방을 내리자면 아드님은 1년 정도 바다를 여행하는 것이 좋겠습니다. 그런데 부인, 딱 한 가지 아직도 이해할 수 없는 게 있어요. 잭을 때린 마음은 나도 충분히 이해가 갑니다. 어머니로서 아무리 참으려 해도 참을 수 없는 일이 있는 법이니까요. 그런데 지난 이틀 동안 당신은 아기를 곁에 두지 않고도 잘 버텼습니다. 어떻게 그럴 수 있었나요?"

"저를 오해하고 있던 메이슨 부인에게 모든 사실을 털어놓았어요. 그 사람은 이제 다 알고 있습니다."

"그렇군요. 나도 그럴 거라 생각했어요."

침대 옆으로 다가간 퍼거슨이 훌쩍거리며 떨리는 두 손을 내밀었다.

홈즈가 낮은 목소리로 속삭였다.

"왓슨, 우리는 이쯤에서 물러나세. 지나치게 충직한 돌로레스는 우리가 데리고 나가야겠네. 자, 어서!"

홈즈는 방문을 닫고 덧붙였다.

"나머지는 저 부부가 알아서 잘 해결하도록 내버려 두자고."

이 사건에 관련된 편지가 한 장 더 있다. 이야기 앞부분에서 말한 편지에 홈즈가 답장을 보낸 것이다. 내용은 아래와 같았다.

베이커 가,

11월 21일

흡혈귀에 관하여

19일에 받은 귀하의 편지에 대해 다음과 같이 알립니다. 귀하의 고객인 민싱 거리의 차 중매업자 퍼거슨 앤 무어헤드 상회의 로버트 퍼거슨 씨의 사건을 조사했으며, 매우 만족스러운 결과를 얻었습니다. 저를 추천해 주신 것에 깊이 감사드립니다.

설록 홈즈

22
세 명의 개 리 뎁

22
세 명의 개리뎁

이번 사건은 희극이라고도 할 수 있고 비극이라고도 할 수 있다. 그것 때문에 한 남자는 머리를 써야 했고 나는 피를 흘렸으며 또 다른 사람은 법의 심판을 받았지만, 그래도 이번 사건에는 틀림없이 희극적인 요소가 있다. 어느 쪽인지는 이 글을 읽는 독자들의 판단에 맡기겠다.

나는 이번 사건이 일어난 날짜를 또렷하게 기억하고 있다. 왜냐하면 셜록 홈즈가 어떤 공을 세워서 기사 작위를 수여받았지만 거절한 것이 바로 그 달이기 때문이다. 그 일은 다음에 자세히 이야기할 기회가 있을 것이다. 나는 홈즈의 친구이자 동료로서 혹시라도 말실수를 하지 않도록 각별히 주의해야 하므로 여기서는 가볍게 언급할 수밖에 없다. 그렇지만 나는 그 일 덕분에 정확한 날짜를 기억하고 있는데 그것은 보어 전쟁이 끝난 직후인 1902년 6월 말이었다. 그 무렵 홈즈는 가끔씩 나타나던 습관대로 며칠이나 침대에서 뒹굴며 시간을 보냈지만 그날 아침에는 한 손에 길쭉한 서류를 들고 나타났다. 평소에 날카롭게 빛나는 회색 눈동자가 즐거워하는 빛을 띠고 있었다.

"왓슨, 돈 좀 만져 볼 기회가 찾아왔어. 혹시 자네 개리뎁이라는 이름을 들어 봤나?"

나는 그런 적 없다고 대답했다.

"안타깝군. 개리뎁이라는 남자를 찾으면 돈을 벌 수 있는데."

"그래? 어떻게?"

"이야기를 하자면 길어지는데……. 조금 희한하거든. 우리가 지금까지 인간들의 복잡한 면에 대해서 탐구했지만 이렇게 독특한 사건은 없었네. 이제 곧 그 사람이 여러 가지를 물어보러 올 걸세. 자세한 이야기는 그 사람이 오고 나서 하겠네. 하지만 기다리는 동안에 개리뎁이라는 성씨에 대해서 알아나 보자고."

내 옆 탁자 위에 전화번호부가 있어서 나는 별 기대 없이 페이지를 넘겼다. 그러자 놀랍게도 그 괴상한 이름이 떡하니 실려 있었다. 나는 승리감에 들떠서 외쳤다.

"이보게, 여기 있다네, 홈즈! 여기에 실려 있어!"

홈즈가 내 손에서 전화번호부를 받아들었다.

"N. 개리뎁, 런던 서구 리틀 라이더 가 136번지라. 실망시켜서 미안하네, 왓슨. 하지만 이 사람은 의뢰한 당사자야. 편지에 이 주소가 적혀 있었거든. 우리는 다른 개리뎁을 찾아야 해."

그때 하숙집 주인인 허드슨 부인이 명함을 얹은 쟁반을 가지고 들어왔다. 내가 명함을 집어 들고 훑어보았다.

"이번에도 개리뎁이야! 게다가 이름의 첫 글자가 다르군. 미국 캔자스 주 무어빌, 변호사 존 개리뎁 씨일세."

그 명함을 보고 홈즈는 빙그레 웃었다.

"안타깝지만 이번에도 다른 사람을 찾아야 할 것 같구먼. 이 인물도 이미 각본 속에 들어 있거든. 물론 오늘 아침에 나를 찾아올 줄은 몰랐지만 말일세. 어쨌든 만나 보세. 내가 알고 싶어 하는 여러 가지를 알려 줄 테니까."

잠시 뒤, 그 사람이 방으로 들어왔다. 변호사인 존 개리뎁 씨는 키가 작고 얼굴이 둥그스름하며 건강해 보이는 사람이었다. 실무적인 일을 하는 미국인들이 흔히 그렇듯이 개리뎁 씨도 수염을 깨끗하게 깎고 있었다. 전체적으로 땅딸했으며 활짝 핀 미소가 깃든 얼굴은 실제 나이보다 훨씬 어려 보였다. 하지만 그의 눈을 보고 놀라지 않을 수 없었다. 그렇게 마음의 움직임을 확실하게 드러내는 눈은 처음 보았다. 그의 눈은 그만큼 반짝였고 날카로웠으며 마음의 움직임에 따라서 끊임없이 변했다. 존 개리뎁 씨는 미국 억양을 썼지만 말투는 영국인이 듣기에 전혀 이상하지 않았다.

"홈즈 선생님이 누구십니까?"

개리뎁 씨는 이렇게 말하며 나와 홈즈를 번갈아 바라보았다.

"아, 선생님이시군요. 사진과 별로 다르지 않으십니다. 제가 알기로 선생님은 저와 성이 같은 네이선 개리뎁 씨에게 편지를 받으셨다고 하던데, 아닌가요?"

"우선 앉으시죠. 하고 싶은 이야기가 많으니까요."

이렇게 말하면서 홈즈는 조금 전에 들고 있던 커다란 서류를 꺼냈다.

"물론 당신이 이 서류에 있는 존 개리뎁 씨겠지요? 그런데 영국에서 지내신 지 꽤 오래되었나 봅니다."

"그 사실을 어떻게 아셨죠, 홈즈 선생님?"

표정이 풍부한 손님의 눈에 갑자기 의심의 빛이 어렸다.

"그야 개리뎁 씨가 영국식으로 차려입었으니까요."

개리뎁 씨는 꾸미는 듯한 억지웃음을 지었다.

"선생님의 놀라운 솜씨에 대해서는 이미 들었지만 설마 제가 그 분석 대상이 될 줄은 꿈에도 몰랐습니다. 어떤 점을 보고 아셨나요?"

"코트의 어깨 부분을 마름질한 방법이며 구두코까지……, 누구라도 한눈에 알아볼 수 있을 겁니다."

"허, 제가 그렇게 영국인처럼 바뀌었다니 미처 몰랐습니다. 일 때문에 얼마 전부터 이곳에 와 머물고 있었으니 선생님 말씀처럼 제 옷은 거의 다 런던에서 만든 것이지요. 그렇지만 선생님도 바쁘실 테고 저도 옷의 마름질 방법에 대해서 이야기하러 온 것은 아닙니다. 이제 선생님이 들고 있는 그 서류 이야기를 하고 싶은데요."

홈즈가 어디에선가 손님의 비위를 거슬렀는지 개리뎁 씨의 동글동글한 얼굴에서 상냥한 표정이 사라졌다. 내 친구가 달래듯이 말했다.

"자, 자, 조금 더 참으세요, 개리뎁 씨! 왓슨 박사에게 물어봐도 알겠지만 가끔은 이런 소소한 여담이 마지막에 사건을 푸는 열쇠가 되기도 했으니까요. 그런데 어째서 네이선 개리뎁 씨와 같이 오지 않았습니까?"

그러자 개리뎁 씨가 갑자기 화를 내며 물었다.

"도대체 그 사람은 왜 당신을 끌어들였답니까? 당신은 이 일과 아무 상관도 없지 않습니까? 우리 둘 사이에 사업적인 문제가 있다고 해서 탐정을 부르다니 대체 어쩔 생각인지! 오늘 아침에 그 사람을 찾아갔다가 당신에게 의뢰했다는 한심한 소리를 듣고 여기로 왔습니다. 아무튼 정말 불쾌합니다."

"존 개리뎁 씨, 내가 받은 편지에 당신을 비난하는 내용은 전혀 없었습니다. 그 사람은 단지 목적을 달성하기 위해서 한 일이에요. 그리고 그 목적은 당신에게도 중요한 것이라고 알고 있습니다. 네이선 씨는 내가 정보를 얻을 수단을 갖고 있다는 사실을 알았기 때문에 당연히 내게 의뢰한 겁니다."

홈즈의 말을 듣는 동안, 화를 내던 개리뎁 씨의 얼굴이 점점 풀어졌다.

"그렇다면 이야기가 또 달라지는군요. 오늘 아침에 그 사람을 찾아갔더니 탐정에게 의뢰했다기에 주소를 물어 곧장 달려온 길입니다. 저는 개인적인 문제에 경찰이 끼어드는 것을 원하지 않습니다. 하지만 선생님이 우리에게 협력해서 그 사람을 찾아주신다면 나쁠 게 없겠군요."

"물론이죠. 그럼 어렵게 오셨으니 자세한 사정을 듣고 싶습니다. 여기에 있는 왓슨 박사는 우리가 무슨 얘기를 하고 있는지 모르니까요."

개리뎁 씨는 우호적이지 않은 눈빛으로 나를 바라보았다.

"이분에게도 이야기할 필요가 있습니까?"

"우리는 대개 같이 일합니다."

"그렇다면 말해도 상관없겠죠. 특별히 감추어야 할 이유도 없으니 말입니다. 그럼 되도록 간단히 말씀드리겠습니다. 당신이 캔자스 출신이라면 알렉산더 해밀턴 개리뎁이 어떤 사람인지 새삼스럽게 설명할 필요도 없을 겁니다. 그 사람은 부동산으로 재산을 모았고 나중에는 시카고에서 밀을 거래해서 큰돈을 벌었습니다. 그 돈으로 포트 다지의 서쪽인 아칸소 강 유역에 영국의 한 주와 맞먹을 만큼 넓은 땅을 사 들였습니다. 거기에는 목장이며 벌목지, 농원, 광산까지 있습니다. 아무튼 돈이 될 만한 것은 전부 갖추고 있는 땅이죠.

그런데 그에게는 가족이 없습니다. 아니, 친척이 있었는지는 모르겠습니다만 어쨌든 저는 그런 이야기는 한 번도 들은 적이 없습니다. 그는 자신의 특이한 성씨에 자부심을 가지고 있어서 저와 만나게 되었습니다. 그 무렵에 저는 토프카 시에서 변호사로 일하고 있었는데 어느 날 그 노인이 찾아와서 자기와 성이 똑같은 사람을 무척이나 만나고 싶었다고 했습니다. 그건 부자 노인의 취미 같은 것으로, 온 세계를 뒤져서라도 개리뎁이라는 성을 가진 사람을 찾아내고 싶다고 했습니다. 그는 저에게 '또 다른 개리뎁을 찾아주게.'라고 말했습니다. 저는 바쁜 몸이라 개리뎁 씨를 찾아 세계를 돌아다닐 수는 없다고 거절했습니다. 그러자 그는 '지금은 그렇게 말하지만 만약 일이 내 계획대로 된다면 당신은 틀림없이 찾으러 나설 거요.'라고 했습니다. 저는 농담이라고 생각했지만 그 말에 깊은 의미가 있었다는 사실을 곧 알게 되었습니다.

노인은 그 말을 한 지 1년도 채 되지 않아서 세상을 떠났고 유언장을 남겼습니다. 그런데 그 유언장이라는 것이 캔자스 주에 접수된 유언 중에서 가장 기묘했습니다. 재산을 셋으로 나누어서 그중 3분의 1을 제게 주겠다고 했지만, 두 명의 개리뎁을 더 찾아야 한다는 조건이 붙어 있었거든요. 셋이서 나눈다 해도 한 사람 앞에 500만 달러씩 돌아갑니다. 그런데 세 명이 전부 모일 때까지는 손가락 하나 댈 수 없지요.

워낙 커다란 기회라서 저는 일을 내팽개치고 개리뎁을 찾아 나섰습니다. 그때부터 미국 전역을 돌아다녔지만 단 한 명도 찾아내지 못했습니다. 이 잡듯이 뒤져도 개리뎁이라는 성을 쓰는 사람은 하나도 없었던 겁니다. 그래서 저는 이 역사 깊은 나라로 건너왔는데, 역시 런던은 런던이었습니다. 전화번호부에 그 이름이 실려 있지 않겠습니까? 그래서 저는 이틀 전에 그 사람을 찾아가서 모든 사실을 설명했습니다. 그렇지만 그 사람도 저처럼 독신이었고 여자 친척은 있어도 남자는 없다고 했습니다. 유언장에는 성인 남자 셋이라고 쓰여 있으니 아직 한 명이 모자란 셈인데 만약 선생님이 나머지 한 사람을 찾아주신다면 사례는 충분히 하겠습니다."

이야기가 끝나자 홈즈가 미소를 지으며 말했다.

"어떤가, 왓슨? 그래서 흥미로운 일이라고 하지 않았나? 그런데 존 개리뎁 씨, 이런 일은 신문의 개인 광고란에 광고하는 것이 가장 빠르지 않겠습니까?"

"물론 벌써 냈지만 아무런 답도 없었습니다."

"흠! 그것 참 묘하군. 어쨌든 나도 시간을 내서 알아보겠습니다. 그런데 당신이 토프카 출신이라니 참으로 신기한 인연이군요. 나도 거기에 아는 사람이 있거든요. 1890년에 시장을 지낸 라이샌더 스타 박사님입니다. 지금은 돌아가셨지만."

"아, 스타 박사님 말씀이십니까! 아직도 박사님을 존경하는 사람들이 많지요. 그럼 홈즈 선생님, 우리가 할 수 있는 일은 선생님에게 계속 연락하고 진전이 있으면 알려드리는 것이겠지요. 하루 이틀이면 소식을 전할 수 있을 것 같습니다."

미국인은 이렇게 말하더니 인사를 하고 방에서 나갔다.

홈즈는 파이프에 불을 붙이고 한동안 의자에 앉아 있었는데 그 얼굴에 묘한 웃음이 떠올랐다.

"왜 그러나?"

"아무래도 이상해, 왓슨. 이상해서 견딜 수가 없어."

"뭐가 이상하다는 거지?"

홈즈가 파이프를 입에서 뗐다.

"정말 수상해. 대체 무슨 목적이 있어서 저 사람은 우리에게 그렇게 새빨간 거짓말을 하는 걸까? 하마터면 솔직하게 물어볼 뻔했지 뭔가. 실제로 앞뒤 재지 않고 정면공격하는 것이 제일 좋은 방법일 때도 있으니까. 하지만 속아 넘어간 척하는 게 좋을 듯해서 잠자코 있었네. 잘 들어 보게. 팔꿈치 부분이 닳은 영국제 코트와 1년도 넘게 입어서 무릎이 툭 튀어 나온 영국제 바지를 입은 남자가 찾아 왔는데 자기는 얼마 전에 미국에서 영국으로 건너왔다고 말했네. 게다가 신문의 개인 광고란에 그런 광고는 난 적도 없어. 그 사실은 자네도 알고 있겠지? 나한테 그 광고란은 새를 잡기에 딱 좋은 사냥터니까. 내가 그런 장끼 같은 사냥감을 놓칠 리가 없단 말이야. 게다가 토프카 시의 라이샌더 스타 박사는 존재하지도 않는 사람일세. 그 친구는 만지기만 해도 거짓이 술술 쏟아지더군. 미국인이라는 말은 사실일 거야. 하지만 오랫동안 런던에서 살다 보니 억양이 바뀌었지. 대체 무슨 꿍꿍이일까? 개리뎁 씨를 찾는다는 엉뚱한 이야기 뒤에 대체 어떤 의도가 숨어 있을까? 우리가 주목할 만한 가치가 있는 사건이야. 왜냐하면 그자가 불한당이라 하더라도 복잡하고 창의적인 친구임이 분명하니까. 우리에게 편지를 보낸 다른 사람도 거짓말쟁이인지 아닌지 살펴볼 필요가 있겠어. 왓슨, 그에게 전화를 걸어 주게."

홈즈의 말대로 전화를 걸었더니 수화기 너머에서 가느다랗고 떨리는 목소리가 들려왔다.

"네이선 개리뎁이오. 홈즈 선생 계시오? 선생하고 말씀 좀 나누고 싶소이다."

내 친구가 수화기를 받아들었고 나는 토막토막 끊어지는 대화만 들을 수 있었다.

"네, 여기에 왔습니다. 당신은 그와 알고 지내던 사이가 아니었지요?

……그렇다면 언제부터 알게 되었나요? ……겨우 이틀 전이라고요! 네, 네, 물론 굉장한 이야기지요. 오늘 밤에는 집에 계시나요? 미국에서 온 개리뎁 씨는 오지 않겠죠? ……그것 참 잘됐네요. 그럼 지금 곧 찾아가 겠습니다. 그 사람이 없을 때 이야기를 하고 싶으니까요. ……왓슨 박사 도 같이 갈 겁니다. 편지를 읽으니 외출을 거의 안 하시는 것 같더군요. ……그럼 6시 무렵에 방문하겠습니다. 그 미국인 변호사에게는 말할 필요 없습니다. ……알겠습니다. 안녕히 계세요!"

상쾌한 봄날의 저녁이었다. 엣지웨어 대로에서 옆길로 벗어나 있는 리틀 라이더 가조차 저물어 가는 석양 때문에 금빛으로 멋지게 빛나고 있었다. 옛날에 교수형이 집행되던 혐오스러운 기억이 있는 타이번 나 무에서 그리 멀지 않은 곳에 있는데도 그랬다. 우리의 목적지인 그 집 은 18세기 초중반에 조지 양식 초기 기법으로 지어진 크고 고풍스러운 건물이었다. 밖으로 크게 튀어나온 창문이 1층 정면에 두 개 달려 있었 고 나머지는 벽돌을 밋밋하게 쌓아올려 지은 집이었다. 우리의 의뢰인 은 그 집 1층에서 살고 있었다. 들어가 보니 그 창문은 그가 깨어 있을 때면 늘 머무는 방의 창문이었다. 안으로 들어가며 홈즈는 그 기묘한 이름이 새겨진 작은 문패를 손가락질했다.

"아주 오래됐는데, 왓슨."

홈즈는 변색된 표면을 가리키면서 말했다.

"이건 진짜 이름인 것 같아. 기억해 둬야겠어."

그 집에는 공동 계단이 있었고, 홀에는 사무소나 개인용 셋방을 빌 린 사람들의 이름이 빼곡하게 적힌 명패가 걸려 있었다. 이곳은 평범한 주거용 공동 주택이 아니라 방랑자 같은 독신자들이 사는 숙소에 가 까웠다. 의뢰인은 손수 문을 열어 우리를 맞아 주면서 가정부는 4시에 돌아갔다고 변명했다. 네이선 개리뎁 씨는 키가 아주 크고 등이 굽으며 깡마른 사람이었다. 머리는 벗겨졌고 나이는 60세를 넘은 듯했다. 운동을 하지 않는지 얼굴이 죽은 사람처럼 창백했다. 둥글고 커다란 안경, 염소처럼 짧은 턱수염, 구부정한 등 때문에 호기심이 많아 보였다. 기묘한 느낌이 들었으나 전체적으로는 온화한 분위기를 풍기는 사람이었다.

사는 방도 그 주인처럼 기묘한 것이 마치 작은 박물관 같았다. 천장이 높고 넓은 방에는 사방에 벽장과 진열장이 가득했는데 거기에는 지질학과 해부학 표본들이 꽉 들어차 있었다. 문 양옆으로는 나비와 나방 표본이 쌓여 있었으며, 한가운데에 있는 커다란 탁자에는 온갖 잡동사니들이 수북이 쌓여 있었고, 그 속에 고배율 현미경의 기다란 놋쇠 관이 삐져나와 있었다. 나는 방을 한 바퀴 둘러보고 방주인의 관심 범위에 놀라지 않을 수 없었다. 고대 화폐를 모아 놓은 상자도 있었고, 그 맞은편에는 부싯돌을 모은 선반도 있었다. 가운데에 있는 탁자 너머에는 뼈 화석이 들어 있는 커다란 진열장이 있었다. 위에는 석고로 만든 두개골 모형이 늘어서 있었는데, 그 바로 아래에 '네안데르탈인', '하이델베르크인', '크로마뇽인'이라는 이름표가 붙어 있었다. 참으로 다양한 것들을 연구하는 사람임이 분명했다. 고대 화폐를 닦고 있었는지 그는 오른손에 윤을 내는 데 쓰는 섀미가죽[42]을 들고 우리 앞에 서 있었다. 네이선 개리뎁 씨가 화폐를 들면서 설명했다.

"기원전 7세기, 그리스의 도시였던 시라쿠사의 화폐요. 그것도 전성기에 사용되던 물건이지. 후기에는 질이 아주 떨어지긴 했지만. 나는 전성기에 만들어진 이것을 최고라고 생각하는데 알렉산드리아 계열을 더

---

42) chamois. 어린 사슴이나 염소, 양의 가죽을 동식물 기름으로 무두질하여 부드럽게 만든 가죽. 유리닦개, 장갑, 의복 등에 쓰인다.

좋아하는 사람도 있소. 이쪽에 의자가 있소이다, 홈즈 선생. 이 뼈를 치우는 동안 잠시 기다려 주시오. 그리고 그쪽에 계신 분은……, 아, 왓슨 박사이시오? 미안하지만 거기에 있는 일본 도자기를 옆으로 치우고 앉으시오. 이 방에 있는 물건들은 내가 평생 관심을 기울인 것들이라오. 의사는 밖으로도 나가 보라고 쓸데없는 잔소리를 해 대지만, 나를 이 방에 붙들어 두는 것이 이렇게 많은데 어떻게 나갈 수 있겠소? 이쪽에 있는 진열장만 해도 깔끔하게 정리해서 목록을 만들려면 적어도 석 달은 걸릴 텐데 말이지."

홈즈는 호기심이 가득한 눈으로 주위를 둘러보았다.

"그렇다 해도 전혀 나가지 않는 건 아니겠지요?"

"가끔 마차를 타고 소더비나 크리스티 경매에 가기는 하지만 다른 일로 외출하는 경우는 거의 없소. 몸도 그렇게 건강하지 않고, 워낙 연구에 몰두하고 있으니까. 그건 그렇고 홈즈 선생, 생각지도 못했던 이번 행운에는 깜짝 놀랐소. 기쁘면서도 아주 놀랐지. 어쨌든 개리뎁 씨가 한 명만 더 있으면 된다고 하는데 틀림없이 찾을 수 있을 거요. 형제가 하나 있었지만 오래 전에 세상을 떴고 여자 친척들은 자격이 안 된다고 하더군. 하지만 이 넓은 세상에 한 명이 더 없겠소? 선생은 언제나 특이한 사건들을 다룬다는 말을 들었다오. 그래서 편지를 보내 의뢰한 거요. 물론 그 미국 신사가 한 말에도 일리는 있소. 먼저 그 사람의 의견을 물었어야 했는데 말이오. 그렇지만 나는 가장 좋은 방법이라고 생각해서 그렇게 한 거요."

"네, 현명한 판단입니다. 그런데 개리뎁 씨는 정말로 그 미국에 있는 토지를 얻고 싶은 건가요?"

"천만에. 이 수집품들을 내팽개치고 갈 마음은 없소. 하지만 그 신사는 우리가 유산에 대한 권리를 손에 넣기만 하면 당장 내 몫을 사겠다고 했소. 500만 달러는 된다고 하면서 말이지. 지금 내 수집품 중에 부족한 부분을 채울 수 있는 열 개 남짓한 표본이 시장에 나와 있는데도 수백 파운드가 없어서 발을 동동 구르는 형편이니 500만 달러나 되는 돈이 손에 들어오면 어떻게 되겠소이까? 나는 국가적 수집품의 중심이 될 거요. 나는 이 시대의 한스 슬로안[43]이 될 거외다.'

네이선 개리뎁 씨의 커다란 눈이 안경 너머에서 번뜩였다. 또 다른 개리뎁 씨를 찾기 위해서라면 모든 노력을 아끼지 않을 것이 분명했다. 홈즈가 말했다.

"나는 당신을 만나기 위해서 찾아왔을 뿐, 연구를 방해할 마음은 조금도 없습니다. 의뢰인을 직접 만나 보는 게 중요하다고 생각하거든요. 주머니에 당신이 자세히 적어 보낸 편지가 들어 있으니 물어볼 것도 별로 없습니다. 게다가 그 미국 신사가 찾아왔을 때 부족한 부분을 듣기도 했으니까요. 그런데 이번 주에 그 사람을 처음으로 알게 된 겁니까?"

"그렇소. 이번 주 화요일에 연락을 받았소."

"그 사람이 오늘 나와 만난 이야기를 했습니까?"

"그렇다오. 그 미국 신사는 선생을 만나고 나서 여기로 곧장 달려왔소. 그전까지 그는 굉장히 화를 내더군."

"왜 그렇게 화를 냈을까요?"

"내가 선생에게 일을 맡겨서 자기 명예에 상처를 입었다고 생각하는 것 같았소. 하지만 선생을 만나고 왔을 때는 기분이 좋아 보였소이다."

"앞으로 어떻게 하자는 말은 없었습니까?"

---

43) Hans Sloane(1660~1753). 영국의 내과 의사이자 골동품 수집가. 그가 평생 모아온 골동품들을 1753년 국가에 기증하면서 대영박물관이 설립되었다.

"그렇소. 아무 말도 하지 않았소."

"당신에게 돈을 꾸거나 빌려 달라고 하지는 않았나요?"

"아니, 그런 일은 없었소."

"그 사람에게 다른 목적이 있다고는 생각하지 않습니까?"

"그가 말해 준 것 말고는 아무것도 없어 보였소."

"그렇군요. 그에게 우리가 전화로 약속했다는 사실을 알렸나요?"

"그랬소, 그 말은 했소."

홈즈는 생각에 잠겼다. 아무래도 쉽게 판단을 내리기 힘든 모양이었다.

"당신의 수집품 중에 값나가는 물건이 있습니까?"

"아니, 없소이다. 나는 부자가 아니니까. 훌륭한 수집품들이지만 특별히 값이 나갈 만한 것은 없소."

"그렇다면 도둑맞을 걱정도 없겠군요?"

"그렇소, 전혀 없다오."

"이 집에서 얼마나 오래 살았습니까?"

"5년 가까이 될 거요."

바로 그때, 문을 급하게 두드리는 소리 때문에 홈즈의 질문이 끊기고 말았다. 네이션 개리뎁 씨가 자리에서 일어나 문의 걸쇠를 풀자마자 미국인 변호사인 존 개리뎁 씨가 숨을 헐떡이며 방 안으로 뛰어들었다.

"찾았습니다!"

그는 머리 위에서 신문지 한 장을 흔들며 외쳤다.

"아, 다들 여기 계실 줄 알았어요. 네이션 개리뎁 씨, 축하드립니다! 큰 부자가 되셨어요. 이제 우리 일도 순조롭게 끝났습니다. 홈즈 선생님에게는 죄송할 따름입니다. 쓸데없는 일로 귀찮게 했으니까요."

미국인 변호사는 네이션 개리뎁 씨에게 그 신문을 건네주었고, 네이

선 씨는 그대로 선 채 표시된 광고를 바라보았다. 홈즈와 나는 어깨 너머로 그 광고를 들여다보았다. 내용은 다음과 같았다.

하워드 개리뎁

: 농기구 제작자

바인더, 수확기, 증기 및 수동 쟁기plow, 조파기, 써레, 농업용 수레, 사륜 짐마차 및 각종 농기구. 자분정自噴井[44] 견적 냄.
버밍엄 시 애스턴 그로브너 빌딩으로 문의 바람.

"만세! 드디어 세 명이 모였구먼."

네이선 개리뎁이 환호성을 올리자 미국인 개리뎁이 말했다.

"저는 버밍엄 쪽을 조사하고 있었습니다. 그런데 그곳 대리인이 그쪽 지방 신문에서 이 광고를 찾아 보내 준 겁니다. 이제 하루 빨리 이 일을 매듭지어야 합니다. 그래서 저는 이 개리뎁 씨에게 편지를 써서 내일 오후 4시에 네이선 개리뎁 씨가 찾아가겠다고 말해 두었습니다."

"내가 그 사람을 만나라는 거요?"

"홈즈 선생님은 어떻게 생각하십니까? 그러는 편이 더 현명하지 않을까요? 저처럼 여기저기 떠돌아다니는 미국인이 갑자기 찾아가서 이런 별스러운 이야기를 하면 그 사람은 믿지 못할 겁니다. 거기에 비해서 네이선 씨는 신원이 확실한 영국인이니 잘 믿어 줄 겁니다. 정 혼자 가기 싫으시다면 제가 함께 갈 수도 있지만, 내일은 마침 바쁜 일이 있습니다. 그렇지만 혹시 무슨 일이라도 생기면 바로 달려가겠습니다."

"하지만 나는 지난 몇 년 동안 그렇게 멀리까지 간 적이 없소이다."

"걱정하실 것 없습니다. 가는 방법은 이미 다 알아 두었으니까요. 여기서 12시에 출발하는 기차를 타면 2시 조금 넘어서 목적지에 도착할 겁니다. 그리고 그날 돌아올 수 있지요. 당신은 단지 이 사람을 만나서 사정을 설명하고 그 사람이 개리뎁이 맞다는 사실을 증명하는 확인서를 받아 돌아오시면 됩니다. 이게 뭐 그리 대단한 일입니까?"

미국인 존 개리뎁이 뜨거운 목소리로 덧붙였다.

"저는 멀리 미국 한복판에서 여기까지 왔습니다. 이제 마지막 일만 남았는데 그깟 150킬로미터 남짓한 여행이 대수겠습니까?"

홈즈도 맞장구쳤다.

---

44) 지하수가 수압을 받아 저절로 솟아오르는 우물.

"맞는 말입니다. 나도 이 미국 신사분의 말이 전적으로 옳다고 생각합니다."

네이선 개리뎁은 내키지 않는다는 듯 어깨를 들썩였다.

"다들 그렇게 말하니 가야겠구먼. 생각해 보니 내 인생에 이렇게 멋진 행운을 가져다준 당신의 뜻을 거스르기도 어려우니까 말이오."

박물학자가 의견을 받아들이자 홈즈가 끼어들었다.

"이제 이야기는 끝났습니다. 결론이 나는 대로 나한테도 연락해 주시겠지요?"

"그렇게 하겠습니다."

미국에서 온 개리뎁은 이렇게 말하고 나서 자기 시계를 보며 덧붙였다.

"그럼 저는 이만 실례하겠습니다. 네이선 씨, 내일 와서 버밍엄으로 가시는 길을 배웅하지요. 홈즈 선생님, 함께 가시겠습니까? 아, 그럼 저 먼저 실례하겠습니다. 안녕히 계세요. 내일 밤에는 좋은 결과를 알려 드릴 것 같습니다."

미국 신사가 방에서 나가자 홈즈의 표정이 갑자기 밝아졌고, 당혹스러워하는 모습은 완전히 사라져 버리고 말았다.

"개리뎁 씨, 당신의 수집품을 천천히 둘러보고 싶은데요. 나 같은 탐정에게는 여러 가지 지식이 일하는 데 도움이 되는 법이니까요. 이 방은 지혜의 보물 창고 같습니다."

이 말을 들은 네이선 개리뎁은 기뻐하는 표정으로 안경 너머의 눈동자를 반짝이며 대답했다,

"나도 선생이 매우 지성적인 분이라는 소문을 들었소이다. 시간이 있다면 지금이라도 당장 둘러보시구려."

"안타깝게도 지금은 시간이 안 돼서요. 하지만 수집품이 잘 정리되어

있고 명패도 붙어 있으니 일부러 설명해 주시지 않아도 될 겁니다. 내일 시간이 되면 와서 조금 둘러보고 싶은데 괜찮을까요?"

"물론이오. 선생이라면 언제라도 대환영이오. 물론 여기는 잠겨 있을 테지만 오후 4시까지는 가정부인 손더스 부인이 지하에 머물고 있으니 문을 열어 달라고 하면 될 거요."

"그럼 내일 오후에 다시 오겠습니다. 가정부에게 미리 일러 주시면 고맙겠습니다. 그런데 이 집을 소개해 준 부동산 중개소가 어디죠?"

네이선 개리뎁은 갑작스러운 질문에 놀란 듯했다.

"엣지웨어 가의 홀로웨이 앤 스틸 부동산 중개소요. 그런데 그건 왜 물으시는 건지?"

홈즈는 껄껄 웃으며 대답했다.

"나도 건물에 상당한 관심이 있어서요. 이 집의 건축 양식이 퀸 앤 양식인지 조지 양식인지 궁금하네요."

"의심할 것도 없이 조지 양식입니다."

"그런가요? 나는 좀 더 오래된 양식일 것이라고 생각했는데 말입니다. 어쨌든 그런 건 금방 확인할 수 있지요. 그럼 개리뎁 씨, 안녕히 계세요. 버밍엄에서 일이 잘되기를 바랍니다."

그 부동산 중개소는 근처에 있었으나 그날은 영업을 하지 않았다. 우리는 그냥 베이커 가로 돌아왔다. 그날 밤, 저녁 식사를 마친 뒤에야 홈즈가 이번 문제에 대한 이야기를 꺼냈다.

"이번 사건도 곧 해결할 수 있을 것 같아. 물론 자네도 대충은 짐작했겠지만."

"아니, 나는 감도 못 잡겠네."

"절반은 분명해졌고 나머지도 내일이 되면 알 수 있을 거야. 그런데 아까 신문광고에 조금 이상한 점이 있지 않았나?"

"수동 쟁기plough'의 철자가 틀렸더군."

"자네도 그걸 알았단 말이지? 왓슨, 점점 관찰력이 날카로워지고 있어. 맞네. 영국인은 'plough'라고 쓰지만 미국인은 'plow'라고 쓰지. 신문사에서는 받은 원고 그대로 인쇄했을 거야. '사륜 짐마차'도 미국에서 쓰는 단어고, '자분정'이라는 우물도 영국이 아니라 미국에서 흔한 것일세. 그 광고는 전형적인 미국식 광고였지만 영국 회사 이름을 빌렸어. 대체 어떻게 된 일이라고 생각하나?"

"그렇다면 미국인 변호사인 존 개리뎁이 낸 광고로군. 목적이 무엇인지는 잘 모르겠지만."

"뭐, 여러 가지로 설명할 수 있네. 어찌 됐든 그자는 사람 좋고 물정 모르는 노인을 집에서 끌어내려는 걸세. 틀림없어. 나는 네이선 씨에게 버밍엄에 가 봤자 망신만 당할 테니 그러지 말라고 충고하고 싶은 마음이 굴뚝같았지만, 다시 생각해 보니 차라리 그냥 보내서 무대를 비우게 하는 게 좋을 것 같았네. 왓슨, 내일일세. 내일이 되면 자연스럽게 알 수 있을 거야."

이튿날, 홈즈는 아침 일찍 일어나서 외출했다가 점심께 돌아왔는데 그의 얼굴에 심상치 않은 분위기가 감돌았다.

"왓슨, 생각했던 것보다 더 심각한 사건일세. 이런 소리를 하면 자네는 더더욱 위험에 뛰어들려 하겠지만 말하지 않으면 그것도 불공평하겠지. 어쨌든 위험한 일일세. 자네도 그 사실을 잘 알아 두게나."

"홈즈, 우리가 함께 위험을 나눈 건 어제오늘 일이 아니지 않은가? 그리고 난 이게 마지막이기를 바라지도 않는다네. 자, 이번에는 어떤 위험인가?"

"상대가 엄청난 강적일세. 변호사 존 개리뎁이라는 사람의 정체를 알아봤더니 흉악하기로 이름난 '살인자' 에번스였네."

"나는 처음 듣는 이름인데."

"그렇군. 자네 같은 의사야 나처럼 런던 뉴게이트 교도소의 사건 기록부를 머릿속에 넣어 둘 필요가 없으니까. 사실 오늘 아침에 런던경찰국에 있는 레스트레이드 친구를 찾아갔다네. 경찰국 사람들은 상상력이나 직감은 좀 뒤떨어질지 몰라도 철저함이나 체계성에서는 세계 최고거든. 나는 그 미국인에 대한 기록을 얻을 수 있을까 해서 가 봤는데 아니나 다를까 범죄자 사진 진열실에서 그 둥근 얼굴이 히죽 웃고 있더군. 사진 밑에는 이렇게 적혀 있었네. '제임스 윈터, 모어크로프트나 살인자 에번스로도 불림.'"

홈즈가 주머니에서 봉투를 하나 꺼내 들었다.

"녀석의 기록 중에서 중요한 것들을 몇 가지 적어 왔네. '시카고 출생. 44세. 미국에서 남자 셋을 사살함. 정치적인 영향력을 이용해 교도소에서 탈출. 1893년에 런던으로 건너옴. 1895년 1월에 워털루 가의 나이트클럽에서 카드 게임을 하다가 시비가 붙어서 상대방 남자에게 총을 쏨. 그 남자는 죽었지만 법정에서는 상대방이 먼저 시비를 걸었다고 판단함. 피살자는 시카고의 유명한 화폐 위조범인 로저 프레스콧이라고 밝혀짐. 1901년, 즉 작년에 살인자 에번스가 석방됨. 이후부터 에번스는 요주의 인물로 경찰의 감시를 받고 있으나 아직 범죄를 저지를 기미는 보이지 않음. 늘 무기를 소지하고 다니며 언제든지 사용할 수 있는 극악무도한 인물.' 왓슨, 우리 사냥감의 정체일세. 녀석이 위험천만한 자라는 걸 인정해야 하네."

"그렇다면 대체 어떤 음모를 꾸미는 걸까?"

"지금 서서히 밝혀지고 있어. 나는 그 집을 관리하는 홀로웨이 앤 스틸 부동산 중개소에 다녀왔어. 네이선 개리뎁 씨는 자기가 말한 대로 5년 동안 그 집에서 살았더군. 그전에 1년 동안은 빈집이었고. 개리뎁 씨 전에는 월드런이라는 신사가 살았는데 사무실 사람이 그의 인상을 잘 기억하고 있었네. 어느 날 갑자기 아무 연락도 없이 사라졌다고 하더군. 키가 크고 얼굴은 거뭇하며 턱수염을 길렀다고 했네. 그런데 살인자 에번스가 쏘아 죽인 프레스콧 말인데, 경찰국에 물어봤더니 그자도 키가 크고 턱수염을 길렀으며 피부가 거뭇했다고 하지 뭔가. 멋지게 맞아떨어지지? 다시 말해서 월드런이 바로 미국인 범죄자 프레스콧이고, 그자는 지금 네이선 개리뎁 씨가 박물관으로 삼아 쓰고 있는 그 방에서 살았던 걸세. 마침내 연결 고리를 찾아낸 거야."

"그렇다면 다음 고리는?"

"그건 지금부터 나가서 찾아봐야지."

이렇게 말한 홈즈는 서랍에서 권총을 꺼내 건네주었다.

"나는 늘 애용하는 무기를 가져가겠네. 그 서부에서 온 악당이 별명대로 행동할지 모르니 우리도 그에 어울리게 준비해야겠지. 앞으로 한 시간 정도는 여유가 있으니 낮잠이라도 자 두게. 곧 라이더 가로 모험을 떠날 시간이 될 거야."

우리가 네이선 개리뎁의 기묘한 방에 도착한 것은 4시 정각이었다. 집을 보고 있던 가정부 손더스 부인은 막 돌아가려던 참이었으나 우리를 보고 얼른 안으로 안내해 주었다. 문에는 열쇠가 없어도 닫으면 저절로 잠기는 스프링 자물쇠가 달려 있었다. 홈즈는 돌아갈 때 문을 닫았는지 잘 확인하겠다고 약속했다. 잠시 뒤에 앞쪽 현관문 닫히는 소리가 들렸고, 집으로 돌아가는 가정부의 모자가 창 앞으로 지나가는 모습이 보였다. 이렇게 해서 그 집의 1층에 남은 것은 나와 홈즈 둘뿐이었다. 홈즈는 재빨리 방 안을 둘러보았다. 어두운 방구석에 벽에서 약간 떨어져 놓인 진열장이 있었다. 우리는 그 뒤에 웅크리고 앉았다. 거기서 홈즈가 작은 목소리로 자기 계획을 속삭였다.

"녀석은 틀림없이 사람 좋기만 한 노인 네이선 개리뎁을 이 방에서 내쫓고 싶어 했네. 틀림없어. 하지만 수집가는 절대 집을 비우려 하지 않았고, 그를 내쫓으려면 그럴 듯한 일을 꾸며야만 했네. 녀석의 계략에 다른 목적은 없어. 왓슨, 단언컨대 이번 계략에서는 악마 같은 독창성이 엿보이네. 네이선 개리뎁 씨의 특이한 성씨가 녀석에게 예상치 못한 기회가 되기는 했지만. 그자는 놀랍도록 교활하게 계략을 꾸민 거야."

"하지만 무엇을 위해서?"

"그걸 알아내려고 여기 온 걸세. 적어도 우리 의뢰인인 네이선 개리뎁 씨하고는 아무 관계도 없는 일이야. 내 생각에는 에번스가 살해한 예전 세입자와 관계있는 것 같아. 어쩌면 에번스와 그 피해자가 동료였을지도 모르지. 이 방에 뭔가 나쁜 비밀이 숨어 있는 걸세. 지금 내가 할 수 있는 말은 그 정도야. 처음에 나는 네이선 개리뎁 씨가 값비싼 것을 소장하고 있다고 생각했네. 본인은 모르고 있지만 악당이 노릴 만한 가치 있는 것 말일세. 하지만 그 화폐 위조범인 로저 프레스콧이 이 방에서 살았다는 사실을 알고 나자 더 큰 이유가 있다는 생각이 들었네. 그러니 왓슨, 우리는 앞으로 무슨 일이 일어날지 인내심을 가지고 가만히 지켜볼 수밖에 없어."

그렇게 오래 기다릴 필요도 없었다. 현관문을 여닫는 소리가 들리자 우리는 어둠 속에서 몸을 더 웅크렸다. 잠시 뒤, 방문 열쇠를 돌리는 금속음이 들리더니 그 미국인이 방 안으로 들어왔다. 그는 손을 뒤로 돌려 조용히 문을 닫고 방 안에 아무도 없는지 주의 깊게 살폈다. 그런 다음 외투를 벗고 무엇을 어떻게 해야 하는지 잘 아는 사람처럼 가운데 탁자 쪽으로 성큼성큼 걸어갔다. 그는 탁자를 옆으로 밀치더니 바닥에 깔려 있는 사각형 카펫을 걷어 둘둘 말아 놓고 안주머니에서 짧은 지렛대를 꺼냈다. 그리고 무릎을 꿇고 앉아 바닥에 대고 뭔가를 열심히 했다. 잠시 뒤, 판자가 삐걱거리는 소리가 들리더니 바닥에 네모난 구멍이 뻥 뚫렸다. 살인자 에번스는 성냥을 그어 짧은 초에 불을 붙였고 그 구멍 속으로 들어가 우리 시야에서 사라졌다.

절호의 기회였다. 홈즈가 내 손목을 툭 쳐서 신호를 보냈고 우리는 그 구멍을 향해 살금살금 다가갔다. 충분히 주의를 기울였지만 바닥이 낡아 발밑에서 소리가 났는지 갑자기 에번스가 머리를 불쑥 내밀고 주

위를 둘러보았다. 우리를 발견한 순간, 녀석의 얼굴은 당황스러움과 분노로 물들었으나 권총 두 개가 자기 머리를 노리고 있다는 것을 깨닫자 표정이 점점 부드러워지더니 나중에는 부끄러운 듯이 히죽 웃기까지 했다.

"이런, 이런!"

에번스가 구멍 밖으로 기어 나오면서 싸늘하게 말했다.

"아무래도 홈즈 선생은 내게 벅찬 상대였나 보오. 처음부터 내 계획을 눈치채고서도 내가 풋내기인 양 가지고 놀았군. 알겠소. 이걸 건네겠소. 내가 졌으니까……."

그자는 순식간에 품에서 권총을 꺼내 두 발을 쏘았다. 나는 새빨갛게 달군 부젓가락으로 허벅지를 찔린 듯한 격렬한 고통을 느꼈다. 동시에 홈즈가 권총 손잡이로 그자의 머리를 있는 힘껏 내리쳤다. 에번스가 얼굴에 피를 흘리며 바닥에 쓰러지는 모습과 홈즈가 그자의 몸을 뒤져 무기를 빼앗는 모습이 어렴풋하게 눈에 들어왔다. 그러고 나서 홈즈는 가늘면서도 다부진 팔로 나를 안아 일으켜 의자로 데려가 앉혔다.

"왓슨, 다치진 않았겠지? 부탁이니 아무렇지도 않다고 말해 주게!"

저렇게 차가운 얼굴 뒤에 그토록 깊은 우정과 사랑이 숨어 있음을 알기 위해서라면 한 번쯤 다쳐도 괜찮았다. 아니, 한 번이 아니라 여러 번 다쳐도 괜찮을 듯싶었다. 그 맑고 날카로운 눈이 잠시 흐려졌고 굳게 다문 입술이 부르르 떨렸다. 그때 나는 딱 한 번, 홈즈의 위대한 두뇌는 물론이고 크고 다정한 마음도 엿보았다. 나는 오랫동안 변변치는 못해도 한결같이 홈즈에게 봉사했는데 그것은 뜻밖의 진실을 깨달은 순간에 정점에 달했다.

"걱정할 것 없네, 홈즈. 조금 스친 것뿐이야."

홈즈는 주머니칼을 꺼내서 내 바지를 찢어 보았다.

"정말이군, 다행이야. 총알이 살짝 스치고 지나갔어."

그는 안도의 한숨을 내쉬었다. 홈즈는 차가운 얼굴을 한 채 몸을 일
으켜 멍하니 있는 범인을 쏘아 보았다.

"천만다행으로 네놈도 목숨을 건진 줄 알아. 만약 왓슨이 죽었다면
너도 이 방에서 살아나가지 못했을 테니까. 할 말이 있으면 해 보시지!"

에번스는 아무 말도 하지 않았다. 그저 얼굴을 찌푸린 채 바닥에 앉
아 있기만 했다. 나는 홈즈의 부축을 받아 비밀 문이 열린 지하실을 들
여다보았다. 에번스가 가지고 들어간 촛불이 타올라 지하실을 밝혔다.
녹슨 기계 덩어리, 큼직한 두루마리 종이, 여기저기에 흩어져 있는 병,
그리고 조그만 탁자 위에 나란히 놓여 있는 종이 다발이 보였다. 홈즈
가 말했다.

"인쇄기야. 위조화폐를 만드는 기계지."

"맞소."

에번스가 비틀거리며 일어섰으나 다시 주저앉고 말았다.

"런던에서 유래를 찾아볼 수 없을 만큼 굉장한 위조화폐 인쇄기요. 프레스콧이 쓰던 기계지. 그 탁자 위에 있는 종이 다발은 프레스콧이 직접 만든 100파운드짜리 위조화폐 2,000장이오. 어디에 들고 가든 멋지게 쓸 수 있소. 어떠시오? 신사분들, 그것을 전부 드릴 테니 나를 놓아주지 않겠소?"

홈즈가 코웃음 쳤다.

"에번스, 그건 안 되겠는데. 우리나라에 네가 숨을 곳은 어디에도 없어. 너는 프레스콧이라는 녀석을 쏘아 죽였어. 그렇지?"

"그야 그렇지만 그 바람에 나는 5년이나 감옥에서 썩었소. 그것도 녀석이 먼저 시비를 걸었는데 말이오. 나는 수프 접시만 한 메달을 받아도 시원찮을 판인데 5년형을 받았소. 프레스콧이 만든 지폐와 영국 은행이 찍은 지폐를 구별할 수 있는 사람은 아무도 없소. 그러니까 내가 녀석을 죽이지 않았다면 런던 전체가 녀석이 만든 화폐로 넘쳐 났을 거요. 녀석이 어디서 위조화폐를 만드는지 알고 있는 사람은 나뿐이었소. 내가 여기에 오고 싶어 한 것이 그렇게 이상한 일이오? 그리고, 곤충학자인지 뭔지 하는 이름 괴상한 미친 노인네가 돈 더미를 깔고 앉아 꿈쩍도 하지 않는 것을 보고 최선을 다해 바깥으로 내보내려고 한 것이 그렇게 이상한 일이오? 차라리 단번에 죽여 버리는 게 나을 뻔했어. 그게 훨씬 간단했겠지만 이래봬도 나는 마음씨가 고와서 총도 없는 상대를 쏘지 못했소. 그건 그렇고 홈즈 선생, 한 가지 물어보겠소. 대체 내가 뭘 잘못했다는 거요? 이 기계를 쓰지도 않았고 그 영감탱이를 해치지도 않았는데 대체 무슨 죄로 끌고 갈 생각이오?"

에번스가 질문하자 홈즈가 답했다.

"지금으로서는 살인미수밖에 없어. 하지만 그건 우리가 판단할 문제가 아니야. 뒤에서 기다리는 사람들이 알아서 해 주겠지. 우리가 지금 원하는 건 네 녀석의 몸뚱이뿐이야. 왓슨, 런던경찰국에 전화 좀 해 주겠나? 그쪽에서도 어느 정도 예상은 하고 있을 걸세."

이것이 살인자 에번스와 그가 꾸민 〈세 명의 개리뎁〉 사건의 경위이다. 우리가 나중에 듣기로, 그 불쌍한 개리뎁 노인은 자기 꿈이 산산조각 난 충격에서 끝내 벗어나지 못했다고 했다. 꿈에 그리던 공중누각이 무너지자 그 잔해에 깔려 버린 것이다. 결국 그는 브릭스턴의 요양원에 들어갔다고 한다. 어쨌든 프레스콧의 위조화폐 인쇄기가 발견된 것은 경찰국 사람들에게 큰 기쁨이 되었다. 경찰은 그 인쇄기의 존재를 알고 있었지만 프레스콧이 죽고 난 다음부터는 찾을 길이 없었기 때문이다. 그런 의미에서 에번스는 무척 큰 공을 세웠고, 덕분에 유능한 형사들은 두 다리 쭉 뻗고 잘 수 있게 되었다. 그도 그럴 것이 화폐 위조범은 가장 큰 공공의 적이니 말이다. 경찰들이라면 기꺼이 에번스의 말대로 수프 접시만 한 메달을 수여하고 싶었겠지만 고지식한 재판관은 그리 호의적으로 받아들이지 않았다. 결국 '살인자'는 얼마 전에 나온 어두운 감옥으로 다시 돌아가야 했다.

23 토르교 사건

23
토르 교 사건

    런던의 채링 크로스에 있는 콕스 은행의 금고실 어딘가에는 거듭되는 여행으로 닳고 찌그러진 양철 서류 상자가 있다. 그 뚜껑에는 '인도 육군 출신, 의학박사, 존 H. 왓슨'이라는 이름표가 붙어 있다. 그 안에는 서류가 가득 들어 있는데 대부분은 친구인 셜록 홈즈가 오랜 세월에 걸쳐서 맡은 기이한 사건을 기록한 것이다. 그중 어떤 것은 내용은 재미있어도 수사는 완전히 실패한 것이어서 이야기 결말 부분이 빠져 있는 바람에 소개하기 어렵다. 연구를 즐기는 학생들에게는 해답이 없는 문제가 흥미롭게 느껴질지 몰라도 편안한 마음으로 즐기려는 독자들은 분명 짜증을 낼 것이다. 이런 미제未濟 사건 중에는 우산을 가지러 자기 집으로 돌아갔다가 갑자기 사라진 제임스 필리모어 씨 이야기가 있다. '앨리샤 호'라는 작은 범선 사건도 그것 못지않게 흥미로웠다. 그 배는 어느 봄날 아침, 짙은 안개 속으로 출항하고 나서 두 번 다시 모습을 드러내지 않았다. 유명한 저널리스트이자 싸움꾼인 이사도라 페르사노 사건도 주목할 만한 사건이다. 그는 눈앞에 놓인 성냥 상자를 가만히 바라본 채 완전히 미쳐 버린 상태로 발견되었다. 그 상자에는 아직 학계에 보고되지 않은 이상한 벌레 한 마리가 들어 있었다고 한다. 이처럼 결말이 없는 사건 말고도 다른 이유 때문에 발표할 수 없는 것들도 있다. 가문의 비밀과 깊은 관계가 있는 사건들이 여기에 해당된다. 아마 몇몇 명문가에서는 그 일이 출판된다는 소리만 들어도 난리가 날 것이다. 말할 필요도 없이 나는 그런 비밀들을 폭로할 생각은 전혀 없다. 이제 홈즈가 그 문제에 관심을 보일 여유가 생겼으므로 그런 사건들을 따로 추려서 폐기할 것이다.

다른 사건들도 상당히 많이 있다. 만약 독자들이 내 이야기에 질려서 내가 누구보다도 존경하는 홈즈의 평판이 나빠지지 않을까 하는 걱정만 없었다면 나는 벌써 그 기록들을 편집해서 발표했을 것이다. 그중에는 내가 직접 관여해서 목격자로서 기록할 수 있는 사건도 있다. 반면에 내가 현장에 없었거나 너무 소소한 역할만 해서 제삼자의 눈으로 서술할 수밖에 없는 사건들도 있다. 지금 소개할 사건은 내가 직접 체험한 것이다.

바람이 심하게 불던 10월 어느 날 아침의 일이었다. 나는 옷을 입으며 뒤뜰을 바라보고 있었다. 우리 집 뒤뜰에 색채를 더해 주는 플라타너스에서 마지막으로 남은 이파리 몇 장이 바람에 떨어지고 있었다. 예술가들이 으레 그렇듯이 홈즈도 주변 상황에 아주 예민했다. 그래서 나는 아침을 먹으러 아래층으로 내려가면서 내 친구가 틀림없이 우울해하고 있으리라 생각했다. 그런데 놀랍게도 홈즈는 아침을 거의 다 먹었고, 표정은 아주 밝았으며 즐거워했다. 그가 이상하게 기분이 좋을 때면 나는 늘 불길한 예감이 들었다.

"홈즈, 무슨 사건이 들어왔나?"

"추리력은 아무래도 전염이 되는 모양이군, 왓슨. 그러니 자네가 내 비밀을 파헤쳤겠지. 그렇다네. 사건이 들어왔어. 지난 한 달 동안 평범하고 따분한 날들이 계속되었는데 멈춰 있던 수레바퀴가 이제 다시 돌기 시작했네."

"괜찮다면 나도 자네를 돕고 싶은데."

"그럴 만한 사건은 아니야. 하지만 우리 새로운 요리사가 너무 솜씨를 발휘한 나머지 굉장히 퍽퍽한 삶은 달걀 두 개를 다 먹고 나면 그때는 말할 수 있겠지. 달걀이 익은 상태와 어제 현관 탁자 위에서 본 〈패밀리 헤럴드〉 사이에는 관계가 있을 걸세. 달걀을 삶는 사소한 일을 할 때도 시간의 흐름에 신경을 쓸 만큼은 주의를 기울여야 하네만, 그 멋진 잡지에 실린 연애소설에 푹 빠져 있으면 어쩔 수가 없지."

15분 뒤, 식탁이 정리되자 우리는 마주보고 앉았다. 홈즈가 주머니에서 편지 한 통을 꺼내면서 물었다.

"황금왕 닐 깁슨이라고 들어 보았나?"

"미국의 상원 의원 말인가?"

"그래, 예전에는 미국 서부 어느 주의 의원이었지만, 지금은 세계에서 제일가는 황금왕으로 더 유명하지."

"알고 있네. 한동안 영국에서 살았다고 들었어. 낯익은 이름일세."

"맞아. 5년쯤 전에 햄프셔에서 상당히 넓은 토지를 사들였어. 그렇다면 깁슨 부인의 가슴 아픈 최후에 대해서도 들었겠군."

"물론일세. 지금 생각났는데 그 사건 때문에 닐 깁슨의 이름이 널리 알려졌지. 하지만 자세한 내용은 거의 몰라."

홈즈가 의자 위에 놓여 있던 몇몇 신문을 집었다.

"내가 이 사건을 맡을 줄은 정말 몰랐어. 미리 알았더라면 기사를 스크랩해 두었을 텐데. 세상을 떠들썩하게 했지만 까다로운 점은 없어 보였거든. 피의자의 성품이 아무리 좋다 해도 명확한 증거가 있다는 점은 변하지 않으니까. 검시 재판에 참석한 배심원단의 의견도 그랬고, 즉결 심판소에서도 그렇게 보았네. 사건은 지금 윈체스터의 순회재판으로 넘어갔어. 아무래도 보람을 느낄 만한 사건은 아니야. 내가 사실을 밝힐 수는 있겠지만 증거를 바꿀 수는 없으니까. 아주 새로운 사실이 갑자기 나타나지 않는 이상 내 의뢰인에게 희망은 없네."

"자네의 의뢰인이라니?"

"아차, 깜빡하고 말을 안 했군. 뒤에서부터 이야기하는 자네의 버릇이 옳은 모양일세. 우선 이걸 읽어 보게나."

홈즈는 내게 굵직하고 힘 있는 멋진 글씨로 쓴 편지를 건넸다. 내용은 다음과 같았다.

클래리지 호텔,
10월 3일

셜록 홈즈 선생
주님께서 창조하신 가장 훌륭한 여성이 죽음의 길로 내몰리고 있소. 나는 그녀의 목숨을 구하기 위해서라면 무엇이든 할 생각이오. 나는 일이 어떻게 그렇게 됐는지 설명할 수 없고, 설명하겠다고 마음먹기도 어렵소. 그러나 던바 양이 결백하다는 사실만은 잘 알고 있소이다. 선생도 그 사건에 대해서는 잘 아시리라 믿소. 모르는 사람이 어디 있겠소? 온 나라 사람들이 사건 이야기를 하고 있으니까. 그런데도 그녀를 변호하는 목소리는 한 마디도 들리지 않소. 너무 불공평한 이 상황 때문에 나는 미쳐 버릴 것만 같소.

덤바 양은 파리 한 마리 죽이지 못하는 심성 고운 사람이오. 내일 아침 11시까지 그쪽으로 찾아갈 레니 선생이 어둠에 밝은 빛을 가져다줄 수 있을지 이야기를 나누고 싶소. 내가 유력한 증거를 가지고 있으면서 미처 깨닫지 못하는 것일지도 모르지 않소이까. 어쨌든 선생이 그녀를 구해 주기만 한다면 내가 아는 모든 것, 내가 가지고 있는 모든 것, 그리고 나라는 존재를 모두 바쳐 돕고 싶소. 이전에도 선생이 능력을 발휘한 적이 있다면 지금 이 사건에 그 힘을 전부 기울여 주길 바라오.

　　J. 닐 깁슨

"이렇게 된 걸세."

홈즈는 아침을 먹고 나서 피우던 파이프에서 톡톡 재를 털어 내고 다시 천천히 담배를 채우면서 이야기를 계속했다.

"나는 그 신사를 기다리고 있는 걸세. 자네가 이 신문을 다 읽을 시간은 없겠지. 그러니 자네가 이 사건에 흥미를 느낀다면 내가 간단하게 사건 정황을 들려주겠네. 깁슨 씨는 세계에서도 손꼽히는 재력가고, 내가 듣기로 아주 난폭하고 무서운 사람이야. 그의 아내가 이번 사건의 희생자인데, 내가 그녀에 대해서 아는 것이라고는 이미 젊음을 잃기 시작한 중년 여인이라는 것과, 그보다 더 불행하게도 두 아이를 교육하는 가정교사가 아주 아름다웠다는 점일세. 이 세 등장인물이 사건에 얽혀 있고 무대는 영국의 유서 깊은 지방 한가운데에 있는 웅장한 고택이야.

이제 사건을 살펴보세. 깁슨 부인이 저택에서 800미터쯤 떨어진 곳에서 시신으로 발견된 것은 밤늦은 시간이었어. 야회복을 입고 어깨에는

숄을 걸쳤는데 머리에 총을 맞은 상태였지. 부인의 시신 근처에는 아무런 흉기도 없었고 단서가 될 만한 것도 전혀 없었네. 알겠나, 왓슨? 시신 근처에 흉기가 없었단 말일세. 이게 중요한 점이야. 그리고 범행은 밤 늦게 행해진 것 같았고, 사냥터 관리인이 밤 11시쯤에 시신을 발견했네. 시신은 경찰과 의사가 살펴보고 나서 저택 안으로 옮겨졌어. 설명이 너무 간단했나? 사건 정황을 잘 이해할 수 있겠나?"

"잘 알았네. 그런데 어째서 그 가정교사가 의심받는 건가?"

"사건과 직접적으로 연관되는 증거가 있기 때문일세. 권총 약실이 하나 비어 있었고, 범행에 쓰인 총알과 구경이 완벽하게 일치하는 권총이 가정교사의 옷장 바닥에서 나왔거든."

홈즈는 시선을 한 군데로 고정시키고 한 마디씩 끊어서 그 말을 되풀이했다.

"가정교사의, 옷장, 바닥에서."

그리고 입을 다물어 버렸다. 머릿속에 여러 가지 생각이 떠오른 모양이었기에 나는 방해하지 않기 위해 아무 말 하지 않았다. 잠시 뒤, 홈즈는 갑자기 정신을 차리고 현실로 돌아왔다.

"그래, 왓슨. 권총이 발견되었어. 도저히 벗어날 길이 없는 증거야. 당연히 배심원 두 명도 그렇게 생각했지. 그리고 부인의 시신에는 그 장소에서 만나자는 약속이 적힌 짧은 편지가 있었고 거기에는 가정교사의 서명까지 적혀 있었네. 어떤가? 게다가 살인 동기까지 있어. 깁슨 의원은 매력적인 인물일세. 만약 부인이 죽는다면 이미 남편이 눈독 들이고 있는 그 젊은 여성이 후처가 될 게 뻔하지. 사랑, 돈, 권력, 이 모든 것이 한 중년 신사에게 달려 있단 말이야. 불결한 이야기일세, 왓슨. 참으로 불결해."

"그렇군."

"게다가 그 가정교사는 자기 알리바이도 증명하지 못했어. 알리바이는커녕 사건이 벌어진 시간에 이번 비극이 일어난 무대였던 토르 교 근처에 있었다는 사실을 인정해야 했거든. 지나가던 마을 사람에게 목격당했으니 부인할 수도 없었지."

"결정적인 증거로군."

"왓슨, 하지만 말일세, 우리는 그 다리를 눈여겨봐야 하네. 토르 교는 돌을 쌓아 만든 다리일세. 폭이 넓고 양쪽에 난간이 있어. 양쪽에 갈대가 우거진 깊고 긴 호수에서 가장 좁은 부분에 놓여 있다네. 그 호수를 토르 호라고 부르지. 그 다리에 들어서는 부분에 부인이 쓰러져 있었던 거야. 중요한 사실은 대충 여기까지일세. 아니, 손님이 약속 시간보다 훨씬 일찍 온 것 같군."

빌리가 문을 열어 손님이 왔음을 알렸으나 그 이름은 우리가 기다리던 인물이 아니었다. 우리 모두 처음 보는 베이츠라는 사람이었다. 그는 매우 마르고 신경질적으로 보이는 남자였는데 눈빛은 겁을 먹은 듯했고 태도는 불안해 보였다. 의사인 내 눈으로 보면 신경 쇠약으로 발작하기 일보 직전이라는 느낌이 들었다. 홈즈가 말을 꺼냈다.

"아주 흥분하신 것 같습니다, 베이츠 씨. 우선 앉으세요. 11시에 손님이 오기로 해서 오래 이야기할 수는 없습니다."

"알고 있습니다."

베이츠는 숨이 차는 사람처럼 짧은 말을 내뱉었다.

"깁슨 씨가 곧 오시겠죠. 그는 제 고용주입니다. 저는 그의 토지를 관리하는 일을 하고 있습니다. 홈즈 선생님, 그자는 악마입니다. 극악무도한 사람이라고요."

"좀 지나친 표현이로군요, 베이츠 씨."

"시간이 없어서 말이 거칠어집니다. 제가 여기에 있다는 사실을 주인에게 들키면 안 됩니다. 그 사람이 곧 올 거예요. 하지만 저는 더 일찍 올 수가 없었습니다. 주인이 선생님과 만날 예정이라는 사실을, 오늘 아침에야 비서인 퍼거슨 씨에게서 들었으니까요."

"당신은 아직도 그 집 토지를 관리합니까?"

"이미 그만두겠다고 말했습니다. 앞으로 2주일 뒤면 그자에게 얽매인 이 끔찍한 생활에서 벗어날 수 있습니다. 홈즈 선생님, 여기서 다 말할 수는 없지만 그는 피도 눈물도 없는 사람입니다. 주변 사람들을 가혹하게 대하죠. 여러 가지 자선 사업을 하는 것도 자기가 저지른 죄를 숨기기 위한 눈속임에 불과합니다. 어쨌든 가장 큰 희생자는 그 부인입니다. 그는 부인을 정말로 잔혹하게 대했습니다! 부인이 어떻게 돌아가셨는지 저는 잘 모릅니다. 그러나 부인의 일생을 망쳐 놓은 것은 틀림없이 그 자입니다. 선생님도 아시겠지만 부인은 브라질 출신으로 열대에서 자란 분이란 말입니다."

"음, 그건 처음 듣는 이야깁니다."

"열대에서 태어난 데다가 성격도 열대 지방 사람다웠습니다. 그야말로 태양과 정열의 딸이었죠. 그에 어울리는 방법으로 열렬히 그자를 사랑했습니다. 젊었을 때는 굉장한 미인이었다고 들었지만 시간이 흘러 그 아름다움이 시들기 시작하자 남편의 마음은 떠나갔고 더 이상 마님을 거들떠보지도 않았습니다. 우리는 모두 부인을 좋아하고 동정했으며 주인이 부인을 대하는 태도를 보고 그자를 미워했습니다. 하지만 주인은 교활하고 말솜씨가 좋은 남자입니다. 이 말씀은 꼭 드리고 싶었습니다. 그자의 말을 그대로 받아들이면 안 됩니다. 마음속으로는 다른 생각을 품고 있으니까요. 저는 이만 가야겠습니다. 아니요, 붙잡지 마십시오! 곧 그가 올 거란 말입니다."

이상한 손님은 겁먹은 눈빛으로 시계를 보더니 그야말로 날듯이 문으로 달려가 모습을 감췄다. 잠시 말이 없던 홈즈가 입을 열었다.

"이런, 이런! 깁슨 씨도 참 충성스러운 하인을 두었군. 하지만 우리에게는 꽤나 도움이 될 충고였어. 이제 의뢰인이 오기를 기다리기만 하면 되겠군."

정확히 약속 시간이 되자 계단에서 무거운 발소리가 들리더니 유명한 백만장자가 방 안으로 들어섰다. 잠깐 보기만 해도 방금 전 관리인의 공포와 미움뿐만 아니라 무수히 많은 사업 경쟁자들이 그에게 던진 저주의 말까지 다 이해될 정도였다. 만약 내가 조각가로서 무쇠처럼 용감하고 가죽처럼 질긴, 성공한 실업가 인물상을 만들고자 한다면 그 모델로 틀림없이 닐 깁슨 씨를 선택하리라. 키가 크고 말랐으며 거칠어 보이는 그의 모습에서 굶주림과 탐욕이 느껴졌다. 암살된 미국 대통령 에이브러햄 링컨의 모습에서 기품을 빼고 야비함을 더한 것 같다고 말하면 그 느낌이 어느 정도 전달될 것이다. 주름이 깊은 얼굴은 화강암에 조각한 듯 뼈만 앙상해서 딱딱하고 냉혹해 보였으며, 몇 번이나 위험을 겪었는지 얼굴에는 상처가 많았다. 빳빳한 눈썹 아래에서는 차가운 회색 눈이 우리를 번갈아 바라보고 있었다. 홈즈가 나를 소개하자 그는 형식적으로 고개를 살짝 숙여 보이고는 아주 무례한 태도로 홈즈 곁에 의자를 놓더니 비쩍 마른 무릎이 홈즈에게 닿을 만큼 가깝게 앉았다.

"홈즈 선생, 단도직입적으로 말하겠소. 나는 이번 사건에서 돈은 문제 삼지 않을 것이오. 사건의 진상을 밝히는 데 도움이 된다면 돈다발에 불을 붙여 태워도 상관없소. 그 여성은 결백하오. 그렇기 때문에 무슨 수를 써서라도 사실을 밝히고 싶은 것이오. 선생이 꼭 해결해 주시오. 얼마면 되겠소?"

홈즈가 차가운 어조로 말했다.

"나는 일정한 기준에 따라 수고비를 받습니다. 전혀 받지 않는 경우를 빼면 변동은 없습니다."

"좋소. 돈이야 어찌되든 상관없다면 명성은 어떻소? 이 문제를 해결한다면 영국은 물론이고 미국의 모든 신문이 선생의 실적에 대해 떠들어 댈 거요. 두 대륙에서 단번에 이름을 날릴 수 있소."

"깁슨 씨, 말씀은 감사하지만 나는 특별히 인기를 원하지는 않습니다. 오히려 나는 이름을 숨긴 채 일하고 싶습니다. 내가 흥미를 느끼는 것은 돈이나 명예가 아니라 사건 그 자체니까요. 아무래도 시간을 낭비하고 있는 것 같군요. 사건에 대해서 이야기합시다."

"대략적인 사실은 신문에서 읽으셨으리라 믿소. 내가 도움이 될 만한 정보를 더 알려 줄 수 있을지는 모르겠소. 어쨌든 더 자세히 알고 싶은 점이 있으면 무엇이든 말해 보시오. 그러려고 여기에 왔으니까."

"그렇다면 한 가지 묻고 싶은 것이 있습니다."

"무엇이오?"

"당신과 던바 양은 정확히 어떤 사이였습니까?"

이 말을 듣자 황금왕은 소스라치게 놀라며 의자에서 몸을 반쯤 일으켰다. 그러다가 간신히 마음을 진정시켰다.

"홈즈 선생, 그런 질문을 하는 것도 당신의 권리이자 직업상의 의무일 거요."

"그렇게 받아들여도 상관없습니다."

"그럼 분명히 말하겠소. 우리 둘의 관계는 어디까지나 고용 관계요. 그녀가 아이들과 함께 있을 때 말고는 이야기를 나눈 적도 없고 얼굴을 마주한 적도 없소."

홈즈가 의자에게 벌떡 일어났다.

"나는 바쁜 사람입니다, 깁슨 씨. 쓸데없는 이야기로 시간을 허비할 여유도 없고 그런 취미도 없습니다. 안녕히 가십시오."

이 말을 듣고 손님도 자리에서 일어났다. 커다란 덩치가 홈즈를 덮칠 듯이 압도했다. 뻣뻣한 눈썹 아래로 분노에 불타오르는 눈이 있었으며, 노르스름한 뺨은 붉은빛을 띠고 있었다.

"그게 대체 무슨 소리요, 홈즈 선생? 지금 그 말은 내 사건을 맡지 않겠다는 뜻이오?"

"그렇습니다, 깁슨 씨. 정확히 말하자면 사건이 아니라 당신을 거절하는 겁니다. 나는 명확하게 의사를 밝힌 것 같은데요."

"잘 들었소. 하지만 뭔가 꿍꿍이가 있는 것 아니오? 좀 더 값을 올리고 싶다거나 이번 사건을 맡기가 두려운 게 아니오? 나한테는 그 점에 대해 확실히 들을 권리가 있소."

"그럴지도 모르겠습니다. 그럼 대답하겠습니다. 이번 사건은 매우 복잡합니다. 굳이 당신이 거짓 정보를 알리지 않아도 말이죠."

"내가 거짓말을 했단 말이오?"

"글쎄요, 나는 되도록 조심스럽게 말했는데 그렇게 표현한다면 굳이 반박하지는 않겠습니다."

나는 의자에서 벌떡 일어났다. 백만장자가 악귀처럼 험상궂은 표정을 지으며 커다란 주먹을 치켜들었기 때문이다. 그러나 홈즈는 여유롭게 미소 짓더니 손을 뻗어 파이프를 쥐었다.

"깁슨 씨, 시끄럽게 하지 마세요. 나는 아침을 먹고 나면 작은 논쟁에도 마음이 흐트러지곤 하니까요. 밖에서 아침 공기를 들이마시면서 냉정하게 생각해 보는 게 좋지 않을까요?"

황금왕은 애써 화를 눌렀다. 그가 순식간에 격한 분노를 차가운 무관심으로 바꾸는 것을 보고 나는 그 엄청난 자제력에 감탄하지 않을 수 없었다.

"좋소. 당신이 택한 일이오. 사업을 꾸려 나가는 데 나름대로의 생각이 있겠지. 싫다는데 억지로 맡길 수는 없소. 하지만 홈즈 선생, 당신은 오늘 큰 실수를 한 거요. 나는 당신보다 훨씬 더 강한 사람들을 파멸시켜 왔소이다. 내 뜻을 거역해서 잘된 사람은 한 명도 없었소."

백만장자의 엄포를 듣고도 홈즈는 빙긋 웃으면서 말했다.

"그렇게 말하고 떠난 사람들이 아주 많았지만 나는 여태껏 잘 살고 있습니다. 그럼, 안녕히 가세요, 깁슨 씨. 아직도 당신이 배워야 할 것들이 참 많은 것 같군요."

손님은 거친 태도로 방에서 나갔다. 그러나 홈즈는 멍한 눈빛으로 천장을 바라보며 말없이 파이프를 피워 댔다. 잠시 뒤, 마침내 그가 입을 열었다.

"왓슨, 자네는 어떻게 생각하나?"

"글쎄. 저 사람은 자기 앞길에 놓인 장애물은 무엇이든 제거해 버리는 사람이야. 그리고 관리인이라는 베이츠 씨는 부인이 그의 방해물이었고 미움의 대상이라고 하지 않았나. 이 두 가지 사실을 놓고 생각해 보면 역시……."

"맞아. 나도 그렇게 생각해."

"하지만 그와 가정교사의 관계는 과연 어땠을까? 자네는 다 아는 것처럼 이야기했네만."

"그야 넘겨짚은 걸세. 위협해 본 것뿐이지. 저렇게 자기 감정을 억제할 줄 아는데도 편지 내용은 사무적이기는커녕 참으로 열정적이었어. 그 점으로 봐서 저 사람은 틀림없이 죽은 부인보다 피의자에게 더 마음을 쏟고 있네. 사건의 진상을 파악하려면 우선 그 세 사람의 관계를 정확히 알아 둘 필요가 있어. 내가 방금 전에 정면공격을 했을 때 그가 얼마나 침착하게 받아치던가? 그래서 의심만 하고 있는 관계를 확신하는 척하면서 속을 떠본 걸세."

"다시 찾아오겠지?"

"그럴 걸세. 다시 안 올 수가 없지. 사건을 이대로 내버려 둘 수는 없으니까. 보라고! 누가 벨을 울리지 않았나? 역시 맞아서. 발소리가 들려. 아, 깁슨 씨. 그렇지 않아도 조금 늦게 돌아오신다고 왓슨 박사와 이야기하던 참입니다."

황금왕은 조금 전 방에서 나갈 때보다는 조금 더 차분해진 태도를 보였다. 분노가 서린 눈빛을 보니 자존심에 입은 상처는 낫지 않았지만 자기 목적을 이루려면 여기서 한 발 물러서야 한다는 상식은 있는 모양이었다.

"홈즈 선생, 생각해 봤는데 내가 당신의 말을 오해한 듯하오. 경위가 어쨌든 간에 당신은 무엇이든 사실을 정확히 파악해야 하고, 그 점에 대해서 나는 당신을 더욱 존경하게 되었소. 하지만 나와 던바 양의 관계는 이번 사건과 아무 상관이 없소."

"그것을 판단하는 것은 내 몫입니다."

"그렇소, 그럴지도 모르겠소. 선생은 의사처럼 진단을 내리기 전에 모든 증상을 파악하려 하는군."

"맞습니다. 정확한 표현입니다. 그리고 의사를 속이려 하는 환자일수록 자기 증상을 숨기는 법이죠."

"그야 그렇지만, 선생, 여자와 어떤 관계냐는 질문을 들으면 남자들은 대개 당황할 거요. 설령 진지한 감정을 느끼더라도 꽁무니를 뺄 거란 말이오. 남자라면 누구나 마음 한구석에 남에게 보이고 싶지 않은 자기만의 작은 공간이 있다고 생각하오. 그런데 선생은 갑자기 그 공간을 파헤치려 했소. 하지만 그것도 그녀를 구하기 위한 것이니 이해하겠소. 자, 이제 비밀의 장소를 지키던 빗장을 풀었으니 선생이 원하는 대로 둘러볼 수 있소. 알고 싶은 게 뭐요?"

"진실입니다."

황금왕은 생각을 정리하려는 것인지 한동안 입을 다물었다. 주름이 깊이 파인 굳은 표정이 더욱 딱딱하고 무거운 빛을 띠었다. 마침내 그가 이야기를 시작했다.

"홈즈 선생, 요점만 짚어서 이야기하겠소. 이야기하기 어려운 점도 있으니 필요 이상으로 자세히는 언급하지 않겠소. 내가 브라질에서 금광을 찾고 있을 때 아내를 처음 만났소. 마리아 핀투는 브라질 서북부의 도시인 마나우스 관리의 딸이었소. 굉장한 미인이었지. 내가 젊고 혈기 왕성한 청년이기도 했지만, 지금 더 냉정한 눈으로 되돌아봐도 그녀는 필시 보기 드문 미인이었소. 내가 알던 미국 여자와는 전혀 다른 매력이 있었으니까. 그녀는 정 많고, 열정적이고, 일편단심이고, 열대지방 사람답게 온 마음을 바치는 극단적인 성격이었다오. 결론을 말하자면 나는 그녀를 사랑하게 됐고 결혼까지 했소. 우리 사랑은 몇 년 동안이나 계속되었지만, 한번 식고 난 뒤에 보니 우리에게는 아무런 공통점이 없다는 것을 알게 되었소. 그래요, 전혀 없었소이다. 내 사랑은 빛바래고 말았소. 그녀의 애정도 같이 식어 버렸다면 이야기는 훨씬 간단했을 거요. 하지만 여자의 사랑이란 도무지 이해할 수가 없소! 아무리 애를 써도 그녀의 마음은 내게서 떠나지 않았소. 나는 그녀를 냉정하게 대했소. 사람들은 잔혹하다고 말했지만, 그녀의 사랑을 식게 하거나 그 사랑을 나에 대한 미움으로 바꿀 수만 있다면 차라리 우리 둘이 더 편해질 것이라고 생각해서 그렇게 한 것이오. 그러나 아무리 애를 써도 그녀의 마음을 바꾸지는 못했소. 아내는 20년 전에 아마존 강변에서 나를 뜨겁게 사랑했던 것처럼 영국의 숲에서도 여전히 나를 사랑하고 있었던 거요. 내가 무슨 짓을 하든 아내는 나를 사랑했소이다.

그때 그레이스 던바 양이 나타났소. 광고를 보고 찾아와서 두 아이의 가정교사가 되었지. 선생도 아마 신문에서 그녀의 사진을 보았을 거요. 세상 사람들도 그녀의 미모를 인정했소이다. 나는 다른 사람들보다 도덕적인 척 행세할 생각은 없소. 그런 미녀와 한 지붕 아래 함께 살면서 매일 얼굴을 마주하는데 마음이 강하게 끌리지 않았다면 그건 거짓말일 것이오. 그렇다고 해서 나를 탓할 수 있겠소, 홈즈 선생?"

"상대에게 연애 감정을 품었다고 해서 탓할 마음은 없습니다. 하지만 그것을 입 밖에 냈다면 비난하지 않을 수 없습니다. 당신은 고용주로서 그 여성을 지켜야 할 입장이지 그런 말을 해서 입장을 난처하게 만들어서는 안 됩니다."

"선생 말이 맞을 거요."

백만장자는 그렇게 말했지만 두 눈에는 얼핏 홈즈의 책망에 대한 분노가 일었다가 사라졌다.

"성인군자인 척하지는 않겠소. 태어나서 지금까지 갖고 싶은 것이 있으면 언제라도 손을 내밀었으니까. 이번에도 여자의 사랑을 얻어서 그녀를 내 것으로 만들고 싶었소. 던바 양에게도 그렇게 말했소."

"아, 그런 말을 했다고요?"

홈즈는 마음이 흔들리면 매우 무서운 표정을 지었다.

"할 수만 있다면 결혼하고 싶지만 그것은 내 능력 밖의 일이라고 던바 양에게 말했소. 돈 따위는 문제될 것도 없고 행복하게 해 줄 수만 있다면 무슨 일이든 하겠다고 말했소."

거기까지 듣고 홈즈는 비아냥거렸다.

"그것 참 호탕한 말씀입니다."

"이보시오, 선생. 나는 증언하려고 여기에 왔지 도덕적인 설교를 들으러 온 게 아니오. 당신에게 비난을 들을 이유는 없소."

"깁슨 씨, 나는 오로지 그 젊은 여성을 위해서 이번 사건을 맡으려는 겁니다."

홈즈가 차가운 말투로 단호하게 말했다.

"그녀가 어떤 혐의를 받고 있든, 당신이 방금 털어놓은 죄에 비하면 그리 대단해 보이지 않습니다. 당신은 한 지붕 아래서 살며 자기 몸 하나 지키기 어려운 상황에 있는 여성에게 못할 말을 해서 그녀를 궁지로 몰아넣었습니다. 돈을 풀어서 자기 죄를 무마시키려 해도 세상 모든 사람들을 당신의 뜻대로 할 수 있는 건 아닙니다. 당신 같은 부자들은 그점을 잘 알아야 합니다."

이처럼 강한 비난을 들은 황금왕은 놀랍게도 여전히 차분했다.

"지금은 나도 그렇게 생각하고 있소. 내 생각대로 일이 풀리지 않아서 오히려 주님께 감사할 정도요. 그녀는 내 말을 받아들이지 않고 바로 집에서 나가려 했소."

"그런데 왜 나가지 않은 겁니까?"

"우선 그녀가 부양하고 있는 가족이 있었기 때문이오. 일을 그만둬서 그 사람들을 어렵게 할 수는 없었으니까. 내가 두 번 다시 그런 말을 하지 않겠다고 맹세해서 간신히 던바 양을 우리 집에 둘 수 있었소. 나는 진심으로 맹세했소. 한데 그녀가 나가지 않은 이유가 하나 더 있소. 그녀는 자신이 내 행동을 좌우할 수 있다는 사실을 알았고, 그만큼 나에게 강한 힘을 미치는 존재는 없다는 사실도 잘 알고 있었소. 그래서 던바 양은 그 힘을 좋은 일에 써야겠다고 생각한 거요."

"좋은 일이라면?"

"그녀는 내가 어떤 일을 하는지 조금은 알고 있었소. 홈즈 선생, 내 사업은 참으로 방대하다오. 보통 사람은 생각할 수도 없을 만큼 거대하지. 나는 파괴할 수도 있고 창조할 수도 있는 힘을 갖고 있소. 대개 파괴하는 편이지만 그것은 개인에게만 미치는 힘이 아니오. 단체나 도시, 심지어 한 나라 전체가 대상이 되기도 했소. 사업은 비정한 게임이라 약한 자는 곧 밀려나고 말지. 나는 전력을 기울여서 그 게임에 참가했소. 스스로도 결코 나약한 마음을 품지 않았을 뿐만 아니라 다른 사람이 아무리 울며 매달려도 용서하지 않았소. 하지만 그녀의 생각은 달랐소. 아마도 그녀의 생각이 옳았을 거요. 수만 명이나 되는 사람들을 파멸시켜 길거리로 내몰고 그 희생을 발판 삼아 한 사람이 필요 이상의 부를 손에 넣어서는 안 된다고 믿고 있었고 나한테도 그렇게 말했으니까. 그것이 던바 양의 생각이었소. 그녀는 돈이 아니라 영원한 어떤 것을 꿰뚫어 보는 사람이었소. 내가 자기 말을 새겨듣는다는 사실을 알고 내 일에 영향력을 행사해서 사회에 도움을 준다고 생각한 거요. 그래서 던바 양은 우리 집에 머물고 있었는데 그만 이번 사태가 터지고 말았소."

"그 사건을 해결할 만한 단서는 없습니까?"

황금왕은 두 손으로 머리를 감싸 쥐고 잠시 생각하다가 무겁게 입을 열었다.

"그녀는 매우 불리한 처지요. 그것은 나도 인정하오. 게다가 여자가 마음속에 품고 있는 생각은 매우 복잡해서 남자는 따라갈 수가 없소. 처음에는 나도 당황해서 그녀가 자기 성격과 어울리지 않는 터무니없는 짓을 한 것이 아닐까 생각했소. 그러나 하나의 가설이 떠올랐소. 그럴 만한 가치가 있으니 그 이야기를 해 보겠소. 내 아내가 질투심이 강했다는 사실은 굳이 말할 필요도 없소. 그런데 정신적인 질투심도 육체적인 질투심만큼이나 엄청날 수 있소이다. 아내도 육체적으로 질투할 필요가 없다는 사실을 잘 알았을 거요. 하지만 그 영국 아가씨가 내 마음과 행동에 영향을 미친다는 사실을 알아채고 말았소. 아내는 한 번도 갖지 못한 힘이었지. 던바 양은 좋은 쪽으로 영향력을 발휘했으나 그렇다고 해서 질투심이 사라지는 것은 아니었소. 아내는 질투 때문에 눈이 뒤집혔고 그녀의 몸에는 여전히 아마존의 뜨거운 피가 흐르고 있었소. 던바 양을 죽일 계획을 세웠을지도 모르오. 어쩌면 권총으로 협박해서 집에서 내쫓으려 했을 수도 있고. 그런데 몸싸움을 벌이다가 권총이 발사되어 총을 쥐고 있던 쪽이 맞은 거요."

"그 가능성은 나도 생각했습니다. 계획적인 살인이 아니라면 그것이 유일한 설명이 될 테니까요."

"하지만 던바 양은 완강히 부정하고 있소."

"뭐, 그게 끝이 아니죠. 그런 끔찍한 상황에 처한 여성이라면 마음이 어지러워져서 손에 권총을 든 채 집으로 달아나 버릴 수도 있으니까요. 그리고 자신이 무슨 일을 하는지도 모르면서 정신없이 권총을 옷장 안에 집어넣었고, 나중에 발견되자 설명해도 소용없다고 생각하고는 모든 사실을 부정해서 그 상황에서 벗어나려 할 수도 있습니다. 이 가설을 뒤엎을 만한 다른 것이 있나요?"

"던바 양 자신이오."

"네, 그렇군요."

홈즈는 이렇게 말하더니 시계를 보았다.

"오늘 아침에 필요한 허가를 얻어 저녁 기차를 타고 윈체스터에 갈 수 있을 겁니다. 그녀를 만나 이야기를 들어 보면 좀 더 도움이 되는 사실을 알게 될지도 몰라요. 그렇지만 내 결론이 당신의 희망과 완전히 같으리라고는 약속할 수 없습니다."

그러나 공식적인 수속을 밟는 데 생각보다 시간이 많이 걸려서 그날 던바 양이 있는 윈체스터로 가는 대신에 햄프셔에 있는 깁슨 씨의 저택인 토르관으로 향했다. 깁슨 씨는 함께 가지 않았으나 우리는 이번 사건을 처음으로 맡은 코벤트리 경사의 주소를 알고 있었다. 경사는 키가 크고 말랐으며 안색이 창백한 남자였는데 뭔가 비밀을 숨기고 있는 느낌이 들었다. 말할 수는 없어도 여러 가지 사실을 알고 있거나 의심하고 있는 듯한 분위기였다. 아주 중요한 것처럼 갑자기 목소리를 낮춰 이야기하는 버릇이 있었으나 들어 보면 별로 대수롭지 않은 것들이었다. 그런 버릇이 있기는 해도 속내는 예의바르고 정직한 사람이었다. 그는 쓸데없이 거들먹거리지 않았고, 이번 사건을 해결하는 데 애를 먹고 있으며 언제든지 도움을 환영한다고 솔직하게 인정했다.

"어쨌든, 홈즈 선생님. 저는 런던경찰국 사람들보다 선생님이 더 반갑습니다. 그 사람들이 끼어들면 지방 경찰이 해결해도 공은 자기들이 다 가져가 버리고, 해결하지 못하면 비난은 전부 우리가 들으니까요. 하지만 선생님은 공정하시다는 이야기를 들었습니다."

"나는 사건을 수사하면서 전면에 나설 필요가 없습니다. 내가 해결하더라도 내 이름을 밝히라는 말은 하지 않을 겁니다."

홈즈가 이렇게 말하자 침울해하던 경사의 얼굴에는 안심하는 기색이 역력했다.

"정말 관대한 분이십니다. 게다가 친구이신 왓슨 박사님도 믿을 만한 분이시고요. 그건 그렇고 홈즈 선생님, 지금부터 저택으로 안내하겠습니다. 그런데 그 전에 한 가지 묻고 싶은 것이 있습니다. 다른 사람에게는 말하지 않았으면 좋겠는데요……."

참으로 말하기 어려운지 경사는 슬쩍 주위를 둘러보았다.

"선생님은 닐 깁슨 씨가 의심스럽지 않으십니까?"

"그 점은 나도 생각해 봤습니다."

"던바 양은 아직 만나지 않으셨죠? 그녀는 여러 가지 면에서 훌륭하고, 또 굉장한 미인입니다. 그 남자가 아내를 살해하고 싶어 하더라도 이상할 게 없어요. 게다가 미국인은 우리와 달리 걸핏하면 권총을 꺼내 드니까요. 그런데 옷장 속에서 나온 건 깁슨 씨의 권총이었습니다."

"분명히 확인된 사실인가요?"

"네, 깁슨 씨가 가지고 있던 권총 한 쌍 중에 하나였습니다."

"한 쌍 중 하나라고요? 그럼 나머지 하나는 어디로 갔습니까?"

"깁슨 씨는 여러 종류의 총을 가지고 있습니다. 그 권총과 똑같은 총은 찾지 못했지만 그것을 넣는 상자는 있었습니다. 총 두 자루를 넣도록 되어 있는 겁니다."

"한 쌍 중 하나라면 나머지 한 자루도 분명히 있을 텐데요."

"저도 그렇게 생각합니다. 총은 저택에 다 모아 두었으니 언제든지 가서 보시면 됩니다."

"나중에 살펴보지요. 우선 사건 현장에 가 봅시다."

이런 대화는 그 지역 경찰서로도 쓰이는 코벤트리 경사의 소박한 농가 주택 안에 있는 작은 거실에서 이루어졌다. 집을 나서니 널따란 벌판이 펼쳐져 있었다. 노란색과 갈색 양치류가 뒤덮인, 바람이 거칠게 부는 그 벌판을 800미터쯤 걸어가자 토르 영지로 들어가는 문이 나왔다. 꿩 사냥 금지 구역에 있는 오솔길을 걸어가니 약간 넓게 트인 공간이 나타났고 야트막한 언덕에 서 있는 저택이 보였다. 반은 나무로 만든 건축물로, 튜더 왕조 양식과 조지 왕조 양식이 섞여 있었다. 옆에는 갈대가 우거진 기다란 호수가 있었고 잘록한 가운데 부분에 마차가 다닐 수 있는 돌다리가 놓여 있었으며 그 양옆으로 방죽이 넓어지면서 작은 호수를 이루고 있었다. 안내하던 경사가 돌다리로 접어드는 곳에서 멈춰 서더니 그곳의 땅바닥을 가리키며 말했다.

"여기가 깁슨 부인의 시신이 발견된 곳입니다. 제가 이 돌로 표시해 두었습니다."

"당신이 올 때까지 시신을 옮기지는 않았겠지요?"

"네. 바로 제게 사람을 보냈으니까요."

"그 명령을 내린 건 누구입니까?"

"깁슨 씨입니다. 급한 전갈을 듣고 토르관에서 다른 사람들과 함께 달려 나와서 경찰이 올 때까지 절대 손을 대서는 안 된다고 명령을 내렸다고 합니다."

"일을 잘 처리했군요. 신문에서 읽은 바에 따르면 매우 가까운 거리에서 총이 발사되었다고 하던데요."

"그렇습니다. 아주 가까운 거리였습니다."

"오른쪽 관자놀이 부근이었죠?"

"관자놀이의 바로 뒤쪽 부근이었습니다."

"시신의 상태는 어땠나요?"

"위를 보고 똑바로 누워 있었습니다. 싸운 흔적은 전혀 없었고 흉기도 없었습니다. 왼쪽 손에 던 바 양이 보낸 짧은 편지를 쥐고 있었죠."

"쥐고 있었다고요?"

"네, 손가락을 펴는 데 아주 애를 먹었습니다."

"그건 중요한 점입니다. 죽은 뒤에 거짓 단서를 만들어 내기 위해 누군가가 편지를 쥐게 했을 가능성이 사라져 버리니까요. 맙소사! 그런데 그 편지는 아주 짧은 글이었다고 하던데요. '9시에 토르 교에서 기다리고 있겠습니다. — G. 던바'라는 내용이었죠?"

"그렇습니다."

"던바 양은 자신이 쓴 것이라고 인정했나요?"

"네."

"그 점에 관해서는 뭐라고 설명했습니까?"

"순회재판에서 답변하겠다고만 했습니다. 지금은 아무 말도 하지를 않아요."

"매우 흥미로운 사건입니다. 그 편지에 담긴 의미가 참로 애매하지 않습니까?"

"그렇습니까? 주제 넘는 이야기처럼 들릴지 몰라도, 저는 이번 사건에서 그 편지만이 분명한 증거라고 생각하는데요."

홈즈는 고개를 가로저었다.

"만약 그 편지가 진짜 던바 양 본인이 쓴 것이 맞는다면 부인은 약속 시간인 9시 이전에 받았을 겁니다. 아마도 한두 시간 전이었겠죠. 그렇다면 부인은 어째서 죽을 때까지 그것을 왼손에 쥐고 있었을까요? 부인이 굳이 약속 장소에 그 편지를 가져간 이유는 또 뭘까요? 던바 양과 만나서 그 편지를 내보일 필요는 없었을 텐데 말입니다. 뭔가 이상하지 않습니까?"

"그렇군요. 선생님 말씀대로 이상합니다."

"여기에 앉아서 잠시 생각해 봐야겠습니다."

이렇게 말하더니 홈즈는 돌난간에 앉았다. 그리고 날카로운 회색 눈으로 여기저기 둘러보다 갑자기 벌떡 일어나더니 주머니에서 돋보기를 꺼내 난간의 돌을 살펴보면서 중얼거렸다.

"이건 좀 이상한데."

"아, 그 난간의 흠집은 저도 보았습니다. 지나가던 사람이 낸 것이 아닐까요?"

다리의 난간은 회색 돌로 만들어져 있었는데 한 부분이 6펜스짜리 은화만 한 크기로 하얗게 변해 있었다. 자세히 살펴보니 강한 충격을 받아 돌 표면이 벗겨져 나간 것이었다.

"이 정도로 흠집을 내려면 굉장히 세게 때려야겠죠."

홈즈는 생각에 잠긴 얼굴로 말하고 나서 가지고 있던 지팡이로 난간을 세게 두드렸다. 그러나 돌에는 아무 흠집도 생기지 않았다.

"흠, 역시 아주 세게 때린 거예요. 게다가 때린 곳도 위치가 참 이상하군요. 이 흠집은 위에서 때린 게 아니라 밑에서 때린 겁니다. 보세요, 흠집이 난 곳은 난간 아래쪽 모서리입니다."

"하지만 시신이 있던 곳에서 적어도 4.5미터는 떨어져 있는 걸요."

"맞아요, 시신에서 4.5미터는 떨어져 있습니다. 그러니 이 흠집은 사건과 관계없을지도 모르겠지만 일단 주의를 기울일 필요는 있습니다. 여기서 봐야 할 건 다 본 것 같은데. 발자국은 없었다고 했지요?"

"바닥이 철판처럼 단단하니 발자국이 남아 있을 리 없습니다."

"그럼 여기는 이제 됐습니다. 이제 토르관 안으로 들어가서 아까 경사가 말한 총을 보고 싶습니다. 그런 다음에 윈체스터로 갈 생각이에요. 수사를 진행하기에 앞서 던바 양을 꼭 만나 보고 싶으니까요."

닐 깁슨 씨는 아직 런던에서 돌아오지 않았다. 대신에 오늘 아침에 우리를 찾아왔던 신경질적인 베이츠 씨가 우리를 맞아 주었다. 깁슨 씨가 파란만장한 인생을 살면서 모아 둔 다양한 크기와 모양의 총이 나란히 놓여 있었다. 베이츠 씨는 그것을 보여 주면서 주인을 비방하는 즐거움을 느끼는 것 같았다.

"주인은 적이 많아요. 그 사람의 성격이나 행동을 보면 다들 알죠. 언제나 침대 옆 서랍에 장전한 권총을 넣어 두고 잔다니까요. 난폭한 사람이라 우리 모두 늘 두려워했습니다. 가엾게도 돌아가신 부인도 자주 위협받았을 겁니다."

"실제로 부인에게 폭력을 쓰는 장면을 봤습니까?"

"아니요, 그렇게는 말할 수 없습니다. 하지만 폭력이나 다름없이 심한 말을 퍼붓는 것을 들은 적은 있지요. 냉혹하고 마음에 상처를 입을 만큼 비아냥거리는 말을 하인들 앞에서도 거침없이 던지곤 했으니까요."

잠시 뒤, 우리가 역으로 가는 도중에 홈즈가 말했다.

"그 백만장자 나리의 사생활이 그리 아름답지는 않군. 하지만 왓슨, 참으로 다양한 사실들을 알아냈고 그중에는 새로운 것도 있어. 그래도 아직 결론을 내리기에는 이른 것 같아. 베이츠 씨는 주인을 아주 싫어하는 모양인데 그의 말에 따르면 사건 소식이 들어왔을 때 깁슨 씨는 서재에 있었다고 했네. 저녁 식사는 8시 반에 마쳤고 그때까지는 모든 것이 평소와 다를 바 없었지. 꽤 늦은 밤에야 소식이 전해졌지만 비극이 일어난 것은 그 편지에 적힌 대로 9시 무렵이었을 걸세. 또 깁슨 씨가 5시에 런던에서 돌아온 다음 집 밖으로 나갔다는 증거는 없네. 한편 던바 양은 다리 부근에서 부인과 만날 약속을 했다고 인정했어. 그런데 변호사에게 진술은 다음에 하라는 조언을 듣고, 더 이상 입을 열지 않는다고 하네. 그녀에게 꼭 묻고 싶은 중요한 질문이 있어서 그녀를 만나기 전까지는 마음이 불편할 것 같아. 솔직히 말해서 그녀의 입장은 굉장히 불리하네. 딱 한 가지를 빼면."

"그게 뭐지?"

"권총이 그녀의 옷장에서 발견되었다는 점일세."

"뭐라고? 그것이야말로 확고부동한 사실이 아닐까?"

"아니, 그렇지 않아, 왓슨. 처음에 가벼운 기분으로 기사를 읽었을 때부터 그 점이 마음에 걸렸네. 이렇게 사건에 깊이 관여하다 보니 그 사실이 희망을 품을 수 있는 유일한 발판인 듯하네. 수사할 때는 무엇보다 일관성이 있는지 살피는 것이 중요하네. 모순이 있으면 거기에는 뭔가 속임수가 있다고 생각해야 하는 법이지."

"도저히 이해할 수가 없군."

"자, 왓슨. 자네가 냉정한 계획을 세워서 연적을 제거하기로 마음먹은 여자라고 가정해 보자고. 자네는 계획을 세웠네. 편지도 썼어. 상대방이 찾아왔지. 자네는 흉기를 가지고 있었고 목적을 이루었네. 여기까지는 완벽하게 일을 해치웠어. 그런데 이렇게 솜씨 좋게 범행을 저질러 놓고 나서 가까운 갈대 수풀 속에 흉기를 던져 버리지 않고 그대로 집으로 가져와 제일 먼저 수색을 당할 게 뻔한 옷장 안에 넣어서 기껏 성공한 일을 망쳐 버릴 텐가? 아무리 친한 친구라 해도 그런 걸 생각 있는 행동이라고 하지는 않을 걸세. 나도 자네가 그렇게 어리석은 짓을 하리라고는 생각지 않고 말이야."

"너무 당황해서 그랬을 수도 있지 않나?"

"아니야, 왓슨. 그건 불가능해. 범인이 냉정하게 계획했다면 범죄 사실을 숨길 방법까지 생각해 두었을 걸세. 그러니 우리는 지금 중대한 오해를 하고 있는 셈이야."

"그렇다면 설명해야 할 부분이 아주 많아지는데."

"맞아, 설명해야 할 부분이 많지. 하지만 일단 사건을 바라보는 관점을 바꾸면 그때까지 결정적이라고 여긴 사실이 오히려 진실로 가는 단서가 되는 법일세. 예를 들면 그 권총이 있지. 던바 양은 자기는 모르는 일이라고 했네. 우리의 새로운 견해에 따르면 그녀의 말은 진실일세. 그렇다면 누군가 옷장에 총을 일부러 넣어둔 셈이야. 대체 누가? 아마도 그녀에게 죄를 뒤집어씌우려는 사람이겠지. 그 사람이야말로 진범이 아닐까? 지금처럼 사건을 새로운 관점으로 바라보니 이렇게 가능성 있음직한 방향이 잡히지 않았나?"

형식적인 수속이 완벽하지 못해서 우리는 윈체스터에서 하룻밤을 묵어야만 했다. 그러나 이튿날 아침에는 이번 사건의 변호를 맡은 유명 변호사 조이스 커밍스 씨와 함께 감옥에 있는 던바 양을 만날 수 있었다. 그동안 얘기를 많이 들어서 그녀가 미인일 것이라고 예상은 했으나 실제로 만나 본 그녀는 절대로 잊을 수 없을 만큼 강렬한 인상을 풍겼다. 이만큼 뛰어난 여성이라면 그 오만한 백만장자가 자기보다 강력한 힘, 자신을 움직일 정도로 강한 무언가를 느낀 것도 당연했다. 또한 뚜렷한 이목구비와 강렬하면서도 감수성 예민한 표정을 보니, 조금 충동적인 행동을 할 수는 있어도 주변 사람들에게 언제나 좋은 영향을 주는 고귀한 성품이 느껴졌다. 그녀의 머리카락과 눈은 흑갈색이었고 키가 컸다. 기품 넘치는 외모에 태도도 당당했으나 그 검은 눈에는 그물에 걸려 어찌할 바를 모르는 동물처럼 애처로운 표정이 어려 있었다. 그러나 지금 유명한 탐정 셜록 홈즈가 도와주러 왔음을 깨닫자 창백한 뺨에 붉은 기운이 살짝 감돌기 시작했고, 우리를 바라보는 눈동자 속에도 한 줄기 희망의 빛이 비쳤다.

"닐 깁슨 씨가 우리 사이에 무슨 일이 있었는지 말씀하셨겠죠?"

낮지만 약간 동요하는 목소리로 그녀가 물었다.

"들었습니다. 하지만 그 이야기를 파헤쳐서 괴롭힐 마음은 없습니다. 이렇게 직접 만나 보니 당신이 깁슨 씨에게 강한 영향력을 미쳤다는 얘기와 두 분의 관계가 결백하다는 점도 믿을 수 있겠군요. 그런데 왜 법정에서 모든 사실을 이야기하지 않은 겁니까?"

"이런 의심을 받게 될 줄은 몰랐어요. 굳이 집안의 좋지 않은 일을 들추지 않아도 조금만 기다리면 자연스럽게 해결될 줄 알았어요. 그런데 해결되기는커녕 일이 더욱 어려워지고 있다는 사실을 알았습니다."

그녀의 말을 듣고 홈즈는 진심을 담아 외쳤다.

"던바 양, 잘 들으세요. 현실을 바로 보십시오. 여기 커밍스 씨도 같은 말을 했겠지만 지금 우리 상황은 매우 좋지 않습니다. 이 상황에서 벗어나고 싶다면 할 수 있는 모든 일을 해야 합니다. 당신의 입장이 그리 위험하지 않다고 한다면 그건 정말 잔혹한 거짓말이 될 겁니다. 그러니 진상을 밝히기 위해 도와주십시오."

"아무것도 숨기지 않고 말씀드리겠습니다."

"그럼 깁슨 부인과 어떤 관계였는지 자세히 들려주세요."

"부인은 저를 미워했어요. 열대 지방 사람의 열정적인 성격을 쏟아 부어 저를 격렬하게 미워했어요. 그녀는 어떤 일도 어설프게 하지 않는 성격이라 자기 남편에 대한 애정의 깊이만큼 저를 미워했어요. 저와 남편의 관계를 오해하기도 했을 거예요. 부인을 나쁘게 말할 생각은 없지만 그녀의 애정은 육체적인 것이라 깁슨 씨와 저의 정신적인, 혹은 영적인 교감을 거의 이해하지 못했어요. 그리고 제가 그 집에 머문 것도 그의 힘을 좋은 방향으로 쓰도록 하기 위해서라는 사실도 이해하지 못했어요. 이제야 제가 틀렸다는 사실을 깨달았어요. 제가 불행의 원인이 되는 곳에 계속 머무른 것은 옳은 일이 아니었어요. 물론 제가 사라졌더라도 그 집의 불행이 없어지지는 않았을 겁니다."

"그렇군요. 그렇다면 그날 밤에 무슨 일이 있었던 겁니까? 정확하게 말해 주세요."

"선생님, 제가 아는 사실을 전부 말씀드리겠지만 저는 무엇 하나 증명할 수가 없어요. 그리고 몇 가지 중요한 점이 있는데 저는 설명할 수도 없고 어떻게 설명하면 좋을지 전혀 떠오르지 않아요."

"던바 양이 사실을 들려주시면 다른 사람이 설명해 줄 겁니다."

"그럼 제가 그날 밤 토르 교에 간 사실부터 말씀드릴게요. 그날 아침에 저는 부인에게서 편지를 한 통 받았어요. 공부방 책상 위에 놓여 있었는데 부인이 직접 두고 간 것 같았어요. 그 편지에는, 중요하게 할 이야기가 있으니 저녁 식사 뒤 토르 교에서 만나고 싶으며 이 사실이 다른 사람에게 알려지기를 원치 않으니 답장은 정원의 해시계 위에 올려놓으라고 적혀 있었어요. 왜 그렇게까지 비밀로 하려는 것인지는 몰랐지만 어쨌든 말한 대로 답장을 보내서 만나기로 했어요. 그리고 편지에는 다 읽고 나면 태워 달라고 쓰여 있길래 공부방 난로에서 그것을 태워 버렸습니다. 부인은 남편을 아주 무서워했어요. 깁슨 씨가 그녀에게 너무 지나치게 행동해서 제가 그를 타이른 적도 몇 번 있었거든요. 그래서 그때는 부인이 우리가 만난다는 사실을 남편에게 숨기고 싶어 하는가 보다 하고 생각했어요."

"그런데 부인은 당신의 답장을 꼭 쥐고 있었단 말이지요?"

"네. 돌아가신 부인이 그 편지를 손에 꼭 쥐고 있었다는 말을 듣고는 깜짝 놀랐어요."

"그래서 그 다음에는 어떻게 했습니까?"

"저는 약속 장소로 갔습니다. 다리까지 갔더니 부인이 저를 기다리고 있었어요. 그 가엾은 분이 저를 그렇게까지 미워하고 있었을 줄은 몰랐습니다. 부인은 마치 정신이 이상해진 것 같았어요. 부인이 미쳤구나 싶었죠. 정말 미쳤으면서도 음흉하게 속내를 감출 만큼 말이에요. 그렇지 않다면 그렇게 들끓어 오르는 미움을 간직한 채 어떻게 아무렇지도 않게 매일 제 얼굴을 마주할 수 있었겠어요? 부인이 그때 어떤 말을 했는지는 말씀드리지 않겠어요. 분노에 차서 듣기에도 끔찍한 욕지거리를 저에게 마구 퍼부어 댔어요. 저는 아무 말도 하지 않았습니다. 무슨 말을 해야 할지 몰랐죠. 부인의 얼굴을 보기만 해도 소름이 끼쳤어요. 더 이상 참을 수 없어서 귀를 막고 도망쳤어요. 그때까지도 부인은 다리 앞에 서서 제게 저주를 퍼부었어요."

"부인이 나중에 그 자리에 쓰러져 있었나요?"

"거기에서 몇 미터 떨어진 곳에요."

"당신이 달아난 직후에 깁슨 부인이 숨졌을 텐데, 권총 소리를 듣지 못했나요?"

"아무 소리도 듣지 못했어요. 네, 솔직히 말해서 부인에게 그런 끔찍한 꼴을 당한 뒤에 너무 놀라서 조용한 제 방으로 간신히 뛰어들었을 뿐이에요. 그것 말고는 그 이후에 무슨 일이 일어난 것인지 하나도 기억할 수가 없어요."

"던바 양은 자기 방으로 돌아갔다고 했지요? 이튿날 아침까지 방에서 나온 적이 있었습니까?"

"네, 부인이 돌아가셨다는 전갈이 왔을 때 다른 사람들과 함께 달려

나갔어요."

"깁슨 씨를 만났나요?"

"다리에 갔다가 저택으로 돌아온 그와 얼굴을 마주쳤어요. 의사와 경찰을 불러오라고 명령하고 있었습니다."

"던바 양이 보기에 그가 유난히 당황하고 있지는 않았습니까?"

"깁슨 씨는 자제력이 강한 분이에요. 감정을 겉으로 드러내는 일은 없을 거예요. 하지만 그를 잘 알고 있는 제 눈에는 아주 걱정스러워하는 것처럼 보였어요."

"그럼 가장 중요한 문제로 들어가겠습니다. 던바 양의 방에서 발견된 권총 말인데요. 예전에도 본 적이 있습니까?"

"아뇨, 전혀요."

"언제 발견되었죠?"

"다음 날, 경찰이 수사를 시작했을 때였어요."

"던바 양의 옷 속에 있었나요?"

"옷장 바닥의 드레스 아래에 깔려 있었어요."

"언제부터 거기에 있었는지 짐작 가지는 않습니까?"

"전날 아침에는 없었습니다."

"어떻게 알지요?"

"그때 제가 옷장을 정리했으니까요."

"결정적이로군요. 누가 당신에게 죄를 뒤집어씌우려고 방 안으로 들어가 권총을 놓고 간 겁니다."

"아마 그럴 거예요."

"그렇다면 언제 그랬을까요?"

"식사를 할 때나 제가 공부방에서 아이들과 함께 있을 때가 아니면 불가능했을 거예요."

"공부방에서 부인의 편지를 받았을 때로군요?"

"네, 오전에는 내내 공부방에 있었어요."

"고마워요, 던바 양. 그것 말고 조사하는 데 도움이 될 만한 이야기는 없습니까?"

"아무것도 떠오르지 않아요."

"그 다리 난간에 커다란 충격을 받은 듯한 흠집이 하나 있었습니다. 시신이 있던 자리 반대편에 아주 최근에 생긴 흠집이 있었어요. 뭔가 짚이는 것은 없습니까?"

"우연의 일치가 아닐까요?"

"아니, 신기한 일입니다, 던바 양. 참으로 기묘한 일치예요. 하필이면 그런 비극이 일어났을 때, 그것도 그 장소에 흠집이 생겼으니까요."

"하지만, 도대체 어떻게 해서 그런 흠집이 생겼을까요? 아주 강한 힘이 아니라면 불가능했을 텐데요."

홈즈는 아무 대답도 하지 않았다. 그의 창백하고 들뜬 얼굴이 갑자기 굳어지더니 몽롱한 표정으로 변했다. 그것이야말로 홈즈의 천재적인 두뇌가 무섭게 활동하기 시작했다는 증거였다. 그의 생각이 결정적인 국면으로 접어들었음이 아주 명확했으므로 나, 변호사, 수감된 피의자까지 모두 입을 다물고 숨을 죽인 채 그의 얼굴만 뚫어져라 바라보았다. 그가 갑자기 의자에서 벌떡 일어났다. 당장 행동으로 옮기고 싶다는 마음 때문인지 온몸을 부르르 떨었다.

"자, 왓슨, 그만 가세!"

"왜 그러세요, 홈즈 선생님?"

"던바 양, 걱정할 것 없습니다. 커밍스 씨, 나중에 또 연락하겠습니

다. 정의의 도움을 받아서 영국 전체를 떠들썩하게 만들 사실을 밝히겠습니다. 던바 양, 내일까지는 소식을 가지고 올 겁니다. 구름이 걷혀 가고 있다는 내 말을 위안 삼으며 기다리세요. 구름 사이로 반드시 진실의 빛이 비칠 겁니다."

윈체스터에서 토르관까지 가는 길은 그리 긴 여행이 아니었다. 그러나 애가 타서 안

절부절못하는 내게는 멀게만 느껴졌고, 홈즈에게는 끝도 없는 영원처럼 느껴졌을 것이다. 그는 초조한지 우리 둘만 탄 일등칸에 가만히 앉아 있지 못하고 기차 안을 서성이거나 길고 신경질적인 손가락으로 좌석의 쿠션을 톡톡 두드리고는 했다. 그런데 기차가 목적한 역에 도착할 때가 되자 홈즈는 갑자기 내 맞은편 자리에 앉았다. 그리고 내 양 무릎에 손을 얹더니 장난스럽고 짓궂은 눈빛으로 내 눈을 바라보았다.

"왓슨, 자네는 이런 모험에 나설 때면 언제나 무기를 가지고 다니지?"

그랬다. 나는 홈즈를 위해 그렇게 하고 있었다. 왜냐하면 그는 일단 수수께끼 풀이에 빠져들면 자기 안전 따위는 거의 생각하지 않기 때문이었다. 덕분에 내 권총이 든든한 아군이 된 적도 한두 번이 아니었고, 나는 그 사실을 친구에게 알려 주었다.

"맞아. 그런 면에 있어서 나는 너무 안일하지. 어쨌든 권총을 가지고 있겠지?"

나는 뒷주머니에서 권총을 꺼냈다. 총신이 짧고 가지고 다니기 편해서 큰 도움이 되는 소형 권총이었다. 홈즈는 안전장치를 풀고 총알을 빼낸 뒤 주의 깊게 살펴보았다.

"무겁군……. 상당히 무거워."

"맞아. 튼튼하게 만들어졌으니까."

홈즈는 잠시 권총을 바라보며 생각에 잠겼다.

"그런데 왓슨. 나는 이 권총이 지금 우리가 수사하고 있는 사건과 깊은 관계가 있다고 생각하는데 이해할 수 있겠나?"

"농담이겠지, 홈즈."

"아니, 농담이 아닐세. 우리끼리 어떤 실험을 할 걸세. 내 생각대로만 되면 모든 사실이 분명해질 거야. 그리고 그 실험이 성공을 거둘 수 있을지 어떨지는 이 조그만 무기에 달려 있어. 총알을 하나 빼 두겠네. 나머지 다섯 발은 원래대로 끼워 놓고 안전장치를 채워 두겠네. 자! 이제 더 무거워져서 그만큼 상황을 재현하기에도 좋아졌어."

홈즈가 대체 무슨 생각을 하는지 도무지 알 길이 없었다. 그러나 이리저리 머리를 굴리는 사이에 기차는 햄프셔의 작은 역에 도착하고 말았다. 우리는 기우뚱거리는 이륜마차에 몸을 싣고 15분쯤 달려 그 듬직한 친구인 경사의 집에 도착했다.

"단서라고요? 홈즈 선생님, 뭘 말씀하시는 겁니까?"

"모든 것이 왓슨 박사의 권총에 달려 있어요. 바로 이겁니다. 그런데 경사, 10미터짜리 끈이 있으면 좋겠는데요."

마을 상점에서 튼튼한 삼베 끈 한 뭉치를 손에 넣었다.

"자, 이 정도면 충분해요. 그럼 가 봅시다. 이게 마지막 단계라면 좋겠군요."

뉘엿뉘엿 지는 해가 완만하게 기울어진 햄프셔의 황야를 아름다운 가을 풍경으로 물들였다. 경사는 우리 옆에서 걸으면서 의심과 회의가 가득한 눈빛으로 홈즈를 힐끗힐끗 쳐다보았다. 내 친구가 제정신인지 의심스러워하는 기색이 역력했다. 홈즈는 평소와 다름없이 냉정해 보였지만 현장에 다가갈수록 마음속으로는 매우 흥분하고 있다는 것을 알았다. 내가 그 점에 대해 말하자 홈즈가 답했다.

"맞아. 왓슨, 자네도 예전에 내 추리가 어긋난 일들을 잘 기억하고 있겠지? 나는 이런 일에 본능적인 감을 쓰지만 때로는 그것에 배신을 당하기도 하네. 윈체스터의 감옥에서 처음 머릿속에 그 생각이 떠올랐을 때는 결정적인 추리라고 생각했어. 하지만 나처럼 활발하게 작용하는 두뇌에게는 결점이 하나 있다네. 기껏 잡은 단서를 무의미하게 만들어

버리는 또 다른 설명을 찾아내는 걸세. 그렇기는 하지만…… 그래도 해
볼 수밖에 없어, 왓슨."

홈즈는 걸어가면서 끈의 한쪽 끝을 권총 손잡이에 단단히 묶었다. 잠
시 뒤, 우리는 비극의 무대에 도착했다. 홈즈는 경사의 도움을 받아 시
신이 쓰러져 있던 그 위치를 찾아 표시했다. 그리고 히스와 양치류 수
풀 속으로 잎을 헤치며 들어가더니 커다란 돌을 찾아 들고 나왔다. 그
돌을 끈의 다른 한쪽 끝에 묶고 다리 난간 너머로 늘어뜨려 돌이 물 위
에 자리 잡도록 했다. 그리고 내 권총을 들고 난간에서 조금 떨어진 비
극의 장소에 섰다. 권총과 묵직한 돌을 잇고 있는 끈은 팽팽하게 당겨
져 있었다.

"잘 보게!"

이렇게 말한 뒤 홈즈는 권총을 머리 높이까지 들었다가 갑자기 손을
떼었다. 그러자 권총은 돌 무게 때문에 휙 날아가 난간에 세게 부딪히
더니 난간을 넘어 물속으로 텀벙 떨어져 사라지고 말았다. 홈즈는 곧바
로 달려가 난간 앞에 무릎을 꿇고 앉더니 자기 생각대로 되었는지 기
쁨의 환호성을 질렀다.

"이보다 더 정확한 실험도 없을 거야. 보게, 왓슨! 자네의 권총이 사건
을 풀었어!"

그는 난간 모서리를 가리켰다. 거기에는 지난번의 흠집과 모양이며
크기가 똑같은 두 번째 흠집이 나 있었다.

"오늘 밤에는 마을 여관에서 묵겠습니다."

홈즈는 자리에서 일어났다. 그러고는 깜짝 놀란 경사의 얼굴을 바라
보며 말을 이었다.

"갈고리로 물속을 긁어 보면 왓슨의 권총을 쉽게 찾을 겁니다. 그리

고 끈과 추가 달린 권총이 하나 더 나올 테지요. 그건 복수심에 불타오른 여자가 자살을 타살로 가장해서 죄 없는 여성에게 살인죄를 뒤집어 씌우려고 사용한 도구입니다. 깁슨 씨에게 내일 아침에 만나서 던바 양의 혐의를 풀기 위한 절차를 밟자고 전해 주십시오."

그날 밤, 우리 둘이 마을 여관에서 파이프를 피우며 앉아 있을 때 홈즈가 사건이 어떻게 된 것인지 설명해 주었다.

"왓슨, 이번 토르 교 사건을 자네 수첩에 더한다 해도 내 명성이 높아지지는 않을 걸세. 이번 사건에서는 내 머리가 잘 돌아가지 않는 바람에 내 탐정 기술의 기본이기도 한 상상력과 현실성의 조화를 충분히 고려하지 못했으니까. 솔직히 말해서 그 다리의 흠집은 그것만으로도 진상을 밝히기에 충분한 단서였네. 어째서 좀 더 빨리 깨닫지 못했는지 내가 생각해도 한심할 따름일세.

그 불행한 부인이 음흉하게 손을 써서 그 계획을 꿰뚫어 보기 어려웠던 건 사실이야. 우리는 여러 모험을 경험했지만 비뚤어진 사랑이 어떤 비극을 일으키는지 이보다 잘 보여 주는 사례는 없었을 걸세. 정신적인 사랑이든 육체적인 사랑이든, 부인에게 던바 양은 그저 증오스러운 연적일 뿐이었네. 깁슨 씨는 아내가 성가실 만큼 애정 표

현을 하자 그것을 뿌리치기 위해 심한 말을 하기도 하고 가혹하게 대하기도 했지. 그런데 부인은 그게 다 죄 없는 던바 양 때문이라 생각하고 그녀를 괴롭힌 거야. 우선 부인은 자살할 마음을 먹었네. 그런데 이왕 죽을 바에는 던바 양을 끌어들이고, 그녀에게 갑작스러운 죽음보다도 훨씬 더 끔찍한 운명을 겪게 하겠다고 생각한 거지.

그 다음에 부인이 계획을 실행에 옮긴 단계는 아주 명백하게 밝힐 수 있네. 놀라울 만큼 교활한 방법이었어. 던바 양이 범행 장소를 지정한 것처럼 보이게 하기 위해서 교묘하게 그녀의 자필 편지를 손에 넣었어. 그리고 사람들이 꼭 그 편지를 발견할 수 있도록 해야 한다고 걱정한 나머지 죽을 때까지 쥐고 있었지. 그건 좀 지나쳤네. 그 사실만으로도 나는 좀 더 빨리 의심을 품었어야 했네.

그러고 나서 부인은 남편의 권총을 꺼냈어. 자네도 알다시피 그 저택 주인이 무기를 좀 많이 가지고 있잖나. 부인은 권총 한 쌍 중에서 하나는 자기 목적을 이루려고 가지고 있었고, 나머지는 그날 아침에 던바 양의 옷장에 숨겨 놓았네. 물론 숨기기 전에 한 발을 쏠 필요가 있었는데, 숲속에서 쏘면 아무도 소리를 듣지 못했을 거야. 그리고 부인은 곧장 약속 장소인 토르 교로 갔지. 자살용 권총을 처분할 그 복잡한 방법은 이미 머릿속에 구상해 둔 뒤였네. 던바 양이 나타나자 부인은 이제 마지막이라는 생각에 마음속에 있던 증오를 전부 쏟아 냈고, 던바 양이 소리가 들리지 않는 곳까지 달려가자 부인은 스스로 머리를 쏘아 끔찍한 목적을 이루고야 말았어.

이것으로 모든 사실을 빈틈없이 연결할 수 있는 고리가 완성됐네. 신문에서는 왜 처음부터 호수 속을 찾아보지 않았느냐고 떠들어 댈지 모르겠지만, 결과가 다 나온 다음에 이러쿵저러쿵 이야기하기는 쉬운 법이지. 무엇을 어디서 찾아야 하는지 정확히 알지 못한다면 갈대가 우거진 호수를 뒤지기란 결코 쉬운 일이 아니야. 자, 왓슨. 우리는 훌륭한 여자와 무시무시한 남자를 구했네. 그 두 사람이 앞으로 힘을 합칠 가능성이 아주 없지는 않아. 그때가 되면 경제계 사람들은 닐 깁슨 씨가 세상의 교훈을 가르치는 '슬픔'이라는 공부방에서 무엇을 배웠는지 알게 될 걸세."